平川祐弘
Hirakawa Sukehiro

竹山道雄と昭和の時代

藤原書店

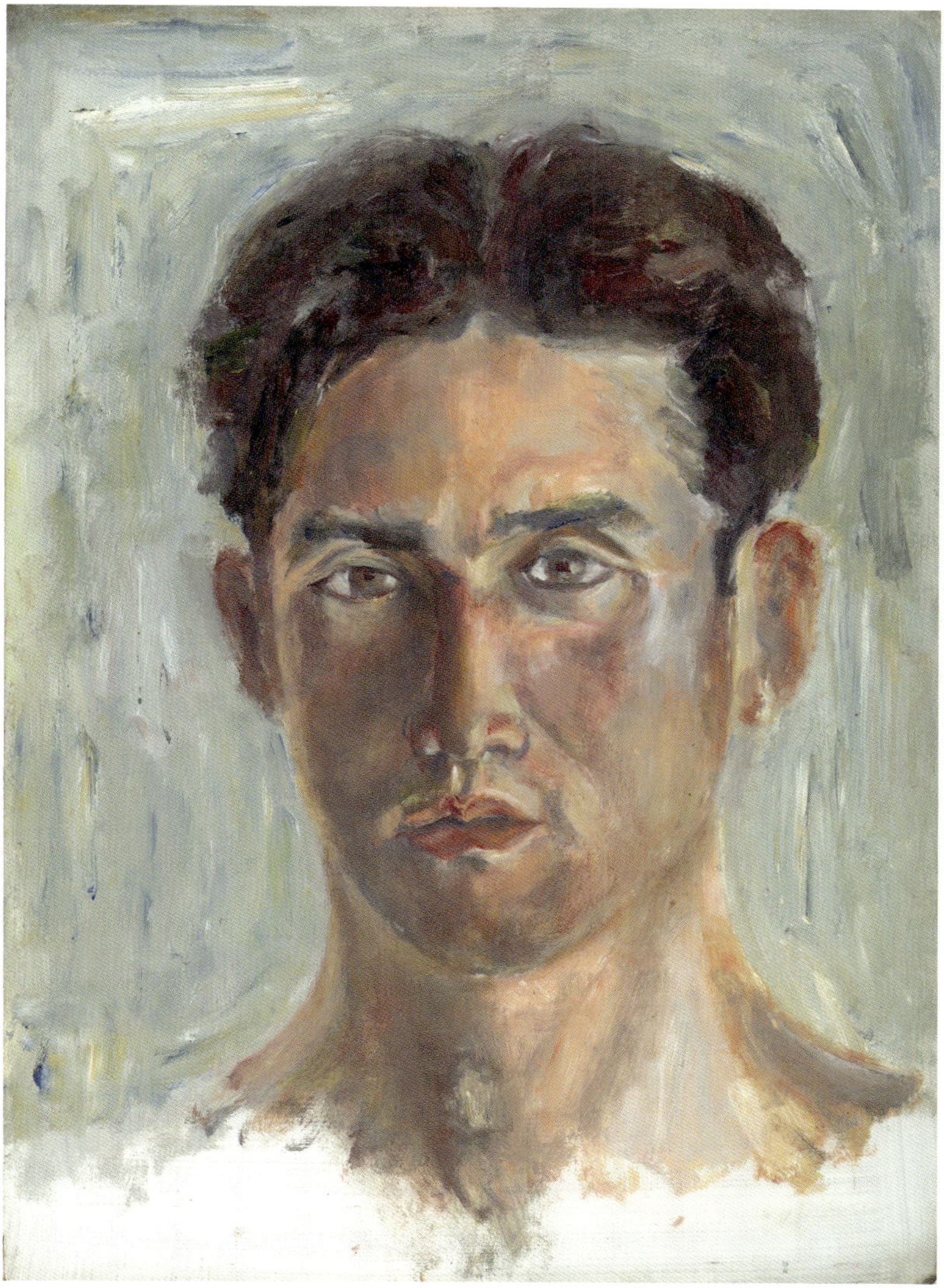

竹山道雄　自画像
（昭和九年頃）

竹山道雄と昭和の時代／目次

竹山道雄と昭和の時代

竹山家系図

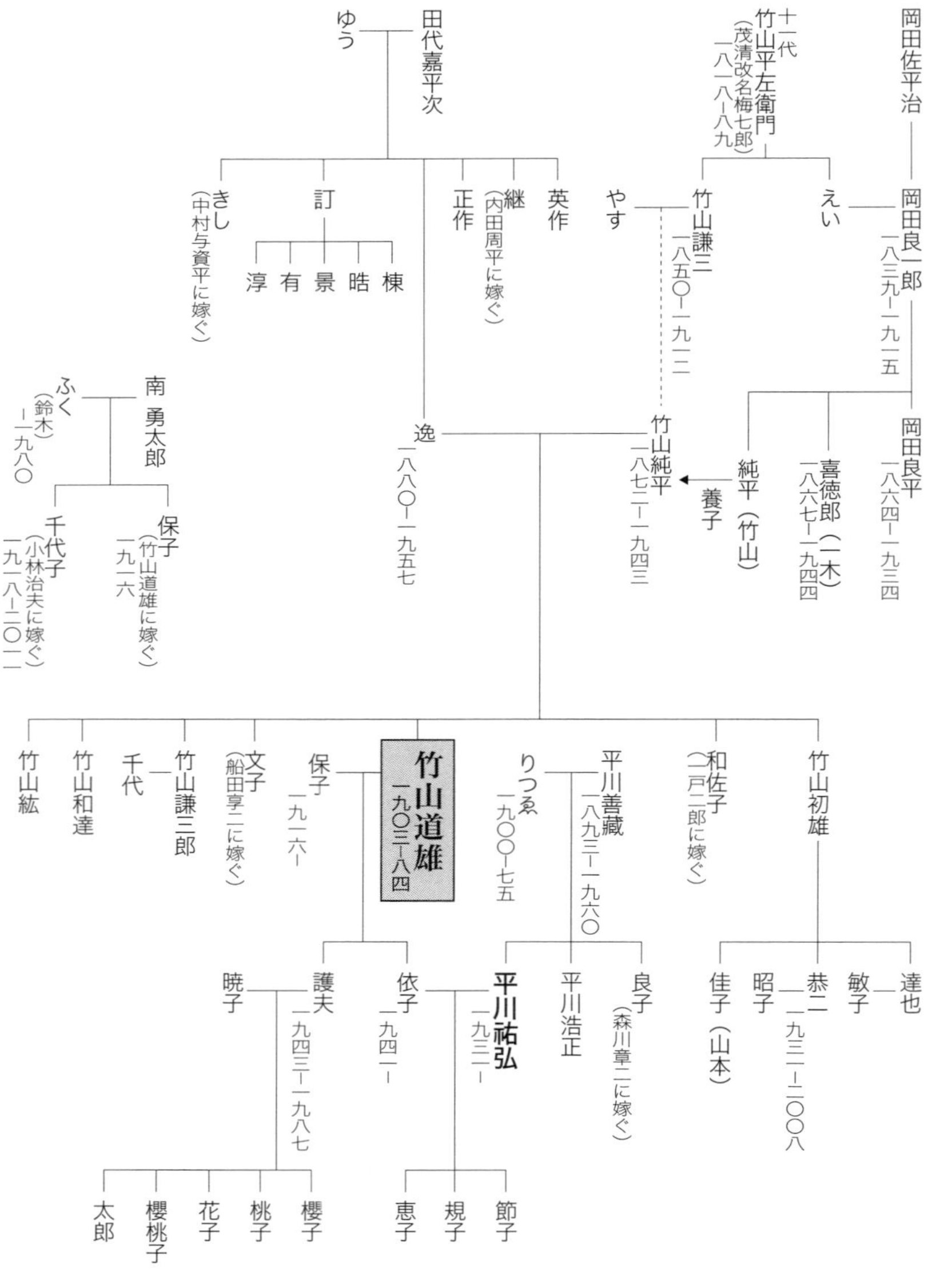

田代嘉平次
ゆう
十一代
竹山平左衛門
（茂清改名梅七郎）
一八一八—一八八九
岡田佐平治
きし
（中村与資平に嫁ぐ）
訂
淳
有
景
晧
棟
正作
継
（内田周平に嫁ぐ）
英作
やす
竹山謙三
一八五〇—一九一二
えい
岡田良一郎
一八三九—一九一五
南 勇太郎
ふく
（鈴木）
—一九八〇
千代子
（小林治夫に嫁ぐ）
一九一八—二〇一二
保子
（竹山道雄に嫁ぐ）
一九一六—
逸
一八八〇—一九五七
竹山純平
一八七二—一九四三
養子
純平（竹山）
喜徳郎（一木）
一八六七—一九四四
岡田良平
一八六四—一九三四
竹山紘
竹山和達
千代
竹山謙三郎
文子
（船田享二に嫁ぐ）
保子
一九一六—
竹山道雄
一九〇三—八四
りつゑ
一九〇〇—七五
平川善蔵
一八九三—一九六〇
和佐子
（一戸二郎に嫁ぐ）
竹山初雄
暁子
護夫
一九四三—一九八七
依子
一九四一—
平川祐弘
一九三一—
平川浩正
良子
（森川章二に嫁ぐ）
佳子（山本）
昭子
恭二
一九三一—二〇〇八
敏子
達也
太郎
櫻桃子
花子
桃子
櫻子
恵子
規子
節子

はじめに

竹山道雄（一九〇三―八四）は、昭和前期は旧制第一高等学校のドイツ語教師であったが、敗戦後は『ビルマの竪琴』の著者として知られた。しかしそれ以上に日本の戦後の論壇では一大知識人として群を抜く存在感があった。左翼陣営からは「危険な思想家」とレッテルを貼られたが、その立場ははっきりしていた。語の根源的な意味における自由主義者である。一九三六（昭和十一）年の二・二六事件の後に軍部批判の文章を書くという反軍国主義であり、一九四〇（昭和十五）年にナチス・ドイツの非人間性を『思想』誌上で弾劾し、そしてそれと同じように敗戦後は、反共産主義、反人民民主主義で一貫していた。戦前戦後を通してその反専制主義の立場を変えることはなく、本人にゆらぎはなかった。日本の軍部も、ドイツのヒトラーのナチズムも、ソ連や東ドイツの共産主義体制も、中国のそれも批判した。その信条は自由を守るということで一貫しており、そのために昭和三十年代・四十年代を通しては、雑誌『自由』によって日本が世界の自由主義陣営に留まることの是《ぜ》を主張した。豊かな外国体験と知見に恵まれた文化人の竹山は、当代日本の自由主義論壇の雄で、この存外守り通すことの難しい立場を「時流に反して」守り通した。その洗練された文章には非常な魅力があり、論壇の寵児と呼ばれたこともあり、少なからぬ愛読者や支持者もあったと私は考えている。

本書は竹山道雄の伝記であるが、竹山の目を通して見た昭和の時代の世界の歴史でもある。竹山道雄は昭和天皇に二年遅れて一九〇三（明治三十六）年に生まれ、昭和天皇に五年先立って一九八四（昭和五十九）年に没した。大正天皇が崩御して昭和天皇が践祚《せんそ》した一九二六（昭和元）年に第一高等学校講師の職を得た。昭和の初年にヨーロッパへ留学した。帰国後の日本では軍部が擡頭《たいとう》する。その日本はやがてナチス・ドイツと同盟し、敗戦を迎える。そのような戦前・戦中・戦後を竹山はいかに生きたか。東西冷戦の中でいかなる立場をよしとしたか。そんな非西洋の国日本で生きた知欧派の一知識人竹山道雄の軌跡をたどったのが本書である。読者は竹山を語る本書を通して世界の中の昭和日本の歴史もまた読みとられることと信ずる。

身内の憶い出

その竹山道雄について娘の依子は『父の封筒』(1)と題してこんな憶い出を書いている。

昭和初期に祖父の建てた家は、鎌倉材木座海岸から歩いて三分のところにある。昭和二十二年、父はここで『ビルマの竪琴《たてごと》』を書き、数年後東大をやめて文筆に専念した。

その頃、時には私を負ったり、弟を肩車したりして父はよく海辺を歩いた。三人、水際で引いていく波を追いかけ、寄せて来ると逃げて遊んだ。貝殻に混って陶器のかけらを見つけたが、昔、宋の国の青磁を積んだ船が難破して沈み、きれいなかけらが波にのって沖から運ばれて来るのだと教えられた。散歩に出ると一片二片と拾ったので、青磁のかけらはずいぶんたまり、いまでも籠《かご》に入れて父の写真の前に飾ってある。

夏休み、小学校で一年違いの弟と二人食堂で所在なげにしていたのだろう。書斎から下りて来た父が、「依子、護夫《もりお》、おとうちゃまが海に連れていってつかわそう。ただしこれを覚えてからだぞ」と藁半紙《わらばんし》に漢詩を書いてまた二階へ上っていった。

山川草木転《うたた》荒涼
十里風腥《なまぐさ》し新戦場
征馬進まず人語らず
金州城外斜陽に立つ

父の水着につかまって和賀江島まで泳ぐのが夏休みの楽しみとなっていた二人は、乃木大将の漢詩を「サンセンソウモクウタタコウリョウ……」と何度も言い合った。意味もわからず暗誦《あんしょう》したが、何十年もたった今でも頭に浮かんでくる。

材木座の海岸には葦簀《よしず》張のお茶屋と軒を連ねて、弓、射的、ヨーヨーすくいの店が出ていた。父と弟はよく弓を引いた。パチンコがはやり出した頃、ほんの短い間だったが父が日参したことがあって、私と弟は同じ葦簀張の中でスマートボールをして遊んだ。

散歩は父の日課だった。鎌倉駅前の珈琲《コーヒー》屋に寄って読むのだろう、本で懐が膨らんでいた。かなり寒い時でも羽織も着ずに出かけてしまうので、母は風邪をひいてはといつも気を揉《も》んでいた。ある時、私をつれて八幡様の段葛《だんかずら》の袂《たもと》の小さな民芸店に入った。父は大小の染付の花瓶の並んでいる棚の前に立つと、「依子にこれを買ってやろう」とその中から花の絵のついたのを一つとり上げた。今その十五センチ程の花瓶を目の前にして父ともう一度会いたい思いで一杯である。

昭和三十年から父は毎年のように外国に行った。滞在は一年を越すこともあった。スイスの湖の畔《ほとり》に住む美術史家のタイレさんの家に長く滞在したこともあった。ナチスに圧迫され亡命を企てた頃から、父とつき合いのあった友人である。結局、南米に難を逃れ、戦後はスイスに移り住んだ。父から来る手紙にはヘルヴェチアと書いた花や鳥や蝶のきれいな切手が沢山貼ってあって、集めるのが楽しみだった。ある時、母への手紙に「タイレさんがおまえの子供たちの写真が見たいと言っているから送るように。ただの写真ではつまらぬから、以前に依子と護夫がお互いに相手を見て描いた絵、あれはそれぞれの特徴がよく出ているので写真にとって送れ」とあった。父は常々「子供の絵は実に面白い、大人になるとどうしてああつまらなくなるのだろう」と言っていた。

私が大学生になった頃、やはり西洋にいた父から「タイレが日本に行くからお泊めするように」と手紙が来、タイレさんは畳の部屋に何日か寝泊りし、私も一緒に文楽を見に行った。タイレさんはユダヤ人だが国籍はドイツ、奥さんはアメリカ人、子供たちはスイス人、「私たちはインターナショナル・ファミリーです」と誇らしげに語ったのが印象的だった。

「お父様、私の短所ってなあに」、大学受験のとき、願書の長所短所の欄に何と書いてよいか分からず、食卓の向いで新聞を読んでいた父にきいた。父は一寸考えてから、「社交性のないこと」と言った。「じゃあ、長所は」「流行を追わないこと」。なにか不思議な気がしたが、ああそうなのかとその通りに書き込んだ。

大学でフランス語を始めたころ、コメディ・フランセーズが来日し、フランス人の神父様から熱心に勧められ、私も友達と『スカパンの悪だくみ』を見に行った。家に帰って夕食の間夢中になって喋ったに違いない。次の日起きたら父の字で「ブリタニクス切符代」と赤鉛筆で書いた封筒が食卓の上においてあった。おかげで上演中『ブリタニクス』だけでなくほかの演目も毎日のように見ることができた。父のその封筒をアルバムに貼ったのは、あの頃の私が余程嬉しかったからだろう。

父が多く家に居たこと、家族が割合に食いしん坊だったこと、母が色々な料理を気楽につくる人だったことで、竹山の家では食卓での思い出が多い。父と弟がありとあらゆる話題を持ち込んであれこれ面白く言い合いをした。父が「どうだ、その方《ほう》参ったか」と言う。弟は答につまると「その方、栗鼠《りす》が来ているぞ」などと光明寺の山から下りて来て庭の柿の枝でちょろちょろしている栗鼠を指さす。「その方、誤魔化《ごまか》すでない」「汝《なんじ》の言う事があまりに愚かだから返答に窮した」「ああ、その方のような愚か者には困ったものだ」。このようなかけ合いで話が進んで食事が終る。近ごろ世の中が騒然となるたびに母は「お父様と護ちゃんならどういう意見でしょうね。二人の話が聞きたいわ。楽しかったわ。あの頃」と話す。いま思うと、食卓での会話が重きを占めた家だった気がする。父とやりあっていた弟だが、やはり昭和史に関心があって歴史に進んだ。その弟も父を追うように世を去った。

食後、「依子、肩をたたいておくれ」。椅子のうしろにまわって父の肩をたたくと「ああいい気持だ、依子は上手だなあ」。あの穏やかな声を懐かしく思い出す。


これが私の妻（平川依子）となった依子が『文藝春秋　家族の絆』二〇〇二年臨時増刊号に寄稿した一文で、竹山の婿である私にも懐かしい材木座の家族の情景や会話である。良き父である。外国人とも親しい交際のある家族である。私自身もそんな場に何度も居合わせて一緒に笑った。これから綴る『竹山道雄と昭和の時代』は、そんな身内の手になるプレゼンテーションで、依子の憶い出がパーソナルな気持で温められているのと同様、私の『竹山道雄と昭和の時代』もなにかと個人的な見方が過去を彩《いろど》るに相違ない。それで多く第三者の引用に依拠して、できるだけ客観的になるようにつとめるつもりである。竹山道雄も先生や氏などの敬称抜きで呼ぶことにした。しかし竹山の後輩でも私の先輩格に当る二三の人には、身内でないのでやはり氏をつけないわけにはいかない。公平に述べるといっても何を引用するか、その選択に私の史眼や史観とともに私観や主観が紛れこむことは避け難いことであろう。とくに終わり近くになると話題が私の世代に関することに及ぶので、自己を多く語らざるを得ないが、その非礼についてはあらかじめお許しを乞うこととする。

では竹山道雄とはいかなる人か。各論にはいるに先立ち、はじめに一通り説明しておきたい。

竹山道雄略伝

竹山は明治三十六年七月十七日に銀行家であった父の勤務先の大阪市に生まれ、昭和五十九年六月十五日に没した。西暦でいえば日露戦争の前年の一九〇三年に生まれ、一九八四年に世を去った。一九四七（昭和二十二）年に書かれた『ビルマの竪琴』は戦後日本でもっとも広く読まれ、国民各層の深い共感を呼んだ作品である。発表当初から非常な評判を呼んだが、竹山没後の翌一九八五（昭和六十）年にも、市川崑の手になる第二回目の映画化も関係して、その年のベストセラーになった。そのように刊行されてから数十年の間『ビルマの竪琴』は幅広い読者層に親しまれたから、竹山については、『ビルマの竪琴』の著者というイメージがなんといっても世間では強い。しかしその竹山道雄は児童文学作家であるよりは、戦後日本の一大知識人として論壇で際立った存在感があった。満八十歳で没した年も『文藝春秋』の巻頭随筆を毎月書いていた。最後まで竹山は評論家として現役だったのである。そんな竹山道雄は戦前も戦中も戦後も世界の中の日本を見すえ続け、昭和の精神史を明晰に見通して生きた数少ない一人だった。

竹山道雄は『文藝春秋』のみならず『新潮』にもしばしば執筆した。文学者として昭和文学全集に収められる人であるが、文壇人ではなかった。というより、狭い文壇論壇以外の人も種々竹山の思い出を語っているところに特色がある。志村五郎は敗戦直後の一九四六年に一高に入学し、いちはやく日本の最高の数学者と呼ばれた人物だが、後半生はアメリカで生きた。自伝も日英両語で書いているが、その日本語版『記憶の切絵図』（筑摩書房、二〇〇八）にプリンストンで手術を受けた時のエピソードをこう伝えている。麻酔医が『ビルマの竪琴』の英訳を読んで感動したと話した。「その著者は私の高校のドイツ語の先生だと言うとひどく感心していた」。その志村にいわせると、一九五〇年、朝鮮戦争勃発当時、日本の政治学者や評論家には「ソ連信仰」が根強く、「進歩的知識人」は反共よりも反米の方が論壇で受けがよいことを知っており、その世界の中の功利的保身術に基いて発言していた。それとは違って、と志村は言う、「竹山道雄は共産主義諸国を一貫して批判し続けた。彼は共産主義国信仰の欺瞞《ぎまん》を極めて論理的かつ実際的に指摘した。それができてまたそうする勇気のある当時はほとんどただひとりの人であった。彼はまた東京裁判の不当性と非論理性を言った、竹山を今日論ずる人がないことを私は惜しむ」。志村にそう指摘されたとき、私は身内の者であるけれども、やはり自分が論ぜねばなるまい、とあらためて思った。本書はその竹山道雄の人と作品を経《たていと》に昭和の時代という背景を緯《よこいと》に織りなして、語ろうとするものである。

なぜ昭和の時代とともに語るのか。明治維新に先立つ六年の文久二（一八六二）年生まれの森鷗外に比べて四十一年後の明治三十六（一九〇三）年に生まれた竹山道雄にとって、明治は幼年時代である。明治十六（一八八三）年生まれの安倍能成に比べて二十年後に生まれた竹山にとって、大正は中学、高校、大学の修業時代である。安倍は大正教養主義の一翼を担った人物だが、その大正時代に育った竹山は、昭和に入って活動期に入る。すなわち大正十五（一九二六）年、東京帝国大学ドイツ文学科を卒業するや、直ちに第一高等学校に職を授けられ、最初の三年間をヨーロッパで学んだ。表向きは文部省留学だが、実際は私費留学である。ワイマール時代のドイツや両大戦間のパリで遍歴時代を過ごした後、昭和五年に帰国した。大正デモクラシーが姿を消し軍国主義が擡頭し始めた昭和日本である。

竹山は「芳紀二十三歳」で日本の棟梁の材を育てるべき学校の教師となった人で、初めて教室に臨んだときは自分より年上の一高生がいたという。第一高等学校とは各界の指導者を養成すべきエリート校であった。竹山は昭和の前半はその一高教授で、後半は文筆家であった。若き日の竹山は「一高のプリンス」と目されたと同僚の菊池榮一教授からうかがったことがある。秋田出身で山形高校を経て東大独文科に進学した菊池にとり、東京の府立四中から四年修了の飛び級で一高に進み、同じく独文科に在籍していても、同じく東京とはいえドイツ語学習のためにドイツ人の家庭に寄寓してそこから本郷に通ってくる英才竹山は日本人離れした別世界の人のように思われた。一九四〇（昭和十五）年、日本にも米味噌など配給制度が施行されると、大人は一人一日米二合三勺と決った。すると竹山家では米でなくパンの配給を希望していると聞かされて一高の教員控え室で菊池は驚嘆した。昭和十六（一九四一）年、日本は太平洋戦争に突入、十八年以後は学徒動員の時代である。いかに天下の一高といえども「栄華の巷《ちまた》低く見て」などと孤高を誇ることはできない。竹山は戦争末期には中寮幹事として駒場寮に泊り込んで生徒たちと労苦をわかちあった。勤労動員にも付き添った。竹山がその世代の一高出身者からも特別の親しみをもって回顧されるのはそのような生活に身を投じ共同体の責任を賢明に担ったからであろう。竹山は一九五一（昭和二十六）年、第一高等学校が東大教養学部に吸収され廃校となるまで一高教授として日本の英才たちを教えた（一高が新制東大に吸収されたため竹山の最後の肩書は東大教授であった）。

二十代・三十代はなによりも教師であった竹山は、戦前・戦中は文筆活動は多いとはいえない。一つには戦時下の制約もあり、また一つにはいまだ文名が確立していなかったからでもあろう。というか文名が確立するなどという、のどかな時代ではなかったのだ。しかし戦時下であるがゆえに、逆に注目すべき文章も残している。一九三七（昭和十二）年は七月七日に日華事変が起こった年だが、岩波の『思想』に『将軍たちと「理性の詭計」』を寄稿して荒木貞夫大将、南次郎大将と一読して分かる人物をスケッチして没になった。これは戦後復刻されて、八巻本の『竹山道雄著作集』（福武書店、一九八三）第六巻にも収められている。竹山がそんな社会批判を初めて書いたのは三十三歳の時で、これについては第十三章でふれる。

さらに注目すべきは、竹山は自国の軍部に対して批判的であったばかりか、ナチス・ドイツに対しても鋭い批判を下したことである。昭和十五（一九四〇）年四月号の『思想』には『独逸・新しき中世？』を寄稿した。すでに日独防共協定は昭和十一年に結ばれていた。そしてそれがいまや日独伊三国同盟に格上げされようとしていた。そのナチス・ドイツとの同盟締結直前に竹山はヒトラー・ドイツの実態を宣伝相ゲッベルスの演説によって紹介し、そこに現われたドイツの文化状況を「ルネサンス以来のヨーロッパの人本主義文化を開展せしめる原動力となった原理、――個人、その自由、その知性――の否定」と規定し、「英仏側が勝てば、思考の自由は救われ得る。ドイツが勝てばそんなものはわれらから根柢的に奪われるであろう」と結論した。知独派であり知欧派であり、一九三〇年の留学帰国後もユダヤ人をも含むドイツ人との交際の深かった竹山には深い知見があった。それだからこそこのような判定を下し得たので、満三十六歳の時である。これについては第六章でふれる。

『将軍たちと「理性の詭計」』は日本の陸軍首脳批判の内容のためにゲラの段階で忌避されたが、今回のこの『独逸・新しき中世?』[2]という文章はドイツという外国批判だったがゆえに大胆な大論文であろうとも活字となり得たのであろう。昭和十年代の日本は言論の自由の幅の狭い国ではあったけれども、しかしナチス・ドイツの批判をしたからといって竹山が教職を追われるといった心配はまったくなかったのである。そのことは同時代のドイツ、ソ連、中国などとは質的に違う日本の名誉のためにも言っておかねばならない。

壮年期の竹山道雄

一九四〇（昭和十五）年は安倍能成が一高校長となった年である。安倍校長に象徴される第一高等学校は、戦時下日本で自由主義の伝統を守った牙城でもあった。一高における言論空間がいかなる質のものであったか、疑う人は一九四五（昭和二十）年七月二十二日、第一高等学校寄宿寮全寮晩餐会の席上で竹山が行なった『若い世代』などの講演を読むがよい。これについては第七章「昭和十九年の一高」で紹介する。戦時中、安倍校長を竹山は補佐し、智恵袋として働いた。終戦は四十二歳で迎えた。

私自身は一九三一（昭和六）年の生まれで戦後の一九四八（昭和二十三）年四月に一高に入学し

た。駒場の一高の本館は東大教養学部の一号館としていまもその時計台とともに建っているが、その二階の南側西寄りの教室の柱の壁に教師の番付表が落書きされてあり、「有能」の横綱に竹山道雄、「無能」の横綱に英語のK教授が書き込まれていたことを記憶している。行司名が戦時中の一高校長の安倍能成であったか、戦後の校長の天野貞祐であったか、そこまではさだかに憶えていない。ちなみにこの「有能」は一高生のよく使う言葉《ジャルゴン》でドイツ語のtüchtigに由来する。その一高では戦時中もゾル、すなわちドイツ語のゾルダートSoldatに由来する隠語が軍部の非合理的精神主義への蔑視語として使われていた。

竹山は後半生、主として評論家として重厚で多産な活動をした。フランス文学者河盛好蔵は戦時下の昭和十五年、竹山のナチス批判の文章に感銘を受けた竹山と同世代の文芸評論家だが、敗戦後『新潮』顧問として活躍を始めた。その河盛が昭和二十一年三月号の同誌に竹山に執筆を依頼したのが『失はれた青春』である。同名の単行本が翌昭和二十二年白日書院から出たが、それが竹山の本格的な文筆活動の始まりとなった。昭和二十三年中央公論社から単行本で『ビルマの竪琴』が出版された。もと児童雑誌『赤とんぼ』に連載されたが、戦死した学徒兵を悼む思いがこめられており、竹山の著書でもっとも広く読まれる本となっている。

高橋英夫は戦後、竹山からドイツ語を習った一人だが、『朝日人物事典』（一九九〇）に「竹山道雄」の項目を執筆し、その後半にこう書いている。竹山は「（一九五〇年十月の東大）学生ストとその背景をなすコミュニズムに対する批判を『門を入らない人々』などで展開、しばしば孤立しながらも論陣を張りつづけた。それが昭和史の形をとったものが『昭和の精神史』（一九五六）、ナチス批判が『妄想とその犠牲』（一九五九）、ソ連批判が『まぼろしと真実』（一九六二）、カトリック批判に発して死生観を述べたものが『人間について』（一九六六）である。また小説では『白磁の杯』（一九五五）、キリシタン弾圧をえがく『みじかい命』（一九七五）があり、エッセー、紀行に『希臘にて』（一九四九）、『樅の木と薔薇』（一九五一）、『ヨーロッパの旅』正・続（一九五七・五九）、美術論では『古都遍歴』（一九五四）、『京都の一級品』（一九六五）、『日本人と美』（一九七〇）がある」と紹介している。

学生ストライキについていえば私自身は、実はその「門を入らない人々」の一人、というか「門を入らせない」側の一人であった。しかし竹山の観察を、市原豊太先生の東大教養学部の広報紙の文章ともども、非常な共感をもって読んだことを記憶している。その内容は第十二章「門を入らない人々」で紹介する。

一九四九年から五〇年当時の竹山の原書講読は非常な人気でゲーテの『ミニヨン』と題されたテクスト講読のごときは体育館のような大教室で行なわれた。学期の最後に「これで皆さんもゲーテを少し覗いたことになります」と竹山がいって教壇から降りた時、学生の間からも「ああ、本当にそうだ」という共感の笑いが洩れたことを記憶している。

竹山の没後、私は高橋英夫などがかつて見事な竹山論を『新潮』一九七五年二月号誌上に書いているので、それとなく竹山の伝記を期待した。竹山教授とともにドイツ語を読む楽しみについては、高橋英夫の随筆に及ぶものはない。と同時に多面的な活動をした竹山道雄は単なる文人タイプの人ではないところに真骨頂《しんこっちょう》があったのも間違いない。とすると『ビルマの竪琴』論争の際に、荒正人とＴＢＳのニュース・ショーでわたりあった仙北谷晃一などが適任ではなかろうか。講談社学術文庫版に竹山道雄『昭和の精神史』が再録される時（一九八五年）、私は彼にまず解説の執筆を依頼した。つづけて仙北谷を誘い、竹山の故郷というか竹山家の故郷、遠州浜松の下堀村を本家の竹山恭二夫妻を煩わして一日詳しく案内してもらい、たいへんな饗応にあずかった。しかし抒情詩人仙北谷には荷がかち過ぎたのであろう、彼はついに書かない。「君は食い逃げするつもりかね」と揶揄しているうちに、二〇〇七年、私より年下の仙北谷は先に死んでしまった。

竹山道雄が老境に入ったと周囲の者が感じたのは、脚を折り三カ月近く入院した時である。それ以後は海外へ行かなくなった。その時の竹山が七十三歳の一九七七（昭和五十二）年であったことを、今回年譜を読んで気がついた。実は私自身はそんな年はもうとっくに越えており、いつのまにか竹山道雄が没した八十歳の年に近づいている。なんとなく予感はしていたが、ほかに竹山伝を書こうと名乗り出る者がいない。それで、身内の者が書くのはいかがなものかとためらっていたが、結局私自身が書くこととした。なるべく主観のまじらぬよう多くの材料を引用し、文献そのものに語らせるようつとめるつもりである。これを書き続けるうちに私自身も八十の年を越すであろう。今回書き始めて、身内の人なら簡単にわかるはずの、親族の生没年であるとか、住んでいた場所であるとかがわからない。私は対話すべき身内の人々の多くをすでに失っていたことにあらためて気がついた。なにとぞ天が体力と知力と気力を私に与え続けてくださるよう祈る次第だ。

竹山は戦前も戦中も戦後も反専制主義の自由を尊ぶスタンスを一貫して変えなかった。それは竹山に知識と知力と自信と勇気があったからこそ可能だったのだと思う。戦時中に反軍部、反ヒトラーの見方を孤独な胸に秘めていたが、その見方が正しかったことが、戦後も反スターリン、反毛沢東という立場を、自信をもって、貫かせたのであろう。そしてそのために、日本の傾向的な論壇では竹山は時には「時流に反して」いかにも孤立した存在に見えた。しかしそれでも日本には竹山のような人の発言を許容する言論の自由はまがりなりにも存したのである。そしてそんな竹山を支持した寡黙な人々もいたのである。私はそのような人々への謝意をこめつつ、竹山と昭和の時代について、資料を提示しながら、私が見て・感じて・考えたこともあわせて述べようと思う。

註

（1）平川依子『父の封筒』『文藝春秋　家族の絆《きずな》』二〇〇二年四月臨時増刊号、七六―七七頁。

（2）この『独逸・新しき中世？』をリチャード・マイニアが二〇〇七年に英訳した時、軍国日本についてステレオタイプの見方しかできないアメリカの観念左翼の日本史学者である彼はすっかり驚いてしまった。*The Scars of War, Tokyo during World War II: Writings of Takeyama Michio*, ed.,and tr.,by Richard H. Minear (Rowman & Littlefield Publishers, 2007) p 99-112. に収められた“Germany: A New Middle Ages? (1940)”を読む労をとる西洋人はいまなお驚くに相違ない。

第一章　竹山家の人びと

「危険な思想家」と「安全な思想家」

竹山道雄をまず三、四の人と並べることでおよその位置づけを試みたい。

竹山道雄はその世代の日本人としては抜群に西ヨーロッパの知識に富める人であった。加藤周一は、竹山と政治的にも思想的にも立場をかなり異にする人だが、両者を比較する上で有効なエピソードを紹介したい。一番はっきりした相違点として、竹山は戦後の『朝日新聞』の主張にしばしば批判的で、昭和四十年には「危険な思想家」と同紙上で山田宗睦に糾弾されもしたが、加藤は後に同紙の文化面を代表する評論家として名を成した。加藤はおおむね『朝日新聞』の主張に同調的で、その意味では「安全な思想家」であったということであろう。加藤は竹山より十六歳若く一九一九(大正八)年に生まれた府立一中出身の才子である。自伝『羊の歌』の「一九四六年」の章で、当時の戦前派世代の四十代半ばの竹山と自分たち三十代初めの戦後派世代の知識的な懸隔《けんかく》について次のように述べている。加藤も第一高等学校の出だから、ドイツ語を習ったのが竹山でなく竹山の友人の片山敏彦であったけれども、文章家として活躍するかつての一高の師竹山を訪ねていろいろ話を聞いたのであろう。「窓外には、松林が海の風に鳴っていた」家を訪ねたと思い出に記されているから、それはひょっとすると標題の一九四六(昭和二十一)年ではなく、竹山が海の風が鳴る材木座の家に移った一九四九年以後の訪問だったのではあるまいか。

あるとき中村真一郎と私が鎌倉の竹山道雄教授を訪ね、談たまたま大衆の水準での日本の「後れ」に及んだとき、慧眼な竹山教授は私の議論のそういう弱点をたちまち見破った。着流しの竹山教授は、悠々と煙草をくゆらしながら、青年客気の説を聞くところまで聞いた後で、こういった、「しかし大衆はどこでも同じものですよ、馬鹿な宣伝にだまされるほど馬鹿なものです。ぼくはそれをドイツでいやというほど見てきたのだ、決して日本に限った事ではない……」。そのとき私は欧洲を見たことさえなく、彼らの言葉で話をしたことさえもなかった。本はいくらか読んでいたけれども、相手は少くとも十倍を読み、十倍を知っていた。私は決して説得されなかったが、竹山説を反駁することはできなかった。大衆はどこでも同じものであるだろうか。――その後みずから欧洲で暮すに及んで、私は大いに、竹山説に近づいた。と同時に、また竹山説の弱点をもはっきりと見抜くことができるようになった。「日本の後れ」がなかったのではない、私がそれを誇張していたのである。

竹山が「十倍を読み、十倍を知っていた」も加藤の誇張である。しかし当時は主観的にはそう感じもしたのであろう。その竹山の日本の西欧派知識人としての生きた学識については後に触れるが、しかし私にいわせれば注目すべきは加藤がいう竹山の西欧知識だけでなく実は日本知識――それも政治知識についてなのである。私は竹山が戦後日本に簇生《そうせい》した外国一辺倒の知識人ではなくて「二本足の学者」であり、三点測量をなし得た人であるところに長所を認めているので、なぜそのような人たり得たかという出自の背景にも関心がある。そしてそんな私の関心は、年とともに深まった。

見て・感じて・考える人

加藤周一が竹山を訪ねたその前後のことだった。「竹山さんは政治に興味がある人だ」と教室での雑談の時に東大生であった私たちに言ったのは、竹山とは一高以来の同僚で、駒場の教養学部の名物英語教師であり、竹山と同じく鎌倉に住んでいた堀大司であった。その際の堀先生の口吻《こうふん》には文化人ともあろうものが肝腎の問題を離れて政治ごときに関心を寄せて、という感がないでもなかった。「なにしろ昭和十一年の二・二六事件の時に竹山さんは事件現場へわざわざ出向いたくらいだから」と堀先生はいった。しかし竹山の現場主義はなにも二・二六事件のときだけではない。日華事変が起きた翌年の一九三八（昭和十三）年には日本占領下の北京ばかりか第一線にほど近い雲崗《うんこう》まで訪ねている。そして事実、二・二六事変については、一九五五（昭和三十）年に雑誌『心』に連載された竹山の『昭和の精神史』の第五章「青年将校は天皇によって「天皇制」を仆そうとした」にも「私は山王から永田町あたりの占拠《せんきょ》された地域に入った」と一九三六（昭和十一）年二月末の実見記がこう出ている。

山王ホテルの門には、青年将校が片手の拳銃をたかくあげて立っていて、その左右に外套《がいとう》をきた兵が雪の上に臥《ふ》して機関銃のねらいを定めていた。オートバイが疾走《しっそう》して出入りしていた。ときどき往来につかえている電車や自動車を通して、それが一段落すむとまた交通止めになった。沈黙《ちんもく》した群衆がそれを遠くから眺めていた。狭い路地をのぼってゆくと、ある家の玄関先に、一人の中年の将校が立って、家の中の人と話していた。この将校は政府軍の人で、昂奮して下顎をふるわせながら、坂の上の方を指さして、

「あの中には、じつに立派な人物がいます。こういうことをした以上、みな割腹《かっぷく》するでしょう」と叫んでいた。いたるところに殺気が凍りついているような感じだった。議事堂のまわりには、やはり踏み乱した雪の上の方々に、機関銃を擬した兵が伏していた。弥次馬《やじうま》はその筒先をこわごわと歩いた。はるかに高い塔の上に、妙に蒼白《あおじろ》く見える旗がたっていて、それには尊皇討奸《そんのうとうかん》という字が読めた。まだアド・バルーンが掲げられる前だったから、兵たちはみな眉宇《びう》に悲壮《ひそう》な決意をただよわせていた。

ドイツ大使館の前まできたら、館内から二人のドイツ人が出てきて、やはり昂奮した面持で眺めながら「Putsch!」と呟《つぶや》いていた。

プッチとは反乱、クーデターの意味である。竹山道雄は重厚な感じを与える人でおよそ軽薄でない。一見書斎の人というタイプに見えた。しかし思弁的な観念の人かというとそうではない。中学生のころから数学も得意とし、推理にもたけ、その特性は講義の端々にもうかがえる頭脳の持主だった。しかし理窟と膏薬とはどこにでも付く、とは竹山がよく口にした言葉だった。自分の目で見てまず確かめるという習性をもっていた。関東大震災のあと下

町の惨状を連日見てまわったという竹山である。「隅田川に浮く人間の腸も羊の腸のようなものだ」と後年一高の同僚に洩らした。理論倒れの観念論者でない素質がこうした「弥次馬」の行動をとらせたのだろうか。帰順勧告のアド・バルーンが掲げられる前というからおそらく二月二十八日の土曜日に出向いたに相違ない。

そんな竹山は一九三六（昭和十一）年の二・二六事件に先立って、一九三二（昭和七）年の五・一五事件や昭和十年の天皇機関説事件についても身内の人の声を親しく聞いていた。『昭和の精神史』の同じ章のすこし前にはこんなエピソードが記されている。満洲事変の成功が軍の自信をたかめ、国民は「軍に感謝」し信頼した。そんな気運に押されたために相違ないが、昭和七年五月十五日犬養毅首相を暗殺した海軍将校たちが海軍の軍法会議で死刑に処せられなかった。「国を救う者は自分たちだけである」という青年将校の動機の純真に世人が同情したからである。そして高須裁判長が軍法会議で気が弱くなったからである。竹山は書く、

岡田良平という枢密顧問官《すうみつこもんかん》がいて、反動教育家として悪口をいわれていたが、この人は私の伯父だった。あの裁判がすすんでいるとき、私は老人にこういった。

「青年将校たちは死刑になるべきでしょう」

老人はこたえた。

「わしらも情としては忍びない気もしないではないが、あれはどうしても死刑にしなくてはならぬ」

私はいった。

「しかし、もしそうと決ったら、仲間が機関銃をもちだして救けにくるから、死刑にはできないだろうといいますが」

「そうかもしれぬ」と老人はうなずいて、しばらく黙った。そして、顔をあげて身をのりだして、目に口惜しそうな光をうかべて語気あらくいった。「もしそんなことになったら、日本は亡びる」

そのとき私は「亡びるというのは大袈裟《おおげさ》だなあ――」と思った。しかし、後になって空襲のころはよくこれを思い出した――「やっぱりあれは大袈裟《おおげさ》ではなかった」

空襲下にこんな風に思ったということは竹山が軍部主導の戦争に対してどのような見方をしていたかを示すものだろう。軍法会議当時海軍大佐であった裁判長はその後栄進し、第二次世界大戦当時は艦隊司令官の要職についたが、海軍が二つに割れることを懸念し、自分が思い切って死刑判決を下さなかったことが、日本を亡国に導いたという自責の念に駆られていたことであろう。その海軍大将は戦争中に病死した。

岡田良平

ここで竹山道雄の親戚筋の人についてさらに述べたい。それというのは竹山が政治的に例外的に醒めた眼差しで戦前、戦中、戦後の歴史を見ることができたのは、こうした官僚政治家が身近にいたことと関係しているからである。竹山道雄の父方の血のつながる祖父は岡田良一郎（一八三九―一九一五）で、その長男が岡田良平（一八六四―一九三四）、次男が一木喜徳郎《いちききとくろう》（一八六七―一九四四）、三男が竹山家に養子に行った純平（一八七二―一九四三）で、道雄の父である。

岡田良平は明治四十年、四十三歳で京都大学の総長、翌年文部次官、寺内・加藤・若槻内閣の文部大臣をつとめた。「反動的教育家」といわれたが、すでに三十代でストライキで荒れた旧制高等学校に招かれて事件を収拾したというから、その行政手腕はよほど確かなものであったのだろう。東洋大学の学校騒動の際も部外者の岡田が招かれて事態の収拾に当った。和辻哲郎が竹山の『手帖』への序に寄せた思い出は、世の人名辞典などで紋切型のレッテルを貼られた岡田像とはおよそ異なる人物像が浮かび上がる。以下は大正十二年のことである。

岡田良平

当時わたくしの関係していた東洋大学で、学生が学長をなぐったという事件が起った。わたくしはこの事件に火をつけたような形になったが別に火をつけたわけではなく、ただ学長の行動に憤慨《ふんがい》して辞職しただけなのである。この事件の後に、どういう関係かは知らないが、岡田良平氏が善後処置のために学長になって来られた。事件は刑事問題となり、わたくしも一度検事に呼ばれて調書を取られたが、後に起訴されて事件の当事者が裁判を受けたとき、証人として出廷された岡田学長は、前学長をなぐった学生たちを弁護《べんご》されたのである。当時世間には、事情はともあれ、学生の身分として学長をなぐるとは怪しからぬ、師弟の道を蹂躙《じゅうりん》するものである、という声が聞えていたが、岡田氏は裁判官の前で、師師たらずば、弟弟たるを要せぬ、というようなことを平気で云われた。これは当時の学内の事情を知っているものに取っては当然の云い分であって、少しも奇《き》矯《きょう》の言ではなかったのであるが、しかしこの言葉が岡田氏の口から出たときに、わたくしは愕然《がくぜん》として驚いたのである。それまでわたくしは、新聞の報道などに基いて、岡田氏を思想の固陋《ころう》な典型的官僚だと思っていた。しかるに岡田氏は、「師弟の道」をふりかざす世論などには頓着《とんちゃく》せず、真っ直ぐに物を云ったのである。そこにわたくしは岡田氏の道義的背骨の硬さを感じ、これまでの疎漏《そろう》な見方を恥じた。その後、東洋大学の教員室の大火鉢の傍で、時折お目にかかって話をしたが、そういう時にはいかにも穏やかな、物柔《ものやわら》かな態度であった。それもわたくしの尊敬の念を刺戟せずにはいなかった。

『昭和の精神史』に引かれた岡田良平の甥の竹山との会話は昭和九年に六十九歳で死去するわずか前のことだか

ら、岡田が最後まで政治的判断に狂いのなかったことが感じられる。動でも反動でもどうでもいい。後世の人名事典執筆者は時代の風潮に流されて適当なレッテルを貼るだろうが、岡田が国の政治の大綱《たいこう》を断ち切るような「恩情ある」判決を歓迎する愚か者でなかった点が私には頼もしい。なお岡田良平を内田良平と勘違いして右翼呼ばわりする人がいるが、別人である。内田良平は黒龍会の国家主義運動家、また漢学者内田周平は弟竹山純平の義兄である。内田周平については第三章でふれる。

一木喜徳郎

岡田良平の弟で一木家に養子に行った喜徳郎は、兄以上に昭和前期の政治の渦中に巻き込まれた人であった。一木喜徳郎はドイツ留学後、一八九四（明治二十七）年来東京帝国大学法学部で憲法国法学講座を担当した。そして同時に内務行政に携わった。文相、内相を歴任、一九二五年には初の無爵位宮内相に就任し、内大臣牧野伸顕とともに昭和天皇を補佐した。昭和天皇の弟、高松宮宣仁は一九三〇（昭和五）年「最後の将軍」徳川慶喜の孫喜久子と結婚した。これは秩父宮雍仁が会津の松平家の勢津子と結婚したのと同じくかつての朝敵との和解という意図も含まれていたことであろう。するとその三年後の昭和八年になって一木宮内相は元宮内相であった田中光顕から明治天皇の遺志に背いて高松宮妃を決定したとの弾劾《だんがい》を受け、辞職した。しかし西園寺公望に推され翌一九三四年、枢密院議長となった。西園寺は明治憲法における天皇の地位と権限についての一木解釈を支持していたからでもあろう。しかしその前後から一木は右翼の攻撃の矢面に立たされた。

一木喜徳郎と美濃部達吉（一八七三―一九四八）によって代表される憲法解釈は天皇機関説と呼ばれる。天皇機関説とは大日本帝国憲法（明治憲法）の解釈をめぐる一学説で、特色は「統治権は天皇に最高の源を発する」という形で天皇主権の原則を認めるが、しかし同時に天皇の権力を絶対無限のものとみることに反対する点にある。すなわち統治権は天皇個人の私利のためではなく、国家の利益のために行使されるものであるから、国家はその利益をうけとることのできる法人格をもつもの、したがって統治権の主体であり、天皇は法人としての国家を代表し、憲法の条規に従って統治の権能を行使する最高「機関」であると規定する。そして、このような理論的基礎のうえに立つ解釈によって、大日本帝国憲法からできうる限り多くの立憲主義的運用の可能性を引き出そうとした。それは内閣と議会の地位を強化しようとする方向をもち、第一には、天皇の国務上の大権は大臣の輔弼《ほひつ》＝進言なしに行使することは憲法上不可能、とする原則を立てようとした。そしてそこから、国務上の詔勅批判の自由、統帥権の独立撤廃の可能性などが論ぜられた。第二には、帝国議会は天皇から権能を与えられたものではないとし、直接憲法に根拠をもつ国民の代表機関であり、天皇に対して独立の地位をもつものとの解釈を打ち出した。そして、議会の参与しうべき政務の範囲を国務大臣の職務に属する国家事務の範囲と同一とすることは可能だと論じた。

このような学説は伊藤博文の憲法解釈を踏まえたもので、大正期を通じて学界に定説として定着したかに見えた。ところが満洲事変以来国内に高まってきた国家主義的風潮によって、これが右翼からの非難攻撃のターゲットとされてしまったのである。問題点はどこにあったのか。伊藤博文は『大日本帝国憲法義解』で第四条について、

「蓋《けだし》統治権ヲ総攬スルハ主権ノ体ナリ、憲法ノ条規ニ依リ之ヲ行フハ主権ノ用ナリ。体有リテ用無ケレバ之ヲ専制ニ失フ、用アリテ体無ケレバ之ヲ散漫ニ失フ」

と解説した。「主権ノ体」を強調すれば明治憲法の君権主義の面が表に出る。しかし「主権ノ用」を強調すれば立憲主義的運用が重要視される。天皇を国家秩序からの超越者とみなさず、それに拘束される存在とみなす点で、伊藤は天皇機関説の立場に立っていた。昭和四十年代の私はそんなことも知らずに、明治憲法の旧態然たる所以を指摘しようとして竹山に、明治憲法には「天皇ハ神聖ニシテ犯スベカラズ」などという文言がありますよ、といったら竹山は「あの第三条の条文は君主無答責を意味する。ヨーロッパの立憲君主国の憲法にはおおむねあの君主不

可侵の原則が明文化されている」と教えてくれた。

しかし世間はそんな法学的な解釈はとらず、単純に天皇様は超越的な存在でそれを「機関」などと呼ぶのは不遜、不忠、不義と思った人も多かったに相違ない。戦前の日本では旧制高校入学者以上の人には「天皇制の密教」の面である憲法の立憲主義的運用は教えられたが世間の人には「天皇制の顕教」の面である君権主義が説かれたという見方をする人もいる。「天皇ハ神聖ニシテ犯スベカラズ」などという文面は、世間一般の人には、君主無答責とか「国王は悪をなし得ず」King can not do wrong という意味だとは通じなかったであろう。

「尊王攘夷」という掛声で徳川幕府を倒した幕末以来の日本には神権主義的天皇観が底流しており、そんな見方は満州事変以来ますます力を得てきたにちがいない。帝国大学法学部の卒業生は過去数十年来、多くは天皇機関説を説く教授の試験を受け答案もその通りに書いてきたのだが、世間が国体明徴を叫ぶと、美濃部達吉が貴族院で自説を弁明しても進んでその弁護に立ち上がる人は少なかった。

そのころ竹山は一木の伯母が亡くなり手伝いに行った。すると、第六章に詳しく書くが、その葬儀の際に右翼の壮士が白刃《はくじん》をふるっておどしに来るのを目撃した。当時の道雄はまだ二十代の末で独身であった。結婚話が出た時、先方が大逆事件の関係者の親戚筋に当ると判明したとき、一木の伯父がそれもまた非難の口実にされはしないかと気をつかったため縁談はとりやめになった。息子の竹山護夫が父の道雄をからかって「その方《ほう》は岡田の伯父ほど一木の伯父は尊敬していないのはその件のためであろう」と言って冷やかしているのを私は聞いたことがある。このような伯父たちがいれば、道雄は昭和の政治に否応なしに関心を抱かずにはいられなかったはずである。もっとも道雄本人は「官吏と実業家でかたまった親戚の中で、ただ一人だまって文科に入るという異例なことをして、父をして「息子を一人失った」と嘆息させ、そのころすでに多少変人であるという名声をえていた」[1]と書いている。一木喜徳郎は二・二六事件以後はもはや社会の表に立たなかった。

註

（1）『最後の儒者』『竹山道雄著作集』4、二四五頁。

第二章　遠州の名望家

おくにのおうち

前章で紹介した竹山道雄の父方の祖父、岡田良一郎の長男岡田良平・次男喜徳郎の弟が一八七二（明治五）年生まれの三男岡田純平で、竹山謙三の養子、竹山純平となった。道雄の父である。この竹山家は慶長八年、西暦でいえば一六〇三年から竹山平左衛門と名乗り、それが一代目で、以来遠州の下堀村の大庄屋を世襲してきた。竹山謙三はその十二代目である。岡田家は先祖が元禄年間に三河から掛川倉真《くらみ》に移った名主で、道雄の曽祖父にあたる岡田佐平治は無息軒翁と号し、二宮尊徳の共鳴者であった。祖父の岡田良一郎は農業本位の報徳宗の勤労倫理を遠州の地で産業本位の勤労倫理へと転化させた地方の名望家で、『報徳富国論』などの著書もある。天竜二俣に明治十七年、遠州紡績会社を開業した。明治二十二年帝国議会開設当時に二期代議士を勤めた。柳田國男が少壮官吏のころ会った思い出によると、良一郎は淡山と号したが、いわゆる地震・雷・火事・親父の親父で、たいへんな癇癪持だったという。道雄はそれは生得《せいとく》の気質ではなく地方の大きな庄屋の親父はそのように振舞うのが当時の文化だったのだ、と観察していた。

岡田良一郎の三男純平はこうして十三代竹山平左衛門となり、椎脇《しいがわき》神社のある天竜鹿島の庄屋田代嘉平次の次女逸《いつ》を嫁に迎えた。私立静岡高等女学校を卒業したばかりの十八歳の花嫁は天竜川を舟で東海道の中ノ町まで下る嫁入り行列をしたという。ちなみにこの田代家も徳川家康が武田信玄に追われて逃げた時、天竜川を渡してやったよしみで、天竜川の舟航権を得た旧家である。嘉平次は秋江の号で明治期の地方俳人でもあった。道雄は母方の里について「鹿島は景色の美しいところであった。支流に鮎がめだかのように泳いでいた」と私に語ったことがある。「墨に金泥《きんでい》をにじませたような山が重なって、その間から天竜川が大きくうねって流れだして」いた。「銀灰色《ぎんかいしょく》の河原がひろがって、ところどころに石を入れた蛇籠《じゃかご》が水を堰《せ》いて」いた。「岩には苔がむして、桜が咲きかけて、下の方にはまっ青な水が渦巻いて」[1]いた。それが昭和三十二年、道雄が母のお骨を納めに訪れた時の風景である。

岡田佐平治が描いた二宮尊徳スケッチ像

竹山道雄自身には竹山家の先祖について詳しく書いた文章はない。それでもこんな手紙が残されている。道雄は男五人女二人の次男で、四歳年上の長兄は竹山初雄といい、十四代平左衛門だが、昭和五十五年に亡くなった。その竹山本家では長男達也が父初雄が亡くなる前に死んだ。それで次男の竹山恭二（一九三一―二〇〇八）が跡取となり、十五代平左衛門となった。ちょうどそのころ浜松市立中央図書館が郷土資料室を充実すべく、竹山家の古文書類の寄託を乞うた。初雄が亡くなってからは、下堀村の家には住む人がいない。東京荻窪に住む恭二は渡りに船とばかりに承諾した。それはトラックが何回も往復するほどの量で、図書館で防虫のため消毒装置のタンクで燻蒸《くんじょう》したところ虫やその糞が山のようにこぼれ落ちたそうである。図書館が歳月をかけて『竹山家文書目録』を編んでくれた。そしてそれを機に恭二は東京から浜松へ暇をみつけては図書館に通い、興味深い文書に出会うとせっせとコピーして読み出し、かつ文章につづり始めた。そして恭二は一族のことを浜松史跡調査顕彰会が発行する雑誌『遠江』第六号に書き出してその「竹山平左衛門家先祖覚書」を叔父の道雄に送った。すると昭和五十七年夏、恭二は道雄からこんな返事を受取った。

竹山家の先祖のことお調べの文章、有難く読みました。じつによく調べてあるし、文章がととのって明哲なので、まことに結構でした。小生が前から気にしていた事があるのですが、われらが父の実家、岡田家の歴史は近代日本の歴史をよく反映しています。小生の曽祖父になる佐平治という人がなかなかの人物だったらしく、二宮尊徳に仕用（生産力増強という意味ならん）を教わり、尊徳の顔を筆で書いたものがあるが、じつによく描けています。昔の庄屋だから、権力はなくても権威があり、村人にいゝつけて、夜なべにわらじ一足と縄一本を余計につくらせ、それを外に掛けさしておく。庄屋は翌朝早くそれを集めて、このようにして農村による原資蓄積を

行って、それを売って道をつくったり灌漑工事をしたりした。(2)

私はちょうどそのころ材木座の家へ寄った折に竹山道雄が先祖の岡田家について語るのを聞いた。今から思い合わせると甥の竹山恭二が先祖のことを調べ始めたので、それにつられて道雄もいろいろ昔を思い出して私に語ったのに相違ない。あまりの面白さに引き込まれた私は岳父に「『岡田家の人びと』とでもいうような著作をなされてはいかがですか」と勧めたが、自分で執筆するつもりはないようにみえた。(3) それでもトマス・マンの『ブッデンブローク家の人びと』になぞらえて、竹山は、先祖は現世の利益を抜目なく追求し、後継ぎも家のために孜々《しし》として努め社会的名声も維持したが、そのうちに実務の生活に適合できない者が生まれ、享楽を追い求めたり、芸術の陶酔に身をまかせるようなデカダンも出て来たりして、と笑った。私は知らなかったが、女と情死をとげたような御曹司もいたらしい。竹山自身は官吏にもならず銀行員にもならなかった自分をブッデンブローク家の最後の方の世代の一人にかぞえているような口調であった。

そんな竹山家の先祖について立派な記録が二〇〇八年三月公刊された。今ふれた恭二が、膨大な文書を調べ上げ『平左衛門家始末——浜松・竹山一族の物語』（朝日新聞社）にまとめたからである。二〇〇八年六月二十九日の『読売新聞』に橋本五郎のこんな書評が出たので、全文を引かせていただく。

遠州浜松の下堀村に四百年も続く竹山家。その十五代目当主（竹山恭二）が幕末から明治にかけての一族の歴史を描いた物語である。庄屋を世襲、幕府討伐に加わり、学校を設立、紡績会社を起こし、郡長となり、銀行家へと転進していく。さながら大河ドラマを見ている思いがする。

竹山家に残る文書を縦横に使った描写は細密を極め、そのまま日本の近代史になっている。著者の歴史を紡ぐ力量にまず脱帽する。丹念に記録を残した旧家の文化の質の高さ、責任意識にも脱帽せざるを得ない。

時代は変わっても、豪農や地方名望家と呼ばれた人たちの精神の基軸にあるものは変わらなかった。「私」よりも「公」を重んずる意識だ。慈善事業にも惜しみなく金と時間と労力を使った。日本の近代化を可能にした秘密の一端がここにある。『ビルマの竪琴《たてごと》』の竹山道雄は著者の叔父だが、この本には先祖への誇りがある。

これを読んで、この目立たぬ書物が取りあげられたことが嬉しかった。橋本氏とは顔見知りではなかったけれども、著者の身内の者として礼状を差上げた。著者は本を書き上げた時にはすでに重態で、昭子夫人が「あとがきにかえて」を書いて仕上げた経緯を私は知っていたからである。恭二は病床で出来上がった『平左衛門家始末』を手にしたとき眼から二筋の涙を流したが、八月六日に亡くなった。竹山恭二は二〇〇四年に出した『報道電報検閲秘史』（朝日選書）で日本エッセイスト・クラブ賞を受賞したが、『平左衛門家始末』はそれをはるかに凌ぐ出来映えで、和辻哲郎文化賞の候補にもあげられた模様だが、著者逝去のために惜しいことに受賞とはならなかった。橋本は読売新聞社に勤めて最初の勤務が浜松だったこともあり、非常な親近感をもって読んだといった。

楠

第二次世界大戦前の日本で地方の名望家として、あるいは資産豊かな官吏として平穏な日々を送った者の中には、戦後は農地改革の嵐に翻弄され財産のほとんどを失ってみじめな目を見た人もいただろう。竹山道雄とその家族も教師の安月給とインフレと食糧難で戦後は辛い目も体験したに相違なく、その家庭のいさかいが出てくる文章（『きずあと』『心』昭和二十四年三月）もあるが、しかし先祖の遺産にあぐらをかいていた人々、とくに本家の人々の場合はショックはそれこそ大きかったに相違ない。

道雄はかつて私に「浜松市外の大地主の本家には差しわたし一間ほどの楠の大樹があって匂いのいいものでした」となつかしげに語ったが、今回『平左衛門家始末』を読んで、たまたまその樹がたどった運命を知った。地方の大地主の運命を象徴する出来事のように感じられたので、やや長きにわたるが、竹山恭二の思い出から引用させていただく。

楠は屋敷のシンボルのように亭々とそびえ、大木の少ない遠州平野では目立った存在で、二キロも離れた東海道線の車窓から「おくにのおうち」を指摘することができた。年に一度、出入りの植木屋が梢近くの高いところまで登って、伸び過ぎた枝の枝下ろしをした。枝を切ったあとの切り口には木が腐るのを防ぐためにブリキの蓋をかぶせるが、その蓋はブリキ屋がその場で作る。ブリキ屋は楠の根元で炭火をおこし、ハンダごてを持って待ち構えていて、植木屋が切り落とす枝の切り口に合わせてきっちりはまるように作り、綱で吊り上げる。屋敷にはこの作業専用の長い梯子《はしご》があって、ふだんは納屋《なや》の軒下に両端を長々と突き出して下げられていた。そんなに長くてもやっと一番下の枝までしか届かず、そこから上は苦労して枝伝いに木登りをしなければならなかったから、一度登ったが最後、下りてまた登り直すというわけにゆかない。だから植木屋は朝登ったきり夕方まで下りてこなかった。枝を一本切り落とすと、ブリキの蓋ができるまで、鉈豆煙管《なたまめきせる》を吸いながら遠くの山を眺めている。……それから一月の大寒のころ、楠の根に肥料をやるのも年中行事のひとつであった。木というものは枝のひろがりと同じ広さに根を張っているものだそうで、下男たちは楠の根元から十何メートルも離れたところまで穴を掘って肥料を埋めていた。

ところが戦後五年、その楠も浜松近辺の木材業者に買い取られて伐り倒された。その楠は、最初の鋸《のこぎり》を入れてから倒れるまで十五日ほどかかり、木挽《こびき》たちはこんな大きな木を伐ったのは生まれて初めてだといって、どこかから写真機を借りてきてその前でポーズをとって記念撮影していた。買手がつけた値段は石《こく》あたり五百五十円で見積もり三十石。総額一万六千五百円の契約であった。徳川家康駒つなぎの由来の楠は四百年にわたって神木として尊

明治二年、戊辰戦争に従軍した頃の
竹山謙三（1850–1913）

ばれてきたのだが、たったそれだけの金のために売られてしまった。天蓋《てんがい》のように空を覆っていた枝がなくなると、家全体がまるで裸になったようで、遠くから眺める屋敷のたたずまいからこれまでの威厳がすっかり消えてしまったような気がした、と当時慶応の大学生だった恭二は同書で伐採にまつわる詐欺事件やさらに祟りにいたるまで回想している。

　この平左衛門家は徳川家康ゆかりの長屋門のある屋敷をもち、村の大庄屋を世襲してきた。恭二は『平左衛門家始末』ではその中で十二代目の当主竹山謙三（一八五〇—一九一三）に特に光を当てた。明治維新期、謙三は神主として遠州報国隊に参加したが、その後は慶応義塾で学び、福澤の「文明」を御旗に、官員、銀行家へと転進する。激動の時代、新しい時代の身分と役割を求め、活動し、家格を高めていったその記録が中心である。その謙三の姉えいの嫁ぎ先が掛川倉真《くらみ》の同じく大庄屋岡田良一郎で、この遠州のあたりでは代々そのように庄屋同士で縁組は行なわれていた。十二代竹山平左衛門の謙三には子供がなかったから、岡田良一郎の三男純平が竹山家の養子となったのである。ちなみに少年の豊田佐吉が父とともに大工仕事をしてそこで特許条例の話を聞いたという伝説のある新所《しんじょ》小学校は当初は新所学校といい、明治十六年十月十五日の開校で、その日郡長の竹山謙三が祝辞を述べ、いかにも殖産興業の人らしく学校を「知識の製造所」と呼んだ。私はそんな祝辞の草稿を恭二さんが送ってくれた地方の雑誌の中に見つけて躍り上がったことがある。また恭二さんに記事を連載できるよう雑誌の編集者を紹介したこともある。その『平左衛門家始末』「東京の旦那様」の章には道雄の父で恭二の祖父にあたる竹山純平のことがこう出ている。それに私が竹山道雄から聞いたことを補足するとこうなる。

銀行家竹山純平とその家族

第十三代の養子純平は養父竹山謙三のもとで生活したことは実はあまりない。岡田良平と一木喜徳郎の二人の兄と共同生活をしながら純平は明治三十一年、東京帝国大学政治学科を卒業し田代逸と結婚した。兄弟三人とも一高・東大卒である。二人の兄が高級官僚の道を進んだのとやや違って、卒業とともに第一銀行に就職し、学士サラリーマンとして歩みはじめた。その頃の日本で二十歳の男子のうち高等学校に進んだ者は〇・二パーセントに過ぎない。それだから、官吏でなく銀行員の道を選んだとはいえ、それは時代の第一線を行くエリート・コースであったことはまちがいない。純平は就職の翌年には大阪支店の支配人代理、六年目の明治三十七年に朝鮮の京城支店副支配人、四十二年に支配人と出世した。京城とは今のソウルである。

竹山謙三と純平

次男の道雄はそんな父の大阪時代の一九〇三（明治三十六）年七月十七日に生まれた。幼時の記憶としては、生まれたのが大阪城が見える練兵場の近くであったことと、大阪から母と祖父と一緒に宮島へ行った折、鹿を連れて帰りたいといってぐずったことぐらいである。京城へ先に単身赴任していた純平のもとに家族もやがて合流した。はじめは朝日町に住み、市原という年配の令嬢が道雄をよく可愛がってくれた。向いのイタリア領事（日本人）とその夫人（イタリア人）の間にできた娘とも遊んだ。口もと

朝鮮出発前の竹山純平家
（明治三十九年三月）後列、純平、前列左より、妻逸、文子、初雄、道雄

に赤いあざのある可愛い子供であった。成人した彼女にローマで会いそうになって会わなかった話は道雄の留学時代を語る際にふれる（第四章）。竹山家はその後朝日町から大和町へ移った。朝日町とか大和町とかは、名前のつけ方からもわかるように日本人居留街である。明治四十三年京城日の出小学校に入学した。最晩年の道雄が私に語ったところによると、当時の朝鮮は道雄が千九百二十年代末に寄ったころのエジプト、ギリシャと同じく、人々がいかにも無気力で投げやりな、いわゆる亡国の様相を呈していた。それだけに一九六五年夏ソウルを再訪した時は韓国の人々が颯爽として鬱勃たる気力に満ちていることに驚いたそうである。

『平左衛門家始末』によると、日露戦争は朝鮮半島におけるロシアのルーヴルと日本の円の角逐《かくちく》に端《たん》を発するのだそうである。韓国を円の通貨圏に取り込むという国策を背負った第一銀行は、日露戦争後の明治三十八年に日本政府と韓国政府の協定によって事実上の韓国中央銀行に位置づけられた。そして日本の大蔵省の監督下にあった第一銀行の韓国業務はやがて伊藤博文を初代の統監とする韓国統監府の監督下に移され、純平が副支配人を務めていた京城支店は韓国総支店に昇格した。それを受けて四十一年には京城南大門通りに、石造りルネサンス様式の建築が始まる。設計は日本銀行や東京駅を手掛けた辰野金吾の事務所に依頼し、第一銀行側の担当は純平であった。この第一銀行韓国総支店はその後韓国中央銀行として設立された韓国銀行に韓国業務の一切を引き継ぐ。その韓国銀行は朝鮮銀行と名称を変更した。そんな銀行であったから明治四十二年七月の定礎式には統監伊藤博文が出席して、自筆の「定礎」の文字を刻んだ銅版を礎石に据え付けた。竹山本家には伊藤統監、李完用参政大臣（首相）、高水喜度支部《たくしぶ》大臣（大蔵大臣）以下の韓国閣僚と並んで後列には羽織袴の竹山純平副支配人も写った十七名の集合写真も残されている。いろいろな記念の品も伝わっている由である。

大正元年、純平は養父竹山謙三の重病を機に朝鮮を引揚げ、東京本店に転勤した。翌年家督相続して竹山家の第十三代当主となった。その大正二年、道雄は浜松市外天王村で与進小学校四年へ通った。一九八三年『竹山道雄著作集』全八巻を福武書店から出す際に私は「年譜」を作成し、いろいろ竹山道雄に聞き質したが、本人はその当時の思い出を「一人だけ成績は良いがひよわな「坊っちゃん」の転校生であったために苛められ、人にも言えず、一年間非常に苦しんだ。子供にはとんぼの羽根をむしって喜ぶような邪悪な性質があることを感じた」と述べている。

竹山謙三の葬儀と遺志

竹山謙三が大正二年三月十一日、勤務先の資産銀行に近い浜松元魚《もとうお》の別宅で亡くなった。遺体は吊り台に担がれ、行列を作って下堀村に帰って来た。純平の妻の逸や、長年別宅で世話をしてきた妾のおともさんらが付き添った。ここで竹山謙三の葬儀とその遺志にふれたい。『平左衛門家始末』には竹山家文書中の『竹山謙三葬儀録』『竹山謙三三十日祭記録帳』に依拠して次のように記述されている。葬儀は三月十五日に行なわれた。葬列は徳川家康の由緒の伝わる表門を出て村を一回りし、まだ春の田起こしが始まっていない、乾いた田んぼの間の道を裏の墓地へ向う。先頭に花籠を捧げた二人の村人、その後を白杖と高張提灯《たかはりちょうちん》と箒が一対ずつ、やはり村人に掲げられて進み、大榊一本、矛が二本、錦旗、黄旗、白旗が二本ずつ続く。笙篳篥《しょうひちりき》を持った六人の楽人と烏帽子直垂《えぼしひたたれ》姿の神主《かんぬし》たち、それからまた旗と榊と造花、生花、太刀、弓矢、唐櫃《からびつ》、丸高張、鈍旗が続いたあと、柩《ひつぎ》が四人の若者に担がれて行

昭和十三年ごろ、下堀村の「おくにのおうち」に顔を揃えた竹山家の人々

前列左から、道雄の祖母やす、父純平、恭二、母逸（純平夫人）、佳子、初雄（純平の長男）、後列左から、謙三郎（純平の三男）、謙三郎夫人千代、道雄（純平の次男）、紘（純平の五男）、達也、船田文子（純平の次女）、一戸和佐子（純平の長女）、みち（初雄夫人）。純平の四男和達は不在。後ろの建物は謙三が建てた主屋。

く。看護師二人、白木の墓標、喪主の純平、やす未亡人、親族一同、会葬者たち……。

わずか三十数戸の小さな村に七百人ちかい会葬者が集まった。村の主だった五軒の家が接待所にあてられ、分家の竹山隼太郎《はやたろう》は親戚と原島村と市野村、西隣の鷹森愿而《げんじ》の家は銀行関係と浜松市、東隣の竹山源蔵は篠ケ瀬《ささがせ》村と天王新田村というように会葬者の接待所として座敷を提供し、酒と料理がふるまわれた。農村の葬式は村人たちが労力奉仕をするのがしきたりだが、この葬式は桁がちがう。台所の役割は飯方《めしがた》が七人、汁方《しるがた》が九人、折料理方三人、焼物方二人、酒の燗の係が二人、配膳係兼給仕十一人、奥給仕六人、洗方八人。炊いた白米が七俵、買った酒は上酒一石九斗七升八合と極上酒一斗五升。浜松肴町の料理店に千九十一円三十五銭、酒屋へ百七十三円と払いが記録されている。そのほか接待所係十五人、応接方二人、庶務二人、書記二人、幣料受納係六人、荷物扱方一人、下足方一人、使丁二人。屋敷の裏の大きな楠のあたりには噂を聞きつけた物乞いたちも群をなして集まっていた。

三月十九日には十日祭が行なわれ、会葬者には二の膳付きの本膳を出した。一番座は喪主の純平と未亡人のやすをはじめ親戚を主として二十五人、妾のおともさんも末席に連なった。二番座には出入りの者たちや村人ら六十九人が並んだ。

形見分けは身内だけでなく近村の豪農や浜松の豪商たち、車夫や銀行の小使にいたるまで目配りし、計八十二人に分けた。謙三の弟の竹山平八郎にかわうその襟巻き・時計・糸織着物・七々子《ななこ》羽織。分家の竹山隼太郎にどてらの糸織着物・七々子羽織・麻紋付。純平の実父岡田良一郎に大島一重と羽織。同実兄一木喜徳郎に外套とキセル。天王村の豪農竹山勝平に黒絽羽織。浜松商業会議所の会頭などを務めた豪商の鶴見信平に仙台平の袴《はかま》。以下、下男下女や出入りの村人にはそれぞれ三円と夏羽織、三円と浴衣などを配り、大工の棟梁には三円と博多帯、副棟梁には三円と糸織羽織が贈られた。おともさんへの形見は上襦袢《じゅばん》二枚・綿大島綿入れ・南部袷《あわせ》であった。

おともさんは豊橋かどこかの芸者だったといわれ、ともは本名ではないらしい。いつごろから謙三に囲われたのかわからないが、当時の交通事情では謙三が下堀村の自邸から浜松の銀行に通勤することはできず、本妻のやすは旧家の主婦として家を空けるわけにゆかなかったから、週のほとんどを浜松の別宅で過ごす謙三の身のまわりの世話はおともさんに任されていた。そのころ小学生で下堀村の屋敷にいた謙三の孫の和佐子によれば、おともさんは竹山家の人々を主人と心得てときどき本宅へ挨拶に来ていたし、和佐子は祖母であり謙三の本妻であるやすに連れられて別宅へ遊びに行ったりしたという。そのころの本妻と妾の関係はそんなものでもあったのだろう。謙三が死んでおともさんは用がなくなり、資産銀行の株券五十株（時価二千九百円）と現金五百円を手当てとして受け取り、「将来彼是《かれこれ》申上」げるようなことはしないと誓約書を差し出して立ち去った。その誓約書も竹山家文書の中に含まれている由である。

読者の中にはなにをつまらぬ些事《さじ》を書き連ねるとお感じの方もいるかもしれない。竹山謙三の自由民権、紡績事業、銀行業などの活動については『平左衛門家始末』を読んでいただくこととする。しかし竹山純平は実務家としてこうしてきちんと養父の遺志を果たしているのである。翌大正三年三月、謙三の一年祭に際し、純平は亡父生前の遺志として天王村の与進小学校に一万円を寄付した。明治のはじめ、東京遊学から一時帰郷した竹山謙三が父親の梅七郎と協力して作った下堀学校は、その後名前を『論語』を出典とする与進小学校と改めていた。老年を迎え、富豪として功成り名遂げた謙三は、病の床で、村の文明開化に力を注いだ若い日をなつかしく思い出し、その小学校の様子を朝鮮から帰ってきてそこへ通学する孫たちからもあるいは聞いたのであろう。ある日、学校運営のための基本財産として一万円を寄付したいと次のように村に申し出た。純平の寄付は次のように記された謙三の意向を受けてのことであった。竹山家文書の中にある日付のない一文には、

私も追々老年に及びましたが、未だ土地に対して之《これ》と云ふ事を致しませんでした。昨年来病気にて引籠《ひきこもり》中、何か公益事業にでもとつくづく考へて見ましたところ、学校教育は一日も忽《ゆるがせ》にはなりません。併《しか》し村としては費用が一番余計にかかりますから、どうしても基本財産を作り其利子で経費の大部分を支払ふやうに致さねば完全を期することは出来ますまい。学校でも既にこの点に尽力せられて居ると云ふ事は予《かね》て聞き及んでは居りますが、役に立つ様になるには猶《なお》容易のことではござりますまいと思ひますから、学校基本財産に寄付致したらと思ひ、偖《さて》何か好い機会はあるまいかと考へました処《ところ》、(天王村と市野村の両村が合併するというからその話が纏まったら、その機会に記念として寄付する計画で) 家族とも相談を経た次第で御座います。どうぞ宜敷《よろしく》願ひます。

とある。謙三の生前に両村の合併は実現しなかった。そのため寄付も実現しなかったが、その遺志は嗣子純平によって果たされたのである。そのほか、浜松市の小学校教育基金の内へ一千円、与進小学校児童一同へ書籍料として二百円がやはり謙三の遺志として寄贈された。

村の草分けといわれ旧家とよばれてきた人々には、代々受け継がれてきた儒教風の教養と、なによりも親からの鍛錬があった。彼らは家の由緒の重みを日常的に自覚することによって、村を精神的に導くのは自分たちだという強い自負心があったのであろう。明治になりカネの時代となり世の中の価値観が変わってもその意識は変わらず、かえって自分たちは新興の成り上がりの金持とはちがうという誇りを生むことになった。いくら金を儲けても、金を稼ぐのは世のため人のためにも尽すのが目的だという自覚が、心の隅にひそんでいたに相違ないのだ。それだから実際に慈善事業や公益事業に惜しみなく金と時間と労力を使ったのである。昨今の日本にはあまり見かけずアメリカ合衆国には多く見かける人間類型だが、こうした地方名望家は「私」とともに「公」も重んじたのである。『読売新聞』の橋本五郎はそのような著者竹山恭二の見方を是として「日本の近代化を可能にした秘密の一端がここにある」と述べたのであろう。

ブッデンブローグ家になぞらえていえば、明治になって家運をいよいよ高めた竹山謙三は生命力に溢れ、処世術から得た信念になんの疑いもさしはさまない啓蒙主義者であった。次の代では純平は銀行役員として社会的尊敬も受け、手堅くアッパー・ミドル・クラスの市民生活を送った。第十三代平左衛門である。その竹山純平と逸夫妻が竹山家の本拠である下堀村の屋敷に完全に定住したのは、純平が完全に隠居して東京を引き払った昭和十三年から純平が死ぬまでの五年間だけだった由である。

牛込時代の竹山道雄

竹山平左衛門家は大正期以後は東京に活躍の舞台を移した。京城から東京に帰った純平はまず大正三年、一家の本拠を牛込区南町五番地に定めた。今は新宿区で、東京日仏学院の門の前の急な坂を上った先である。私が日仏学院に通っていた昭和二十年代はお邸町であったが、いまも閑静で緑の多いマンションが建っている。純平はそこに五百五十坪の土地と既存建物を買い、五年後に建坪百二十四坪の大邸宅に増築した。「東京の旦那様」となった純平逸夫妻はこの屋敷で昭和十一年まで純平の第一銀行役員在任期間のすべてを過ごし、男五人、女二人の子供を育てた。ただし結婚式、入営祝、葬式といった一族の人々の人生の節目を形作る行事はすべて下堀の家の表座敷で行なわれた。都会育ちの純平の子供たちも、数十人分の本膳がずらりと並んだ「おくにのおうち」の盛大な宴のありさまを記憶にとどめていた。

竹山純平の長男竹山初雄はイギリスに留学して宮内省の官吏になり、長女和佐子と次女文子は東京女子高等師範の付属女学校に学び、一戸二郎奈良県知事夫人と船田享二京城帝国大学教授夫人になった。この船田文子は敗戦後の日本で主婦連合会副会長をつとめ、消費者運動・女性運動の先駆者となったことで知られる。三男竹山謙三郎は建築構造学者で耐震構造を専門とし、霞ヶ関ビルなど超高層ビルの黎明期に貢献した。謙三郎と妻の千代が開いたサロンについてはまた第十章でふれる。トマス・マンは生命力と精神の緊張した対立関係にあって、精神の純化高進は生命力の低下を来たすというテーマを一貫して主張したが、さてそれが竹山家の場合にもあてはまるかどうかはよくわからない。生命力の低下というより、敗戦後の価値の顛倒と社会変動についていけなかった人が出たと見るべきなのかもしれない。

ここから竹山純平の次男の竹山道雄に焦点を絞る。道雄は大正三・四年は牛込の屋敷から外濠を渡って麹町の富士見小学校の五・六年に通った。小学校六年のとき右大腿を骨折し、大手術の結果象牙を入れてつないだ。大正五年、東京府立第四中学校に入学した。昭和二十年代の半ばまで東京で有名な府立中学といえば一中、三中、四中、五中、六中などであった。四中は第二次世界大戦後の新制度では戸山高校となったが、当初は屈指の名門校であった。しかし一九六六年、学校群制度が導入されるに及んで悪しき平準化が行なわれ、以前の名声は失われた。年譜を作る際に竹山が私に語った一九一六（大正五）年入学当時の府立四中の模様はこうである。

深井校長のスパルタ的教育法は、頑固もあそこまで徹底すれば立派というもので、一学年四クラス百六十人の中から名を成した者も多く出た。傑出していた同学年生は石田英一郎で、天才肌の岡田家武は上海の自然科学研究所に勤めて戦後も残留し、文化大革命の時に殺された。後に企画院事件に左傾官僚として連坐する正木千冬は当時は文学青年で道雄と親しかった。厳しい規律に反撥した者も多く、三津田健などはそうであった。友人には神西清《じんざいきよし》、大野俊一などがいた。

道雄は英会話の時間を好んだ。それは四中の先生で英会話担当のアメリカ婦人（北島リリアン）が優しかったからである。

中学三年の時スペイン風邪が流行し、伊勢へ修学旅行に行った五年生の生徒三人と引率教師一人が死んだ。五年生の一人は道雄の近所に住み、品のいい秀才で親しかったのでショックを受けた。

四年修了、一高入学

道雄は一九二〇（大正九）年に中学四年修了で第一高等学校文科乙類に入学した。これは前年度から、四年修了時にも五年卒業時にも受験が認められるようになったからである。もちろん一浪や二浪して受ける人もいた。このような飛び級制度は世界の多くの国で認められている。授業も能力の揃った生徒を教える方が能率はいい。日本のように横並びで隊列を組ませると人事がどうしても心太《ところてん》式になる。井上成美流にいえば、海軍に一等大将から三等大将までいたように、大学にも一等教授から三等教授、いやそれ以下がいる。私は東大教授もそのように分類してきたが、一等教授には飛び級で進学した英才が多かった。しかし日本では敗戦後、形式的平等主義思想が蔓延した。そのためか、新制度への教育体系の切換えの際に飛び級は廃止されてしまい、そのまま惰性的に今日に及んでいる（ただし海外帰国子女で外地で飛び級して外国高校の卒業資格を得た者のみは満十八歳以下でも入学することが許されている）。落ちこぼれが出ないようにセイフティー・ネットを張ることも、格差是正もという底辺への対策も大事だろうが、しかしそれと対をなすように上辺の出る杭は打たれる、というか出る杭は打つ式の平等主義は、皆が弱者になりたがる戦後大衆社会の日本のみに見られる特色で、不健全である。

竹山道雄のように「四修」で高等教育を受ける機会を得た者は、満十六歳で第二外国語を習い始めることができたが、一九五〇年以降の日本では、たとえストレートで大学に入学した者でも、満十八歳にならないと第二外国語を学び始めることができない。それから第二外国語の学習にかける時間が現在の大学の教養課程ではもともと少ない上に（東大のみは他大学より五割方多く設定してあるが）、旧制高校の三年に比べて新制大学の教養課程は二年である。戦前の六・五・三・三の小学・中学・高校・大学の計十七年の学習年限に比べて戦後の六・三・三・四は計十六年でもともと一年足りない。戦後の日本の教育システムは教育の大衆化という学生数の量的側面では非常に寄与したかもしれないが、質的側面が蔑《ないがし》ろにされている。日本の知的選良が世界各国の知的選良に比べて遜色があるとするならば、それは日本においてエリート主義が敵視され、エリート教育が自覚的に行なわれず、エリートに伴うノブレス・オブリージュの精神も消失したからではないかと思われる。日本でエリートといわれている者の多くは、日本国内ではそう見られているかもしれないが、国際的には水準に及ばず、海外へ出るとその実力不足を意識するためなんとなく腰が引けている。片仮名でエリートと日本の週刊誌では呼んでいても、横文字の élite とはとても呼べない大学卒が多いのが、旧制高等学校消滅以後の日本の姿ではあるまいか。

道雄が第一高等学校で選択した文科乙類、通称文乙とはドイツ語の時間数の多い独英語学習のクラスである。文甲・理甲が英独語学習のクラスとするなら、乙はドイツ語に特化したクラスで、それだから戦前医学部志望の生徒は理乙を選んだ。丙はフランス語に特化したクラスだが、文丙・理丙がある旧制高等学校の数は限られていた。道雄が入学した大正九年は西暦一九二〇年に当り、第一次世界大戦でドイツが敗れてからまだ二年と経っていない。中しかし日本では明治十四年の政変後に井上毅の提案した「独乙学ヲ奨励ス」という文化政策が行なわれていた。中等教育では英語が教えられたが、高等教育ではドイツ語が支配的だった。十九世紀の末年は、ドイツの学問の威信が世界的に高かった時期で、新渡戸稲造や内村鑑三などアメリカへ留学した日本人もその地でドイツ語を勉強し、新渡戸などは北米の大学の先生に勧められてそこからさらにドイツへ留学し、ドイツ語でも論文を書いて一高校長としても『ファウスト物語』を生徒に講義している。道雄の伯父一木喜徳郎もドイツ学でドイツ留学した人であってみれば、道雄が文乙を選んだのは自明のことであったろう。ちなみに日本の大学では第二次世界大戦でドイツが敗北した後でも四十年ほどの間はなお惰性的にドイツ語が多くの学生によって第二外国語として選択された。(4)

竹山道雄の一高時代の友人関係は本人の口から語られたものなどを合わせるとこうである。寮の部屋は運動部や文化部が単位になっている部屋もある。中学時代得意であった剣道の部にはいろうとしたが、なまやさしいものでないことを知り、音楽部に入った。名義だけ入寮して牛込の家から通った時期も長かったというのは、当時は本郷にあった一高がさほど家から遠くないところに位置していたからだろう。音楽部のマネージャーは後に鈴木貫太郎終戦内閣の書記官長を勤める迫水久常で、いかにも人物であると思った。迫水はいつも「ハタケヤマ君」と呼んだが、ハタケヤマ君とは音がかぶるので道雄は別に直しもしなかった。クラス切っての曲者は岩崎昶で、はたの者は当時の彼の天才ぶりに舌をまいた。一高校長は国学者の流れを引く菊池寿人、杉敏介の二人が立派であった。菊池校長からは『古事記』を習った。独身の菊池校長は後に魚屋の二階を借りて住み、生涯独身で、ほとんど陋巷に窮死された。竹山の口から一高の教頭、校長、それから教養学部長をされた駒場の主である江戸文学の大家の麻生磯次先生の話が出て「昔の一高の校長だったやはり国文学の菊池、杉両先生がそうだった。個人が昇華して典型となって、おおどかで清浄だった」。(5)私は菊池寿人、杉敏介先生のことはなにも知らず、漱石の『吾輩は猫である』に登場する苦沙弥先生の同僚の福地キシャゴや津木ピン助はこの両先生の名前のもじりだろうと思っていただけだったから、竹山が両先生に非常な敬意を抱いているのを聞いた時は不思議な気がした。ちなみに漱石が一高で英語を教えていた時から竹山入学の時まで十五年が経っていた。その大正年間となっても一高生は非常な稀少価値であった。夏休みに日本アルプスを竹山が縦走した時「一高生富山市に来る《きた》」などという記事が地方新聞に出たので本人が驚いた由である。

ブッデンブローク家にも父親への叛逆は描かれている。道雄は官吏と銀行家など実業志向を当然とする家に育ちながら、大正十二年、父親には黙って東京大学法学部でなく文学部に進学し、はじめは美学科に在籍した。しかし大西克禮教授の学風が合わなかったからだろう、二カ月後にドイツ文学科へ移った。道雄は後年、月刊誌としては『新潮』だけでなく『藝術新潮』にもしばしば寄稿した。日本の美術についてはは『古都遍歴』(一九五四)、『京都の一級品』(一九六五)、『日本人と美』(一九七〇)の三冊の単行本、また西洋の美術についても『ラスコー洞窟の壁画』[6]などを書いている。自分の眼や鑑識力、また美術を論評する表現力にもかなりの自信があった人ではあるまいか。そんな素質を自覚していたから当初は美学科へ進学しようかと思ったのかもしれない。息子の護夫も「親父にかなわないのは美的感受性だ」と言っていた。室生犀星が昭和三十六年、竹山に読売文学賞授与の際、その海外紀行文の文章になまなました溢れがあると評したのは的確で、竹山が審美能力に恵まれ、詩的感受性に富み、芸術派青年だったことは間違いない。しかしその反面、ナチス・ドイツを批判するとか、戦争末期に第一高等学校の運営に力を尽すとか、さらには戦後の日本で自由主義陣営のために論陣を張るとか、積極的に対応した竹山には、祖先伝来の「私」よりも「公」を重んずる意識がその血筋にあったということも関係するのではないかと思われてならない。

ドイツ文学科

竹山道雄が一九二三(大正十二)年東京大学文学部ドイツ文学科へ入った時、主任は青木昌吉だった。竹山にいわせると「公正な、私のない人であったが奇人であった。」青木昌吉が註解を付したGoethe, *Faust* の教科書版は一九四九年にもまだ広く出まわっていて私もそれを買ってD助教授の一般教育演習に出たことがある。ここで外国語外国文学を熱心に学んだ自分自身の体験を述べると、高等教育では外国語の文法など初期の段階は日本人教師の方がよいが、それより先の段階は外国人教師、それも優秀な人に習うに限る。一高以来すでに三年間ドイツ語を熱心に学んだ竹山にとって帝大ドイツ文学科へ進んだころには読み書き話しの訓練の上からも、ドイツ文学を学ぶ上からも、一番刺戟にもなり為にもなったのはどうやら外人教師だったように思われる。竹山にドイツ文学科のころの思い出を聞いたとき、事実、外人教師の名前ばかりが出て来た。その談話をもとに制作した『竹山道雄著作集』（福武書店、一九八三）第八巻の年譜の大正十二年を引くと、

一九二三年、九月一日、関東大震災が起った。牛込の家の屋根にのぼると八条の黒煙が天に沖するのが見えたが山の手は大火災にはならなかった。朴歯《ほおば》の下駄をはいて下町の惨状を連日見てまわった。非常な精神的衝撃をうけた。オイケンなどドイツ・イデアリスムスで説かれる「神的世界秩序」などはないと思った。
秋の授業はダールマン神父の「我々は大災害の後にふたたび相見ることとなった」という言葉で始まった。次のオーヴァマンス神父は非常な博学者で、立派な授業だった。求められて上野の展覧会を案内した時「日本人の絵には個性が認められぬ」と途中で見物をやめ、展覧会場の喫茶室で「人間は一日に一回熱い肉を食わねばならぬ」と出来もしない注文を出されて閉口した。

国文科の堀辰雄は一年下であった。堀もやはり四年修了で一高理乙にはいった。堀は神西清《じんざいきよし》ともっとも親しく、それで竹山とも親しくなった。堀は文転して国文科へ進んだが、震災で母を失くした。当時の堀は西洋に心酔しており国文学に興味を示さず、竹山が堀のために『紫式部日記』についてなど二つレポートを手伝ってやったこともある。竹山の当時のペン・ネーム青木晋は堀が藤村『春』の作中人物から拾ってつけたものである。竹山は神西清に誘われて築地小劇場へ通ったが、下町の出で歌舞伎通の大野俊一に連れられて行った本郷座の『弁天小僧』から深い感銘を受けた。震災後は六代目菊五郎、十五代目羽左衛門などが東大鉄門脇のこの劇場へ出演していたのである。当時ではこれが日本の過去の文化との唯一の接触だった。

夏休みには台湾総督府に勤めていた義兄一戸二郎をたよりに台湾各地を旅行した。その時の思い出を『日月潭』に作品化している。そこに描かれた大正末年の台湾の地方の姿は半世紀後に私が観光地として訪れた光景とはおよそ違う。竹山青年がトロッコで人里はなれた蛮地へ往復するあたり、芥川の同名の短編が子供心に残した読後感に似た怖れと緊張感を覚えた。日本国内でも遠くまで旅することを好んだらしく、大学生の竹山は北海道では奴隷労働に類する光景も見ている（『馬鈴薯の花』）。

竹山が卒業論文に扱ったのはフリードリッヒ・ヘッベル（一八一三―六三）の『マリア・マグダレーナ』であった。大学生の論文の主題の選び方など偶然の要素も多く、さほど重要視することでないのかもしれない。竹山にいわせると、ドイツ文学は一般に主観的ロマン的なものが多く、日本のリアリズム尊重の風潮となじまない。その中でヘッベルのこの戯曲は例外的であり、しかも作者自身が自作の前に論をつけ深刻な議論を展開しているので、卒業論文で理窟をつけるのに好都合だったからだ、と本人は笑いを含んで語った。

一九二六（大正十五）年、卒業の口述試験でオーヴァマンス教授に「たいへん見事な試験結果だ」**Sie haben ein sehr gutes Examen gemacht.** と激賞された。そして直後、第一高等学校講師の職を得た。月給六十六円六十六銭であった。同僚のドイツ語教授は道雄が習った人が多く、主任の菅虎雄からは「岩元さんと組んで教える際は、岩元さんは点が辛いから、君は甘くして加減するように」という注意を受けた。教場に臨むと、道雄より年長の一高生もおり、はじめのうちは下調べに（英語の **be** 動詞にあたる）**sein** の変化や意味まで辞書を引いたこともあった。そんな道雄であったが、それから四十年後、私が一高の後身に当る東大教養学部外国語科に奉職した時、外国語教師の模範と考え斎藤秀三郎の伝記を読んで一助としようとしたところ――英語教育者斎藤秀三郎の息子が音楽教育者斎藤秀雄であるから、優れた教師の家系に属することは間違いないだろう――竹山が「伝記を読むに価する人かね」と問うた。語学教師として職に打ち込む事は大切である。しかし人間にはそれ以上になすべき大切な勤めがあるやもしれぬ、天賦の才に恵まれた人は単なる語学教師に甘んずべきではない、と竹山は自己の体験に徴して考えていたのだろうか。駒場キャンパスを卒業し母校に就職した芳賀徹に対しても「語学教師と乞食《こじき》は三日やるとやめられないそうだ」といって意味ありげに笑ったとのことだった。もっともそんなことをいえる竹山だからこそ、第一高等学校の名物語学教師となり得たのであったろう。

註

（1）竹山道雄『亡き母を憶う』『新女苑』昭和三十二年六月号、八五頁。
（2）竹山恭二『平左衛門家始末』朝日新聞社、二〇〇八、四八三頁。
（3）その後ほかならぬ私自身が思いもかけぬ出会いをすることとなった。明治初年の産業化における外来思想の刺戟伝播と土着的伝統との結びつきを私が調べていた途中のことである。スマイルズ著、中村正直訳『西国立志編』に感奮して日本の発明王となったともいわれる豊田佐吉の生い立ちを私は吟味した。佐吉は遠州浜名郡の農家の出身だが、本人は報徳宗の感化を受けたと強調している。ところでその浜名湖の近辺で二宮尊徳の報徳宗を広めた第一人者は尊徳の高弟である岡田佐平治の長男、岡田良一郎その人であった。良一郎は本来は農業本位の勤労倫理を説いていた報徳宗を、スマイルズ風の産業本位の勤労倫理へと転化させた人で、良一郎が明治十年代になって著わした論には二宮尊徳とともにスマイルズの名前もまた登場する。報徳社主流の人々が旧来の徳本論を主張したのに対し、岡田は「財ハ本ナリ、徳ハ末ナリ」などの財本論を唱えた。この岡田が竹山謙三と協力して天竜川畔の二俣《ふたまた》に遠州紡績会社が設立され西洋の動力織機を導入する。それも刺戟となって豊田式人力織機は発明されるのである。詳しくは平川祐弘『天ハ自ラ助クルモノヲ助ク――中村正直と『西国立志編』』名古屋大学出版会、二〇〇六、一七三―一七七頁。
（4）こうした惰性的状況が続く際に、従来の英独仏中露の第二外国語のうち、ドイツ語教師の定員を減らしてスペイン語、イタリア語、朝鮮語、アラビア語を第二外国語に昇格させる措置を講ずることには非常な抵抗を伴うものである。しかしドイツ語教師の供給源である独文科に優秀な志望者が集まらなくなったこともあり、昭和末年から日本の大学における第二外国語の多様化は進んでいる。
（5）『麻生磯次先生のこと』『竹山道雄著作集』4、一七四頁。
（6）『ラスコー洞窟の壁画』は昭和三十三年十二月号以降『新潮』に連載され、単行本としては『ヨーロッパの旅』に、文庫本としては講談社学術文庫『尼僧の手紙』に収められた。

第三章　母方の人びと

最後の儒者

そのような高級官吏と実業家から成る一族の中に実は学者もいなかったわけではない。竹山道雄（一九〇三―一八四）が描いたその身内の人は、道雄の母の姉田代継子が嫁した伯父、遠湖内田周平（一八五七―一九四四）である。竹山は『最後の儒者』[1]と題して一九五三年十一月の『心』に寄稿した。

遠湖の号が示すように、内田周平は遠州浜名湖の近くで安政四年に生まれ、昭和十九年に没した。東大医学部で学んだが、明治十八年一月、卒業間際に医学部を退き、文学部に転じ、哲学と漢学の選科生となった。この内田周平の人柄について竹山はこう書いている。古本屋でみつけた柳田泉『明治文学と内田遠湖先生』（尾佐竹猛編『明治文化の新研究』亜細亜書房、一九四四に収録）を読んで竹山は大いに驚いた。

冒頭に「遠湖内田周平先生は、蔚然《うつぜん》たる当今の儒宗であり、道学の棟梁であり、今日東洋思想、儒学、道学方面に志をもつ人々なら何人とて先生の名を知らぬ人はない」とある。そしてまた「然るに遠湖先生には又独逸文学者として今一つの面があり、明治二十年前後の文学界に少からざる啓蒙的寄与をされてゐる」とある。

この内田周平は私の伯父にあたる。柳田氏は「幸ひ夫人の田代氏が賢淑であつた」「一生備《つぶさ》に辛苦を嘗めて内助につとめた功は、まことに大きなものである」と記していられるが、この田代継子は私の母の実姉である。そして、ひところは家が共に牛込ですぐ近くだったし、三人の従兄は帝大生または一高生で私の先輩だったから、私も内田の家にはときどき行った。玄関を入るともう古い漢籍がつみあげてあったが、家は小さな借家で、何の趣もない殺風景なものだった。

しかし、伯父にはあまり会ったことはなかった。いつ行っても、二階から大きな声がきこえて、朗々と単調に傍若無人に本を読んでいた。あのころはまだラジオがなかったから、こういう人声は異様だった。きいていて思わずおかしくなった。何をしている人だかもよくは知らず、少年の私はほとんど関心をもたなかった。正直のところ、世にうとい奇人の老翁だくらいの、漠然たる観念しかもっていなかった。

そして遠湖老人がいかに世外《せがい》の人であったか、こんな神話か笑話が語られた。

あるとき、どういう機会からか、老人が洋楽のオーケストラをきいた。帰ってから老人は息子にたずねた。「西洋では、踊り手はいつもひとりで踊るのかな?」老人は、指揮者のコンダクトを踊りだと思って眺めていたのだった。

内田家に行って従兄たちと話していると、朝でも晩でも、二階の癖のある朗読の声が絶えなかったが、ときどきそのあいだに、痰を壺の中に吐くはげしい音がした。これが癖だった。あるとき老人が汽車にのって旅行をした。そして窓の外にむかって痰を吐いた。ところが、そのときには窓がしまっていた。老人にはガラスが見えなかったのだった。

老人は晩年九十歳にちかくなったころもなお、手紙はかならず自分でポストに持ってゆき、けっして他人には托さなかった。それは、「手紙は元来自分で先方の家にとどけるべきものであるが、いまはそれを郵便局がはこんでくれる。だから、せめてポストまでは自分でとどけなくてはならぬ」という考えからだった。そして、手紙をもったままポストの前を行きすぎ、また帰りには自分の家の門を行きすぎるようなことは、毎度だった。

浜松藩は徳川の恩顧《おんこ》を蒙ったから、藩として進んで勤皇の旗揚げはしなかった。しかし賀茂真淵の故郷ということもあり国学が盛んで、神主身分の者が遠州報国隊に参加した。竹山謙三などは江戸へ攻め上がったばかりか箱館戦争にまで加わった。謙三はその後、慶応義塾で学び、西南戦争に従軍、帰郷して地方の文明開化の指導者として殖産興業を奨励し銀行家となったことは前にふれた。内田周平の家からも兄正はやはり箱館戦争に加わった。その後医学を修め軍医として西南戦争に従軍、後に浜松で病院を開いた。内田の家は儒医で父貞二は江戸に出て医学(眼科)を修め、漢学は塩谷宕陰について学んだ。遠湖内田周平はそんな父から教養の好みを受け継ぎ、家業として医学を学ぶことを命じられ、明治八年に上京した。だが実務的な才覚はおよそとぼしく東大医学部を卒業間際までやったのに、晩年になっても検温器をながめては「三十八分かな。四十二分かな」などといっていた。竹山道雄は伯父の内田周平が父竹山純平と話をしていた時の模様をこう記している。

私の父は明治中期に人となった進歩的ブルジョアで、実益のない古い教養には何の価値も認めない型の人だったから、伯父との話はまことにちぐはぐだった。比較的に俗人にも通じる話題だと思ったのであろう、伯父は頼山陽について論じだした。伯父は普通の人が「えー」というところを「いー」という口癖があった。

それで道雄たちは口真似をして「山陽が、いー」というのが竹山家の流行語になった。遠湖老人の昭和六年の作に「七十五齢歳月奔。明治迂儒我独存」とあるが、道雄は伯父を自分の楽しみに淫する、時代の落伍者のように思っていた。右の詩も常套句である。漢学界の大存在と教えられても道雄はさほど驚かなかった。それより驚いたのはこの伯父が明治二十年から二十五年にかけて日本におけるドイツ文学や哲学の有力な紹介者だったという史実だった。というかそのような存在が身近にいながらその活動を知らなかったということだった。竹山は自分がドイツ文学者であっただけにその驚きは一層強かったに違いない。

徳富蘇峰は明治二十一、二年ごろまだ二十代後半で『国民之友』の新進気鋭の編集者だったが、当時三十代前半の内田周平を次のように重んじていたと昭和八年遠湖老人の喜寿の筵《えん》で回顧している。すなわち内田周平を単に山崎闇斎の学統を継ぐ学者としてだけではなく次のような人でもあったと紹介した。

独逸学を御やりになつて、さうして漢学が出来る。詰り両刀使であると云ふやうな事で、其の時分に漢学をやる人は、どうも横文字を知らず、横文字を知つて居る者は余り漢学の方は巧くない。其の両方をやるやうな人は、仏蘭西学の方では中江兆民先生が居られた。……独逸学の方では実に此処におゐでの内田先生でありまして……

それでよく原稿を頂戴し、熟字のことについては常に御叱言を頂戴した、と述べた。柳田泉論文にはこんな徳富蘇峰の祝辞ばかりか、内田周平が当時アルント、シラー、ウィンケルマン、レッシング、ヘルダーの国民文学の主張、アルベルティの自然主義写実主義の主張、それに対するビールバウムの駁論、ジャン・パウルやハルトマン美学などの翻訳や紹介をしたことも述べてある。奇人の老翁と思っていた内田の伯父は、道雄が生まれる十年前までは、日本におけるドイツ文学の草分けとして文壇で、坪内逍遥、森槐南、徳富蘇峰、森田思軒、尾崎行雄などと並んで、筆をふるっていたのである。そしてあの二階の声は唐人の寝言のようなものではなく、東洋の知恵もいっぱいにつまっており、戸川秋骨、上田敏、福田徳三、鳥居素川、黒板勝美、宇野哲人などに漢学を教えた声でもあったのである。——そう知って竹山は、すこし代がずれると、これほどにも知られず埋もれて断絶してしまうのかという感慨にとらわれた。

道雄は、自分たちがはらうべき敬意をはらわなかったのは、業績に対する無知からもきていたが、大きな原因は、伯父が自分の世界にだけ立てこもって家族のことをまったく顧みないことにあった、と述べている。家庭という現実生活に対して極端に無関心な人に国家や世界の現実がよく見えるはずもない気がするが、この一徹さからある悲劇的な影がさした。甥道雄の文章は夫人の継子を語って印象深い。『遠湖文髄』に収められた『記亡妻事』に依拠したと思われるが、明治十七年周平に嫁いだ伯母継子の人間をこう描いた。

伯父が熊本につとめていたときに、甲州の商人が水晶を売りにきた。価も安かったので、伯父はその中のいいものをいくつか買い、大小の印章を刻ませた。それから、その一つで笄《こうがい》をつくって伯母にあたえて、つぎのような詩をそえた。

十有余年伴我貧　十有余年我が貧《ひん》に伴ふ
経営家事幾艱辛　家事を経営して幾艱辛《かんしん》
一笄酬汝水晶潔　一笄《けい》汝に酬いん水晶の潔《きよ》きを
勿羨他人時様新　羨む勿れ他人時様の新

伯母はこれに和して和歌をつくった。

いさぎよき君がこころをかさしつつ十年《ととせ》のうさもわすられにけり

自分のものなどは何一つ買ったこともなく貰ったこともない伯母にとっては、この笄《こうがい》は宝となった。これから後も貧しい生活をつづけたが、そのあいだに成人した娘と四歳の男の子を失った。そして、五十九歳になって心臓病でもはや立てないことを知ったとき、こういう遺言をした。――自分が死んだら、二人の子の側に葬ってもらいたい。そして、水晶の笄を自分の霊代《たましろ》としてもらいたい。

没後に手箱をひらいてみたら、笄が紙につつんであり、それに二首がそえてあった。

子のあとをおひてわたらむ三瀬川いざいでたたむ死出のたびぢに

現し世におもひのこさんこともなしさきたちし子にあふをうれしと

しかし次の事件は伯母のために、またおそらくは明治に育った女のために、大気焔を吐くものと思われる。——関東大震災のとき、伯母はひとりで留守をしていたが、大揺れの最中にも家から出ようとはしなかった。そして、伯父が多年買い集めたうずたかい漢籍の間に坐って、本と生死を共にする覚悟でいた。

継子は「水晶の潔きを」と自分に言われ髪飾りを頂いたとき、潔きは「君がこころ」であるといい、「いさぎよき君がこころをかさしつつ」、それを飾りとして生き、そして死んだのである。三瀬川《みつせがわ》は三途の川である。伯母にとって作歌が唯一の慰めであり、生き甲斐だった。台所をしながらも、はたきをかけながらも、和歌を口ずさんでいた。死ぬ一月前、代筆で送った二首が雑誌『鶴のつばさ』に天と地との評点をえて載せられたときは、病床にいてたいへんよろこび、そこにいあわせた人たちは、後になってもその様子を語りあった。その歌はただの奥様芸ではなく、あるものは真に肺腑からしみでているとして、道雄は没後に編まれた『晶笄集』から亡児看病の歌を引用している。

靖死去の前夜はくるしかりしにやしきりに手足頭なと動かしいかにともすへきやうなくて靖か日頃好める歌うたひて夜あけをまちしに
やめる子の好めるうたをうたひつつこころほそくも夜をあかすかな

伯母は大正十四年に亡くなった。臨終のとき、伯父はその枕頭に両手をついて、大声で「つぎ、つぎ」と呼んだ。そして、「長々と御苦労様でありました」といって低く頭を下げた。伯母はもうほとんど意識がなく、ただ「あー」というような声をあげただけだったそうである。

『菩提樹畔の逍遥』

竹山は「遠湖老人にとっては、ドイツの学問や文学は所詮一つのより道にすぎなかったらしい。その方法をとり入れて東洋の学問にあたらしい方面をひらくというようなことはなく、やがてむかしながらの道にかえって、古い型の儒者として終わった」と観察した。内田周平の後半生に西洋の影が消え、そして内田その人が忘れ去られたことを惜しんだのであろう。

私は竹山の『最後の儒者』には鷗外の『安井夫人』や『ぢいさんばあさん』などと同種の神話化の力が働いていると思うが、ドイツ学者としての内田周平が忘れ去られたについては、それなりの理由があったと思う。同時代人でも逍遥にはシェイクスピア、思軒にはヴェルヌという個性が刻印された翻訳があった。年上の兆民にはルソーの翻訳のみか自己の思想を主張した述作があった。そうした人に比べ内田には個人の名を冠するような訳業がない。留学していないせいかドイツ語のニュアンスが掴めておらず、訳文中の人物が生動していない憾みがある。それに加えて『国民之友』から内田周平を追い落とす恐るべき人物がドイツから帰ってきた。森鷗外である。

鷗外は内田より五歳若く、一八六二年の生まれだが、年齢をいっわって飛び級したから東大医学部では逆に内田より四学年上で、一八八四年にはドイツへ留学した。一八八八年（明治二十一年）九月帰国するや、翌明治二十二年夏『国民之友』五十八号に訳詩『於母影』を発表した。そして同年十月発行の『柵草紙』第一号で『国民之友』五十九及び六十一号に出た内田訳のシラーの『菩提樹畔の逍遥』Schiller, *Spaziergang unter den Linden* をつぶさに批評した。内田訳は次のように始まる。登場するのは悲観主義者と楽観主義者である。

於爾麻《オルマル》は恵士因《エドウイン》と友とし、善し身を塵界の喧囂《けんごう》に抜き思を哲理の幽玄に寄せんと欲し、相ひ共に山林に退処して平和なる隠逸に棲息せしが、彼等が生活の命運に於て亦奇なる者ありき。

鷗外はまず褒めた。「枝葉鬱蒼たる菩提樹下の幽径は正に彼等が道機を観念する最愛の場所なりき。嘗て五月、天気の清和に乗じ両人相ひ携へ亦来りて此に逍遥せり」など内田訳は漢語がさわやかで、それなりに見事である。鷗外も「余一誦して其独逸語に邃き才子の筆に成れるを知る。何となれば訳者が麗縟の文字は人をして其翻訳の語たるを忘れしめんとするを以てなり。」しかしそれに続けて「既にして之を再三読すれば其詞意の太だシルレルの原構に殊なるを覚ゆ」と述べ、誤訳を片端から列挙した（『柵草紙』では細評は一二九行にわたるが、現行の『鷗外全集』では『月草』を底本にしているために簡略化されて「唯惜む、辞句の間猶原作の情を尽さざるものあることを」と述べるにとどめている）。菩提樹の並木道に登場するのは無憂生のエドウィンと恨恨生のオルマルだが、その二人が世塵を閑地に避けたのは「此処にて充分なる哲学的の余閑を以て彼等の生涯の奇なる命運を養成せんと欲してなり」と原作者は言ったと鷗外は指摘する。**hier in aller philosophischen Muße die merkwürdige Schicksale ihres Lebens zu entwickeln.** シラーはそこで両人に哲学的対話をさせる意図なのだ。ところが内田は二友は「隠逸に棲息せしが、彼等が生活の命運に於て亦奇なる者ありき」と改めてしまった。またエドウィンはオルマルの「蹙《しゅく》頞《さう》」、すなわち憂え顔を見て「然れども汝は何ぞ喜悦の杯を斯く迄に厭悪するや」と原作では問うている。**Aber ist es denn möglich, den Becher der Freude so anzuekeln?** 内田はそれを「然れども安《いづく》んぞ歓楽の杯觴も之れが為めに嘔吐せざるを知らんや」と改めた。これは一体何という訳だ。鷗外はこうして立て続けに納得のいかぬ点を列挙した。原文は前後を含めて註[2]に掲げるが、それほどの難文ではない。

　内田周平がドイツ文学紹介の仕事から身を引いたのは、第一に自分の非力をこうして思い知らされたからであろう。第二に明治二十五年、熊本の第五高等学校へ赴任したことで中央文壇とは縁が切れたからでもあろう。ファックスなどの通信手段が開発される以前は地方にいて中央の文壇で活躍することは至難事であった。それもあってだろうか内田は時代が求める新知識のドイツ語教師でなく、時代に背を向けた漢文の教師となったのである。するとその漢学の世界が自分の性《しょう》に合った。熊本には東京時代の師の一人だった漢学者秋月悌次郎がいた。秋月は明治二十三年、東京から熊本に来、第五高等学校の教員生徒の尊敬を一身に集めた。明治二十六年、秋月の古稀に際して刊行された『鎮西余響』には内田周平が五高関係者に請われ序をつけている。ちなみにこの文集にはラフカディオ・ハーンも敬愛する秋月翁のために祝辞を寄せている。ハーンと秋月との交際は広く知られるが、ハーンと内田との交際は聞かない。東大医学部時代のドイツ人教師を除いて内田は異人とつきあうタイプではなかったらしい。第三に一般論としての趣味上の西洋詩文から漢詩文への回帰だが、内田に限らずそのような回帰をした人は旧制高校の教師には少なくない。漱石の友人菅虎雄（一八六四―一九四三）は明治二十四年に東大独文科を卒業、五高、三高、一高を歴任したが、後年は教場で教えるのは熟知した菅虎叢書と称するドイツ語作品数種に留め、余暇はもっぱら漢詩を楽しんでいた。この菅虎雄は竹山が一高に着任した時のドイツ語主任だった。ちなみに菅は当初医学部でドイツ人教授からドイツ語を学び、後に独文科へ転じた人である。その一高のドイツ語教授で「偉大なる暗闇」として知られ、竹山も尊敬すべき同僚として仕えた岩元禎（一八六九―一九四一）も晩年には読書は漢籍へ傾いた。菅や岩元の東洋への回帰は、スウィングの振幅は内田ほど激しくないが、やはり相似たカーヴを描いたといえよう。若い時は西洋料理が好きであったが老いて和食に回帰する人は多い。若いとき西洋の異性に憧れ、年老いて好みの変わる人もいる。肉体の日本回帰のみか精神の生理現象としての東洋回帰といえないこともない。若いとき卑屈なまでに自国を卑下して西洋を崇拝した人の中に、老いて母国讃美のナルシシズムに陥る人もまたいたりするのである。

　では内田周平の場合、精神の均衡はとれていたのだろうか。晩年の漱石は午前は西洋風近代心理小説の執筆に打込み、午後は漢詩や文人画を楽しむことでバランスを保ったが、内田は外国へ出たことはなく、西洋人との交際はない。その異人観は『遠湖文髄』に収められた『英人殺我孝子』などに出ているが、排外思想が表面化している。大正九年に書かれた小文は、日本の底辺に漠として存在する反英気分に投ずる内容である。横浜の貧しい家の十六になる少年が英国船に物を売りに行った。そこで誤解があって船員が少年を靴で蹴り、逃げたところを捕まえ、鉄板に叩きつけて殺した。背骨が折れていた。正義の人内田はそこで「甚シイ哉、白人ノ虐也」と憤慨して、自分はかつて白人著す所の植民地経営の歴史書を読んだが、植民というのは一大侵略だ、白人は人面獣心だ、と幕末期の攘夷家もどきが書いてある。読んで私はいささか憮然とした。

熊本時代の内田は五高のほか九州学院でも教え、肥前針尾島に楠本碩水を三回たずねて道学に生涯を捧げるようになった。明治三十年に上京、正誼館を開き、哲学館などでも教えた。その方面の業績について云々する力は私にはない。内田の次男亨は道雄より六歳年上、著名な動物系統分類学者で、一般向け著作も多く、第一回エッセイスト・クラブ賞を得た。敗戦後大流行したフランス映画で『舞踏会の手帖』は人気がとくに高かった。当時の私はサブタイトルで内容がすっかりわかったつもりになりうっとりとしたが、その字幕を訳したのは内田の別の息子とのことだった。道雄は『最後の儒者』の最晩年をこう結んでいる。

伯母の没後の伯父の傷心のさまは、「あの家族に無関心だった人が——」とはたの者をおどろかせた。伯父は昭和十九年、八十七歳まで存命していたが、気の毒な戦中の老人生活をした。裾から綿がはみ出た着物をきて、寒中に炭もなく、せんべい布団にくるまっていたが、それでも「いまは火はどこにもないそうだな」といって、これがあたりまえという様子だったそうである。……

せっかく最後の儒者の甥でありながら、私は遠湖老人から何物をもうけつぐことがなかった。私は官吏と実業家でかたまった親戚の中で、ただ一人だまって文科に入るという異例なことをして、父をして「息子を一人失った」と嘆息させ、そのころすでに多少変人であるという名声をえていた。ちかごろになって私の母からきいたことだが、伯父は母にむかって「おまえの生んだ子供の中で、あれだけがまだしも人間になるかもしれない。あの子を大切にしなさい」といったそうである。これをきいて私はいまさら変人であることの幸をよろこんだのだったが、このもっとも理解をもつべかりし私ですら、伯父については無理解だった。人間はすぐそばにいる者のことをこれほども知らずにすむのであろうか。これもすべての方面で古い教養の伝統が絶えてゆきつつある、一つの例であろう。そして思いかえすと、あの伯父と伯母は、私が接した最後の古い日本の姿だったという気がする。

母

内田の伯父もさることながら伯母が印象的である。この伯母継子の妹が竹山道雄の母逸《いつ》で、道雄にとっては父より母の方が大切な存在だったという気がしてならない。私自身は母を昭和五十年に亡くした。その時竹山が「男の子にとっては父よりも母の死の方がこたえるものだ」といったが、そのしみじみとした口調にそう感じたのである。

道雄の父竹山純平は昭和十八年、七十一歳で亡くなった。母逸には五男二女があったが、その子供の中で道雄の家で戦後は暮し、鎌倉材木座で亡くなった。遠湖老人が義妹の逸に「あの子を大切にしなさい」といったのが事実だったにせよ、後年の母が道雄にそれをいい、道雄がごく自然に追憶文にそれを書いたのは、母子の絆《きずな》が強かったからだろう。道雄は母に頼りにされた息子だった。昭和三十一年十月、十三カ月ぶりにヨーロッパから戻ると母は「帰ってくるのをまっていましたよ」といい、翌昭和三十二年に亡くなった。その年の『新女苑』六月号に竹山は『亡き母を憶う』を寄せた。話に出てくる古い梅の木は材木座の竹山家の客間の前の庭でいまでも花をつけるが、昔のような勢いはない。

三月十一日に、私の母が七十七歳で亡くなりました。

病室の外に古い梅の木が生えて、白い梅が盛りあがるように咲きます。それに日の光があたっているときなどは、じつに絢爛たるものです。今年この枝に蕾がひらきはじめたころに、母がついに嗜眠状態におちいりました。それは長くつづきました。白梅はあとからあとから開いて、花がだんだんと枝をのぼってゆくけれども、母は眠りつづけました。ただ、くるしみはなくおだやかなのが何よりでした。
それまでの病苦にやつれて嶮しかった面ざしは柔和になり、血色もよくて、以前の盛りのころをまた見るようでした。枕元に坐って寝顔を眺めながら、

「おばあ様は美人だなぁ――」

と思いました。

しかし、意識はもうもどってはきませんでした。生命の力は日ましに減ってゆきました。夕方などに、白梅の花がまるで水晶の玉をつらねたようにむらがって、枝と枝とが照り映えて、木全体が生きてかがやいているのを見ると、何だか母の魂がそのあいだにうつってきているような気がしました。これがいつまでも散らなければいいが――と思いました。

眠りながら、病人は手をうごかして、何かをまさぐるようにします。それを握ってやると落ちつきます。こちらの手を外そうとすると、衰えた白い指先で弱々しくつかまえようとしました。「分るのかしらん――」とふしぎでした。

亡くなる三日前に、醒めたことがありました。目の光には意外なほどのつやがあり、唇もひきしまって、顔に生気がありました。はっきりとした精神がこもった表情でした。……私は「もう一度でいいから話したい」と思いました。しかし、分っているのか、分っていないのか、何の返事もありませんでした。ただ慧《かし》こそうな目をじっとすえて、こちらを物いいた気《げ》に訴えた気《げ》に見つめているだけでした。

母は肺炎をおこし、死が迫ってきた気配が部屋に充ちた。道雄は母の手を握りしめた。手を握りながら、母の異様な姿を見るにたえなくて、面を伏せた。とつぜんぱたりと息が絶え、母の体はみるみるうちに蝋の色に変わり、顔はうつくしく澄んだ。母はいなくなってしまった。

母が骸《むくろ》になってしまった朝、はじめて外に鶯がきて鳴いた。そんなことがふしぎなほど切実に印象された。海辺に行って、荒い波がうちかえしているところで潮騒《しおざい》の音につつまれたときには、はげしい感動をうけた。道雄は思い返す。最後の冬に火鉢をおいておくと物を焦がしたりしてあぶないので、火鉢をひっこめて切炬燵《きりごたつ》に電気ストーヴを入れて煖《だん》をとる工夫をしたが、母は炭火をほしがり「炭を。炭を」といった。ひとりで炬燵にうずくまってしょんぼりとした日が続いたが、そのうちに「ここは寒いから家に帰ろうと思いますが、どう行ったらいいでしょう」。竹山はいささか恨めしく「家ってどこですか」とたずねると、六十年近くも前に出た実家の地名を答えた。

納骨に遠州に行き、母のその「ふるさと」北鹿島村を訪ねた時の印象を竹山はこう書いている。

しずかな庭には、飛石のまわりに苔が厚く、木蓮の花が曇った空にまっ白に浮きだしていました。井戸のほとりに、古い柚子《ゆず》の木が立っていて実がたわわになっていました。

「ああ、これがよくいっていた柚子だな――」と、私はしばらくそれを見上げました。

留守居の老婦人が竹山を家に入れて、雨戸をあけてくれた。太い欅《けやき》の柱が林のようにならんで、つやつやと黒光りしている。老婦人は母と静岡の女学校で同じ寄宿舎にいた二つ年下の人だった。明治二十七・八年の日清戦争当時、中学校も女学校も静岡市より外には県下にはなかった。次はその婦人の手紙である。

――(田代逸は)上級の首席でいらっしゃいましたから、先生のお部屋の直ぐ側のお部屋の室長さんをして居られました。これは参観にお見えになる方が真先きに御覧になりますから、常に整頓いたしておかなければならぬからで御座居ます。何にしろ下級生には御親切にて、何事につけてもしっかりとした御性であったと思います。ことに字のお上手な事は有名で御座いました。御卒業式の時は答辞を読まれ、来賓の余興にオルガンをひかれたと覚えて居ります。常々夕食後に庭にて遊戯をいたします折は、御母上様が先きにたっていたされたと覚えて居ります。

いま田代家は天竜市二俣に寄贈され、神社仏閣と並んで旧跡として指定されており、古い頑丈な枠を組み上げたつくりの家は昔を偲ぶよすがとなっている。そこに展示された田代逸の日記はこれが十六歳かとはとても思えぬ筆跡である。女学校の寄宿舎は大きな日本間がいくつもあって、朝床を片づけて机をならべて、授業は始った。日記の一節。

――朝食はいと葉の汁なり。一時間目は読書にて前のつづき、理科は腔腸動物。家政は主婦の務なり。三時間裁縫にて襟までくけたり。終りておるがんをひきぬ。山崎氏のかみをゆふ。(3)

生徒たちは日本髪で帯をしめていたから、友達同士で髪を結った。他人が読んでもべつに興味はわかないだろうが、その日記を手にとって読んだ竹山の目に墨で書かれた母の文字がにじんで見えた。

神西清

竹山の母と同じ日に神西《じんざい》清《きよし》も亡くなった。神西とは東京府立四中三年のときに同じ組に編入されてからの交友だった。その秋に榛名山へ修学旅行に行った。「山から山に暮るるもみぢ葉」というのがその日の属目の景であったが、その夜神西と語り明かしたのが竹山の生涯の転機となった。神西の感化で竹山は芸文に心惹かれる青年となったからである。神西は竹山家の新年のカルタ会に来て読み手となると「から歌一枚」といって、

大正十年夏

左より、和達、父純平、文子、紘、母逸、初雄、道雄、謙三郎。

茜《あかね》さす紫野《むらさきの》ゆき標野《しめの》ゆき野守《のもり》は見ずや君が袖ふる

と額田王《ぬかだのおおきみ》の歌をよんだ。中学三年の都雅な神西はこの頃から寝ても醒めても文学で、次々に実朝、白秋、露風、ヴェルレーヌ、メーテルリンク、『リラの花』、『珊瑚集』、『海潮音』などを彼の弟子となった竹山に教えてくれた。神西は気に入った詩や歌をきれいに清書してくれた。「ときには絵入りのものもあった。師も熱心だったし、弟子も熱心だった。私は堅い山の手の家庭に育って、文学書などはほとんど禁制だったが、こういう未知のものの魅力にはあらがいかねた。心の底に自分にも分らないあこがれが湧きおこっていたころだったから、それを地面が水を吸うように吸いこんだ。情感とその言葉による表現ということを、彼によって手ほどきされ、あとからあとからと示される美しいものに瞠目しながらついていった。精神の地平線がすこしずつひらけていった」(4)

二人とも大正九年、四年修了で一高に入ったが、神西は理科に進み、一時期精神的に悲惨な状態に陥った。一人息子が年毎に人におくれ、しかも家の中ではかなり気ままで横暴だった。その神西の乱脈ぶりにいちばん苦しんだのは神西の母君で、ひとりで彼を育てた後に他家に再縁され、その縁家先に神西も住んでいた。竹山は大学に入り、神西は一高を中退していた。そして竹山の角帽を頭にのせて道化ていた。そのときに母君がお茶をもって入ってこられて、角帽をかぶっている彼を見て、しずかに、

「その方が似合いますよ」

といって、涙をふかれた。

その神西は外国語学校のロシア語科に入ってから、魚が水に帰ったようになった。言葉という自分の天性のエレメントの中に思うがままに泳ぐことができたからである。やがて放浪時代もおわり、神西は結婚した。その新婚生活は、たずねて行って気持がよかった。鎌倉に住んでいた神西夫妻は竹山が牛込の親元から離れて昭和十年代の初めに移り住んだ渋谷区大山の家に泊りがけで遊びに来たりもしている。竹山が独身の頃も昭和十四年に結婚した後も来ている。当時の神西は非常な刻苦精励をして、みごとな仕事をつぎつぎとしあげた。そして竹山の追憶文はこう結ばれる。神西は、

　夫人には苦労もかけたが、頼りきってもいた。ああいう特別な天分と気質をもった人の私生活をあずかるということは、なみ大抵ではなかったにちがいない。夫人がいてようやく箍《たが》がはまっていたときも多かったのであろう。彼の仕事のために夫人がどれほど力があったか、知る人ぞ知るである。そして、二人を媒酌したやはり同窓の大野俊一君は「あれが日本婦道の最後の一人だね」というのである。

この「亡き神西清君のこと」は竹山の母と神西と「鎌倉のさみしい焼場で、二つの柩が前後して煙になった」で始まる。その二十七年後の昭和五十九年六月、私もその同じ谷戸《やと》をのぼっていった先の、昔のままのひなびた焼場の待合室で竹山道雄が茶毘《だび》にふされるのを待った。そのとき居合わせたのが道雄の息子の護夫と私と神西清夫人で

あった。私ははじめて夫人にお目にかかった。夫人は私たちに竹山道雄に異国の女性との文通があったことなど秘められた思い出も語った。ちなみに昭和十四年、竹山道雄を南保子と引き合わせたのは神西清夫妻で、結納の役も勤めたことが神西の日記に出ている。

寄寓

竹山は大正末年、例外的な日本人大学生であった。ドイツ語学習のためにドイツ人の家に寄寓しながら東大独文科へ通っていたので、そんな時期が十カ月ほど続いた。いわば日本にいて留学しているも同様である。これは竹山の家庭が裕福であったからこそ許された体験でもあったろう。第一次世界大戦後のドイツ人は、故国のマルクの貯金がインフレーションで無に帰した。それだから、日本で学生を寄寓させ、食卓やサロンでドイツ語を使う機会を提供することで定収外の収入を得ようとしたのである。東大にギリシャ語・ラテン語を教えに来ていたドイツ人クレスラーの家へ竹山を紹介したのは同学の紅露文平であった。竹山が昭和二年六月の『虹』に寄稿した『寄寓』(5)はその体験記である。

母上、お手紙戴きました。御無沙汰して済みませんが、こちらの生活を書いてお知らせしようとなると、あまり印象が混沌としていて、何から書いていいか分りません。西洋人の家庭にいると常に自分より上手な役者の中に交って芝居をしているようで、圧倒されます。語学の練習どころか、ここへ入りこんでから急に話せなくなったようで、まだ落着きません。どんな暮しをしているかとお尋ね故、一つ昨日一日の生活を書いてお知らせしましょう。

竹山は自分がその家族と会話の調子をあわせ損ね、部屋の空気を壊してしまった件から書き始める。へまをやら

大正末年東大生の竹山道雄（1923-26）

かしたことに過剰に反応し「恢復しようと努力すればする程駄目でした。身体が針でつつかれるような気がしました。」そしてその様が自己客観視の筆致で記される。なおここでドクトルは医師ではなく大学卒の、博士というよりは修士に近い、ドイツの肩書である。へまをやらかした主人公の私は、

思い切って部屋を出て了え、と思い乍ら、尚身体丈は悠然とドクトルのすぐ向いの椅子に腰かけています。そして時々吃驚したようにあたりを見廻したり、口のあたりが変に歪みだしたりするのを自分で叱っていました。そうするとまた手が動いてぶざまな様をして、顔のあたりを掻くでも撫ぜるでもないような恰好をして、引っこみがつかなくなるのです。ふと見ると令嬢がつめたい顔をしてよそを見ているのが堪らなく憎く思われました。

遂にドクトルが、可哀そうだ、もう一度丈助けてやる、これでどうとも出来なかったら勝手にしろという調子で言いました。（勿論独逸語ですがむこうの言う事丈は凡そ分るようになりました）

「その君の友人というのは、今一度請求して見るがいい、吾々独逸人というものは……」

「けれども」と私は思わず言って了いました。

私は他の事情が説明したかったのです。然しもう話がこう複雑して来ると駄目で、私は初め冗談のつもりで言い出した事が、外国人を意外に怒らして了った事になったのに驚いて、その原因ばかりを考えているのに、話はもうずっと先に進んでいるのでした。そして私は次の言葉が口に出ないまま、赤くなってじっとしていました。一座はことごとく私の方を見ました。何がけれどもだ？　と訝《いぶか》るように、そして私が夥《おびただ》しくどもり初めたのに呆

れたように私を見ました。（……）

いつまで経っても私が意味のある言葉を言わないのを見て、奥さんが再び怒りはじめました。奥さんは顔の赤い人で、時々小鼻のわきに薄いかさぶたのようなものが浮いている程膚の悪い人です。怒ると赤黒くなりました。

「実に実に不愉快な話だ。金の事について第三者が、ことにうちの娘が立ち入る事は絶対に出来ぬ。実に、実に。おお神様。恐るべき事だ」

私の友人がある独逸人に日本語を教えている。その独逸人がいつまでも約束の報酬を払わない。処がこの家のお嬢さんがその独逸人と同じ商会に働いて一緒に昼食などをする。そこで私が頼まれて、その独逸人にお嬢さんから早く払うように言って貰う。こう言う話なのです。私はこれはきっといい笑い種だろうと調子にのった気で引きうけ、食事の終える頃浮々と切り出したのです。それがこんな事になろうとは！

「自分は何の必要があってこんな事を言い出したのだ、何でこんな処に坐っているのだ。馬鹿々々しい。何にしても早くこれを済まして了え、さあ、早く、これを」

こんな事を考えながら叱られた小供のように坐りつづけていました。「けれどどうして謝るものか。よし、いつまでもここに坐っていてやる。第一今はばつが悪くて立ち上がれもしない。かまわない、何も聞かないで黙って坐っていてやれ。ああ自分は何と馬鹿に見える事だろう。そして一体になんと不思議な話だろう」

人間は誰しも外国語では自己表現が拙くなる。舌足らずで思いのたけが述べられず、とかく西洋人に位負けしてしまう。そんな意志の疎通がままならぬ外国語交際の情景が、体裁を繕わずに述べてあるところが興味深い。堀辰雄は『寄寓』を激賞した。そして堀自身がそうした観察視角に興味を覚えて、のちに軽井沢の西洋人を描くようになるのだが、その際軽井沢のドイツ人集落が「匈奴の森《フンネンヴァルト》」といわれていることを堀に伝えたのは竹山であった。

そんな竹山は昭和二年九月の『虹』に寄稿した『出船』(6)ではドイツへ強制送還されるドイツ女をやはり冷静な筆

致で描いている。女は乳母車を押して三等船室にはいってきた。驚いたことに一本の荒い縄で一人の四つほどの子供の胴を結えて、犬のように牽《ひ》いている。女はスマトラへ行く三人の日本の女の脱げ出した足の白足袋の長さを紐で測り出した。そして自分の扁平な足を測ると女の一人に「足袋下さい。大きさ同じです。私欲しい。あなたくれない。私ぬすむ。わたしの坊ちゃんあなたの部屋に遊びにゆく、そっと持ってくる。わたしそう教えます」。周囲の日本人の憮然たる反応も出ているが、この記述は話が地についている。そしてその若い主人公の日本人は外国行きの船上で母の囁きを夢の中で聞く……

渡欧する前から外国人家庭で生活するとはいかにも贅沢だ。もっとも一九七〇年以降となると日本の大学生であらかじめ私費でもって留学して語学力をつけておいてから一旦帰国し、あらためて給費留学生試験を受ける、そんな若者も出て来た。「先生の寄寓もそれに似ていますね」といったら「戦前でも在日華僑は子弟を一旦中国に帰国させて第一高等学校の特設高等科という外国人特別枠を受験させた者が何人かいた」と竹山はいった。そして自分は一高のドイツ語教師となり昭和二年文部省留学生名義で渡欧したが、実際は私費だったとも打明けた。

洋行はかつては容易な事でなかった。一生に一度の事と思われていた。その後千九百七十年代から日本人の海外渡航は経済的にはいたって手軽になった。地理的移動そのものは容易である。だが昔も今も着きたての留学生は外国語で意をつくせず、寄寓した竹山青年と同じような食い違いをやらかして、会話が途切れて気まずい沈黙に陥っている。だとすると問題の本質は、地理的な空間移動にあるのではない。異文化の生活の中にどれだけ溶け込めるか、という文化的、心理的な空間移動にある。竹山はそのことをよく自覚していた。駒場のドイツ語の授業で再帰動詞を説明する際 sich einleben を例としてしばしば用いた。「生活に溶け込む」という意味である。外地で外国人の生活の中に入り込む、という言語文化的な移動は昔も今も存外難しい。人間の器量もそこで問われる。日本の地で引きこもりがちな若者が外地での生活に馴染めるはずもない。東京という都会で友達のできない人がパリのサロンに出入りできるはずもない。もっとも異国で孤独な魂と魂が結ばれることもないわけではない。またたとえ日本で友人知人に恵まれた人であろうとも、外地で言葉が通じなければ交際が成り立つはずもない。竹山道雄は比較的に話題の豊かな青年ではあったろうが、それでもやはりこの最初のハードルを乗り越えるのには苦労したのであった。

しかし『寄寓』という作品が意味深いのは、報告の宛先人が「母上」となっている点ではあるまいか。日本のインテリ青年の常として竹山も西洋に大なり小なり劣等感を感じていたに相違ないが、それでも竹山は日本の母に劣等感を覚えるタイプの人ではなかった。というか知らず識らずのうちに日本の母との対比で竹山は西洋の「奥さん」を観察していた。そしてそれは、当時どれだけ自覚していたかはわからないが、あえて拡大視していえば日本の伝統文化との対比において西洋の文化を吟味していたこと、すくなくともそのような視角から両者を比較考量していたことをも示唆する。――なお竹山の西欧を経て後の日本を見る眼の問題については第十七章「古都遍歴」で詳しくふれる。

註

（1）『最後の儒者』『竹山道雄著作集』4、二三三―二四五頁。

（2）Wollmar und Erwin waren Freunde und wohnten in einer friedlichen Einsiedelei beisammen, in welche sie sich aus dem Geräusch der geschäftigen Welt zurückgezogen hatten, hier in aller philosophischen Muße die merkwürdige Schicksale ihres Lebens zu entwickeln. Edwin, der glückliche, umfaßte die Welt mit frohherziger Wärme, die der trübere Wollmar in die Trauerfarbe seines Mißgeschicks kleidete. Eine Allee von Linden war die Lieblingsplatz ihrer Betrachtungen. Einst an einem lieblichen Maientag spazierten sie wieder; ich erinnere mich folgenden Gespräches:

EDWIN. Der Tag ist schön—die ganze Natur hat sich aufgeheitert, und Sie so nachdenkend, Wollmar?

WOLLMAR. Lassen Sie mich. Sie wissen, es ist meine Art, daß ich ihr ihre Launen verderbe.

EDWIN. Aber ist es denn möglich, den Becher der Freude so anzuekeln?

（3）婦人の手紙も逸の日記も竹山道雄『亡き母を憶う』『新女苑』昭和三十二年六月号。この田代家は今では天竜市歴史散策路として保存され土曜・日曜・祝日のみ午前九時から午後四時まで開館している。天竜市二俣町鹿島四八九。

(4)『亡き神西清君のこと』『竹山道雄著作集』4、二四六―二五八頁。
(5)『寄寓』竹山道雄『尼僧の手紙』講談社学術文庫、一〇―二九頁。
(6)『出船』竹山道雄『尼僧の手紙』講談社学術文庫、四五―六一頁。

第四章　西欧遍歴

ドイツ到着

ここで一九二七年から三〇年にかけての竹山道雄の西欧遍歴の跡をたどりたい。

竹山道雄はドイツ語はいかにも流暢だった。一高では若い竹山だけがドイツ人教師たちともっぱらつきあっていた。しかし最初から気楽だったわけではない。こんなことがあった。私はパリへ着いて二年半後の一九五七年、ドイツでも勉強することとした。比較史家サンソムの『西欧世界と日本』でも明治の法学者が仏独双方の大学で学んだことの功罪が述べられていたし、なによりもドイツ語をその地で学習したかったからである。当時はまだ戦災のままで屋根も無いコブレンツ駅でフランスから着いた汽車から乗換えた。そうしたらライン川沿いの幹線を北上する列車が、新参者の思いもつかぬことだが、前から後まで全部一等車だけの仕立てだったのである。「二等車が無いのが悪いんだ」といったら、車掌は大様《おおよう》に笑ってF-Zugという特急の追徴料金も何も取らなかった。次の停車駅が目的地のボンでそこで降り立った。駅を間違えたかと思うほど小さな田舎じみた駅が西ドイツの仮住まいの首都の玄関口であった。車掌と談判したとき二等車の「車」のWagenは男性名詞か女性名詞かと一瞬迷ったことを今でも覚えているが、それが私が初めて使ったドイツ語会話であった。なんでこんな私のことを話すかというと、それを聞いた竹山が一九二七年にドイツへ留学した時の自分の車掌との応対のことを思い返し、

「違うねえ。私もパリからドイツへ行ったんだが、西洋の女は威張っているもんだ。私に「網棚からトランクを下ろしてくれ」と命令するみたいに言う。ところがそれがまた重たい鞄で、私が下ろす時に誤まって手を滑らせて窓ガラスを割ってしまった。すると車掌が来て「罰金を支払え」という。女は澄ました顔をして降りてしまう。それでその罰金を私が払わされたわけだが、これがまたべら棒な金額で、はたのドイツ人が「おかしい、車掌から受取りをもらいなさい」と言って掛け合ってくれたが、車掌はインチキをしたんだな、受取りもよこさな

い。私は素寒貧になってベルリンの駅頭へ降り立って、さあどうしようかと思ったら、偶然パリで見かけた日本人の絵描きさんに会って助かった。インフレーションの後で当時はドイツ人の道義も地に落ちていた」

と語ったからである。ベルリンに着いたのがたまたまヒンデンブルク大統領の誕生八十年の祝いの日で、市中賑かなお祭でごったがえしてどこのホテルにも室がなく、竹山ははじめての町をあてもなくふらりふらりとさまよった。竹山がベルリン大学で学び出したのは満二十四歳でドイツ入りは私より二歳若い。しかしだから車掌にしてやられたというのではない。私はその時までにすでに西洋でいろいろ苦労していたから――パリで通訳で稼いだ金でもって留学先のフランスからさらにドイツへ留学したのである――ドイツ語は私の方がずっと下手だったが、それでも外地慣れしていたから、追徴金も払わずに済んだのである。

その竹山が帰国した一九三〇（昭和五）年、富士川英郎は当時東大に在学中だったが、一高に竹山という若いドイツ語の先生がいてその才学は抜群であるという噂が誰からともなく耳にはいった[1]。第二次大戦後、竹山の名声はさらに高く、日本の知欧派の代表の感があった。本郷のドイツ文学科が非常勤講師をしていた竹山を主任に迎えようとしたのも、いかにも当然な人選と思えたが、竹山は固辞した。一高教授も辞職して文筆家として立つ覚悟を秘めていたからであろうが、自分はドイツ文学者としても美学者としても専門家でない、と思っていたからであろう。それというのは竹山は日本人がドイツの国文学の枠内にはいって学術論文を書くことに十全の意味を見出す人ではなかったからである。第二次大戦中に『ツァラトストラ』を訳したのも、ドイツ文学プロパーとしての研究ではなく、なぜドイツにナチズムごときが生まれたか、その思想史的背景への関心から発した訳業だと私にいった。西洋の学問の引き写しに終始する日本の学風に対して竹山が皮肉を洩らすと、戦後の若い世代も敏感に反応した。一九四九年、いいだももは「自分たちの一代がただただ移植と模倣に終るのみかと思うと、すべての奮闘心が萎えてしまいます」と竹山に葉書をよこしている。

前田陽一は、私の東大後期の恩師だが、西洋文学の分野でも日本人も当該国の学者と「同じ土俵で」論文を書くべきだと主張した。しかし私は日本人が西洋を学ぶのはなにもそのためだけではあるまいと感じていた。(2) それで竹山の年譜を作成する際、その点を質した。すると竹山は「前田さんの学問観はフランス育ちの前田さんに都合よく出来ている。フランス人と同じ土俵で仕事する、といえば前田さんに有利だもの」と微笑して、一九二七年、竹山がベルリン大学へ行って受けた第一印象を話した。ゲルマニスティークと呼ばれるドイツ国文学の教室では授業が始まる前に助手が黒板に参考文献をいっぱい書く。教授はごく細かい特殊問題について講義する。自分の関心とはあまりに遠いから、この流儀の学問は自分には合わないと思った、それで外国人でドイツ語教師になるための授業に出た。朝まだ暗いうちに大学の門の近くに、日本では見たこともなかった淫売婦が立っていた。一九二七年について竹山の感想は、

> 当時はワイマル時代で、一方では知的活動がたいへん盛んであったが、他方では失業者が多く社会は乱脈をきわめていたので、新参者の留学生は非常なカルチャー・ショックを受けた。社会問題が否応なしに目にはいった。
> （『年譜』）

加藤周一が戦後竹山から聞いた「しかし大衆はどこでも同じものですよ、馬鹿な宣伝にだまされるほど馬鹿なものです。ぼくはそれをドイツでいやというほど見てきたのだ、決して日本に限った事ではない……」という発言は、竹山がワイマル時代末期からヒトラーの擡頭を目《ま》のあたりにしたからだろう。現実を見ていたから、ドイツを過度に理想化することもなかった。

ベルリンで五十年ぶりの寒波に襲われ水道が凍結し、水洗便所が使えずバケツで用を足して階段を上がり下がりして始末した。そんな冬の日々の生活を駒場で授業の折に聞いたことがある。その時、ヨーロッパで水洗便所が始

まったのは英国で一七四九年、ゲーテが生まれた年だった、とも聞いた。シラー記念館にはシラーが使った便器までが展示してあって、と先生は微笑した。もっとも敗戦後数年間の駒場寮も水洗便所がつまって便所全体が洪水状態となり、言語に絶する様であった。後年それを私がいうと「そんな時に便所の穴に手を突っ込んで掃除する篤志家の一高生が出たりした。誰にもいわず黙々とやってくれた。教師としては自分の著書を手渡すのが精一杯の謝意だった」と語った。

ローマ

竹山はベルリンのほかドレスデンに滞留し、国外へも頻繁に旅行に出た。

和辻哲郎は一九二七年秋、ベルリンで初めて十四歳年下の竹山に会った。和辻は大西克禮と同じ家に下宿していたが、竹山はかつて美学の授業を聴講した大西を訪ねてきたのである。三人はベルリン郊外へ一緒に散歩に行ったりした。和辻が竹山の伯父の岡田良平に関心があったことはすでに述べた。しかし京城育ちの竹山は岡田のことをよく観察していなかった。かわりに京城で近所にいたイタリア領事の「混血児」の女の子と遊んだ話などをした。寒さの迫ったベルリンを去って和辻はパリへ行き、年の暮からローマでぶらぶらしていた。その和辻のもとへ翌二八年二月、竹山がまた現れた。大西や古谷芳雄とともに方々をまわってきたのである。すると「偶然に次のようなことが起った」と和辻は竹山の『手帖』(新潮社、一九五〇年六月刊)の「序」に書いている。

或夜わたくしは大西君と二人でウンベルト一世通りのカフェに入って雑談していた。そこへ四十恰好の相当に美しい婦人が近づいて来て話しかけた。あなた方は日本人と見受けるが、実はわたくしの姪で日本で生れた子が今手許にいる。日本の方を見ると大変なつかしい。さう云って連れの若い婦人を招いてわれわれに紹介した。それは明らかに日本人との混血児であった。そこでいろいろ聞いて見ると、この若い婦人は京城で生れたという。

小さい時分に近所の男の子と毎日遊んだことを覚えているという。その話を聞いて早速思い出したのは竹山君のことであった。これは竹山君が小児の頃に一緒に遊んだというあの混血児ではないであろうか。何の気もなく聞き流していたあの話がローマで現実と交叉してくるとは、何という奇妙な偶然であろう。今夜竹山君が一緒であったならば、この席でその奇遇が実現したのに、とわたくしはひどく残念に感じた。しかし相手の婦人は、そんなことを知る筈もなく、ただわたくしたち日本人とゆっくり話がしたいから、是非邸へ訪ねて来てくれ、と熱心に頼んだ。そうして名刺をくれた。わたくしは、竹山君をつれて一度訪ねて見ようかな、というような気持にさせられた。

　翌日竹山君に逢っていろいろ聞いて見ると、どうも前夜の推測が一層確からしくなって来た。確かにこれは奇遇に相違ない。竹山君があの婦人の邸を訪ねて款待を受けるということになれば、その先にはいろいろな場面が展開してくるであろう。竹山君はもはや通り一遍の旅行者ではなくなるであろう。そう考えると、竹山君をあの婦人にひき合わせることに興味が湧いて来たが、しかし初老の関係で、全然逆な動きも起って来た。改まって人の邸を訪問するなどということが面倒臭く感じられて来たのである。そこでわたくしは前夜の婦人あてに手紙を書いて竹山君に渡した。この若い日本人は、この間お話しの京城の男の子というのと同一人ではないかと思われる。姪の方が逢って御覧になれば解るであろう。もし同一人であれば甚だ奇遇といわなくてはならぬ、というのであった。まあとにかく訪ねて行って見たまえ、もし同一人だったら面白いじゃないか、とわたくしは竹山君に云った。

一高教師になりたてのころの竹山道雄

しかし竹山君は訪ねては行かなかった。従ってそれが同一人であったか否かは遂に解らずじまいになった。

二十数年経ってから、どうして君はあの時訪ねて行かなかったのですか、とわたくしはきいて見た。竹山君は、日本人との混血児などというものはイタリアでだって売れ口が悪いのですからね、だから日本人を捕えようと向うでは熱心なのです。それを聞いていたから危険に近よらなかったのです、と答えた。若い竹山君は、初老の連中の好奇心などよりもずっと着実に、自分の眼で現実を見ていたのである。

私は雑誌『心』は買ったことはなく図書館でたまに手にした程度だったが、読むのはもっぱら竹山の文章で和辻の文章にはさほど魅力を覚えなかった。しかし竹山は和辻を非常に尊敬していた。外国語能力も評価して「和辻さんが自分の目の前で達意な英文の手紙をすらすらと書いたことがある」と語ったが、察するにローマのこの時だったに相違ない。竹山はローマの日本大使館に知合いがいて、その人に注意されたから訪ねて行かなかったので、和辻氏は自分を買い被り過ぎている、という口調であった。

竹山が「イタリアが好きだな」と私が感じたのは、シチリアで客死したドイツ詩人プラーテンにふれたら、氏が、

ウルビノの若人《わかうど》こそは画工《あだくみ》の一《いち》とたとふれ
レオナルド、世に優れたる君が才《ざえ》二とは下《くだ》らじ

とたちどころに暗誦したことである。これは『海潮音』にはないが上田敏の訳で、元はローマ字訳である。私は修士論文にウルビーノというイタリア復興期の芸文の花が咲いた小さな都市国家も論じたので、この詩も、その若人の画工がラファエルロであることも承知していたが、竹山がよもやそんな詩まで諳《そら》んじていようとは思わなかった。結婚して私は一九六二年から一年を再びイタリアで過ごした。そのとき依子が持参したアンデルセン作森鷗外訳

『即興詩人』には父道雄の読書の跡が色々記されていた。それは単なる読書というより、そこから自分の訳詩のために語彙《ごい》を拾った感じの傍線であった。竹山の三十代初期の仕事はゲーテのイタリアに取材した詩の翻訳だが、次の『羅馬哀歌』の荘重な訳には実地体験とともにそんな書籍体験も反映していたに相違ない。

声あらば語りてよ、古き石列《いしつら》、雅《みや》びの館《やかた》。
一言を告げよかし、並ぶ家群《いへむら》。
あたり潜める精霊よ、動《ゆる》ぎいでてよ。
ゆゆしくも繞《めぐ》らせる遠つ祖《おや》の城壁の下に、
永遠の羅馬よ——、なんぢの霊に憑かれたる如くなれども
われにのみものみな黙《もだ》せり。

『羅馬哀歌』からさらに一つ竹山訳を引きたい。『即興詩人』のデンマーク出身の画工の場合と同様、アルプス以北の国の人々には「レモンの木は花さきくらき林の中にこがね色したる柑子《かうじ》は枝もたわわにみの」るイタリアは、こよなく魅力ある天地だった。それは「昏濁《こんだく》の空」が重くのしかかる北方の国との対比において輝いていたのである。

羅馬《ローマ》に生きてわが心愉《たの》しも。——おもひいづ、
北のかた故郷《ふるさと》にては　灰いろの日われを埋《うづ》みて
昏濁《こんだく》の空重くわが眉に薄《せま》りつ、
すべて彩《あや》もなく象《かたち》うすれて憔悴《せうすい》のわれを繞《めぐ》りき。
またわれは鬱《むす》ぼれし心の暗き路をさぐりつ、

人とも語らず　おのれが上をのみ反省《おもひかへ》せり。
いまや、眩《まば》ゆき灝気《エーテル》のきらめきわが額《ひたひ》にあてて
日霊《ひのれい》は色と彩《あや》とを呼《よ》ばひ泛《うか》ばしむ。
星月夜はた明るく炫《かがよ》ひ、温柔《をんじう》の歌かなたこなたに谺《こだま》しあへり。
斯土《このど》にありては　月光も霧罩《こ》むる北の国の昼よりもしるく、
現身《うつそみ》のわれにこの幸の夥《おびた》だしきは、夢ならじ、

ドイツ語には色の形容詞が少ない、と竹山は教室で何度も口にしたが、「すべて彩《あや》もなく」形《ゲシタルト》もはっきりしない farb- und gestaltlos のが北方の国だった。すくなくとも主観的にはそう感じられた。ところがローマに降り立つと、月の光が北の国の昼よりも明るい。それは物理的にというよりは、灰色の故郷を離れて心理的にも解放され、明るく光輝いていたからである。そして竹山もゲーテと同じような幸福を覚えたに相違ない。ゲーテの原詩は訳詩よりも平明である。訳が文語体で漢字の多用も抵抗感を増す。今の読者は羅馬や希臘とあるだけで距離感を覚えるかもしれない。しかしローマやギリシャよりも漢字の字面そのものに神西や竹山は詩を感じていたに相違ない。同じ国といっても、日本でイタリア語を第一外国語として習った人のイタリアと、北方のドイツを経て嶺南の地に憧れた人のイタリアでは、およそイメージが違うものである。

十月は枯草の香をかぎつつもチロルを越えてイタリヤに入る

これは一高時代、二年間を通じて岩元禎からゲーテ『イタリア紀行』を習った木下杢太郎が、自らをゲーテに擬《ぎ》して詠んだ歌で正確には枯草でなく干し草であろう。日本には鷗外以来ドイツからイタリアを見るという視角

があった。大正教養主義の知識人もそうで、竹山はそんな系譜に連なる複眼の人だった。ヨーロッパでシンプロン・トンネルを通ってイタリアへ入ったとき、長いトンネルを出ると外の様子が一変した。吹雪《ふぶき》がすさんでいた北欧から、にわかに明るいロンバルディーアに出て、生きかえったような気がした。行手に見はるかす平野はやさしくあでやかに、目がさめるようだった。「イタリアにおけるゲーテの世界」——それが私たちの共通の関心事だった。雪積む陰鬱な北からアルプスを越えて、明るく楽しい南国の風物に接したときの感傷は、竹山が訳したゲーテの『ヴェネチア短唱』にも出ている。

葡萄造りの手もいそがしく、白楊《ポプラ》に括《くく》る重き房。
巌《いわお》にかかる撓《たわわ》の蔦蘿《つるくさ》
濃青《こあお》の空に燦《かがや》く日、
　一目うち見しそのときは——
ヴィルギリウスの揺籃《ゆりかご》の土
　越えて柔風《にこかぜ》吹くときは——
詩の神の　伴侶《なかま》につどひて来《こ》しかども
彷徨人《さすらいびと》の心憂さ　断《き》れし章《ふし》のみ拾《ひろ》ひけり。

竹山は昭和十年九月号の『アカツキ』に『ゲーテのヴェネチア詩抄』を寄せて、「あでやかに美しく、しかも古い壁画のやうな錆びのある伊太利の風景を眺め、古代羅馬の詩聖の故郷のほとりを吹く風に触れては、詩の心頻りに動くけれども、旅の身であるから、断章ばかりを手記に留める、といふ意」とこの詩を説明している。詩聖ヴィルギリウス（ウェルギリウス）はヴェネチアからローマへ下る道筋のマントヴァに生まれた。

竹山はまたヴェネチアの運河を「静かに揺《ゆら》れてゆけば、ゴンドラは揺籃《ゆりかご》のやうにも、柩《ひつぎ》のやうにも想はれる」とゲーテの歌うところも説明している。

げにさなり、
　われら
　　揺籃と柩との　間を
顫《ゆす》れては
　ただよへるなり。
　　大いなる水渠《ほりわり》を　かなたへ、
行手をおもはず　しりへを
　うれへず
　　生《いのち》の　波路を　果へ……

私はヴェネチアへは何度も行ったが、なにせ貧書生のこととてゴンドラに揺《ゆら》れて楽しむことはなかった。それが一九八〇年夏、竹山夫人と義弟護夫が、パリで教えていた私のもとへ遊びに来、平川家五人と一緒にヴェネチアまで旅した。別れる前に皆一緒にゴンドラに乗った。七十七歳の竹山は材木座の家で留守番をしていた。お手伝いも来ていたが、本人はパンが固くなるとオニオン・スープを拵えてそれに漬けて食べていたとのことだった。

フランス語学習

最初の外国は生活にも慣れず自己表現も上手にできないから、なにかと不如意である。それに日本人として自信がもてない。日本の悪口をいわれても反論もできない[3]。そんな時であっただけにイタリアへの旅は、心身ともに解き放たれ、幸せだったにちがいない。竹山はついでフランスへも旅した。旅したばかりかパリでは長逗留してフランス語を学習した。竹山がフランス語著書から直接引用していることを承知の読者も多いだろう。その竹山がフランス語で会話するのを私は耳にしたが、結構達者だった。尋ねたら、こんな説明であった。第三外国語のフランス語は東大在学中、豊島与志雄講師から習った。大正十三年白水社再版の『近代仏蘭西名家短編選集』には全編に日本語と英語の訳語の書き込みがあるから、それで習いもしたのだろうか。しかし当時の豊島は翻訳に追われ欠講が多く、それで実質的にはパリでベルリッツから始めてアリアンス・フランセーズへ通って勉強した。「マドモワゼル・ブリュッゲという三十歳ほどの先生が、実に熱心であった。生涯に出会った先生の中で府立四中の数学の坂田先生と北フランス生れのブリュッゲ先生にいちばん敬服した。」

竹山はエクトル・マローの『家なき子』から読み始めた。そんな道雄は娘の依子がフランス文学科へ進んだ時、仮綴がぼろぼろになったフラマリオン社刊の *Sans Famille* を渡した。私は三十代の半ば、依子にその『家なき子』のフランス語を読んでもらって眠りについたことが幾夜かある。百年前のフランス中部のユセル辺りは貧しかったのだなと感じた。楠山正雄が『少年ルミと母親』という題で訳した『家なき子』は小学三年生の私に強い刻印を残した。「わたしは棄児であった。でも八つの年まで、わたしは他の子供と同じように母親があるとおもっていた。それはわたしが泣けば一人の婦人が来て、わたしをそれこそ優しく抱きしめて泣き止む迄は揺すぶって呉れたからだ」で始まるこの物語は忘れがたい。竹山は昭和三十一年頃ル・マンでジプシーの子供と話す機会があってパンを分けて一緒に食事して「案外行儀がよくて、こまかい感受性をもってい、野生の放浪児というよりはむしろ『家なき子』の中の人物だった[4]」などと言及している[5]。――竹山の没後、私は『ビルマの竪琴』を読み返し、竪琴を手にビルマの山野をさすらう水島上等兵の姿に、竪琴を手にフランスの山野をさすらう少年ルミの俤がまぎれこんでいるのではないかなどと思ったものである。

ドイツとフランスの間

ここで独仏関係の問題にふれたい。両大戦間はドイツ人はフランス文学専攻の者でもなかなかフランスへ留学できなかった。しかし外貨が自由に使えた日本人の竹山はドイツを離れて何度もフランスへ遊びに行き、そのたびに約三カ月ずつパリに滞在した。ドイツ国境を越えるたびに気持が良かった。それは両大戦間の甘美なるフランスだったからだろう。竹山がフランス作家で誰を好んだかは知らない。駒場のクラスでは「ドイツ文学は面白くないですよ」などとドイツ語教師にあるまじきことを平気でいった。ところがそのドイツ文学の欠点を指摘する氏の語り口がいかにも魅力的なので、私はドイツ文学が面白くないとはその時も思わなかったし、いまも思わない。それより逆にドイツ文学には青春があるが、フランス文学にはそれがない、せいぜいアラン・フルニエの『グラン・モーヌ』かなどと感じている。日本語の「青年」にもドイツ語の Jüngling にも若者の輝きがあり、日本の旧制高校は青春の素晴らしさを強烈に体現していた。ところがフランス語で若者をさす garçon や jeune homme にはまだ大人になりきれていない未熟者の感じがある。フランス文明はあくまで大人本位なのである。そうしたことは竹山の四中以来の親友大野俊一が訳したクルティウスの『フランス文化論』の最終章にも指摘されているが、その「ドイツを読む愉しみ」については教室で教科書で習うドイツ作家の魅力を語る際にふれたい。

だが日本で本を読んでいてはわからなかったが、ヨーロッパで暮して私が実感したのは、パリの文化的威信と、それとの対比におけるドイツの後進性ということだった。それとは一見逆の印象を与えるかもしれないが、私は学生時代、ドイツに関心を示したといわれるフランス作家のドイツ知識の浅薄さに憮然とした。『ドイツ論』のスタール夫人（一七六六―一八一七）にしても、ドイツ語を学んだわけではない。ゲーテ讃を書いたヴァレリー（一八七一―一九四五）にしても、ドイツ語ができたわけではない。それはフランスの知的水準が低いからということではなくて、フランス人は長い間文化的後進国とみなしたドイツなど眼中になかったから、逆にそんな浅薄なことになってしまったのである。

ところがそれに反してドイツ人はフランス文明を憧憬した。ドイツの詩人は、ゲーテも、ニーチェも、リルケも、ホーフマンスタールも、ステファン・ツヴァイクもフランス語を実によく学んでいる。それはフランス文明は進んでいると彼らが感じたからこそ学んだのだ。しかもフランス語を学んだドイツ作家の文章は明晰で読みやすい。そしてドイツ語の読めた日本人は独墺人のフランス思慕を嗅ぎとったからこそ、森鷗外も姉崎正治も竹山道雄もフランス語を学びだしたのだ。こうした感覚的体験を経て文化の世界地図には等高線が書込まれる。視野《しや》狭窄《きょうさく》の一国専門家にはそれはできない。西園寺公望はフランス語のナチズム批判の書物を読んでいたが、竹山も仏英の立場からもドイツを観察していた。ニーチェについてもフランスのシャルル・アンドレールの研究などに目を通していた。

そのニーチェだが『この人を見よ』*Ecce Homo* の「なぜ私はかくも怜悧なのか」の章の第三節でこんなことを言っている。「結局、私がいつもそこへ立ち戻って行くのは、少数の、やや前時代のフランス人の許へである。私はフランス的教養をしか信じない。通例ヨーロッパで教養の名で呼ばれているものは、ことごとく誤解だと私は思っている。ドイツ的教養に至っては言わずもがなである。ごく稀に私はドイツでも高い教養を持った人に出会ったことがあるが、それはすべてフランス系統のものであった」と述べた。私は大学四年のとき氷上英広先生がこの *Ecce Homo* を読むのを聴講し、フランス人が「演出にかける真面目さ」**Ernst in der mise en scène** などの語に同感した。自分はフランス分科の学生だったから、こんなニーチェの指摘が気持良かった。それでこんな独仏語がまざった表現をいまだに覚えている次第だ。しかしニーチェがフランスの三流作家まで褒めちぎるのを奇妙に感じたこともまた事実で、彼が名をあげたジップとかを私は読んだことはない。

パリに憧れたドイツ詩人はリルケだが、竹山から『マルテの手記』の話などは私は聞かなかった。それでも竹山は昭和十六年ぐろりあ・そさえて刊、片山敏彦編『独逸近代詩集』にリルケの『秋の日』を訳している。

主よ、時はきたりぬ。夏はあまりに大いなりき、
しるしてよ、汝《な》が翳《かげ》、日時計の面《おもて》に。
吹き入れよ、汝《な》が風、沃野はろかに。
最後《はて》の果実《このみ》に充ち熟《う》るるを命ぜよ
南国の日ざしなほ両日《ふつか》ほどはゆるせよ。
この葡萄成りおへしめよ。これを限りの
甘き漿《しる》、重き房には融き入れよ。

いまにしてその家造らざる者、己が家持たずして果てなむ。
いまにして孤りなる者、ひさしくも寂しかるらむ。
いや醒めて、書読《ふみ》み、ながき手紙記しつ、
ゆきかへり彷徨《さまよ》ひをらむ――朽葉《わくらは》の散り交ふさなかを。

竹山は何度目かのパリ行きの際に、リュクサンブール美術館で長谷川銕一郎に紹介され片山敏彦(一八九八―一九六一)と知りあい、親しくなった。出会ったのはユトリロの絵の前であった。片山は年齢は竹山より五歳上、東大独文科を出たのは二年上で、法政で教えていたが一九二九年から三一年にかけて留学した。帰国するや竹山に招かれ、欠員の生じた一高のドイツ語教師になった。その後二人はゲーテの詩集も分担して訳している。

西欧の文壇事情に通じていたから文学青年たちは、東京でも軽井沢でも片山のもとに集まった。中村真一郎や加藤周一も片山から現代フランス文学についての知識を仕入れた人たちである。加藤周一は竹山から『失はれた青春』

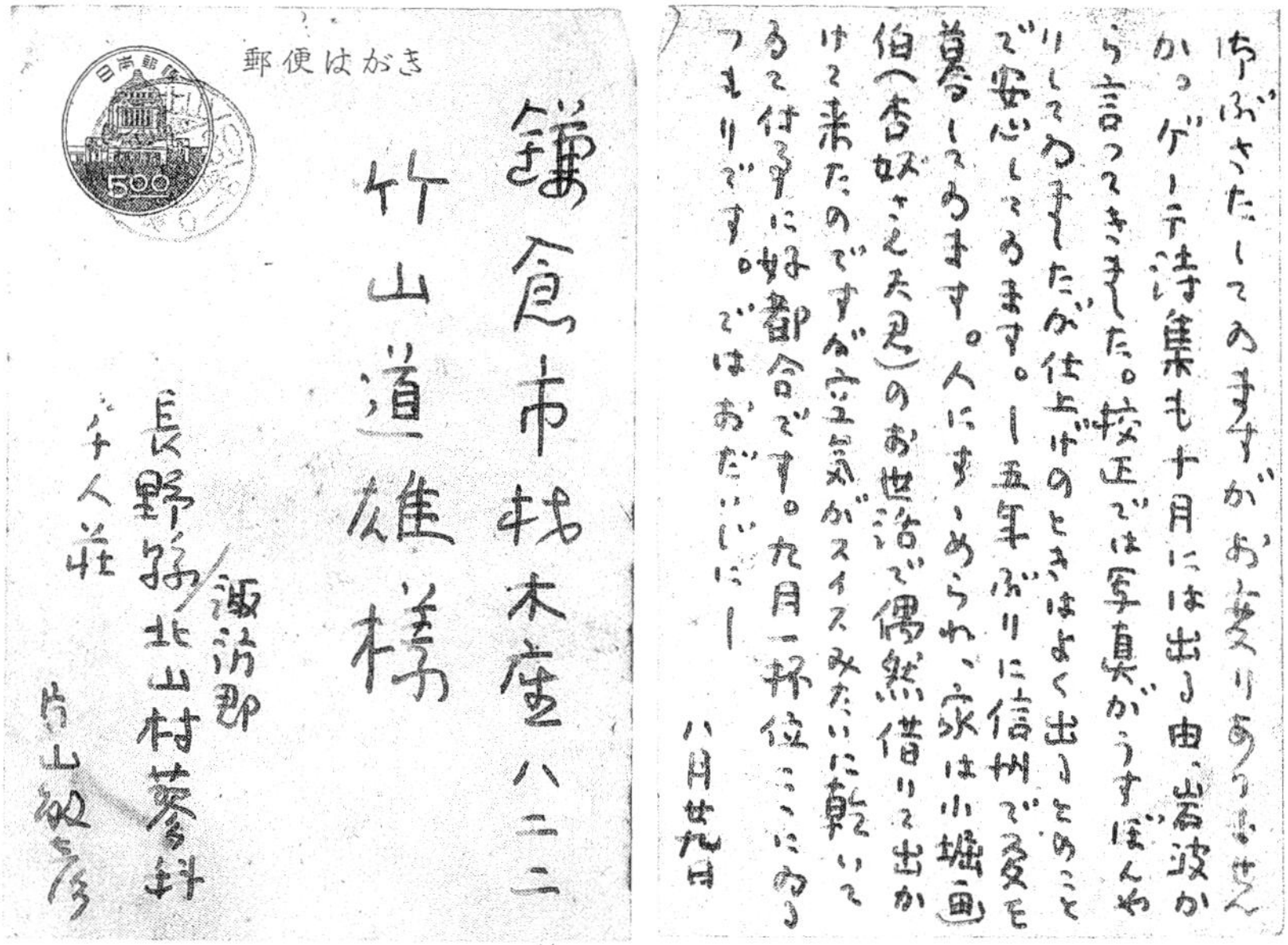
郵便はがき

鎌倉市材木座八二二

竹山道雄様

長野縣諏訪郡北山村蓼科

片山敏彦

御ぶさたしてゐますがお変りありませんか。ゲーテ詩集も十月には出る由、岩波から言ってきました。校正では写真がうすぼんやりしてゐましたが仕上げのときはよく出るとのことで安心してゐます。人にすゝめられ、家は小堀画伯（杏奴さん夫君）のお世話で偶然借りて出かけて来たのですが空気がスイスみたいに乾いてゐて仕事に好都合です。九月一杯位こゝにゐるつもりです。ではおだいじに

八月廿九日

片山敏彦からの葉書

（昭和二十七年八月二十九日付）

を送られた礼状に昭和二十二年九月十六日付けでこう書いている。echtとはドイツ語で「本物の」という意味である。

御高著を有難うござゐました。

戦争の間はお眼にかかってお話し出来なかったのを残念に思ひます。我々の同胞がすべて白痴的なことを口走ってゐたときに、片山・渡辺両先生からだけ聞くことを得た言葉を先生からも聞くことが出来たはずですから。一高の教官室のことは片山先生からも伺って居りましたが、さう云ふ所がひとつでもあったことは日本の文化にとって貴重です。戦争がすんでから人の言ふことは皆一応つぢつまが合って参りましたが、それは戦前と同じことで、その連中がいつか又白痴的にならないとは保証出来ません。echtな精神だけが常にechtです。先生の発言が私にとってどれほど大きな歓びであるか申せないほどです。

片山敏彦というドイツ語教師から中村・加藤世代がフランス事情を学んだというと怪訝《けげん》に思う人もいるかもしれないが、片山もドイツ語を学ぶうちにフランスの魅力に囚われた一人で、渡欧して主にフランスに滞在した。ロマン・ロラン（一八六六―一九四四）に傾倒し、ロランに会いに行っている。河盛好蔵も片山とつきあってフランス文学についての知識がにわかに深まる思いがした。その片山の書斎で河盛は竹山に初めて会った。第一印象は「精神の高さといったものが、話しているうちに私の威儀を正させたのである。立派な人、というのが最初の印象で……この印象はその後も深まるばかりであった」（『竹山道雄著作集3月報』）。

スタール夫人はドイツ語ができなかったと述べたが、フランスで俊秀がドイツ語を学び出したのは普仏戦争でフランスがプロシャに敗れた一八七一年以後のことで、ロランはその戦後の新世代だった。ブルゴーニュ地方出身の秀才で、パリへ出て来た時は「人間の大海の中で自分を見失い途方に暮れた」je me sens perdu と告白している。パリへ着きたての私も同じように感じていたので、そのときに読んだロランの文章が頭にこびりついているが、出典は記憶にない。ベートーヴェンの伝記を書いたロランは、大河小説『ジャン・クリストフ』も書いた。片山はそれを訳した。第一次世界大戦中スイスに亡命し反戦平和主義を唱えたロランは第二次大戦後の日本では尊敬されたが、『ジャン・クリストフ』は近ごろはフランスでも日本でも読まれない。努力の人ロランは霊感が湧かずとも書き続けたから、文体は優れない。私は芸大の音楽学部でフランス語の時間に教えてみたが、感興が湧かなかった。昨今の日本ではロランの理想主義が色あせたように、片山の名も忘れられた。それは中国でロランを翻訳紹介した傅雷《ふらい》の在欧の息子――ピアニストとして名を成しメニューヒンの娘と結婚した――へ宛てた手紙『傅雷家書』が、改革開放直後の大陸では熱烈に青年子女に愛読されたにもかかわらず、昨今は中国の大学生にも忘れられた様に似ている。しかし西洋から文芸雑誌が届かなかった時期には、片山敏彦にしても傅雷にしても、日本や中国における西欧主義の母胎として、若者たちに尊重されたのである。竹山は『片山敏彦さんの死』(6)には友の長所も短所も描いている。

片山さんはすこし紹介者としてつとめすぎたような気がする。その散文の中では、せっかくの天分が学識のためにわずらわされて、十分に発揮されなかったうらみがあった。人間としては飾りのない人が、ふしぎに文章には飾りがあった。もっと胸からじかにしみでる真情の言葉をいえる人が、散文という媒介によってはあまりいわないでしまった。何か流露をさまたげているものがあった。絵や詩の場合とはちがって、とかく他の権威をかりて自分の世界を立証しようとしていた。片山さんにとっては、散文は表現の具ではなくて、弁明の具だった。文章によっては、直接に会って話しているときほど、いきいきした感銘をあたえられなかった。

スペインの贋金

竹山は『ビルマの竪琴』を世に出すはるか前から一高生の間で名声がすこぶる高かった。そのころ本間長世が「竹山先生は風采も立派だし、洋服の仕立てもいい。惜しむらくは背がそれほど高くない」といったので、私もしげしげと眺めたことがある。「一高勤続二十年」という表彰の掲示が昭和二十三年に出たことがあった。後年「ご褒美に何を頂きましたか」と聞いたら「原稿用紙一束」と笑った。文乙の仲間の一人が竹山の小説を読んで「これが事実だとすれば深刻な家庭問題だ」と意味深長な発言をしたこともあった。次々と活字になる竹山の文章によく目を通していたのは清水徹で、新制東大に移行してから後のことだが、『スペインの贋金』を激賞した。当時詰襟の学生服の東大教養学部生はカルチャーの頭文字のCの襟章をつけたのだが、清水だけは最初から文学を意味するレターズのLの襟章をつけて颯爽としていた。そんなことが記憶に残っていたから、『竹山道雄著作集』を編む際、私は初めて読んでいたく感心して、もちろん著作集に収めた。そして紀行文を集めた第二巻のタイトルそのものも『スペインの贋金』とした。

パリで暮していたころの竹山がほかに驚いたことといえば、シャンゼリゼー通りで向うから自分とそっくりな人が近づいて来る。ぎょっとしたら、それは英国留学中の長兄の竹山初雄であった。道雄には親戚で留学中の者に一木隈二郎もいた。スペインへはその従兄と一緒に旅行した。『スペインの贋金』は田舎町の布地屋でマンチリアを買おうとした場面から始まる。スペイン女が髪に笄《かんざし》をさして、その上にかける長い布である。うすい金色の地にサラセン風の唐草模様を黒い糸でかがった透けた布を、むき出した肩にかけて、おかみがポーズしてみせる。手を腰にあて肩をそびやかして、その肩ごしに嘲るような挑みかかるような表情をうかべる。従兄は画家で、それを見て「ゴヤだなあ!」と感にたえたようにいった。そこで買うことにして径一寸五分ほどもある五ペセタの銀貨を机の上に並べた。おかみは礼とお世辞をいい、取ろうとしたが、ふと手をとめてじっと眺め、「きゃっ」とけたたましい叫び声をあげ、双腕を高くあげてふりながらどなり出した。それからが大変だった。

おかみさんがどなりたてる言葉をきいて、中庭のまわりのありとあらゆる部屋から、女の織子たちが髪をふり乱して大股でかけだしてきて、われわれをとりまいた。高いベランダにも立って、真赤な唇から叫んだ。おかみさんが何事かを説明すると、まわりの女たちはウーウーと唸り声をあげて、銀貨をとりあげて、ある者はしかめ面をして奥歯で噛んでみるし、ある者は甃石《しきいし》にたたきつけるし、ある者は机の角ではじいて耳にあててきいたりした。そして、腕ぐみをしたり髪をかきむしったり地団太をふんだりして、耳をつんざくような調子でめいめい意見を主張した。

まるで『カルメン』のセビリャの煙草工場の女工の騒ぎさながらだが、うぶな二人は入国してたちまち贋金をつかまされていたのである。べつの貨幣をだして代を払って地面に散った贋の銀貨をひろって店を出た。なんとも忿懣《ふんまん》やる方なかった。

「なんだい、いったいあれは!」と従兄はいった、「まるで人が贋金でも使っているようなことをいいやがって」

「だって事実使ったのだもの、仕方がない。巡査でも呼ばれたらことだった」

「この国の巡査なんて、あの贋金をくれてやったら、自分でうまく使うだろう」

このときから従兄はこの国がきらいになったらしかった。前にはマンチリアをつけている女に行き逢うと、いつもあこがれるような眼ざしで見おくっていたが、これからは往来を歩きながら、

「どうしてこの国の女には、こんなにアバタとやぶにらみが多いのだろう？　ほら、またきた――」などといった。また、

「マンチリアなんて、昔の長い裾をひいていた時代のものじゃないか。それを膝までのスカートでマンチリアをつけているから、頭ばかり大きくていまにも転びそうだよ」といった。

この二つとも事実だった。


この評価が顛倒する様も人間心理を如実に示している。セビリャでは美人の売子から従兄はまたしても贋金をつかまされた。竹山に責められた従兄は「大丈夫だ。この国を出るまでには、かならず贋金をみな使ってみせる」と断言した。そしてそれから二十枚の重い贋銀貨をめぐる一連のやりとりが続くスペイン一周紀行となるのである。さすがに尼僧院でお布施を贋金でやるわけにもいかない。闘牛場では日影の席の切符を二枚買おうとしてつっけんどんに返された。ボーイにチップとしてくれてやったら翌朝別のホテルまでそのボーイが苦情を言いに現れた。こうなると「これほどにも使えないということは、われわれの知能の低さを示すものである」という面子の問題にまで発展した。しかも、「金をだして旅行させてくれた親に申訳がない」という孝心まで生まれた。それやこれやで話はバルセロナ発マルセーユ行きの列車に乗り込むまで続く。「気がつくと、われわれの窓のすぐわきに、停っているむこうの汽車の食堂車があって、その中の様子がよく見えた。いま食事が終ったところらしく、人々はコーヒーを啜っていて、そのあいだを給仕が代金をあつめて廻っていた」。そのとき従兄と竹山は、互いに物問いたげに目

を見合せて、にっと笑って手をうった。そして「さあ、食堂に行こう」といって、立ちあがった。

食堂車はここだけ別世界のようで、古風なロココ式の装飾が一面に施してあって、さながら宝石箱に入ったようだった。紳士淑女がひびきのいいなめらかな声で話しながら、品よく食べていた。汽車は走りつづけて、大きな窓硝子には反対側の景色がうすく映ってながれていた。その景色にはオリーヴ畠が多かった。風が吹くとオリーヴの葉が裏返しになるので、畠一面に銀いろの波がたって、つぎつぎとつたわる。濃緑といぶし銀の縞目が顫えながら山腹を這い上ってゆく。そして、テーブルの上の磨きあげたナイフにも、こうした景色が小さく映って、鋼の中を彎曲しながら走り去ってゆくのであった。定食には葡萄酒がついていた。ブイヤベースがおいしかった。それからついに氷でひやしたメロンをすくって食べおわるまで、われわれはめずらしく豪華な食事をした。そして、フィンガーボールで指を洗い、匂いのたかいコーヒーを啜っていると、いよいよ勘定を払うときがきた。

風采の立派な給仕長が先にたって、いちいち鄭重に会釈をしてまわる。もう老人で額にも頸にもまるで彫刻のようなふかい皺が入っていて、卵色の鬣《たてがみ》みたいな髪がたれている。その後に給仕がしたがって、彼は片手の掌の上に大きな銀の盆をうやうやしくのせている。客はこの盆の上に代金をのせるので、もう銀貨がうずたかくつもっている。先刻二人がとなりの汽車の食堂の中で見たのは、この光景だった。

快い銀の鳴る音をひびかせながら、集金はだんだん近づいてきた。われわれは定食代とサービス料とを、例の銀貨で用意していた。ついに盆が目の前にさしだされた。われわれはおもむろに手をのばして、この光の塊の中へ、少年王フィリップの銀貨を、一つ、二つ……五つ、六つ、と投げ入れた。

給仕長は皺ふかい額のいかめしい眼ざしでじっと見つめていた。しかし、何もいわなかった。この型の銀貨がすべて贋ではないのだし、たとい怪しいと思っても、自分の品位の手前そういうことを口にするのを潔しとしなかったのかもしれない。

一たび交じってしまった銀貨はもう見分けはつかなかった。

「Eh, voilà!」と従兄はなめらかな声をだしてしずかにいった。給仕長は両手をひろげて背後にひいて、まるで舞台の幕の外に出た人のように頭を下げて礼をいって、先へすすんだ。

こうして入国の最初の日から二人にとりついた贋金を、ようやく出国の日にふりすてることができた。急いで三等室にかえって「とうとう使ったぞ!」といってはしゃいだが、ふと竹山が「だが、無銭飲食をしたのだからなあ!」といったら従兄が猛烈に反駁して「スペインの国有鉄道に贋金をかえしたことは、スペインの政府に賠償させたことじゃないか。その人民がわれわれに及ぼした損害だもの、政府が負担するのはあたりまえだ」とはいったものの、やはり後味がよくないところもあるとみえて、こうもいった。「やっぱり、いかさまというものは威儀を正してやるべきものなのだな。」

『スペインの贋金』で竹山は「私は中央ヨーロッパのさかんな現代の強大国からもとよりふかい感銘をうけたが、しかし周辺の弱小国からもそれに劣らぬ印象をうけた[7]」と述べている。イタリア、スペイン、ギリシャなどの実地体験はきわめて貴重だったに相違ない。

註

(1) 富士川英郎『都雅で、重厚の人』『文化会議』昭和六十年一月号。

(2) 自分は日本人として育った。日本人性を生かして世界の中の日本や自分個人やの問題を学問の中で生かさない術《て》はないと思っていて、その点は前田陽一氏とそりが合わなかった(価値判断の基準がフランス側にある前田先生が私を見直したのは『和魂洋才の系譜』についてフランスの雑誌 *Critique* に長文の書評が出たからである)。私はフランス語にも打込んだが、プティ・フランセといおうかフランス人の二番煎じにはなりたくない。そうした自己の内心の欲求を生かしたくてコンパラティスムの道へ進んだので、影響関係の研究に興味はあるが、それだけの比較研究に自己限定するつもりはない。自分にとって切実な関心を学問で生かしたかった。またそうして自己本位で勤めたからこそ、私は後年、日本語でも西洋語でも論文が次々と書けたのだと感じるが、しかしそのような学者人生の道を選んだために、西洋各国の既成の国文学研究の枠内に深く入らなかったという気持が私にはあった。

(3) 青木晋のペン・ネームで昭和三年一月『山繭』に寄せた『伯林通信』に苛立ちは露骨に示された。アリス・シャレクの *Japan, das Land des Nebeneinander* に描かれた日本に竹山は昂奮した。しかし同じく留学体験記といっても昭和十年代の前半に書いた『希臘にて』（雑誌『世代』への初出は『希臘の想出』）は熟成した文章で、竹山を「晩生《おくて》の思想家」と呼ぶのは間違いだろう。世間の評判などあてにならない。なお「棺を蓋うても定まらないことはある」とは竹山の笑いを含んだモラリスト的観察である。

(4) 竹山道雄『フランス滞在』『ヨーロッパの旅』新潮文庫、三一五頁。

(5) 私はパリから市営バスの遠足でノルマンディーへ行ったことがあるが、同行のフランス人たちも私もコルネイユの館などにはさほど感銘を受けない。それがセーヌ左岸で「マローの家に寄る」と聞いた時は皆が色めきたった。老年の夫婦が示した反応に『家なき子』が与えた感銘のほどが感じられた。しかしバスは停車したもののラ・ブイユの通りに面した家には人が住んでいて、中を見ることはできない。一八三〇年にマローが生まれた時の造りが百五十年後の今もそのままと思わせる変哲もない家であった。

(6)『片山敏彦さんの死』『竹山道雄著作集』4、二六三―二七三頁。

(7)『スペインの贋金』『竹山道雄著作集』2、一四頁。なお私は敗戦国日本からの留学生として日仏間のあまりの貧富の格差に日本が西洋に追いつけることなどあり得ないという悲観に囚われた。それが一九五六年の復活祭の休みにフランコ統治下のスペインに旅して乞食の一家にたかられたりして、西洋にも弱小国はあるのだと発見し、妙に安堵《あんど》したことを記憶している。

第五章　立原道造と若い世代

最初の詩

ここで留学帰国後の語学教師としての竹山道雄にふれたい。堀辰雄は昭和八年五月、中野重治のハイネの訳を雑誌に載せたく思い、当時は中野とは会えない事情があったから、原本を借りに竹山に会いに本郷の第一高等学校へ行った。堀は自分でもそこの卒業生であったのに「體の頑強さうな、大柄な生徒が聲高に話しながらやって來たが、それにすれちがつた瞬間」異様な心の動揺を経験した。「――私は彼等を目のあたりにしながら、急に自分が小さくなつてしまつたやうな気がした。彼等が私よりもずつと年上のやうな気がされ、そして私はあたかも内気な少年のやうに、彼等から何の理由もなしに軽蔑するやうな様子をされはしないかと恐れながら、つとめて無関心さを装ふべく、一所懸命に努力さへし出してゐた。」

大正十年、東京府立三中四年修了で一高にはいった堀には、入寮当時、上級生から受けた威圧感が三十過ぎになってもなおよみがえったのだ。それなものだから「数分後、新校舎のうす暗い廊下に五六人の生徒に取り囲まれて、一人の若い教授が、何か話しながら立つてゐるのを目に入れた瞬間、それが私に誰かを思ひ出せさうでゐて、すぐにそれが私の捜してゐた當の竹山道雄とは気がつかない位であつた。[1]」

竹山はそんな一高の教壇に若くして立っていたのである。そして竹山は生徒たちが親しみやすい、近づいて質問できる相手でもあった。実に多くの人が一高で最初の時間、竹山から詩を習った思い出を語っている。ゲーテの Sah ein Knab' ein Röslein stehn「わらべは見たり、野中のばら」を習ったクラスもあった。[2] 昭和十七年入学の理乙のクラスは Über allen Gipfeln ist Ruh'「すべての頂《いただき》に憩《いこい》あり」を習った。竹山が黒板に書き始めた時、西川治の胸は高鳴った。「ユーバー　アーレン　ギプフェルン　イスト　ルー」と小さな声で口ずさんだ。青山学院中等部でゲーテ作シューベルト作曲の『さすらい人の夜のうた』をすでに習っていたからである。窓際の一番奥の席でまさか聞えるまいと思っていたら、竹山は書き終えるや「いま歌った人は誰ですか。立って歌いなさい」といった。「早く歌いなさい」竹山はもう一度催促したが西川は恥ずかしくて答えなかった。十八年入学のクラスも同じ詩を習った。「ゲーテは若い頃この詩をある庭園の四阿《あずまや》に書きつけた。晩年たまたまそこに来たゲーテは、この詩を見出し、感にうたれて末尾の「間もなく汝も亦憩うであろう」という句を口ずさみ、ああその通りだと呟いた、と、まあそういう作り話をドイツ人は大好きで……」と竹山がいったことを松下康雄は大蔵次官になった時も憶えていた。[3]ヘッセの Seltsam, im Nebel zu wandern!「奇妙だ、霧の中を歩くことは！」を習ったクラスもあった。私はリリエンクローンの詩を習った。そして同人誌に訳を載せた。[4]

こうして歴代の一高生の多くは竹山から習った。いま振返ると私も東大駒場に奉職して、他の科の先生とも私は多くつきあったが、専門は異にし年度は異にしても、昔一高で同じ先生に習ったという共通の思い出も人を結びつけてくれた。[5]国際関係論の衞藤瀋吉、人文地理の西川治、そして生田勉。私は生田先生からは図学を習ったが、生田は立原道造の友人で竹山から『インメンゼー』を習った一人だった。

第二次大戦前は舶来物は品質が上等で made in Japan は安物と決っていた。それだから身の飾りの品をはじめ西洋産の品物はご婦人の憧れの的だった。それは精神面でも同様で、西洋起源の舶来の作物は優れていると思われ、知識青年は西洋に憧れた。近代日本は洋行帰りの俊秀によって造られた。大山巌や東郷平八郎や秋山真之のような軍人だけではない。森鷗外も夏目漱石も留学して本場の先進文明に接した人だった。そんな一般的な西洋思慕の雰囲気の中で育って旧制高等学校に進学した若者は、高等教育の門を潜ることで、西洋とつながるチャンネルが身近にあると感じた。外国語のクラスでは背後に西欧の文化が感じられたからである。本間長世は一高にはいったときの印象を「初めて竹山先生が教室に入って来た時、私は先生の風貌が端正で、日本人離れしているように感じた。やや厚手の生地の背広姿で、テキストを片手に生徒の机の間を歩いて回ると、何となくヨーロッパの香りが伝わってくるような錯覚にとらわれた」[6]と書いている。英語しか知らない英語教師と違って、高等教育の外国語教授の中には識見がずば抜けて優れた人のいることを若者は直感したからだろう。それだけでない。かつては外国語のテク

道雄、昭和五年の帰国のとき牛込南町にて
（後列左から三人目）

ストそのものが西洋輸入のレクラム文庫であったりして、実用本位の英語教科書とどこか違っていた。林健太郎は一高の教授会の一員となった昭和十五年、教官室で異彩を放っていたのはドイツ語の教授陣だったと『昭和史と私』で回想している。

外国語教科書

昭和十四年度の一高文乙では、ドイツ語を週十一時間三人の日本人と一人のドイツ人教授から習ったというが、私は昭和二十三年理甲でドイツ語を、週四時間の文法と週二時間の読本を二人の教授からペアで習った。それは新制大学にも引き継がれ、東京大学の教養課程では第二外国語は文法は週に九十分のクラスが二コマ、読本と動詞変化は一コマ、計三コマであった。これは他大学よりも平均して五割方授業時間数が多く、その結果は東大人文系大学院で共通して行なう語学試験の成績に歴然と反映していた。東大卒、とくに駒場の教養学科卒の語学の成績が群を抜いていたからである。旧制高校の生徒は第一学年度の後半には西洋の原典を手にとって読み始め、ヨーロッパ文化に直接ふれることができた。受験勉強で英語文法をすでに理解した者にとって、第二外国語の習得は類推が利くからはるかに容易である。授業の進み方は速い。それが秀才にとっては快適なのである。生徒たちは自分の頭が良くなったかのように錯覚して愉快でたまらない。狭い門を通った若者にとって印象深い授業が第二外国語であるのは、時間数が多いこともあるが、新鮮な感動が多いからであろう。それもあって旧制高校で名物教師や有能教師にはドイツ語やフランス語教師が多かったのである。

では教師は何を規準に教材を選ぶか。自分がかつて深い感銘を受けた作品をテクストに選ぶことが多い。いずれも一年の後期から読み出す。教師によっては自分本位の興味や趣味でテクストを選ぶ者もいるだろう、中には自分が註をつけたテクストを用いる者もいるだろう。竹山は内容的にも語学的にも優れた教材を学生本位で選んだ。ゲーテ『ミニョン』（私は東大で三浦吉兵衛編の郁文堂の教科書でこれを竹山から習った）、ヘッセ『ペーター・カーメンチント』、シュニッツラー『盲目のジェローニモとその兄』などを生徒は喜んだと竹山はいっていた。若いときに語学教科書で何を読んだかはその影響からいって実は見逃すことのできない点である。一高で岩元禎先生から二年間かけてゲーテの『イタリア紀行』を習った木下杢太郎とか、同じく岩元先生からブゥルクハルトの『イタリアにおけるルネサンスの文化』を習った林健太郎など、その学習は生涯に刻印を残している。そして同じように竹山からシュトルムの『インメンゼー』を習った立原道造は、彼の詩的世界をドイツ語学習体験を基に形成した。たかが語学教科書と考える人は語学教師にも多い。だがそうした人は一期一会《いちごいちえ》の意味に思いをいたしていないのではあるまいか。

インメンゼー

十六歳といえば竹山道雄、堀辰雄、立原道造など都雅《とが》な少年が中学四年修了で一高に入学した歳である。そんな歳の少年トーニオのインゲへ寄せる気持をトマス・マンは『トーニオ・クレーガー』の中で次のように描いた。男女交際は舞踏教習の場で始まった。

インゲはトーニオの目の前を、右へ左へ、前へ後へ動いたかと思うと身をひるがえして進んでいった。インゲの髪からただよう香りだろうか、それともインゲの服の白くやわらかい布地からただよう香りだろうか、とある香りがいくたびかトーニオをかすめ、トーニオの気持はそのために乱れて目の先はぼうっとするのであった。「ぼくはおまえを愛しているよ、やさしい、いとしいインゲ」……トーニオは自分に構ってもくれず踊り興ずるインゲに対する自分の切ない気持をその言葉の中にこめた。そのトーニオの念頭にはすばらしく美しいシュトルムの詩句が浮んだ。"Ich möchte schlafen, aber du mußt tanzen."(7)

不器用なトーニオはカドリーユを踊るとき、ステップを間違えて笑われ、ひとり廊下へ抜けだして、悲しく物思いにふける。

トーニオは苦しみと憧れで胸がいっぱいだった。――なぜぼくはここにいるのだ？　なぜ自分の部屋の窓辺でシュトルムの『インメンゼー』を読んでいないのだ？　胡桃《くるみ》の老樹が重々しくきしんでいる夕方の庭へときどき目をやりながら本を読んでいればよかったのだ。あすこがぼくにふさわしい場所だったのだ。いや、ちがう。いるべき場所はやはりここだ。ここならインゲの近くだもの……　インゲ、おまえの切長《きれなが》の青い、にこにこしている目。おまえ、ブロンドのインゲ！　おまえみたいに美しく朗らかでいられるのは、おまえがまだ『インメンゼー』を読んでいないからだ！

マンはトーニオの初恋の切ない気持を語る上でシュトルムの詩『ヒアシンス』の一行や短編『インメンゼー』の

名を引いた。それは少年の日の作者自身の読書体験を作中に投入したものにちがいない。トーニオのインゲに対するやるせない気持が、『インメンゼー』のラインハルト少年のエリーザベトに対する切ない気持と重なって読者には伝えられる。そして、後にふれるが、それは詩人立原道造の気持ともなって日本の読者にも伝えられる。マンは先にドイツ語で引いた詩句「寝ようかしら、だがきっとおまえはいまも踊ってる」"Ich möchte schlafen, aber du mußt tanzen." を繰返し「この詩句が秘めている憂鬱で北国的な、内向的で不器用な感覚の重苦しさがトーニオにはよくわかった」といった。リューベック出身のマンは、同じく北国の海辺の町フーズムに生まれたテーオドール・シュトルム（一八一七―八八）に共感する節が多かった。シュトルムは後世に残る作家だと論じている。マンの『トーニオ・クレーガー』が書かれたのは一九〇三年で、それは日本でシュトルムの詩が上田敏の手で訳された明治三十六年にあたる。もとJuli『七月』であった題を敏は陰暦の『水無月』にあらためた。詩中の季節感や語感にあわせたのであろう。

子守歌風に浮びて
暖かに日は照りわたり、
田の麦は足穂《たりほ》うなだれ、
茨には紅き果熟し、
野面《のもせ》には木の葉みちたり。
いかにおもふ、わかきをみなよ。

これも神西《じんざい》清などの文学青年が暗記したに相違ない印象派風の一詩である。北原白秋は熟した紅き果に官能的なものを感じて、「暗きこころのあさあけに　あかき木の実《こみ》ぞほの見ゆる」と自作の詩『あかき木の実』にとりいれた。

明治中期から昭和中期まで百年ほどのあいだ日本の高等教育ではドイツ語が尊重された。シュトルムは教室で広く読まれた。漱石は『吾輩は猫である』上の六章の終わりでは上田敏の訳詩のパロディーを掲げるなど新体詩一般を冷やかしもしたが、しかし談話『新体詩』では「……然しこんなのはよい。例へば『夢の湖』といふ小説中に挿まれた一節の詩だね」といって訳者の名をあげずに一詩を引いている。漱石は知らなかったが、これは先にマンが話題とした『インメンゼー』の一詩である。

美はしき我顔ばせも
今日のみぞたゞ今日のみぞ
物皆は変り果てなめ
明日こそは嗚呼明日こそは。
わがものと君を思ふも
束の間ぞ嗚呼いつまでぞ
君にわかれ身はたゞひとり
死にはてんあはれいづこに。

インメンゼーが『夢の湖』と題されて短編が雑誌『神泉』に載った経緯は知らない。だが教室で習うと訳したくなるような短編なのである。現に後年、鉱山学者で俳人の山口青邨は同人誌『玄土《くろつち》』に『インメンゼー』の翻訳を掲げた。東京帝国大学で西洋哲学を講じたケーベル博士も「私の極めて深く尊重し又繰返し読まずには居られない」十九世紀のドイツ詩人としてメーリケ、ケラー、ハイゼとともにシュトルムをあげた。旧制高等学校でドイツ語文法の次に読まれた作品はシュトルムが断然多かった。中国語で茵夢湖と訳したのは郭沫若《かくまつじゃく》で日本留学中、岡山の第六高等学校で習ったからである。茵夢は音と意味にあわせた訳で音ではYīnmèngインマンと発音し茵《しとね》の夢の意味である。台北高校でも教えられたとみえて、台北市の北はずれにそんな珈琲店を見かけたことがある。毛沢東が東ドイツの大使にシュトルムの話をして驚かせたのは、(8)毛が郭沫若の訳を読んでいたからであろう。原詩は次の通りである。

Heute, nur heute
Bin ich so schön;
Morgen, ach morgen
Muß alles vergehen!
Nur diese Stunde
Bist du noch mein;
Sterben, ach sterben
Soll ich allein.

シュトルムと上田敏や夏目漱石の出会いは多分に偶然だが、シュトルムと森鷗外や木下杢太郎の出会いは、二人がドイツ語系統の教養を身につけた人であるだけに多くの必然を秘めていた。鷗外はドイツ留学第二年の夏からシュトルムを読んでおり、(9)『うたかたの記』の中でマリイが馬車を走らせつつ叫ぶ「けふなり。けふなり。きのふありて何かせむ。あすも、あさても空しき名のみ、あだなる声のみ」は右のシュトルムの詩の転用ではあるまいか。鷗外は日露戦争後に八巻本全集を買い求めいまは東大図書館に寄贈されている。学生たちにはシュトルムの愛読者が多いと見え、第一冊は装丁が一度はこわれてしまったほどだが、それが鷗外の旧蔵書とは知らずに借り出してもいるのだろう。
木下杢太郎（一八八五—一九四五）もこの同じ詩を訳している。

けふのみぞ、けふのみぞ
かくわれはうつくしき、
あけむひは、あけむひは
ものなべてきえゆかむ。
ひとときよ、このときよ
きみこそはわがみにしあれ。
さだめかな、しぬべしと
しぬべしと——われひとり。

この訳はひらがなのみを用い、言葉がすなおに流れ、抒情が自然にあふれている。
木下杢太郎こと太田正雄は、独逸協会中学校の出身で、一高から東大医学部へ進んだ、外国語に堪能な、感受性の豊かで鋭い青年であった。杢太郎が鷗外の知己を得たのは明治四十年だが、後年思い出を語っている。二人はシュトルムという共通の話題を通して近づきになった。『森鷗外先生に就て』で杢太郎は昭和八年、二十六年前をこう回想している。

僕は（当時医科大学の二年生であつた）実はさう深く識つてゐたのでもなかつたが、テオドオル・シトルムやリイリエンクロオンの詩の好いことを話しかけると、博士も例の如くにこにことうち頷かれて、物の二十分ばかり話相手になつて下さつた。今考へて見れば是れは大成功の事だ。僕は後年巴里で或教授に招待せられ、やはり二十分間ばかり一座の会話の中心になつた事があつたが、後で其教授から、此間は君は大成功だつたと言はれたので、成程あゝ云ふのを成功と云ふのかなと始めて考へ付いたが、その意味からいへば同じ成功だつた。当時はさういふ風に考へたのではない。

それは一九〇七年秋の上田敏洋行の送別会の席上での話で、そのとき森鷗外は満四十五歳、木下杢太郎は二十二歳であった。

人間には年上の人と親しく口を利いたという印象的な記憶がある。竹山との関係で個人的なことをいえば、菊池榮一先生の『イタリアにおけるゲーテの世界』の出版記念会の裏方を当時大学院生だった私がつとめ、竹山にスピーチをお願いした。昭和三十六年十一月で、駒場の東大前駅のプラットフォームでお願いしたことを記憶している。二十六日当日、竹山は縁の下の力持ちの役を厭わなかった菊池榮一を讃え、戦争中一高で事件があったとき憲兵隊へ謝罪に行くのを菊池先生が引き受けてくれたと話された。ちなみに竹山が書いた最後の文章は昭和五十九年に出た『菊池榮一著作集3月報』である。

竹山は昭和元年に就職、昭和二年から三年間の留学の後、昭和五年から教授として一高で教えた（旧制高校には助教授のポストはなかった）。同僚は菅、岩元のほか、丸山通一、立沢剛、三浦吉兵衛、後に関泰祐、相良守峯、片山敏彦、菊池榮一で、同い年だが卒業は一年あとの菊池は、昭和十年浪速高校から一高へ移った。竹山は年に数冊のテクストは教室で読むことができたであろう。昭和六年後期にはすでに理甲一年に向けて『インメンゼー』を教えている。

ラインハルトとエリーザベトは幼馴染だったが、青春時代を迎えラインハルトは遊学に出る。互いに好意をいだく二人は二三年して恋心を確かめあうが、母の打算からエリーザベトはラインハルトの友人で裕福な男と突然結婚させられる。ラインハルトはひそかに悩むが、数年後、友人の招きに応じ、インメン湖畔の邸を訪ね、エリーザベトと再会する。駒場寮の友人は教室で習ったのであろう、しきりに *Immensee* を話題にする。私も独力で独和辞典を引いて読んだ。そしてこんなドイツ語に線を引いた。

“Elisabeth”, sagte er, “hinter jenen blauen Bergen liegt unsere Jugend. Wo ist sie geblieben?”

「あの青い山の向うにある僕らの青春、あれはいまどこへ行ってしまったのだろう」

竹山は中国の留学生にもドイツ語を教えた。一高の寮では国籍による差は感じられず同じ寮で暮す者同士の連帯感が強かった。竹山はその特設高等科で郭沫若《かくまつじゃく》の二人の息子を教えたこともあった。余談であるが一人は戦争中も日本に残り京大で学んだ。五人の応用化学の実験チームの学生の一人森川章二は後に私の義兄となったが、チーム解散の際、朝までビールを飲み、郭和夫が日本政府の悪口を大声でいうので傍ではらはらした。郭和夫は戦後大陸へ戻り、旧満鉄の副所長の地位についたが、彼らこそ半世紀の有為転変、生死の中でよくもまあ消えずに生き抜いたものである。いや文化大革命当時は無慙《むざん》な吊し上げに遭いもしたのだろう。それだけにひとしお深い感慨をこめて和夫もまた「我們的青年時代在青山那辺。如今到甚麼地方呢?」と呟いたことだろう。

立原道造

立原道造(一九一四—三九)は昭和六年一高理甲に入学した。東大工学部建築学科の卒業間際の昭和十二年一月十八日、田中一三宛に『インメンゼー』についてこう書いている。

君の手紙を見てどんなに僕がよろこんだか、君には、わかるかい? ……僕の毎日わすれたことのないラインハルト・エリーザベエトの物語を君がよむなんて言ひ出すんだもの！　僕はいつの間にかラインハルトになり、エリーザベエトはやつぱりもうお嫁に行つてしまつた！　君が僕のなかに何とたのしさうな顔つきではいつて来るのだらう。毎晩、忘れずによみたまへ！　けふ送つたレクラムの本は、信濃追分で読みたくて、東京の丸善、三越、昭和書院、福本……さがしてなくつてあちらに行つてから、生田にたのんで、名古屋にあつたのを送つてもらつたやつだ。『マルテと時計』といふのは、僕も訳した。それからほかのは、岩波文庫にはいつてゐるね。そのうち、僕は『遅咲きのバラ』がすきだ。『みづうみ』は高等学校一年の日、秋ふかいころ、竹山先生に習つた。そのときの本が僕のところにはもう一冊、どこかしまひわすれた場所にある。君に送つた本は生田から僕へ、僕から君へ、そして僕のところではあまりかはいがられずに、すこしよそよそしくよみすごされてしまつた。どうぞ、君のところでたくさんかはいがつてやつてくれ。ちひさい、レクラムの本なんていふのはもし人の愛がなかつたら何の値もない本なのだから。そして、人の愛だけがあのちひささを無限にみたして大きくしてやるのだらうから。

シュトルムと立原の関係は前にも別のところでふれたのでこれ以上ふれない[10]。大切な点は両者が詩の中でどのようにひびきあっているかだろう。立原のソネット『はじめてのものに』は浅間山の噴火で始まるが、昭和十年八月十九日の津村信夫宛の葉書には噴火のことが「……浅間は昨日、爆発しました。追分に火山灰が降り、今日、村を歩くと足はすつかり砂にまみれてしまひました。屋根は灰に蔽はれくらい色をしてゐます。……」と出ている。立原はそれを「天変地異」などと使い古された大仰な熟語は使わず「ささやかな地異」と呼んだ。

　ささやかな地異は　そのかたみに
　灰を降らした　この村に　ひとしきり

灰はかなしい追憶のやうに　音立てて
樹木の梢に　家々の屋根に　降りしきつた

その夜　月は明かつたが　私はひとと
窓に凭れて語りあつた（その窓からは山の姿が見えた）
部屋の隅々に　峡谷のやうに　光と
よくひびく笑ひ声が溢れてゐた

——人の心を知ることは……人の心とは……
私は　そのひとが蛾を追ふ手つきを　あれは蛾を
把へようとするのだらうか　何かいぶかしかつた

いかな日にみねに灰の煙の立ち初めたか
火の山の物語と……また幾夜さかは　果して夢に
その夜習つたエリーザベトの物語を織つた

第一連は浅間山麓の風景だが、降りしきる灰を「かなしい追憶のやうに」と感じる主体がある以上、それは同時に「私」の心象風景でもある。繊細な感覚が銅版画のように刻明に彫られるのが第二連で、月光に照らされて事物の隈取《くまどり》が目に浮ぶ。と同時に笑い声もはっきり耳に響く。室外の光景を叙しながら詩は一つの室内風景《アンテリユール》ともなっている。「ひと」とは「私」がほのかに思いを寄せるひとだが、彼女は朗らかに笑った。「あのように笑えるのは自分の心を知らないからだ」と「私」はそのひとの気持を測りかねてとまどう（第三連）。それは踊り続けるインゲにたいするトーニオの気持でもあったろう。そして十四行詩は自分のはかない恋を一篇の物語に見たてて、その夢物語を織る自分をうたうことで結ばれる。「いかな日にみねに灰の煙の立ち初めたか」は藤原定家の「いまぞ思ふいかな月日のふじのねのみねに烟の立ちは初めけむ」の本歌取りである。立原は『新古今和歌集』の選者を愛読していたが、二人はともに教養体験を基に歌をよむ詩人でもあった。エリーザベトもシュトルムの読書体験が先行してできた少女像がまずあって、それに立原が追分で見かけた避暑に来た日本少女の姿を重ねたのである。[11] エリーザベトという名前で呼ばれた女性のことは当時の友人宛の手紙には再三出てくる（昭和十年九月三日柴岡亥佐雄宛、昭和十一年七月十八日小場晴夫宛、同八月一日柴岡亥佐雄宛）。立原が彼女によせた恋は淡い気持で、トーニオがインゲによせる気持よりもさらにつつしみふかい。知りあって二夏目の終わりが近づいても道造は直接口を利かないらしい。昭和十一年八月二十一日柴岡亥佐雄宛には「懐中電燈はたしかにお返しした。そのときにコオヒイを御馳走になつて来た。エリーザベトのすぐそばに坐り感動した。次の夜は、お祭りがあつた。エリーザベト一家も来てをられた。僕はとほくはなれた堀さんたちと見物した」と出ている。堀さんとは堀辰雄である。マンは作中で『インメンゼー』に言及することでトーニオのインゲに対する気持はラインハルトのエリーザベトに対する気持のようなものだと示唆したが、立原もエリーザベトと少女を呼ぶことで彼の気持を述べたのである。実人生の中に小説的な場面を求めるこのような態度をロマネスクというが、実際の男女の恋を求めるよりも恋を恋するような、恋の物語を織りなす詩人立原であった。詩の第四連の「いかな日に」「幾夜さかは」といったいいまわしも物語世界の語彙である。そして昭和十一年、立原は『物語』という作品の「あとがき」にこう書いている。「僕は『アンリエットとその村』のことを告げねばならない。それは僕のふるい少年の日からの美しい夢だつたのだ、『村のロメオとユリア』や『オオカツサンとニコレツト』や『エリーザベト・ラインハルトのみづうみの物語』になぞらへて、色鉛筆で、僕とアンリエツトと二人を主人公にして、一しよう懸命に織つてゐた夢だつたのだ」

これもまた立原が「高等学校一年の日、秋ふかいころ、竹山先生に習った」*Immensee* の詩的波動である。

立原が田中宛に書いた「レクラムの本なんていふのはもし人の愛がなかつたら何の値もない本なのだから」という言葉は美しい。[12] 私は日本で出ている割高な教科書版よりもクラシック・ラルス叢書や Collection Hetzel の *Sans Famille* を直接取寄せた。東大生に自分も洋書を買いたいという意欲を起こさせることができるなら外国語教師としては成功したことになる。その書物に愛を感じさせることができるなら尊いことである。外国語の習得はロケットの噴射と同じで地球の引力圏の外へ飛び出してしまえば後は自力で飛んでゆくこともできる。しかしその手前であきらめてしまうと元の木阿弥となってしまう。「昔第二外国語を習いました」という記憶しか残らない。事実、東京大学の教師ですらも第二外国語の書物を読み続けている人は多くない。まして第二第三外国語を駆使して学問の第一線で奮闘している日本人は稀である。しかしそれでも大学のクラス会で招きたい先生はえてして第二外国語の先生なのである。クラス会に集う人の多くは習った外国語は忘れている。それでも先生はなつかしい。――私は一高の後身の東大教養学部教養学科の出身なので「教養とはなにか」をよく議論した。数ある定義の中で「教養とは習ったことはすべて忘れてもなお残るなにかである」という言葉に真実を感じている。「ドイツ語は忘れたがドイツ語を教えてくれた竹山先生は懐かしい」という人は語学教育を通して得た教養の価値を本能的に感じていたのだというべきであろう。

『ファウスト』

保守派も多くは惰性的だったが、革新派も内容は粗末だった。戦後の日本には民主主義科学者同盟、通称「民科」という左翼知識人組織が出来て、私は駒場寮で社会科学研究会という左翼の巣窟のようなところで一九四八年を過ごしたものだから、そこの先輩にすすめられて東大ではその民科の一人のD助教授の演習を取った。がどうも面白くない。[13] 大学院生のとき教養学科で竹山講師の『ファウスト』に出席した時は、これが同じテクストかと思うほど

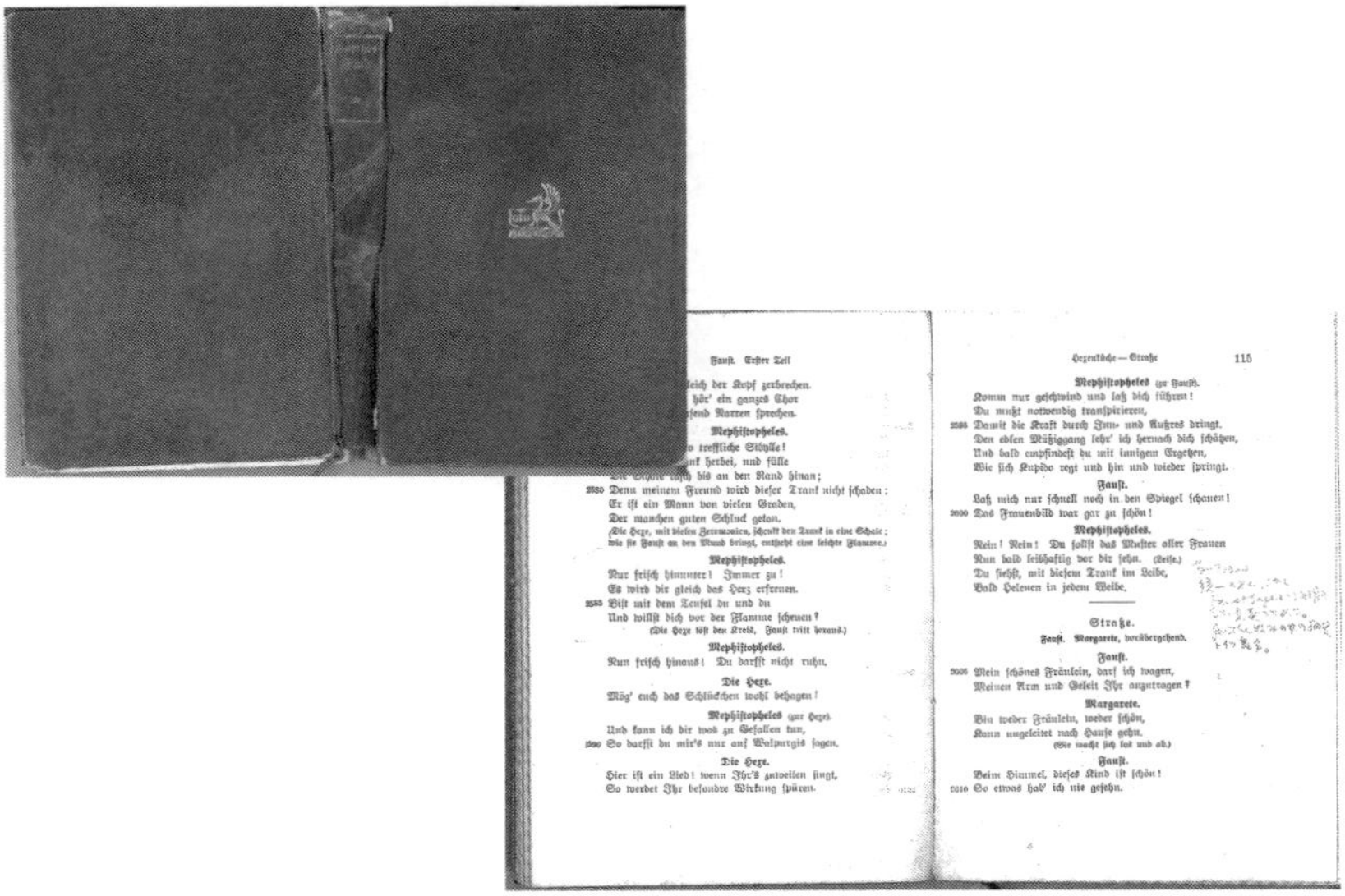

竹山道雄が用いた教科書 *Faust*
（昭和三年、郁文堂刊、青木昌吉註釈）

面白かった。後にパリ大学でデディヤン教授の『ファウスト』の演習にも出席したが、竹山講師には及ばなかった。あのころ『ファウスト』から学んだことは、自律性のある人間の自己自身による自己創造、ベルクソンが敷衍していうところの création de soi par soi ということのように私は思って同人誌のあとがきにその旨を書いたこともある。敗戦後の日本でイタリア・ルネサンスの多力者に私は憧れた。そのウオーモ・ウニヴェルサーレは丁度そのころ創設された駒場の後期課程、東大教養学科の理想でもあったのだ。竹山の授業に出たころの私はさながら Faustischer Drang「ファウスト的衝動」にとりつかれたかのごとくだった。その竹山の講読の魅力を語って見事な人は高橋英夫だが、高橋は二十歳前後の年齢は神秘的とさえいえる能力をもっている、彼らは先生や先輩のほんの一言から大きな洞察、了解を瞬時に受けとったりもする、として「私は竹山道雄先生の一言を憶えている」とこう述べている。

> 昭和二十四年、旧制一高三年のとき授業をうけた。

……生徒に当てて訳読をやらせることをせず、全部独演だった。……そこで『ファウスト』の出席率はきわめてよく、皆熱心に聴講したが、大本のところは先生の話が魅力的だったのだ。毎週原文の講読から始まるのは当然として、間もなく脱線していろんな話になってゆく。文学論よりは文明論、哲学よりは歴史。読んでいる『ファウスト』の場面に合わせ、ヨーロッパの都市・制度・生活を語ってくれるときは、若き日々の留学体験もまじえて、具体的だった。……竹山さんはたしか冒頭の形式的な三つの場面（「捧げる詞」「舞台での前戯」「天上の序曲」）は省き、途中の「アウエルバッハの酒場」や「魔女の厨」もカットして、グレートヒェンがファウストと出会う「街頭」へとわれわれ生徒をうまく滑りこませてくれた。五十年以上もたって、そうした授業の進み具合など、細部の記憶が甦ってくる。

高橋英夫はまた「あるとき竹山道雄はシラーのことを一言口にした」とこう述べている。

「これはゲーテと並び称せられる人だけれども、謹厳かつ神経質で、理想の旗を掲げ、目標めざして真摯に進むというイメージがある。しかし処女作の『群盗《ロイバー》』を読むと、これがシラーなのかと言いたいほど乱暴で無軌道、性的に放縦な個所が出てきます。驚くほどです」。……この一言は私の胸に格別くっきりと刻まれた。……「そうなんだ、ドイツ理想主義、ドイツ観念論というのも出発点ではそんなふうだったんだ」。これについて現在の私が、竹山道雄の思考コンテクストを辿ってみれば、何かというと人間がすぐ取り憑かれてしまう観念やイデオロギーの底には、なまの人間の情念、欲望、ざわめきがきしみ合い、縺《もつ》れ合って増幅されている、それにこそ眼を留めてよく見るべきだ——ということだったろう。(14)

『希臘にて』

高橋英夫は『希臘にて』こそ「竹山道雄の見、感じ、思索する営みの原型だった」とし、さらにこうも述べている。

政情不安のギリシアに対する鋭い観察がある。ホテルのロビーで出会った貴族ふうの老人は、竹山道雄の質問に対して、「王様は流竄中だ。グルケンブルクの王朝はつぶれた」と答える。竹山は老人の内部にたたえられている、歴史の底の憂愁を了解する。けれどもその一方で、太陽の光と風に曝された、人気《ひとけ》のない冬のアクロポリスでの逍遥・瞑想・思考は若々しく、ひたむきだ。この留学から帰国した後、竹山さんは教師として多くの学生に接し、「青春」を描く一人となったが、彼自らの青春の記念が『希臘にて』である。だがそこには、生と死の逆説も介在している。ディピロン城門外の墓碑の上に、彼は、永遠へと去った死者の生が、浮彫の影のもとで仄かに息吹いているのを認めたのだった。

高橋は「生」の一節と「死」の一節をそれぞれ引いているが、ここではレクラム文庫で読んだギリシャ古典の思い出に竹山がふれた前者を引用するに留める。

宿を出て、地図でさがしながら、最初に僕が訪れたところはイリソス川であった。高等学校生徒であった年のある初夏に、図書館で窓に反映する青葉の光にとり囲まれながら読んだ『ファイドロス』の印象は強烈だった。ソクラテスがファイドロスと共に涼しい川の風の中で蝉の声を聞きつつ愛について語った、あの対話は、何よりも僕をひきつけた。この場所は、幾分でも僕自身の成長に関係があったのである。

三島由紀夫は「……荒廃したドイツの諸都市、イタリイ、共産政府下のギリシヤ、かういふところが最も魅力で、アメリカにはちっとも魅力がありませんが、それでも行けといはれればよろこんでまゐります。竹山道雄さんの『希臘にて』をお読みになりましたか？　一生に一度でもよいから、パンテオンが見たうございます」と昭和二十五年三月十八日付の川端康成宛の手紙に書いている（パンテオンはパルテノンの誤りであろう）。この手紙は三島が昭和十年代前半に書かれた竹山の紀行文を高く評価したことを示唆している。昭和二十四年に単行本として早川書房から出たものを三島は読んだのであろう。

　小堀桂一郎は「若い竹山氏がここに見出したのは、古代の遺蹟に佇んでの哀傷や感慨であるより以前に、現在目前のギリシャ人が経験しつつある亡国の悲惨であった[15]」と解説したが、正鵠を射ている。三島もその様に惹かれたのだ。が同時に竹山の文学的資質が定着したのも昭和十年代、『世代』に連載されたこのギリシャ紀行であった[16]。さらに高橋英夫は教室での「竹山さん」は、現象の背後にひそむ意味を解き明かす、一本補助線を引いて問題（謎）を解く理性の教師だったとも述べ、その一例として『希臘にて』の一節、テゼウス神殿でのエレメンタールな想念を少し順序を前後させて引用している。

　僕は柱に背を凭せかけた。目の前には、完全に植物に化しさった若者が横たわっていた。彼は羊の裘《かわごろも》の上衣を枕にしていた。裸の足は汚れて煉瓦のような色をしていた。この寝姿はすこしも動かなかった。傍に革の鞭が置いてあったので、これがここらに多くいる牧童であることを知った。

　この睡っている男を見ているうちに、僕はこのころの僕の固定観念の一つに捉われた。それは、——熟睡している人間と植物とどこがちがうだろうか、という奇問であった。——

竹山はこのようなメタフィジカルな問題にも生涯心を惹かれた人であった。安倍能成は『希臘にて』を贈られて、四十三歳だった自分のギリシャの旅の紀行文がベデカーの案内書の引き写しのようであったのに比べて「あなたは若い（二十六歳）のに自分自身の眼で色々なものを鋭く深く見て」いるとすっかり感心したと昭和二十四年八月十日の葉書で感想を述べた。安倍も記憶を呼び出してもう一ぺん自分の印象を再検討したいと思ったが、写真絵葉書などスーヴェニールを空襲ですっかり焼いてしまいさびしく思った。

私自身の思い出はおよそ俗である。二十五歳の夏、復活祭のスペイン旅行で知り合ったお嬢さんに誘われて、パリから団体旅行でイオニア海を渡り、美しいコリント湾に面した松林でテント生活をした。海水浴とダンスと見学に三週間、昼夜うつつをぬかしていた。持参したアミヨー訳のプルタルコス『対比列伝』は船上で読んだきりで、オリンポス山を望む浜辺でフランス人と戯れて連日連夜学生生活を満喫《まんきつ》していたのである。

註

（1）堀辰雄『葉桜日記』『堀辰雄全集』第二巻、新潮社、一九五八。

（2）映画『海角七号』で范逸臣が演ずる台湾人ミュージシャンと中孝介が演ずる日本人ミュージシャンが最後に互いに気心が通じあって台湾語と日本語と言葉は別だが一緒に浜辺で歌うのがこのシューベルトのこの『野ばら』である。竹山の『ビルマの竪琴』で言葉は別だが日英両軍が『スウィート・ホーム』を歌う場面からその発想は取られたものと思われる。

（3）松下康雄『四十年来の師』『竹山道雄著作集3月報』。なお「ゲーテ没後百五十年記念特集」の『**Berichte**』では竹山は **Ruh** とは概念的な抽象語で古来の日本の詩学からいえば避くべきものといって日本詩歌との比較を述べている。昭和二十三年入学の文乙クラスの者もこの詩を習った。

（4）**Liliencron, Tod in Ähren** の同人誌『花樹』5に掲げた拙訳を参考に掲げる。後でふれる鷗外と杢太郎が話題としたリリエンクローンは、初期の杢太郎の詩と共通する特性をもっている。

穂の中の死

小麦畠《ばたけ》の実りの中に、けしの花咲き交う中に、

横たわる一人の兵士、気づく人いずこにも無く、

重傷に包帯巻かず
二日たち、二夜も過ぎぬ。
渇《かわ》きに熱にさいなまれ、体はもえて
死の苦しみを踠《もが》きつつ、頭もたげて
いま一度　最後の夢を、像《すがた》をと、
裂かれたる目をば開きぬ。
ざくざくと大鎌の畑中に麦穂刈る音、
目に浮ぶ　労働の平和の中の村景色
ああ、さらば、さらば故郷よ――

と、頭のめりて、兵士の息は絶えにけり。

(5) 駒場の後期課程の教養学科の一体性は当初はそうした背景をもつ英才が互いに意思疎通するところがあったから維持できたのである。日本社会を結びつける要《かなめ》の役割を果たすものとしての旧制高校のスクール・タイの重要性を力説した人にオクスフォードの日本史家リチャード・ストーリーがいる。彼も英国のエリート校の出身者だからそういうのだぐらいに思って、以前の私は他人事のように聞いていた。しかし日本で一高・東大の悪口をいうことで知られる評論家たちも必ずしもたいした人物ではない。一高・東大出にもろくでもない男はいる。竹山も久しぶりで大人になってから会ってみると、十七歳ころの俤は痕かたもなく消えて、その代りにただ「凡庸」という字が全身に書いてある人がいた、と話した。かつての一高の秀才が俗臭芬々たる存在と化した例は多い。しかしそれでも全体として見れば、他よりはましな人々であったことは確かだろう。昔の一高出の大蔵官僚の方が今の天下りを狙う財務官僚よりノブレス・オブリージュの誇りがあったことは間違いないであろう。棟梁の材は自覚的に育てなければならない。そのために六・三・三・四の在来線とは違う人材育成用の新幹線コースを開発すべき時に来ているのではあるまいか。

(6) 本間長世『歌舞伎とプレスリー――私とアメリカ』NTT出版、二〇〇九、三三頁。

(7) 「ねむりをねがふわがこころ、きみは舞ふに飽かねども――」と竹山道雄は昭和十六年、新潮社から出したトマス・マン『混乱と若き悩み』の中で訳している。一五一頁。

(8) その挿話を紹介したのは高橋健二である。関楠生は『ドイツ文学者の蹉跌』(中央公論新社、二〇〇七)で「ナチスの波にさらわれた教養人」としてナチス・ドイツに肩入れした高橋健二を批判的に論じているが、私見によれば、戦時中の高橋の右翼的な時流迎合もさりながら、戦後のシュトルム愛読者の毛沢東への親愛感を示すなどの左翼的な時流迎合にこそより大きな問題点は秘められていたのではあるまいか。これは高橋一人の問題ではない。私は東大教養学部の助手時代、防衛問題に関心を示したドイツ研究者佐瀬昌盛のような英才がなぜ助手から助教授に昇格しないのか怪訝の念にたえなかった。『産経新聞』二〇〇〇年四月二十六日の佐瀬氏の「正論」記事によると、その後佐瀬が成蹊大から防衛大に転職するや、東大ドイツ語教室は協議の末「佐瀬の意向を受けて」と称して次年度非常勤出向は必要なしとの結論を出した旨の通知を受けた。戦後の大学のドイツ語教室そのものが左翼の波に流された時期もまたあったのではあるまいか。

(9) 鷗外は東大図書館鷗外文庫蔵のハイゼ編 *Deutscher Novellenschatz* の第九巻で Storm, Eine Malerarbeit を一八八五年七月八日に読み「前後二図、照応極妙」と感想を記した。

(10) 平川祐弘『西欧抒情詩の一波動——シュトルムと日本の詩人たち』は『解釈と鑑賞』昭和四十三年七月号、ぎょうせい、一五一—三一頁。

(11) 柴岡亥佐雄は二人が招かれた遠縁の家で逢った「避暑地の薄赤い裸電球の下で、洗い髪をなびかせて、高原の蛾を追う白い手」のお嬢さんや立原が口にするようになったエリーザベトのことを『立原道造全集4月報』で『追分を訪ねて』と題して報じている。

(12) 岩波茂雄が昭和二年から発刊した岩波文庫は、範をドイツのレクラム文庫にとり、古今東西の古典を世に出した。そのレクラム文庫は一八六七年から発刊され、鷗外も留学中に何冊も買って読んだ。岩波自身も一高で安倍能成などとともにレクラム文庫をテクストとして学んだ生徒だったのではあるまいか。フランスでレクラムに相当するのは教育用に編まれたクラシック・ラルス叢書だろう。レクラム本で教えた竹山も、註釈のある教科書版を良しとした。そのことが念頭にあったからだろうか、晩年、竹山は「駒場に寄付してください」と材木座に立ち寄った私にライプチッヒの Wartigs Verlag 社から出た Heinrich Düntzer 教授の手になる古典註釈叢書を託したことがある。当時の東大教養学部はドイツ語の教師が数多くいたから比例して予算も多く、学部図書館にもドイツ語研究室にも教養学科図書室にもゲーテの本はいろいろなエディションがすでに収められていた。そのせいであろうか、あるいは図書館員が整理の仕事が増えるのをいやがったからであろうか、届けた本の中でデュンツァー教授の註釈書などは寄付を断られた。竹山のところには図書館から「御寄贈有難うございました」という印刷された葉書に意想外な少数の冊数だけ手書きで書き込まれた通知が届いた。私は後で理由を聞かれてまことに気まずい思いをした。ちなみに竹山は『ヴェネチア短唱』を訳す際には *Goethe's lyrische Gedichte* 8 に収められたデュンツァー註釈本も利用している。

(13) 人間の親和力はそのように不思議な作用をする。一高一年生の私は竹山が駒場寮のモスクワ横丁と呼ぶところの中寮二階で、後に不破哲三の名で知られる上田建二郎などと同じ部屋で四六時中暮した。そのために、私も左翼の主張を理解しようとつとめる若者になったが、しかし十七歳の私は教養主義的な知識吸収の方が社会科学的関心や理科的学問よりもよほど強くなってしまった。戦争末期に特別科学組に選抜された中学生だった私は一高一年までは当然のごとく理科生であった。だがそんな私も、親に勝手に文科に転じた。父親は私の文学好きを知っていて、医者と文筆家は両立するから医学部へ行ったらどうだと一度は勧めたが、後は私が選ぶにまかせた。私は別に変人扱いされなかった。祐弘は自分の好きな道を進むがいい、と親に信頼されていたのだと思う。

(14) 高橋英夫『果樹園の蜜蜂』(岩波書店、二〇〇五)の「ギリシア――「青春」の思索」の章、一一三―一一七頁。なお高橋は次の「運命の三つの相」さらに次の「月色溶々花影動」でも竹山を論じている。

(15)『竹山道雄著作集』6、解説、三五三頁。

(16) そう観察したのは高橋英夫である。高橋『ドイツを読む愉しみ』講談社、一九九八、一五九頁。

第六章　独逸・新しき中世?

三点測量の中の日本

ギリシャでは亡国の悲惨も観察した。昭和五年の元旦、竹山は二十五歳、ブリンディジから船でギリシャのパトラスへ着き、鉄道に乗った。客車の床は破れて、走っている地面が見えた。カーテンは煤と油でしみ、ランプはまっ黒で火屋《ほや》が毀れている。腰掛の壊れたところには普通の椅子が縛りつけてあった。ペロポネソス半島北辺の景色は寂しくて、車窓から見る海岸には瓦礫の中に松が生えていた。右手の丘陵は一体の岩山で、それに襤褸《ぼろ》のように草が蔽っていた。「どうでしょう、この山の有様は。日本ではとても見られやしない。まるで一面の焼野原ですよ、お母さん。石塊のあいだにペンペン草が生えて、ヘラクレスが棍棒で叩きつぶして歩いたような景色じゃありませんか」(1)。いつしか竹山は夢の中で独り言をいっていた。——帰国の途次ギリシャからさらにエジプトにも立ち寄った。港の本屋で買ったラフカディオ・ハーンの『心』を紅海を南下してインド洋を東へ向うフランス船の上で読んだ。そこに収められた『ある保守主義者』の祖国への回帰の心境がさながらわがことのように思われた。

人間はいつから客観的に世界の中の日本を目測し得るようになるのだろうか。外国を一つしか知らない間は自己測定がよくできない。独日二国の比較だと、日本人のドイツ専門家はドイツばかりを凝視するから、向うばかり大きく見えてしまう。ドイツ語が母語でない日本人は言葉の点で相手に劣るのは必定だから、相手に位負けしてしまい、日本が限りなく小さくなるためだろうか。ところが外国の大国と小国の二点から三点測量をしつつ祖国を振り返ると、日本が次第に本来の大きさを取り戻し、それなりの国に見えてくる。

世間が敗戦で祖国に自信を失っていた昭和二十四年、竹山は『私の文化遍歴』の中で、そんな日本再発見ともなった留学体験を次のように述べた。北方のドイツだけでなく伊仏にも行き「ヨーロッパに滞在する日がたつにつれて、私の心の中で日本というものが浮びあがった。はじめ水平線の上のしみのような小さな島だったのが、だんだんに大きくなって、……美術館に行っては日本の部をながめ、民俗博物館に行っては説明を聞いた(2)」。そしてその西洋人の知性と感性とを通して見る日本を、自分が育った日本での生活体験と比較吟味していることに竹山は気がついた。四中一高以来習ってきた国文国史の知識は日本列島内でできた見方だが、竹山は日本を広く世界文化史の中で見直し始めたのである。

外国に傾倒する日本人にとって日本は小さな島である。それはインドや中国との関係で道元が「この日本国は海外の遠方なり」といい、『平家物語』の作者が「粟散辺地《ぞくさんへんち》」と言った時もそうだったが、明治以来の知識人の多くが、西洋との関係で日本は「水平線の上のしみのような小さな島」、粟粒を散らしたような小さい国と思い込んだ時もやはりそうであった。しかし日本を「粟散辺土」と呼ぶのは外国の偉大に圧倒された人の心理が生み出した修辞的な風景であって、実際は地理的にもある大きさを有し、歴史的にもある長さをもっている日本なのである。必ずしも「しみのような小さな島」ではない。

芝罘の修道院

竹山の洋行は西欧遍歴だけで終わらない。帰国の翌年の昭和六年には一高の漢文教授で一歳年上の長沢規矩也に誘われて一緒に舟山列島、寧波、杭州、蘇州へ旅行している。大洪水のために揚子江に二間もある波が立ち、南京へ行けなかったので、青島から芝罘《チーフー》、さらに北京へと行った。芝罘の城外の荒れさびれた坂道では船中で知りあった日本夫人が半狂乱で助けを呼ぶのを聞きつけて駆けつけた。別の人力車に乗せた娘を自分とは別の方向へ離れて曳いて行こうとする。長沢は中国語会話をよくし、気象が激しいから悪さを働こうとする車夫を叱りつけた。一騒動の後、二人は丘の上のカトリックの修道院まで人力車に付き添って坂を上って行った。群集がぞろぞろ後に跟《つ》いて来た。修道院の高い壁の下をかなり歩いてから、やっと厳重な門を入った。二人は門衛の部屋で待たされた。さびしい尼寺のことだからとても中には入れまいと思っていた。あの『レ・ミゼラブル』に老人の雇男が足に鈴をつけて歩いている話などをちらと頭に思い浮かべた。——この間も、外には群集がいっぱいたかって格子の間から覗き込んでいる。すると意外にも「お通りください」といわれて、も一つの厚い黒い塀を潜って修道院の中へ入った。

その時に見た修道院の内部の印象を何と言ったらよいのであろう！　静寂な光に充ちた庭には薔薇の花が一面に咲いていた。清らかな小路の彼方には、礼拝堂が立っていた。純白な三角の帽子を被《かぶ》り黒衣を着た尼僧たちがしずしずと歩いていた。あたりは透明な柔かい色彩が充ち充ちていて、夢のように、フラ・アンジェリコの絵さながらの光景であった。今まで歩いていた芝罘の町の悲惨荒廃との対照があまりにも甚しかった。

少女は一人の尼僧に抱かれるようにしていたわられていた。

恐ろしかった冒険について竹山が覚束ないフランス語で二言《ふたこと》三言《みこと》いうと尼僧はにわかに瞳を輝かして叫んだ。「あなたはフランス語をお話しなさる、フランス語を！　わたしはここの修道院に来てから二十年になるけれども、外の人とフランス語で話するのはこれが初めてです！」(3)。

北方の心情

竹山は東へ戻ってきたが西の文明の偉大もまたよく心得ていた人である。当時はキリスト教宣教の偉大ということも考えていたのではあるまいか。

では留学先のドイツそのものからはどんな印象を受けたのか。一九二七年、インフレーションの後でベルリンは失業者に溢れ、社会は乱脈をきわめていた。そんなワイマル時代である。一方では知的活動がたいへん盛んだったが、他方では風俗的にいえば残忍なものさえあった。日本では気がつかなかった、いろいろの社会問題が否応なしに目にはいった。竹山は先の『私の文化遍歴』で往時をこう回顧している。

ヨーロッパの現実からはじつに意外な印象をうけた。ことにドイツについては、これがあの崇拝していた高潔な国であり国民であるかとあやしんだ。一九二八、九年のベルリンは荒廃していた。いたるところにみまがうことのできない頽唐末期の症状を感じた。「人間のレベルというものは低いものだ」とつくづく思った。(4)

一九三〇年に帰国してホイヴェルス師にドイツの印象を聞かれた時、竹山は"Energisch, aber oberflächlich"「精力的だが浅薄だ」と答えた。するとこのカトリック神父は怒りもせず、ドイツ人が皮相的なエネルギスムスに走っていることを認め、"Hier ist man tiefer verwurzelt"「日本人の方がより深いところに根をおろしている」と呟いた。(5)

竹山のドイツ留学の報告決算書は昭和十年の日本独文学会の『独逸文学』に出た『独逸的人間』以下の論文であろう。竹山の著作集第六巻『北方の心情』の諸篇について、日本のドイツ文学研究に対する「解毒剤」として有効と小堀桂一郎は解説している。外国文化研究者は研究対象に対してまず好意的関心を持たねばならない。それがなければ実り豊かな研究成果は期待できない。しかし好意的関心はややもすると盲目的崇拝となり無批判的没入に化しやすい。彼の尺度でもって我を測り、彼の規準を以って此方を裁定するようになる。それに対し竹山は醒めた眼で一個の外国文化の実体を見極めようとしている。一例をあげればドイツ人はゲーテを「眼の人」Augenmenschと呼ぶが、それは他のドイツ人との比較においての話で、日本人から見ればゲーテもまた理知的観念的な詩人ではないか。竹山は外国文化について、それはそれを見て考えている現在の自分にとって何なのか、とたえず問いかけた。そんな竹山は母国に戻っても大日本などと肩を聳やかして呼号するようなことはなかった。外国に対して目を閉じるようなことはおよそなく、戦後も海外渡航が可能となった最初期の昭和三十年からは二十一年間、毎年のように海外へ旅に出た。

尼僧の手紙

重厚な竹山は、自分を育んだ日本への信頼を失わない人であった。しかし日本へ戻ったからといって、夜郎自大の日本主義に同調することはおよそなかった。竹山が五・一五事件や二・二六事件をどう見ていたかはすでに述べた。伯父の一木喜徳郎が天皇の法的地位如何という問題を考えドイツに行ってオットー・ギールケの講義を聴き、これによって解決を得、帰朝後それを東大で講義した。そのときの学生だった美濃部達吉がこれを天皇機関説として学問的に完成した。右翼勢力は美濃部を攻撃し、そうすることによって枢密院議長の一木をひきずりおろそうとした。その昭和十年当時を竹山はこう回顧している。

一木の妻――つまり私の伯母が死んだときには、私は召集されて玄関番をやっていた。すると、右翼壮士団がとっかえひっかえ押しかけてきた。「ふん、そうか。生憎《あいにく》葬儀中であるのか。まことに痛恨に堪えぬ。深甚なる哀悼の意を表する。しかし、よろしいか。これは私事である。われわれは国家浮沈のこの秋《とき》にあたり……」というふうな調子で、「この決議文は明治神宮のおはらいをうけている。つつしんで頭を下げて聞いてもらいたい」とて、奉書の決議文を読みあげた。右翼といえば紋付に白足袋かと思っていたが、みなモーニングを着ていた。
あるときは二十歳の青年が抜刀で切りこんできたことがあった。「一木はどこだ。一木はどこだ」と叫びながら入ってきたのだったが、気丈な老女中がいて、本人がいる部屋の板戸を刃でブスブスと突き刺してくるのにもめげずに押えて開かせなかった。同室していた男共はだらしなくみな逃げた。

そのころ竹山に縁談があり、相手の娘の父の伯父が昔、幸徳秋水事件に連坐していたため、この際にそういう縁を結べば右翼からの攻撃は必至であると横槍がはいった。竹山が一木と大いに議論して「いったい実際的にはどういう形で故障があらわれうるのですか」と尋ねたところ、「まず閣議で問題になる」と一木がいうので、思わず「こんなことがですか！」と叫んでしまった。しかし後から考えると、当時の形勢はそんな風でもあったのだ[6]。

　昭和十年、第一高等学校が本郷から駒場へ移転するころとなると日本にもいわゆるファッショ気分がひろまって、一高生も銃をかついで駒場まで行進した。生徒側の委員長がそれを主張したのである。竹山もやがて牛込の親元から渋谷区代々木大山町へ移った。日華事変が始り、昭和十三年、政府が洋書の輸入取締りを始めるや、竹山は『蘭学事始』を論じることで、禁書政策の愚をついた。その年の夏には日本軍占領下の北京へ旅し、雲崗《うんこう》まで訪ねた。その石仏を訪問したのが大きな体験となった。

　日米開戦の後の昭和十七年四月、いわゆる翼賛選挙の際は自分の区の立候補者ではないが斎藤隆夫の名を投票用紙に記した。斎藤は兵庫五区で最高点で当選した。斎藤議員は二・二六事件直後に粛軍演説で陸軍を批判し、昭和十五年には日中戦争処理に関する質問演説のため議員を除名された人であったにもかかわらず、民意は斎藤を支持したのである。

　昭和十七年六月、一高の『向陵時報』に十年前の芝罘《チーフー》の思い出を踏まえて『尼僧の手紙』を寄稿した。人力車で母親からあやふく引き離されかけた娘は、「救われた」礼状は英文で書いて寄越したが、しばらくして文通は絶えた。日華事変となり、芝罘が日本の陸戦隊によって占領された時は、あの修道院はどうなったろうか、と考えた。それが昭和十六年、思いもかけず手紙をよこした。尼僧院で教育を受けた娘は信仰を固め、学問を修め、尼僧となり、今では芝罘の住民や尼僧たちに日本語日本文化を教えている。彼女自身の日本語はただ家庭で覚えただけのものだから、人に教えるとなると、どう説明してよいか途方にくれる。読む本も国定教科書では興味をつなぎがたいから、例えばフランスのマローといったような易しくて真実味の罩《こも》った小説を教えて欲しい。外国人にも分るようにはっきり書いた日本語の文典と辞書も知りたい。どうも日本人の書いたものは日本人にはよいのであろうが、外国人がそれを使って勉強するには非常に不便だ。和仏辞典は近ごろフランス人の宣教師セスランの作った大きな立派なものができたが、あれに匹敵する仏和辞典を送って欲しい[7]。その他、美術ではレーナックのような簡潔で深みのあるもの、音楽では外国人にも興味のもてるような芸術的なもののレコード——そのほか各方面の事について追々に聞きたい。——竹山はほとんど唐突に次のような結びでこの文章を終えた。「こういう注文には私は実に閉口した。問い合せたり調べたりしても、何とも答えができなかった。こうした要求に応ずるものは、日本にはまだ一つもないらしいのである」。

昭和十七年は日本軍が東南アジアを占領し、国民は緒戦《しょせん》の軍事的勝利に酔っていた。しかし竹山は醒めていた。日本は文化的に自己を対外的に説明する準備も整っていない。尼僧の手紙にことよせて、竹山は一高生に対し昭和日本の文化的実力のほどを示そうとしたのではあるまいか。「真実味の罩《こも》った小説」として『家なき子』が挙がっているのは、尼僧ではなくひょっとして竹山自身の言葉だったのではあるまいか。

ドイツ人との交際

一高は三学年の生徒総数千二百人だが、外国人教師がペツオルト博士をはじめ多い時は同時に五人ほどいた。竹山は隣の机のヤーンとは毎日のように顔を合せて話した。岩元先生などが積極的にドイツ人教師と会話したとも思えないから、十数年間、外国人交際は多く竹山が引き受けたに相違ない。ドイツ語会話が上手で独身で気軽な竹山は、在日外人との交際を通じてドイツ事情にさらに詳しく通じるようになった。

ドイツ人との交際からこんな翻訳もした。シュヴァイツァーの名前はかねて片山敏彦から聞いていた。竹山は菊名に住んで彫刻をしていたフロイデンベルク[8]と交際があり、彼を金沢の四高のドイツ語教師に推した。金沢に彼を訪ねた際、シュヴァイツァー『わが生活と思想より』を借り、昭和十四年白水社から訳出した。竹山は昭和十七年少国民向けに書き直し『光と愛の戦士』(新潮社)と題して世に出した。「いまどきよくこんな自由な本が出た」といわれた。五月三十日付けで三谷隆正から礼状が来た。三谷は竹山が兄事した十四歳年上の一高教授である。「早

三谷隆正
（1889-1944）

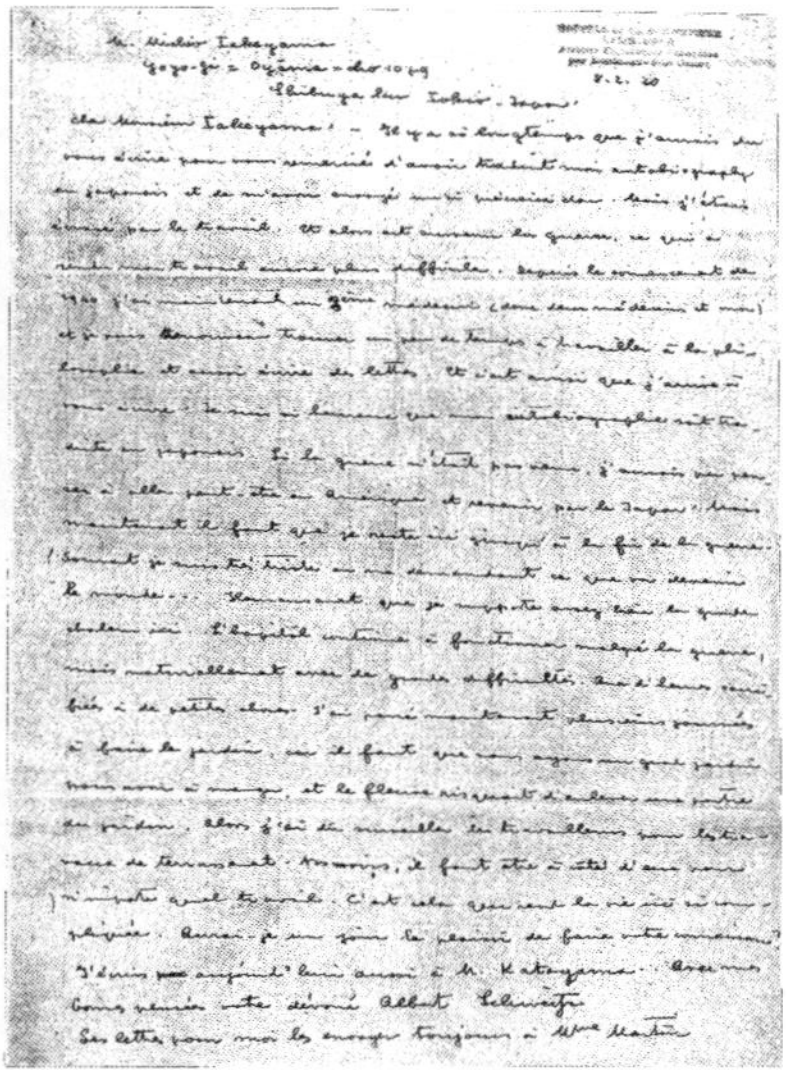

シュヴァイツァーからの手紙

速拝読にかかつて唯今全巻余すところなく読み了へました。さうして大に励まされました。近頃になき快読物でありました。殊に前半はシュヴァイツァの夢と共に貴兄の心の奥からの夢をはっきり聞くを得たる感じがして嬉しくありました。」その二年後に三谷は亡くなるが『三谷先生への追憶』で竹山はこう述べている。

故三谷隆正先生と、私は十年以上も同じ一高につとめ、親炙した。先生を直接に知った人の数はそれほど多くはないであろうが、知った人にとってはそれは一つの体験であり、生涯の事件であり、幸福だった。先生は存在していられることそのものが、生きていることに意味があり、光明があり、頼りどころがあることを人に感ぜしめる人だった。ときどき「ああいう人もいるのだから、人生はそれほど愚劣なものではないのだろう。甲斐のあるものなのだろう」そう思わせるひとがいる。三谷先生はそういう人だったし、そういう人の中で私が知った最高のひとであり、他に比類を絶した人だった。

後年の竹山は第十六章でも述べるようにキリスト教宣教のある面に対し批判もするようになったが、昭和十年代は好意的関心を抱き続けていたのだろう。昭和十四年十一月十二日には新婦の側の希望を容れてキリスト教による結婚式をあげ、その上で十四日、東京會舘で結婚式および披露宴を行なっている。新婦南保子は鎌倉で育ち、女学校時代は青山学院、さらに東京女子大で学んだが、父が没したので中退した。父南勇太郎は江の電を鎌倉・藤沢間に引いた実業家であった。軍国日本が戦争へまきこまれていった昭和十六年と十八年に生まれた二児には、将来を案じたのであろう、依子と護夫と名づけた。それは『聖書』の「さらば凡ての人の思《おもひ》にすぐる神の平安は汝らの心と思とをキリスト・イエスに依りて護らん」（ピリピ書）に由来する。

昭和十年代の竹山の最大の関心事は、なぜナチスのような不条理な政治的ならびに精神的な運動がドイツの大衆の心を掴み、ドイツ知識人も次々とそれに靡いたか、ということで、竹山はこう回想している。

私はあの時期に、在日ドイツ人たちがいかに混迷し、右往左往したかを見た。私が知っていたのは、おおむね旧制高校の教師たちだったが、はじめは不平をいっていた人たちもある時期からはぴたりと黙って、反抗どころではなかった。……ずいぶんオポチュニストもいた。大学に勤めているリベラリストから、幾度かのナチ理論の講演もきかされた。ある人はじつに親切で博学な常識のある人だったけれども、しだいにユダヤ人の悪口をいいはじめた。そして、『ドイツ人は答える』という日本人の学生むきの教科書をつくり、ナチ理論を問答体で書いて、それを教場でつかった。この人が戦後まもなく、「自分は反ナチとして有名だった」というのを聞いて、おやおやと思った。あるとき私がこの人に「それではユダヤ人をどうしようというのか」と尋ねたら、「aussterben lassen――死に絶えさせるのさ」と答えたが、いまから考えると、その時期はまだガス室がはじまる前だった。

『ニッポン・タイムズ』に投書が出たことがあった。それは、ドイツと提携した日本を見限ってアメリカに去った、ドイツ人が書いたものだった。それには、「いまドイツが勝利の栄光の絶頂にあるこのときに、自分は予言する。

ペツオルト
(1873-1949)

ナチスはかならず滅亡するであろう」というのだった。このようにして、四人いた反ナチのドイツ人はつぎつぎに日本を去った。

ただ一人最後まで日本にとどまって、露骨なナチ批判を遠慮なく公言して、まったく孤独で屈しなかったのは、ペツオルト先生だった。この人はいかなる妥協をもしなかった。「本国にいれば命はないのだが、外国にいるからまだしも楽だ」といっていたが、私はそばにいて先生の苦悩をつぶさに見た。

われわれは文部省に行き、「ペツオルト先生はもう二十幾年も日本の学生を教育し、仏教の研究家としても業績をあげているのだから、勲章をあたえてもらいたい」とたのんだ。あのころのことだから、日本の天皇が功を嘉《よみ》した者には、ドイツ大使館も手を出すまい、という考えだったのである。この運動は効を奏して、先生は勲四等の勲章をあたえられた。

ところが後になって知ったが、すでにこれより前の前校長のときに、ドイツ大使館から「ペツオルトをやめさせろ」と学校に申し入れてきていたのだった。しかし、（森）前校長は「外国大使館から人事の指図はうけない」と、これを拒否していたのだった。(9)

あの時期には東京在住ドイツ人の中には時流に勢いよく便乗した者もいた。その中にはユダヤ人もいたが、保

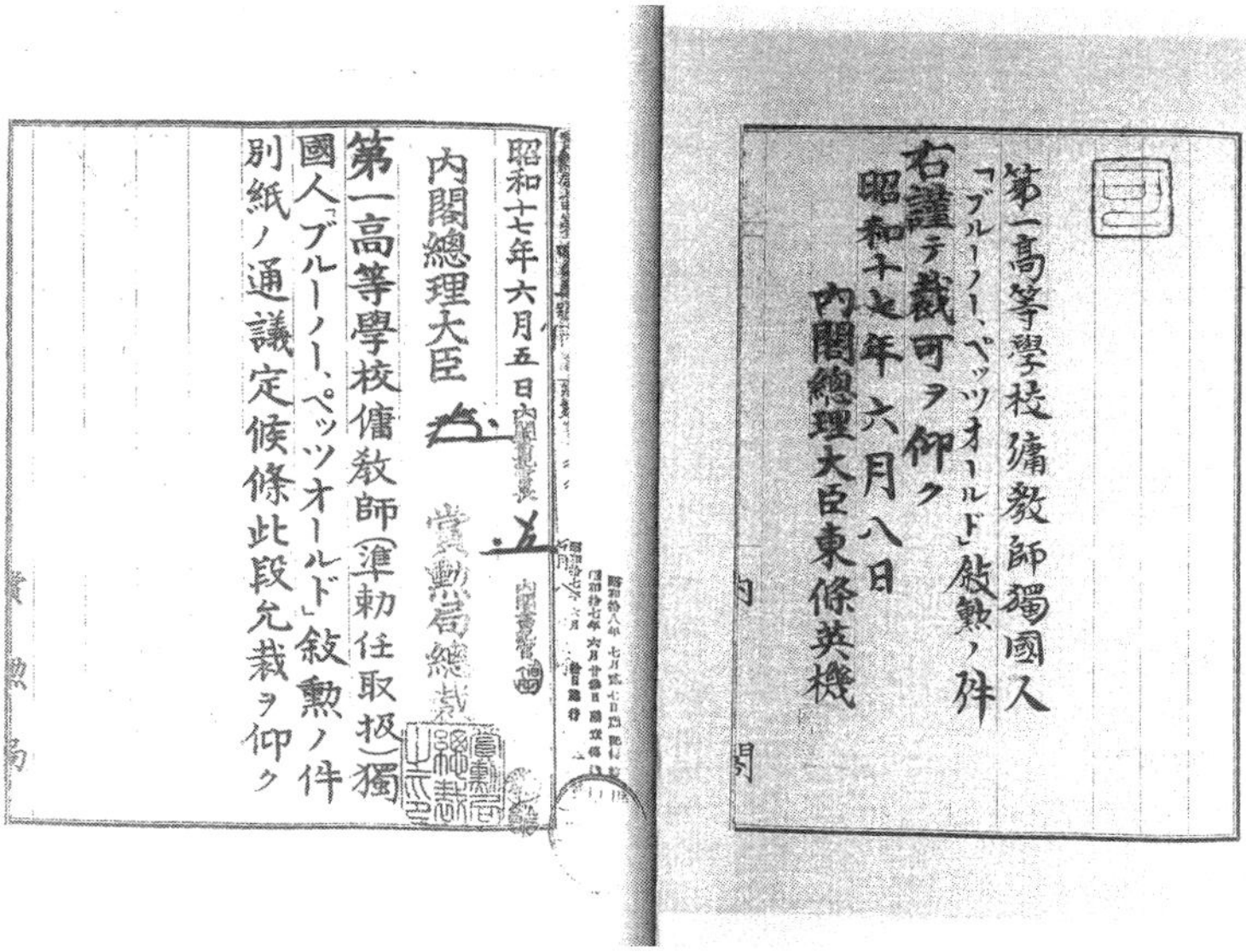
第一高等學校傭教師獨國人
「ブルーノー、ペッツオールド」敍勲ノ件
右謹テ裁可ヲ仰ク
昭和十七年六月八日
内閣總理大臣東條英機

昭和十七年六月五日
内閣總理大臣
第一高等學校傭教師(準勅任取扱)獨
國人「ブルーノー、ペッツオールド」敍勲ノ件
別紙ノ通議定候條此段允裁ヲ仰ク

ペツオルト敍勲の書類

身のためで、ある者は保護色の中で戦々兢々としていた。しかし、やがてみな呑みこまれてしまった。ドイツ本国よりははるかに楽だったけれども、日本の軍部支配下の日本人の場合と違ってドイツ人は熱烈に同調しなければ生活を根本から破壊されたのだから、あれも無理はなかったのだろう。戦後、竹山は『続ヨーロッパの旅』（新潮社、一九五九）の中に収めた『妄想とその犠牲』で「いまこのような主題の文章を書くのにも」まったく一人で毅然として最後まで頑張っていたペツオルト先生が「いかに苦しみ悩んだかを、近くから見た。あの先生の苦しみの意味をあきらかにして、その霊に応えたい気持がある」（三九頁）からだと述べている。

ナチスの翳

竹山はドイツ人を出迎える役目も仰せつかった。昭和十年、文化使節として来日したシュプランガーは一年滞在し八十回講演を行なった。小塚新一郎が講演を『文化哲学の諸問題』として訳すと、竹山は昭和十二年十二月二十日の『帝国大学新聞』に書評を寄せた。

本書全篇を通じて胸を衝くものがある。それはシュプランガーの牢乎として動かすべからざるヒューマニズムと、更に彼の（或は前者と矛盾することあるべき）現実の中に処する態度である。つまり現代に於ける良心ある知識人の苦悩の翳である。かつて世界の人本主義の本山を以て自ら任じた独逸の知識階級の代表者が、「二十世紀の神話」を思想的根柢として非合理行動を綱領とする政府から指令され、私達の目の前に現れた姿である。

『二十世紀の神話』とはアルフレッド・ローゼンベルクが一九三〇年に出した反ユダヤ主義の著書で、ナチズムの教典となっていた。シュプランガーの日本での最後の講演は、自由主義を排撃し政治の主導性を高唱して猛烈なものだったらしい。「講演会の片隅に姿を現して座を占めている礼服の大使館高官の圧力、――そう思うのは私の僻見であろうか。そう思うのは、或いは、私が、日本在留の独逸人間の思想的軋轢、それを支配する無言の力、に就てあまりに見聞したからかも知れない」と竹山は述べ、ドイツ文化使節が置かれた言論不自由の立場をずばりと指摘した。しかし日本の多くのドイツ研究者は、こうした問題がわからなかったのか、それともわかっていてもドイツを惰性的に支持したかであった。ナチス批判の気分はあったが、竹山のように事態を把握した上できちんと発言をする人は少なかった。竹山はシュプランガーの『ヴィルヘルム・フンボルト』（一九二八）の結論部分を読んでいて、あるとき彼と二人だけのところで質問した。「ナチスというのはおどろくべく非道なものだと思いますが、あれをどう考えたらいいのでしょうか？」教授はあたりを見まわし、声をひそめて答えた。「前大戦後、ドイツ人は精神のバランスを失っている。それにはむりからぬ訳もたくさんある。もうすこし時をかして待ってくれ[10]」。

竹山はまたヒトラー・ユーゲントが昭和十三年九月に来日し一高を訪問した時も応接した（ヒトラー・ユーゲントとはナチスの紅衛兵とでもいうべき青年団である）。竹山は昭和十九年六月に『向陵時報』に随筆『空地[11]』を寄せ、六年前の思い出をこう書いている。

ヒットラーユーゲントが学校を訪問した。二十人ほどの白皙の若者がこの空地で自動車を降りて校門を入ろうとしたとき、鉤十字の小旗を手にした出迎えの一高生が、「バカヤロー」と連呼して歓迎の意を表した。規律と清潔と服従を最大の美徳として鍛えられたかれらが、日本のもっとも由緒ある学校ときいて想像していたのは、貴族的な修道院、ないしは科学的設備の粋をつくした病院、または兵営のごときものであったから、無精な粗服をまとって底気味わるい薄笑いを浮べてかたまっている一高生を見て、胆をつぶしたのも当然であった。ましていわんや寮の三階の窓口に大あぐらをかいて棒をふりながら、ドイツ人を案内している教師を「竹山さん、がんばれい！」と弥次るのを見ては、これが Student かと呆れたのであった。

往時のナチスの若者同様、清潔好きの昨今の日本の若者も、一高生のシニックなだらしなさは理解しがたく、むしろ嫌悪する人が多いだろう。だがその一高生が意外に強靭な秩序の精神を有し、たとえば服従ということも何の強制もなくして行なわれた、その証拠に一高では監督がいようがいまいが期末試験にカンニングする者は出なかった。ただし今の日本の若者が、ドイツ青年の「一番印象のよかったのは陸軍幼年学校、わるかったのは一高」という類の感想に同調するかといえば、そういう気もまたないであろう。なおヒトラー・ユーゲントも玉杯の合唱をきいたときは、その深さ強さに感心したとのことである。[12]

国籍

昭和十四年は日本からの郵便は航空便は香港まで、ドイツとの間は船便が多かった。手紙の往復はまだ行なわれていて、私の父平川善藏については第十八章で述べるが、父はドイツで半年近く仕事していたが、時々絵葉書や手紙が留守宅に届いた。洋行技術者の常として父も連日仕事に追われていたのだが、四月二十八日の日記に「本日Hitler ノ Roosevelt ニ対スル回答放送アリ。独逸国民全体休業ニテ聴取スルコトヲ命ゼラル。加藤支店長ノ宅ニ行キ Hitler sprechen ヲ聞ク。遺憾ナガラ聞取リ得ズ」とある。父はドイツ語はかなり達者でドイツ人技師に会い、活溌に話すのを聞いて私も子供心に感心したこともあるが、ヒトラー演説を聴きとるほどの力はなかった。[13] またユダヤ人問題など専門外の事にはほとんど関心がなかった。それは今日中国へ派遣される日本人技師がチベット人問題に注意しないのと同じだろう。実はそんな無関心は、化学のエンジニアに限らず、語学のエンジニアである日本人外国語教師とても似たりよったりである。だが竹山道雄が問題としたのはこのヒトラー演説と、特にそれに続くゲッベルス文化宣伝相の演説であった。

一高の日本人ドイツ語教師も大半はドイツの古典文学に関心を寄せるだけであった。その中で竹山道雄と片山敏彦はナチス・ドイツのユダヤ人迫害に心を痛めていた。二人は被害を蒙っている人々を個人的に知る例外者だったのである。昭和十四年、竹山は一人の西洋人からはなはだ変わった申し込みをうけた。――自分を養子にしてくれ。そして、竹山の家に戸籍に入れてくれ。ただの一日でもいい。「翌日には分家してあたらしい戸主になるから、あなたには何の迷惑にもならない」とくりかえした。この人――作中で名はレオンハルト・チュルペという――はユダヤ人で南ドイツの富裕な家に生まれた。知りあった留学中の日本人教授によばれて日本に来たが、その後の国情の激変のためにすっかり零落した。彼の国はユダヤ人を迫害するから、何とかして国籍を離脱して他国に帰化したい。そのためには日本人の家に養子になるのが一番いい。彼はときどき故国から着いた葉書を竹山に見せてくれた。それは簡単な日常の消息を報じたもので、こんな一節が書いてある。

> ……坊やの病気もやっと危機を脱しました。お医者が二度も丁寧に診察してゆきましたが、もういいだろうとのことで、ようやく安心しました。これからは栄養を十分にとって、順調な経過をとってくれればいいが、と祈っています。

チュルペ君はこれを説明していった。

「この手紙の意味するところはこうです。――家はナチスのために二度厳重な家宅捜査をうけたが、無事だった。しかし、経済的に逼迫する一方だから、先が心配だ」。

彼もまた同じような調子の手紙を送っていた。

……日本は冬になっても、ドイツとは比べものにならないほど凌ぎやすくて楽です。外套なしで外出できます。日本人にドイツ語を教えて生活していますが、日本人は古典文学が好きで、ときどきわれわれの祖先がつかったような古めかしい言葉で話しかけられて面くらいます。

これを解読すると次のようなことになる。

「おなじファッショになっても、日本ではドイツほどきびしくはなく、個人的な迫害はない。日本のインテリのあいだには、むかしながらの自由主義が通用している」

日本ではアーリア人とユダヤ人の差別については、誰もはっきりした観念をもってはいない。それで、あるときチュルペが警察に出頭したら、ドイツ崇拝の警官たちからドイツ人として歓迎されて、内心で大いに苦笑した。こうして彼は、日本人のドイツに対する好意と、その反面の無知無理解から生ずる温情的間隙をぬって、そこに身をかくすことに汲々としていた。

だがそのチュルペには目前に解決を迫られた緊急の問題があった。旅券のヴィザがあと三月で切れることになっていた。ドイツ領事館に出頭すれば査証はもらえる。だがそうすれば彼の旅券にはユダヤ人であることをあらわす「J」という大きな印が押される。いまもっている旅券は自由主義時代のものだからそういうことはないが、一たんこの烙印を押された以上、彼はドイツの国籍には属しながら、ドイツ国民としての保護は何も受けずただその迫害だけを受けなくてはならない。これはむしろ自分を好んで鎖につなぐようなものだから、今から三月以内に何とかしてドイツの国籍を脱れなければならない。

ドイツ国籍にあるユダヤ人がどんな待遇を受けるか。チュルペは綿々切々として竹山に訴えた。蔑視蹂躙はもとより、ユダヤ人は生存ができないようにするのが、かの国の方針だった。官職にはつけない。商売もできない。数千人のユダヤ人を移住させるといって汽車に乗せ、雪の野原に一晩停車して凍え死にさせたこともあった。しかも、十マルク以上の金をもって外国に出ることは許されないとしたから、外国移住もできない。この点は本国にいる同胞よりも日本にいるユダヤ人の方が幸福である。——竹山は当時はまだ半信半疑だったが、戦後になって報ぜられたところにより、こうした話は本当だとわかった。

チュルペは種々の工作が効を奏したのか、無国籍となり、苛まれ苦しみ、ときには架空の幻影におびえながらも、健気に亡命生活を凌ぎおえ、戦後になって国外に去った。

今この『国籍』[14]という文章を読んで日本人読者は何を感じるだろうか。現実に起こった話と思うだろうか、被害妄想の話と思うだろうか。たとい起こったことが事実であるにせよ、自分とは無縁な話と思う人が大部分なのではあるまいか。人間は現実に起こっている他民族の悲惨にややもすれば目を閉じがちである。私たちの隣には警察大国が現に存在して、自国民の個人情報「档案《タンアン》」は管理されている。その一党専制国家の国では自国について日本人の誰がどういう意見を発表しているか、ないしは抱いているか、かつては手書きであった档案のデータもいまでは電子機器によって記録されているかもしれない。この先、こうしたチュルペのような境涯に自分たちが入るかもしれない、ということを日本人はおよそ心配しないかにみえる。だが日本在留の外国人の中には国家安全部の手が、いつの日か外国の日本にまで及ぶことを心配している人がいないわけではない。そんな懸念があればこそ、その何人かは自国の国籍を離脱して、あるいは日本に帰化し、あるいは北米やオーストラリアへ行こうと思っているのであろう。

独逸・新しき中世？

三十六歳の竹山は勇気があった。岩波書店——左翼インテリが乗っ取った戦後と違って当時は自由主義者の岩波茂雄が取り仕切っていた——の『思想』昭和十五年四月号に『独逸・新しき中世？』[15]という論文を掲げた。ナチス・ドイツの勢威の絶頂において開かれた一九三九年の国家の祝典において宣伝相ゲッベルスは彼らの文化指導原理を繰返し述べ「主智主義は国民の聡明を害する」として演説した。竹山は同年五月二日の *Deutsche Allgemeine Zeitung* 紙から次のように訳出した、

「デモクラシーは、独裁国家に於ては精神の自由が抑圧されている、と言うが、かかる主張もわがナチス独逸に於ては、もはや何の印象をも喚起せぬのである。確かに独裁国家に於ては、精神の自由は、それが国家的利益と相容れぬ場合には、制限を受けるのである。デモクラシーに於ては、精神の自由はこの点では制限を受けぬかも知れぬが、しかし資本家の利益と相容れぬ場合には確かに制限を受けるのである。されば、ここに一つの疑問を呈出したいと思う、——そもそも精神的労働に従事する者にとって、彼の精神的労働を全民族の国民的幸福に従属せしむるのと、あるいは姿も見せぬ少数の金権閥族の資本主義的利益に従属せしむるのと、いずれがより快くまた栄誉あることであるか？……

吾人は断じて主智主義を以て国民的聡明と同一視してはならぬ。……過去数年間に於て、われらが国民的聡明は公共生活のあらゆる領域に於て真の奇蹟を成就した。今日わが国に於てなお僅かばかり生き残っている、リベラル・デモクラティックな主智主義がこの時期に於て為したところは、単に批評するのみであった。そうして、単に政治的にのみならず、精神的にも、芸術的にも、文化的にも、とっくに任を終えた筈の西欧のデモクラシーにその範を求むるのみであった」

そしてゲッベルスは断言する、"Kultur hat ihrem Wesen nach nichts mit Wissen und vor allem nichts mit kalter Intellektualität zu tun."「そもそも、文化とは、その本質に於て知識、なかんずく冷やかなる知性とは何の関係もないものである。文化は民族性のもっとも深くもっとも純粋なる生命の表現である。文化は民族の国民的威力と結合して、はじめてその真の意義を獲得する」。そして新聞人の使命も定義される。「ナチス・ドイツに於てはジャーナリストは国家と民族とその利益とに奉仕する者であるが故に、彼等は職業的に兵士及び官吏と同一視さるべき、光栄ある任務を荷なっている。デモクラシー国家に於ては、ジャーナリストは姿も見せぬ資本強権の文筆苦力《クーリー》にすぎない。……リベラルな国家に於ける精神の自由とは、単なる架空な作り話であって、インテリ愚衆をして、事実存在せざるある状態を存在するかに思い込ませるべく、暗示にかけるだけの役に立っている」。

教育の使命も同様に定義される。ヒトラーも自己の抱懐する世界観に則って若者を教育すべき旨を演説した。ヒトラーは年配の者に反対者のいることを知るがゆえに青年層に向って働きかける。「いわゆる自由なるものを排除することあるは当然である。次のように言う人間がいるであろう、『己の息子が何故労働奉仕なんかしなくてはならないのか。もっと高尚な仕事をしに生れたのだ。シャベルなんか担ぎ廻ってどうするのだ? 何か精神的な仕事をさしたらいいではないか』だが、おお君よ、その君のいう精神とは一体何であるか! (Was Du, mein lieber Freund, schon unter Geist verstehst!)(再度、数十万の嵐の如き哄笑が支配する)。今、君の息子が西部地方で六カ月間ドイツの為に働いているのは、これは、君の全精神が一生の間ドイツの為になしえたよりも、事実に於てより大いなる事業である(群集は湧き上がる喝采を以て総統に賛意を表する)。しかも君の息子は、民族の内的分裂という最悪の迷妄をも排除すべく働いているのだ」。そしてヒトラーは脅迫もまじえる、「吾人は勿論『働きたくないなら、働かぬでもよい』とは言わないのだ!」。

竹山は演説の文言が行動に移されたドイツの文化状況を「ルネサンス以来ヨーロッパの人本主義文化を開展せし

める原動力となった原理、——個人、その自由、その知性——の否定」と規定し、「英仏側が勝てば、思考の自由は救われ得る。ドイツが勝てばそんなものはわれらから根柢的に奪われるであろう」と結論した。日本は昭和十一年来日独防共協定を結び、十五年は九月には日独伊三国同盟が結ばれようとしていた。大胆な発言であった。

六月十四日、ドイツ軍がパリに無血入城した。紅露文平は高田馬場にドイツ語教室を開く語学者で、日本のドイツ語専門家の常としてドイツ贔屓であった。一高・東大以来の知己である竹山がドイツ文学者でありながらフランス贔屓で、ナチス・ドイツを公然と批判することが紅露には心外だった。パリ陥落の報に接するや竹山の家に電話をかけ「竹山君の顔が見たい」といった。日本ではヒトラー礼讃の声がいよいよ高まり、ドイツ文学者の中にもナチス文化の太鼓をもつ連中が続出したが、竹山道雄と片山敏彦の二人は第二次大戦を通じて「最後まで徹底してナチスを憎み嫌った数少ない明哲の士であった」。

右のように追憶する仏文学者の河盛好蔵には忘れられないことがあった。ある日、ドイツ大使館はパリ占領のニュース映画を見せた。河盛は竹山の隣りにいたが、凱旋門上にハーケン・クロイツの旗がするすると掲げられた。その場面が出たとき竹山は河盛の方を向いて「不愉快でしょう」といった。しばらくしてドイツ軍の兵士が、立ち並ばせた民衆の中からユダヤ人を見つけては、一歩前に進ませる場面が出た。すると竹山は今度はたしかにまわりの人たちに聞えたに違いのない声で「イヤなことをするなあ！」と言った。河盛ははっとした。これは竹山が思わず発した声にちがいない。河盛は戦後、アウシュヴィッツ収容所などのユダヤ人虐殺の映画を見たとき、あの声を思い出し「竹山さんはあのときこのような悪逆無道がナチスの手で行われていたことを既に知っていられた、もしくは予感していられたのだと思い、その勇気にあらためて感心したものであった」[16]と述べている。

学内ではこんな事もあった。フランスが降服するや文部省は旧制高校の第二外国語のフランス語の時間の削減方を命じた。一高で教務担当だった智恵者の竹山は文丙理丙を減らすかに見せかけて、文甲理甲に英仏語のクラスを設けることで実質的にフランス語が減ることのないようにした。一高フランス語教授川口篤は感謝の念をこめて回顧したが、晩年の竹山はすでにその件を記憶していなかった。

泰嶺《タイレ》

その一九四〇年は歴史がドイツ側に有利に動き、日本で「バスに乗り遅れるな」と日独同盟派が声高になった年である。四月九日にドイツ軍はデンマークを無血占領、ノルウェーを急襲した。その地で学校を開いていたユダヤ系ドイツ人アルベルト・タイレは軍事裁判によって死刑の宣告をうけたがあやうく放免され、ノルウェー赤十字の助けをえてスウェーデンに亡命した。モスコーに長く滞在した後、日本に来た。ロマン・ロランの紹介状を持って片山敏彦に会いに来たのである。日本で親身につきあってくれたのは片山と竹山であった。ユダヤ人として日本も亡命地となり得るか、その可能性も探りつつ日本に寄ったのにちがいない。結局チリへ渡り、そこで一九四三年から四年間『ドイッチェ・ブレッター』という文化・政治雑誌を出した。竹山は戦後スイスのエゲリに彼を訪ねて、そのバックナンバーを見て驚いた。シュヴァイツァー、マン、ヘッセなどの原稿を載せた堂々たる雑誌で、表紙にはモットーとして「われわれは人間の国家化を欲せず、国家の人間化を欲する」というペスタロッチの言葉を記し、徹底して反ナチを貫いてヒューマニズムを守り通していた。

それから十五年ぶりにタイレと久闊を叙した竹山にタイレは戦時下の東京で竹山から受取って大事に亡命先へ持っていった葉書を見せた。竹山は片山敏彦に手紙を書いた。文中に出てくる夫人は美術史家レオ・ブルールス教授の娘である。『ヨーロッパの旅』に収められた『スイスにて』から引用する。

タイレ君の家から小さな牧場をへだてた隣家に泊って、毎日彼の家で昼と夜とを食べています。
彼の家庭生活もつぶさに拝見しました。夫人は戦争がすむとヨーロッパに絶望して、新しい生活を求めて単身南米に渡った。この間に、看護婦、通訳、農園の事務員、船のスチュワーデス、アメリカ軍勤務、図書館員とあらゆる経験をし、いろいろな国に住んだ。しかも、しっかりとした品格と教養をもっていて、まことに似たもの夫婦です。

「東京にいたときにタイレ君がグレタ・ガルボの写真を眺めて、『自分は未来の妻をおよそこのように思いうかべる』といっていた」という話をしたら、大いによろこんでいました。

夫人はナチス時代に女学生だったので、風姿が北方民族の典型であるとて写真にとられ、ニュース映画にもでたそうです。タイレ君は自分が思いうかべていた通りの風姿の女性を自分の有にすることができたのでしょう。

「チリではじめて知りあったころにくれた恋文には、いつも日本の印がおしてあった」とて、むかしの手紙を見せてくれましたが、それは片山さんが彫らせて贈った「泰嶺」という大きな隷書の印で、いまも大切にもっています。「泰嶺」とはやすらかな山ということで、ゲーテの

　すべての丘に
　いこいあり

といったようなことだ、と説明したら、お二人とも感動の様子でした。

Albert Theile, *Die Kunst des Fernen Ostens* アルベルト・タイレ著『極東の芸術』という本がある。ハンブルクのStandard-Verlag から一九五五年に出た「非西洋民族の芸術」叢書の第三巻だが、巻頭に

FÜR MICHIO TAKEYAMA
KAMAKURA
UND TOSHIHIKO KATAYAMA
TŌKIŌ

と印刷されている。「鎌倉の竹山道雄と東京の片山敏彦に」という献辞の裏にはそんな友情が秘められていた。私は昭和五十九年、竹山が亡くなった通知をタイレ氏に送り、しばらくしてスイスまで会いに行った。タイレが私にノルウェーでは「間一髪殺されずに助かった」Um ein Haar und ich wäre umgekommen. といったとき、ドイツ語でも日本語とまったく同じ「髪の毛ひと筋の幅ほどのことで」という言い回しをすると思った。「ナチスが支配していた時代に親密な交流をもった日本の知識人とユダヤ系ドイツの知識人は自分たち三人だけだったでしょう。貴重なことでした」とタイレは私に語った。タイレの文章は訳されて昭和十五年の日本で『世代』誌上で活字にもなっていたのである。タイレが昭和三十五年に来日して竹山家に泊っていた頃の思い出は依子がすでに第一章に書いている。タイレは、竹山の『古都遍歴』（新潮社、一九五四）などの美術書の万単位という売行きの部数に驚いたらしい。それが昭和五十八年に福武書店から出た八巻本『竹山道雄著作集』は各巻三千部と聞いて納得していた。そんな関心の持ち方も生涯著作活動で生きてきたタイレらしかった。*Universitas* とか *Humboldt* とか実に立派な雑誌を戦後も編集し続けた人である。竹山のもとには内外の雑誌新聞がおびただしく届き、英独仏語の記事にもあるいは傍線を引き、あるいはテーマごとに切り抜いて熱心に問題をフォローしていたが、タイレ発の情報も活用したに相違ない。タイレは政治的には自分は少数派の反抗を常に支持するとラディカルな主張を八十歳になっても述べた。ただ「彼女を発見したことは自分の幸福である」と竹山に向っていったという最初の妻とは私が会いに行ったときはすでに別れており、親子以上に年の違うスイス女性と棲んでいたが、その女性のスイス訛りのドイツ語がわかりかねて私は閉口した。タイレはたどたどしく話す私に向って「竹山のドイツ語は実に流暢だった」と言った。

註

（1）『希臘にて』『竹山道雄著作集』6、一五六頁。

(2)『私の文化遍歴』『竹山道雄著作集』2、三〇七頁。

(3) しかし一緒に中国旅行した兄貴分の長沢規矩也は後年昭和六年入学理乙のクラス会で回顧して「旅先では道っちゃんばかりもてた」といっていたそうである。フランス人の尼とフランス語で会話する竹山が光り輝いて見えたのだろう。

(4)『私の文化遍歴』『竹山道雄著作集』2、三〇五―三一四頁。

(5) 両次大戦間のドイツについて竹山には一九五〇年に書いた『両次大戦間のドイツ文芸思潮』(竹山道雄『見て・感じて・考える』新潮文庫、一九五七、所収)がある。その直後、教養学科のドイツ社会誌の時間にその抜刷を頂戴したが、論文は概説的で、私には必ずしも面白くなかった。

(6) 一高の三谷隆正先生に身上相談したら「それは一木さんとしては――」とて、この縁談は無理だろうということだった。「お気の毒な」といわれたことが竹山道雄『歴史的意識について』(講談社学術文庫、一九八三)一六四―一六六頁に出ている。なお『心』昭和四十一年九月の座談会では竹山は一木を「官僚で形式主義者で」「政治のことなんか(竹山のような)チンピラに対して一言も言いやしません」と林健太郎や江藤淳に言っている。

(7) 竹山が最初に使用してぼろぼろになった仏和辞書は白水社が大正十年当時のフランス語教授を集めて製作した『模範仏和大辞典』大正十三年刊の復興版である。

(8)『竹山道雄著作集』6所収の『神韻縹渺』に描かれたFはフロイデンベルクであろう。戦後も竹山のもとには数多くのドイツ人の手紙が届いている。

(9) 竹山道雄『剣と十字架』文藝春秋、一九六三、二三八―二四〇頁。

(10) 竹山道雄『昭和の精神史』新潮叢書、一九五六年五月、「あとがき」一五八―一五九頁。

(11)『竹山道雄著作集』3、二一〇―二一一頁。

(12) なお竹山には『彼等の側の印象』、すなわちドイツ青年が見た一高生という虚構の印象記がある。これはその時に書かれたが発表されずに篋底に残されていた。昭和五十八年十月の『向陵』で活字になったが、ドイツ人がたまりかねて「日本では学生はみなこんなに不潔であるのか?」「あの汚いズボンに、何に使うか知らないが腰に下げたタオル、それから一体の不規律、――どうも印象が悪い」といったことなどが伝えられている。なお私自身は、戦後の昭和二十三年、寮歌を習うことで溶け込んだ最初の三カ月の寮生活から、教室の授業よりもはるかに強烈な印象を一高生として受けた。

（13）『意志の勝利』というナチの党大会の映画などを見ると、党幹部のヒトラーやヘスのドイツ語は力強く明晰で、聴きとりやすい。それだからこそ大衆にアッピールしたのである。
（14）『国籍』『竹山道雄著作集』3、六一―八〇頁。ドイツ語訳は Detlev Schauwecker, Takeyama Michio, *Staatsangehörigkeit* Japonica Humboldtiana, vol. 13, 2009-10, pp. 133-149.
（15）『独逸・新しき中世?』『竹山道雄著作集』1、二六六―二八九頁。
（16）河盛好蔵『私の随想選』第五巻、新潮社、一九九一、三六〇―三六二頁。なお高田里惠子がナチス讃美の日本の独文学者を糾弾した『文学部をめぐる病い』（松籟社、二〇〇一）で、ナチス反対の人々に言及しないのは全体像をとらえきれておらず残念なことである。

第七章　昭和十九年の一高

蓮池のほとりにて

竹山は西洋留学に続き一九三一（昭和六）年夏に中国へ旅したが、日華事変が始った一年後の翌一九三八（昭和十三）年にも出かけた。戦時下といっても日本交通公社は北京や包頭などへの観光案内を出していた。

私が北京にいたのは、晩夏であった。私は好んで柔らかい中国服をきて、蓮が一面に生えた濠のほとりの茶亭に坐って、茶を啜って、西瓜の種を噛んでいた。そして、北京に独特の何となく身が軽くなって運ばれてゆくような匂いのいい風に浸っていた。その風の中には、人を肉感的に昂奮させて、しかも痺らせるような快い感じまであった。かなたに威厳をもって輝いている紫禁城をめぐって、蓮の葉はのびやかに水の上にひろがって、花が淡くしかもくっきりと咲いていた。……

北京の滞在は楽しかった。日本軍が占領したすぐ後であったから、そこへ行ったらどんな危ない目にあうかと考えていたが、意外なことには、そんな心配はまったく不要であった。どこかの路地の窓からじっと窺っている目があるであろう、城門の大きな扉の蔭にはこちらに向けて据えられた銃身がかくれているかもしれない、そんなことを漠然と考えていたのは大きな誤りだった。北京はその前に私が訪れたときとすこしも変らぬ、しずかな眠たげな匂いのいい都であった。住民たちはわれわれに対してほとんど無関心にみえた。そうしてある人々は優しい好意すら示してくれた。

夜は、灯火の煌かしい瑠璃廠《リユリチヤン》の人混みの中をゆききした。そして、かなたこなたから洩れてくる胡弓の音をききながら、頭上に垂れた金銀の看板の下を歩いた。

この街の芝居小屋にはよく入った。入場料は必要がなく、誰でも入って立って観ている間はただで、いよいよ見物することにきめて席を占めたら払うという不文律も珍しかった。それがまちがいなく行われているという習慣も、ここの市民生活の秩序の一端を覗いたような気がした。舞台では耳を劈《つんざ》くような銅鑼《どら》と不協和な歌声の交錯の中に、奇怪なメークアップの人物がこもごも現れては消えるのが、くるしいがまた美しい夢の中にいるような気がした。

あるとき、満場がこの痺れるような空気の中に融けているときに、一人の日本兵が銃剣を手にしたまま入ってきた。そうして、観客席の中央の通路を入って、舞台の前を二、三度ゆききした。銃剣の影は脚光を遮ってはっきりと目にうつった。私ははっとしたけれども、人々はこの闖入者をも気にかけないような様子で、「好《ハオ》！ 好《ハオ》！」と声をかけていた。(1)

『覇王別姫』の世界を竹山は垣間見ていたのである。四年前に来たとき、竹山が宿った旅館の胡同《フートン》の入口に、老いた乞食が立っていた。今度来てみると、おなじ乞食がおなじ場所におなじ姿勢で立っていた。竹山も前のように銅銭を投げあたえた。乞食も前のように目にちらと笑いを浮べて、髯の中の口を動かして、礼をいった。

特設高等科

帰国した竹山は特設高等科で外国人学生に他国語を教えるという教師冥利を感じた。満洲や中国からきた学生はドイツ語を習いながら同時に日本語も習う、一石二鳥の授業である。一高は全寮制だから彼らと日本人との間には差別も疎隔もなくみなごっちゃになっていた。竹山は片言の中国語を覚えて帰国したから「今は何時か」というドイツ語を「シェーンザイ・チーテン・チュン」(現在幾点鐘)と訳してみせたら、中国人学生がわっと沸いた。

昭和十年代の日本には、大東亜共栄圏からの留学生が来ていた。私の中学にはビルマのバー・モウ長官の息子がいて、髪は生やし洋服姿で、丸坊主でカーキ色の服を着た私たちと蹴球に興じた。中国人学生もいたから、中国も本当は親日で、英米と手を結ぶ蒋介石や宋美齢やソ連と手を結ぶ「赤都蘭州」が悪いのだ、などと子供心に思っていた。

しかし竹山は違う。中国人留学生に一人飛び離れた秀才がいて石延漢といった。一高本科にはいっても常にトップで二番の日本人をはるかに引き離していた。精悍で落着いていた。組の代表になっていた。理科生であったから、この人こそいつかノーベル賞でも取るだろうと教師たちも敬意を払っていた。日華事変が始まったとき、家に来て「日本軍が杭州の飛行場を爆撃した」と涙を流さんばかりに悲憤していた。郭沫若《かくまつじゃく》の二人の息子もときどき来た。こういう人たちと話をすると竹山は何と答えてよいかじつに当惑した。戦争が進むと石延漢は帰国し、重慶に行って対日抗戦をしているという噂だった。さもありなんと竹山は思った。しかし運命はわからない。石は戦後、陳儀の股肱《ここう》の一人として台湾に来、基隆《キールン》市長として日本人の引揚げに親切だったが、家人に問題があり、彼も貪官汚吏《たんかんおり》の一人となってしまった。陳儀は銃殺されたが石は助かり、田舎に逼塞《ひっそく》して暮しているとのことだった。

一九八一年になると、文化大革命もおさまって北京でも一高卒業生が会合するようになり、その一人の宋さんが昔を懐かしみ竹山に手紙をくれた。戦中の一高は赤貧洗うがごとくであったが、そのなかにある緊張があり、人間関係が闊達だった。北京公使の加藤吉弥は最後の一高生として北京一高同窓会に出席し一緒に寮歌をうたった。紅衛兵に吊し上げられた人も多かったであろう。すでに高齢者だったから、二十世紀も末に近づくとその歌声も聞かれなくなった。

安倍能成

昭和十五年は一九四〇年、皇紀二千六百年と称する大祝典をした年である。その夏休みが終わって二学期が始まるころ、後に駒場の九〇〇番教室と呼ばれた倫理講堂で一高の新旧校長交代の式が行なわれた。それまでの校長は橋田邦彦で、この人は「科学する心」[2]という新語を作って評判となった。その橋田が近衛首相によって文部大臣に任ぜられ、後任として京城帝国大学教授だった安倍能成が着任した。林健太郎は『昭和史と私』で二十七歳の年少

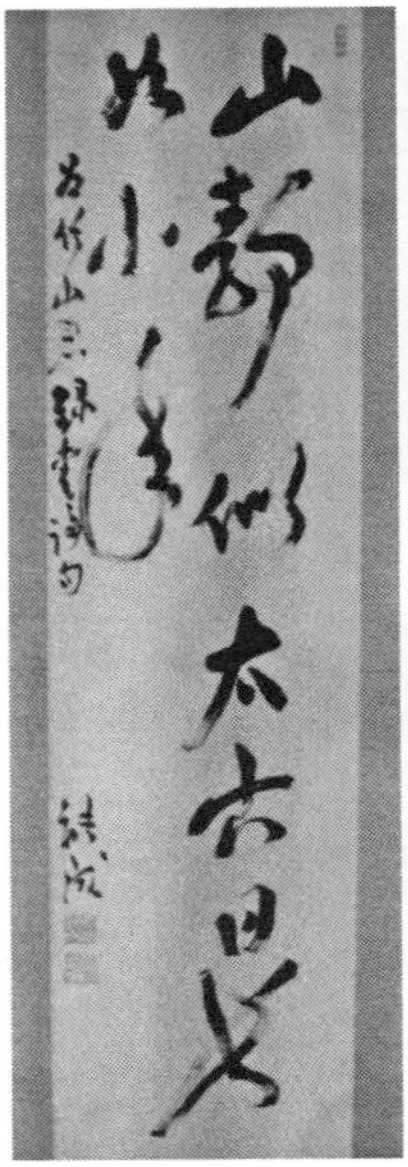

安倍能成が竹山道雄に贈った書（「山静似太古　日長如小年」）と安倍能成（1883–1966）

の教師として迎えた新校長についてこう回想している。

橋田に比べて安倍は大きないかつい体で、容貌も魁偉《かいい》というような感じであったが、橋田が演説口調だったのに反して普通の穏やかな語りぶりで、私は先ずそれに好感を持った。この「戦時中」を私が安倍校長の下の一高教授として過ごしたのは幸せなことであった。安倍は期待に背かない名校長であった。歴代校長の中でも、安倍ほど生徒全般から尊敬され慕われた校長はなかったであろう。私も校長の生徒への訓辞や会合での発言をいつも感心しながら聴いていた。そしてここにはまた、世俗の名利をよそにして子弟の教育に身を捧げることを喜びとした碩学《せきがく》や学界における地位などに拘泥することなく自己の学問的境位を守って研鑽《けんさん》を続けていた新進の学者たちの教授団があった。「時局」の圧力はここにも及んでいたけれども、それは安倍校長によって適当に受けとめられ、それを超越した精神の世界が守られていた。

三十七歳のとき安倍校長を迎えた竹山は晩年「安倍さんはよほど特別な人で、没後十何年たった今になっても懐かしい。思い出さない日はほとんどないかもしれない」といい、去る者日々に遠しでなく、「去る者日々に近しである」と回想した。[3]竹山は戦後、安倍に望まれて平凡社の雑誌『心』[4]の編輯に関係し、いわゆる大正教養派の人びとに接した。その中で和辻哲郎と小泉信三には大いに敬意をもったが「安倍さんにほど人間的に惹かれた人はなかった。一つには、安倍さんが戦中戦後に一高校長であったときに近く親炙《しんしゃ》してこきつかわれたからでもあったろうが、何よりも先生がその独特の天稟《てんぴん》からこちらの魂をつかみとってしまったからでもあった」。

大正十一年に一高生として倫理の講義をきいたときは、内容ゆたかな立派な講義だったが、安倍は痩せて太い眉の下に目がくぼんで、ひどく神経質な印象をうけた。「ところが昭和十五年の秋に一高校長としてこられたときには、丸々と豊頬で白髪が立派で威風あたりをはらうがごとく、エネルギッシュなカリスマ性を発散していた。「五十七じゃ」と言っていた」。挨拶がすんで懇談となると安倍は竹山の前に来て「あんたは船田君の奥さんの兄さんじゃそうですね」と言った。船田享二は京城大学でローマ法を担任、後に芦田内閣の無任所大臣もつとめた。道雄の妹の文子がその妻だった。安倍はそれまで京城大学法文学部長をしていて同僚だった。竹山は「はい、そうです。先生は京城で船田とよくおつき合いをなさいましたか?」すると安倍は答えた。「いや、つき合わん。気が合わんからつき合わん。あれは先天的な嘘つきじゃ」竹山は驚いた。初めて会った者（竹山は生徒のときには個人的に接しなかった）にむかって、こういうことを言う人があるのだろうか。

しかし新校長が教師たちを前にして行なった率直な発言に竹山は心からの喝采を送った。

そのころは軍に対する批判はまったくなく、世上惨として声なかった。ところが安倍さんは猛烈だった。「……近頃は忠義な日本人をなるべくなくしようとするやり方である……」。まことに痛快をきわめ、われわれは大いによろこんだ。先生が新聞に書いた忌憚なき意見は非常に評判がよかった。「日枝《ひえ》の神輿《みこし》をもちだして、横車を押すべきではない……」。先生は大政翼賛会に入ったが、この会は国民の総意を結集して軍の独走を抑制するのだそうだった。それで、あるいはこういう意見が反映するのではないかとねがったが、その一年後に「米英ト戦闘状態ニ入レリ」ということになろうとは思いもかけなかった。

日枝《ひえ》の神輿《みこし》とは、比叡山の僧徒が日吉《ひえ》神社の神輿を振り立てて朝廷へ強訴《ごうそ》に及んだ専横の故事にたとえて、軍部をたしなめたものである。

木村健康は河合栄治郎門下の三羽烏とうたわれ東大最初の近代経済学者として嘱望されたが、河合が昭和十四年休職処分されるや、師に殉じて辞職、河合の公判に際し特別弁護人として働いた。安倍はその出所進退を良しとし、昭和十六年一月、木村を一高教授に招いた。同じ年にはフランス語教授の市原豊太も浦和高校から一高へ招いた。浦高で担任の生徒が留任を求めると、彼らの卒業まで併任を認めた。市原は安倍校長をこう回想する。

太平洋戦争が始ってからの三年半は先生の受難時代であつた。毎月の八日は大詔奉戴日として、宣戦の詔勅が読まれる習慣であつたが、先生はいつも「豈朕ガ志ナランヤ」といふ処を一際《きは》声を張上げて朗読なさつた。これは陸軍の専横に対する鬱憤の一つの捌《は》け口で、我々も同感を禁じ得なかつた。(5)

昭和十九年の一高

その安倍校長も昭和十九年になると痩せた。赴任当時の血色のいい様子とは見ちがえるほどになった。頤は尖り喉は細って、いたいたしいほどであり、乱れた白髪、目蓋がたれて光っている目、皺がたるんだ膚は、古い木彫の面のように見えることがよくあった。

昭和十九年は私が入学した東京高師付属中学でも生徒は全員坊主刈りだった。先生の多くも頭髪を刈った。しかし海軍の米内光政大将が時流をよそに髪を切らないことをひそかによしとした大人の日本人がいたように、子供心にも戦争中髪を切らない田中良運先生などをなぜか尊敬した。ちなみに特別科学組を指導したこの田中先生は日本が敗北し、世間がいっせいに髪をのばし始めたころ、頭を丸めて岐阜の田舎に引きこもってしまわれた。

私の中学では往き帰り先生にすれ違う時は、挙手の礼をした。挙手の礼とか髪型とかは些細なようでいて意外に大切な問題性を孕んでいる。昭和十九年の一高は軍に恭順する意がないことを挙手の礼を採用しないことによって示した。明治の一高生には皮相的な欧化主義的リベラリズムに反抗する精神があって『玉杯』の寮歌にもその気分は出ている。ところが戦時下ではその反骨が軍部の押付けに反撥することによって、一高はいまやリベラリズムを守る孤高の城となった。一高の篭城主義にはよかれあしかれ血肉の中に生きた理想主義があって、時代の流行に盲従するなと囁いていたのである。しかし総力戦思想にとりつかれた軍関係者や、そして一部の文教関係者も、「教練ノ日常化」をいいだしていた。高等学校の校長が兵営に呼ばれて、敬礼の仕方そのほかの訓練を受けさせられた。いまでいえば各地の大学の学長が自衛隊の駐屯所に呼び出されて挙手の礼を習わされるようなものである。一高では日高第四郎教頭が代りに行ったが、安倍は「年とった校長を馬にのせて走らせたりして……」とその非礼を憤っていた。日本の軍が、しかもその中枢部が、どうしてこういう愚劣なところにまで頽廃したのか、竹山には解《げ》しかねた。

しかしこれを精神的頽廃ととらえるのは竹山だからで、世間は別様に考えて、一高生の特権意識を非難した。一高生の多くは街頭でも勤労動員先の工場でもマントを平気でまとっていたから、カーキ色一色の国民服姿の時世に人目をひいた。「時局を弁えざる金色夜叉的ロマンチシズム」と憤慨した投書がきた。挙手の礼をしないのは、ドイツで「ハイル・ヒトラー」と右手を斜め上に突き出して挨拶しないようなものである。一高生がマントを羽織っているのは、人民中国で文化大革命のころ人民服の群集が昂奮している最中、擦り切れた黒い袍《パオ》をまとって飄然と現れたようなものである。ナチス・ドイツや人民中国に比べれば、軍国主義日本の全体主義の圧力はよほど微温的であった。それだからこそ弊衣破帽の反時代的風俗は戦争末期まで許されたのである。憲兵隊に十数日間留置された木村健康などの教師もいたが、強制収容所やラーゲリや労働改造の監獄に送られた者は一人もいなかった。連合国側の軍国日本理解はとかくナチス・ドイツとの類推で行なわれ今日に及んでいるが、この相違点は明確に自覚しておかねばならない。

自治寮

竹山は昭和十九年夏のある晩、まだ夜が明けきらない時刻に、安倍能成校長が中寮主任の幹事として中寮に泊りこんでいる竹山の部屋に来たので、話のついでに、

「戦争には敗けて、国は亡びるのではないでしょうか？」

といった。すると安倍は目をあげて、

「う。それを否定することはできぬ」

といった[6]。

安倍は軍隊との関係で竹山には「もしここで、むこうが要求する事の中で正しい事はこちらから進んでとりいれるという態度に出るのでなければ、それは全体を亡ぼすことになる。それをしていてこそ、こちらからの主張もできる。また、ここで瑣末な反抗をするのは、囲まれた城の中から、ここが弱点だ、ここをねらえ、といって旗をあげて敵に合図をするようなものだ」と打明けた。こうした苦労は二十代の林健太郎講師のあずかり知らぬことでもあったろう。それにそんな話はめったな人にいうことのできることではなかった。

教頭の日高第四郎は安倍校長を扶けて、一切の無理解の非難をすすんで身に引きうけたと竹山は褒めている。生徒自治会の側の中には日高教頭こそファシストで軍の意向を重んじ、勝手な寮改革を行ない自治を廃する者と思い込む者もいた。だが安倍・日高のあの二人がいなかったら「一高は救われなかったであろう。よし救われたとして

駒場の一高のシンボルだった「彌生道」。昭和十年代は銀杏もまだ小さかった。

も、それはただ瓦全《がぜん》という形で残ったにすぎなかったであろう」とも竹山は述べている。[7]

なお大学の自治と一高の自治とは違う。後者は生徒が寮の生活を自分たちでいわば自主的に管理し、食事部委員などもいて寮の食堂の運営にも責任を持っていた。風紀点検委員、通称フーテンというのもいて、これが寮では重きをなしていた。たとえば寮食堂の倉庫から米俵が盗まれた。米が点々と落ちていて、風紀点検委員がその跡をたどると寮のさる部屋に盗まれた米俵が見つかり、犯人の生徒もわかり罪も認めた。各部屋の代表で構成される総代会で報告され、件《くだん》の生徒は退寮処分となる。この退寮処分が学校側に通知されると学校側はその決定を尊重してその生徒を一高から退学処分にする。一高で学期末試験に試験監督がいなくともカンニングがなかったのは、カンニング行為が風紀点検委員に通知され取調べられて証言が揃えば、退寮、そして退学処分になったからである。

そんな一高だったが、寮改革はなされ、自治は廃され、幹事制度となり、学校当局側の麻生磯次は南寮、竹山道雄は中寮、木村健康は北寮の幹事となって泊りこむことになり、昭和十九年八月六日に竹山は中寮の三階にはいった。

その寮生活は竹山にふかい印象をあたえた。竹山は「かえりみて、このときから自分が人間的に多少変化したとすら思うのである。そして、つらくはあったが、してよかった、と感謝している」と書いている。

朝は五時二十分、幹事が起床の鈴をふってまわった。それから寮の屋上に集まって、点呼をとり、人員を報告し、朝礼をし、体操をした。二年生はそれから一時間の授業をすませて、あたらしい職場の川崎の工場に行き、暗くなってから帰ってきた。……冬が近づくと、朝礼のときもまっくらであった。その中を北寮の屋上に、木村健康さんが背をこごめて鈴をふりながら現れる姿が見られた。体操をしているうちに夜が明けて、あかね色の西の地平に雪を帯びた連山がうつくしく浮びあがった。……

竹山や木村が生徒と一緒に住み込んだ。夜ふけまで寮で一緒にゲーテやグリーンを読んだ。十二月二十四日先生に喜んでもらいたいと生徒の今道友信は父が吸わない配給のタバコを自分の名は書かずに先生のメールボックスに一箱ずつ「祝クリスマス」と書いただけで入れた。竹山は寮の委員が残った場で、今道がその生徒とも知らず「一高はいいところだね。戦争で物のないこんなときに、われわれにこういうことをしてくれる人がいる」とタバコを取り出した。目に涙を浮かべてよろこんでいた。両先生があのほんの小さな行為をいつまでも忘れずに喜んでくれたのを見て、今道は「神の行為は匿名の行為である。無償の行為は、ほんの小さな、タバコ一箱でも成しうる。この思い出は私の人生の中でもっとも輝く思い出である」と『神曲』講義で回想した。戦後の駒場東大からは薄れた良き師弟関係が戦争中には——いや戦争中だからこそ——あったのである。

『都の空』

出征する生徒が日についだ。見なれた顔がいつのまにか見えなくなった。もうこのころになっては歓送の会もなく、寮の入口の下駄箱のところでしばらく立話をして「行ってまいります」といって出て行った人もあった。振返って校舎に敬礼して去る人もいた。すべての人が、いつかは自分も出てゆく日があるのを覚悟していた。川口篤先生は口数の少ない方だが、戦後私にそんな生徒をどこかへ隠したいような気持だったといわれた。特攻隊に編入された鷲尾生徒があたらしい軍服を着て、挨拶しに学校にやってきて、そのあとまもなく散華した。竹山はあのとき鷲尾青年と話しするのがつらかった。彼は何か冷やかなものを感じたのかもしれない、階段の途中でしばらく躊躇していたが、やがて思いきって段を降りてひとりで外へ出て行った。出征する生徒を送るために『都の空』の合唱が、塔の上に、校舎の前庭に絶えることなく歌われた。

都の空に東風《こち》吹きて　春の呼吸《いぶき》をもたらせば
東台《とうだい》花の雲深み　墨堤《ぼくてい》花の雨灑《そそ》ぐ

この第十四回紀念祭寮歌は明治三十七年、穂積重遠作詞、鈴木充形作曲である。「さはれ皆人心せよ　春は都にたちぬれど　シベリア未だ冬にして」と二番にあるのは日露の風雲急を告げた年だからで、歌は「あはれ護国の柏葉旗　其旗の下《もと》我死なん」「あはれ護国の柏葉旗　其旗捧げ我起たん」の繰返しで終わる。戦地へ向う覚悟の寮歌だから、太平洋戦争中は出陣する学徒を送る歌としてうたわれた。(8)『ビルマの竪琴』の中ではいよいよ明日は船に乗って日本にひきあげるという日に部隊の隊長と兵が多くの感慨をこめてうたうことになっている。第二話の終わり近くで語り手は「ごぞんじありませんか、あの『都の空』を!」(9)といい、次のような思いを述べるが、これは竹山道雄その人の感慨であろう。

これは一高の寮歌です。この学校の生徒が召集をうけて、筆を剣《けん》にかえて学園を立ち去るとき、友だちがこの歌をうたって見送ったのだそうです。若い人たちは何者かの目に見えない大きな手によってさしまねかれるかのように、次々と出てゆき、一ころ、この歌は朝に夕に校内にたえることがなかったといいます。……これはいかにも若い人を見送るにふさわしい曲です。はでな、そして悲しい、心をゆるがすようなリズムです。いまでも目をつむると、胸の底にこの歌の合唱がひびいてきます。それにききいると、あのころのことがまざまざと思いうかびます。

査閲

一高の寮は国法も及ばぬ治外法権地域のように寮生たちにずっと思われてきた。そのような考え方は固定して戦後も引き続き、それで東大駒場寮は警察も手のつけようのない学生運動の一大拠点と化したのだが、それについてはレッド・パージ反対闘争の第十二章で述べる。

自己の職務に忠実な配属将校は「学校ハ軍隊ノ一部ナリ」という句を公文書に入れようとして教頭に反対され、帽子を脱ぐ敬礼でなく挙手の礼をすべきだと主張してやはり反対された。軍隊的原理で一高生の生活を管理できない、職務が果たせない、とこの大佐は軍当局に意見書を提出して配属されていた一高から引きあげた。組織の力はただちに師団幹部を動かし、一高生の勤労動員先の日立の宿舎が抜打ち的に視察され、土地での評判が聴取された。日立の町には私娼窟があり、そこではおでんを食うことができる。腹がすいている一高生は列をなして『ああ玉杯』をうたいながら白昼私娼窟にくりこんだ。町の人はこれを見て「天下の一高生が――」とおどろいた。視察結果は当局に提出された、「ソノ亡状言語ニ絶ス」とあった。

代りの将校が一高に配属され、時の第一師団長の宮が駒場寮をあらためて査閲する、その際に教練の日常化を視察する、期日は昭和十九年八月末と通告された。たまたま師団長の宮の転任があり、代りに兵務局長のY少将が十二月初めに視察することとなった。この日をひかえて校内の一切を軍隊的な見地からみても非議される余地のないようにしておかねばならない。そのためには寮生を説得してその気持になってもらわねばならない。「一日だけきれいにして上べを胡魔化すとは何だ。ふだんのままを見せればいいじゃないか」そういう純粋論者も多かった。寮では会議が開かれ、議論は例によって主観的な難解な言葉でくみたてられ、ともすると人生の根本問題まで下ってゆくか、抽象論になった。しかし南寮で出た結論は当時の気分を示して興味深い。「よろしい。それではやろう。しかしそれはゾルに見せるためではない。一高生といえども、一旦決意すればこれほどにも掃除ができるという可能性を、これをチャンスとして自ら立証するためである」。ゾルとは軍人、ドイツ語 Soldat ゾルダートの略である。査閲の前日に竹山は各階の大便所に入って、壁の落書を消した。[10] しかしこれこそが査閲に一番あぶないものの一つであった。竹山は惜しみながら消した、「初めだと思ったら、終りの初めだったとさ。運命は皮肉に笑ふ」

竹山の『昭和十九年の一高』はさらに続く。

体当り

査閲の日はきた。兵務局長以下十人ほどの将校がかたい靴音をたてて、寮の中をめぐった。Y少将は小がらな痩せた半白の老人であった。せかせかとして短気らしく、大声をあげてただ一方的に自分の言いたいことだけを話した。支配し命令するのが習慣になっている、尊大倣岸なひとであった。彼はつかつかと入ってきて、するどい目尖でみまわした。しかし、この日の一高の校内にはどこにも一点の隙はなかった。将軍は、あるいはそれが気に入らないのかと思われるほど、不機嫌な様子だった。

たまたまこの日に空襲があった。B29が東京の上空に姿をあらわした三、四回目であった。澄んだ初冬の大気の中に、菫いろにキラキラと反射した翼がしずかに浮んでいた。日本の飛行機が一点の火花のように光って、星が流れるように近づいて、体当りをした。そして、黒い煙をあげてぐるぐると身を旋らしながら地に落ちた。B29は白い氷った条をながく印しながら、玻璃鏡のような空の底にゆっくりと遠く融け入ってしまった。……

中寮の二階で、Y少将は、各部屋の前の廊下に整列して敬礼した寮生の一人に質問をした。

「あの体当りを見て、どう感じた。あ？」

「日本の科学の力が及ばないのを残念に思いました」と寮生は答えた。これはこの頃の流行の表現でもあった。

「む」と将軍はうなずいた。それからまた大声でたずねた。

「それで、これからはどうせねばならんと思うか？」

寮生は固くなって顔をあからめたまま、答の言葉をみいだしかねた。

「君たちの責任だぞ。いいか」と少将はいって、指で相手の、胸をさし、また歩を前にすすめた。

四発のB29爆撃機は前から体当り[11]されても、ぐらっと揺れただけで飛び続けた。「日本の科学の力が及ばないのを残念に思いました」。全国民がこの空襲でそのことをいやというほど思い知らされた。当時の『朝日新聞』の社説にも科学振興の必要性があらためて強調された。またそれだから東京高師付属中学にも特別科学組が設けられたのである。[12]

査閲は無事にすみ、将軍の後姿を見送りながら、竹山は「いまどき兵務局長がこんなところを視察にくる暇があるのだから、戦争の方はきっと大丈夫なんだろうな」といった。すると、傍に立っていた人が「いや、大丈夫じゃないから暇があるのだろう」と答えた。

昭和二十年の元旦

『春望』[13]は「昭和二十年の元旦はしずかだった」で始まる。大晦日の夜から元旦にかけて少数の敵機が高空を飛来し警報が鳴ったので、平川家は親子四人防空壕にはいったが何事もなく、また一眠りして元旦を迎えた。竹山家は——当時は互いに顔見知りでなかったが——平川家から二百メートルほど離れた代々木大山町に住んでいたが、

戦時下の全寮晩餐会

昭和十九年に鎌倉扇谷八二番地の妻の里の南家に移った。竹山は横須賀線で品川、品川から山手線で渋谷、渋谷から井の頭線で一高前と混んだ電車で通勤した。

戦局の見通しは五里霧中で、わからない。わからないから前途に対する見通しが絶望的に暗くもない。たとえば中学一年生の私の場合、一月中旬、東京陸軍幼年学校合格の電報が届いた。しきたりで諾否を電報でもって返事しなければならない。前年の末、英才教育特別科学組の発足が新聞に報ぜられた。秋に幼年学校の学科試験を受け合格間違いなしと感じたが、私は科学組こそ面白いにちがいない、こちらに行きたいとひそかに心に決めていた。事実一月六日科学組に選抜された。ところが母も兄も陸軍幼年学校に合格の電報に喜んでしまって「幼年学校の方がいい」と揃って言い出した。母など私が軍の学校を受験することに大反対だった人がそう言いだしたのだから、世間は日本が敗けるとまだ考えていなかったことがこれでわかるというものだろう。すると「科学組に行きたい」といった私に賛成した父が、家族会議の途中で姿を消した。そしてしばらくして「幼年学校辞退の電報を打ってきた」と帰ってきて笑った。戦争について父は悲観的な見通しを抱いていたのだろう。

五月にベルリンが陥落するころ私たちは「日本に生まれてよかったね。ドイツなら中学生でもいまごろはヒトラー・ユーゲントで戦死してるぜ」などと言った。そんな十四歳の少年が「日本は勝てない」と口に出して言ったのはソ連の対日戦参加を知った夜で「もう勝てない。けれど負けはしない。日本は降伏しないから」と中学二年生は言った。ソ連参戦を報ずる八月十日の新聞には四王天信孝中将の「これは全世界のユダヤの対日戦争である」という談話が載っていた。翼賛選挙の東京地区で最高点で当選した議員であった。

終戦の頃のこと

昭和二十年五月二十五日の夜、中学二年生の私は科学組の一員として集団疎開するべく上野駅から列車に乗って尾久駅の手前で車中で空襲を退避していた。竹山は学校の勤労作業で金沢八景に泊っていた。横須賀港のすぐ西北で、そこの渚から海越しに大空襲を遠望した。その夜の有様を竹山はこう描写している。

晩春の湿った空には雲が多く、それに市外の大火災が反射して、重なりあった雲の塊がしだいしだいに奥の方まで明るく見えてきた。ラジオはしきりに「敵ノ大編隊ハ房総方面ト静岡地区ヨリ侵入シツツアリ」と報じているのだが、東の方と西の方には探照灯の光の柱が林立している。それが規則正しい間隔をおいて二つずつ交叉して、その光線の交叉点に敵機の姿が菫いろに浮んでいる。この光の柱の列がゆっくりと左右から中央へと移動しているのだが、さながら敵機を台の上にのせて、しずかに運びこんでいるかのようである。青白くて、幻覚のようで、しかも整然としていて、空は異様な威圧感に緊張している。こうして、雲に鎖《とざ》された闇の中から、後から後からと送りこまれてくる飛行機の数の多いのにおどろいた。ほとんど無限に思われた。

一つずつの光の交叉点に支えられてつぎつぎと運ばれてきた敵機は、やがて中央の目もくらむばかりに燃えている空間に入りこむ。そのあたりはまさに紅蓮《ぐれん》である。そして、その中にさまざまなプリズムのような光がかがやいて流動して、色彩の交響楽とはこのことだと思われた。

赤い蛇のような光が高い天空に水平に走って、そのまま横たわっているのもあった。緑や橙《だいだい》の玉がゆるゆると地上から上ってゆくのもあった。高射砲の弾はまるで花火のようにひらいたし、水銀の吊《つる》しランプが懸っているようなのもあった。すべて見慣れない人工的な光だけれども、街の照明とは似たところがなく、複雑にとけあって閃いていた。そして、いま回想していると、頭の中には爆音はちっともひびいてこないが、事実あのときはきこえなかったのではなかったのだろうか？

ときどき飛行機が空中分解した。最初に突然ぼーっと燃えあがって火を噴くが、やがてその火はかならず一たんは消えてしまう。しかし、そのうちにふたたび大きく燃えあがる。そして、だんだんと火の塊になって、ぐるぐると旋回をつづける。身をよじって反転しながら、地上すれすれまで降《くだ》ったり、また高く翔《か》け上ったりして、まるで苦しがっている生物と同じである。そのうちに、ようやく火がおさまって消えたかなと思うころに、にわかに大きく燃えあがって、たいてい三つに分解して、落ちてゆく。[14]

竹山は七月になって一高の一年生について、あたらしい勤労作業地の立川の飛行機製作工場に行き、そこの宿舎に泊った。夜は『ジャン・クリストフ』をドイツ語訳で読んでいた。鎌倉は海に近く危険ということで秩父の長瀞に竹山家を入れてくれる一高生徒の家があり、蚕部屋の二階を借り、春に家族はそちらへ移した。鎌倉の家には東京で焼け出された親戚が入り、竹山自身は立川へ行き、しかも偶然、立川の工場が秩父の山の中に地下工場をつくっていて、それが完成すれば全工場がそちらに移転するはずで、竹山もその地下工場に行き、長瀞にいる家族と近くに住むことになる。そうなれば、ときどきはあの蚕部屋の板敷にも寝ることができるだろう。四つと二つの子供に会うことができるだろう。さらにまた、駒場の一高そのものもいつかは灰になるだろう。いま生徒は北は山形県から南は静岡県まで分散して勤労していたから、本校が失くなったときの本拠をどこかにつくっておかなければならない。竹山が使いに行って、地下工場に近い秩父町の小学校にうつす承諾をえた。関東平野が戦場になることはあっても秩父盆地までは直接の戦火は及ばないだろう。――ここまでが計画し、見込みをたて、実行できた最大限だった。ところが秩父町に使いに行ったら、この町の人はさらによそに疎開をはじめていた。

いよいよ鎌倉を去り立川に向う日、疎開しきれなかった荷物の間に坐って、竹の針を切って蓄音機をかけ昔を偲んだ。レコードはブッシュ演奏のバッハのシャコンヌを選んだ。「これが聞きおさめだ」と思うと、この思い出がいっぱいに詰っている曲をきくうちに、すこしばかり涙を流した。――竹山が一高生のころ、丸の内の鉄道協会ホールで土曜の午後一時にレコード演奏会が開かれた。ラジオ以前でまだ蓄音機も普及せず、会員は五十銭で券を求め、エルマンのヴァイオリンでヴェニャーフスキイの『モスコーの回想』などに耳を傾けた。聖なる儀式に参加するような厳粛な雰囲気の大正十年のレコード・コンサートが思い出された。

若い世代

昭和二十年五月二十五日には学校の三分の一が消失した。年配の先生は次々と辞職して田舎へ引っ込んだので、竹山世代が学校運営の責に任じた。東京はもはや大部分が壊滅したが、鉄筋コンクリートの第一高等学校寄宿寮[15]は健在である。七月二十二日日曜は文化祭でオーケストラの演奏があり、全寮晩餐会で竹山は『若い世代[16]』と題してスピーチした。

若い人たちは今後どういう運命を辿るであろうか――、いま安倍校長はそういわれたが、このことは私もたびたび思いました。中寮の三階にいて、ストーム[17]の音をききながら、よくそんなことを考えたものです。

「若い世代」――ヤンガー・ジェネレーションという言葉は、いまから一昔前にある特別な意味をもっていわれた一つの流行語でありました。前の欧洲大戦の後に、ヨーロッパの若い人たちはオールド・ジェネレーションとはまったくちがった思想や感情をもって、前代の人間には理解に苦しむような新しい生活をはじめ、これが大きな社会問題となったのです。戦争中に若い人たちはあるいは前線に出て戦い、あるいは工場や農園に働いていたが、それが復員して帰ってきて、社会的に大きな発言権をもつようになりました。それから戦後の混乱の中にあって、これまでの秩序を保っていた権威は仆され、堅実な階級の家庭生活も破壊されたところから、かれらは無秩序の中に抛り出され、古い世代に反抗し、まったくあたらしいところから出発すべく、あたらしい理想を求めてあがき苦しみました。ここに思想的にも生活的にもあまたの変態的な現象が続出し、このころのいわゆる「若い世代」は大人たちからは怪訝《けげん》嫌悪《けんお》、ほとんど畏怖をもって見られるものとなりました。

この「若い世代」という問題が蔵するさまざまな契機が、あるいはある形で解決され、あるいは未解決のままもちこされて、今度の欧洲大戦までつづき、あたらしい危機の大きな部分を形づくりました。いまわれわれの行く手を考えるためにも、この問題は回顧さるべき大きな意味があると思います。

竹山は「若い世代」を描いた文学作品[18]を引くことで説明した。フランスからは『魅せられた魂』『チボー家の人々』『贋金つくり』『おそるべき子供たち』など、そしてドイツからはレマルクや一高生のよく読むヘッセの『デーミアン』の名をあげ、これらの作品の主人公の特色は「頭のいい不良」で、その思想は破壊的で反抗的、その生活は本能的で衝動的でアモラルな行動を誇りとする。ニーチェがあたらしい目で見直され、頭のいい青年が辛辣な社会批判をやる。竹山はこの時代の人間の気持の特色を三つあげた。第一は憎悪、左翼は憎悪の体系といわれるが、一方右翼もヒトラーやゲッベルスの演説は悪口雑言を並べたものだった。第二に原始主義、若者は権威に反抗し理知的に構成されて人を規範するものを破壊しようとする。第三に途方もない大きな誇大妄想的なプランをたてて自ら酔う傾向――ナチスは「おれたちは世界を征服するか、しからずんばこれを絶滅させる」ganz oder gar nichtといったが、こうした調子が若い世代に訴えた。そして竹山は「この戦争が終った後は」日本でもこの若い世代が問題となるだろう、と述べた。今度の戦争は「精神と物質」の戦争だといわれたが、「感情と理性」の戦争といった方が当っているのではないか。日本人は貴い立派な徳性も具えているが、それがまだはっきりした反省を経ていない。「たとえば自己犠牲とか義理人情とかいったような立派な徳性も、それが自覚の中に基礎づけられていないために、一たび他から一応の論理を具えた主張に襲われると、一たまりもなく薙《な》ぎ仆されてしまいます。論理的に根をかためた自分の判断ということがなく、その上に立った徳性でないからです。ちょうど体は健康でも予防注射がしてないようなものです。物をよく考えて自覚の中に根をおろすこと――、これがきたるべき混乱に処してあたらしく築いてゆくために、もっとも大切な一つの事と思います」。そして戦後を見通した講演にはこんな軍国主義的精神主義を否定する教訓もまじる、「この戦争がいかなる形で結末をつげるにもせよ、その後われわれが他国との間に伍してゆく上に、理知という武器がなく、この点で素手であったらば所詮存立はできないことになります」。

第一次大戦後のヨーロッパを回顧し、戦後日本に起こるべき混乱を見越し、日本人の中にある徳性とその欠陥を指摘して、「非合理主義なるものの、痴愚と、おろかさと、悲惨とを経験しおえたその後には、かならずや、より新しいより深められた合理主義に帰るより他には、道がない」というシュヴァイツァーの言葉をもって竹山は結びとした。一九二七年に留学した竹山はとくにドイツ文学について専門化した論文を書いたわけではない。ただ第一次大戦後のヨーロッパに現出した社会の混乱と思想状況をつぶさに見聞した。――一四―一八年の第一次大戦・二三年のインフレの終熄・二九年の世界恐慌・三三年のヒトラーの政権奪取・ナチスの隆盛とその不吉なる裏面・そして四五年五月のドイツの破滅にいたる歴史。竹山は自分がかつて『独逸・新しき中世?』でのべた観察の正しさを確認し、敗戦前夜、日本の若い世代に向け来たるべき戦後への処し方を説いた。西欧留学の見聞は、このような時代のこのような場所で、生きた叡智となって示された。そしてそこには竹山の話に聴き入る若いエリートがいた。林健太郎は『竹山道雄著作集』第一巻解説で『若い世代』は「戦時中の(竹山)氏の心境を示すと共に、またこのような話の行われた当時の一高の知的雰囲気の高さをも伝えるものである」と評している。時代精神の記録として貴重といわねばならない。この講演を読むといかにも冷静に戦後の日本を見通していて、七月二十二日の時点で竹山にはすでに戦争終結のことはわかっていたのか、と思わせるが、そんな特別の情報源は別になかった。竹山が八月十日頃になって隣人から教えられて驚いたことについては『昭和の精神史』を論ずる際に触れる。

註

（1）『蓮池のほとりにて』『竹山道雄著作集』4、一〇三―一〇五頁。

（2）たとえば私の兄平川浩正は小学生のころから理科志望で書初めに「科学する心」と書いた。私は中学の文法の時間に「さ行変格の動詞の例をいえ」といわれ「科学する」といって先生を困らせて喜んだ。先生は変化させようにも「科学しない」とはいいかねたからである。

（3）『安倍能成先生のこと』『竹山道雄著作集』4、一九八―二一三頁。

（4）これは安倍が名目的には最高責任者として発足した岩波書店の雑誌『世界』が実質的にいわゆる進歩勢力によって乗っ取られたから、大正教養派は『心』に拠ったのであろう。

（5）『安倍能成先生の思ひ出』は初出は『心』昭和四十一年九月号、市原豊太『内的風景派』、文藝春秋社、昭和四十七年に再録、二〇四頁。

（6）『在米の安倍先生に』は竹山道雄『主役としての近代』講談社学術文庫、一三二頁。

（7）『安倍能成先生のこと』中の「戦時中の一高――日高第四郎氏」ならびに『昭和十九年の一高』『竹山道雄著作集』3、二二三頁。安倍能成が人を惹きつける魅力の持主であったのに反し、一高で月曜一限目に行なわれた一年生向けの日高教授の倫理講義は私にはつまらなかった。それだけに竹山の日高を讃える評語に接したときは不思議な気がした。

（8）『昭和十九年の一高』『竹山道雄著作集』3、二二八頁。竹山は「悲歌「都の空」の合唱は、塔の上に、校舎の前庭に絶えることなく、あの歌の声は自分の家にかえっても耳の底にきこえた」と書いている。

（9）私は昭和二十三年、一高に入学し寮歌を高唱するうちに一高生活にとけこんだ気がするが、『都の空』は上級生も教えず、歌わず、また知らなかった。出征する一高生を送った思い出があまりに痛切であったために、戦争直後はうたうことが遠慮されたのだろうか。なお竹山は『ビルマの竪琴』で「日本でも、戦争中に、あの俗な流行歌のような軍歌ではなく、この『都の空』のような名曲が人の口にのぼるようだったら、全体がもっと品格のある態度でいることができたろうに、と思いますね」と語り手にいわせている。

(10) 旧制高校の寮の大便所は金沢の四高でも思想表現の場であり、少年の私もそれを見に北寮の便所の一番奥（奥の二つが落書用であった）まで用を足しに行った。墨痕淋漓であった。

(11) 私も秋空の体当りを目撃した。飛び散った戦闘機から投げ出され落下傘が開かぬまま落ちていった。桐生高専出身の柳少尉と後に知った。昭和二十年一月にはB29爆撃機の背後から迫ってプロペラでもって相手の尾翼を削った飛燕戦闘機が大山町の草木のしげった空地に不時着した。駆けつけると、戦闘機は竹藪に突っ込んだまま止まって、飛行服に身を包んだ操縦士が機体の外に立って駆けつけた警防団員と話していた。その中野兵長が、戦後十五年ほどして、テレビに写った。あの勇士は山口県で電気屋を営んでいた。そうと知った時は「八月十五日まで生きのびたか」と嬉しさがこみあげた。無我夢中で体当りした。だがそれから不時着するまでは「生きたい」という気持でいっぱいだったと語った。

(12) そして付言すれば、それだからこそ日本は戦後も理系教育に重きを置いたのである。

(13) 終戦の年を回顧した『春望』は『向陵時報』昭和二十二年十月二十六日付。竹山道雄『主役としての近代』講談社学術文庫、二八頁以下に再録。

(14)『終戦の頃のこと』『竹山道雄著作集』3、二三四―二四六頁。

(15) 戦後来日したフランス人教師パンゲは教官研究室となった南寮をbunkerと呼んだ。ドイツ語の防空壕がフランス語にはいった言葉だが、実際駒場の寮は空爆にたえる頑丈な建築だった。

(16)『若い世代』『竹山道雄著作集』1、二九〇―二九八頁。

(17) ストームとは旧制高校の寄宿寮で夜半寮生が群れをなして寮歌を高唱し廊下を騒々しく練り歩くことで、寝ていた私も頭に金属の盥《たらい》をかぶせられて、それをカンカン叩かれたことがある。

(18)『若い世代』の英訳に協力しながら私は感慨なきを得なかった。ハーヴァード出身の日本学者が、ここで話題となるロマン・ロラン、マルタン・デュ・ガール、ジード、コクトーなど具体的なことはおよそ知らなかったからである。戦争中の一高に国際的な視野をもつ人々がいたことに比べて、米国のイデオロギー的左翼知識人の一般教養の欠如には淋しい思いを禁じ得なかった。

第八章　『ビルマの竪琴』

開かれた言語空間

アルベルト・シュヴァイツァー（一八七五―一九六五）は西アフリカのガボンのランバレネへキリスト教の伝道と医療に赴いた人である。竹山は昭和十四年、この宗教家で音楽家で医師の自伝『わが生活と思想より』の翻訳を白水社から出した。そして十七年には子供向けのシュヴァイツァー物語『光と愛の戦士』を新潮社から出した。「いまどきよくこんな自由な本がでた」といわれたことは第六章に述べた。十八年、ニーチェ『ツァラトストラかく語りき』の翻訳を出したころからは、勤労動員、学徒出陣、空襲、家族の鎌倉への転居、食糧難、秩父への疎開、と寸暇もなくなり、へとへとで執筆どころでなくなった。といっても毎日一時間、勤労動員へ出る前に学生にドイツ語でゲーテを教えマンを読むことは続けた。昭和二十年七月の一高全寮晩餐会の『若い世代』の講演の格調の高さを思うと、戦時下といえども内外の情勢を見据え、人間の運命について深く思いをめぐらしていたことがおのずと察せられる。空襲のしきりなころ、ふとラジオでシュヴァイツァーが弾くバッハのパイプ・オルガンの曲がレコードで流されるのをきいて身ぶるいに似た感動をおぼえたこともあった。竹山がいちばん思い悩み、精神的にも体力的にも消耗したのは敗戦後よりもその前の数カ月だった。それが戦争が終わるや、不思議に自由となった。言語空間が開かれ、またたくまに空前の出版ブームとなったからである。敗北にもかかわらず解放感が日本にひろまったのは、こののびのびとした感覚が人心を捉えたからでもあろう。知識に飢えた人々が戦中の空白を埋めようと、争うように書物を求めた。雑誌が次々と新刊され、童話雑誌『赤とんぼ』も二十一年四月に創刊された。編集長の藤田圭雄は竹山が戦争中、児童向けに物語を書いたことを覚えており、執筆依頼に鎌倉まであらわれた。

敗戦後は勤労動員や空襲こそなくなったが、一高幹部の竹山は新情勢への対応に忙殺された。昭和十八年からの三年間ほどは夏休みも冬休みもなかった。それが昭和二十一年の夏になって、竹山はひさしぶりに休まざるを得なくなった。積年の疲労のせいか、かるい中耳炎をおこして十日ほど扇谷《おおぎがやつ》の家にひきこもったからである。頭に血がのぼる。耳にあてるための氷は隣の洋館を接収したアメリカ人ランネル家からもらった。そしてその暇に子供むきの物語『ビルマの竪琴』を考えた。比較的に短い三〇頁足らずの第一話「うたう部隊」だけがまずできたが、それに先立ちこんな前書がついている。

兵隊さんたちが大陸や南方から復員してかえってくるのを、見た人は多いと思います。みな疲れて、やせて、元気もなくて、いかにも気の毒な様子です。中には病人になって、蝋のような顔色をして、担架にかつがれている人もあります。

こうした兵隊さんたちの中で、大へん元気よくかえってきた一隊がありました。みないつも合唱をしています。しかもそれが、むずかしい曲を二重唱や三重唱で上手にうたうのです。横須賀に上陸したとき、出迎えていた人々はおどろきました。そうしてたずねました。

「きみたちはそんなにうれしそうに歌をうたって、何を食べていたのだね」

べつに食物がちがっていたわけではない。この隊は隊長が音楽学校出身者で兵隊に熱心に合唱を教えた。この隊は歌のおかげで苦しいときにも元気がでるし、退屈なときにはまぎれるし、それで隊の規律もたもっていた。長い戦争の間には、こうしたことがどれほど助けになったかわからない。出迎えの人々をおどろかせた隊員の元気のよさは、そうした訳だった。『ビルマの竪琴』はそんな部隊の物語である。

『ビルマの竪琴ができるまで』によると、話にモデルはない。しかし示唆になった話はあった。若い音楽の先生が率いた隊では、隊員が心服し、弾が飛ぶ中を行進するときには、兵たちが弾のとんでくる側に立って歩いて隊長の身をかばった。鎌倉の女学校で音楽会があったときピアノの譜をめくる役をしていた人がその隊長だったと教えられて、竹山はひそかにふかい敬意を表した。(1) 第一話の原稿を書きあげたのは昭和二十一年九月二日だった。藤田からすぐこんな速達が届いた、「御原稿すばらしいです。土曜日に高崎の家へ持つてかへつて拝見しましたがあまりのすばらしさにぢつとしてゐられない気持でした。十分の期待は持つてゐましたがあんなにいいとは思ひませんでした。うれしさに胸ふくらましてゐます。どうぞ是非つづきを御かき下さい」。

閉された言語空間

こうしてこの部隊の兵隊さんの一人が語るという形で『ビルマの竪琴』は始まる。――というか始まるはずだったが、あわや日の目を見ずになるところだった。昭和二十二年一月号掲載予定のこの第一話は校正刷を提出した段階で、米国占領軍の民間検閲支隊 Civil Censorship Detachment いわゆるＣＣＤの検閲にひっかかってしまったのである。内幸町の米軍事務所に一週間後に許可を貰いに行った藤田は唖然とした。藤田に返された方の校正刷『赤とんぼ』の目次の「ビルマの竪琴　竹山道雄」の上には黒々と太線が引かれ DELETE「削除」と書かれている。米国側が保管した方の『赤とんぼ』には、目次だけでなく一〇頁の本文の上にも HOLD「保留」と書き込まれている。話の二行目「みな疲れて、やせて、元気もなくて、いかにも気の毒な様子です。中には病人になって、蝋のような顔色をして、担架にかつがれている人もあります」には傍線が引かれている。当時、検閲実務に従事した要員はおおむね日本人で、占領軍の指令に従いチェックしていた[2]。いかにも日本人らしい几帳面な書体で問題個所の英訳を付し、disturb public tranquillity「公共ノ安寧ヲ妨ゲル」という検閲項目に抵触する旨が書き添えられている。They are all tired, emaciated, down-hearted and miserable. Among them there can be seen some patients being carried on stretchers whose faces look like white-wax. 復員兵の消耗した有様は、連合国側の日本兵捕虜虐待を示唆するが故に印刷禁止に該当する。これが上司が指示した検閲要領に忠実に従った日本人検閲員の判断だった。当時ＣＣＤには英語力に秀でた日本人五千人以上が勤務していた。滞米経験者、英語教師などが、経済的理由から、占領軍の協力者というか有《あ》り体《てい》に言えば共犯者となって働いたのである。その要員募集はラジオを通して行なわれ、給与金額まで放送され

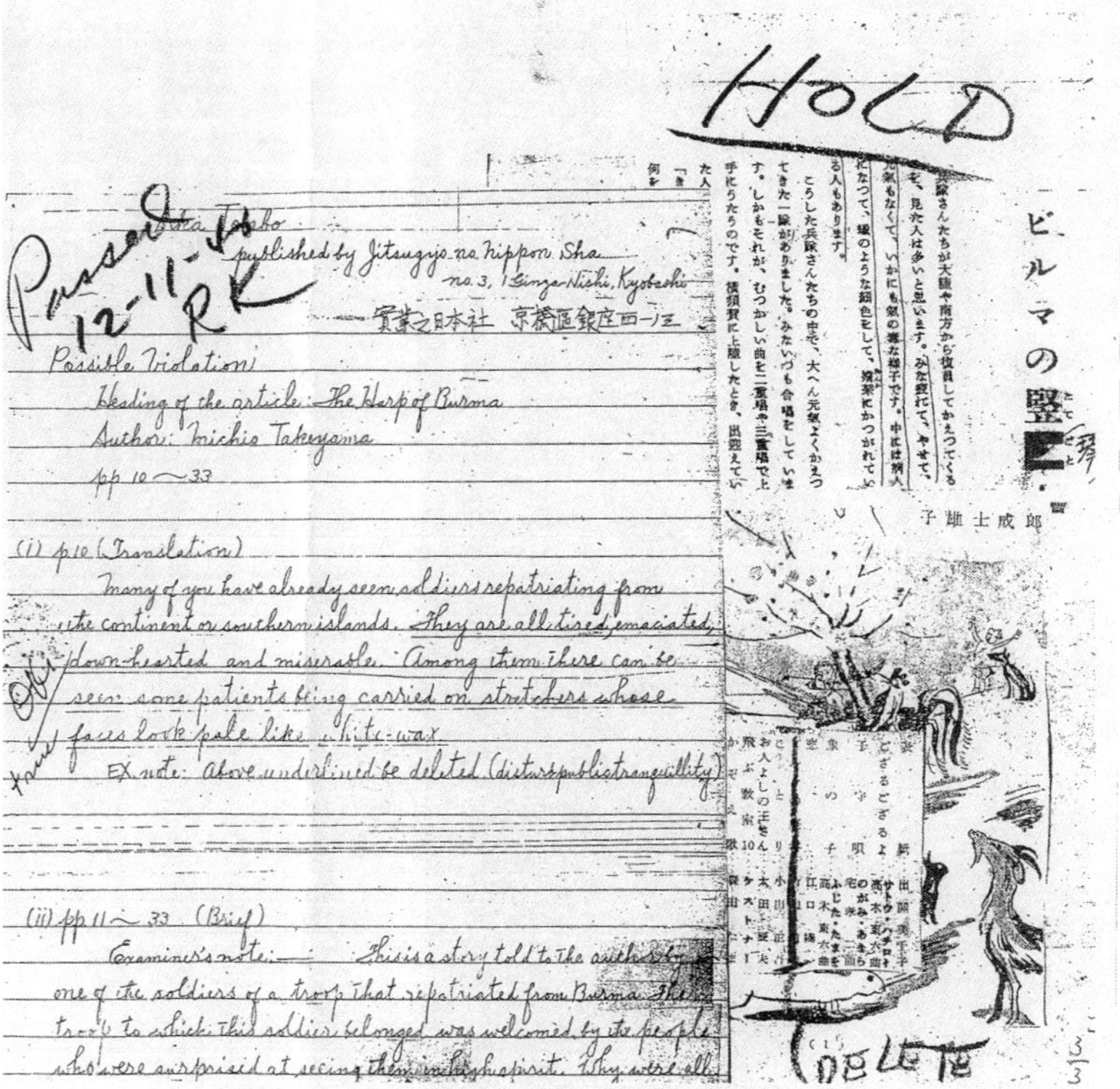

HOLD

Passed 12-11- RK

Asia Joho published by Jitsugyo no Nippon Sha
no. 3, 1 Ginza-Nishi, Kyobashi
実業之日本社　京橋區銀座西一ノ三

Possible Violation:
Heading of the article: The Harp of Burma
Author: Michio Takeyama
pp 10 〜 33

(i) p10 (Translation)
Many of you have already seen soldiers repatriating from the continent or southern islands. They are all tired, emaciated, down-hearted and miserable. Among them there can be seen some patients being carried on stretchers whose faces look pale like white-wax.
EX note: Above underlined be deleted (disturbs public tranquillity)

(ii) pp 11 〜 33 (Brief)
Examiner's note: This is a story told to the author by one of the soldiers of a troop that repatriated from Burma. The troop to which this soldier belonged was welcomed by the people who were surprised at seeing them in high spirit. Why were all

ビルマの竪琴《たてごと》

兵隊さんたちが大陸や南方から復員してかえつてくるを、見た人は多いと思います。みな疲れて、やせて、元気もなくて、いかにも気の毒な様子です。中には病人になつて、蠟のような顔色をして、担架にかつがれている人もあります。

こうした兵隊さんたちの中で、大へん元気よくかえつてきた一隊がありました。みないつも合唱をしています。しかもそれが、むつかしい曲を二重唱や三重唱で上手にうたうのです。横須賀に上陸したとき、出迎えていた人

DELETE

アメリカ占領軍の検閲に引っかかった竹山の『ビルマの竪琴』
HOLD（保留）の字が見える。目次にはDELETE（抹消）と出ている。

たから、少年の私にも比較的高給が支払われることは聞いてわかった。費用は敗戦国政府の負担である。その検閲業務をした人でのちに革新自治体の首長、大会社役員、国際弁護士、著名ジャーナリスト、大学教授などになった人々もいた。が仕事の性質を恥じたせいか、検閲業務に従事した旨後年率直に打明けた人は少ない。その体験を公表した人は葦書房から書物を出した甲斐弦など数名のみである。タブーは伝染する。こうして戦後の日本には新しいタブーの自己増殖が始まったと江藤淳は解釈している。(3)占領軍の検閲の非を問わないという禁忌が、連合国側によって流された歴史解釈を正当とする風潮を生むにいたるのだが、その問題については第十章以下でふれる。

合唱による和解

藤田は『ビルマの竪琴』のような作品が検閲で没になるなどとは予想だにしなかった。

この作品の主人公は水島上等兵で、(4)このうたう部隊の竪琴——といっても太い竹を共鳴体の胴にして銅、鉄、アルミの針金や革紐の絃を張った自家製である——の名人である。彼はまたビルマ人の服装のルーンジをまとって竪琴を抱いて偵察にもでかけた。その恰好をすればビルマ人そっくりである。部隊は英軍に追跡されて「落人《おちうど》は風の音にも胆をひやす」という逃避行を続けた。第一話はビルマとタイの国境近くの山深い村が舞台で、そこで日本兵の一隊はひさしぶりに村人の歓迎を受け食事にありついた。その好意に謝して兵隊は隊長の指揮の下、水島上等兵が伴奏する竪琴にあわせて次々と歌を披露する。「どうだ水島、一生ビルマにいて竪琴をひいていたいだろう」などという戦友もいた。

そのうちにふと気づくと、いつのまにかビルマ人は一人もいない。部隊は周囲の森にひそむ英印軍に包囲されていた。(5)「うたをやめろ!」と叫んだが、しかし戦闘態勢が整うまでは敵に気づいていないふりをしなければならない。隊長は低い声で「うたをつづけろ! 手をたたけ! 笑え!」と命令した。部隊は歌を歌い続ける。『野ばら』『あ あ玉杯』そして広場の向うから弾薬車を引いてくるときは、お祭の山車《だし》に見せかけた。水島がその爆薬の積荷の上に乗って竪琴を弾く。大勢が『はにうの宿』[6]を歌いつつ、車を押して戻って来る。弾薬車を首尾よく物蔭へ引きこんだときに『はにうの宿』の合唱が終わった。隊長は指揮刀をすらりと抜く。兵は銃を構える。そのしばらくの静寂のあいまに谷底の水の音がにわかに高まって、はっきりと聞えた。とそのとき森の中から歌の声があがった。あかるい、高い声で、熱烈な思いをこめた調子で『はにうの宿』を歌うのが聞えたのである。

月が出ていました。涼しげな青い光が、あたりを一面にそめています。樹々のあいだは、ガラスの柱を幾本も立てたようになっていました。その中を、森から広場へ、人影がばらばらと走り出てきました。

よく見ると、それはイギリス兵でした。

（第一話四）

彼らは塊になって英語で「ホーム・スイート・ホーム」をうたっている。日本兵は『はにうの宿』は昔からの日本の歌だと思っているが、もとはイギリスの歌の節である。英国兵はそれを聞くと、自分たちの幼かったころのこと、母親のこと、故郷のことを思い出さずにはいられない。ビルマの山中で危険きわまりないと思っていた敵を包囲していたときに、敵が思いもかけずそんな歌をうたうものだから英国兵は異様な感動をうけたのだった。[7]イギリス兵がうたいながら走り出ると、日本兵もまたうたいながら広場へ走り出た。

こうなるともう敵も味方もありませんでした。戦闘もはじまりませんでした。イギリス兵とわれわれとは、いつのまにか一しょになって合唱しました。

一人の血色のいいイギリス兵が「イフ・ア・ボディ・ミタ・ボディ……」とうたいだした。先刻日本兵がその歌をうたっていたからである。一人の日本兵がその同じ節に和して「夕空はれて」と歌いだすと、そのイギリス兵は日本兵と肩を組んで、あたりを大股に歩き出した。日本兵は「ああ、わがはらから、たれとあそぶ」と声をはりあげた。一人の背の高いインド兵が、ポケットから家族の写真を出して、われわれにも見せた。そしてその夜、本隊と連絡も断たれていたこの日本兵たちは三日前に停戦になっていたことを知り、武器をすてた。こうして第一話は終わる。敵兵と腕を組んで歌い親しくしたというこの英軍とのフラタナイゼーションは、この三日前の停戦という事実によって、もはや軍律違犯として問題視されることはなくなっていたのである。作者竹山はそんな細部の正当化もきちんと書き込んでいた。

an exceptionally touching story

音楽による和解のこの物語のなにが悪いのだろうか。(8) 内幸町のビルからすごすごと帰りかけた藤田圭雄は、もう一度窓口に引き返し、受付の日本人女性に「どこが問題なのか」としつこく頼んだ。すると奥の日系二世の部屋へ通された。そこにいたのは「二世の将校」だと藤田は書いているが、応対の様子から察するに下士官だったのではあるまいか。日系二世の中間職の中には日本人に同情を寄せる者もいた。藤田の「この物語こそ今の日本の子どもたちにぜひ読ませたいものだと思う」という訴えを聞いて、二世の士官は「わたしはまだこれを読んでいない。今すぐ読むからちょっと待ってくれ」といって別室にはいった。そして二十分ほど経つと戻って来た。そして「あなたのいう通りだ。これは決して悪くはない。しかしここまで来ると、もう一つ上のポストの許可がいるから、今月はなにか別の原稿にさしかえて編集してほしい。しかしかならず許可を出すから」といった。

上のポストには、問題となった個所のみをチェックする白人の管理職の士官がいた。戦争中に日本語の特別訓練を受けた語学将校の英才たちである。プランゲ文庫に保存されマイクロフィルムに写された『赤とんぼ』には検閲の痕跡をはっきり見ることができるが、先の傍線を引かれた個所にOK trueと書きこまれている。日本軍の復員兵士が「みな疲れて、やせて、元気もなくて、いかにも気の毒な様子」というのは事実その通りなのだから、問題とするには及ばない、OKという判定を語学将校が下したのである。Passed 12-11-46 RKと左上に太い字で書いてある。この日付の書き方はアメリカ式だから昭和二十一年十一月十二日に検閲をパスしたということであろう。RKが何の略かはわからない。

ところで竹山道雄が手許に保存していた昭和二十三年三月中央公論社「ともだち文庫」の初版本『ビルマの竪琴』の訂正用原本には、竹山の筆跡で誤植や誤記の訂正が記入されている。そしてさらに第一話第４節の余白に竹山の筆跡でこんな英語の感想が記入されている。第４節とは先のビルマの山中の村の広場で *Home, Sweet Home* の歌を日英両軍兵士がまじりあって歌をうたい和解する場面である。

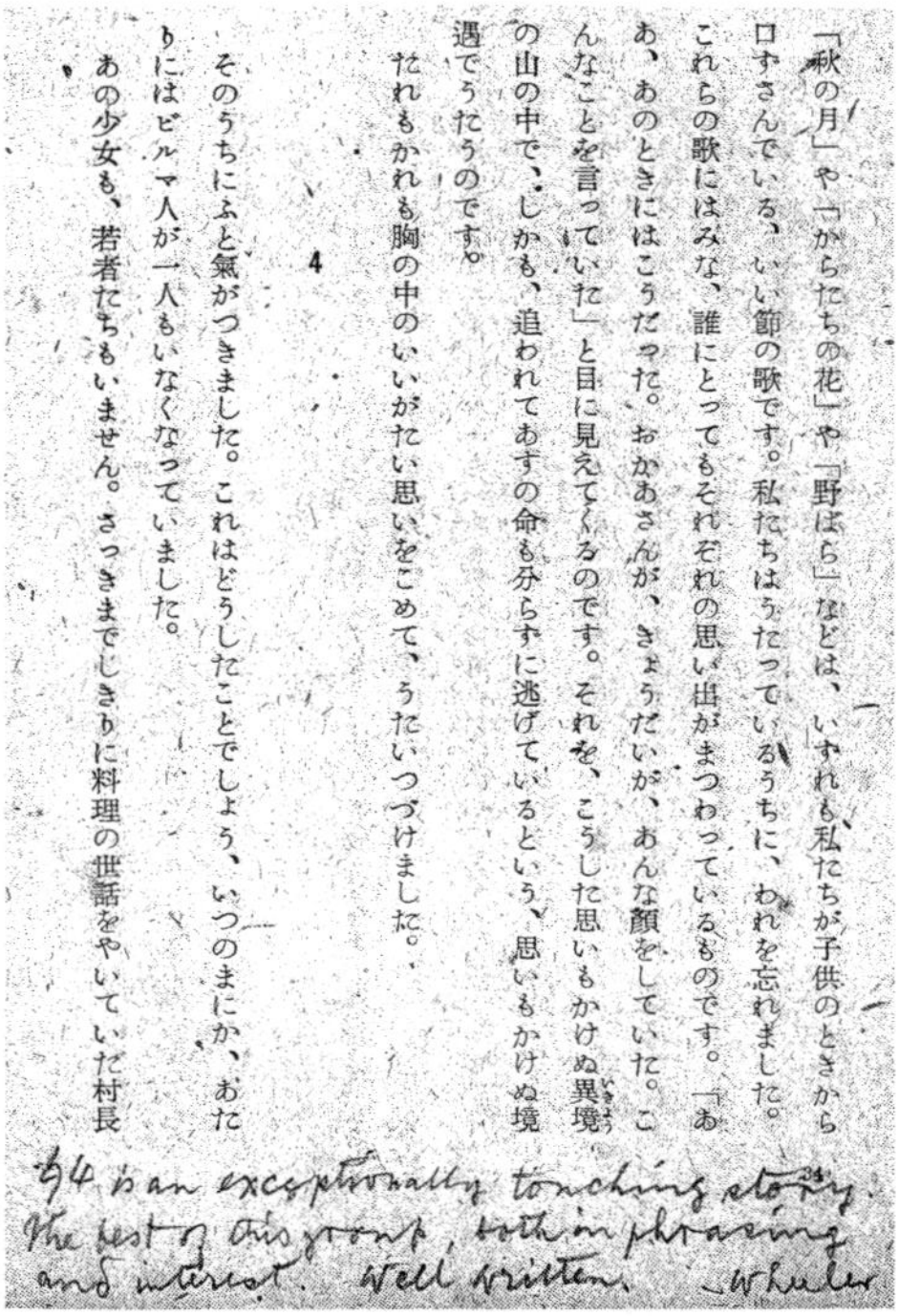
「秋の月」や「からたちの花」や「野ばら」などは、いずれも私たちが子供のときから口ずさんでいる、いい節の歌です。私たちはうたっているうちに、われを忘れました。これらの歌にはみな、誰にとってもそれぞれの思い出がまつわっているものです。「ああ、あのときにはこうだった。おかあさんが、きょうだいが、あんな顔をしていた。こんなことを言っていた」と目に見えてくるのです。それを、こうした思いもかけぬ異境《いきょう》の山の中で、しかも、追われてあすの命も分らずに逃げているという、思いもかけぬ境遇でうたうのです。

たれもかれも胸の中のいいがたい思いをこめて、うたいつづけました。

4

そのうちにふと氣がつきました。これはどうしたことでしょう、いつのまにか、あたりにはビルマ人が一人もいなくなっていました。

あの少女も、若者たちもいません。さっきまでしきりに料理の世話をやいていた村長

§4 is an exceptionally touching story. The best of this group, both in phrasing and interest. Well written. — Wheeler

『ビルマの竪琴』初版本への英文の書込み

§4 is an exceptionally touching story. The best of this group, both in phrasing and interest. Well written. Wheeler

「第４章は例外的なまでに胸を打つ物語である。この種のもので最良で、文章に秀れ、興味深い。見事に書かれている」。この英文は、スタイルといい内容といい、竹山が書いたはずはない。アメリカ人 Wheeler の感想であろう。ホイーラーとは占領軍とともに来日した語学将校で、一九八〇年前後に亡くなった由を私は同じく元語学将校だっ

たリチャード・フィンから聞いた。ひょっとして検閲にあたった語学将校ホイーラーの感想がなんらかの形で著者の竹山に伝えられ、それを竹山が初版本に書き留めたのではあるまいか。

『ビルマの竪琴』の誕生

こうして『ビルマの竪琴』は救われた。第一話は当初の予定より二月遅れはしたが、昭和二十二年三月号に掲載された。ただしそれには条件があり、続きは、終わりまで完成した後、全部をしらべた上でなくては印刷は許可できない、というのであった。一旦は不許可とした作品である。それを印刷許可したについては、物語の発展次第では、まかり間違えば許可した者の責任問題が後から生じることもありうる。それで「続きは、終りまで完成した後、全部をしらべた上でなくては許可できない」ということになったのであろう。こんなことから『赤とんぼ』への第二話以下の連載は半年近く先延ばしとなった。おかげで竹山には話を先に進める上で時間的に余裕ができ、全体をつくりあげるのに大きな助けになった。その間にいろいろと工夫をこらし、前後をきちんと照応させることができたからである。

第一話「うたう部隊」では、すでに見たように、戦争末期、日本の小隊がビルマからタイの国境に向い敗走中、山中で英印軍に包囲されたが、水島上等兵の手製の竪琴で『はにうの宿』を合唱したことから両軍は和解する。

第二話「青い鸚哥《インコ》」では水島は終戦後も三角山で抗戦する日本軍に停戦勧告に行き、そのまま行方不明となる。小隊は南のムドンの収容所に入れられ捕虜として労働に従事する。水島に似たビルマ僧を見かける。ついに帰還命令が出、隊員が『はにうの宿』を合唱するとビルマ僧が竪琴で唱和する。ビルマ僧の正体は水島である。しかし彼は原隊に戻らない。

第三話「僧の手紙」では復員船の甲板で隊長が水島の手紙を朗読し、停戦勧告に行ったその後の経緯とともに水島が仏につかえる僧となりビルマの山野にさらされた日本兵の屍を弔うためにこの国に残る決心が明かされる。

この第二話以下は、二十二年九月号から『赤とんぼ』に六回に分け連載され、二十三年二月号で完結、三月には中央公論社から猪熊弦一郎挿絵で出版された。昭和二十二年はまだ生活も苦しかった。竹山は扇谷の家のガラスの破れた廊下に机を置いて仕事をしていた。往来が近くてやかましい。勤めのない日は、弁当をもって、材木座に住んでいる母の家に行き、そこの二階を借りて書いた。そして、昼飯はその弁当を母と分けて食べた。

その間に竹山は、二十二年六月には一高教務課長の職を八歳年下の前田陽一に引受けてもらった。ドイツ降伏当時外務省三等書記官だった前田は、バート・ガスタインで抑留され米国経由で昭和二十年末、久里浜へ送還された。前田は外務省を辞し二十一年七月一高フランス語教授となった人である。竹山にいわせると、米国で軟禁されていたので「栄養がよかった」。それだから教務の重責を押しつけた由だが、竹山が前田に依頼したのは抜群の学校行政能力を見込んでの話であろう。三十五歳の前田陽一はこうして若くして駒場の要職についた。前田は海外帰国子女で成城高校出身、東大仏文卒だが、戦前第一回のフランス政府給費留学生でエコール・ノルマルに学んだ。エリティスムを奉ずるベルクソンの徒で、一高の魅力にとらわれた秀才である。この人事が、旧制一高の良さを新制東大にも伝えようとする人々の努力とあいまって、駒場に昭和二十五年、東大教養学部後期課程教養学科が創設されることを可能にしたのである。前田が教務課長を引受けると、竹山は「有難い。これで時間が出来た。これからエロ小説でも書きます」といった。そしたらなんと『ビルマの竪琴』が世に出たので吃驚した、と前田は後年笑って私たち学生に打明けた。(9)

島田君の訃に接して

以上は外的な事情だが、竹山の内的な執筆動機は何であったろうか。昭和二十三年『ビルマの竪琴』が本になったとき、竹山は「あとがき」の冒頭に書いた。

田代訂家の五人兄弟（左より淳、棟、景、晧、有）

大島欣二（テニアン）、島田正孝（タラワ）、田代兄弟（硫黄島、沖縄）、中村兼二（インパール）……。私の知っていた若い人で、屍《かばね》を異国にさらし、絶海に沈めた人たちがたくさんいる。そのうちの、ある人には何の形見もかえってはこなかった。

田代棟と晧[10]の兄弟は母方の従兄弟、大島、島田、中村は一高の教え子である。敗戦後、竹山がどのような気持に駆られて『ビルマの竪琴』を書いたのか、その源泉の感情を探るよすがに、戦争中に出た『島田正孝追悼文集』に寄せた『島田君の訃に接して』を引きたい。ギルバート諸島のマキン・タラワ両島の日本軍守備隊は昭和十八年十一月二十五日、玉砕した。

……電話がかゝつてきて「実は今度島田が……」とまできいたとき、あゝこれは玉砕かと、その後を聞くのがいやであつた。しかも、抽斗《ひきだし》から遺書が出てきて、その中に万一を通知すべき人に私も挙げてあつたことを知らされ、感慨に堪へない思ひをした。私はこれより数週前に木枯《こがらし》の吹く有楽町のプラットフォームの上から、彼方《かなた》の新聞社の電気文字が「マキン・タラワノ全員玉砕、軍属三千モ云々」と報ずるのを悚然《しようぜん》と佇立《ちよりつ》しつゝ見てゐたのであつたが、いま島田君の死をきいて、あの文字が消滅しながら移ってゆくのがふたたび目に見えるやうな気がした。それからその夜はさまざまの物思ひに耽つたまゝ、胸騒ぎがおさへられぬやうな心地で仕事もせずにおそくまで独り坐つてゐた。

その夜は思いが迫って竹山は和歌らしいものをノートの端に書きとめた。そうした事は例のないことだった。そして「いまはもとより巧拙を示すつもりもないので、あえて記すことにする」と五首を添えた。一首だけ引くと、

みな死にていまはましろき珊瑚礁の墓なき磯を日の照りをらむ

追悼会の席ではさまざまな追憶をあらたにした。

ことに故人は写真が上手だつたこととて幾葉かの自映があつたが、私がよく接した高等学校時代のはうひ〱しい詩的な風貌のものはまことに懐かしかつた。よく遠慮しながら、親しげに物柔かく言ひかけられたのを思ひだした。そして、故人は返事をする代りに、黙つたまゝちよつと上体を動かせて点頭《うなつ》くのが癖のやうだつた。唇に大変表情のある人で、まだあどけないやうな俤《おもかげ》が残つてゐたが、「白痴」といふ失礼な綽名《あだな》もきいてみると成程うまいところを掴んだものだと思はせられるやうな愛らしい放心した時もあつた。

故人のこの鮮やかな肖像《ポルトレ》の後に、一高の正門で故人が竹山に会い、その一寸した邂逅《かいこう》が故人の日記に記されていたことが話題として続く。そしてそれとは別に、竹山が昭和十九年六月の『向陵時報』に寄せた『空地』[11]にも、そ

の模様がやはり出ている。

またあるとき、私は門の前で、制帽をかぶり和服にマントで両手で前にかき合せた人にばったり出会《でく》わした。彼はやや細くてしなやかな体をした美少年で、この人が入学してきた最初の時間に、文甲一の教室の窓際の前の方に陽《ひ》の光を浴びて坐っているのを見て、

「ああ、あそこに感じのいい人がいるな」と思った。まだういういしくあどけない少女のようなところがあり、ときどきはじっと放心してみえた。……この人と校門の前でこんな会話を交した。

「これから弓に行きます」

「へーえ」

「今は浪人をしているんです」

「浪人を……？　ふむ」

竹山はこうして「話のつづかない一寸ばつの悪い短かい会話の後に別れた」。若い人には又いつでも会える――、そんな気がしていた。その最後の出会いを思い返して、

あのときももつとお互ひにそれないで話をすればよかつた、も少し相手をよろこばせるべく心を開けばよかつた、と悔まれてならない。……そして、いま一度あの品格の高い典雅なみづく〵しい風貌に接して、今度はせめて半日ほど心おきなく心を通はせて話をしたい、ことにタラワ島での最後の模様などをきゝたい、としきりに思ふ。またそれがいつかは出来るやうな気がするのである。

（『島田君の訃に接して』）

『ビルマの竪琴』ができるまで

戦後の日本では戦死した人の冥福を祈る気持は肉親や友人の間ではひっそりとわかちもたれていたが、新聞や雑誌にはさっぱり出なかった。それどころか、「戦った人はたれもかれも一律に悪人である」といったような調子であった。日本軍のことは悪口をいうのが流行で、それが正義派だった。[12] 竹山は『ビルマの竪琴ができるまで』でその風潮を批判した。

義務を守って命をおとした人たちのせめてもの鎮魂をねがうことが、逆コースであるなどといわれても、私は承服することはできません。逆コースでけっこうです。あの戦争自体の原因の解明やその責任の糾弾《きゆうだん》と、これとでは、まったく別なことです。……まことに、若い人があのようにして死ぬということは、いいようなくいたましいことです。それを終生気にかけていたらしい乃木大将の気持が、おぼろげながら分るような気もします。

竹山は戦争自体の原因の解明は『昭和の精神史』で試みることとなる。それについてはその第十一章で語ることとする。

竹山の頭には敗戦といういたましい事実がこびりついていた。気の毒な帰還兵の姿を毎日のように電車に乗って出勤する往復に駅頭で見ていた。あるとき品川駅で、むかしの学生だった人が隊伍の中からとびだしてきて「竹山先生！」と呼びとめた。この人は、山のような荷を負って、元気よくはりきっていた。そしてあべこべに竹山をねぎらってくれた。また、蝋のような顔色の病人たちが担架で運ばれているのにも会った。看護婦さんの一隊が凛々しくそれを世話していた。こういう光景を見るごとに、書かなくてはならないという気がした。義務をつくして苦しい戦いをたたかった人々のために、できるだけ花も実もある姿として描きたい、という気持であった。

合唱による和解という筋立てのためには敵と味方と共通の歌がなければならない。竹山は当初作品の舞台として大陸を考えたが、中国人と日本人には共通の歌がない。それで竹山はその地へ行ったことはなかったが、舞台として日本軍と英印軍が戦ったビルマの地が選ばれた。(13) 竹山は戦争中の昭和十七年にダイヤモンド社から出た『南洋地理大系4』「マレー・ビルマ」を買い求めたりもしたが、しかしそうした書物よりも、学生時代に台湾に行き、カッパン山やアリ山にも登り、蛮人部落も訪ね、熱帯色豊かな南の端まで行ったことがあったから、もっぱらその台湾の記憶をもとにあとは空想で南方風景は書いたのである。

仰げば尊し

第二話「青い鸚哥《インコ》」以下の話はこうである。

部隊はイギリス軍の手で南方のムドンの捕虜収容所に入れられることとなった。そこへ向う前に、隊長はイギリス軍の許可を得て、三角山にたてこもって徹底抗戦の姿勢を崩さない日本部隊に停戦することを説得させるため水島上等兵を派遣する。皆は水島のことだからきっと立派に使命をはたすだろうと思っていた。しかし水島はあらかじめ定めておいた合流地点であるムドンの収容所にそれきり帰ってこなかった。三カ月経っても現われない。水島は戦死したのではないか、隊長は水島を派遣したことを後悔した。そして「自分が停戦勧告に行けばよかった……」とつぶやく。

みんながあまり水島をなつかしむものだから一度はこんなこともあった。郊外の橋を修繕してムドンの町に向って帰るとき橋の上でビルマ僧が衣の裾をかかげてこちらへ歩いてきた。まだ若く、頭は剃り、手には托鉢をもっている。片方の肩からあたらしい黄いろい衣をゆったりとまとっている。その肩に青い鸚哥《インコ》をとまらせている。この僧が水島上等兵にそっくりだった。この顔に戦闘帽をかぶせたら、だれにも見分けはつくまいと思われた。大勢の捕虜がかわるがわる顔をのぞきこむので僧は当惑の様子だった。『神曲』地獄篇に亡者が一人一人ダンテの顔を覗き込んではすれ違う場面があるが（第十五歌）それもさながらである。その後も何度か僧を見かけた。雨季がくるとわびしい捕虜生活がいよいよ味気ないものとなる。みなぼんやりとしてその日その日を送っている。お互い同士の口小言まで始まるようになった。これではいけないと隊長はまた熱心に合唱の練習をはじめた。すると収容所の竹矢来の外にビルマ人が集まってくる。ある日合唱している最中に群集のうしろに例のビルマ僧が立っていた。

一人の兵隊が、いま柵の外から投げ入れられた銭のつつみを、その僧の方に投げてやりました。銭は僧の足下におちました。すると、一人の少年がそれをひろって、うやうやしく僧に渡しました。僧はわれわれの方にむかって、しずかに合掌しました。

その合掌がいかにも坊さんらしく心をこめた礼だったので、こちらからも幾人かが思わず挙手をしました。

（第二話三）

あるとき物売りの婆さんが青い鸚哥を売りにきた。あの水島に似た僧が肩にとめている鸚哥と兄弟と聞いて隊長は自分の煙草入れと交換してその鸚哥を手に入れる。あのビルマの僧侶こそは水島上等兵だと確信する隊長は、鸚哥に「おーい、水島、一しょに日本にかえろう」という声を覚えさせ、それを物売りの婆さんに託して僧に届けさせて、水島を呼び戻そうとする。そんな隊長の苦心やりとりが、少年読者の感興をそそるのである。

収容所生活は一年続き、ついに帰還命令が出た。それから乗船するまで五日あったが、その中の三日間、部隊は毎日のように合唱した。すると柵の向うに例のビルマ僧があらわれた。両肩に鸚哥がとまっている。水島か、水島でないのか。部隊は水島が好きだった『はにうの宿』を歌い始めた。ビルマ僧はほとんど無感覚のような、また威厳にみちた様子で、しずかに立ちつづけていた。みんなはこれが最後と声をたかめた。するとそのときビルマ僧はにわかに首をたれ、衣の裾をつかんで足を早めて、木の陰に休んでいる少年の竪琴をとりあげて、元のところにもどると、水島の作曲した『はにうの宿』の伴奏をはげしくかき鳴らした。ビルマ僧はやはり水島上等兵だった。

われわれは歓声をあげました。そうして、久しぶりで、ほんとうに一年ぶりで、この竪琴を伴奏にして、嗄れた声をあわせてうたいました。

このときは、ビルマ僧はもうすっかり以前の水島にかえっていました。そして、目つきもきつく、唇をひきしめて、高いところをきっと見つめたまま、自由自在に竪琴をひきました。

（第二話一〇）

一同は足で地面をふみならしてよろこんだ。

「水島、われわれはあした日本にかえるのだぞ！」

「さあ、はやくこちらに入ってこいよ！」

しかし水島は柵の向うに立ったまま動かない。しばらくだまってうつむいていたが、それから竪琴を肩にして、弾きだした。それは小学校の卒業式でうたった「仰げば尊し」というあの別れの歌だった。

これをうつくしい和絃《かげん》を交えてひいた後、彼は最後のところをくりかえしました。あの

いまこそ別れめ、いざさらば……

というところです。われわれは胸がいたくなるような思いをして、それをきいていました。

ここを三度くりかえすと、水島はわれわれにむかってふかく頭をさげ、にわかに身をひるがえして、人ごみのあいだをむこうに去りました。

その後姿を見おくりながら、隊の者はみな口々に叫びました。

「おーい、水島、一しょに日本にかえろう！」

そして、めいめいが手をあげて、呼びとめようとしました。
しかし、ビルマの僧はもう見かえることもなく、そのまま行ってしまいました。ただ、わずかに首を横にふりつづけているようでした。左の肩には竪琴をかついで、その上に一羽、それから裸の右の肩に一羽と、二羽の青い鸚哥がとまって、しきりに鳴きかわしていました。

（第二話一〇）

脱走兵や古参兵

人もあろうに水島は脱走兵になってしまったのか。彼は停戦のあとで隊長にいわれた「一人ももれなく日本へかえって共に再建のために働こう[14]」という言葉を反故《ほご》にしてしまった。仲間との友情もむなしくしてしまった。水島は隊を捨て、日本をも捨ててしまった。

以前にも納骨堂建設のための樹木を伐採していた時に日本兵がぼろぼろの袈裟をつけ、乞食のような生活をしているのに会ったことがあった。残っていた缶詰をくれてやると指先でほじって食べた。「いったい日本の様子はどうなんだ。帰っていい事があるかなあ？」と赤くなったいやな目つきでじっとこちらを覗きこんで、さぐるように問いかけた。なんでそんな恰好をしているのかと訳をきかれて、「なんだ、君は」と終戦前に脱走した兵士と察知されるや男は「気がついたのかい。見あらわされた玄関先」と日本の浮浪人などによくある抜け目のない口のききようをした。

「何のためって、おめえ――。おれは隊にかえったら罰をくう。それで脱走をして、かくは姿をやつして、いまはごらんのとおりの天竺僧だ[15]」

漱石の『三四郎』にも与次郎という抜け目のない選科生の三枚目がいてそれが田舎出の学生三四郎と好対照をなすが、『ビルマの竪琴』の中にもこんな抜け目のない口を利く脱走兵が顔を出して水島という口を利かない上等兵の存在を逆に大きなものにしている。そのふてくされた脱走兵が隊長が情ぶかい人で自分をどうする気配もないのを知ってすっかりおだやかになり、反抗的なふてくされた態度は捨てて、ひくくおじぎするあたりは、不良学生が教師に説諭されて態度が軟化する様もさながらである。

竹山には捕虜生活はおろか軍隊生活そのものの体験がほとんどなかった。しかし部下のことで思い悩むインテリのこの小隊長には戦中戦後、一高の幹部として学内行政で苦慮した竹山の心境が写されているのではあるまいか。それと同じように、実直な古参兵にはこれまた実直な一高の事務職員の姿が写されているのではあるまいか。水島が脱走したと思い、一番心の打撃を受けたのは古参兵だった。水島が三角山へ説得に行き、同胞を救って自分はその犠牲になって立派に死んだと思っていたのに、水島も原隊に戻ろうとせず、脱走兵になってしまったからである。

部隊が帰国する日に婆さんは隊長に水島の分厚い手紙とともに鸚哥を届けてくれた。その鸚哥は「――ああ、やっぱり自分は帰るわけにはいかない！」と叫んだ。「おや、こんな日本語をおぼえてきたぞ」とみんなが驚き、古参兵はいやな顔をして「もう、そんな鳥は用はない。どこかへはなしてしまえ」といった。すると婆さんがあわてて古参兵の手をおしとめて、これはあのお坊様がいつも自分の肩にとめていた兄鳥の方だ。坊様はこちらから届けた鸚哥を自分のところにおいて、その代りにこれを隊のみなさんへとどけてくれといったのだという。

「なに――？」

とみんながびっくりすると、鸚哥はまた叫んだ、

「――ああ、やっぱり自分は帰るわけにはいかない！」

サスペンス

『ビルマの竪琴』にはこんな仕掛けが実に多く組み込まれている。とくに第二話「青い鸚哥《インコ》」の全十章は、水島らしい人物を時おり見かけるのに彼が原隊に帰ってこないために、状況は謎めいて、サスペンスに富む。二羽の鸚哥だけではない。[16] 思いもかけずビルマの少年が水島がアレンジした通りに *Home, Sweet Home* のメロディーを弾い

たことも、ビルマ人の物売りの婆さんも、捕虜収容所内に隔離された部隊と外部とを結ぶ仕掛けとして使われ、いろいろな伏線や脱線が仕組まれている。僧が胸に抱く白木の遺骨の箱も印象的である。

だがなぜ水島は帰ってこないのか。手紙を物売りの老婆からふるえる手で受取った古参兵は、隊長が手紙を胸にしまってその上からボタンをかけたとき、

「隊長、どうか今すこしでも早くひらいてくださいませんか。もし何かのことで、万一にも水島が……」

「いや」と隊長は古参兵の頼みを斥けた。

「水島はもう万々一にも日本にはかえらない。いまこの手紙をみても、どうにもなるまい」

古参兵は地面に坐って、ふかいため息をついた。

「心配することはないよ。この手紙を読めば、きっときみもよろこぶ事が書いてあるよ」

このような隊長の確信に似た発言もサスペンスをさらに高めたといえるだろう。

水島が部隊に戻らず僧としてビルマに留まる真意は、波止場を離れた復員船が三日目、左にマレー半島、右手にスマトラにさしかかったころ、全員を甲板に集めた隊長が手紙を朗読することで明かされる。そのような最後に長文の手紙で事の真相が明かされる結構は、漱石の三部構成の作品『こゝろ』と同様である。『こゝろ』という作品がミステリーとしても読者の興味をつなぐように、『ビルマの竪琴』もミステリーとして読者の興味をつなぐ。そして『こゝろ』の先生の手紙が遺書であって「私」にはもはや先生に会う機会はないように、隊長以下もビルマを離れた船が祖国に向って進む以上、もはや水島に会う機会はないのである。手紙の朗読は次のようなセッティングの中で行なわれる。洋行帰りの竹山もかつて通ったマラッカ海峡である。

海も空も島も、みなすきとおっています。キラキラとかがやいて、蛋白石《たんぱくせき》やエメラルドの塊りが並んだり浮いたりしているようです。空には雲がみだれて、鏡のような海に映っています。そのあいだに、大きな陸がゆるゆ

ると身をめぐらしています。その入江や町や灯台は、さまざまのめずらしい形をして、しばらくのあいだありありと見えていますが、やがてまたあらたに突き出てきた岬《みさき》の陰にかくれてゆきます。潮風がこころよく膚《はだ》にしみいります。つねにたえない舷《げん》の波の音が、なんだか胸の底をこすって洗いながしているようです。日はあつく、風はすずしく、われわれは船に乗っているというよりも、空を飛んでいるような気がしました。

われわれは後甲板《こうかんぱん》に出て、日覆《ひおお》いの天幕の布がはたはたと鳴っている下に坐りました。

隊長はふところから手紙をだしました。そして、

「さあ、いよいよ、これを読もう」

といいました。

（第三話二）

註

（1）戦後六十年間にわたり「『ビルマの竪琴』の主人公水島上等兵のモデル」という話が多くの新聞に毎年のように掲載されてきた。どれもこれも根拠薄弱な他愛のない話で、そうした安直なセンチメンタルな記事を繰返し作りたがる記者と読者の水準の低さは嘆かわしいほどである。それに反して隊長についてはこれだけの具体的事実が著者自身によって語られているにもかかわらず、きちんと調査するだけの記者はついに出なかった。

（2）「アメリカは日本での検閲をいかに実行したか」は江藤淳の労作『閉された言語空間――占領軍の検閲と戦後日本』（文藝春秋、一九八九）に詳しい。なお『ビルマの竪琴』の何が検閲に抵触したかが判明したのはプランゲ文庫に保存されていた検閲された印刷物が関係者の努力で日の目を見たからである。謝意を表したい。

（3）江藤淳の指摘は不幸にも正しかった。二〇一二年六月の日本比較文学会の「占領期日本のメディア検閲と文学」と名のるワークショップでも、占領軍の検閲に従事した日本知識人のコラボレーションによって作られた敗戦後日本の閉ざされた言語空間の歪みや疚《やま》しさを指摘する声はまったく出なかったからである。私はその問題意識の低さに憮然とした。

（4）Howard Hibbett の英訳 *Harp of Burma*（Tuttle, 1966）では corporal「伍長」と訳されている。石川欣一の一九四九年の英訳 *The Harp of Burma*（The Chū-o Kōronsha Publishing Company）がすでに corporal となっていたので、その

方が位が一つ上だが言葉としても落着きがよいのでそのまま踏襲したのであろう。

（5）このビルマ人の村人が居なくなったことに「そのうちにふと気がつきました」という情景は、事態の変化に突然気づく能の「不思議やな、姿も見えず失せにけり」の情景に相応する構成といえよう。

（6）中央公論社初版には「はにゅうの宿」でなく「はにうの宿」と書かれている。その表記に従う。なお竹山の表記は、そのしなやかな感受性を反映するかのように、動詞・形容詞・副詞などにはひらがなを使うことが多く、平明な日本語で書くことをつねとした。

（7）敵陣から音楽が聞えてきて寄せ手も感動するという場面は日本には謡曲『敦盛』の昔から知られる。ルイ・アレン教授は第二次大戦中ビルマで日本軍と戦った英軍の語学将校だったが、音楽の調べがきっかけで日英両軍が交歓したというエピソードは実際にはなかった、竹山は第一次大戦のクリスマスの際に起こった英独両軍の交歓の話をもとにしたのだろうと推理した（Louis Allen, *Burma, the Longest War* (Dent, 1984) p. 622）。イギリス人ヘンリー・ビショップ（一七八六―一八五五）の曲『楽しきわが家』を聞いて、米人ペインの歌詞 Home, Sweet Home を『万葉集』巻十一にある「埴生《はにふ》の小屋《をや》」の語彙を借りて訳した人は里見義である。明治二十二年『埴生の宿』は『中等唱歌集』に採用されて広く国民的に愛唱された。埴生が黄赤色の粘土であることを知る人は少ないが『埴生の宿』が家庭讃歌であることはひろく日本人にも了解されている。「夕空はれて」に始まる『故郷の空』は大和田建樹の歌詞がすばらしいが、明治二十一年『明治唱歌集』に採用された。この国民的に愛唱された唱歌は元はスコットランド民謡である。

（8）昭和三十一年市川崑監督のモノクロの『ビルマの竪琴』はヴェネチア映画祭で喝采を浴び、サンジョルジョ賞を授けられた。ちなみにこの映画は「特別に芸術的で宗教的な価値を有するフィルム」としてヴァチカンによって認定された全世界の四十五の作品の中に選ばれた唯一の日本映画である。Gustav Niebuhr, "How the Church Chose the Best Films Ever", *New York Times Review*, 7 April 1996 を参照。市川は昭和六十年にカラーで『ビルマの竪琴』を新しく製作した。カラー版は国内的には興行的に大成功だったが、国際的な反響はモノクロ版に及ばなかった。なお文学作品としての『ビルマの竪琴』の売行きは映画化される前からめざましかった。参考までに『ビルマの竪琴』新潮文庫版は二〇〇八年の一〇二刷で二百四十万部印刷されている。

（9）前田陽一は公使館三等書記官であったから抑留中、日独伊三国同盟締結の立役者であった駐独大使大島浩中将の靴も磨いた。大島大使は個人としては悪い人ではなかった由である。というかお人好しだったからこそドイツ一辺倒になったのだろう。戦後東大教養学部にはベルリンで大島の下で働いた元外交官の大賀小四郎もドイツ語教師として着任した。在外経験の長い前田・大賀のような人々が竹山の人柄と見識を徳としたのは、彼らが大学内の主流である日本の外国文学者の多数派と違って、戦後日本の閉ざされた言語空間の外の空気を呼吸した少数派の人々でもあったからだろう。

(10) 田代棟は硫黄島で、田代皓はフィリピンで戦死した。田代本家からも戦死者が出た。

(11) 『空地』『竹山道雄著作集』3、二一二頁。

(12) 占領軍当局の検閲が「いわば日本人にわれとわが眼を刳《く》り貫《ぬ》かせ、肉眼のかわりにアメリカ製の義眼を嵌《は》めこむことに」成功したからだ、と江藤淳は『閉された言論空間——占領軍の検閲と戦後日本』でいった。その指摘は半ばあたってはいるが、その江藤の指摘を聞いて洩らしたライシャワー大使夫人ハルの皮肉な観察はさらに辛辣である。戦争中の日本の報道人は軍部の検閲に進んで従ったから、その習性が抜けきれず、それで戦後は米国占領軍の検閲の共犯者にいともやすやすとなったのだ、という。

(13) そのことは『ビルマの竪琴ができるまで』(昭和二十九年、『ビルマの竪琴』新潮文庫昭和六十年度版以降には付録として収録)の中で明らかにされている。

(14) 『ビルマの竪琴』『竹山道雄著作集』7、三五頁。

(15) 『ビルマの竪琴』『竹山道雄著作集』7、七四—七五頁。

(16) 竹山には双子のオランダ人を同一人物と取り違えたエピソード(『ラスコー洞窟の壁画』)があるが、兵隊たちが二羽の鸚哥を同一の鸚哥と取り違えて驚く話と趣向を一にしている。

第九章　僧の手紙

背くことのできないささやきの声

隊長殿
戦友諸君

私は、皆様をどれほど懐しく思っているか分りません。どれほど隊に帰って、一しょにつとめ、一しょに語り、一しょにうたいたく思っているか分りません。苦しみもよろこびも異郷でともにした月日を、忘れがたいか分りません。さらに、どれほど日本に帰りたいか、ことに変りはてたと思われる国に行って家の者にも会いたいか、口にはいえません。

皆様が作業に行ったり、収容所でうたったりしているところを、私はいくたび、こっそりと人知れぬところから眺めていたことでしょう。……あの収容所の柵の外に立って……みつめていました。しかし、もうこの慰めもないことになりました。

私は日本には帰りません。そういう決心をいたしました。誓いをたてました。私はごらんになったとおりの姿になって、この国のあちらこちらを、山の中、川のほとりを、巡礼してあるきます。ここに、どうしてもしなくてはならないことがおこりました。これを果さないで去ることは、もうできなくなりました。私はひとりでこの国に残ります。そうして、幾年《いくとし》の後に、いまはじめている仕事がすんだときに、もしそれがゆるされるものなら、日本に帰ろうと思います。あるいは、それもしないかもしれません。おそらく生涯をここに果てるかとも思います。私は僧になったのですから。いまは仏につかえる身になったのですから。すべては教えの命ずるがままです。私はただ、われらよりより高い者の意のままに、それがなせという言葉に従います。

（第三話二）

手紙はこう始まる。後に水島の回心の場面で具体的に語られることとなるが、水島はビルマに棄てられた日本兵

一高教授として戦地に赴く生徒たちと、駒場同窓会和室にて

の屍を葬って「なき霊に休安の場所をあたえる」決心をしたのである。これをそのままにしておくことはできない……

隊長がいわれた、一人もれなく日本に帰って共に再建のために働こう――、あの言葉は私も本当にそう思っていました。いまでもそうしたいと願います。しかし、一たびこの国に死んで残る人たちの姿を見てからは、自分はこの願いをあきらめなくてはならぬ、と思いました。そして、これはただ私が自分でそう思うというよりも、むしろ、何者かがきびしくやさしく、このようにせよ――、といって命ずるのです。私はただ首をたれて、この背《そむ》くことのできないささやきの声にきくほかはありません。

今日のお別れの「はにうの宿」の合唱。それに合わせてひいた竪琴。これでいよいよそのあきらめもつきました。私はここに留まります。どうか皆様はお元気に御帰国の上、私の分も働いてくださいませんか。

隊長がここまで読んだとき、古参兵は太い黒い腕をあげて、しずかに合掌した。そうしてじっと目をつむった。いくたりかの戦友がそれにならった。はたはたと海風に鳴っている天幕の綱に鸚哥《インコ》がとまっていたが、このときにうたうような高い声で叫んだ。

――ああ、やっぱり自分は帰るわけにはいかない！

戦後の日本は「生きること」がすべてに優先した。生命至上主義といおうか物質至上主義といおうか、日本人が日々の生活に追われた時期である。そうした唯物的な時期であっただけに、あえて外地に留まって戦死者の霊を弔うなどという行為は誰の脳裏にも浮かばなかった。そして水島上等兵のような動機で南方に居残った日本人は本当は誰一人いなかったのではあるまいか。いや内地においても亡き霊に休安を与えることに深く思いをいたした言論人は少なかったのではあるまいか。それだけに水島安彦の理想主義的な決心は、大切ななにかを忘れていた私たちの心を打ったのである。しかし読者は「われらよりより高い者の意のままに」従う、という水島の説明に必ずしも納得したわけではなかった。「背《そむ》くことのできないささやきの声」に必ずしも合点したわけではなかった。だが竹山には書かずにいられぬなにかがあった。だからこそその声に耳を傾けたにちがいない。

「一億玉砕」を唱える論理と心理

水島上等兵が本隊から離れて三角山へ向った行動は順を追って報告される。第一話「うたう部隊」や第二話「青い鸚哥」では三人称で話題とされた水島が、第三話「僧の手紙」では一人称の「私」で語る。それだけ話は具体性を帯び、強い情感がこめられる。行方不明になった水島の不可解だった行動も次々と理由が明かされるから、読者は引きこまれる。収容所内部での鬱屈《うっくつ》した兵士たちの第二話の物語と対照をなして、第三話は外部での一連の事件の物語である。ミステリー小説でいうなら謎解き部分に相当するといえよう。

まず水島は同行した英兵とともに日本軍がいまなお立てこもる三角山の麓に午後四時近くに着いた。森の中の本部で英軍の指揮官は水島のいうことを聞き、「よろしい。降伏をすすめてみよ。ただし、猶予は三十分間。それよりはすこしも待たない」といった。敬礼をして出て行こうとする水島の背後から指揮官の声がした。「使命の成功をいのる」。Good luck! という英語が、私たちにも聞えるようである。[1]——三角山に向って水島は、元は日本軍の陣地だった壕をつたって近づき、最後に岩の上に姿をあらわすや、集中射撃を浴びた。しかし日本兵であることがわかるとぴたりと射撃はやみ、岩壁をよじのぼると、洞穴の中から日本兵がいくつも手をだしてひきあげてくれた。「おお、よくきた！　きみたちの方はどうしてる？」とひきつったような笑い方をした。みな痩せて、目を血走らせている。隊長はみじかい口ひげを生やして、いかにも一本気なひとらしく、部下に好かれていることはすぐに分った。——作者竹山はここで玉砕の心理と論理について述べる。「彼（隊長）は自分の隊がこうして最後まで戦っているのを、外から来た者に見せることができて、ますます昂然としていました」。そして目をかがやかせていった、「どうだ、わが隊はやっているだろう！　士気旺盛だろう！　うん？　——なに、使いにきたのか？」。

水島が直立不動の姿勢をとって自分の使命をのべ、理非を説いて、降伏をすすめる。するといいおえないうちに隊長は叫んだ。

「だまれ」

顔にも首筋にも血管を紫いろに怒張《どちょう》させて「降参しろ、だと！　何をいうか、無礼な！　降参——？　けがらわしい！　いまになって降参などをしては、これまでに戦死した人に対して相すまないではないか。わが隊はおまえの隊のような腰抜けではない。ここで、われわれは全滅するまでたたかう！」水島が「全滅してそれがなにになりましょう。生きて、忍《しの》んで、働く。それが国のためです」と説くと、「降参することが国のためか！」もう一人の部下も隊長の顔を見て「わが隊には、のめのめと生きることを願う奴は一人もいないぞ」といった。隊長は大きくうなずいていった。

「国中でだれも降参しなければ、国が負けるはずはないじゃないか！」

戦後の読者の多くは『ビルマの竪琴』は南方戦線の話と思ってこうした節も読んでいる。しかしこれは本土決戦を主張する軍部と、軍部の顔を見てか見なくてか「一億玉砕」を唱えた新聞人の言葉を、三角山での言い合いに置き換えたまでである。昭和二十年夏、新聞人の中には本気で死ぬまで戦おうと決心した人もいただろう。満十四歳の私たちもソ連参戦が報じられた八月の夜「日本はもう勝てない。しかし負けはしない。降参はしないから」といったことは前に述べた。――いや、戦争末期に一億玉砕を唱えた人も、大学闘争末期に自己否定を唱えた人も、巨視的に見れば同種の反応、フランス式に言うならば jusqu'au-boutisme（最後ノ最後マデヤリ抜クゾ！）というものでもあったろう。――「この人々のいうのをききながら、私は感じました」とあるが、第一線で水島が感じたことは実は竹山が銃後の内地で感じたことでもあった。

この人々のいうのをききながら、私は感じました。――ここにたけりたっている人たちは何か妙なものに動かされています。一人一人はあるいは別なことを考えているのかもしれません。しかし、全体となると、それは消えてしまってどこにも出てきません。人々はお互いにあおりたてられた虚勢といったようなものから、後にはひけなくなっているのです。別な態度をとれなくなっているのです。何か一人一人の意志とははなれたものが、全体をきめて動かしているのです。この頑固なものに対しては、どこからどうとりついて説いていいか、分りませんでした。中には、本当にここで死ぬまで戦おうと決心している人もたしかにいました。しかし、そうではなくて、もっと別な行動に出た方が正しいのではないか、と疑っている人もいるにちがいないと思われました。しかし、そういうことはいいだせないのです。なぜいいだせないかというと、それは大勢にひきずられる弱さということもあるのですが、何より、いったい今どういうことになっているのか事情が分らない。判断のしようがない。たとえ自分が分別あることを主張したくても、はっきりした根拠をたてにくい。それで、威勢のいい無謀な議論の方が勝つ――、こういう無理からぬところもあるようでした。（第三話三）

竹山が述べたこの集団妄想についての観察は、戦前や戦中だけでなく、戦後の日本人の幾度かの空騒ぎにもそのまま通用する。竹槍で戦えといった人にも、学内をゲバ棒を手にのしまわった集団についてもいえる。いやナチス時代のヒトラー・ユーゲントにも、文化大革命下の紅衛兵にも、その上に立つ幹部にも、そのまま通用するやに感じられる。(2) 水島は五分以内に決定してくれといい、隊長は全員の気持をきこうと奥の洞穴へ行った。そのとき、見張りの兵隊が水島に「本当はどうなっているのでしょう――? むこうの洞穴にいるたくさんの負傷兵たちは、みんなはやくすめばいい、といっているのだが……」とひとりで呟くようにささやいた。洞穴の奥で隊員の決意は「あくまで三角山を死守する」と決った。立ち去ろうとする水島の背後から罵声が飛んだ。

「腰抜け! 臆病者! ひとりで生きてかえれ!」

その声の調子はむしろ悲惨で、所詮死なくてはならぬ者が、生きてゆく者にむかって発するねたみのようにもきこえた。谷底めざし駆け出した水島は両軍の激しい銃火の飛び交う中でこれを最後と竪琴を掻き鳴らしたが、竪琴の胴に弾が当り、自分も負傷して倒れた。しばらくして幻灯でも見るように、岩山の穴に白旗がかかげられるのが見えた。

日本とビルマの比較文明論

『ビルマの竪琴ができるまで』の中で竹山は「このように国が破れて、さきはどうなるのだろう? どうしたら再建のめどがつくのだろう?」という懸念にとらわれたことを述べ「これがあの少年むきの物語の中にしらずしらずのうちに入りこんで、硬くて読みにくい部分になりました」と釈明している。次のような議論もその一例だろう。

ムドンの収容所に入れられた日本兵たちは水島に似る僧を柵の向うに見かけ、ビルマ人が巡礼の僧侶を敬う念の篤さに驚く。三つの異なる文化を体現する日本人、英国人、ビルマ人の存在が比較論を多様化させ、服装の文化的意味についてこんな論議が交される。

ビルマは宗教国です。男は若いころにかならず一度は僧侶になって修行します。ですから、われわれくらいの年輩の坊さんがたくさんいました。

何というちがいでしょう！　われらの国では若い人はみな軍服をきたのに、ビルマでは袈裟《けさ》をつけるのです。われわれは収容所にいて、よくこのことを議論したものでした。――一生に一度かならず軍服をつけるのと、袈裟をきるのと、どちらの方がいいのか？　どちらがすすんでいるのか？　国民として、人間として、どちらが上なのか？……

まず、この両者のちがいは次のようなことだと思われました。――若いころに軍服をきてくらすような国では、その国民はよく働いて能率が上る人間になるでしょう。はたらくためにはこちらでなくてはだめです。袈裟はしずかにお祈りをしてくらしているためのもので、これでは戦争はもとより、すべて勢いよく仕事をすることはできません。若いころに袈裟をきてくらせば、その人は自然とも人間ともとけあって生きるようなおだやかな心となり、いかなる障害をも自分の力できりひらいて戦っていこうという気はなくなるのでしょう。

われわれ日本人は前には袈裟にちかい和服をきていましたが、近頃では大てい軍服にちかい洋服をきるようになりました。それも当然です。日本人はむかしはすべてと、とけあったしずかな生活を好んでいたのですが、今は諸国民のあいだでももっとも活動的な能率の上る国民の一となったのですから。つまり、こんなところにも、世界をそのままにうけいれてそれに従うか、または自分の思いのままにつくりかえていこうとするのか――という、人間が世界に対する態度の根本的な差違があらわれていて、すべてはそれによってきまっているのです。

ビルマ人は都会の人でも今だに洋服をきません。むかしながらのあのびろびろとした服装をしています。世界の舞台に立つ政治家も、洋服をきると国民の人気がなくなるから、いつもビルマ服をきています。これは、ビルマ人がまだむかしのままで、日本人のように変っていないからです。かれらはまだ自分が主になって力や富や知恵ですべてを支配しようとは思わずに、人間はへり下って、つねに自分より以上のものに抱《だ》かれ教えられて救っ

てもらおうとねがっているのです。それで、自分たちとは心がまえがちがう、洋服をきている人を信用しないのです。（第二話三）

竹山は「見て・感じて・考える」という順を尊重する人で、観念先行の書斎派知識人ではないことは前にも説明した。しかし形而上学的な考え方――現象の背後にあるものへの関心――に傾く人でもあった。高校生の頃、竹山が倫理・社会・文明などを問題とすると神西《じんざい》清が迷惑そうに黙ったというが、そんな癖が出てくるのが竹山の小説の特色である。この種の文明論的なやりとりも若い読者にはそれなりに訴えもするし、考えるきっかけも与える。しかしこの種の比較論をノンセンスと見なす人もいる。また腹を立てる人もいる。

反論はほかならぬビルマから出てきた。鈴木孝は一九七〇年に駐ビルマ大使となったが、一九七七年『ビルマという国』（国際PHP研究所）を出した。その第三章八節『ビルマの竪琴』で、ビルマの国営英語日刊紙『ワーキング・ピープルズ・デイリー』一九七二年三月十一日号に出たKO・KOのこの書物のビルマ観にたいする反論を紹介している。コ・コは仮名だろうが、彼の不満の鉾先は、ほかならぬいま引用した個所に向けられた。ビルマの知識人とは西洋を意識し、ビルマを近代化させたい人である。そのような人たちは「ビルマ人はまだむかしのままで、日本人のように変っていない」と竹山にいわれ、あまつさえその「むかしながらの」国であることが肯定的に評価されていることに堪えられない。それは明治の開国以来、昔ながらの日本が滅びていくことをロティやハーンなどが惜しんだが、その哀惜《あいせき》に対して近代化に努力する日本の知識層の一部が反撥したようなものだろう。

だが竹山は機械文明の進歩に全幅の信頼を寄せる人ではない。大戦の惨禍を惹き起した責任者は近代文明そのものであり、それこそが戦争犯罪を裁く法廷の被告席に座るべきである、という思弁的主張もした人だった。[3]『ビルマの竪琴』で産業革命以後の西洋の積極的な外界支配の態度との対比で、受身的な東洋は（日本を除けば）「自分が主になって力や富や知恵ですべてを支配しようとは思わずに」いた、そしてその状態にいる人々は「へり下ってつねに自分より以上のものに抱《だ》かれ教えられて救ってもらおうとねがっている」。しかしビルマの一部知識層はそんな竹山のビルマ認識に腹を立てたのである。

森有礼と李鴻章の比較文明論

だが早まってはならない。この服装比較論は実はビルマを念頭に置いての論ではなかった。これはよく知られた、竹山も必ずや耳にしていたに相違ない、明治日本と清朝シナの比較論だったのである。森有礼は一八七六年清国駐箚公使として李鴻章と次のような談話を交えた。原文は英文だがここでは訳文で引用する。

李　近来貴国ニ於テ挙行セラルル所殆ド皆賞賛スベキ事ナラザルハナシ。然リ而シテ独リ然ルヲ得ザルモノアルハ貴国旧来ノ服制ヲ変ジテ欧風ヲ模セラルルノ一事是ナリ。

森　其由縁甚ダ単ナリ。啻少シノ弁解ヲ要スルノミ。抑々我国旧来ノ服制タルヤ閣下モ見賜ヒシ事アルベシ。寛濶爽快ニシテ無事安逸ニ世ヲ渡ルノ人ニ於テハ極メテ可ナリ。然リト雖ドモ多事勤労ヲ事トスルノ人ニ在テハ全ク適セザル者トス。然ルヲ以テ旧時ノ事態ニハ能ク応ジタルモ今日ノ時勢ニ至テハ甚ダ其不便ナルヲ覚ユ。是故ニ旧制ヲ改メ新式ヲ用ヒ之ガ為我国ニ於テ裨益ヲ得ル尠シトセズ。

李　一体衣服制度ハ人ヲシテ祖先ノ遺徳ヲ追憶セシムル所ノ一ニシテ、其子孫タル者ニ在テハ宜ク之ヲ貴重シ万世保存スベキ事ナリ。

森　若我国ノ祖先ヲシテ尚今日存セシメバ此ノ一事ニ於テハ其為ス所モ亦我等ニ異ナラザルベキハ一点モ疑ヲ容ザル所ナリ。今ヲ去ル凡ソ一千年前我祖先ハ貴国ノ服ノ我ニ優ル所アルヲ視テ忽チ之ヲ採用シタリ。凡ソ何事ニセヨ他ノ善ヲ模擬スルハ是レ我国ノ美風ト云フベシ。

李　貴国祖先ノ我国ノ服ヲ採用アリシハ最モ賢キ事ナリ。蓋シ我国ノ服ハ織ルニ甚ダ便利ニシテ、且悉皆貴国ノ出産物ニテ之ヲ製スルニ足リ、現今欧服ヲ模倣セラルルガ如キ莫大ノ冗費ヲ要スル事ナシ。

森　然ルベシト雖ドモ我等ヲ以テ之ヲ視レバ、一体貴国ノ衣服ハ欧服ノ精良ニシテ且便利ナルニ比スレバ其半ニモ及ザルガ如シ。……勤労ハ富栄ノ基、怠慢ハ貧枯ノ原ナリ。之レ閣下ノ知ル処ナリ。我旧服ハ寛快ナルモ軽便ナラズ。前ニモ申セシ如ク怠慢ニ応ジテ勤労ニ応ゼズ。之ヲ以テ我国ハ怠慢ニシテ貧ナルヲ好マズ、勤労ヲ以テ富ン事ヲ欲スルガ故ニ旧ヲ捨テ新ニ就キ現今ノ費ス所ハ将来ヲ追テ無限ノ報アルヲ期スルナリ。

李　然リト雖ドモ閣下ハ貴国旧来ノ服制ヲ捨テ欧俗ニ傚ヒ、貴国独立ノ精神ヲ欧州ノ制配ニ委ネ、聊カ耻ル所ナキ乎。

森　毫モ耻ルナキノミナラズ我等ハ却テ此ノ変革ヲ以テ将ニ誇ラントス。此ノ変革タル決テ他ヨリ強迫セラレタルニ非ズ。全ク我国自己ノ所好ニ出ヅ。殊ニ我国ハ古ヨリ……何レノ国ト雖ドモ凡テ其長ズル所アレバ常ニ之ヲ取テ我国ニ施サン事ヲ欲スルナリ。

洋服を着る国民はよく働いて能率が上る、働くためには洋服でなくてはだめだ、旧来の服では勢いよく仕事はできない、というムドン収容所内での議論の原型は明治九年に北京でこのように述べられていた。この齢三十に満たぬ森有礼と五十代半ばの李鴻章の会談はまことに興味ふかい。(4) ところで前にも述べたが、竹山が作品の舞台として、当初考えていた中国でなく、ビルマの土地を選んだのは、合唱による和解という筋立てを成立させるためには敵と味方に共通の歌がなければならなかったからである。この服装をめぐる比較論も「旧来ノ服制ヲ変ジテ欧風ヲ模」した日本の西洋化と呼ばれた近代化改革の是非を「旧来ノ服制ヲ」保存している他のアジア諸国との対比で考えたものだったのである。そのような問題視角に立って観れば、李鴻章の十九世紀中国も二十世紀のビルマもひとしく洋服以前の国として論じることは可能なのである。文明論として考えるかぎりでは『ビルマの竪琴』の中でのビルマ人は中国人と交換可能なのである。

首狩りと言葉狩り

執筆当時の竹山は自作がビルマの読者の目にふれるとはゆめにも考えていなかった。童話文学である以上、こちたき比較文明論を過度にまぜては少年読者の興味をそぐと思ったに相違ない。転調も必要だ。それで生贄や酋長の娘の話をまぜた。失神し蛮族に助けられた水島はビルマ語の単語を並べ御馳走の礼をいった。すると世話掛の爺がいった。

「おまえがいうことをきいてよく食べるから、わしも役目が楽につとまったわい。他の捕虜はいやがって食べないので、つくづくこまったよ」

「もうすっかり元気になりました。このお礼はきっといたします」

爺さんは私の首を指でつまんで、それを押したりはなしたりしながら、いいました。

「もうこのくらい太ったら、食いでは十分あるだろう」

「何ですか——？」

「この部落民が一切ずつ食べても、全部の者にいきわたるだろう」

「何ですか——！　この私を食べるのですか？」

「そうだよ。いや、よくそんなに太ってくれた。ありがたい」

（第三話四）

水島は食べられるところだった。だが風が吹き精霊が宿る木が荒れ、それにあわせて竪琴を弾いた水島は、精霊の怒りを音楽によって鎮めた異能の人として死を免れる。そればかりか酋長に「娘の婿になれ」といわれる。しかし水島は宴会の席上「人間の首を切ったことはない」とわざと皆に聞えるように言い「そんな意気地なしには娘はやれない」と婿取りの話を破談にさせる。娘の命乞いもあって、釈放されて水島は部落を去る。

正木恒夫『植民地幻想』（みすず書房、一九九五）によると、これはイギリス植民者ジョン・スミスがインディアンに捕らえられ、あわや処刑かと思われたとき、首長パウハタンの娘ポカホンタスが身を投げて父に命乞いをし、スミスを助けたという話と同工異曲だという。スミスは処刑に先立つ六週間、連日御馳走攻めにあって、これは自分を肥らせたあげくに食べようという魂胆にちがいないと思ったと述懐している由である。しかしポカホンタスに類した話は、大正育ちの少年は読まずとも耳にしただろう。竹山は大正十四年、台湾で生蕃の村も訪ねており、鉄砲を持った護衛が同行した。そのとき聞かされた東南アジアに広く行なわれていた首狩りの風俗の話を、想像で膨らませ書き込んだに相違ない。[5]

駒場にはビルマから復員した教師が二人いた。[6]「原始林の中で哨兵に立っているときには、兵隊は檻の中に入っている。それでなくては、野獣がいるからあぶない。動物園では獣が檻に入っているのだが、原始林では人間の方が檻に入っている。それに入って不寝番をしていると、真夜中にあちらにもこちらにも猛獣や鳥の叫びのやうなうなり声がきこえてきて、心細かった」と打明けた。竹山は執筆前に聞く機会があったなら、と残念に思った。

あるときはこんな話も聞いた。――ビルマの土人部落では、日本兵は大いに尊敬された。

> （日本兵の一人）が彫刻が上手で、土人があがめる木偶《もくぐう》を刻んだ。すると、村から酋長以下がやってきて「どうか神様になってください」とたのんだ。これを承知して、その人は村に行って神様になった。そして、毎日おがまれる役をつとめた。その代り、神様にはお妃《きさき》が必要であるというので、村の美人がそばにつき、村人たちは豚の仔《こ》の丸焼きを大きな皿にのせて、頭の上にかついで列をつくって、神様の前にささげた。ほかの日本兵たちはこの幸運な戦友をうらやんだ……[7]

『ビルマの竪琴』各国語の訳

この話は実話だろうか。『ビルマの竪琴』は模倣作も次々と生んだ。水島のモデルは誰それといいだす安直な心理も、似通った話を口にしたいという点では、模倣の始まりだが、神様にされた話も水島が酋長の婿にされそうになった話の焼き直しかもしれない。しかし妹尾隆彦『カチン族の首かご』となるとこれには民族学者の梅棹忠夫が「跋」を寄せており「人喰人種の王様となった日本兵の記録」として貴重であると指摘している[8]。

『ビルマの竪琴』のような文学作品に、虚構がはいり、史実の裏付のない荒唐無稽な話がまじろうと構わない、と私は思っている。文学は全てリアリズムである必要はない。現実がありのままに写実されていないという非難は狭量にすぎる[9]。フィクションを虚構だと非難することは自己矛盾に近い。ビルマでは坊さんは跣足《はだし》ではない、ポンジー草履をはいている、という類の土地の現実と異なる細部は、映画化するときはビルマの観客を配慮して修整することも可能だろう。しかしビルマで宗教者は楽器を演奏しない、という類の苦情は作品の本質に関係するだけに、それが事実であることは認めた上でも、修整には応じかねることだろう。というか多くの読者は竪琴を演奏する仏僧はいないことは承知してもなおこの作品を受け容れているのだろう。

苦情をつけたがる人の中にはビルマは今はビルマといわない、という国名にまつわる抗議もあろうが、現実のビルマと物語をはぐくむ竹山のフィクションの装置としてのビルマを混同してはならない。『ミャンマーの竪琴』と改めることこそ作者と作品への冒瀆であるだろう。『ビルマの竪琴』は世界の多くの言葉に訳されたがどれもこれもビルマの言葉は生かされており、バスク語訳でも *Birmaniako harpa* となっている。

『ビルマの竪琴』をめぐる戦後史には、左翼のイデオロギー的立場から論壇自由主義派の重鎮竹山を叩きたいという政治的情念が先行し、それで「言葉狩り」に類した非難がままなされた。オーウェルが警告した一九八四年は過ぎたが、それ以後の内外の世界では政治的公正 political correctness の名のもとに思想統制が行なわれる可能性はむしろ高まったのではあるまいか。危いことである。

白骨街道をゆく

『ビルマの竪琴ができるまで』には第一話はすでに書きおえた竹山が、昭和二十一年秋、横須賀線で隣の人が読んでいた雑誌のビルマの戦闘記事に目をとめ、駅に着くなり書店でその『月刊読売』を求めたことが出ている。それは十月十五日刊の号に出た『白骨街道を行く』という三頁の記事で、執筆者の藪内喜一郎はビルマの首都ラングーンで昭和二十年三月下旬、現地召集された商社員だった。急遽編成された部隊は四月二十九日ラングーンを放棄、タイ国境へ向け転進を開始する。だが戦局の悪化で思うように進めない。テビューの密林で生活し、敵がすでに占領したペグーの北を迂回して夜間泥海のような中を移動する。食糧難と病気と敵襲で次々に死者が出る。手榴弾で自爆するマラリア患者も出る。

まづ傷病兵が日毎《ひごと》落伍して行きました。ペグー河も越え、マンダレー路も突破し、せい一ぱいの努力で追随してゐたその人たちは、米が尽きるとゝもに（私らは籾を焼いて食つたり、筍だけで一週間も過ごしたり、糠粥をすゝつたりして頑張りつゝけてゐましたが……）二人たほれ、三人たほれ、黙々と山道の岩かげや、草叢に哀れな屍を晒すことになりました。元気だつた兵隊の中にも、籾や筍で腹をこはし、はげしい下痢でゲッソリ削つたやうに痩せ細つた末、大休止などの後で「もう動けない、どうか捨てゝいつてくれ」といふ者も出て来ます。「こいつは死ぬな」と思つても、病人をかゝへて行くだけの体力が残つてゐる者は一人もなく、涙をかくして「それじや後から来い、しつかりしろよ」と、別れてくるより仕方がないのでした。……

予定の進路に反乱軍がゐたりして、きのふ通つた道を逆行する時など、かうした戦友の屍がゴロゴロしてゐるのです。しかも骨と皮のその哀れな遺骸が大てい褌もない赤裸になつてゐます。それは部隊の後をひそかにつけて来るらしい現地人が一切の物を剥ぎとつてゆくためです。中には早くも野鳥に喰はれたか半身骨になつてゐるのがあり、誰からともなく「白骨街道」といふ言葉が生まれたのでした。

シッタン河も増水し幅二百メートルの濁流を小さな筏で渡ろうとすると流されてしまう。

その夜は雨が止んでゐて、淡い月明下をとうとうと流れる大河に、ポツンと浮んだ小さい筏、そこから「助けてくれ」という叫びが聞えて来た時、河岸で歩哨に立つてゐた私は、地獄から響くやうなその声に肌も粟立つ思ひでした。

八月七日にようやくビルマ東部のモルメインの友軍陣地へたどり着いたときには兵員は約四分の一に減っていた。とくに現地召集の二等兵はほとんど全滅していた。

——ビルマ全国に日本兵の白骨が累々と野曝しになっている。この記事を読んだ時、前から竹山の頭にひそんでいた事が結びつき、作品の骨子が決った。すでに第一話を書いている時からそういう話にしようとは思っていたが、それにははっきりした形をつけることができないでいた。それがにわかにまとまったのである。亡くなった日本兵のために弔いをしなければならない。竹山はビルマから帰還した知人から「日本兵が敗戦後に脱走してビルマ僧になっている者がある」とも聞いた。これだと思った。これで筋立の輪郭が決った。

鬼哭啾啾

村を去る時に酋長の娘は心から名残をおしみ水島にビルマ僧の服装と腕輪をくれた。平地に出て村落をぬけて南のムドンを目指す。「ビルマは平和な国です。弱くまずしいけれども、ここにあるのは、花と、音楽と、あきらめと、日光と、仏様と、微笑と……」（第三話五）。そう書いた時の竹山は、むかし神西清から習ったボードレールの『旅への誘い』(10)の詩の東方の楽園を思い出してもいたのだろう。「ここにあるのは、定められた物事と、美と、おだやかさと、光と、奢りと、喜びと……」Là tout n'est qu'ordre et beauté, luxe, calme et volupté……

立派な腕輪をしているところから格式の高い僧侶とビルマ人に思われた水島は、葬式では首座に坐ってお経を上げなくてはならなくなりもする。そこまでは荒唐無稽な話の続きだった。だがいつしか坊様に化けたことの罪は坊様に徹することの救いにかわってゆく。荒れた山地にはいると弾や薬莢《やくきょう》が散らばっている。見上げると行手の岩の上に鳥の群が低く輪をえがいて飛んでいる。太陽がどんより輝いて、あたりには何の物音もしない。やがて登りつめたところは、木も草もない荒涼たる山峡《さんきょう》だった。水島は手紙で語る。

ここまで来たとき、私はおもわず立ちすくみました。

山峡の赤い岩の陰に、二三十人ほどの人と、五六頭の馬の死骸が散乱していました。もうすっかりかさかさになって、白骨がつきでています。そのあいだに、機関銃や、小銃や、皮の袋などがなげだされています。鉄兜《てつかぶと》がころがっています。すべて平らに崩れて、なかば地面に埋没しかかっていて、死骸の横たわっているところだけに、草がいきおいよくしげっています。私が近よると、その中から一匹の鳥がいやな鳴き声をたてて、私の顔にぶつかるようにまいたちました。

（第三話六）

一部隊が戦闘か爆撃かで全滅したのだ。そうして知る人もなく捨てられたのだ。水島は離れたところから枯木を集めて、火を焚いて死骸を焼き始めた。しかしそれはとうてい一どきにやれることではなかった。それから先の旅路で見かけたことは無慙《むざん》で、くわしく書くこともはばかられた。雨がひどくなり路傍の廃屋《はいおく》に入りこんで休もうとした。ところがそこに日本兵の軍服を着た死体があった。敗走の際に病気か負傷で落伍した兵が、この小屋にはいりこんでそのままになったものと思われた。

蟻《あり》や蛆《うじ》がまっくろにたかっていましたが、それでもかなり後まで生きていたとみえて、形はそれほど崩れてはいませんでした。

胸のそばに一枚の写真がおちていました。それは小さな男の子をだいた、若い父親の姿でした。この死んでいる人とその子なのでしょう。

雨がもっている小屋の中では、死骸を焼くことはできません。私はこれを森の中に背負っていって、土葬にしました。写真はどうしようかと迷いましたけれども、やはり一しょに埋めました。故人もその方をよろこぶだろう、と思ったのです。あの写真にうつっている男の子は、日本のどこかの家で、あれと同じ写真を壁にかけて、その前でお父さんの帰るのを待っているのでしょうが……

（第三話六）

この情景の前半は前掲の藪内喜一郎の『月刊読売』記事に由来する。「小林二等兵は、中隊きっての元気者でしたが、たった四、五日で憔悴し、ある炭焼小屋でたほれ「どうしても歩けん」といふのであとに置いて来ましたが、その翌日、小さい子供の写真をしっかと握ったまゝ小屋から少し離れた無人部落のある家で死んでゐたと聞いたとき、私は声をあげて泣きました」。その写真も一しょに埋めたというのは作者のやさしさである。

南に下ると白骨街道と呼ばれた場所に出た。水島は行く先々で日本兵の屍を葬ったが、とても短時日には葬りきれることではない。この広いビルマ各地に同胞がこうした姿でうち棄てられている。鬼哭啾啾《きこくしゅうしゅう》とはこのことだと思われた。しかしムドンには早く行きたい。本隊にたどりついたら自分はどんなに嬉しいだろう。一つ一つ片づけていたら、いつムドンに帰れるかわからない。それで森の中にあったものの始末をおえると、先へ急いだ。シッタン河にさしかかったとき、真に驚くべきものを見た。

それは白骨の——いな、腐乱《ふらん》した死体の山でした。川のほとりの沼になったところに投げこまれ積みあげられてあるのですが、……衣類その他ははぎとられたとみえてありませんでした。おそらくここが渡河点《とかてん》だったのでしょう。それで、退却のさいにここでたくさん死んだものと思われます。

私は面《おもて》をおおいました。これはもう私の力にあまる仕事でした。（第三話六）

こうして水島はムドンまで帰ってきた。ビルマ人から町の様子を聞いた。その人は樹を切って五羽の鸚哥《インコ》をつかまえたところで、その中のいちばん青い一羽をくれた。のちに水島がいつもつれて歩き、手紙と一しょに部隊に届けた鸚哥がそれである。

水島上等兵の回心

水島は郊外の収容所をたずねたが閉まっていた。ただ中のランプの明りが窓からもれていた。一度隊長らしい声がきこえたときには身がふるえた。その夜は町中へ引き返し、僧院に泊めてもらった。朝早く起きると、竪琴で『はにうの宿』をひくビルマ少年がいた。墓参の英国人から銭を恵んでもらっているのだという。その少年から病院の裏手の墓地で今朝も埋葬がある、奥地の岩山で頑強に抵抗した日本兵の負傷者が何人も死んだからだと聞いた。さては三角山の日本兵かと思い、一旦捕虜収容所にはいったならば外へ出られぬことと思い、少年と病院の墓地へ行った。賛美歌が聞えた。埋葬が終わりイギリス軍看護婦たちが合唱しているのであった。敬虔に歌いおえると、胸に十字をきり、首をたれて黙祷したあと、しずかにそこを離れていった。かれらが去ったあと水島が近づくと、小さいけれどもきれいな花環が供えてあり、石の碑面には「日本兵無名戦士の墓」とほってあった。

水島はそこで茫然と立ちつくした。墓地の門のあたりからは少年が弾く『はにうの宿』が聞える。それにうながされてよろめくように水島は外へ出た。

何ともいえぬ慚愧《ざんき》が私の体じゅうを熱くしていました。——私があの濁流《だくりゅう》のほとりに折り重なっているものを見すてて、そのままに立ち去ったことは、何という恥ずべきことだったでしょう！

異国人がこういうことをしてくれているのです。治療し、葬って、その霊をなぐさめるために祈ってくれているのです。私はあのシッタン河のほとりの、それからそのほかまだ見ない山の上、森の中、谷の底の、このビルマ全国に散乱している同胞の白骨を、そのままにしておくことはできません！

あの『はにうの宿』は、ただ私が自分の友、自分の家をなつかしむばかりの歌ではない。いまきこえるあの竪琴の曲は、すべての人が心にねがうふるさとの憩《いこ》いをうたっている。死んで屍《かばね》を異境にさらす人たちはきいて何と思うだろう！　あの人たちのためにも、魂が休むべきささやかな場所をつくってあげるのでなくて、——おまえはこの国を去ることができるのか？　おまえの足はこの国の土をはなれることができるのか？

おまえはかえれ。おまえは踵《きびす》をもとへもどせ。おまえはここにくるまでのあいだに見たもののことを、もっとよく考えよ。それとも、おまえはこのままに行く気か？　ふたたびあの北の地方にかえるだけの勇気はないのか？　よもや、おまえは——！

（第三話六）

こういうはげしい囁きの声が水島の心の底に聞こえた。水島はもうじっとしていられない。意外な任務がふりかかった。水島は収容所には入るのをやめたが、それでもせめて一度よそながら戦友たちの顔を見たい。そう思う水島の足は歩きながらもつれた。こうして郊外の修繕されたばかりの橋の上ではからずもみんなとすれ違うこととなったのである。もう隊に戻るつもりのない水島は名をなのることはもとより自分が水島であることをわからせてはならなかった。こうして対面をすませた後は北へ向い足をはやめた。

シッタン河のほとりで埋葬をすませ、河原で掘り当てたルビーを納めた白木の遺骨の箱を肩からさげムドンで英軍の葬列に加わりもした。今度は部隊が明日帰国すると聞いたが、水島は静かにこの報せをうけた。ビルマで余生を送る覚悟はもうできていたからである。

『ビルマの竪琴』は戦後日本でもっとも広く読まれたという意味で国民文学であった。しかしそれが必ずしもそうと認識されていないのは、この作品が児童文学に数えられているからであろう。関川夏央は「昭和十五年、三国同盟締結のときナチス・ドイツの非をはっきり指摘した竹山道雄は、戦後の風潮にも果敢にあらがった。この作品は、童話の姿をとった「思想小説」だった。戦死した一高生の面影を水島に宿らせた竹山道雄は、旧制高校的リベラリズムに希望を託そうとしたのである」(11)と評している。『ビルマの竪琴』は何十種類の版が様々な書店から出されたが、児童文学研究者がそこに付した解説がどれもこれも物足りないとすれば、それはその思想小説的な面を扱いかねたからではあるまいか。

だが水島の回心は読者を首肯させただろうか。水島が皆に伝える言葉は心から読者を納得させただろうか。本多秋五は「読んで虚をつかれた感じがした」「ただ一人居残る日本兵の存在というものを、私は想像したこともなかった」[12]といったが、私も俗な人間であるがゆえに、自分があのときの水島と同じ立場にいたとして、ビルマに留まったとは思えない。いや竹山自身が留まったとも断言できない。ただいえることは竹山はビルマの土地で白骨を埋葬し休安の地を与えはしなかったが、『ビルマの竪琴』を書くことで戦死した人たちの霊を弔おうとしたことであろう。そして書きあげた竹山は知識人としての天職を自覚した。若者を死に追いやった専制や狂信に対しては、ナチスであれ軍部であれ、はたまたいかなる形であれ、戦わねばならぬ、という筆とる人としての覚悟であった。

註

(1) 地の文のどこにもそうとは出てないが、英軍指揮官と英語で意志を伝えることができたことから推して水島は学徒出陣の兵士だったにちがいない。

(2) ちなみに竹山の小説第二作『白磁の杯』(一九五四—五五)もマス・ヒステリーに囚われやすい「人間の認識機能のふしぎをテーマにしたものである」(同書あとがき)。

(3) 被告は近代文明だという見方は昭和二十一年十月稿の『ハイド氏の裁判』『竹山道雄著作集』1、三〇〇頁に出ている。

(4) その一八七六年の会談の正式記録が以前の中日間の交渉と違って漢文でなく英文で記録されていることも興味深い。森は英語を用いて交渉することで、従来の華夷秩序とは違う西洋中心の文明秩序を日中両国関係にもあてはめようとしているのである。なお竹山が『森有礼全集』第一巻を自宅か一高の図書館かで読んだのか、あるいは読まずとも森の「朝鮮問題に関する外交文書」に収められたこの談話を耳にしたのか、それともそれとは全く無関係に、ムドン収容所内での比較論を自分で考えて書いたのか、確定はできない。

(5) 竹山はビルマの少数民族については一高図書館のドイツ語の百科辞典類や中島健一『緬甸の自然と民族』(養徳社、昭和十九年)も参照したらしい。

(6) 竹山は『ビルマの竪琴ができるまで』で、戦地から帰ったたいていの人の話は「抽象的で漠然としていました。すこしつきつめてたずねると、事実はぼんやりとして輪郭がぼやけてしまうのでした。自分が生きていた世界の姿をよく見てはこずに、霧の中を無我夢中で駆けぬけてきた、というようなふうでした」といい、同僚のドイツ語教師のビルマ観察については「やはり専門によってちがうもの」と褒めているが、その当人はビルマ体験を書くよりも専門のドイツ演劇の論文を書く方が大切だと思っていた節がある。竹山の偉さはそんな型にはまったドイツ文学研究の論文よりも、自分にとり、またそのときの日本にとり、一番大切と思われる問題に直行し、それを論じたことにあるのではあるまいか。竹山が西洋史が専門の会田雄次を高く評価したのは、型にはまったルネサンス研究によってではなく、会田が彼のビルマでの収容所体験を『アーロン収容所』にまとめたからであろう。

（7）『ビルマの竪琴ができるまで』。

（8）カチン族は首狩族ではなかったという異論が出たとき、竹山は『週刊新潮』「掲示板」を利用して妹尾隆彦『カチン族の首かご』（文藝春秋新社、昭和三十二年）を入手、またハイネ・ゲルデルン著小堀甚二訳『東南アジアの民族と文化』（聖紀書房、昭和十七年）、その他も読んで首狩の風習があった事実を確認している。

（9）深沢七郎『楢山節考』のベルナール・フランクによる仏訳が出たとき、日本では今でも姥捨てが行なわれていると勘違いした書評がパリで出、憤慨した日本人がいたが、その憤慨には在外日本人の過剰反応もまじっているやに感ぜられた。『ビルマの竪琴』についても最初に出ていた首狩族の固有名詞について、ヒベット英訳を読んだビルマのカチン族出身の学生から記述は事実に反すると抗議文が寄せられたことがある。不快感を与えることのないよう一九八〇年代以降の版では首狩族の固有名詞そのものは削除されている。

（10）竹山は Baudelaire, *Œuvres Complètes* を所有していた。ただしその購入は『ビルマの竪琴』執筆以後かもしれない。昭和二十六、七年ごろ私は東大教養学科の近代思潮の講義の際に竹山がこの詩を引用したことを記憶している。なおこの先にも引用した「死骸の横たわっているところだけに、草がいきおいよくしげっています」というイメージもボードレール風といえないだろうか。

（11）関川夏央『朝日新聞』一九九九年五月三十日。

（12）本多秋五『政論と美術論』『竹山道雄著作集4月報』。

第十章　東京裁判とレーリング判事

忘れ得ぬ音楽会

竹山道雄の弟竹山謙三郎の妻の千代は川上俊彦と常盤の末娘である。川上は旅順開城の際に乃木将軍とステッセル将軍の通訳をした外交官で、常盤は廣瀬武夫と親交があったことで知られる。千代はお茶の水付属女学校出の才媛であった。一九四五（昭和二十）年五月一日に夫は横須賀海兵団に召集された。一週間ほどが経つが、なんの連絡もない。三十歳を過ぎたが子宝に恵まれぬ千代は、野方の留守宅をひとりで守っていた。五月晴れの一日で、藤が満開である。その庭の芝生に椅子を持ち出して、重苦しい不安にたえていた。近所の荒れ狂う火事の炎の波を二階の屋根の棟から眺めて最期を覚悟したのは四月十三日から十四日にかけてのB29爆撃機の大空襲の夜のこと、家のまわりに落ちた焼夷弾を女手一つで消したのはつい先日のことだった。

そこへシュナイダー先生から電話がかかってきた。戦時中も千代が歌を教えていただいていたドイツ人女性である。「今日は午後から非常に大切な音楽会を開くから、是が非でも来て欲しい。空襲警報が出るといけないからすぐ来るように」という。エタ・ハーリッヒ・シュナイダーは欧州で有名なチェンバロ（ハープシコード）奏者で、数年前、ドイツから音楽使節として来日した。ところが帰国を目前にした一九四一（昭和十六）年六月二十二日、独ソ戦が勃発し、ドイツ人にはシベリア鉄道という唯一の帰路が閉ざされてしまった。それで東京に残留してはや四年になる。千代は子供のころから歌を習っていたが、ある機会からシュナイダー先生とお近づきになり、毎日のように彼女からレッスンを受けていた。厳しいレッスンであった。そして週に一度シュナイダー宅のサロンで開かれる音楽会で歌をうたい、その会のお手伝いもしていた。そのサロンはドイツから持参した古雅なチェンバロにあわせて家具調度も特別にしつらえられてあり、室内の飾りつけもバロック風のムードに細かく気が配られていた。青山六丁目から横に切れた外人住宅ばかり固まった閑静な一角で、戦争一色の中でこんな優雅な空間と時間があることが千代にはまことに幸せだった。

シュナイダーはその日の客人が誰かは話さず、千代に「今日は上手に歌おうなどと考えてはいけない。素直な気持で歌ってほしい」とだけいった。選ばれた曲目はモーツァルトとウェーバーの『子守歌』、シューベルトの『春の心』と『野ばら』の四曲。急いであらわれた吉田貴寿のチェロとのコンチェルトもシューベルトと決まった。演奏としてはごく短い時間で終わってしまう。すべてがいつもと違っていた。

警戒警報が鳴ったが、じきに解除され、ほっとしたとき、三台の自動車がタイヤを高く軋《きし》らせて玄関に止まった。部屋に入ってきたのはドイツ大使と上級館員とその夫人たちである。誰ひとり一言も挨拶も交わさず無言のまま席についた。社交的な千代は大使ともかねてこの宅で顔見知りだが、相手は笑みひとつ浮かべてくれない。ほかの客人も同じで、室内には異様な緊張がみなぎっている。

シュナイダーの招きで千代は楽器の前に立った。ピアノが静かに子守歌の最後の楽節を序奏として奏ではじめた。普通ならば最初から伴奏と歌が同時に始まる曲を、先生はわざわざ序奏をつけてくれたのだ。千代は夢中でうたった。四曲目の『野ばら』をうたいおえたとき、先生が「グート」と小声でいってくれたので我に返った。お客様にお辞儀しようとしたとき、大使はじめ夫人たちが目に涙をいっぱいためている。続いてコンチェルトが始まり、同じように張りつめた中で音楽は終わった。あたかもこの世の中にこの部屋だけがあって、他のいっさいのものは消え失せたかのような、異常な静けさである。音楽が終わると大使たちはすぐ席を立って姿を消した。遠くへ走り去る車の音が窓越しに聞えた。室内に残された千代は動くこともできず、ひとりある異様な感激にとらわれていた。

シュナイダー先生がまもなく戻って来ると、ゆっくりと話した。

「実はドイツが降伏した報せがあったのです。私たちの祖国はなくなってしまった。……これから発表されるので、大使館の方たちは館邸に禁足されてしまうでしょう。今日は普通の音楽会ではありませんでした。ドイツ人の魂を慰めてあげる会でした。こんな場合にいちばん懐かしいのは、幼い時からなじんできた歌です。そういう意味で『野ばら』を選んだのですが、素朴にうたってくれて嬉しかった」

エタ・シュナイダーは堅く千代の手を握りしめた。千代はなに一つ答える言葉を見いだせない。あの夫人たちの涙が目に浮ぶ。先生のあの日の演奏会は、戦いで失われたふるさとのあの丘、あの森、その懐かしい幼い日々を想いおこさせたのだろう。あのような非常な場合、音楽で育った民族にとって音楽にまさる安らぎはなかったに相違ない。先生のあの日の演奏会は、遠い異郷で国を失った同胞に対する心のこもったもてなしだったのだ。異邦人の千代によってうたわれた子守歌がいかに拙《つたな》かろうと、あの人たちにはふるさとの母の声として響いたのだろう。誰もが黙っていた。窓の外にはすでに傾いた五月の陽が緑の若葉を柔く照らしていた。

そしてそれから半月後の五月二十五日の夜、シュナイダー宅も第三次東京大空襲で灰と化し、あのバロック風の家具も、典雅なサロンも、この世から失せてしまった。——あの日の音楽会は彼女の生涯の思い出であった。千代が米寿を迎えた平成十三年、私家版で竹山千代『埋火の記』は世に出たが、その中の忘れ得ぬ一章がこれである。

レーリング判事

極東国際軍事裁判所、いわゆる東京裁判で判事をつとめたレーリングは学究肌の人である。来日してからは公人としても私人としても英語を用い、名前もローリングと呼ばれていたらしい(1)。早く来日した彼は開廷前に京都と奈良に遊び、案内の日本人夫妻を通してこの国の家庭にはいりこむ機会を得た。戦争中オランダのドンブルフに住んでいたレーリングは毎週のようにトリオを組んで合奏してはそれを占領下の楽しみとしていた。ナチス・ドイツに対しては批判を抱いていた。戦後わかったことだが、オランダにはもともといた十一万人のユダヤ人がナチスのために拉致され、その多くが死に、戦後残っているのは一万人のみだった。レーリングが東京裁判の判事に選ばれたのは、一つには彼が占領下でも反ナチスの姿勢を貫いた裁判官だったからである。ある日曜の午後、ドンブルフの自宅で小さな音楽会を催していると、外ではドイツ将校が二人、窓越しに聴いていた。音楽が終わると丁寧にドアをノックして言った、「中に入っていいでしょうか。私たちも家でよく四重奏を演奏するのです」。感じの良い人たちであったが、レーリングは「申訳ありませんが今は戦争中です。戦争がすんだら喜んでご一緒しますが」と断わった。ドイツ将校も「わかりました」と立ち去った。

そんな体験があった人だけに、レーリングは自分も日本で同じような扱いを受けるのではないかと案じたが、[2]そうした心配は無用だった。それどころか、来日したレーリングが日本文化に関心を寄せた人だったからに相違ないが、日本人の家庭にはいりこむことを得た。レーリングは東京裁判に関係した十一カ国の判事の中で一番きちんと書類に目を通した人といわれている。法学者でありかつ一番若かったからであろう。その精励恪勤のレーリングが法廷の緊張から解き放たれ、くつろいだ場がほかならぬ竹山謙三郎邸だったのである。戦災で焼けたシュナイダー宅に代って、竹山千代は戦災を免れた野方の自宅に敗戦後、サロンをよみがえらせた。[3]すると音楽がとりもつ縁でレーリング判事が毎週のようにそこへ現われ、日本人と三重奏を演奏するようになった。日本人とそんな人間関係を築いた東京裁判関係の外国人は、米国人弁護人の中にはいたが、判事の中ではレーリングと、判決後に日本側との交際が密となったインド人判事パルの二人だけであったろう。

兄の竹山道雄は第一高等学校教授だったが、竹山謙三郎家へ寄った。生活に窮している一高生のためのアルバイトの口を頼みに来たのである。「薩摩芋でも食わせてやってくれ」とおよそサロンらしからぬ挨拶をした。それが縁で松下康雄は、レーリングがプロのチェリストやピアニストにあわせてヴァイオリンを弾くのを聴いた一高生の一人となった。途中で電燈の消えた夜もあった。道雄も聴いた。レーリングの技巧はそれほどでなくても、心の底からわく真実の音楽的な表現であった。その演奏にはこの静かな人がと思うほど生命の躍動感とでもいおうかエランがこもっていた。道雄は外国人慣れしていたから、その夜も二、三英語で会話して別れた。

それが東京裁判が進行していた昭和二十二年の夏のある日、竹山道雄は鎌倉の海岸の砂丘でレーリング判事にまたばったり出会ったのである。レーリングは湘南をしばしば訪れた。鈴木大拙に会いに来たこともあったらしい。静かな自然の中で瞑想にふけるのが好きなレーリングはその日は砂丘で坐っていた。その二度目の出会いがきっかけでレーリングは扇ケ谷の竹山の家に来るようになった。娘の依子はまだ幼稚園だったが、長身のレーリングさんが鴨居に頭をぶつけないよう背をかがめて座敷にはいってきた姿を記憶している。レーリングさんはにこにこ笑顔を浮かべていた。六尺をこえる痩躯で、脛の置場に困っていた。竹山の部屋がとり散らかして混沌としているのを眺めて、「ここではまだ戦争がつづいている」といって笑った。おりから降りだしたはげしい夕立の飛沫が廊下に吹きこみもしたが、竹山とレーリングの二人は興に乗って長話をした。まだガラスは壊れたままで、すぐ外に南瓜の葉が風にひるがえっていた。停電だった夜は蝋燭を点して話していたこともある。竹山が中秋の名月の夜瑞泉寺《ずいせんじ》に案内するとレーリングは深く喜んだ。

ハイド氏の裁き

はじめのうちは二人とも東京裁判の問題にはふれなかった。竹山は軍部に引きずられた昭和日本の非を承知していた。しかし占領下の日本における軍事裁判の公平性や歴史解釈の妥当性については疑念も抱かずにはいられない。竹山はすでに昭和二十一年十月ごろ、東京裁判を傍聴し、それを基に『ハイド氏の裁き』という一文を書いたが、『新潮』昭和二十二年一月号掲載予定のその記事は、占領軍民間検閲支隊 Civil Censorship Detachment、略称ＣＣＤの検閲にひっかかり、裁判を批判するものとして掲載禁止処分に付されてしまったからである。占領下では日本のマスコミは「言論の自由」が日本人に与えられたと喧伝し、日本人の多くはいともは簡単にそれを信じてしまったけれども、竹山は身をもって敗戦後の日本における「言論の不自由」を感じていた。なにしろ『ビルマの竪琴』第一話すらも『ハイド氏の裁き』と同じ時に掲載禁止処分となってしまったからである。

念のためにHOLD（保留）と大書された校正刷『ハイド氏の裁き』の冒頭を覆刻するが、これは昭和五十四年、江藤淳がメリーランド大学プランゲ文庫で見つけたものである。

ある日、私は戦犯裁判を傍聴にいつた。

この日は特別な審理が行はれてゐたので、入場券もいらず、所持品の検査もなかつた。法廷の内はその構成が大へん複雑で、はじめてこゝに入つた私には勝手が分らなかつた。高い段の上に坐つてゐる裁判官たち、その下の谷のところに置いてある卓の前にこもごも立つて発言する検事と弁護士、それからずつと遠くの天井に近いところの硝子箱の中にゐる通訳たち――、このやうに諸方から発せられる言葉が二重の国語になつてイヤホーンを通じて伝はつてくるので、しばらくははつきりとした焦点がつかめなかつた。そして、場内に曇つた晩秋の日ざしが流れてゐたが、それがときどき目も眩めくほどに明るくなり、またくらく翳つたりした。

傍聴席から見下ろすと、各国の旗を飾つた前に、血色のいゝMPがきちんと立つて人形のやうに配置されてゐる。かつての将軍たちや重臣たちが三十人ほど、蒼黒い顔を妙につやつやと光らせて坐つてゐる。あちらこちらに赤と白の電灯がしきりに明滅してゐる。タイプライターが蜂の唸りのやうに鳴りつづけてゐる。はりめぐらされた電線を通じてさまざまな伝令がたえず交されてゐる。これらのものが、私にはまるで夢の中にゐるやうな気がするのであつた。

この日に論告されてゐたのは、まだ新聞にも報道されたことのない人であつた。その顔もついぞ写真でも見たことがなかつた。この被告は東條大将のすぐ後の、かつて大川博士が狂態を演じたあとの空席に坐つて、傲然とあたりを睥睨してゐた。

その様子はすさまじかつた。全被告席を圧倒してゐた。他の被告たちもみな落ち着いて、考への狭い人間のもつ威厳といつたやうなものをもつて、一種の凄味を発散してゐる人たちではあつたがこの未知の被告に比べて影がうすかつた。その獰猛凶悪な風貌はかつて映画で見たハイド氏にそつくりであつた。

法廷で私語は禁ぜられてゐたが、私はそつと隣の人にきいた。

「あのあたらしい被告の名は何といひますか？」

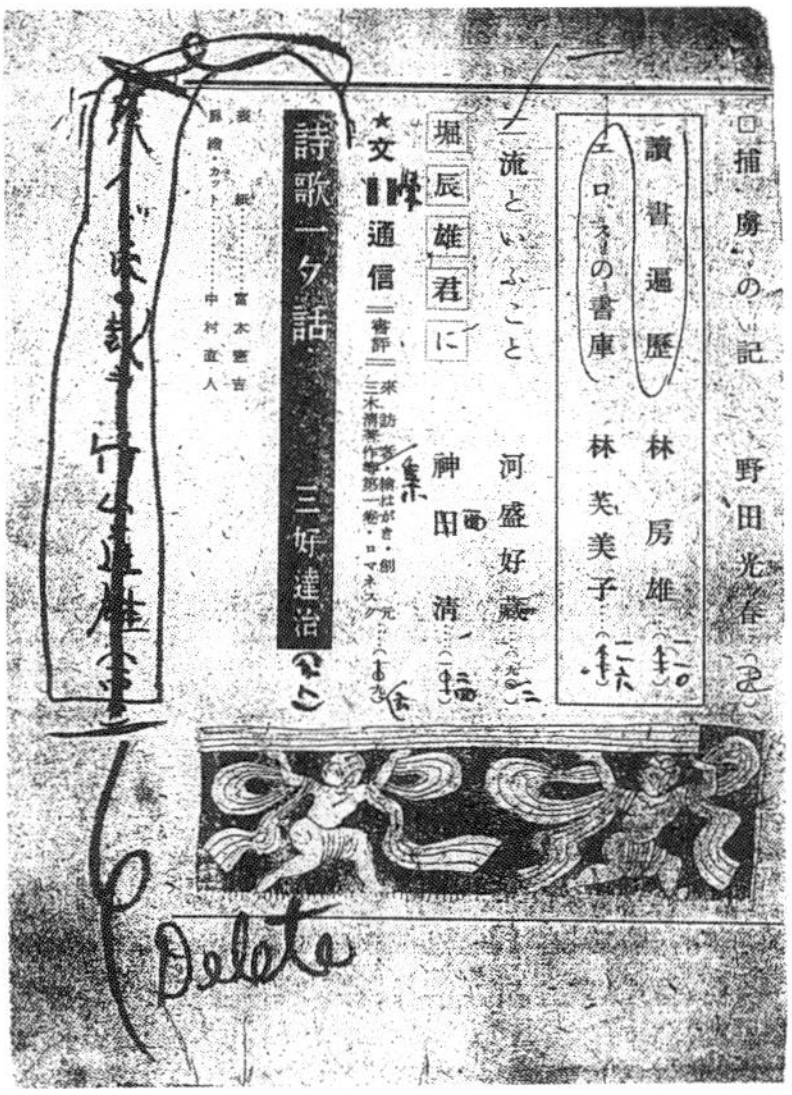
□捕虜の記　野田光春
読書遍歴　林房雄
エロスの書庫　林芙美子
一流といふこと　河盛好蔵
堀辰雄君に　神西清
★文芸通信＝書評＝来訪者・絵はがき・創元……
詩歌一夕話　三好達治
表紙……富本憲吉
扉絵・カット……中村直人
Delete

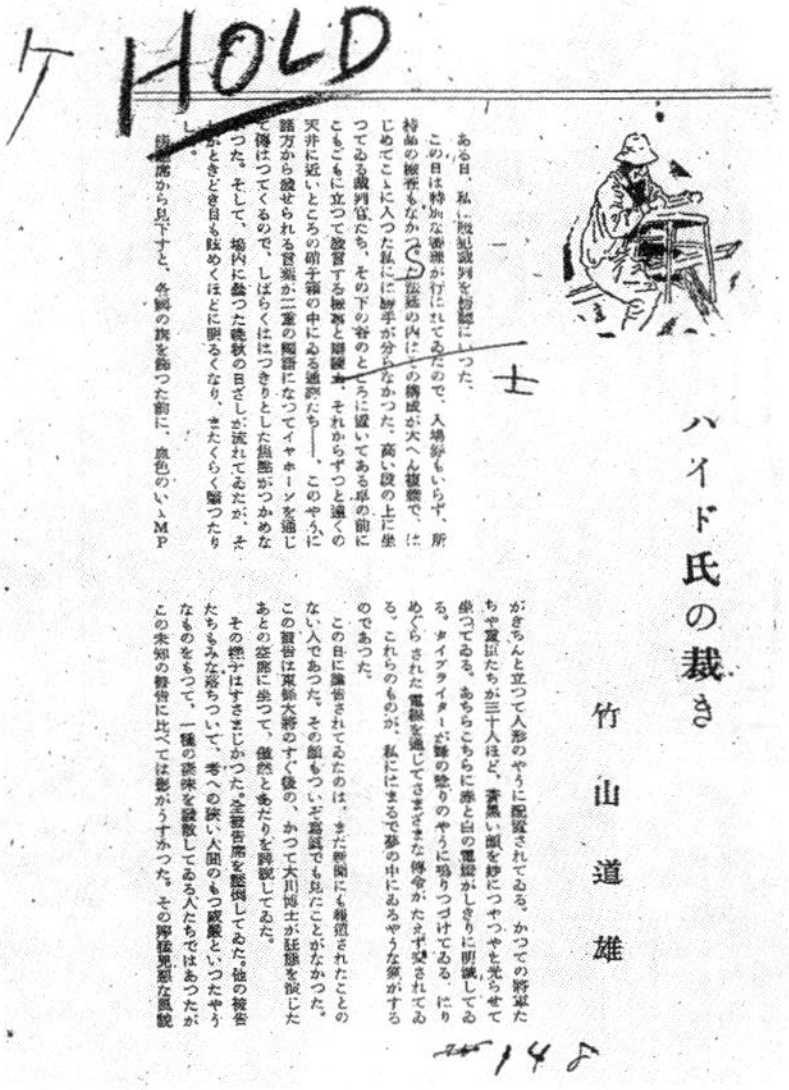
HOLD

ハイド氏の裁き

竹山道雄

一

ある日、私は戦犯裁判を傍聴にいつた。

この日は特別な審理が行はれてゐたので、入場券もいらず、所持品の検査もなかつた。法廷の内は、その構成が大へん複雑で、はじめてこゝに入つた私には勝手が分らなかつた。高い段の上に坐つてゐる裁判官たち、その下の谷のところに置いてある卓の前にこもごもに立つて論告する検事と弁護人、それからずつと遠くの天井に近いところの硝子箱の中にゐる通訳たち――。このやうに諸方から発せられる言葉が二重の翻訳になつてイヤホーンを通じて傳はつてくるので、しばらくははつきりとした輪郭がつかめなかつた。そして、場内に差した晩秋の日ざしが流れてゐたが、それときどき目も眩めくほどに明るくなり、またくらく翳つたり……傍聴席から見下すと、各国の旗を飾つた前に、白色のいゝMPがきちんと立つて人形のやうに配置されてゐる。かつての将軍たちや貴顕たちが三十人ほど、青黒い顔を妙につやつやと光らせて坐つてゐる。あちらこちらに赤と白の電燈がしきりに明滅してゐる。タイプライターが蜂の唸りのやうに鳴りつづけてゐる。とりめぐらされた電線を通じてさまざまな命令がたえず発されてゐる。これらのものが、私にはまるで夢の中にゐるやうな気がするのであつた。

この日に論告されてゐたのは、まだ新聞にも報道されたことのない人であつた。その顔もついぞ写真でも見たことがなかつた。この被告は東條大将のすぐ後の、かつて大川博士が狂態を演じたあとの空席に坐つて、傲然とあたりを睥睨してゐた。

その様子はすさまじかつた。全被告席を睥睨してゐた。他の被告たちもみな落ちついて、考への狭い人間のもつ威厳といつたやうなものをもつて、一種の深味を撒散してゐる人たちではあつたが、この未知の被告に比べては影がうすかつた。その獰猛兇悪な風貌

『ハイド氏の裁き』はアメリカ進駐軍の検閲で『新潮』への掲載禁止となった。

隣の人は教へてくれた。

「近代文明といひます」

検事は荘重にかつ熱烈に論告をつゞけてゐた。以下はその要旨である。

東京裁判は「文明の裁き」と呼ばれた。しかし竹山は裁かれているのは近代文明だとした。文明はジキルとハイドの二つの顔をもつ。近代文明は「持てる国」においては気高いジキルの姿をあらわすが「持たざる国」においてはハイドの姿となってあらわれる。近代文明は全体主義と結びつくとその悪魔性を発揮する。そのドイツ的な現われ方の徹底性と日本的な現われ方の微温性を竹山は才気ある筆致で述べた。その魔手は社会の隅々に蜘蛛の巣のごとくにはりめぐらされ、その影響はあらゆる人間の心の裡にまで浸潤した。この者（近代文明）の力に比べれば、片々たる東條、荒木の輩の蠢動《しゅんどう》などはいうにたらず、かれらはこの被告のもつ執拗にして根本的な破壊力の一因子となって、みずから知らずして踊っていたにすぎぬ、とすらいうことができる。

「持たざる国」の国民すら、なおこの男のかがやかし

い少年時代の姿のみを念裏に描いて若いジキルをたよって救いを求めた。しかるに、あにはからんや、彼は老いたハイドであった。このことについて人々はあまりにナイーヴであった。近代文明は組織と高性能の武器を提供した。そして民衆が心の中からすすんで、感激をもって、積極的に指導者についてゆくように仕向けた。ニーチェはいった、人間を支配するとは、ある特定の観念に対する情熱をもたせることである。日本の民衆がまだしも幸せであったのは、支配者がハイドが貸与した武器をドイツの支配者ほど有効に使用し得なかったからである。そして法廷にいる三十人の被告のような支配者が発生したこと自体が近代文明のなせるわざのように思われた。なぜに近代文明は「持たざる国」にあらわれるとき、ハイドの姿に転身するのか。……

これが検事の論告というスタイルで述べられた竹山の近代文明という被告に呈せられた疑問である。だがそれは三十項目に及ぶＣＣＤの検閲指針第二項「極東国際軍事裁判に対する批判」に該当するものとして掲載禁止とされた。昭和二十六年一月はまだ占領下だったが、検閲はすでに弛んでいた。竹山は新潮社から単行本『樅の木と薔薇』を出す際「昭和二十一年の秋に、私は東京裁判を傍聴したことがあったが、そのあとでこの文章を書いた。これは昭和二十二年一月の『新潮』に掲載されるはずだったが、都合のため日の目を見ずにしまった」とさりげなく注記して活字化することに成功した。『ハイド氏の裁き』が抽象的な文明論であるのは、当時はまだ裁判で被告個人の戦争責任が具体的に明らかにされていなかったからということもあるいはあるのであろう。竹山はシナ事変から太平洋戦争にいたる戦争について「それにしても、何故ああいうことになったのだろう？」という関心を抱き続けた。

代罪羊

レーリング判事は帝国ホテルに泊っていた。アメリカ兵の運転手つきである。この運転手は日本人のことをことあるごとに「グック」と罵った。レーリングは gook の綴りも意味も知らなかったが、口汚い差別語であることはわかった。レーリングが後年イタリアの知名な法学者カッセーゼに語ったところによると、東京で米国人とも交際したが、軍人は苦手で、欧州人相手がやはりよかった由である。裁判の内容にわたる話は連合国側関係者ともしなかった。日本文化に通じた人とは進んで交際した。文化を理解しなければ裁判に公正は期せないと感じ、ベネディクトの『菊と刀』も読んだ。しかし生き身の日本人とつきあうことを好んだ。それで鈴木大拙に会いに鵠沼まで行ったのである。竹山千代とは音楽、竹山謙三郎とは寺院建築、竹山道雄とは文化万般を語りあった。道雄もはじめは裁判の問題にふれなかったが、ついその話となって、ある日こんなことを言った。

「いま法廷に坐っている人々の中には、代罪羊がいると思います」

竹山がscapegoatというと、レーリングはいかにも意外そうに驚いて竹山を見た。「圧倒的に強い勢力が国をひきずっているときに、それに対して反抗したり傍観したりしても、それによっては何事もなされなかった。あの条件下で残された唯一の可能な道は、その勢力と協力して内からはたらくことによって、全体を救うことだった。廣田弘毅氏はそれをした人だと思う」というのが竹山の考えだった。廣田は二・二六事件の後で内閣を組閣した外交官出身の政治家である。レーリングはその場では何の意見も述べなかったけれども、竹山のいうことを注意深く聞いてくれて、オランダがナチスに占領された当時のことを話し「そのように考えて行動した者がオランダ人にもいた」といった。そしてその次に会ったとき、レーリングは握手もすむかすまないかのうちに、いきなり竹山にたずねた。

「東郷をどう思うか?」

竹山は「なにもわからない」と答えた。しかしそのときのレーリングの特別な身ごなしが竹山の目に残った。それは、困難な問題の解決の端緒をつかんだという意気込みのようにも感じら

レーリング判事

れた。話の詳細は竹山道雄『昭和の精神史』に譲るが、その最終章には、レーリングが帰国に先立ち竹山に渡した東京裁判の裁決についての少数意見書に基いて、東條内閣の外務大臣でもあり鈴木貫太郎終戦内閣の外務大臣でもあった東郷茂徳被告の場合が紹介されている。レーリングは東郷被告ほか四人は無罪であると主張した。「もし開戦的傾向の内閣に入ること自体が法によって罪であるということであるならば、その法は非現実的な非実際的なものである。この法は、平和の保持と促進という自分の目的をこわしてしまう。平和を探究することは、平和に対する罪ではない。もし平和探究のために入閣をし、その避けがたき結果として開戦決定にしたがったのなら、その人は攻撃的意図をもった者として糾弾されることはできない」。重光・東郷両外相の有罪判決に反対したレーリングは「もし外交官が戦時内閣に入ればそれは戦犯の連累《れんるい》であるという原則がうちたてられるなら、今後おこりうる戦争の際に、戦争終結のためにはたらく外交官はいなくなるだろう」とも述べたが、これは竹山の話に耳を傾けたレーリングの意見である。

判決の後にレーリングは沈痛な面持で「グルー（元駐日大使）が廣田（弘毅）のために（マッカーサー）最高司令官に電報をうってきた。自分はできるだけのことはしたが……」といった。

印象的な人物たち

竹山はさらにこんな問答もレーリング氏と交わした。原文のまま引用すると、

私――Among the accused who impress you?

氏――All.

氏は被告の中の二人は小人物だといったが、他の人々については、その個人的能力を高く評価していた。そのある人々を、ほとんど舌を巻いてほめていた。あの当時にこういうことをきくのは、異様だった。

異様だったのは、敗戦後の日本では戦争中の責任者に一切の罪を負わせて東條英機以下を感情的に罵倒し小人物と決めつけるのが世間の風潮となっていたからである。ところがレーリングは東條の死刑判決に賛成した厳しい判事だったけれども、それでも東條について outstanding man! という感嘆の声を再三洩らした。

竹山道雄の息子の竹山護夫については第十八章で述べるが、日本近代史を専攻し、父親が戦後十年に出した『昭和の精神史』と同じ時代を戦後三十年経ってから実証主義的に手堅く調べた。それだから東京裁判の被告の個人的能力についてよく調べている。それでも父親に対してはなにかと異論があり、反撥した。たとえばこの英語会話の一節については「汝の英語は文法的に正しくない」などと揶揄した（道雄と護夫父子は双方で会話するとき「その方は」とか「汝は」とかいう言い方をよくまじえた間柄であった）。しかし竹山もレーリングも、ともに外国語である英語で話していたのだから、多少の文法的誤りなど問題にならなかったであろう。[4] 私はそれよりもレーリングがいった「二人は小人物だ」とあるのは誰か知りたく思い、その答えを聞きだした。それは昭和五十八年のころで折から編集中の『竹山道雄著作集』第八巻の「年譜」にその名前を書き込んだ。すると竹山が珍しく私の文章に手を入れてそれを消した。それでここでもいわないことにする。

先の英語会話に戻ると、昭和三十年代の私にとっては敗戦直後の日本で東京裁判の判事と対等な会話を交わした日本人がいたことがまず驚きだった。私は竹山が伝えるレーリング発言は正確だろうとは思ったが、しかし日本にはレーリング判事が日本の重要戦争犯罪人であるとして極東国際軍事裁判の法廷で起訴されたA級戦犯の能力を高く評価したということを信じない人が多いだろうと気になった。『昭和の精神史』はこの英語会話のような意外なエピソードもあって読者に訴えるのだと感じるが、またそれだけに反撥する読者もいるだろうとも思った。なにしろ無能で無責任な悪者というのが戦後の日本人に刷り込まれたA級戦犯のイメージだったからである。A級戦犯が「印象的な人物」として連合国側の判事に映じたなどという話はちょっと信じがたかったに相違ない。

ところがレーリング判事の発言の真実性を証する文献が、二十世紀の末近くになって世に出たのである。レーリング判事は一九七七年、イタリアの法学者アントーニオ・カッセーゼに東京裁判の思い出を語った。レーリング判事の B. V. A. Röling, *The Tokyo Trial and Beyond; Reflections of a Peacemonger*, ed., and an introduction by Antonio Cassese (Polity Press, 1993) という書物は、小菅信子訳が『レーリンク判事の東京裁判』という題で一九九六年、新曜社から出た(5)(以下括弧内の数字は同書の頁数)。そのとき『熊本日日新聞』に書評を頼まれた私は感慨なきを得なかった。その内容は竹山が『昭和の精神史』で伝えたことにぴたりぴたりと符合したからである。「被告は印象的な人物たちでしたか」というカッセーゼの質問に「はい、大部分が一流の人物たちでした。全員とはいいかねますが、大部分は優れた人物たちでした。海軍の軍人たち(6)、それに東條が非常に頭がよかったことは確かです。廣田も年をとっていましたがそれでも頭はよかったと思います」(五六頁)。さらにレーリングはこうも述べている、「臆病?　いいえ、そういう人はひとりもいなかったと思います。彼らには威厳がありました。二年以上、彼らの正面にすわっていて、言葉はかわさずとも、彼らの動きやしゃべっている様子はわかりました。彼らはわれわれの望むとおりに行動しようとはしませんでしたが、しかし、彼らは印象的な人物でした」(六五頁)。その本が世に出たとき、竹山もレーリングもすでに故人となっていたが、『昭和の精神史』で竹山が伝えたレーリング発言はきわめて正確だったことがこれでわかるだろう。

レーリングはオーストラリア人のウェッブ裁判長に対しては「傲慢で威圧的」(五三頁)、フィリピン人判事については「完全にアメリカナイズされて」(五〇頁)いたと酷評し、フランス人判事ベルナールは法廷で用いられた英語がわからず他の判事と社交的つきあいはなかったと述べている(五三頁)。そんな率直な鋭い批評を述べているレーリングだけに日本人被告に対する彼の人間評に驚かされるのである。

レーリングは求知心に富む学究肌の裁判官で、本人がドイツ軍占領下のオランダで五年間生活したばかりか、東京裁判より先、一九四五年十一月に始まったニュルンベルク裁判を傍聴し、ドイツ人のA級戦争犯罪人を自分の目で見た上で来日した。竹山道雄は当時の日本で真に数少ないナチス・ドイツと軍国日本の質的相違を理解していた人だと思うが、東京裁判の裁判官の中で両者の相違を見て感じた上で正確に説明できた人は間違いなくレーリングのみであったろう。そしてそのレーリングにいわせると（六四―六五頁）、独日両者の差異は、ニュルンベルクの被告は国家でなく自分の生命、自分自身の立場を守ろうとしたのに対し、日本の被告は個人の運命についてはあまり腐心せず、国家、天皇、日本の名誉を法廷において守ることに主眼を置いていた、という点にあった。この「個人弁護」と「国家弁護」の立場の相違は、児島襄が『東京裁判』で述べたように日本側の被告の中にもあったので、程度の差ともいえるかと思う。だが大観すれば、レーリングの見方は妥当だろう。カッセーゼが国家弁護をする日本人被告はそれでは「自分が絞首刑になろうとなるまいと大きな問題ではなかったのですか」と質問すると、レーリングは日本人弁護団の態度を「被告の墓に優雅に花を手向ける」人々といわれたという話を紹介した。ドイツでは被告たちはみな「個人弁護」に終始し、なるべくヒトラーから距離をとろうとした。ナチス・ドイツの場合はユダヤ人やジプシー虐殺の背後にいた人物を守ることなど誰にもできなかったからだ、とレーリングは言い「日本では事情が違っていました。日本人は、アジアと世界で、アジアを解放し、世界を変えるためにとられた日本の行動を擁護しました」（六四頁）と日本側の弁護の論理に一定の理解を示した。そしてその後に「彼らには威厳がありました」という先に引用した言葉を口にしたのである。

そのレーリングはカッセーゼの質問に答えて、ドイツでも日本でも人種差別を感じた、といった。ただしドイツの場合とは違う、日本では日本人がアメリカ人によって露骨に差別されていた、被害者だ、と述べた。念のために訳文を直接引用する。

（戦争中の）アメリカ人は、程度の差はあれ、日本人が劣った人間であると教えこまれていたようです。日本の都市への空襲、それに続く広島、長崎への原爆投下[8]はそのような感情があったからできたことです。つまり、自分たちが数十万人単位で焼き殺しているのは、人間ではないという感情です。もし彼らが、日本人は人間ではないという感情をもたなかったら、あのようなことをするのはきわめて困難だったと思います。ドイツ人がユダヤ人虐殺を始める前に、彼らはまず繰り返し宣伝することで、ユダヤ人の「人間性」をはぎとったのです。ユダヤ人はすでに人類の一部と考えられてはいませんでした。その宣伝のためにJ・シュトライヒャー(7)はニュルンベルク裁判で絞首刑となったのです。(四二—四三頁)

レーリングがアメリカ側の日本人差別が大量の市民殺害の背景にあるというようなことを言い得たのは相手がイタリアの法学者だったからではないだろうか。世の中にはアメリカやドイツでなくイタリアだから言えたり見えたりする歴史的真実もある。私は千九百五十年代の後半ドイツで勉強していた時、酔っ払ったドイツ人から「前の戦争はイタリアを仲間に入れたから負けた。今度は日本とだけ組んでやろう」といわれて当惑した。イタリアで勉強していた時、イタリア人から「この前の戦争でドイツと組んだから、イタリアもひどい悪者にみなされて損をした」といわれた時、これには同感した。日本もドイツと同盟したため悪者にみなされて大損をした国である。日本を知らない外国人は——いや結構な数の日本人も——日本を東洋のナチス・ドイツと思い、昭和天皇裕仁をアドルフ・ヒトラーに擬して、日本を理解したつもりになっていたからである。

オランダの訪問

レーリングは東京裁判の終わりころ、皇太子の英語教師だったヴァイニング夫人に向い言った。

「私は国へ帰るのがこわい。私が日本へ来たときは、オランダ領東インド諸島における日本軍の戦争中の暴虐やオランダの損失などを考えて、日本人に対してオランダ人らしい憎悪を抱いていた。(9)が、二年近く経ったいま、

> 私は日本人が好きになっている[10]」

レーリングはカッセーゼに対しても、日本が戦争によって望んだものは日本民族の優越でなくて人種の平等であり、日本は国際連盟規約に人種平等条項を盛り込もうとして提案して拒否されたのだ、と大東亜戦争の遠因に言及している。レーリングは東京裁判に参加したことによって平均的オランダ人から遠くかけ離れた歴史観をもつにいたってしまったのである。

レーリングは一九五二年ニューヨークの国連オランダ代表部の一員となっていた。国連の書籍部で竹山の *The Harp of Burma* という石川欣一の手になる英訳をたまたま見つけた。懐かしさに堪えず中央公論社気付で竹山に手紙を書いた[11]。こうして交際を再開した竹山道雄は一九五六年夏、当時フローニンゲン大学法学部で教授をつとめていたレーリングを訪ねた。レーリングはもと貴族の館であったグレーネステン屋敷に住んでいた。竹山は書く、

> 石の門を入って、一抱え以上もある樫の並木のあいだをゆくと、正面に大きな二階建ての煉瓦の家が立っていた。荒れて、壁を蔦が覆って、窓はみな錆びついているかと思われ、無人の家のようだった。そこに白い鵞鳥が九匹いて、私が入ってゆくと、敵意をもって首をふりながらはげしく鳴き叫んで、こちらにむかってきた。この鵞鳥は番犬の代りをするので、後できいたところによるとこのために隣家と悶着がおこっているのだそうだった。入口が分らなくて館を一周した。森の中に小川が流れて、傾いた柳が水に枝を浸していた。東洋風の亭がつくってあり、大木のあいだに廃墟趣味の苔むした岩が組んであった。むかしはさぞ豪奢な庭園だったろうと思われた。
>
> 長身のローリング氏が玄関に立っていて、
>
> 「待っていました、タケヤマサン」
>
> といって、しっかりと手を握ってくれたときはうれしかった。

竹山はレーリングの家に通った。質素な昼食を食べて長話をし、いったん宿に帰って夕食をすませ、また出かけていって夜おそくまで坐りこんだ。それが四日つづいた。レーリングは「よろこびをもって君と語る」といってくれた。その『オランダの訪問』は『竹山道雄著作集』第二巻にあるから詳細はそれにゆずるが、一九五六年のレーリングは昔の西洋植民地主義を強い口調で弾劾した。その非難攻撃があまりにはげしいので竹山は、

「でも、歴史の中でおこったことを二十世紀の中葉の道徳観念で律することはできないでしょう」

というとレーリングは言下に答えた。

「それはそうだ。しかし過去の不道徳の結果の特権を、いまなお自分のものとしておくべきではない」

そのレーリングは一九五八年に「西ニューギニアの独立を認めることこそオランダの急務である」とする小著をあらわして、第二次大戦後もなお植民地の維持を意図するオランダ外相を激怒させ、オランダ国連代表部の地位を追われた。しかし一九六〇年に国連は植民地独立付与宣言で植民地関係を維持することは違法とし、後に総会で犯罪と議決した。それについてレーリングはカッセーゼにこう言っている。「国連は植民地解放闘争の「自由の戦士」を適法と認め、民族自決推進のための「破壊活動」それ自体を容認した。そして「四半世紀も経たないうちに、国連は廣田が死刑になったと同じ（一九三六年の『国策の規準』）政策を採用するにいたったわけです」（七七頁）。

廣田が首相当時に決められた『国策の規準』には日本による植民地解放の方針が「東亜における列強の覇道政策を排除し、真個共存共栄主義により互いに慶福を頒たんとするは、即ち皇道精神の具現にして、わが対外発展政策上常に一貫せしむべき指導精神なり」とある。しかしこれでもって日本が侵略戦争を計画したものと判断され、廣田の命取りとなったのである。こんな官僚の作文でもって廣田は死刑判決を言い渡されたのである。これが戦勝国側裁判所の昭和歴史に下した裁断であった。信じ難いほど浅薄な日本理解であった。

デルフトの小瓶

竹山がレーリングとオランダで会ったころ留学生だった私は、パリで廣田弘雄夫妻とつきあっていた。廣田弘毅の長男弘雄は私に和文仏訳を教えた丸山熊雄と福岡高校で同窓だったが、東京銀行パリ支店長として赴任したからである。廣田治子夫人とはそれから半世紀近く夫人が九十歳を越すまで賀状を交わし、先年は『パル判決書』の英文も頂戴した。それは *International Military Tribunal for the Far East, Dissentient Judgment of Justice Pal* といい、一九五三年カルカッタの Sanyal & Company から出版され、同年インド在の日本人の手で遺族のもとへ送られた。私は不学でいまだに七百頁の大冊を読み通していないが、それでもここでパル判事の見解にも触れねばならない。竹山はオランダの訪問の第二日、レーリングに確かめた、

「昨日、もしあの裁判がいま（一九五六年）行われればあのようには考えられないだろう、おおむねインド人のパルのように考えただろう、というお話でしたが、それを書いてもいいでしょうか？」

「それは厳格に私一箇の意見である。他の判事たちのことをいっているのではない。そして、私もまた日本の無責任な軍国主義については、パルのようには考えない。この点は留保します」

パルは一九四一年十一月二十六日、日本がハル・ノートを突きつけられたことについて「このような通牒《つうちょう》を受け取れば、モナコやルクセンブルク大公国でも、合衆国に対して戈《ほこ》をとって起ち上がったであろう」と評した。[12] 東郷茂徳も『時代の一面』で「ハル公文を受諾した後の日本の位地が、敗戦後の現在の地位と大差なきものとなるべきであることは又疑の余地はない。されば戦争による被害がなかった丈け有利ではなかったかとの考があるかも知れぬが、これは一国の名誉も権威も忘れた考へ方であるので論外である」と述べ、日米交渉につとめた挙句、交渉相手に裏切られ、開戦に同意せざるを得なかったとする胸中を明かした。レーリングはしかしそれでも東條首相は「彼には軍を抑える力があったのだから」とて、ハル・ノートを受諾しなかったことを責めている。

デルフトの小瓶

レーリング判事の邸へ夕飯に招かれた竹山が目をとめて褒めたデルフトの陶器。ホテルに戻ったら、コートのポケットに知らぬ間にこの小瓶が入っていた。

私はより国際政治的にこの間の事情を考える。日本が真珠湾を攻撃し米国が参戦したと聞いて「これで今度の戦争に勝てる」と歓喜したのが蒋介石とチャーチルだったことを思えば、日本に先手を打たせようとしたハル・ノートの挑発に東條内閣は乗るべきではなかったのではあるまいか。私見はこうである。ハル・ノートは日本に満州国と汪兆銘政府の否認、中国や仏印からの即時全面的無条件撤兵、三国同盟の廃棄を要求した。それは世界の外交史上でも稀に見る挑発的なものだった。だがそんな高圧的な要求を突きつけた米国首脳にも言い分はあったであろう。過去数年来の日本政府は軍部を統御できない。しかもそんな軍部に対して日本の大新聞は批判するどころか感謝の意を表している。そんな日本をこのまま放置するわけにはいかない。アメリカ世論に火を点けるためにもルーズベルトは機会を待っていた。日本にまず手を出させることが必要だ、と。ここで歴史の正義不正義を測る上でのタイム・スパンの問題が浮上する。日の単位で測るなら、ハワイ奇襲攻撃で先に手を出した日本に非がある。月の単位で測るなら、ハル・ノートは明らかに不当な挑発である。だが年の単位で測るなら、南仏印進駐にいたる軍国日本の行動がすべて正しかったとはよもや言えまい。しかし世紀の単位で測るなら、西洋列強の世界植民地支配に対する日本の「反帝国主義的帝国主義」の戦争にはたして三分の理がなかったといえるものかどうか。……

竹山はレーリング家で別れる前に一度、夕飯に正式の御馳走になった。竹山が「今度ヨーロッパに来てあなたを訪ねることに私は大きな期待をもっていたのだったが、幸にもこの期待はみたされた」と謝意を表すると、レーリングは微笑した。辞去する竹山のためにコートを取ってきてくれた。竹山が宿に戻り脱ごうとすると、コートのポケットに知らぬ間に小瓶が入っていた。先刻夕飯の最中に竹山が目をとめて褒めた食卓上のデルフトの陶器であった。いまその小瓶は平川家の依子のガラス棚に並んでいる。

註

（1）B. V. A. Röling は本人はレーリングと発音していたが、東京裁判当時はローリングという読み方が新聞紙上で行なわれた。これは当時の英文タイプライターに ö というウムラウト記号がなかった結果であろう。竹山はそれだから『昭和の精神史』や『オランダの訪問』ではそれにならってローリングと書いている。しかし竹山は家に何度も現れたこのオランダ裁判官のことを竹山家では正確にレーリングと発音していたらしい。それとわかったのは、この記事の執筆に際し写真を見せたところ、竹山夫人保子はそのとき九十四歳であったが「レーリングさん」と六十四年前の外国の客人のことをなつかしげに呼んだからである。なお最後の g は n の後に来るからクでなくグと発音すべきではあるまいか。レーリングはドイツ語も解したが、不幸な占領体験のあるオランダ人の常として外国人とは英語で話すのを常とした。

（2）B・V・A・レーリンク、A・カッセーゼ『レーリンク判事の東京裁判』小菅信子訳、新曜社、一九九六、三九頁。

（3）エタ・ハーリッヒ・シュナイダーは一九六四年新潮社の招きで再来日し一月十六日ホテル・オークラで演奏会を開いた。その席に皇太子と美智子妃、竹山謙三郎千代夫妻、正田夫人が見えたことを私は記憶している。

（4）竹山は最晩年にも来日したレーリングと会って英語で対談している。それはレーリングが国際シンポジウムにあわせて再来日した折である。昭和五十一年以来外国へ出かけず、外国語会話を長くしていなかったためと、年齢のためとで、英語表現がはなはだ不如意となっていた。竹山の没後、私は牛村圭とその対談のテープを聞く機会があったが、竹山がその対談の雑誌掲載を望まなかったのはもっともだと思った。有能な通訳を同席させれば興味深い対談となりえたものをと惜しまれてならない。なおそのとき印象に残ったのは七十九歳の竹山が私に「東京裁判のときはレーリングさんの方が年も私より上だと思っていたが、私の方が上だったのだな」といったことである。レーリングは三十九歳で昭和二十一年、来日した。

（5）編者のアントーニオ・カッセーゼ Antonio Cassese は一九九六年には、ボスニア・ヘルツェゴビナ紛争などでの戦争犯罪人を裁くオランダのヘーグで開かれた国連の旧ユーゴスラヴィア戦争犯罪法廷の裁判所長をつとめた。なお新曜社の渦岡謙一の説明によると、この貴重な訳書は訳者側の申入れで一旦絶版となった。察するに関係者はいわゆる東京裁判史観の見方の持主であったため、レーリング発言を正確に理解できなかったのであろう。なおこの本は誤訳を訂正し、解説者粟屋憲太郎を別人にあらため『東京裁判とその後』と改題されて二〇〇九年に中公文庫に収められた。

(6)レーリングが「嶋田はいい男だ」といったことがヴァイニング『皇太子の窓』第二十一章に出ている。ただしレーリング判事は被告の嶋田繁太郎海軍大将に対しては、通常の戦争犯罪に対する罪を認めて厳刑を求めた。

(7)このJ・シュトライヒャーについては第十六章「剣と十字架」でも言及する。

(8)東京裁判の判決を私は一高駒場寮の社会科学研究会の部屋で、後に日本共産党の最高幹部となる上田建二郎(不破哲三)の隣で聞いた。当時の私の英語聴取能力は悪く――ラジオも悪かったが、death by hanging という英語すら聞き取れなかった。一九四八年十一月十二日の午後である。私は日本軍部の非は認めていたけれども、しかし「勝者の裁判」には違和感を覚えていた。原子爆弾を投下した米国が国際法違反とならないような裁判は不公平だと心底でずっと感じていた。その三十年後初めて渡米して学会講演の機会が与えられるや、そのことは英語で述べ英語で活字とした。アメリカの週刊誌にも意見を述べた。それだけに原爆投下の非を明言するレーリングに同感する。ただし原爆投下を人種差別の問題と結びつけてすべて説明すべきことか否かについて私は判断を差し控えたい。

(9)オランダでは植民地を喪失させた日本に対する怨恨の情が根深い。ジャワ島のオランダ軍は今村均の率いる日本軍に実質的な戦闘を交えず降伏した。それだから戦争中の暴虐は実は他地域に比べて多いとはいえない。それにもかかわらず多くの日本兵が戦犯として処刑されたのは、オランダが植民地維持を意図し独立を意図するインドネシア人たちへの見せしめを示したかったからであろう。東南アジア在住の英国人は本国との関係を維持していたため引揚げて英国での生活を再出発させることが比較的容易であったのに比べると、古くから蘭領東インドに住みついたオランダ人は本国との縁が切れてしまった人たちが多く、それで引揚者として難儀した。それもまた怨恨の情が根深い理由であろうという。この後者の推定はイアン・ニッシュによる。今村均の見方もこの推定に近い。牛村圭『「文明の裁き」をこえて』中公叢書、二〇〇一、三四〇―三四一頁。

(10)ヴァイニング『皇太子の窓』文藝春秋、一九五二初版、一九八九新装版、二二一頁。

(11)レーリングは一九四八年帰国に先立ち、レーリングがマッカーサー最高司令官に提出した二百四十九頁の意見書のコピーを一部竹山に渡した。竹山は感想を『ローリング判事への手紙』と題して四九年六月『新潮』に発表し、翌年新潮社から出した『手帖』に収めた。しかしこれは英文に直してレーリングに送ることはしなかった。この文章も先に話題とした『ハイド氏の裁き』も今では英訳 *The Scars of War, Tokyo during World War II: Writings of Takeyama Michio*, ed., and tr., by Richard H. Minear (Rowman & Littlefield Publishers, 2007) で読むことができる。それなのにこのようにして文通が再開されたのは、偶然といおうか天意といおうか、竹山という人と意見がそれだけ魅力的で判事に強く印象されていたということであろう。なお竹山は『ローリング判事への手紙』で「祖国はその真の精神を失ったときにはもはや祖国ではない。国はそれ自体が窮極の目的ではなく、それがなんじの人間性を破壊するときには否定さるべきものである」という意見も述べて自己批判としている。

(12) 有名となった「このような通牒《つうちょう》を受け取れば、モナコやルクセンブルク大公国でも、合衆国に対して戈《ほこ》をとって起ち上がったであろう」の句の出典については牛村圭『「文明の裁き」をこえて』中公叢書、二〇〇一、第七章を参照。

第十一章　『昭和の精神史』——あの戦争とは

戦争終結の見通し

戦争中の第一高等学校ではときどき役人その他の中にあって話の分る人をよんで講演をきいた。ある外交官は非常に率直だったので外部で問題となった。たいていの講師は国民に希望をもたせるということの頃に決められていた枠を出たものではなかった。しかし講演の後の内輪の座談となると、講師の話は前とは調子がちがって、なかば得意の苦笑をまじえつつ、「ここだけの話だが」と前置きして、戦況はわるい、実ははなはだわるい、といった。しかしそんなときに、もし誰かが思いきって「それでは敗ける心配はないのか」ということを仄《ほの》めかす質問[1]でもしようものなら、講師は驚愕して不機嫌に「そういうことをきかれるのは遺憾である。かりにも負けるということを考える人があるというだけでも心外である。いま、若い人たちは身命を捨てて戦いつつあるのではないか」と答えるのであった[2]。

そんな有様だったと聞いた私は竹山に「戦争中どんな形で戦争は終わるとお考えでしたか」と質問したら「あのころ岡さん[3]と話したことがあるが「宮中でのクーデターで終戦内閣ができるだろうか」という話をしたことがある」と答えた。このような可能性は滅多な人と話せるはずはない。岡さんとは岡義武だが、二人は当時から非常に親しかったのだな、と推察した。「戦後は河合栄治郎が首相になると期待していたが、昭和十九年に亡くなってしまった」とも竹山はいっていた。

隣家のふしぎな人

一九四五（昭和二十）年七月二十二日の第一高等学校全寮晩餐会における竹山のスピーチは敗戦を見越して、あたかも竹山が政府部内に終戦の議が起こっていることを知悉《ちしつ》しているがごとき印象を与えるが、実際はなにも知らなかった。『終戦の頃のこと』にこんな話が記されている。昭和二十年春、竹山は鎌倉扇谷の巽荒神の手前の角の義母南ふくの家の和室に住んでいたが、後に竹山の妻子は秩父へ疎開したことは前に述べた。義母の家の洋館にはふしぎな人が越してきた。色が黒くて筋骨のひきしまった、精悍な一癖ありげな人で、××大臣官房付、××本部嘱託などの肩書が名刺に印刷されていた。この家の物資の豊かなことは羨望に価した。ハータ門という中国煙草を、義母が家主だったところから、ときどき竹山に届けさしてくれた。まあたらしい国民服にピカピカした革のゲートルをつけ颯爽と出入りしていた。四王天中将主催の反ユダヤ宣伝の講演会のビラに名をつらねた弁士でもあったから最右翼勢力の一人に相違ない。才幹と機略で大陸から物資調達で冒険的な生活をつづけたそんな時代の強者の一人だったのだろう。どこまで本当かわからないが、蘭印だかの大学を出たという噂だった。気性は闊達で、いくぶん尊大だが、たよってくる弱者をあわれむところもあるらしかった。竹山の母逸が田舎で病気になったが、当時は汽車の切符が手に入らない。竹山がおそるおそる頼むと気軽に自分の全国に通用する二等のパスを貸してくれた。一二三等制の頃の二等である。そのほかに交渉もなく過していたが、原子爆弾が投下され、ソ連が参戦するに及んで竹山はおもいきって隣家の強者のところに行って事情を教えてくれといった。混沌の中を畏怖しながら流説を手がかりに揣摩《しま》臆測《おくそく》していたに過ぎなかったが、それでも新聞を読むと何かが進行しつつあることが察せられたからである。八月十日と竹山は記憶するが、×氏はいった。「ちょうどいま、これをくばってきたところです。今日の暁方の御前会議の模様が書いてあります」そういって、彼は何のこだわりもなく手をのばして、マントルピースの上にのっているガリ版の印刷物をすらすらと読んでくれた。それを聞いて竹山は胆をつぶしてしまったのである。「東郷外相はポツダム宣言受諾の外なき旨を述べ、これに対して阿南陸相は本土来襲を機として大打撃を与うべし、ただし当方より提案せる条件でまとまり、終戦可能ならば賛成なりと述べ、米内海相は……云々。首相は、議をつくすことすでに数時間に及べども決せず、しかし事態はもはや一刻の遷延を許さず、おそれ多きことながら聖断を拝して本会議の結論といたしたく存じますと言上せり。これに対し聖断あり。……忍びがたきを忍び、万世のために平和の道を開きたい。自分一身のことや皇室のことなどを心配しなくともよい。……この御沙汰を拝して満場ただ嗚咽……」。

とうとうこういうところにまで来たのか！　それにしても、世間の絶対に窺うことのできない国家の最高の情報を、その日のうちに通知されるこの人はどういう人なのだろう？　右翼でありながら敗戦についてはまるで競馬の話でもしているようだった。感情も動かさず、何だか他人事のような調子でいる。竹山は茫然としてしまい、相手がいう日常の雑談的な言葉はあまり耳に入らず、うけこたえもよくできずにいた。ただ一つ何だか愉快そうな調子で、いくぶんの自意識を示しながら「今日はもう東京へは行きません。行ったら、一緒に革命をやらなくちゃいかん」と男がいったことは後々まで記憶していた。竹山が辞去して玄関を出、×氏の窓の下を歩いていたとき、×氏が二号嬢に「ハ、ハ、ハ。相手をしていて眠くなっちゃうな」と言ったのが聞えた。竹山は「このときの私のように消耗した人間に、彼ははじめて会ったのであろう」と書いている。消耗とは旧制高校生の間で通用した隠語で、竹山は勤労動員や秩父への家族疎開や空襲やらで肉体的にへとへとになっていたのである。敗戦が決ったことで精神的打撃を受けたというわけではない。

その洋館はいまは日本キリスト教会鎌倉栄光教会となって残っている。私はその窓の下を歩いてみた。家内は終戦当時四歳だったからなにも記憶していないが、南ふくの次女小林千代子は二〇一〇年現在九十二歳で、電話して聞いたところ、男はしゃべり好きで隣家の千代子ともよく話したが、他人に聞かれたくないことは同棲している二号嬢とは英語で話していたそうである。（なお二号嬢とは妾のモダンな言い方で、日本事情に通じない米国の訳者が勘違いしたような二番目の令嬢ではない）。児玉誉士夫なども当時はまだ三十四歳、上海に物資調達のための児玉機関で参謀本部や外務省の嘱託となり、巨額の資金を戦後も政治家に提供した。児玉は鈴木終戦内閣が総辞職し東久邇宮内閣が成立するやその参与にまでなっている。その筋の者なら終戦の御前会議の内容をいちはやくつかむこともありえたであろう。戦中は南京市長顧問を勤めた三浦義一などは戦後は室町に事務所をもち政財界の黒幕となり、室町将軍などと呼ばれた。わが国の「風と共に去りぬ」の時代には、日本にもレット・バトラーもどきはいて日本の負けに乗じて財をなしたのである。

終戦の翌日のこと

竹山は八月十五日の玉音放送は立川で聞いた。そこでの勤労作業はじゃが芋畑の雑草取りというつまらない仕事だった。次の文章は竹山没後筐底《きょうてい》に残されていた。これは一九七六（昭和五十一）年に活字になってはいなかったのではないかと思うが、『百人百話編集委員会』と左下に印刷された原稿用紙に「三十一年前の今日」と書いて消して「終戦の翌日のこと」に改められた短い文章である。「三十一年前の今日」という題を考えたのは、「十年の後に——あれは何だったのだろう」と題して（後に『昭和の精神史』として知られる）歴史的考察を一九五五（昭和三十）年八月から『心』に連載したことが念頭にあったからだろう。竹山の問題意識はあの戦争について、あれは何だったのだろう、という思念と回顧が晩年まで続いたのである。

真青な空を飛行機がいくつも飛びまわっていたが、あれはやけになった将校たちが勝手にやっていたのだろう。路上には一人の酔漢がいて、足もともおぼつかなくグデグデによろつきながら、「降参とは何でえ。ドジョウが腰抜けで……」と叫んでいた。ドジョウというのは天皇の髭のことだったが、だれもこれをまじめに聞いている者はいなかった。

もう終戦だということは、私はその二三日前から聞いていたような気がする。とうてい無理で、これ以上はできないと思っていた。できないことをよく続けるものだということを、戦争末期にはふしぎに思っていた。それだのによく頑張るものだと、感心もしていた。それだから、十五日の御聖断放送を聞きながら人々がすすり泣くのが、奇妙に思われた。こうなるとはきまっていたことではないか——。

ただこれから十年くらいは南洋の土人のような生活をしなくてはならないだろう——とそんな気がしていた。

戦後になって、多くの人に限らずすべての新聞類が、手を飜すように自分は戦争に反対だったといった。竹山は、それに便乗するのがいやで、実の気持をずっと言わずにいた。以前、一九四一（昭和十六）年、町会の常会で「いまこれで戦争を始めれば、英・米・蘭・中・ソ――つまり世界中を相手に喧嘩することとなる。そんなことをすべきではない」と言ったら、人々は怒った。その中には故安倍能成先生と同級の思慮あるべき先輩の人もいた。その前からシナ事変がいつまでもつづいて拡大するのを竹山は大いに心配した。そんなときにヨーロッパで一九三九年九月、第二次大戦が始まった。片山廣吉と大野俊一と神西清と竹山の四人は祝杯をあげた。「とうとう初めやがったね。これで日本にも神風が吹いた。シナ事変も何とか片づくだろう」。しかも、阿部信行新首相が退役陸軍大将であるにもかかわらず、諄々として説く風で、旧陸軍風の威圧感がなかった。ずいぶんと安心したが、そんな安心もやがて立ち消えた。日中間の戦局は行詰ったまま、対米改善の努力は功を奏せず、阿部は内閣を投げ出した。阿部は元老西園寺公望の私設秘書である原田熊雄に内閣総辞職の三日後に語った。「今日のように、（日本の中に）まるで二つの国――陸軍という国と、それ以外の国とがあるようなことでは、到底政治はうまく行くわけがない。自分も陸軍出身であって、前々からなんとかこの陸軍部内の異常な状態を多少でも直したいと思っていたけれども、これほど深いものとは感じておらなかった。まことに自分の認識不足を恥じざるを得ない……」(4)

阿部はもともと陸軍の中堅層が推したから内閣首班となった人である。だがそうして成立した阿部内閣も、それに引き続く米内内閣も、陸軍によって壊された。当時は陸軍大臣は現役とする定めがあったから、軍の意向を代表する陸軍大臣が辞職すれば内閣は総辞職せざるを得なかった。そして松岡洋右を外相とする近衛内閣が成立するや、一九四〇（昭和十五）年九月二十七日に日独伊三国同盟は締結された。後から振り返ると、昭和十六年の秋となってはは日米関係はもはや誰がやってもああなる他はなかったであろう。そんな雰囲気を醸成したについては日本の浮わついたマスコミも大いに責任があった。

わが国は翌一九四一（昭和十六）年十二月八日真珠湾攻撃に突入した。その攻撃の報があった翌日か翌々日かに竹山は中学以来の友人たちにいった、「ああ、われわれの生涯のいちばんいい時期はこんなことであけくれするのか」そして「はじめの間は景気のいい報道があるだろうが、そのうちにえらいことになるだろうな」というと大野俊一は答えた、「いや、これは結局は、北海道、本土、九州、四国だけになってしまうね」。竹山は何もそこまで行かなくとも、何とか途中で収拾できそうなものだと思ったが、そんな希望をしたことは竹山の思慮不足だった。だが予期せざることも生じた。日本は敗戦で一旦は貧窮に喘いだが、南洋の土人なみの生活を強いられずに、二十年も過ぎると、戦前以上の繁栄を享受するにいたったからである。林健太郎のような英才も――というか英才であるがゆえに、マルクス主義を信じ――「負けたら南洋の土人だなんて思いません。負けたら日本は社会主義になって、ソ連の如く立派な国になる」[5]と戦時中は思っていた。だが、そんなインテリのイデオロギー的信仰はさすがに戦後は棄てた。林の偉さはそんな信仰をしていたことも、転向したことも、自伝『移りゆくものの影』（一九六〇）などで率直に述べた点にある。

「上からの演繹」批判

一九五五（昭和三十）年の『心』連載『十年の後に――あれは何だったのだろう』が、翌年五月、竹山の戦後第一回の欧州長期滞在中に『昭和の精神史』と題されて新潮叢書から出た。その改題については新潮社側にも思惑があったのであろう。戦後の日本の歴史学界は、戦中の皇国史観への反撥もあって、左翼が支配した。敗戦後に主流となった昭和史の公式見解は――重臣・政党。財閥・官僚・軍閥をもって構成される〈天皇制〉、この封建時代の遺制が、あの悲劇の因だった、とするものだった。その種のマルクシズム系の歴史観を代表したのが岩波書店から出された遠山茂樹らの『昭和史』である。それが唯物史観であるから、新潮社編集部はそれに対抗する見方を示すものとして『昭和の精神史』というタイトルを付したに相違ない。しかし竹山は「どうしてああいう戦争になったのだろう？」という胸に納めておきがたい疑問を解こうとして一応の解答を自分なりにとりまとめたのである。竹山はこれを何よりもまず「自分のために書いた」。すると右にも左にも片よらぬ一知識人の手になる、昭和の歴史の全体を分析した反省の書として竹山のこの書物は広く読まれたのである。富士川英郎は『昭和の精神史』は、他にも同じような表題の本を書いたひとがあったが、それと比べると、竹山さんの書かれたものの方がはるかに観察が緻密で、正鵠を得ており、真実を突いていると思われたのである(6)」と述べた。およそ政治と無縁に見える富士川も、竹山より五歳若い佐賀高校教授として戦争の時代を生きてそんな感想を抱いたのだった。

竹山自身は特定の史観に基く歴史解釈への批判を『昭和の精神史』の冒頭でこう述べている。私はこの指摘こそ正鵠《せいこく》を射ていると感じた。

歴史を解釈するときに、まずある大前提となる原理をたてて、そこから下へ下へと具体的現象の説明に及ぶ行き方は、あやまりである。歴史を、ある先験的な原理の図式的な展開として、論理の操作によってひろげてゆくことはできない。このような「上からの演繹」は、かならずまちがった結論へと導く。事実につきあたるとそれを歪めてしまう。事実をこの図式に合致したものとして理解すべく、都合のいいもののみをとりあげて都合のわるいものは棄てる。そして、「かくあるはずである。故に、かくある。もしそうでない事実があるなら、それは非科学的であるから、事実の方がまちがっている」という。

「上からの演繹」は、歴史をその根本の発生因と想定されたものにしたがって体制化すべく、さまざまの論理を縦横に駆使する。そして、かくして成立した歴史像をその論理の権威の故に正しい、とする。しかし、そこに用いられている論理は、多くの場合にははなはだ杜撰《ずさん》なものである。

ここで個人的な思い出を挟ませていただく。私は一高では社会科学研究会の部屋で暮して、上級生から唯物史観の正しさを自明の真理のように聞かされていた。同じ部屋には後に不破哲三の名前で日本共産党書記長になった上田建二郎もいたが、後に共産党から追放されて不遇のうちに人生を了えた者もいた。昭和二十三年当時の私は、竹山ら一高教授連が蔭で「モスクワ横丁」と揶揄して呼んでいた駒場の中寮二階の住人だったのである。中寮二階の二室続きの十六名の社研の隣はソビエト研究会の部屋で、その少し先には中国研究会の部屋があった。もちろん共産主義中国を待望する若者の部屋で、後に魯迅研究者となる丸山昇もそこにいた。そうした一連の赤の巣窟のような部屋が並ぶ中で珍奇とすべきは社研の隣の中寮十八番がカトリック研究会であったことで、ときどき神妙なお祈りの声が聞えた。紀念祭のときの出し物は窓に洗面器が一つ、水をなみなみと張ってそれに丸木が浮かべてあるだけである。「マルキシズムハ誤リナリ」という冷やかしであった。私は社研にいたけれども、生意気な若者で唯物弁証法というお呪《まじな》いのような言葉に承服したわけではなかった。それというのは唯物史観にのっとって書かれた論文の多くが生硬で面白味に欠けたからである。初めに結論ありき、という印象を拭えなかった。[7] 私は文学は楽しみとして享受すべきもので、学問をするなら歴史学の方に意味があると感じている。しかし当時はそんなイデオロギー支配の歴史学の世界へ進むつもりはなかった。面白くないことを強制されて勉強する気はさらさらなかった。[8] しかし寮生活は摩訶《まか》不可思議なもので、周囲とつきあいのよい友人の中には唯物弁証法も理解してしまい、さらには入党するか、すまいかと頭を悩ます者も出てきた。朱にまじわれば赤くなる、とはこのことであろう。さらには実際に入党し、そしてさらに後に党から追放された者も出た。入党を勧める側の論理は暴力革命の必然性の強調で、私たちが生きているうちには日本にも社会主義革命は不可避的に起こるから、なるなら早く党員になるがよい、という論理であった。「第一次世界大戦の後、世界の六分の一はソ連という社会主義になった。第二次世界大戦の後、いまや中国を含めて世界の三分の一は社会主義になった」共産党の野坂参三が皇居前広場で演説すると嵐のような大歓声がわいたことを私も記憶している。

大内兵衛教授は淡路の出で郷土の出世頭だから、たとえ人民戦線事件で検挙されようと、私の母のような淡路生まれにとって偉い人に変りはなかった。戦後、晴れてカムバックし、ラジオで幣原内閣の渋沢敬三蔵相に呼びかけ「インフレを起すな」という胸のすく一代の名放送を行なった。東大へも復職した。それどころか満六十歳の停年を越えても「余人をもって代え難し」という理由で駒場の大教室でも講義した。ところが講義がつまらない。記憶に残るのは脱線して「新聞は何を読むか」とか「月刊誌は何を読むか」などと聞かれたことぐらいである。ちなみに『世界』『中央公論』が昭和二十四年の東大生には人気があった。

昭和二十年代末に留学した私はパリでもボンでもロンドンでも、その国の新聞はよく読んだ。読みでがあった。そうこうするうちにもともと離れていた私の意見が日本残留組とますます離れ出した。ハンガリー事件の時は国境を越えて逃げてきたブダペストの学生がパリの学生会館にも収容された。私の中の社会主義信仰はとっくに消えていた。ところが国から届く『世界』は惰性的に左翼のままで、依然としてソ連礼讃だ。その御大が大内先生で「ハンガリアはあまり着実に進歩している国ではない。あるいはデモクラシーが発達している国ではない。元来は百姓国ですからね。……ハンガリアの民衆の判断自体は自分の小さい立場というものにとらわれて、ハンガリアの政治的地位を理解していなかったと考えていい」(『世界』一九五七年四月号)とあった。是認でも否定でもない南原繁は「言語荘重だが内容は稀薄で、神主のノリトのよう」(9)であった。私はナジ元ハンガリー首相が銃殺されたとパリで聞いて痛憤し『死んでしまった愛犬マジャールを歎く歌』を書いた。だが日本の編集者は長い間そんな詩は活字にしてくれなかった。——そんな私はその五年後の二回目の留学のころはもはや『世界』は読まず家から『文藝春秋』を送ってもらった。

日本という閉ざされた言語空間の外で暮し、西洋で日本左翼代表の労組の人などの通訳をするうちに、その粗雑さ加減に違和感を覚え、社会主義への期待はいよいよ薄れた。平和問題談話会の面々も信用しなくなっていた。帰国した私は『昭和の精神史』を読んで「上からの演繹」を批判した竹山に共感した。ページの余白に「何故に溯源法を棄てて順流法を取るや」という森鷗外の『非日本食論は将に其根拠を失はんとす』からの引用を書き込んであるのは、鷗外も種々の事実から帰納せずに西洋本位の見方を直輸入する日本人のお先走りをすでに批判していたからである。——ただ滑稽なのは帰国した当時の私は、演繹とか順流法とかがdeductionの訳語であることは即座にわかったが「上からのエンシャク」などとまちがって発音したことであった。そして日本の大学内にマルクス主義の残滓《ざんし》の依然として根強いことに驚いたはいいが、それを「マルクス主義のザンサイ」とこれまた間違って発音して笑われた。

『昭和の精神史』

竹山道雄は数学が得意な中学生であった。一高の生徒として、ついで教授として日本の選ばれた若者と接した竹山は、秀才たちがえてして外国産のイズムにかぶれやすいことはとくと承知している。夏目漱石も数学が得意の文学者で日本の流行を追う若者が、野心があればあるほど、外国産のイズムにいたって囚われやすいことをこれまた『イズムの功過』という一文で批判している。ただし漱石の時代に流行したイズムはナチュラリズム、自然主義であって、明治にはまだマルクス主義は流行していなかった。それに反して竹山が昭和十二年九月の『思想』に寄せた『新ソフィスト時代』には大正末年から満州事変のころにかけて一高寮内にマルクシズムが猖獗《しょうけつ》した様が描かれている。大森義太郎の『弁証法的唯物論』が『中央公論』誌上でもてはやされた頃である。

そうした時代の体験者でもあっただけに竹山には免疫ができていたからだろう、イデオロギー先行の議論の欠陥をすばやく見抜いた。杜撰《ずさん》な論理として「部分的真理の一般化」「歴史的価値と絶対的価値の混同」「証明されていない独断の前提」「条件と原因の混同」などをあげ、その例証として、明治維新がフランス革命のような「下からの革命」でなかったことが太平洋戦争の原因であったというがごとき説を批判した。また右翼分子や青年将校によって殺された財界人や政治家も本来「天皇制ファシスト」であったが、国をただちにファッショ化することを怖れていただけであり、このような過程を通じて「天皇制ファシズム」が着々と自己を実現して行ったのだというような議論の立て方の無理を指摘した。イタリアから帰国したばかりの私には竹山の「日本にはファシストはいた、しかし日本はファシスト国家ではなかった」などの指摘は伊日両国の相違としていかにももっともに思えた。またE・H・ノーマンの『日本における近代国家の成立』は、彼がチューターとして習った羽仁五郎の講座派の歴史観に則ったものといわれるが、竹山は『昭和の精神史』で次のようにノーマンの説を引いて批判している。

「維新の政治革命は、フランス革命に見るような都市過激派や土地に飢えた農民の社会的反抗が勝利を収めた結果ではなくて、武士と都市商人と結んだ大外様藩、すなわち封建支配階級の一翼によって達成された変革であった」。これはたしかにそうであったろう。しかしだからとて、これがやがて昭和の超国家主義となった――というふうに結びつくものだろうか。「階級支配は破られることなく封建時代から近代に持続された……名が変ったに過ぎなかった」「日本の文武官僚機構わけてもその上層部は成立の当初から、政治思想において専制支配と植民地帝国の建設に圧倒的共感をもつ人々からなっていた」

はたして階級支配は破られることなく、封建時代から現代に持続されたのだったろうか？　維新を遂行した武士は自己否定をした。ノーマン氏は同じ本の中で認めている。「維新の政治指導力が武士性格のものであったにかかわらず、武士の主導のもとに行われた社会変革は、農民に寄生する封建的特権階級たる武士の廃絶をもたらした」。これを認めていながら、どうして名が変ったにすぎないというのだろう？　下級武士が才幹によって上級者をしのいで藩の実権を握り、廃刀令を出し徴兵制をしいて武士階級をなくし、家禄を奉還し、その結果として旧士族は没落して悲惨な境涯におちいり、その不満の反乱は鎮圧され……、こういうことがどうして旧体制の維持といわれるのだろう？　あたらしく支配の地位についた下級武士と都市商人は、むかしは武士体制の中での被支配者だった。たしかに多くのものが温存はされたが、旧藩主が華族に列せられたというようなことは、所詮は部分的現象にすぎない。

その竹山は「事実からの出発」を唱えるが、ただ当時の歴史的事実を羅列的に述べることはしない。竹山は「青年将校の運動」「軍人の団体精神」「新体制運動」の三つの「窓」を設けてこの時代の進行過程を分析した。竹山は昭和三十三年、新潮文庫に収める際、「いろいろ新しく発表されるものを読んでも、ここに記した立場を取消す気にはならなかった。むしろますます確められたようにすら思った」と述べた。それから二十五年後、歴史家の林健太郎は『竹山道雄著作集』第一巻『昭和の精神史』の解説で「この間に現われた史料、文献の類は実に夥しいものがあるが、しかし今日においてこの研究は少しも価値を失っていないばかりか、その正しさが「ますます確められている」ということができるであろう」と述べている。[10]

グルー大使と斎藤夫人

『昭和の精神史』が出たころの私は真相が知りたくてたまらず「あの戦争は何だったのだろう」という気持がまことに強かった。最初の留学から帰国したころの私は万年大学院生で時間があったこともあり、竹山が読んだ関係者の回想録の類を片端から読んだ。また、山梨勝之進大将にものを聴く会を組織した。[11] とくに感銘深かったのはグルー『滞日十年』で、これは石川欣一訳でなく原文で読み通した。

Ten Years in Japan は米国大使が日本へ赴任の途中、五・一五事件で犬養首相暗殺のニュースに接した一九三二年から、日米戦争が勃発し一九四二年、交換船で帰国するまでの十年間の記録で、東京の米国大使館が日本の軍部の擡頭や悪化する日米関係をどのように観ていたか、実によくわかる。圧巻は二・二六事件の報告だろう。グルー大使は前の晩、大使館に斎藤実夫妻、鈴木貫太郎海軍大将を招待し、映画も見せた。その翌朝斎藤前首相は殺され、鈴木大将は瀕死の重傷を負った。グルーは危険もかえりみず斎藤邸に弔問に赴く。これは人間としての儀礼だが外交官としての情勢把握もかねていたに相違ない。大使の弔辞に対し斎藤夫人春子は、死ぬ前夜楽しい会を開いて

主人に最後の喜びを与えてくれた礼を静かに述べた。日本女性の精神美について聞いてはいたが、いま目前に世の婦人の鑑となるような武士の妻を見てグルーは歎美の念を禁じえない。手の包帯は夫人が反乱軍将士の闖入《ちんにゅう》の際、身をもって夫君を庇った際の傷であるという。グルーは一九四四年という太平洋戦争の最中に刊行した本書の中で、日本には平和のために命を惜しまず努力した人がいたのだ、と繰返し書いた。大使は日米の和平を良しとする勢力が日本にもいたのだと米国民に知らせようとしたのである。「私はそうした日本人を敬愛し、尊敬し、感嘆した」。だが戦時下の米国で率直にそう述べたグルーは「日本人に騙されたのだ」と米国左翼から猛烈に叩かれた。そして事実、日本が降伏するやグルーやその部下たちは親中派によって米国務省を追われてしまうのである。しかし在職中のグルーは鈴木貫太郎が首相になるやこれが日本の終戦内閣となると予測した。そしてそれは的中した。『滞日十年』の巻頭にはお孫さんのブランコを漕いでいる斎藤実のにこやかな和服姿の写真が載っている。その品位ある温容は忘れ難い。

斎藤実内大臣とお孫さん

グルーは日米戦争の最中に出した *The Years in Japan* にもこの写真を巻頭に掲げて日本には平和のために命を惜しまぬ人もいたことを米国民に知らせようとした。

私は一九七七年に初めて北米に長期滞在し、招かれた最初の学会で鈴木貫太郎首相の終戦努力について英語発表した。その論文の日本語版も書いて『平和の海と戦いの海』を雑誌『新潮』に送った。江藤淳が激賞し掲載の昭和五十三年十一月号はすぐに売切れたとは聞いたが、それをめぐって論争もあったとは私は米国に二年も続けていたものだからほとんどなにも知らなかった。平川論に触発されて宰相鈴木貫太郎を論じる人も出たが、林健太郎が後にこんな見解を示すとは思いもしなかった。

二・二六と八・一五

林健太郎は一九九二年に文藝春秋から出した『昭和史と私』第七章「二・二六事件と昭和天皇の決断」でこう述べている。

二・二六事件はそれ以前に陸軍部内に激化していた皇道派、統制派の抗争に決着を与えたものであったが、これによってこの抗争に勝利した統制派はそれを利していっそう政治への介入を強化し、以後シナ事変、大東亜戦争を経て敗戦に至る歴史の責任者となる。しかしそれとは別に、この事件は立憲主義者、ファシズム反対者としての昭和天皇の存在を人々に知らせたという意味において注目すべきものであると思われる。それは戦前においてはきわめて厚かった「菊のカーテン」を通しても一般国民に知られたのである。まして国家の上層部にあった人々に対してこれは天皇に対する認識を決定したものであったろうし、それは東京に駐在する外国の使節においても同様であったろう。

この二月二十六日の前夜、この事件で殺された斎藤実と辛うじて死を免れ、後に終戦の立役者となる鈴木貫太郎は共にアメリカのジョセフ・グルー大使に招かれてその公邸にあった。……この事件がグルーに与えた印象がきわめて強烈なものであったことは言うまでもない。彼は翌二十七日斎藤邸を弔問して斎藤の遺体を見、あらためて夫人の態度に感動した。彼はこのことを友人に語り、また著書『滞日十年』(一九四四年刊)において、この事件当時の生々しい日記をそのまま公刊した。

以上のことを私は平川祐弘氏の綿密な研究、『平和の海と戦いの海』によって知ったのであるが、私は特にこれを歴史上の事実として重視するのは次のような意味においてである。

一九四五年日本が敗戦によって占領下におかれた時、戦勝国の中には天皇をヒトラー、ムッソリーニと同様の人物と見なしてこれを処罰しようとする意見が強かった中で、次第に天皇の価値を認めて天皇制を存続させる意見が有力となっていったのには、一九四五年四月以来アメリカで国務次官の地位についていたグルーの力が最も大きかったことは明らかな事実である（児島襄『天皇と戦争責任』、五百旗頭真『日米戦争と戦後日本』）。これはもちろん滞日十年に及ぶ彼の広い経験に基づくものであろうが、その中でも特にこの二・二六事件から彼の受けた印象が大きな役割を演じていることはまちがいないところであろうと思われる。

二・二六事件と八・一五の終戦は、日米とも同じ人物が主役として登場した。片や鈴木大将と昭和天皇とグルー大使、方や日本陸軍である。一九三六（昭和十一）年を開幕の時、一九四五（昭和二十）年を閉幕の時と見立てれば、この十年の日本の悲劇の構図はいかにも判然とするのである。

林健太郎・小堀桂一郎の昭和史論争

首を切り落とされて手から放されたとたんに、鶏がぱーっとまい立つ。首がないくせに飛びまわる――それが『ビルマの竪琴』の捕虜収容所での調理場の光景だった。それはまた同時に竹山道雄が象徴的に描いた二・二六事件以後の我が国の様だった。日本は首を切り落とされ、きちんとした頭脳で判断のできる国ではなくなっていた。そんな昭和十年代「おもえば、われわれは歓呼の声におくられ、激励されて国を出たのですが、あのころから、国中にはなんとなく不吉な気分がみちていました。誰もかれも、つよがっていばっていましたが、その言葉は浮わついて空疎でした。それを思うと、胸も痛み、恥ずかしさに身内があつくなるような気がします。」収容所で日本兵はそう回想する。それはまた竹山自身の気持でもあったろう。

竹山は昭和史と東京裁判による昭和史解釈の問題についてこだわり続けた。生前に出た最後の単行本は『歴史的意識について』（講談社学術文庫、一九八三年十二月刊）だが、そこには『昭和史と東京裁判』も収められている。その冒頭に「日本も悪かったが、判決が認めた意味で悪かったのではなかった」と述べているが、それが竹山の八十歳にいたるまでのスタンスであった。竹山が東京裁判を批判したからといって大東亜戦争を肯定したというわけではまったくない。竹山道雄『昭和の精神史』は遠山茂樹『昭和史』との比較で千九百五十年代半ばに話題を呼び、亀井勝一郎が遠山らの歴史記述が人間不在であることを指摘した。ところが千九百九十年代になって、竹山『昭和の精神史』は著者没後十年、ふたたび論争の火種となった。

戦後の日本にはおおまかに分類して三種の立場の人がいる。第一は東京裁判の判決の正義を肯定し大東亜戦争の日本の不義を認めるもの（この中には左翼の人も多いが、時流に乗るだけの人も多い。たとえば外務官僚で次官経験者などの中にも歴史の正邪を自分で確認するだけの労をとらず、もっぱら外国製の価値基準に求める者がいる。近年の『朝日新聞』の立場も、幹部の見識によって多少の変動があるとはいえ、ほぼこれに近い。国内では井上清、海外では中華人民共和国、海外の日本史研究者ではＥ・Ｈ・ノーマンの系統に近い人）、第二は東京裁判の公正を否定し大東亜戦争における日本側の正義を認めるもの（古くは林房雄から近くは渡部昇一）、第三は東京裁判の公正を否定するがしかし軍部主導の日本側にも不当性はあるとするもの（竹山道雄、林健太郎）である。なおその際の日本の正当性や不当性についての見方にもさまざまなニュアンスの差はあることに注意せねばならない。

ここでこの問題に言及せざるを得ないのは、一九九四年雑誌『正論』八月号に小堀桂一郎が『五十年の後に――いま、竹山道雄氏を偲んで』という題を掲げて林健太郎と昭和史解釈をめぐって論争を交えているからである。読み応えがあり、論争は両者の再反論にまで及ぶ。読者が林健太郎『歴史からの警告』（中公文庫、一九九九）に収められた諸論と小堀桂一郎『再検証東京裁判』（ＰＨＰ研究所、一九九六）に収められた諸論を直接読まれることを希望するが、私は小堀が竹山『昭和の精神史』を追憶するという形をとりながら、竹山が必ずしも認めるとは思われない主張を述べて林批判をしたことについて遺憾に思っている。

「大東亜戦争」の遠い淵源には、日本側だけでなく、米国側にも国際共産主義にも中国の華夷意識と重なった反日ナショナリズムにもそれぞれ責はあったであろう。それはそれできちんと指摘せねばならない。しかしそれだからといって関東軍が起した満洲事変が正当化されるというわけのものではない。また日本軍兵士の残虐行為も、連合国側の残虐行為と同様、許さるべきものではない[12]。歴史的な米国側の問題点については小堀は「アメリカの自己弁明を基底に有する歴史説明の試み」を述べた上で日本側の自己弁明も述べている。しかしこの種の self-justification は危険な操作である。和辻哲郎も戦争中の昭和十八年に次のような歴史的説明の試みを書いた。ものはいいようである、と和辻はアメリカの手口について批判しているが、その和辻の語り口そのものが、アメリカ側から見れば実はものはいいようの一例と化しているのではあるまいか。

我々は九十年前にペリーが江戸を大砲で威嚇しつつ和親条約の締結を迫ったことを忘れてはならぬ。もしそれを拒めば、平和の提議に応ぜざるものとして、手段を問わざる攻撃を受けたであろう。大砲に抵抗するだけの国防を有せなかった当時の日本は、人々の憤激にもかかわらず、和親の提議に応ぜざるを得なかった。もしその後攘夷を実行したならば、契約を守らないという不正の立場に追い込まれるはずであった。この手口はさらにワシントン条約において繰り返されている。当時の名目は世界の平和のための軍備縮小である。すなわち依然として平和の提議である。しかし実質は日本の軍備を戦い得ざる程度に制限することであった。しかもそれは米英の重工業の力の威圧の下に提議された。もし日本が拒めば、平和の提議に応ぜざるものとして、米英の軍備拡張を正当化することになる。当時の日本は、重工業の力がなお不充分であったためか、あるいは政治家の短見のゆえか、この平和の仮面をつけた挑戦に応じ得なかった。この弱みにつけ込んでさらにシナ問題に関する条約を押しつけられた。欧州大戦中日本がシナと結んだ条約は、武力の威嚇の下に強制されたという理由で無効とされた。アメリカが日本と結んだ最初の条約は大砲の威嚇の下に強制されたものであるが、それは知らぬ顔で通している。とにかく平和の名の下に日本に不利な条約を押しつけ有利な条約を抹殺したのである。そこでアメリカは、満州事変以後の日本を契約違犯で責め立てた。正義の名によって日本を絞めつけ、日本をして自存自衛のために立たざるを得ざらしめた。(13)

和辻の歴史観に同調する読者もいるだろうが、竹山は違った。竹山は和辻が昭和三十五年に亡くなった際に書いた『和辻先生』(14)のほかに昭和三十八年にも追悼文『鶴林寺をたずねて』(15)を書いている。その中で昭和十二年に和辻が『文化的創造に携わる者の立場』で述べた「(日本の)この運命を護り通すことは、究極において十億の東洋人の運命を護ることである」という主張については「これはそうはならなかったし、先生のような純粋の動機からの考えも阿世便乗の説と区別がなくなってしまった。戦争ともなれば、ただこのような理念や決意だけではなくて、もっと他に考え合せなくてはならぬことが沢山あるのに、あの聡明無類な、また客観的事実に即して考えることを重んじた人が、どうしてこのように「世界的視圏」を欠いていたのか、ふしぎである」と竹山は批判している。和辻が昭和十八年末に書いた、右に引用した一節を含む『アメリカの国民性』に示された見方に対しても、また戦後に出した『鎖国』についても「(和辻先生は)鎖国をしたことが敗戦の原因であった、という飛躍した批判を下している。先生にとっては、民族の進出はなすべきことだったのだろうか。なすべからざることだったのだろうか？」と疑義を呈している。(16)

その竹山自身はアメリカへは行ったことがない。(17) 昭和三十六年にはスタンフォード大学へ招かれたが、結局行かなかった。しかし国際情勢については日米英独仏の新聞雑誌を丹念に読み、ヨーロッパ滞在中もおびただしい切抜きをしていた。ベトナム戦争についていは「日中戦争で日本は中国ナショナリズムの泥沼にはまりこんだが、ベトナムにおける米国も同じだ」と観察していた。それでいながら、日本は日米安保条約によって平和を守られている国である以上、米国の航空母艦エンタープライズの佐世保入港を支持していた。それがきっかけとなって交された『朝日』「声」欄の論争については第十三章「自由」で述べたい。

註

(1) 戦争末期、中学生の私が日本の軍事力について疑問を口にしただけでも友だちにたしなめられた。しかし同種のタブーは戦中に限らず戦後にも、程度の差こそあれ、存在した。たとえば、昭和二十年代には米国占領軍のすることに疑問を呈することは禁忌に触れることだった。原爆投下のような非人道的行為を不問にして行なわれる東京裁判の公正に対して疑問を抱いたとしても、口には出せない雰囲気があった。実は当時の米国の新聞の方は米国が主導したVictors' Justiceの不当性をいろいろ話題にしていたが、日本の新聞は占領中も占領後も「勝者の裁判」の不当性を話題とすることが少なかった。タブーが続いたということであろう。閉ざされた言語空間の問題は、戦前と戦中は軍と軍に同調した報道関係者の問題であったが、占領中と戦後は占領軍と占領軍に同調した日本の報道関係者の問題なのである。

(2) これは『春望』、『向陵時報』昭和二十二年十月二十六日に初出、竹山道雄『主役としての近代』講談社学術文庫、一九八四、所収、二九頁。

(3) 岡さんとは岡義武である。岡義武と竹山道雄は東大法学部政治学科と文学部独文科と学んだ学部は違うが同じ大正十五年卒、ドイツ留学は竹山が十年先だが、二人の関心の持ちようはきわめて似ていた。岡は東大では欧州政治史を担当したが、近代日本の形成や日本政治外交史にも関心が深かった。岡の日本政治史研究は欧州との比較の視点が暗黙の背景をなしていた。岡には政治家や政治における人間への関心があるからこそ山縣有朋や近衛文麿の研究は幅広い読者を持ち得たのである。岡が昭和二十一年八月雑誌『世代』に発表した『ワイマール共和国の悲劇』は後に弘文堂のアテネ文庫から改題して出されたが、これは竹山が現場で見聞した「独逸デモクラシーの悲劇」であった。両人はそれに引き続くナチス時代と日本の軍部時代に単なる学者以上の関心を寄せていた。晩年の岡は伊藤隆や道雄の息子の竹山護夫の実証主義的な日本政治史研究に注目していた。竹山道雄が亡くなったのは昭和五十九年六月十五日だが、その年の秋、衞藤瀋吉先生が私に向い「驚いた。友情というのは尊いものだな。岡義武先生が私をつかまえて『亡くなった竹山さんの息子は甲府で教えているが、もっと鎌倉に近い横浜とか東京の大学に職はないものか。竹山夫人が鎌倉に一人残されていてはお気の毒だ』といわれた」と言った。息子の竹山護夫は甲府の山梨大学に奉職して十四年、日本史の助教授で、五人の子供の父であった。竹山夫人はしっかりした人で、周囲は母のことをさほど心配しなかった。衞藤氏からそんな話を聞いて、政治史の岡先生がこんなパーソナルなことに気をかけてくださるのかと私も驚いた。というか岡義武・竹山道雄の両人（一歳年上の岡は「竹山君」と呼んでいた）あるいは両家がそれほど親しかったということであろう。なお護夫については第十八章でふれる。

(4) 竹山道雄の息子護夫の『竹山護夫著作集』第三巻『戦時内閣と軍部』名著刊行会、はこの阿部信行前首相の言葉で始る。

(5) 林健太郎、江藤淳、竹山道雄、座談会『大東亜戦争と日本の知識人たち（四）』、『心』昭和四十一年九月。

(6) 富士川英郎『都雅で、重厚の人』は『文化会議』昭和六十年一月号。ちなみに富士川は戦争中ホーフマンスタールを訳していたころはナイーヴに同盟国ドイツの勝利を祝賀していた日本の独文学者の一人であった。なお竹山道雄『昭和の精神史』は二〇一一年に中公クラシックスの一冊として復刊されている。

(7) 現に思想が教条に変化する機微にふれて山辺健太郎は『前衛』一九五七年九月号に、外国の権威、あるいは共産党中央の権威に依拠して上から演繹する傾向について「日本資本主義分析についていうと、これまでの研究は歴史上の事実にもとづく研究というよりも、三二年テーゼなどを歴史上にあてはめる研究が多かったのではなかろうか」といい、小椋広勝も「マルクス主義経済学を研究しているものとして私の今までの学問のやり方は、答が先にでている算術計算をやる子供のようなものだった。……私は教条からはいってそれに適合する現実をもとめていたのであった。学問はぼう大な現実のなかから法則をつかむものである」と率直に自己批判している。

(8) そんな私が比較文化史家と呼ばれて東大紛争後の学際的な企画であった人類文化史や *Cambridge History of Japan* に執筆することができたのは、ひとえに人文主義的なフィロロジカルなアプローチを重んじる比較文学比較文化の大学院へ進んだおかげである。唯物史観は物質的・経済的生活関係を以って歴史的発展の究極の原動力と考えるから、上部構造に過ぎない文化史的側面へきちんと注意を払おうとしなかった。それもあってインターカルチュラル・リレーションズの学問分野は手つかずのまま残されていた。私ども比較研究者には新たに開拓すべき仕事がたくさん残されていたのである。

(9) 竹山道雄『総合雑誌評』『産経新聞』昭和三十一年十二月二十六日。

(10) 林はそう述べたが、それでも昭和史論争以来の今日にいたるまでの五十年間、私の東大で同僚だったフランス語教師をはじめ出版界では日本の前近代性への批判がお経のように繰返されてきた。市民革命だったフランス革命と違い日本の明治維新では天皇制が温存された、それが諸悪の根源だとする説などもそれである。この種の見方は日本人のフランス憧憬やパリ崇拝とそれと裏腹をなす日本人であることへの劣等感とよくマッチする。それもあって日本文化史や政治史について特段に勉強したこともない仏文出身者が、日本問題や天皇制についてネガティヴな評論家的発言を繰返す所以であろう。

ちなみに北米の反ベトナム戦争世代の日本研究者はノーマンの著作を日本研究の聖典として持ち上げ、その見方でもって北米の学界を席捲し、あまつさえ大学人事を左右するにいたった。deserion と白眼視された過去の行為を正当化するためにも左翼の史観の正当性を強調し、それにしがみつきたかったのであろう。しかし日本人はマルクス主義的歴史観にすでに食傷してしまったためだろうか、反ベトナム戦争世代が北米の学界で擡頭するに及んで北米の日本研究に魅力を感じなくなってしまったようである。たとえば北米ではダワーやその系統のビックス『昭和天皇』などにピュリッツァー賞が与えられ、一旦は読書界を支配したかに見えたが、すくなくとも日本ではキーン『明治天皇』の方が良書として末長く読みつがれてゆくようである。

(11) 私が山梨勝之進大将にものを聴く会を組織すると「大将でなく水兵の話なら聞きに行きます」という返事をよこす人もいた当時であった。

(12) 第二次大戦中の日本軍将兵に婦女暴行を働いた兵士はいたであろう。修羅場でそうした畜生道に落ちる兵士が出るのは避けがたい。だが昭和の日本軍のより大きな問題点はそうした部下を必ずしも厳罰に処さずに大目に見た点にあったのではなかろうか。武士道を重んじるかぎり、身内の悪に目をつむってはならない。非行を働いた部下を庇う上官は軍内部では評判はいいかもしれない。それと同様、大学内部で自分が指導する学生には、学生が非力でも学位号を付与しようとする上司は身内では評判はいいかもしれない。しかし学問の公正を心得た学者は自国の是も非も、他国の正義、不義もきちんと見定める。自虐的に日本を貶める左翼御用の歴史家も誤りだが、自愛的に日本を持ち上げる評論家的学者も問題なのである。しかし身内の悪を直視することと、中国側の主張する日本側の悪事、たとえば彼らのいう「南京大屠殺」を認めることとは同じでない。南京で日本軍が三十万の無辜《むこ》の民を殺害したという中国側の「憎日」教育をまともに受取ってはならない。白髪三千丈式の数字についてはその根拠を質さねばならない。外国側の誇大な反日宣伝に同調することは良心的でもなんでもない。真の日中友好のためにも、根拠のない数字は認めてはならない。なお中国の学者には自国の非を認める学問的自由の余地がきわめて少ないことは常に留意せねばならぬ点である。

(13)『和辻哲郎全集』第十七巻、岩波書店、一九六三、四七二頁。

(14) 和辻照編『和辻哲郎の思ひ出』岩波書店、一九六三に収む。
(15)『竹山道雄著作集』第四巻、一七九―一八一頁。
(16) 竹山は疑義を呈する際に和辻の同級生の言葉を引いている。その香川鉄蔵の言葉とはこうである、「日本の敗戦こそ、彼にとって恐らく最大の悲劇ではなかったろうか。『鎖国――日本の悲劇』の著述即和辻哲郎の思想的悲劇ではなかったか」和辻照編『和辻哲郎の思ひ出』岩波書店、一九六三、四八頁。
(17) 竹山がオランダでＣＩＡ？に渡米を誘われ、怪訝な招きなので断わった話を『朝日新聞』に書いたことを私は記憶している。

第十二章　門を入らない人々

暴力革命

昭和十九年、第一高等学校では陸軍の査閲が行なわれる前日に竹山が駒場寮の各階の大便所に入って、壁の落書を消したことは第七章で述べた。そのとき Gewalt と壁一杯に大書した部屋があった。竹山はぎょっとした。戦時下にも左翼思想は寮のある部屋には伝わっていて、軍隊は暴力装置であるとか暴力革命を示唆する「ゲバルト」すなわち「暴力」というドイツ語が書かれていたのである。すでに大正の末年、竹山が寮生だったころ、ロシア革命の影響で左翼思想が一高にもひろまっていた。昭和十二年、竹山はすでにこう回顧している。

寄宿寮の長い廊下に面して幾多の部屋が扉を並べていたが、所謂「赤い部屋」はその間にポツポツと赤い発疹《ほっしん》のように散在していた。そうして不思議なほど部屋によって思想が同化して了うのだった。理窟の多い独逸語を主とする科の生徒の入る部屋は毎年そういう色彩に染った。恰もその部屋の壁や床板にそういう思想が浸み込んでいるかの如くであった。一旦そういう部屋に入ったものは間もなく信者になって、当時洪水のように出版された翻訳の唯物論に読み耽って、幼稚で空想的ではあるが若々しい昂奮に酔った。(1)

昭和四年の一高寮歌は第二番に意味深長な次のような歌詞を含んでいる。

白き風丘の上に荒る　消《け》たんとてかゞりのあかり
深まさる夜や何孕《はら》む　くろきものわが眼おほへど
北の方《かた》星ひとつあり　赤ひかる星みずやわが友

北の方の「赤ひかる星」すなわち赤い共産主義の国ロシアが――二十一世紀から振返れば笑止千万な幻想だったが――日本の若者にとって真理の国なのであった。一高生のある者は戦争中でも歌詞の第三番にあるごとく「北方の星は冴えたり」と信じていた。生徒ばかりでない、二十代の林健太郎一高講師は「負けたら日本は社会主義になって、ソ連の如く立派な国になる」(2)とマルクシズムを信奉し続けていた。林は後に「私のような堅実な中産階級の下の堅実な家庭に育った者は本によって世界を知るだけで、竹山さんのような人生体験《レーベン》に恵まれなかったから」といった。Leben とドイツ語を口にした。しかし戦時下の日本では軍部も革新官僚も統制経済を信じていたという点では社会主義の資本主義に対する優位を信じていた、といえるのではなかろうか。私の世代の多くも、英国労働党の勝利もあって、社会主義の正しさをいわば自明の真理として戦後長い間信じていた。

昭和二十三年、旧制高校の中では保守的だった一高でも左翼がついに強くなり、秋には共産党員の三年生が自治会委員長に当選した。活動的な少数の左翼学生が巧妙な戦術で学生大会を制するという他の高校によくある経過を一高はすぐには辿らなかった。それにはわけがあった。全寮制の一高では生徒の自治活動への参加が高い。そのために「純粋な理窟を強い言葉で言い立て、大上段に論理を振りかざす人間が技術的に勝ち残り、自分の言葉で誠実に語ろうとする人々が日和見主義と糾弾されて排除されていく」(村上春樹のイスラエル講演)ことが少なかった。それで左翼が天下を取るのがそれだけ遅れたのである。なにしろ甘いものに飢えていた時代である。討論終了後に汁粉を一杯ふるまうという慣行を確立しておきさえすれば、寮食堂で開かれる大会に多数生徒が間違いなく参加し最後まで議論は白熱した。そんな弁論大会風のリベラルな伝統ある一高の学生自治であったけれども、敗戦後三年、中寮十六番の社会科学研究会に住む、私と同室の平岡先輩が委員長に当選した。その夜大勢が「彼は誰《かた》れの夕づく丘に」をうたって勝利を祝し「赤ひかる星」の一節で一段と声を張りあげた。これから語るのはその共産党系左翼学生が天下をとった後の駒場キャンパスにおける学生運動についての私の体験である。それと並べて竹山が組織化された学生運動をどう観察したか見てみたい。

駒場の正門

竹山が一九四四（昭和十九）年六月に書いた文章に『空地』がある。正門の前の空地に東の一高前駅への広い道だけでなく西の駒場駅に通ずる小路がなんとか通れるようになった昭和十年代の初め、その坂を柳宗悦の民芸館を訪ねた岩元禎・三谷隆正の両先生が登って戻ってくる姿が描かれている。(3) やがて太平洋戦争が進行し、この空地で竹山が島田正孝青年と会話を交わしたことは第八章『ビルマの竪琴』でふれた。昭和十八年、タラワ島で敵襲にあい玉砕した島田より数年遅く生まれた私は、昭和二十三年、そのなかば崖のような坂の小道を登って、正門を通って一高を受験した。

井の頭線は昔は渋谷寄りの一高前駅と池の上寄りの駒場駅と二つあったが、それが正門の前で一つの駒場東大前駅に統合されて便利になった。以前は一高前の駅から西の正門の方へ歩き、正門を通って、そこからまた校内を東の寮へ戻らねばならなかったからで、千二百名の一高生はその二等辺三角形の長い二辺をマント姿で歩いたのである。正門主義は伝統で、それ以外の門からの出入りは不文律で許されなかった。それだけに陸軍の一小隊が正門前の空地で突撃練習をし、土手を越えて校内へはいったとき生徒の代表がこれを制した。小隊長の若い少尉がこの生徒を撲って「皇軍を侮辱するか！」と叫んだ。学校側が師団に抗議すると高級将校が来て、頭を机のへりにまで下げて謝罪し、少尉は罰せられた。

いまその同じ駒場キャンパスは東大教養学部となって六十年が過ぎたが、門が六つあって、入試当日以外は外部の人も、六千名近い学生も、通り抜け自由である。井の頭線の駒場東大前駅の東の改札口を出て左手へ階段を降りると舗装された広場――それが昔の「空地」だが――その向うに正門がある。ほかに校内を東西に通じる銀杏並木の弥生道の西はずれを曲ると西門があり、山手通に面した裏門がある。昔は校内に寮と寮食堂があり、炊事門もあった。西門、裏門、とくに炊事門から出入りするがごときは食事部委員か賄方のすることで、天下の一高生の通るべき門ではなかった。それだから門限が過ぎて正門が閉まろうとも、乗り越えてもよいからあくまで正門から入るべきなのであった(4)。

一高が消滅した後、以前の一高前の駅下の商店街から二等辺三角形の短い一辺を北に行き、土手を開いて寮の前へ通ずる近道ができた。その小さい門はやがて矢内原《やないはら》門と呼ばれるにいたった。矢内原忠雄先生には悪いが、その通称の由来はこうである。

レッド・パージ反対闘争

一九五〇(昭和二十五)年は六月二十五日に北鮮軍が三十八度線を突破、南へ侵攻し、二十八日にはソウルを占領した。米韓軍は釜山周辺に押し込められ、第二のダンケルクが噂された。しかし日本人の多くは五年前に日本帝国陸軍に勝利した米軍の強さを信じていたから、東西の冷戦が隣国でついに火を噴こうとも、落着いていた。はたして九月に米軍が仁川に上陸、南進した北鮮軍の背後を断った。マッカーサーは在日米軍を朝鮮半島へ派遣し、日本は手薄となったが、日本の治安は大丈夫であると確信できた。極東の危機に際してそのような安定した関係にあった日本であればこそ、かつての敵国が安保条約でアメリカと結びつき得たのであろう。多くのドイツ人がロシア軍に占領された土地よりはアメリカ軍に占領された地域の方がましと思って東から西へ脱出したように、日本人の多くもソ連軍や中国軍でなくアメリカ軍によって占領されたことをまだしも良しとした。そのような心理が生じた背景にはアメリカ占領軍による巧みな情報管理も関係したであろうが、歴史的に見れば明治の第一の開国以来、日本は西洋をモデルとして近代国家を建設した。そして敗戦後の第二の開国以来ふたたびその西洋化路線を踏襲したからであろう。もちろん「我等の祖国労農ロシア」と信じていた左翼人士にとっては、日本人一般のそのような親米的な姿勢は腹立たしいかぎりだったにちがいない。共産党支持の友人に向い私が「朝鮮半島情勢に一喜一憂しないでもっと勉強したらいかがです」といい「維新の騒乱の時も福澤の慶応義塾では西洋の原書講読をしていました」

といったが、相手は「このブルジョワめ」という顔をした。そして「九月からは全国の大学で闘争を盛り上げてみせる」と肩をそびやかした。一高では同年だった彼は、新制東大で入試に落ち、一年遅れた。その痛手を補いたい心理もあって東大入学後彼は左翼の政治的運動にのめりこんだ。——と私は解釈した。

朝鮮半島で冷戦が熱戦に転じた以上、左翼が日本国内でも反米活動を強化するであろうことは当然予想されたが、米国占領軍は七月二十四日、共産党員とその同調者を言論機関から追放することを指示した。レッド・パージが始まった。大学生の間でも共産党員の教授は追放されるのではないかという懸念が生じ、緊張は高まった。当時は国際情勢だけでなく国内情勢もそれに呼応して緊迫していた。米国と安保条約を結ぶことで独立回復を意図した吉田茂首相は、東大総長南原繁らが全面講和論を声高に唱えるや、それを「曲学阿世」と論難した。全面講和は望ましい理想だったかもしれないが、当時の東西対立が火を噴いた国際関係からいって、日本がソ連圏諸国とも国交を回復し非武装の極東の中立国として独立を回復することは現実的にはあり得ない夢物語であったろう。そのような国際関係の現実を認識して日本外交を導いた吉田茂は、いまでこそ戦後第一の名宰相として記憶されているが、首相在任中の評判は私たちの周辺ではなはだしく悪かった。

なにしろ『朝日新聞』や岩波書店の『世界』は南原以下の平和問題懇談会の立場を支持した。『文藝春秋』誌上で単独講和を支持した小泉信三を除いて有力な学者・文化人は全面講和を支持した。そんな雰囲気であってみれば東大二年生の私は当然南原総長に同調した。そんな気分が根底にあったから、全学連がレッド・パージ反対闘争を宣言するや、主導するのが共産党系学生だとは承知していたが、そして共産党路線を支持するわけではないが、思想・言論・学問の自由を守るためにも、学生が立ち上がるのは当然という気分になったのである。かつて日本はそうしたアカデミック・フリーダムが奪われたために戦争に突入したのではなかったか。そんな歴史解釈が若者たちを学生運動に駆り立てた。自治会はそんな学生の気持をつかんだ。一九五〇年九月、東大教養学部では学生投票でおよそ一八〇〇対一〇〇〇でレッド・パージ反対の意思表示として学期試験をボイコットすることを可決した。矢内原教養学部長は学生にストライキを行なう権利は認めない、とする立場である。それでも学部当局はスト派学生が正門にピケット・ラインを張ることを予想し、受験希望の学生は「万難を排して通用門以外からもはいってよい」という掲示を出した。

ストライキ第一日

学期試験が予定されていた第一日の九月二十九日金曜日、自治会は寮生有志を行動隊として動員し、登校した通学生を駅からたくみに寮食堂に誘導した。そこへ教授たちもはいってくる。私も寮食堂に入って、教授たちも大会に自分から参加したのだと思っていた。しかし竹山が『中央公論』一九五〇年十二月号に発表した『学生事件の見聞と感想』ではこうである。

朝、私が渋谷駅までくると、そこに学校の事務員が立っていて、学校が発行したビラを登校者に配っていた。それには「表門にはボイコット学生のピケットラインがはってあって通行できないから、これこれの門から入れ」とて、地図まで刷ってあった。ひろい学校の地域にはいくつかの入口があるが、そのうちの二つが指定してあった。それから私は井頭線にのりかえて学校前の駅を降りると、そこには学生の列が立っていて、登校者たちに「裏門へ、裏門へ」と叫んでいた。私は、これらの学生はストライキに反対している人たちで、学校が指示する二つの入口へと導いているのだ、と思った。それで、私もその列に加わって、一緒になって「裏門へ、裏門へ」と叫んだ。やがて私は自分も学校へ入ろうと思って、ビラを配ったり叫んだりしている学生の列の間を歩いていった。すると、意外にも、その列によって自然に流しこまれて行く先は、学校が指定した二つの入口のどれでもなかった。立っていたのは、ストライキ側の学生であって、反対側の学生ではなかった。登校者たちは巧みにこしらえた沿堤を流されて、怪訝の念をいだきながら、抗がいようもなく、みな寄宿寮の大きな食堂の中に入れられてしまった。(5)

その日の私の日記には「昂奮して眼鏡をはずした竹山さん、笑っている小池、田辺（貞之助）さん、プリプリしている島田（謹二）さん、いつもの表情の片山さん、真面目そうな小宮さん等（寮食堂に）はいってきて、市原（豊太）さんが登壇し、善良でかたくなな主観的な考えを訥々《とつとつ》と述べ試験に出てくれというので何となく不穏になり出した」。自治会執行部はあわよくば教師側もレッド・パージ反対闘争に捲き込もうとしたのだろう。しかし「試験に出てくれ」という市原先生の切々たる訴えがなされ、それに呼応する学生が声をあげたから、執行部はあわてて議長をかえ、反論に転じた。杉捷夫、前田陽一なども学生に訴えた。教師側と学生側と議論を交した――といっても学生側の発言はストライキの主張者に限られていたから、そこは戦術にたけていた。一体背後に控えた闘争本部はどこにあって学外の誰が中心だったか、私はいまだに知らない。学生の考え方はさまざまであって、学期試験を受けなければたいへんだと不安に思っている者も大勢いた。受験しようとする者は方々から教室にはいって、一部では試験も実施された。無教会キリスト教の川西進は中学以来の友人だが、師と仰ぐ矢内原先生のいうことに従ったのだろう、受験を終え、仲間数名とかたまって本館から出てきた。鼻血を出していた。スト破りだから殴られたというのでなく教室で乱入してきたスト派学生に試験用紙を破られて昂奮したのである。私はストライキに賛成票を投じた責任を感じ、寮の集会が散会するや正門のピケット・ラインに加わって第一列で山岳部の縄梯子をもって立ち番をした。強硬に「通せ」という教師や学生もいたが、気の強い連中が通るのはそのまま通した。これも闘争本部がそう指示していたからである。講談社のダットサンが島田謹二教授の授業用の佐藤春夫『近代日本文学の展望』を書籍部に搬送にきた。「その一冊は僕のだぜ」とまわりに言って通してもらった。その正門のピケット・ラインを『朝日新聞』のカメラマンが「皆さんの顔はわからないように出しますから」と夕刊のために写真を撮った。

門を入らない人々

スト第二日の九月三十日土曜日は前日と違って受験学生を囲い込む作戦はもはやとれない。集まってきた学生の多くは日和見だが、強硬なスト破り派もいる。そんな学生が正門の前の空地に集まって不穏な空気が漂っている。ふたたび竹山の見聞を引用する。

> この対峙している双方のあいだに立って、（矢内原）学部長がもう幾時間も説得したり叱咤したりしている。何とかして受験学生を引率して校内に入ろうとするのだが、いかにはげしい押問答をつづけてもなかなか入ることができない。
>
> そのうちに、空地の彼方にサイレンの音がきこえた。学生の群の中から異様な喚声があがった。ついに白いトラックにのった警官の一隊があらわれたのである。[6]

トラックはピケット・ラインの第一列に突っ込まんばかりの勢いで急停車した。警官たちはばらばらと飛び降りてピケット・ラインを突き崩しにかかったが、学部長はそれを制し、警官隊を背後にしてなお説得を続けた。緊張は高まり、事態はいっこう好転しない。学生たちは警官隊と対峙する。すると背後左右から「ポリ公、帰れ」と下品な罵声を発する学生がいるので、私は甚だしく違和感を覚えた。するとそれまで傍観していた学生が次々とこちらのピケット・ラインに加わりはじめた。一人の学生がこう叫んだと竹山は書いている。「先生、僕はボイコットには反対の投票をしたのですが、もうこうなったら試験はやめてもらえませんか。これはあんまりだ。このままでいったら大変なことになる。何とかしてください。だいたい教授方があんまり傍観的じゃありませんか」。そのときだったろうか。矢内原学部長は体当りしてピケット・ラインを破ろうとした。警官隊が続いて学生を排除しようとした。ピケット・ラインの第一列に立っていた私は双方の押しあいへしあいで、満員電車と同じく両足が地面から離れていても倒れないほどである。その列がばらばらに崩れたとき私服の警官がそれまでピケットの第一列でスクラムを組んでいた学生の背中にさりげなくチョークで印をつけていた、と後年になって聞かされた。竹山は書く。

そのうちについにスクラムが切れて、二十人ほどの警官が余勢にかられてころがるようにして校内に駆け入った。ばらばらと逃げる者、追う者が交錯した。数人の教師が警官に手向わせまいと、学生の前に手をひろげた。さいわいにしてそれ以上の実力の衝突にはならなかった。

拡声器がしきりに叫びたてた。その中に「治外法権は破られました」という言葉があったのを覚えている。

警官の突入は、学部長が受験学生を引率してピケを分けて入ろうとしたときに押しかえされたので、それを助けようとして起ったことだった。かくて突破口はつくられ、ついに受験学生が入校できることとなった。が、ここに意外なことがおこって、学校側を当惑させた。いままで門外に立って入るときを待っていた受験学生たちが、「警官のつくった道は入らない」といいだしたのである。(7)

一ストライキ参加者の思い出

スト第三日の十月二日月曜日には前日家で拵えた二年文科一類五組ＡＦ用のプラカードを持参する。「Peace, Paix, Friede, Pax, Pace, 平和」と書いてある。西門からはいると菊池榮一先生に会った。この小門ならピケット・ラインはなし、ここなら受験志望者ははいれるだろうと視察に来たに相違なかった。お辞儀をする。しかしプラカードの下に集まったクラスの半分は「あんな学生大会の雰囲気では自由に発言できない」「学生がストライキを多数決で決定するのは非合法だ」などの意見で、クラスとしてまとまった行動をとることもできない。この日は時計台の上から警官隊来襲の報が出ると、ピケット・ラインは自主的に解かれた。試験ボイコットはすでに成功した、と指導部は判断したからであろう。

　その日も議論が続いた。上田勤助教授が正門の柱の上に登り、熱のこもった調子で活動家学生たちとは異なる意見を述べた。弥次が飛ぶ。すると司会をしていた中央闘争委員の松田が「ヴォルテール曰く」といって反対意見を表明する自由を強調して野次る相手をたしなめた。そんな自由主義の立場の委員もいたのだが――松田は黒い制服の胸に赤い羽根をつけていた――当時の学生活動家はその後、どんな生涯を送ったのだろう、週刊誌に追跡調査してもらいたい。スト反対派の岡崎久彦が本館の石段で米ソ対立に言及し、日本がソ連のようになれるならばともかくソ連の属国となるのだけは御免蒙りたい、と述べた。このレッド・パージ反対闘争については、狭く大学における学問・思想の自由を守るためという問題限定型の捉え方と、米ソ対立の日本国内における代理闘争の一環という捉え方とがあって、明敏な岡崎は後者の見方の中で議論を展開していたのである。大学紛争などの際、個性的な意見を述べる学生はいたって少ない。付和雷同派の学生は興奮してスローガンを繰返す絶叫型になってしまう。それだけに岡崎の説得的な語り口は印象に残ったのだが、後年岡崎にその話をしたら本人はおぼえていなかった。

　学内ではその日も試験は一部で実施された。闘争本部はスト派の学生をいくつかの班に組織し、ある班は教室へ試験中止の説得に赴くが、「試験をやめろ！」「スト破りはよせ！」と喚くばかりである。私は怒鳴る趣味はおよそない人間なので、ドイツ語の安藤熙先生の教室で「先生の父君の安藤勝一郎先生はかつて小泉八雲ことハーンが東大から解雇されたときそれに抗議する英文科の学生としてストライキを組織なさいました。大学生がストライキをすることは許される場合もあると思いますが」などと話したら、話がすこぶる具体的なものだから、皆さん謹聴したのはいいが、安藤先生も動揺したとみえ「それでは」と試験を中止してしまった。ただ後年、安藤先生から東大在職中の不愉快な思い出として「昭和二十五年十月の学期試験ボイコット」といわれたのには閉口した。

　闘争本部はまたバスを借り切って他大学へ東大のスト派の学生を送り込み、煽動を試みた。これは宗教団体が新人を宣教活動に従事させ、その活動を通じて当人の信仰を固めさせるのと同じ手口で、他者を説得するうちに――

その説得には成功せずとも――本人が自分のアジ演説で主義に染まってゆくのである。しかしそんなバスまで手配する活動資金はどのように調達したのだろう。駒場から駿河台の中央大学に向かったバスでは、後に魯迅研究者として名をなす丸山昇が車体に垂れ幕を張るよう指示した。しかし中央大学の学生たちは自分たちの勉強や就職や司法試験の方が大切で「レッド・パージ反対の法的根拠は？」などと六法全書を手にした年長の学生に質問されて東大生はたじたじとなった。

矢内原門

私たちのクラスの数名はストライキ中、先生方を研究室に訪ね、話を聞いた。そうしたおだやかな交流は悪いことではない。もっとも学生委員長の木村健康教授だけは活動家学生に年中取囲まれ、言葉はげしく応酬していた。学部側も学生に大学側の見方を伝える必要を覚えたからだろう。この事件に鑑みて翌年からは毎月一回『教養学部報』(8)を出すようになった。それは竹山の献策であったらしい。私は当時の新聞雑誌で学生ストライキにまつわる諸家の意見を丹念に読んだ。教養学部が十一月に出した新聞に載った市原豊太先生の文章に感銘を受けた。それはいずれの立場であろうと、真面目に事件にかかわった学生にたいする温かい考察で「悲劇は不幸から生れるものであるが、深く味わわれた不幸は幸福の源にならずにはいない」というコルネイユのモラリスト的考察で結ばれていた。私の印象に残ったのはこの市原先生の言葉と竹山の文章で、後者の正確な観察の数々にはストライキ派の学生であった私も感心しかつ多く共感した。竹山『学生事件の見聞と感想』には九月三十日のことがこう出ている。

警官の力をかりなくても試験はできないが、かりてもできない。事態収拾のため、警官にも引きとってもらい、その日の試験も中止した。この日はボイコット派の勝利に終った。

ただちに学生大会が催され、さかんな気勢をあげた。中立学生までが感情を害したのである。警官を目の前に見るということは、それほどまでにもショッキングだったのである。

今後の事態解決のためとて、自治委員長から学校側に会見の申しこみがあった。このときに学生が提出した条件にはつぎのようなものがあった。

「警官出動に関する学部長および教授会の責任を、学部長の謝罪文または辞職の形において表明されたい」

また、「今回の試験は受験者少数であるから無効にせよ」

学校はどこまでも今回の試験をもって正規の試験とする建前であるが、妨害のために受験できなかった学生が多いので、その人々のためには願書をださせて再試験を行うこととした。これに対しては「全学連の闘争のスケジュールはきまっている。これの遂行に妨げになるから、再試験は十月二十三日以後に延期してもらいたい。もしこの要求どおりに延期すれば、再試験の願書は自分たちの方で一本にまとめて提出する。そうすれば学校は妨害なく再試験ができるであろう」

これは全学生の願書を手中におさめて、全権をにぎって、自分たちの権能の下に再試験を行おうというのである。(9)

その間に大学側は再試験の予定を発表した。自治会執行部は再試験のボイコットを主張したが、一般学生はボイコットは一回やれば世間にレッド・パージ反対の意思表示は十分したと思っており、それ以上は「闘争」するつもりはない。講堂で開かれた学生大会で本間長世が「もう中止すべきだよ」と顔見知りの私に言った。再試験もボイコットするという提案は挙手で否決された。執行部の面々がいかにもがっかりした表情をしたことを覚えている。私も否に手を挙げた一人だが、そのような民主的な採決で事態が収まったことは、後から考えると牧歌的ですらあった。それというのは、その十八年後の東大紛争のころからは、たとえ学生の多数がスト解除の提案を学生大会にしようとしても、それが可決される見込みがあると、過激派学生の執行部は学生大会そのものを開かせなかったからである。一九五〇年当時、一般学生は、私もその一人だが、地下に潜伏した日本共産党が背後から指導した全学連の戦闘路線を支持したのではない。共産主義思想をも含む言論・思想の自由は守る、という立場から、占領軍総司令部のレッド・パージ政策に反撥し、試験ボイコットに賛成投票をしたのである。私は「学部長の謝罪文または辞職」などの自治会の要求など、大学当局は拒否するにきまっている。ただ単に要求を突きつけているだけだ、と思っていた。それだけに竹山の次の結論は警戒心が強過ぎるのではないかとも感じた。[10]

これらの要求はことごとく一蹴されたが、こうした条件は、学校に対してかれらがどういう意図をもとうとしているかを、よく示している。それは学校の全体的支配である。もしこの威嚇に屈すれば、やがては学生に関することはもとより、教務のことも、すべてがかれらの指示のままになり、学校を管轄するものは学部長ではなくて自治会委員長となり、学校は一部の政治学生に牛耳られる講習会のごときものになってしまう。人事のごときはなかんずくその好んで支配するところであろう。

大学は学則違犯で自治会執行部の学生を停学や退学処分にした。処分は後に解除されたが、大野明男委員長の処分はそのままとなった。大野はこのストライキを通して学生運動指導者として頭角をあらわした剛腹な男であったが、大学から退学を命ぜられたばかりか、後には共産党からも追放され、失意の人となった。その彼が昭和四十三年、東大紛争で学生運動の全共闘が日共系の民青を破って指導権を掌握するや、雑誌社から頼まれてルポルタージュを書きに駒場に現われた。その時の表情は実に生き生きとしていた。

昭和二十五年も秋が深まると「大学当局は学則違犯で学生を処分したけれども、学部長が「万難を排して通用門以外からもはいってよい」と言ったから、土手を乗り越えて校内にはいった受験学生もいた。あれは学則違犯ではなかったのかね」。そんな話が笑ってできるようになった。そのころ、駅前から土手を切り開いて寮の前へ通ずる近道ができた。受験派学生が乗り越えた辺りである。すると学生たちがその小門を矢内原門と呼んだ。いま案内図には梅林門と出ているが、矢内原門の呼び名は残っている。

一時は学生の思想洗脳の場として日共民青系の学生委員が入寮者の選別を行なった東大駒場寮も、二十世紀の末には取壊された。私は一高にはいったというより一高の寮にはいった、というのが正確なほど寮生活から感化を受けた者なので、寮の消滅を惜しむ気持はあり、それを再現する特設予科の創設に賛成だが、しかし今の、トイレも清潔になったキャンパスそれ自体は、学生紛争の火種が減っただけに、結構なことに思っている。

矢内原忠雄と出隆

矢内原学部長はたいへん威信があった。外国語談話室へ姿を見せれば、休憩中の教授たちは起立して出迎えたという。矢内原はかつて平和主義のために職をなげうって、戦争中浪人生活を送って屈しなかった人である。戦争中もダンテ『神曲』講義を私宅で続けた。しかし外部の政治勢力が指導したにせよ、結果的には東大駒場の自治会が学生投票にかけ、学生が単純多数決で決めたストライキであった。それを「万難を排して」破ろうとすることには無理があった。それというのも、そうした際に受験する学生は級友から「点取り虫か」という利己的動機を疑われる弱い立場にあったからである。また日和見学生は組織力がない以上、組織された一部学生に敵うべくもなかったからである。

それからこれは私見だが、矢内原学部長以下はかつて駒場の地にあった一高が占領軍の手で解体させられた以上、その後身の東大教養学部も下手をすると解体させられると懸念したのではあるまいか。ストライキ第二日に警察力の助けを学部が要請したのは、そのような最悪の事態を危惧した矢内原学部長の判断が重きをなしたに相違ないと私は思うのだが、どうであろうか。そして結果的にいえることは、昭和十年代の日本で右翼からの攻撃と闘った人々は戦後は今度は左翼からの攻撃と闘わねばならなくなった、ということである。矢内原学部長はその年、渡米する前に「ふたたび故国の土を踏ませるな」とビラに書かれたりした。

もっとも世間にはさまざまな学者がいる。警察が引揚げた第二日、本館の前では学生大会が開かれたが、その席で東大文学部出隆教授のメッセージがなんと朗読された。

「エデンの国は神の植民地であった。禁断の木の実を求める者、新しき真理を求める者は」

に始まる文章でスト支持の檄文である。竹山はこう書いている。

矢内原忠雄

私は出さんとは一面識もあり、そのじつに善良な性格の方であることも知っているし、磊落にみえる内にはこまかい神経を蔵していられることも察している。主観的にはつねに誠実の人であることを疑わない。しかし、拡声器から流れでるそのメッセージの下にわきたつ騒ぎを見ては、つぎのような個人的にははなはだ礼を失した感想をおさえることができなかった。——戦時中に出版された氏の著『詩人哲学者』には、序に代えて「水の盃を出陣の学徒諸君に献ぐ」という一文がのせてある。それをくわしく引用することははばかるけれども、要は、私を殺して「諸君、美しく死んでくれ給へ。これが私のただ一つの願ひである。プラトンは……」というのである。これをもってあえて「わだつみの声」をきかせたというのではないけれども、戦後に出たこの本の新版にはこの文章はのぞいてあった。のぞくくらいなら新版を出すべきではなかろうし、もし重版するならこの序文もつけたまま出して、それに対する立場を釈明すべきであったろう。いま氏のメッセージがくりかえして「諸君、私は諸君に『きけわだつみの声』をくりかえさせたくない。戦争になってからではおそいのである……」という声をきくとき、私は学生諸君とはちがった感銘をうけないわけにはいかなかった。目のあたり矢内原氏の苦心のさまを見ながらこのメッセージをきいて、心かならずしも平らかであることはできなかった。善良な意図の人がただ利用されるがままにあるのを見るのは残念なことである(11)。

騒ぎが済み、再試験が行なわれ、進学振分けも決って、私は駒場に新設された一高での教育の延長的雰囲気があるように思われた教養学科に進んだ。ストライキ騒ぎがあった直後だけに非常な知的緊張感があった。熱意あふれる先生たちと一緒に授業は再開され、新しい知的冒険に私たちは踏み出した。そんな十一月の初め学部図書館で『中央公論』に出た『学生事件の見聞と感想』を読んで、私はストライキ参加学生だったけれども、竹山の出隆批判に同感していた。

私自身はその十数年後、東大教養学部につとめ学生委員も委員長もつとめたが、学生ストライキに対する態度はこうである。多数の学生が同調して騒ぐような事件については、それなりの理由もあるだろうから、当局はその原因を調べ、先手を打って問題解決の方針を示さねばならない。しかし騒ぎに乗じて一部の者が自己の政治的目的を貫徹しようとするならば、断固たる処置を下さねばならない。しかし、なんらかの口実を発火点として政治目的を貫徹しようとするのが、その後の日本の急進的な学生運動のならいとなってしまった。一般学生がその後そんな常習犯にそっぽを向いてしまったのは当然でもあったろう。

退職

占領軍とそれに同調する日本側の勢力の手で第一高等学校以下の旧制高等学校が廃止されると決まったとき、竹山道雄は教職を去ることをすでに心で決めていた。それなのに一高が正式に昭和二十五年三月二十四日最後の第七十三回卒業式を挙行した後もなお一年駒場に竹山が東大教授として留まったのは、矢内原教養学部長の懇請による。本人にいわせると「矢内原さんにおこられてもう一年残った」。一高時代も安倍校長に知恵袋として重用された竹山は、過渡期に駒場で一番の大世帯となったドイツ語教室主任として新制東大の教員の人選など実務もこなした。竹山は東大を辞めた後も東大駒場、学習院、上智で非常勤講師をつとめた。それだから担当したコマ数は辞める前と後で大差ない。ただし給料は激減した。前田陽一が「竹山さんはなぜやめたのだろう。これだけ教えているならコマ数は常勤と同じではないか」と当時私たち学生にいったことがある。

人文系の教授の務めは教育と執筆と学内行政の三つだが、察するに竹山は一高の教務課長の職を前田陽一に引き継いだ頃から、自分の主な活動の場を執筆に見いだしたのであろう。文筆で生計が立つという見通しも——危険な選択だが——あったのではあるまいか。もっとも物書きに専念する決心をして青木庄太郎事務長に問合せたところ、一高勤続二十年、四十七歳、月給一万八千九百円で、退職金は百万を越すだろうといわれたが、昭和二十六年四月実際辞めたとき退職手当はわずか十四万四千九百円であった。そのとき受けたショックについては私も後に聞かされた。しかし「一高に殉じた」という言い方は大仰に過ぎて竹山の好みではないであろう。東大の辞め方も派手な辞め方をした中野好夫[12]と対照をなしていた。市原豊太は竹山の没後、保子夫人から「竹山は一高が無くなったので、自分も運命を共にするのだ、と申しておりました」という言葉を聞き出して竹山は一高に殉じたと述べているが[13]、これは市原先生好みの解釈に過ぎるような気がする。また学生ストライキがあって一高時代の師弟関係が消えたから駒場を去ったという解釈が流布しているが、事実からさらに遠い気がする。

奇怪なのは岩波書店勤務の馬場公彦が書いた竹山と学生との関係悪化説である。昭和二十三年、『ビルマの竪琴』が毎日出版文化賞を受賞した時の様は、当時文乙の生徒だった本間長世の回想ではこうだった。

その発表直後の授業の前に、クラスのひとりが黒板の中央に「祝毎日出版文化賞受賞」と大書し、「今日の授

鎌倉瑞泉寺で、手前から芳賀徹、竹山道雄、清水徹

業はこれで雑談で終わるかもしれない」と皆に期待を抱かせた。しかし、竹山先生は、その日に限って黒板を使うことも見ることもせず、むしろいつもより進度が速いくらいだった。「初めてローマを訪れたら、男は皆シーザーのような顔をしていた」とか、「ヨーロッパでは、北へ行くほど魚も大きく、木も人間も背が高くなる」というような、テキストから離れた息抜きのユーモアも漏らすこともなく時間が進行し、授業が終わってから生徒が空しく黒板の字を拭《ふ》き消したことを覚えている。先生の方が生徒より役者が一枚も二枚も上手《うわて》だった。[14]

馬場は竹山が黒板を振り向きもしなかったこの場面を評して「竹山依願退職の二年前のことであるが、思いの通わなくなった生徒との間のよそよそしいムードを伝えるエピソードとして、どこか竹山のざらついた胸中を偲ばせるものがありはしまいか[15]」と忖度《そんたく》した。出版界という狭い活字世界で仕事する人は真面目人間であればあるほど色眼鏡でものを見る。この忖度こそ観念左翼の例証だろう。というのも馬場解釈に従えば「思いの通わなくなった」はずの昭和二十三年一高文乙入学生こそ、実は竹山ときわめて親しく『竹山道雄著作集』や講談社学術文庫の解説執筆者となっているからである。粕谷一希、清水徹、芳賀徹、本間長世などの名前を見れば、イデオロギー先行の馬場式アプローチがいかに間違っているかが一目でわかるだろう。竹山の随筆の英訳者リチャード・マイニアは米国のベトナム反戦世代の歴史家だが、これまたイデオロギー的自家中毒に陥り、どうかして安倍能成や竹山道雄を貶めたい。それで馬場の著書を有難がっていた。そんな本をたよりにせず「来日して竹山から学んだ人に直接会って、見て・感じて・考えてから解説を書いたらいかがですか」と私はすすめたが、それだけの労もとらなかった。性格の弱い観念左翼の人は幻想を破る人を怨む。詐欺にかかった者は、詐欺にかけた者よりも、詐欺にかかっている事実を注意した人の方を怨む。日本でも米国でも、真実よりも自己の思想的先入主に忠実でありたい人はいるらしい。人は幻想によって世界を判断し、人は幻想によって国際的に連帯する。だが「文化関係のことは、理窟はどうにでもつく、議論はどのようにでも立つ」[16]。これが竹山が教室で繰返した指摘だが、大切な根本的な事と思われる。

註

（1）『新ソフィスト時代』は竹山道雄『主役としての近代』講談社学術文庫、一九八四、一四頁に収む。初出は『思想』一九三七年九月。

（2）林健太郎、江藤淳、竹山道雄、座談会『大東亜戦争と日本の知識人たち（四）』、『心』昭和四十一年九月。

（3）高橋英夫の『偉大なる暗闇――師岩元禎と弟子たち』（新潮社、一九八四）もその場面を描くことから始まっている。そこに描かれた岩元禎像については竹山道雄も氷上英広も疑問を洩らしたが、そこに描かれている竹山道雄像に私は多く共感を覚えている。

（4）この正門主義は精神の持ちようのあらわれで、それを私生活でも貫徹したフランス文学の一教授を私は知っている。教授は玄関は客人を迎えるべき正門とみなし、御用聞きは勝手口から出入りするよう定められていた。それは戦前の日本ではごく当たり前の区分だったが、白水社の編集者も書店の手代であるからとて勝手口にまわるよういわれたのであった。しかし先日確かめたところ、教授の子息はそれはまったくの神話であると否定された。

（5）『竹山道雄著作集』３、一二五五頁。

(6)『竹山道雄著作集』3、二六七頁。

(7)『竹山道雄著作集』3、二六八頁。

(8)この東大『教養学部報』を私は学生として愛読した。後には教員として寄稿し、編集にも関係した。当初は教授も少数精鋭だったせいか優れた随筆が少なくなかった。しかし一九九〇年代以後、教養学部の大学院化が進むにつれて、記事も専門分化し、共通の話題が乏しくなった印象を禁じ得ない。

(9)『竹山道雄著作集』3、二六八—二六九頁。

(10)『竹山道雄著作集』3、二六九頁。自治会要求との関連でいうと、昭和四十三年の全共闘運動は、理念上は、学生による学校支配を目指す一大運動であったといえないこともない。現に総長や学部長は何人も辞職したのである。

(11)『竹山道雄著作集』3、二七〇—二七一頁。

(12)中野好夫の生き方について「戦後の民主主義運動のほとんどすべてに関与し、戦前の総決算に一筋に節を貫いた」(木下順二『朝日人物事典』)という肯定的な見方が日本国内にはあるが、戦争中は超国家主義に抵抗しなかったという自責の念から贖罪の行為として戦後は左翼の平和運動にはいったというのは「一つの嘘を償うためにまた別の嘘をついているようなもの」(サイデンステッカー『流れゆく日々』時事通信社、二〇〇四、一三〇頁)という見方もある。中野の弟子の佐伯彰一も、上品な表現で、後者の見方に同意している。私も同感である。

(13)市原豊太『言霊の幸ふ国』神社新報社、一九八五、五一頁。

(14)本間長世『歌舞伎とプレスリー』NTT出版、二〇〇九、三五頁。この書物には竹山道雄の思い出が見事に活写されている。なおここに引用したと同じ情景は清水徹も『竹山道雄著作集』第七巻の解説に書いている。

(15)馬場公彦『『ビルマの竪琴』をめぐる戦後史』法政大学出版局、二〇〇四、一五二頁。

(16)まちがった前提から演繹すれば、正しい論理によってまちがった結論が導き出されるとして、竹山は教室でもラッセル卿が、「4＝3という前提から「自分はローマ法王と同一人物である」という結論を引き出せる」といった例をあげた。ラッセルは「同じものから同じものを減ずれば、残りは等しいのだから、4＝3なら、すなわち2＝1です。ここにローマ法王と自分とは二人です、しかるに2＝1なのだから、ローマ法王と自分とは1であり、すなわちローマ法王と自分とは同一人です」といったそうである。理窟と膏薬はどうにでもつくのである。

第十三章　自　由

荒木貞夫と南次郎

竹山道雄は一九三七（昭和十二）年七月『思想』のために『将軍達と「理性の詭計《きけい》」』という一文を寄稿した。日支事変勃発の直前である。その中にこんな軍人たちの生《なま》な印象が記されている。「以前」とは昭和九年三月、岡田良平の葬儀の時にちがいない。

以前A将軍をすぐ傍で見たことがあった。将軍の勢威が頂上にあって、市中いたるところに彼の肖像が貼り出してある頃だった。青山斎場の天幕の中に、現在は外地の総督であるM大将と並んで入って来た。このM将軍は顔に酒焼けの桃色の斑がしみ出していて、肥満した身体をもてあますように、一歩一歩よろけながら歩いていた。いかつく張りだした肩の太い喉に頤を埋めて、苦しそうに喘いでいた。どこか威力と狡智がでたらめに溢れでている人だった。A将軍の方は反対に痩せていた。小さな目が三角に垂れ下がった目蓋の下からぎらぎら光っていた。条目のきちんとした清潔な服を着て、あたりを見廻しながら悠々と歩いていた。この二人が軍服に金色を燦かして入って来たときは、周囲は動揺した。礼服を着た人々は傍にしりぞいた。二人の将軍は大勢の中にできた空地に立って、四方から視線を浴びながら、二人丈で低い声で話していた。

ことにA将軍の方は一見して異常な印象をあたえる人だった。軀幹は見窶らしい方で、長いあいだ病床にいた人のような蒼白い顔色をしていた。有名な髯はむしろ疎だった。ただその筋ばった身体全体に、どことなく病的なデモーニッシュな、鬼気といったようなものがあった。

一人の外交官らしい背の高い西洋人がA将軍の前に立って挨拶した。彼の栄養のいい顔にはみちたりて生活を楽しむ人のような表情があった。将軍は白い手袋をはめた手をさしだして握手した。すこしの感情も交らない直線的な挙止だったが、また意外にものなれた外交的なところもあった。かたく手を握られると、西洋人はなぜか

荒木貞夫陸軍大将

急にどぎまぎした。彼が私の前を通ったとき、美しい顔には悔えたような困惑の色が浮んでいた。彼は弁解するように口の中で呟きながら、足早にそこを去って行った。

　将軍は私がじっと見つめているのに気がついて、はじめてちらと横目で私の方を見た。そうして不機嫌そうにまた前を見たが、そのうち色の変った歯並をあらわしてにやりと笑った。皺の多い微笑はほとんど醜かった。そうして、その中に真率、狂信、奸譎、決意、そんなものの混った複雑な感じがあった。[1]

　一読してA将軍が荒木貞夫陸軍大将であるとわかる。荒木は一九三一(昭和六)年、犬養内閣の陸相に就任、観念的・精神主義的な革新論と反ソ反共論を説いて人気があった。皇道派の首領として勢威をふるった。一九三六(昭和十一)年、二・二六事件で反乱軍に同情的態度をとり、予備役に編入されたが、竹山は執筆の昭和十二年の時点で三年前の荒木を振返り、その肖像《ポルトレ》を描いたのである。三十歳前後の竹山の観察だが、鋭く大胆な人間把握である。「現在は外地の総督であるM大将」が南次郎将軍であることも一読してそれとわかるが、二・二六事件後、予備役に編入された。陸軍大将ともあろう人が肥満して「一歩一歩よろけながら歩いていた。いかつく張りだした肩の太い喉に頤を埋めて、苦しそうに喘いでいた」と外面描写されたら、それがありのままの姿であろうとも、こう描かれては軍人の体面にかかわるだろう。まして「どこか威力と狡智がでたらめに溢れでている」という内面描写にいたっては「でたらめ」の語が効き過ぎている。しかもこの文章は昭和十一年、代々木原の横を歩いていた竹山に誰かが小声で「あのバラックの中に………入れられているのですぜ」と囁く場面から始まる。代々木原とはいまNHK

がある辺りの原っぱで当時は軍の練兵場として使用されており、代々木八幡から原宿に通じる道はなく、一般人は入れもせず通り抜けできなかった。竹山は代々木大山の家から渋谷へ歩いて行くときは、この代々木原の練兵場の裏手に沿って歩いたのだろう。その柵の向うの丘のバラックに二・二六事件の首謀者が収容され死刑を待っていたのである。

将軍達と「理性の詭計」

竹山は荒木について「悲劇的な最後をしそうな人だなあ」と思った。「破壊的なエレメンタルな力を蔵した一つの観物だ」そんな気がして眺めていた。「この人は、満洲で事変が起ってしかも世の中が自由主義で唯物的だった頃、一方の勢力の輿望《よぼう》を負って九州から上京して、陸軍大臣になった。そうして歴史の動きを変えるほどの権勢を振るった。しかしその後に、彼自身のまきおこした――あるいは彼を動かした――力のゆきすぎた行動のために失脚した」。個々の人間、個々の勢力は、かれらの特殊目的を果そうと努めるが、実はかれらのあずかりしらざる超個人的な力の手段であり、道具であるにすぎぬ。これをヘーゲルと共に「理性の詭計《きけい》」というが、竹山は皇道派の将軍のペリペティ（筋の逆転）を「理性の詭計」だと観察した。

竹山は事の成行きを悲劇に見立てて説明しようとした。個体は宿命的な情熱をもって全体に反逆するが、その際必然的に無限度 Masslosigkeit(2) に陥る。ここに悲劇的罪過《ざいか》が成立する。そうしてその力がまさに絶頂に達したとき、その力に内在してその力を否定する要素のために没落する。こうして秩序が恢復され、全体はあたらしく生きつづける。ヘーゲルは歴史哲学の序にしるした、「……これが理性の詭計である。理性は個体の激情をおのれのために働かす。これによって自己を主張しはじめた個体は、やがて傷つき毀れる」。この言説を竹山は将軍たちの運命にあてはめたのである。「普遍に対して特殊は劣小である。個体は犠牲となり抛棄される。イデーは存在と運行への貢物をみずから供えることなく、個体の激情をして支払わしめる」。

そんな知的操作をまじえる竹山の文章を本多秋五は「処女の感受性と、数学者の正確さがある。具体的なものから抽象的一般的なものへの展開、抽象的一般的なものから具体的なものへの集約が、実にあざやかである[3]」と評した。竹山は彫刻の容貌や絵画の表情も文字で正確に捉えたが、将軍たちの容貌を具体的に写しその宿命をも抽象して「理性の詭計」として捉えた。これは、竹山が卒業論文にヘッベルの『マリア・マグダレーナ』を論じた際、ショイネルトがこんなヘーゲル風の汎悲劇論を応用して一々の登場人物の形而上的役割を説明していたことを思い返したからである。そんなドイツの学風を竹山は実は重んじていなかった。それはいわば生きた人間をX光線で覗いて、その骸骨の話ばかりしているようなものだ、と嫌った[4]竹山だったからである。ところが昭和十二年にはあの丘の上の灰色のバラックを遠望するごとに、現実の中にもやはりこのような抽象的な原理が支配しているのか、この混沌たる東京の市にもヘッベルやヘーゲルが見透したような法則が働いているのか、と思った。そして「一つヘーゲルでも勉強して見ようかしらん、という気持を数分間ぐらいもちつづけるのである[5]」とかすかな笑いをこめて文章をしめくくっている。

竹山は荒木と並び称された皇道派首領の真崎甚三郎大将の肖像もさらに短く書き加えた。

こういう将軍達はみな非合理主義者であるらしい。みな理智を貶しめ、これに挑戦する言葉を吐いている。そのほんの一例をあげてみれば、去年の三月の『改造』に「真崎大将と語る」という会見記がのっていた。その中に次のような一節があった。「……僕の様な者が連隊長としてある命令を発する。……朝八時に集合する様に命じておく。自分は連隊長だから八時十分に行つてもよからうなどといふ考へは不可ん。それが天皇機関説ぢや[6]」

第一回に述べたが、竹山は憲法について一木喜徳郎や美濃部達吉の解釈が正しいとし、筧克彦など天皇中心国家主義者の解釈に信を置かない。その竹山が引用すると『改造』に出た真崎の天皇機関説批判が知性に欠けた放言としてコミカルに響く。だがこうした将軍達の皇道思想に感化された青年将校がまきおこした二・二六事件が、ほかならぬ皇道派の将軍達の失脚をもたらした。ではそれで理性の詭計が働いて「秩序が恢復され、全体はあたらしく生きつづける」という大団円《だいだんえん》を迎えたかというと、そうした結構な結末にはいたらなかった。もしそれが執筆時の竹山の期待であったとしたなら、それは希望的観測にすぎなかったろう。それというのも、日本のジャーナリズムはすでに萎縮《いしゅく》しており、竹山の文章そのものが没《ぼつ》になってしまったからである。荒木、南両大将のあるがままの姿にせよ、『改造』誌上ですでに活字になっていた真崎大将の発言の引用にせよ、軍の名誉を傷つけるおそれのあるものは当局の怒りを買うかもしれない。恐れる風もなく若い一高教授竹山は平然と書き、ゲラ刷りも出たのだが、この文章は戦前日の目を見なかった。外部の忌諱《きい》にふれることを恐れた書店の自己検閲のせいであった。

軍の発言権は二・二六事件以後、逆に増大する一方となる。強くて声が大きくうるさいものに、日本の大新聞は自分から屈服する。多くの人はいまでも新聞を宅配で購読しているが、新聞社の習い性と化したそんな病弊を読者は知らない。日本の新聞は戦前と戦時下は軍部に、占領下は米軍に、戦後は中国に対し過度に遠慮した。満州事変を軍が起こしたとき、大新聞は制するどころか、「敢然として自衛のために起ち上がった」軍を後押しした。『朝日新聞』とて例外ではない。政治面でこそ政府の国際協調路線を肯定的に報じているが、特派員による現地報告や社会面では勇ましい大見出しが躍った。「砲火の下に嫩江激戦を観る　新聞記者の一番乗り　決死・前線へ進む　不意打に我軍の苦戦　忽ち鮮血の河!」『朝日新聞』は一九三一（昭和六）年九月から翌年一月までに百三十一回も号外を出した。航空機を活用して戦場写真の速報性と臨場感で他紙を圧倒し、売上げをさらに伸ばした。満州建国に深くかかわった橘樸《しらき》も結論した、「満洲事変の或る時期に軍部が政府を引きずったように見えたのは、その実、世論が政府よりもかえって軍部を支持したからにほかならぬ」。「清潔なる軍」が「腐敗した政治」との対照裡に称賛され、テロを企む「純粋な青年将校」が「昭和維新の志士」としてもてはやされた。私は昭和十年代半ば、小学校のクラスでも日本で悪いのは親英米派の重臣層のように聞かされたが、それは先生が新聞を読んで紙面から立ち昇る雰囲気を子供たちに伝えたまでである。こうして新聞雑誌は将軍たちを批判することなどもってのほかの雰囲気を自分たちでつくってしまったのである。

林健太郎

林健太郎はそんな世間とは違う自由主義の雰囲気が第一高等学校には残っていることを新任講師として目のあたりにした。一九四〇（昭和十五）年、ドイツ軍がフランスのマジノ線を突破した報道が新聞に出た日、一高教官室で竹山道雄、片山敏彦、川口篤が顔を見合わせて暗然としている。「あとは平坦な平野続きだから、もう到底パリを守りとおすことは出来ない……」。就職したばかりの林はこれらの先生方と口をきいたこともなく、もちろん話の仲間入りはしなかった。ただ傍らの椅子に腰掛けて眺めながら「これは美しい光景だ」と思っていた。世間では、そして新聞紙上でも、カーキ色とサーベルが幅をきかせ、街には日章旗と並んでナチス・ドイツの鉤十字の旗がなびいていた。だが駒場の教官室にはそんな空気は入って来ない。林はナチス嫌いだが、うっかりそんなことも言えなくなった時代に、ここには自分と志を同じうする立派な人々がいて、しかもそれがはたから少しも怪しまれていない。やがて日独伊三国同盟が結ばれ、ついで日本が太平洋戦争に突入しても、竹山の反ナチは毫もゆるむことなく益々徹底してゆく。それははたで見ていて驚嘆に値いした。一高では独ソ開戦の時までシベリア経由でドイツの新聞も届いていた。竹山は戦時中も反ナチ文献を手に入れては読んでいた。そのころ竹山と口をきくようになった林が借用した本にはラウシュニングの『ヒトラーとの対話』もあった。ラウシュニングは元来ナチス党員でヒトラーの信任が厚くダンツィヒ上院議長にもなったが、途中で幻滅してスイスに亡命した。この本は側近者が見たヒトラーとして今でも重要な史料とされている。(7) 後のユダヤ人虐殺問題の際もそうだが、竹山の克明な関連書籍の読書と研究は徹底していた。戦時下の林は心中マルクス主義を奉じていたから反ナチだったのだが、マルクス主義者でもない竹山が強烈なナチス嫌いであることが当時の林にはむしろ不可解だった。

「しかし実はそれは不可解でも何でもなかった。私こそまだ何か外から与えられた枠——当時においてはマルクス主義——を通じてでなければものを考えられない幼稚な頭の持主だったのだ」と林はそれから十数年が経つと当時を振返って述べている。戦中・戦後の竹山を見て林が達した結論は明瞭である。

「人間には人間として絶対に守らなければならない何ものか、それは自由と言っても人格と言っても、あるいは道義と言っても何と言ってもよいが、そういうものが必ずある筈だ。それを侵害するものに対しては無条件に反撥するのが本当の人間である。事が政治問題にからまって来ると、きっと「お前はどちらを向いてものを言っているのだ」などという人が出て来る。……ナチスを批判するのは前向きで共産主義を批判するのは後向きだと考えているらしい。……勿論我々はいつも何物かに向いている。……向いているのは常にこの「人間として一番大事なもの」に対してであって、政治上の右とか左とかいうのは便宜上のものにすぎない。論より証拠、曽てはファッショが「革新的」と称していたし、共産党内部でも昨日の指導者が今日は忽ちにして裏切者になる。……人の生命を奪い人の魂を損ねるものは、どんなレッテルがはってあろうと絶対に悪だという簡単な事実こそまちがいのない真理である[8]」

そのような立場に立って改めて見なおせば、日本軍部を批判し、ヒトラーのナチスに反対した竹山が、戦後はスターリンのソ連に反対し、毛沢東の中国を批判して揺るがなかったのは自然であった。自由という価値を尊重し竹山は首尾一貫していたのである。そして一貫していたがゆえに、変る周囲からは「時流に反して」いる竹山と目されたのである。

ほとんど悪魔的である

竹山はナチスの官吏として働きながらも以前から反ナチの気持となっていたドイツ人のみじめなジレンマの立場を聞かされることもあった。『憑かれた人々』には戦前日本で学び、戦時中潜水艦で日本に派遣された人と交わした会話も話題とされている。文芸評論家本多秋五は戦後はじめて翻訳でない竹山のその種の文章を読んで毎篇感心し、ぞっこんほれ込んだ。左翼系の文学者とは全然別種の立場から、自律的に、きびしく戦争に批判的であった人の文章に眼をみはる思いがした。ヨーロッパ文化に対する厚みのある、練れた理解が行間に感じられた。絹糸のようにしなやかで光沢のある文章の魅惑、それを本多は感じたというが、私たちが学生として竹山に惹かれた魅力もまさにそれだった。「実例やエピソードをとり出すとき、ふくろのなかのものを探るようである。いちばん適切なものが即座に、必要ならばいくつでもとり出される。『ビルマの竪琴』と『憑かれた人々』を読み較べてみると、清らかなものばかりでなく、卑しいもの、醜いものに対しても、この人は並々ならぬ感受性をもち、人間のさまざまな欲望に対して悪婆のような洞察力をもっていることがわかる。それが礼儀正しく典雅な文章につつまれているのである。話術のうまさにいたっては、文章がうまいなんぞという段ではない、ほとんど悪魔的である。[9]」

講義は、ノートは用意していたが、読まずに話した。駒場に一九五〇（昭和二十五）年秋に新設された教養学部後期課程教養学科三・四年生全体向けの基礎講義で近代思潮と題されていた。その一端は竹山『見て・感じて・考える』（昭和二十八年）に収められている。当時最高裁長官だった田中耕太郎は七月十八日付手紙で「興味と共鳴と感銘とを以て拝読致しました。細かい心理解剖と精緻な論理と確実な御記憶に驚嘆し、自分の書くものが抽象的で味もそっけもないことを反省させられました。「自由を破壊する自由」に対する勇敢な御発言は、寛容に限度があることを痛感する者に大きなエンカレッヂメントであります[10]」と感想を述べている。ただし学生の私は社会主義の優位という外から与えられた枠を通じ判断していたためか、内心でときどき竹山の進歩思想批判に反撥もしていた。昭和十年代の国家主義の幻影はとうに破られていたが、社会主義の幻影は昭和二十年代の日本を包んでいた。自我の確立を求める青年は世界観を求める。世界観といえば知的に響くが、未来の世界についての幻影だった。野蛮人も知識青年も人間は幻影を求める。竹山の『心理戦略』から引くなら、多くの場合、現実とは、むしろ観念によって再構成されたものである。だから、その観念を吹き込まれれば、それによって人は特定の現実像をもたされる。大抵の場合に、まずある立場がきまっていて、複雑な現実の中からそのピントに合ったものばかりがとりあげられ、組みたてられる。抽象から逆に具体が思考される。ことに若いときには現実感覚がないから、若い人たちのとなえる現実とはおおむね右のようなものであり、その現実とは、しばしば現実とは縁のとおい、抽象的な現実像である。(11)

「見て・感じて・考える」は竹山が書籍的日本知識人の通弊を脱出させるために説いた処方箋だった。私は後に西洋の日本学者の業績にも注意するようになったが、貧乏な日本の学者と違って彼らの方が広く旅して「見て」いることは明らかだった。すると私もいつしか竹山の処方箋を重んじるようになり、外国の言葉を習い、現地に行き、自分の目を通して見て・感じて・考える。と同時にその土地の人を友とし、彼らの目を通しても見て・感じて・考える――それが健全なアプローチであることは間違いなかった。そして多く旅し、いくつかの言葉を学ぶうちに、かつて西洋の学者に対して覚えていた、及び難いような畏怖の念がいつしか雲散霧消してしまっている自分に気がついた。

本多秋五

本多秋五の評論には学生だった私が竹山から聞かされた説明がそのまま何度も出て来た。私がそんなものかなと思いつつ次第に竹山解釈に賛同したと同じように、本多も文壇主流とは違う竹山の見方に次第に賛同するようになったのだろう。本多はこう観察する。

戦争末期に『空地』や『若い世代』を書くような思想を保持した人が、官立高等学校の責任ある教授として、軍部や文部省と学生たちとの板ばさみになって、長い戦争期間中もみ抜かれた末、敗戦によって専制支配が一挙に崩壊するのをみたとき、やはり自分はあれでよかったのだ、と解放と自己確立を感じたことは、よくわかると思う。そこから「幻影」の破却——幻滅のむしろ反対である——に自信をもったことも、よく理解できると思う。

……

イデオロギーの幻影性を痛切に感じたことは、竹山さんをまずナチス批判に、というよりはナチズムが現出したかずかずの摩訶不思議の探究に赴かせた。『失われた青春』『幻影』『憑かれた人々』などがそれである。それに踵を接して、ナチズムとは正反対のもの、共産主義の幻影に対する意識的破却がはじまった。青年時代に目撃した「昔の赤」に対するそれが先きであったか、眼前に展開されつつある戦後の共産主義に対するそれが先きであったか。「昔の赤」に対する、思わぬことではなかったが、やっぱりあれも幻影、という思いが、たちまち現在と結びついたのか。

ナチズムに対する批判から、コミュニズムに対する批判への反転は、かなり早かった。……すでに『焼跡の審問官』(一九四八年三月)と『憑かれた人々』(一九四八年五月)では共産主義反対の口吻を示し、四九年四月には、「……今われわれのおかれた状況において、自由という言葉は究極において二つのまったく異った立場から主張されているように思われる。一つの立場は他の立場を排除する。——第一は、勤労する者が不当に圧迫され搾取されている、その桎梏から解放しようとする自由。第二は、人間をただ一つの観念体系にしばりつけて強制するのではなく、そのもろもろの可能性を生かそうとする自由。……私は第二の自由に忠誠を誓う。[12]」「……容共ということは、ヨーロッパの例でも見るように自分が食われる日まで狼に食物をはこんでやる狐のようなものではないだろうか?[13]」(『手帖』)と書く。

竹山さんは、日本の知識人のなかで反共的態度をもっとも早く表明した人であり、その後も反共陣営の旗頭のようになっている。竹山さんは大へん強い人である。戦争中に豪傑であった人が、戦後に豪傑であるのに不思議はないようなものの、この竹山さんの強さは、生命に対する愛こそ人間にもっとも根源的なものだという、あの窮極の目覚めに根ざしているはずである。竹山さんが生命を深く愛惜するからである。竹山さんの強さは、竹山さんの臆病からきている。竹山さんによれば、臆病こそ人間のいつわらぬ本性であり、あるべき姿である。いわゆる勇ましい人とは、考えが狭く窮屈な人であり、幻影に眼をうばわれて、あるがままの現実を見ることのできない人である。

本多秋五『物語戦後文学史』は一九六〇（昭和三十五）年に新潮社から出、毎日出版文化賞を受けたが、竹山道雄へのこの目配りの利いた結論は周到である。『竹山道雄著作集』の月報にはいいだもものような左翼活動家もかつての一高生として寄稿しているが、本多も書いている。竹山は本多を己を知る文壇での数少ない人と感じていたのではあるまいか。

軍国支配者の精神形態

東京裁判の被告たちについて敗戦後の新聞ラジオが連日報道して作り上げた悪玉というイメージは、戦争中の新聞ラジオが作り上げた善玉日本というイメージの裏返しであった。『朝日新聞』の本多勝一記者等の戦後の刺戟的な日本軍残酷物語は戦争中の悲愴な愛国殉国物語の裏返しにすぎないと山本一平は評しているが、それと同じだと思う。満州事変以来、戦意高揚と称して誇大な皇軍讃歌を書いて日本の勝ちに乗じて大新聞は販売部数を伸ばしたが、日本の負けに乗じて日本人戦犯を貶めて名を高めた若手の東大法学部教授もまたいたのであるし、そしてそれに和した多くの読者もいたのだということを忘れてはならない。

Ａ級戦犯について「悪」という色がこびりついたのは、米軍占領下で世間が自己の免責と保身のためにＡ級戦犯の糾弾に走ったからだと牛村圭は『「文明の裁き」を越えて』（中公叢書、二〇〇一）や『「戦争責任」論の真実』（Ｐ

ＨＰ研究所、二〇〇六）で観察している。戦前ならびに戦中は「軍と右翼」のために御用をつとめた日本の新聞雑誌は、占領中ならびに戦後は「占領軍と左翼」のために御用をつとめた。しかしそのマスコミが流したイメージと違って、東條、廣田、重光はじめ被告席に並んだ人は「敗戦という苦しみを与え国民に対し申訳ない。そのことについての責任は負う」と明確に述べた。ただしその敗戦責任と、連合国側検察団が言い立てた「理由なき侵略戦争を共同謀議のもとで遂行した」という戦争責任とは違う。その後者の起訴状の意味で「無罪」を主張した戦犯容疑者を「日本の戦時指導者は醜く責任を回避した」と裁判の速記録を意図的な削除を加えながら引用して書いたのが丸山眞男であった。丸山のような敗戦国日本についての否定的評価は、連合国側の日本についての否定的な先入主に合致しやすい。それだけに国際的に——といっても連合国側本位の「国際的に」だが——通用する有効性もまたもちやすい。連合国側の日本理解は大筋で彼らのドイツ理解との類推で行なわれたからである。

なんといっても一方的な、米国内でも批判のきわめて多かった「勝者の裁判」だった。だがそれにもかかわらず、日本の大新聞や左翼知識人は東京裁判の検察側の態度に声高に同調した。一九四六（昭和二十一）年に論壇に登場した丸山眞男は『軍国支配者の精神形態』で日独両国の指導者の比較論を展開した。「権威への依存性から放り出され、一個の人間にかえった時の彼らはなんと弱々しく哀れな存在であることよ。だから戦犯裁判に於て、C級戦犯土屋は青ざめ、古島は泣き、そうしてゲーリングは哄笑する。後者のような傲然たるふてぶてしさを示すものが名だたる巣鴨の戦犯容疑者に幾人あるだろうか」。他人事のように「彼ら」と呼んでいるが同胞の日本人兵士である。ＢＣ級戦犯のかなり多くの者が無実の罪で処刑されたことは後年明らかにされた。だとすると「土屋伍長は青ざめ、古島上等兵は泣き」と貶めるのは酷薄に過ぎはしないか。そんな丸山の『超国家主義の論理と心理』は英訳もされ、米英人はもとよりドイツの政治学者の間でも評判がいい。同じく戦犯でもドイツ人は尊大で日本人は矮小だなどの言辞は、ナチスに批判的なドイツ人の耳にも快く訴えるなにかをもっていた。西洋の優位を認め、日本の欠点をえぐりだす丸山は良心的な日本知識人として歓迎されたのである。自己卑下は我が国ではもともと美徳とされているが、敗戦後は日本を悪く言うことが知識人の証しとされた。

ナチス・ドイツと軍国日本

竹山道雄が一九八四（昭和五十九）年六月十五日に没し、六月三十日の告別式の席上で故人に捧げられた菊池榮一、林健太郎、上林吾郎、芳賀徹の弔辞は『諸君！』九月号に掲載された。私は『新潮』八月号に『竹山先生のこと——身内からの追憶』を書いた。そのとき粕谷一希から「丸山さんは竹山さんの告別式にも見えたのに、君は追憶文で悪く書くのだから」と注意された。私は「(竹山)氏にとって、日本の負けに乗じて唱えられた、同じくA級戦犯でもゲーリング以下のドイツ人は大物で東條以下は矮小であるという丸山眞男氏の説など笑止のほかはなかったであろう」と書いたからである。粕谷にそう注意されていささか心外だったが、私自身のA級戦犯についての見方はこうである。

どこの国でも死刑になった政治家や軍人に立派な人もいれば、そうでない人もいる。トマス・モアは政治裁判で絞首刑となったが、いま英国では聖人とされている。第二次大戦直後に死刑にされた人を聖人視する気持はないが、立派な人もいた。元首相廣田弘毅がA級戦犯として死刑の判決を受けたとき多くの人は東京裁判の公正を疑った。戦前米国の駐日大使だったグルーも愕然とした。オランダの判事レーリングも「言語道断」と助命に尽力したが、空しかった。その後、出身地の福岡の大濠公園には廣田の銅像が建った。銅像反対の運動が盛り上がらなかったところを見ると、世間は東京裁判の判決とは別の評決を廣田に下したといえよう。裁判では敗者の言い分である日本側弁護資料はほとんど却下された。その意味では政治ショーの要素がきわめて強く、占領軍は裁判を日本悪者史観を日本人に押しつける一便法としたかのごとくであった。私は軍部主導の昭和日本はならず者だったと思うが、だからといって東京裁判で示された歴史解釈が正しいとは思わない。

竹山は軍国日本をナチス・ドイツの極東版として把握することの誤りも、ユダヤ人殺戮《さつりく》などの国家政策としての組織的虐殺があるドイツの場合とそうではない日本の場合との質的相違も承知していた。竹山は「日本は冬になっても、ドイツとは比べものにならないほど凌ぎやすい」(『国籍』)国だったことを承知していた。東條はヒトラーではない。ドイツは積極的に開戦を決断したが、日本はしまいにはずるずると戦争の泥沼にひきずりこまれた国だからである。竹山は戦争突入の「一番窮極の責任者はむしろはっきりとした形のない無名の勢力だった……偏執的なイデオロギーに憑かれた少壮軍人たち。それを煽動したイデオローグたち。それはほとんど、捉えがたい社会的気分といったようなものでした。不幸にしてそれが武力をもっていたのです。そして、そうした情熱に根拠をあたえたのは、その前の時代の腐敗ゆきづまりであり、また移民禁止や、共産主義の脅威と魅力、国際的ブロック経済などの事情もありました。」これが竹山が『ローリング判事への手紙』[14]に書いた説明である。

同じくA級戦犯でもドイツ人は大物で日本人は矮小とする丸山説は、詩人もドイツのゲーテは偉大で日本の芭蕉は小さく、ドイツのヘーゲル、ウェーバーらの学者は大物で日本の学者は小物とする丸山の見方とほぼ同種の丸山の先験的判断である。それに近い思い込みが軍国支配者についてもあらかじめあったからこそ、そんな判断を戒能弁護人から借用した裁判速記録の恣意的な引用[15]によって正当化しただけの論説ではなかったか。バークレー滞在中の丸山を評してロバート・ベラーは「丸山のヨーロッパの、とりわけドイツのものにたいする愛着はときとしてほとんど喜劇的であった」[16]と言った。しかしドイツ文化を熟知する竹山はそんなバランスを失した見方はしなかった。福田歓一『丸山眞男とその時代』(岩波ブックレット)によると丸山は「いやあ。僕は一高で竹山さんに教わっているので、竹山さんはどうも苦手なんだ」と頭をかいて述べた由である。

一九六〇(昭和三十五)年の安保騒動のとき、目をつりあげた大学院生が「民主主義を守れ」と叫ぶから、留学帰りの私も「民主主義を守れ」と静かに、多少皮肉っぽく応じた。そのテンポを一つずらした語調で、私のいう民主主義が「議論をした後は最終的には国民や国会の多数意見に従え」という常識的な意味だとすぐに伝わって、学生は気勢をそがれ、座は白けた。米国と英国が同盟関係で結ばれているように米国と日本も同盟関係で結ばれて共産主義陣営に対抗すればいい、と滞欧中に考えが落着いていた私は、帰国後目の前にする安保反対騒ぎがマス・ヒステリーとしか思えなかった。一九六八（昭和四十三）年の大学紛争のころは八年前の安保騒動で学生を煽った「進歩的」教授が今度はその同じ学生に吊るし上げられた。本郷法学部の丸山眞男の研究室も全共闘の学生に荒らされた。そのとき辞職した丸山が後年、東大の不名誉教授でなく名誉教授の称号を授けられたことが、私には不思議でならなかった。

ペンクラブの問題

戦後日本の論壇や文壇は左翼が支配的であった。それは文筆家やインテリがコミュニズム無謬説に染まったからかというと、それだけではあるまい。多くの人は一種の保身術から左翼に遠慮し色目をつかったのである。そのためもあって、たとえば日本ペンクラブは奇妙な対応をした。一九五八（昭和三十三）年の会議の際、ペンクラブは警職法には反対声明をはっきり出して抗議したが、パステルナーク問題には態度を曖昧にした。ソビエト・ロシアの詩人パステルナーク（一八九〇—一九六〇）はその年『ドクトル・ジバゴ』に対しノーベル文学賞が授けられた。だが作品中に革命時代の人間関係の恐ろしさを描きその否定面もとりあげたために、ソ連国内では反ソ的作家と非難され作品は日の目を見なかった。それがイタリアで刊行され受賞の運びとなった。そんな経緯もあったからソ連当局の圧力でパステルナークはノーベル賞辞退をよぎなくされた。ソ連では無論『ドクトル・ジバゴ』は刊行されない。それについて日本ペンクラブは「今回のパステルナーク問題は文学の表現および発表に関する注目すべき事柄と思う。これが国際的な政治問題として利用されることにわれわれは強く反対する者だが、純粋な文学的かつ言論的な問題としてパステルナーク事件を遺憾なことと思う」という「申し合せ」を出したのである。米国人のエドワード・サイデンステッカー、英国人のアイヴァン・モリス、ドイツ人のヨゼフ・ロゲンドルフ神父の三人が「この申し合せは非常に慎重な文章で、読む人はそれがパステルナークに対するソビエト当局とソビエト作家同盟の態度を非難しているのか、スエーデン・アカデミーの態度を非難しているのか、理解に苦しむほどであります」と抗議した。竹山も「声明」と「申し合せ」の不均衡をついて『ペンクラブの問題』を『新潮』一九五九（昭和三十四）年六月号に書いた[17]。サイデンステッカーは自伝『流れゆく日々』で竹山が彼らの立場をもっとも雄弁に支持し、一番大きな影響力を及ぼしたと述べている[18]。

そのサイデンステッカーは丸山眞男の『現代政治の思想と行動』の書評の場を借りて安保反対当時の東大指導者を批評してすこぶる率直にこう述べた。丸山は、軍国指導者は小心翼々と保身につとめたというが「今日、当の丸山教授の同僚は、四半世紀前の日本軍国指導者と同じように行動している」。五・一五事件のときに荒木陸相は、純真な青年が皇国のためを思ってやったことであり、「小乗的観念を以て事務的に片づけるやうなことをしてはならない」という談話を発表したが、こうした弁護論を丸山は心情的弁護論と批判した（『日本ファシズムの思想と運動』）。しかし「皇国」を「日本民主主義」とおきかえれば、荒木陸相の心情的弁護論は、安保闘争で流血騒ぎをおこした東大生を弁護する東大の茅総長の言い草となんら変るところはない[19]。「純真な学生」という言い方は一九六〇年の安保闘争の時にも一九六八年の大学闘争の時にも新聞に出た。丸山は六九年二月二十四日にヘルメットに覆面姿の新左翼の学生によって糾弾され、三十年前の津田左右吉博士糾弾の光景を思い出したというが、八年前の安保闘争のときの全学連の学生の姿もまた思い出してしかるべきだったのではあるまいか。

竹山は、清水幾太郎などのような戦後論壇で主流となった左翼知識人を信用しなかった。それより岩波茂雄の死後、岩波から遠ざけられた安倍能成以下の漱石の弟子筋と親しかった。竹山は戦前の岩波知識人を「先賢」と呼んだが、小泉信三を別とし、オールド・リベラリストたちが国際政治に無知なことは承知していた。その人たちのグループに引き込まれると、翁といわれるから嫌だと笑いながらも、安倍に頼まれて『心』の編集も引受けた。

一九五〇（昭和二十五）年世界平和擁護大会が原子兵器絶対禁止のストックホルム・アッピールを発表した。世界で五億人が署名したといわれるが、大学生の私も近所の人に署名してもらった。しかし署名は内容に賛成というより回覧板に判を捺す感じで、日本社会ではそうしたとき反対とはいわないのがおつきあいなのである。日本知識人の署名がおつきあいとはいわない。しかしアッピールはソ連が原子爆弾で武装するまでの国際的平和運動の一環であった。竹山は「安倍さんはそれでも署名するのだから」と笑っていた。

日本文化フォーラムと『自由』

ここで竹山の文化団体との関係について述べたい。西ベルリンに一九五〇年左右の全体主義に対して文化の自由を守るという趣旨の文化自由会議ができた。イタリア人のクローチェ、ドイツ人のヤスパース、イギリス人のラッセル、スペイン人のマダリアガが顧問として名を連ねた。この国際団体はパリに本部をおき、定期的に国際シンポジウムを開催した。一九五五年にミラノで開かれた「自由の将来」を論ずる会議にはジョージ・ケナン、レイモン・アロン、フリードリヒ・ハイエク、日本からは高柳賢三、木村健康ほかが出席した。文化自由会議はイギリスでは『エンカウンター』、ドイツでは『モナート』という雑誌を出していたが、『エンカウンター』の日本駐在員ハーバート・パッシンが日本にも文化自由会議の連携団体をつくろうとして働きかけ、ミラノ会議の出席者と協議してできたのが日本文化フォーラムである。竹山は一九五五（昭和三十）年二月、戦後はじめて国外に出、ビルマで英語で発表をした。一九五七（昭和三十二）年に日本文化フォーラムが社団法人となると竹山が推されて理事長となった。その年、竹山の報告『日本文化の位置』をもとに行なわれた『日本文化の伝統と変遷』（新潮社）は戦後日本で支配的だった講座派マルクス主義的日本解釈に対し有力なアンチテーゼを提出した歴史論文と林健太郎は評価している。日本文化フォーラムは一九五九（昭和三十四）年十二月雑誌『自由』を創刊した。編集長は文化自由会議の日本連絡員で日本文化フォーラムの事務局長の石原萠記、その上に編集委員会があって竹山は委員長、下に平林たい子、木村健康、関嘉彦、林健太郎の委員がおり、福田恆存も後に加わった。林は「竹山氏の『自由』の編集委員長は強い要請にやむを得ず引き受けたものであったが、またそれに氏ほどふさわしい人はいなかった[20]」と書いている。

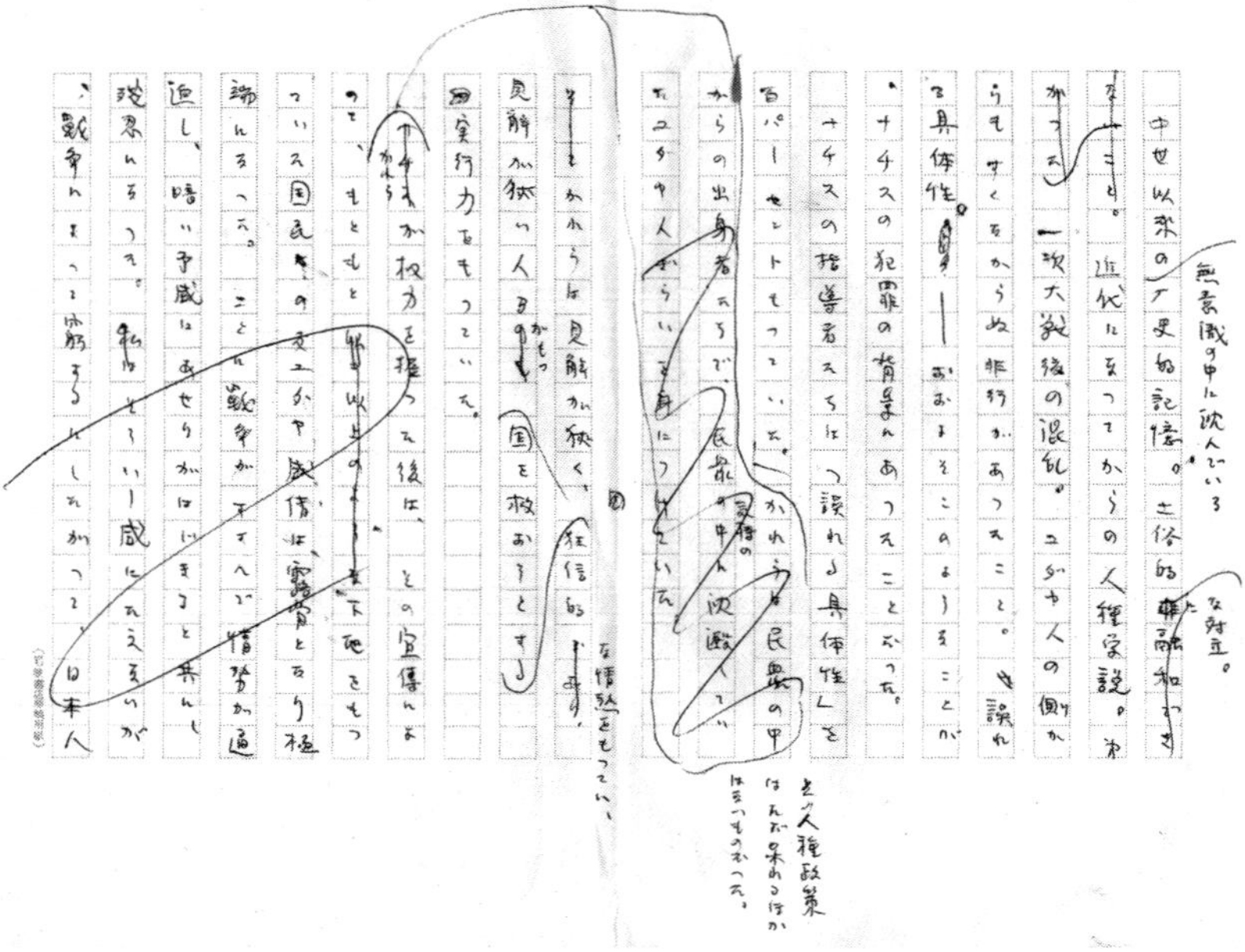

竹山の原稿

一九七六（昭和五十一）年日本文化フォーラムが実質的に解散するまで関係し、文化自由会議日本代表としても何度も渡欧した(21)。

国際セミナーを開催するための資金集めに企業めぐりをし、興銀の中山素平にも面会したが挨拶もそこそこに竹山が「財界人は金を、学者は知識を、お互いに提供して、社会に少しでも貢献したいものです」といったので、中山もいささか驚き苦笑いした。同行した石原はその模様を「こうした協力を企業筋にお願いするときは……辞を低うして懇請する人が多いのだが、先生は、のっけから企業人と学者の文化事業に対する分業責任を堂々と説かれた。目的に自信をもち、私欲が全くないから、とれる態度といえる」と回想した。

一九六五年、日韓条約の批准をめぐって、それまでの反日運動を反朴運動に転換した韓国の学生が軍隊と衝突した。高麗大学で竹山は催涙ガスで眼をはらしながら観察した。竹山は「われわれは浮足だって、涙をハンカチでおさえながら、門から逃げだした。軍隊が入ってくるかもしれない。

じつはもっと見ていたかった。自分が撲られるのは困るが、もし連れのIさんが銃床で撲られて留置でもされれば、韓国の事情がさらによく分るだろう」と『ソウルを訪れて』に書いたが、このIは石原萠記だそうである。

『「声」欄について』

自由主義を守ろうとする竹山は『朝日』紙上で「危険な思想家」としてマークされた。一九六八（昭和四十三）年、空母エンタープライズの佐世保寄港について意見を求められた識者の中で竹山一人が賛成、他の四人は反対と社会面に出た。「原子力空母寄港賛成論を朝日紙上で語られた竹山道雄氏、あなたはあの美しい『ビルマの竪琴』を書いた竹山さんでしょうか。実に不思議な気がします」といった調子の感情的非難が殺到し、竹山に答を求める投書が次々と「声」欄に掲載された。当時投書した人で存命の方も多いと思うが、今では米国の原子力空母が横須賀に寄港しても反対の投書は必ずしもするまい。日米安保や抑止力の必要は社民党はいざ知らず民主党の幹部も自覚している。その論争も分析するに値するが、ここで問題としたいのは竹山を狙い撃ちした『朝日新聞』投書欄のアンフェアな操作についてである。

空母寄港の是非について人それぞれ見方が違うのは当然で、賛否もさまざまだろう。だがそれより問題なのは次の点である。竹山が二月四日「感情論で解決できぬ」と答えた後も「ビルマの竪琴論争」なるものは長く続いた。四月十四日、竹山は投書に答えた後「なお、多くの方々からのお尋ねに一々返事をして、言論ゲリラのために奔命に疲れてはなりませんから、それはしないつもりです」とつけ加えた。これに対し四月十九日に「許されるのか独立運動圧殺」と「対話の継続を望む」（鈴木氏）という投書があり、竹山がさらに投書欄で答えることを求めた。これに対し竹山はその日のうちに投書し返事は常に問と同じ長さに書いた。――「私は対話を断わったことはありません。また鈴木さんを〈言論ゲリラとあしらった〉こともありません。ただ、同欄の〈許されるのか独立運動圧殺〉という投書などはあまりにも幼稚な意見で、これに短文で答えることはできません。前に〈無学な田舎のかあちゃんにも分る言葉で〉説明せよと要求した投書は、はたしてそういう人が自発的に書いたものかと疑いました。週刊誌で根拠も示さない扇情的な匿名記事もありましたが、このような不見識なことも行われているのですから仕方がありません。ゲリラとはそういう類のことを指しました。事実に即して論理を正したお説を教わりたいと願います」。

だがこの竹山のこの返事は「声」欄には採用されず、没書となった。[22] したがって竹山が「独立運動の圧殺」にも顧慮せず対話を断わったという形で「論争」は終止符を打たれた。これはフェアではない。土俵に上げてくれない以上「声」欄に答えることはできない。投書欄は係の方寸でどのようにでも選択される。それが覆面をして隠れ蓑をきて行なわれるのだからどうしようもない。日本における言論の自由とはこの程度だということを世間はもっと自覚すべきであろう。

註

(1)『竹山道雄著作集』6、二八二―二八三頁。
(2) 竹山が用いたこのドイツ語名詞を構成する masslos という形容詞は英語で measureless とか boundless、「度外れた」の意味である。
(3) 本多秋五『物語戦後文学史』新潮社、一九六〇、二一五頁。
(4) 竹山は同じ理由で木村謹治のゲーテ研究にも批判的だったようである。
(5)『竹山道雄著作集』6、二八四頁。
(6)『竹山道雄著作集』6、二八五頁。
(7) 竹山の蔵書には Hermann Rauschning, *The Revolution of Nihilism*, Alliance や、同じ著者の *Hitler Speaks*, Thornton Butterworth などがあった。反ナチの在日ドイツ人が米国亡命に先立ち古本屋に処分した書物を求めたのであろう。
(8) 林健太郎『移りゆくものの影』文藝春秋新社、一九六〇年二月、七五―八一頁。
(9) 本多秋五『物語戦後文学史』新潮社、一九六〇、二一五頁。
(10) 竹山道雄宛の諸家の手紙は選んで神奈川近代文学館に納める予定である。
(11) 竹山道雄『見て・感じて・考える』新潮文庫本、九三頁。

（12）竹山道雄『手帖』新潮社、一九五〇、四五―四六頁。
（13）竹山道雄『手帖』新潮社、一九五〇、五三頁。
（14）竹山道雄『手帖』新潮社、一九五〇、一一二―一三五頁。
（15）丸山の裁判記録の引用の恣意性を分析したのは牛村圭『「文明の裁き」をこえて』中公叢書、二〇〇一である。
（16）竹内洋『丸山眞男の時代』中公新書、二〇〇五、二〇五頁からの再引用。
（17）昭和三十四年五月三十一日、小泉信三は次のような手紙を竹山に送った。
『新潮』六月号への御寄稿の『ペンクラブの問題』を後れて拝見しました。周到厳正、一言反駁の余地もないもので、あのやうな行き届いた議論はなかなか出来るものではないと、失礼乍ら感服いたしました。割合に目だたぬ雑誌で、ひろく世論を動かすには少し演壇のジミ過ぎることが唯一の遺憾です。

いはゆる進歩主義の偏った物の見方に対し、どうやら世間に多少の批判も起ってゐますが、ジャーナリズム全体の上に於ける偏向は、まだまだ一層の批判を要するやうに思はれます。『世界』や『中央公論』にも、機会がありましたらあの種の御意見を御発表願ひたいものです。『世界』は岩波茂雄君と小生との古い関係上、『世界』の傾向に対し批判的なことをいっても或る程度までは受け容れるやうですが、これ等の進歩雑誌そのものの誌上で、進歩主義の批判をすることこそ、年少の読者をあやまらぬ為の最も必要なことと思ひます。……『世界』の編輯者も、一方には身に進歩的偏向の病を抱きながら他方には真実を尊重するといふ前主人以来の店の伝統を公然放棄することは敢てし難いといふ気持ちもあるやう、小生は見てゐますが、或は見方が甘まいかも知れません。

御寄稿を読んで大へん心強く感じましたので、手紙を差上る気になりました。」
（18）サイデンステッカー自伝『流れゆく日々』時事通信社、二〇〇四、一五一頁。
（19）なお、*New Leader*, vol. 47, No. 3, 1964 に出た Seidensticker による丸山書評の題 Japan's Infallible Pope を私ならば『日本の不謬《ふびゅう》ならざる法王』でなく『日本の無謬の法王』と訳したい。より詳しくは、竹内洋『丸山眞男の時代』中公新書、二〇〇五、二三三頁以下に紹介されている。
（20）林健太郎『昭和史と私』文藝春秋、一九九二、二八二頁。
（21）竹山の渡航費用は、文化自由会議のほか、新聞社（たとえば北極周りの記事）、日航（たとえば南仏紀行を広報誌）、経済視察団（東欧）などが一部負担し、滞在延長は私費で負担した。

(22) 竹山が亡くなった一九八四(昭和五十九)年、私が『竹山道雄著作集』に漏れた文章を選び講談社学術文庫『主役としての近代』へ収めた。その際、竹山が『国民協会新聞』というミニコミ紙に寄せた一九六八(昭和四十三)年六月の一文を見つけ、それも入れた。『「声」欄について』と題されており、『朝日』が没にした最後の投書のことが記されていた。五十九年の年末、朝日新聞出版局が「声」掲載の投書を六巻本に刊行中で、竹山の投書の再録許可を求めにきた。婿の私が竹山夫人に代わり返事して、「許されるのか独立運動圧殺」「対話の継続を望む」などの投書が採用されるのなら、それに対する竹山の返事は「声」欄の係が没書した旨を註に書いて欲しい、その条件が満たされぬ限り竹山の投書の収録に同意しかねる、と述べた。『朝日』の文庫担当の川橋啓一氏は私に会いに来、「註をつけます」と同意したが、社に帰って叱られたのか、事実を伝えていない文を書いてよこした。私はそれを註とは認めなかったから、きちんと書くことを求めた。すると川橋氏は多少申し訳なさそうな声で「朝日の出版物にこの種の註をつけた先例はありませんから「ビルマの竪琴論争」はいっさい載せないことになりました」と言った。昭和四十三年、論争の結びに「今週の声から」と出た解説によると、かつて『朝日』の投書欄であれほど白熱した議論はなく、東京本社だけで二百五十通を越す投書があり「みのりあった」由である。それを同じ朝日新聞出版の文庫本『声』では全部不採用にしたというのだから、いかにもおかしな話である。『朝日』は竹山投書を没にした経緯を明らかにされてはまずいと判断し、一切載せないことで「昼間のもめ琴」だか「ビルマのもめごと」だかに幕引きしたわけであろう。「昼間のもめ琴」などと茶化した書き方をしたが、実はこれも同紙「かたえくぼ」欄や朝日系週刊誌に出た竹山を揶揄する言葉で、竹山は「言論ゲリラ」にいたるところで狙われ冷やかされもしたのであった。なお「声」欄は竹山反対の投書が多いと報じているが、竹山家には竹山支持の手紙が多く寄せられていた。

竹山がミニコミ紙に書いた『「声」欄について』を読んで憤慨した徳岡孝夫氏は『竹山論文をボツにした朝日新聞』を『諸君!』昭和六十年九月号で話題とした。すると十月号で『朝日』の上野晴夫「声」編集長が、担当者が自分の判断で投書を選択するのはどの新聞雑誌でも同じだと弁明し、『朝日』が文庫用に用意した文を平川が承知しないのが悪いように書いた。私は『諸君!』十一月号に右に述べた経緯を書いた。論争はなお続いたが、詳細は当時の雑誌を見ていただくこととする。

第十四章　「危険な思想家」

一高教授

竹山道雄は戦争末期の一九四四（昭和十九）年まで十年近く渋谷区代々木大山町一〇六七番地に住んだ。大山グラウンドの東南の角の向い、いまの大山町四〇番地である。若い男女が社交する機会の少なかった戦前の日本では、アッパー・ミドル・クラスの上の人は適当な配偶者を見つけることは容易でなかったであろう。一九三九（昭和十四）年に満三十六歳で十二歳年下の南保子と結婚するまで長いあいだ独身であった。駒場の第一高等学校までは正門から入るとしても徒歩で三十分はかからない。そんな職住近接の環境で、週に五日通い、多いときには二十二コマ（一コマは四十五分）ドイツ語を教えたこともある。下調べは大変だったが勉強する余裕はあった。一高は校長と教頭と幹事がもっぱら取りしきるしきたりで、会議は少なかったのである。

生徒とは進んでつきあった。昭和初年からの二十数年間、日本で最優秀の選ばれた十代末の青年ともっとも親しく接した人は竹山道雄である。これは天下の一高の教授にのみ許されたことであった。旧帝大は学校としては格は上かもしれないが、しかし東大生は、数は一高生に数倍した。となれば生得の質の高さはどうしても一高生に及ばない。日本の旧制高校は、思想・信条の如何を問わず、棟梁《とうりよう》の材の育成を意図した人間教育のエリート・コースだったが、その頂点に一高が位置していたのである。ただしつけ加えておくと、竹山は一高生のすべてが秀才だとは思っておらず「間違って一高に入ってきた人がいて、そういう人に限って……」と批判した。(1) 三年間を通して成績がトップにあるような者は官僚には向いているが大人物にはならない、ともいっていた。学業の点数よりも内から湧いてくるものの力を尊しとした。そしてさらに「とにかく一高では生徒の素質の方が先生よりも上だった」と笑いをこめて回顧したこともあった。

専門別に分れた大学には旧制高校の寮生活のような全人的な人間づきあいはない。最晩年にいたるまで竹山は一高の思い出を大事にし、一高のクラス会には喜んで出席し、日本の各界の中枢に進んだ人たちとの会話を楽しんだ。

その中には特設高等科出身のアジアの人もいた。それらが、幅広い外国人男女との交際とあいまって、竹山の視界をひろげ、その発言をバランスのとれたものとしたにちがいない。学術上・思想上の問題で若い後輩の意見を求めたりもした。鎌倉の家には客がよく来て、竹山は談話を楽しんだ。話をするうちに随筆の話題はおのずと整ったのに相違ない。

そんな竹山は口先で反体制をいうのが好きな、文壇に群をなすタイプの人ではなかった。それだから、世の文士とは別格という印象を与えたのであろう。「重臣イデオローグ」などと揶揄されもした。しかしかつてのロンドンの『タイムズ』の編集子は自分が首相になったつもりで論説を書いたというではないか。それこそがジャーナリズムの王道なのではあるまいか。新聞の使命はたしかに批判である。しかし歪んだ批判には問題がある。戦争中の新聞は軍部は恐ろしいから批判しないが、その代りに官僚を批判した。同様に新聞人は軍内部の日本精神至上主義的な教育は見て見ぬふりをして批判はしなかった。それでいながら戦後は占領軍は恐ろしいからそちらが主導する改革は批判せず、占領軍と気息を通じた師範系の不満分子と手を握って、官僚の母胎であるとして旧制高校批判には同調した。ただし官僚の母胎そのものである東京大学法学部は温存された。敗戦時の法学部長で後に総長となった南原繁は占領軍に同調し、旧制高校を潰す方向で教育改革に賛成した。それだものだから安倍能成、天野貞祐ら歴代の一高校長と南原とは犬猿の仲となった。「南原という人の本名はミナミハラと読むが、世間がナンバラと呼ぶからナンバラにした。そんな御都合主義の人です」と市原豊太はいった。その語調のあまりの激しさに私は愕然とした。旧制第一高等学校は旧制東京高等学校などとともに新制東京大学の教養学部となり市原は東大教授になったが一高教授と呼ばれることにより誇りを感じていた人である。

ノブレス・オブリージュ

しかし占領下に出来た紋切型の旧制高校批判はいつしか定着したと見え「戦争の推進力もまた旧制高校の特権的

教養主義からもたらされたもの」（『朝日新聞』一九九九年五月三十日）と関川夏央までが書いている。そういう見方はどうやら固定したらしいが、はたして真実だろうか。一九四五年八月という時点で日本が終戦という名の降伏をなし得たについては、当時の日本の官僚制がまだしもしっかり機能していたからだ、と私は考える。軍部の専横をあの程度で抑え得たのは日本の文官たちがまだしも健全で、全面的に精神主義化していなかったからではあるまいか。戦後民主主義教育が生み出した官僚や政治家の行状を見ていると、かつての六・五（四）・三・三の旧制の「特権的」教育体系に比べて戦後の六・三・三・四の新制の教育体系が、量産の点においてはともかく、人間の質の点では、進化したとは必ずしも思えない。

私は敗戦後の過渡期に、駒場の地で、旧制一高と新制東大を二つながら体験した。その一身二生の体験は貴重で、両者の相違を語り得る人はもはや多くない。それであえてその思い出を語ることとする。入学定員四百人の一高を初めて受けた時は中学四年修了の私はその競争率十倍の狭き門に通る自信はなかった。私は数学の三つの問題のうち一つを間違えた。天下の一高である以上、はいりそびれた、と思った。合格発表を見に行くのが気が重かった。それにもかかわらず合格者の中に自分の名前を見出したとき、こんなことで日本は大丈夫か、と思ったほどである。その一高が廃止され、翌一九四九（昭和二十四）年新制東大教養学部となり、入学定員が五倍に増えた時は合格間違いなしと安心し、二期校や私立大学を受けなかった。その時は駒場の地の入学定員増を歓迎したが、悲しいことを打明けねばならない。旧制一高には選ばれた少数者というノブレス・オブリージュといおうか、気位があった。学期試験に際しカンニングがまず考えられなかった。それというのは第七章「昭和十九年の一高」の章の「自治寮」の節で説明したが、一高ではもし生徒によって不正行為を告発され、生徒自治会が選んだ風紀点検委員がカンニングと認定し、学校当局に報告すれば、不正行為を犯した生徒は自動的に処分されたからである。それが誇るべき一高の自治であった。それは後の政治化した新制東大の学生自治とはおよそ別物である。ところが新制東大ではクラスの雰囲気ががらりと変わった。我慢ならなかったのが学期試験に際しカンニングする者が出たことである。それが教師の手で処分された間はまだ良かった。やがて監督する教師で見て見ぬふりをする者が現われた。さらに悲惨なのは政治化した学生自治会に支配され、たとえ試験で不正を働いた学生であろうとも学部当局が処分すらできなくなったことである。恥ずかしい事ながらそんな時期も一九六九（昭和四十四）年の東大紛争直後には数年間続いた。戦後民主主義世代といえば立派に聞えるが、そんな団塊世代の東大卒業生の中から私利や不正を働く者、保身がすべてに優先する官僚が出たのは当然ではあるまいか。

若者に自主的に勉学する習性をつけ、選ばれた者にふさわしい責務を自覚させた点においては寮生活は有意義だった。しかし教室での授業内容は、戦後の東大教養学部の後期課程ほど教養学科の少数精鋭教育には及ばない、と竹山は言った。私もほぼ同じ比較評価をしている。ただし若者の気概においては、戦前の「天下の一高」の方が優れていた。

その一高同窓会の過去半世紀の様変わりを戯画化するとこうなる。昭和三十年代は政治学で社会主義体制支持の「進歩的」教授が正義面で演説した。しかし「安保反対」で学生を煽った教授連は、その八年後同じ学生が鉾先を大学に向け教授連を吊し上げるに及ぶやクラス会でも意気消沈した。昭和五十年代、日本が経済大国になるや大蔵次官とかそこから天下りした人たちが大きな顔をして同窓会で音頭《おんど》をとった。バブル崩壊後はさすがにしゃしゃり出ない。平成にはいると幅を利かすのは医師たちで、クラス会が病気相談会となった。近ごろ親切顔なのは老人介護の経営者で、クラス会でも勧誘している。知性の程度を同じくする人は同じホームに集まるがよく、その特別老人ホームでは寮歌の放吟は宜しいが、寮雨はご法度《はっと》だそうである。「痴性の程度を同じくする人は」ですか、と冷やかしたら「君のカリカチャーは悪い趣味だ。よしたまえ」とさとされてしまった……。

操守一貫の人

戦後は一九五五（昭和三十）年から竹山道雄は毎年のように海外へ長く出かけた。一九六四（昭和三十九）年までのわが国は外貨持出制限があり、先方からの招待がなければ出国できない時期が長く続いた。日本の一部でソ連邦の理想化や人民中国の理想化が行なわれたのは、その土地へ行く人が数少なかったからこそ生まれた幻影だったといってよい。それだけに竹山の例外的な体験は当時の日本人としてはまことに貴重であった。竹山は彼が生きた時代、群を抜いて先を進んで巨視的な展望ができた日本知識人である。ただ単に見て・感じて・考えた人だったからだけではない。著述家として世間に認められようとして時流に媚びることをしなかったからである。そのために時に日本国内の論壇では孤立しているかに見えたが、しかしそうであったからこそ、日本の負けに乗じて名をなした左翼知識人や評論家と違ったのである。反軍部、反ナチス、反スターリンと反全体主義で一貫しており、日米同盟の必要性を認めていたから安保反対などと甲高い叫びは発さなかった。戦前も戦中も戦後も、日本の大新聞の動向に左右されない数少ない知見の持主で、反軍部の人でありながら、東京裁判批判をいちはやく行なった。E・H・ノーマンのような講座派流の観念左翼の図式的な歴史観にも与しない。渡辺一夫のように学生にかつがれて反安保のデモに参加するような真似はしない。(2) デモの中にひそむマス・ヒステリーの要素や、デモを操作する勢力の戦術を、冷静に見ていた。外国知識人の例になぞらえると、サルトルのような反体制の旗振りをする派手さ加減はおよそなく、強いていえばレイモン・アロン(3)の立場に近かったといえるかもしれない。「操守一貫の人」(佐伯彰一『竹山道雄著作集1月報』)と呼ばれる所以であろう。

しかもこの独立した精神の持主は戦中のナチズム批判からユダヤ人虐殺問題へと関心を深め、さらにはキリスト教にひそむアンチセミティズムの要素までも剔抉《てきけつ》するという反時代的考察を続けた。そうした「危険な話題」については、外国語文献や雑誌新聞を渉猟《しょうりょう》したのみか、タイレなどユダヤ系知識人とも論議を交わして十分に下調べをしている。すでに戦前に始まったタイレとの文通は戦後も数十回に及んでおり、タイレは竹山の関心を惹きそうな新聞雑誌の切り抜きをしょっちゅう送ってきた。ちなみに竹山もおびただしい日独仏英の新聞雑誌の切り抜きを残した。書物にしても雑誌にしてもアンダーラインを引いて綿密に読んだ。読書の痕跡のおびただしい何冊かは私自身も目を通したが、私が読んだのは竹山の読書のほんの限られた一部でしかない。竹山の旧蔵書の六千五百冊の和書は神奈川近代文学館に、二千数百冊の洋書はそのすぐそばのフェリス女学院付属図書館山手分室の一室に寄贈されたから、竹山道雄の実像に迫ろうとする人はそれらに当たって見られたい。

童話文学の作者か

世間は竹山道雄と聞くと反射的に『ビルマの竪琴』の作者と答える。一種の決り文句だが、竹山と前後して評判となった『ノンちゃん雲に乗る』の作者石井桃子と同列に並べるだけでは落着きが悪い。思想家としての竹山の面がその一作の影に隠れて見えなくなってしまうからであろう。

といっても、それとは逆の判断をして間違う人もいる。昭和二十五年頃、東大教養学部生で後にウィリアム・モリスの研究者として名をなした小野二郎が当時簇生《そうせい》した学生新聞の一号に竹山道雄論を書き、子供向けの童話などでなくもっと文明批評家としての仕事をしていただきたい、という趣旨を書いた。学生の私も『ビルマの竪琴』は子供向けと頭から決めてかかっていたから、まだ『ビルマの竪琴』を読んでもいなかったくせに、小野の意見に同感したりした。しかし『ビルマの竪琴』は、児童文学としても読みうるが、同時に思想小説でもある。シュヴァイツァーはヨーロッパに戦乱が起こり、戦乱が止んでもアフリカの地にとどまった。この宗教者は病院を開き、パイプ・オルガンを演奏したが、水島も戦乱が止んでも南の国にとどまり、竪琴を奏でつつ、慰霊の旅を続けた。両者は異郷の孤独に耐えて自立できる精神の持主である。そしてその二人は時流に流されぬ、自立する個人である。水島上等兵の人格を造形する際に、竹山は旧制高校生の理想主義とともにシュヴァイツァーの俤《おもかげ》もそれとなく写したのではあるまいか。

竹山がシュヴァイツァー『わが生活と思想より』を訳し、それを少年向けに『光と愛の戦士』として出したとき、キリスト者の三谷隆正は真に喜んだ。その竹山はかつて三谷に「懐疑癖に耽溺した青くさい文学青年の主張で、イヴァン・カラマゾフの口うつし」を勢いこんでのべて、三谷に「そんなことをいって、それが何になりますか」といわれたこともある。(4) 私は竹山をキリスト教に対して批判的な目を持っている人と感じていただけに、昭和三十七年秋、依子と結婚する直前、昭和十六年五月十二日に生まれた娘の依子、十八年の二月二十四日に生まれた息子の護夫の名が『聖書』「ピリピ書」の「さらば凡ての人の思《おもひ》にすぐる神の平安は汝らの心と思とをキリスト・イエスに依りて護らん」に由来すると聞いたときは驚いた。軍国日本が戦争へまきこまれていったとき竹山は二児の将来を案じていたからであろう。

大審問官

ドストエフスキー『カラマゾフの兄弟』第二部第五編の中でイヴァン・カラマゾフが弟のアリョーシャに読んで聞かせる自作の劇詩『大審問官』はキリスト教の根本義にまつわる哲学的疑念である。昭和二十三年三月、『新潮』に『焼跡の審問官』(5) を発表したとき竹山は「いま読みかえしてみても、さながら昨日書かれたかのように意味あたらしい一章である」と述べている。その背景をなす宗教審問 Inquisition を含めて、竹山はこういう。この紹介は竹山自身の後半生の思想的立場を予見させる論題であるから詳しく述べたい。

――中世の信仰査問はヨーロッパの各国で仮借《かしやく》なき残忍をもって行なわれたが、スペインでは、一四八〇年に、ユダヤ人及びイスラム教徒を迫害するために、大審問官を長とした国家機関が設けられ……やがてこの宗門改めは新教徒迫害をさかんに行ない、このために特別な意味をもって半ば伝説的に語られるものとなった。……前後数千人が教会の祭日に生きながら焚《や》き殺された。最後の死刑は一七八一年だった。……一八三四年になって事はまったくやんだ。イヴァンの劇詩の時は十六世紀で、場所はセヴィラである。あたかも「いかめしき火刑の庭」で百人の異教徒が焚殺《ふんさつ》されたその翌日に、イエスがこの市にあらわれた。彼は天上にいて、地上の世界を憐む心にたえかね、民衆の間に再臨したのである。それと知って、市民は彼の後を追った。しかるに、大審問官はイエスを捕えて、投獄させた。……牢屋の鉄の扉が開いて、大審問官が手に灯をもって入ってきた。そして、九十歳の老人が次のようにイエスの罪を糾弾した。

——むかしイエスが説いた福音は人間に災いをもたらした。人間はそれまでせっかく権威に従って、責任の軽い従順な羊の群として幸福に生きていたのに、イエスが来ってその幸福を破った。それは、彼が個人の良心を至上のものとして、他律的な権威を破壊したからである。人間がおのれの上に立つ絶対の権威者を失えば、来るものは互いどうしの抗争であり、虚無の惑乱であり、飢餓である。

大審問官は、人間は愚かな弱い者であり、生れながらの暴徒かしからずんば奴隷であるとの前提の上にたち、この認識をほこっている。人間は自由に堪えることはできないものである。個人の良心には人間を幸福にするだけの力はない。もともとイエスは人間の何者なりやについての認識を欠き、その要求を誤解している。イエスが人間に自由を与え、良心のみによって自己を律することを期待したのは、人間に堪えることのできない過大な負担を課したものであった。

このことは、これまで千五百年の歴史によって立証されたことではないか。さればこそ、(大審問官である)自分は権威による支配を確立して、人間から自由を奪って人間を幸福にしてやったのである。

——それだのに、イエスよ、なんじは何故にふたたびこの地上に現れて、自分たちの仕事の邪魔をして、人間をさらに不幸に陥れようとするのか。——

竹山はこのように大審問官のイエスに対する問責を大約する。そして事のよってきたる所以をたずねて、聖書の中の荒野の試みの物語が引用される。悪魔がイエスに申し出た三つの提案には、世界史の根本問題が要約されている。イエスはこれを斥けたが、このことこそは人間に悲惨な運命をさだめたものであるとして三つの試みに対し深い意味をもったあたらしい解釈がイヴァン・カラマゾフによって下される。竹山は書く。

三つの試み

第一の試み。――イエスは、人間に自由という精神のパンを約束せんがために地上に来た。ここに、悪魔は彼にいった、「人間はそのような約束の意味を悟ることができない。かれらはそれをきいたら、かえって恐れるだろう。……これに反して、もしおまえがこの焼野の石を口に入れるパンに化して人間に与えさえすれば、人間はおまえの後を追って走り、おまえの教えをきくだろう」

イエスはこの忠告を斥けた。彼は思ったのである。「もし服従が地上のパンによって買われたものならば、自分はそのような服従を欲しない。」イエスはあくまでも、人間自身がその自由な良心によってイエスに従うか否かを決定せんことを求めたのだった。

大審問官の糾弾によれば、これがイエスの人間誤解の第一である。人間は右の決定ができるほどに偉大なものではない。パンか、自由か、というときには、「自由はいらない。パンをあたえよ！」と叫ぶにきまったものである。人間にとっては、地上のパンについての心配と願望以上に根づよいものはない。人間はパンを与えざる者にはけっして服従しない、――これを知ることが人間支配の秘密の一である。

されば、いつの日か、地の霊がこの地上のパンの名をもってイエスに反旗をひるがえし、イエスと戦って勝利をかちうる時がくるであろう。そして、餓えた者が集って自分の法則をつくりだし、ただパンのみを至上の道徳としてうちたてるであろう。そのときには、人間はおのれの智慧と科学の口を借りて、「犯罪もなければ、したがって罪業もない。ただ餓えたるものがあるばかりだ」と公言し、「食を与えた後に善行を求めよ！」と書いた旗をひるがえすだろう。

しかもかかる人間たちも、自由である間は、お互いのあいだにうまく配分することができない。権威によるのでなければ公平は生じない。「かれらが自由である間は、いかなる科学でもかれらにパンを与えることはできない。」故に、かれらはすすんで権威の前に身を屈して、食の配分を乞うようになる。権威ある者が分配してやってこそパンはパンであるが、かれらが勝手に分配すればパンは石に化してしまう。

第二の試み。——悪魔はイエスに「神の子は身に傷つくことがないと録されてあるから、この高い宮殿から身を投げてみよ。そして自分が神の子であることを証明せよ」といった。

イエスはこれを斥けた。彼は奇蹟によって自己の権威を立証することを拒否したのである。人間を神秘の前に平伏させることを欲せず、人間がどこまでも自由の決定によって信仰することを求めた。すなわちイエスは、何らかの絶対不可思議なるものを示現して権威を待望する人の心にうったえることによって、そのおそろしい力をもって人間の心に奴隷的な歓喜をよび起したくなかったのである。

これが、イエスの人間性に対する認識不足の第二である。イエスは知らないが、人間精神にはほとんどパンへの願いにもましたある願いがある。これを看破することが、人間支配の秘密の二である。

若者は世界観を求め絶対者を求める

イヴァンは「パンをよこせ。人間はパンを与えざる者にはけっして服従しない」といった。『大審問官』を竹山がまとめたとき、頭の奥で「米をよこせ」「立て、餓えたる者よ」と叫んだ戦後の政治状況を考えていたに相違ない。また「パンへの願いにもましたある願い」と聞いたとき、当時の日本で世界観を求めた思想青年たち、また絶対的指導者（ヒトラー、スターリン、毛沢東など）を求めた世界の政治青年たちを思っていたに相違ない。そう思いつつこの「ある願い」にふれたのだ。

その願いとは何であるか？　……人間の根柢は、ただ生きているということばかりでなく、何の為に生きるか、というにある。生きていることを成立させる目標をもつことにある。しっかりとした精神の枠をもつことにある。人間は、この茫漠として把えようのない無際限の宇宙の中に目が醒めていないながら、なお不安に落ち込まないですむような、そしてまた彼の精神を中から充たしてそのもののためには喜びいさんで行動しうるような、拠りどころを求めている。

このために、人間は信仰を求める。安心してそれに頼れる価値の体系を求める。世界人生とはこのようなものだという説明をききたがっている。……人間は、この点だけが他の動物とちがっているあわれな世界観の生物である。精神をもっている生物は人間だけである以上、このことはあたりまえである。人間が人間らしくなる青年期をみれば、このことは疑うことのできない事実であることが分ろう。されば、彼は「なんじらはかく考えろ。かく信じ、かく行動せよ」と命令する者なしにはいられない。つねに崇拝に価する者なしにはいられない。「これが今のわれらの絶対者だ。かく指令されてあることこそは間違いない。かく説かれかく書かれてあることはかく解釈すべきであって、この考え方にしたがってこそ、世界人生の一切の謎は解け、われらの未来は明るいのである。その他の一切は憎むべき邪悪である!」――人間はつねにかく叫びたがっている。こういう権威によってうしろから支えられているのでなくては、人間は生きているに堪えない。自己の自由な良心の決定のみで生きるべく、この世界は彼にとってあまりに重大で難解で困難なのである!

しかもさらに加えて、人間は、すべての者が一緒にそろってその前に跪きうるところの命令者を求める。このときこそは、命令者には間違いはないのである。この共通の崇拝の要求が人類にとっては大きな苦悩だった。このために、かれらは剣をもって殺しあい、敵にむかって「われらの神を奉ぜよ!」といった。これはこの世の初めから終りまでこのとおりであろう。神が地上から立ち去った後でも同じことであろう。そのときには、人間は偶像の前に跪くからである。

このように命令されたがり跪拝《きはい》したがっている人間にむかって、イエスは、いかなる目標にむかって生きるかということを自分で決定せよ、といった。

そして第三の試み。――悪魔はイエスに地上の国々とその栄華を示して、このすべてを統べる現世の権力をなんじに与えよう、といった。しかるに、イエスはこれを斥けた。これもまた、イエスの人間に対する愛の欠乏である。

故に、もしイエスが悪魔の忠告にしたがって、パンによって人間を服従せしめ、「奇蹟を信ぜよ」と命令を下し、さらにその上に現世の権力をもってすべての国々を統治したら、人間はパンと奇蹟と地上を統一した王国の奴隷になることができて、その一切の願望をかなえられ、さぞ幸福になったであろう。しかるに、いまイエスはカイザルのものも神のものも共に託せられようとしたのに、これを拒否して、一切の支配をすてた。これでは人間は幸福になることができない。

竹山はイヴァンの言葉を要約する。――所詮、人間に対しては、大審問官のようにそれを愛して自由を奪うか、あるいはイエスのようにそれを愛さずして自由を与えるか、そのいずれしかない。そうして、何故にイエスがその意図に反してかく人間を愛さない結果となったかというと、それは、彼が人間を見誤ったからである。買い被ったからである。これがイエスの残酷であった。

イエスの名を借りて教権を確立した

イエスは彼の要求に堪えうる少数の選ばれた人間ばかりを相手にして、大部分の人間の奴隷根性、暴徒根性を顧みなかった。しかるに、大審問官はこれらの人間に柵の中で保護されている羊の群の幸福をあたえようと願う。これのみが一般人間にとってありうる唯一の幸福である。「われわれは人間に労働を強いるけれども、またかれらのために子供らしい歌と合唱と、罪のない踊の生活をさずけてやる。罪悪も許してやる。……われわれは一切を解決してやる。」このために大審問官は信仰と良心と服従を組織化し、すべての人間が一律に信奉することのできる確信を与え、その思考の自由を奪うことによって責任を軽減し、その罪の意識の負担にもある限度をおいた。これが、地上の王国たる教会の統治である。しかも大審問官は、イエスの名を借りて、その名において教権を確立した。

されば、と大審問官は告白する、われらの僧侶は実はイエスの味方ではない。むしろ荒野の悪魔の味方である。われらは反キリストである、と。大審問官は人間の幸福を念願するが、それはただ暴力によってのみ解決されうるものだ、それによって人間をいくらか凌ぎいい境界においてやることができる、と確信し、そのためには、虚偽と譎詐《きつさ》を採用して人間を死と破壊へと導き、しかもかれらが自分たちの行手に気がつかないようにする必要がある。それは、せめてその間だけでも、この憐れむべき盲人どもに、自分らを幸福なものと思わせるためである。そして人間を従順で盲目な羊に化したことに対しては、大審問官ら少数の専制的支配者がその応報をひきうける。かれらは多数の者の責任を免除して、善悪認識の呪いを背負う受難者となる。強大な権力を握って、支配しながら、ひとり醒めて行手の地獄をみつめている。――そして最後に大審問官は次のように人間の未来を予言する。

「……いま人間はいたるところでわれらの権威に対して一揆《いつき》をおこし、その一揆を自慢にしている。しかし、そんなことは何でもない。それは子供の自慢だ。小学生の自慢だ。それは教室で一揆を起して先生を追いだす、ちっぽけな子供だ。今に子供らの歓喜も冷めてしまう。そして、かれらはその歓喜に対しては高い価を払わねばならぬだろう」

イエスは終始ただしずかに相手の目を浸み入るように見つめたまま聞いたが、その言葉が終わると、大審問官に近づいて、その老いて血の気のない唇をしずかに接吻した。老人は心の中で戦《おのの》きながら、牢屋の扉をひらいた。イエスはしずかに暗い巷《ちまた》の中に歩みさった。

焼跡の大審問官

本間長世は講談社学術文庫の竹山道雄『主役としての近代』で『焼跡の審問官』についてこう解説する、「これは、教科書や概説書よりはるかに強烈に、読者をヨーロッパ近代思想との対決へと引き込んでゆくが、それから一転して、作者はイエスを戦後日本の焼跡に登場させ、イエスをおまえと呼ぶ声に大審問官のごとく語らせ、イデオロギーこそ現代の秘義であることを述べさせる。これは、時代への警告としての評論であると共に、ひとつの文学作品である」。

竹山はここで近代西欧をとり繞《ま》いている権威と自由の関係に筆を向ける。ナチスが猛威をふるったとき、その精神史的背景を探るべくニーチェを読んで『ツァラトストラ』を訳した竹山は、「神は死んだ」後の精神のアナーキーやニヒリズムに思いをいたし、その眼でドストエフスキーも読んだのだろう。竹山もまた時代の子として思想青年だったのだ。

ここに描かれたイエスを歴史的な事実にあてはめてみれば、これは近代の自由思想の根柢となるものを指している。人間は近代になって権威による信仰を失った。信仰の喪失は人間精神の解体であり、ここに人間がやがて方向なく目的なく意義なきニヒルにさまようべき端緒がひらかれた。しかし、この沙漠に入る前に、人間の目には壮大なうつくしい蜃気楼が見えたのであった。すなわち、人間はその後しばらくのあいだは自律し自立する人間の偉大を信仰した。神は個人の自由な良心の中に移された。旧《ふる》い信仰が仆れた後に人間精神の崩壊をふせいでいたのは、このあたらしい信仰であり、これによって人間はそのままニヒリズムに転落するどころか、進歩への希望をもち、ここに情熱を集中して、かぎりなくかがやかしい未来をのぞみ見たのであった。

ここに言及されているのはルネサンスの人間中心主義という新しい信仰である。ニーチェの友人ブゥルクハルトも描いて見せた文芸復興期以来の自立する人間の偉大である。だがイギリスやフランスと違って、後発国であるドイツ、イタリア、ロシア、日本では世界の少数の先進国のように民主政治は機能しない。すると何が登場するか。

しかるに、歴史の推移の中に、このあたらしい信仰もゆらぎはじめた。蜃気楼は崩れていろ褪せはじめた。いまなおこの希望をもちつづけていることができるのは、少数の幸福な強大な国民でしかない。その他の大部分の国々では……ふたたび大審問官の末裔《まつえい》が世界のいたるところに意外な仮装をもって登場してきた。そして、「かく信ぜよ。かく考えよ。そうすればパンをあたえてやる」と命令し煽動した。人々はそれに従順にしたがった。

劇詩『大審問官』は敗戦後の日本にもこの上なく重大な意味をもつ作品であるように竹山には思われた(6)。敗戦後の日本には「権威よりも自己の良心に問う人間たれ」と命ずる権威者である占領軍総司令官が君臨した。だがその大将軍もやがていつかは日本を立去ることを竹山は知っている。むかし大審問官は、イエスの名によって教権をうちたてて、パンと信仰とを餌にして人間を支配した。彼の末裔はイデオロギーという秘儀を奉じて登場し、支配しようとする。このイデオロギーもやはりパンを約束し、信仰を約束する。「何のために生きるか」「できるだけ大勢の人間と共に何を崇拝するか」という、人間の切ない願いへの答えを提供する。イデオロギーを奉ずる者は、自分が——あるいは自分と一緒にそれを信ずる者たちが——主体となって世界全部を解釈し歴史をあたらしく形成しつつあると感じて、前代がもっていた人間の偉大への信仰をなおある形でもちつづけることができる。この点がイデオロギーが現代人に対してもつ大きな魅力である。自分の智慧によって一切を説明しつくしたと思いこみうるほど、人間に自信を与えるものはない！

つい先年までドイツではゲッベルスは「デモクラシーの下には自由がない。われわれのところにこそ、より大

光明寺境内で

きな形での自由がある」と主張した。そしてあのような論理が論理としてうけとられ、数千万の人間の公の思考として通用し熱狂した。その国ではヒトラーの『わが闘争』が新しい聖書となった。

――そしてこのような巨視的な考察は当たっていた。一九四八年当時はまだ知られなかったが、その二十年後には赤い小冊子に教条が刷られてアジア大陸では熱狂的に斉唱されたが、それはこのイデオロギーがもつ論理と心理の魔術をよく示している。スペインの大審問官は数万人のモール人やユダヤ人を火焙りにして残忍をうたわれたが、ナチス・ドイツの公立絶滅機関は四百万人のユダヤ人を殺害した。大陸ではそれに数倍する人が不慮の死をとげた。しかもヒトラー以下の現代の独裁者たちは、かのスペインの大審問官と同じく、自分は大衆の幸福のために自らを犠牲にしていると考えていたのであろう。

本多秋五は『焼跡の審問官』には「共産主義反対の口吻」があるとして、スターリンや毛沢東の独裁は、ヒトラーのナチスの独裁とは違う、といいたげであったが、竹山はそういう逃げ口上は認めない。一九五八（昭和三十三）年には『台湾から見た中共』で淡々と大陸からの亡命者から聞いたままを述べている。なおここで半世紀の後に私が付言することが許されるならば、中国という国にはその後さまざまな非文化的な文化大革命もあり、人民解放という名で千万という桁での人民の死亡もあった。その後改革もあり開放もあったが、残されている心の奥の最大の問題は、広場で人民裁判を主宰した大審問官がいまなお目を光らせている、というその事実であろう。大審問官はすでに死んだが、大肖像は天安門広場に掲げられている。そしてそれが掲げられている限り、中国と自由世界との間には真の友好はありうべくもないのである。

日本と自由世界の間のパイプ

思想世界における対決の次に政治世界における東西対立の問題認識へ移ろう。これはきわめて具体的である。

竹山が戦後初めて渡欧するのは一九五五（昭和三十）年だが、その前後、朝日新聞のヨーロッパ総局長森恭三は、次章でもふれるように、東ドイツ礼讃をしきりと流していた。社会主義勢力への思い入れがあって色眼鏡をかけて報道していたからである。その左翼報道人の錯誤はベルリンの壁崩壊以後は明らかになってしまったが、いまなお存外知られていないのは、日本と自由世界を結ぶべき報道関係者のたよりなさである。しかもそのたよりなさは学者先生や外交官も大差ないのだから大問題である。日米友好の前提ともなるべきコミュニケーションのパイプはどの程度のものであったのか。日本の報道関係者の英語能力は米国からどのように見られていたのか。

毛沢東が一九七六年に死亡した直後、私は初めて渡米した。当時は比較文学比較文化の若手教授で大学で専門科目とフランス語とイタリア語を教えていた。そんな私を周囲が外国語能力を買い被ってワシントンへ送り込んだのである。そう私がいっても信じてくれないかもしれないが、本人は英語で自由に自己表現できず、着任して滅入っていた。それでも社交につとめた。するとウィルソン・センターで食卓を同じくしたアメリカの新聞界の有力者が私をつかまえていうには、アメリカと日本の間には対話がない。「ワシントンでカーター大統領の新聞記者会見に出てくる日本人記者という押し黙ったグループがあるのをあなたは知っているか。なにも質問もしない。彼らのような押し黙った存在が日本についてどれほど悪印象を与えているか、ご存知あるまい。もし日本人記者に知合いがいるなら、そのことを是非伝えて欲しい」。そう言われたのが敗戦直後ならともかく、敗戦後三十年以上も過ぎた時である。日米という同盟国の間には当然良好な意思疎通は行なわれているだろうとアメリカへ着きたての頃は頭から決め込んでいた。それだけに、日米間の対話が実は心もとないものだと知らされて、ひどく心配になった。

外国語習得の機会に恵まれなかった戦中派世代や、敗戦で自信を喪失した戦後世代が、かつての戦勝国アメリカで劣等感に襲われて口が利けなくなり、英語できちんと自己表現できなくなったのは無理ないことかもしれない。しかし世間は外交官や教授は英語をしゃべっている、と思っている。だが日本のために弁じた英語による自己主張の著書は敗戦後はまだきちんと書かれていない。二十世紀の冒頭には *Bushido* や *Book of Tea* とかが世に出たが、その同じ世紀の末に日本は国際社会でもの言わぬ大国となっていた。そんな日本は言葉では語らず、made in Japan の自動車などによって自己表現する国となっていた。世間の錯覚と違って日本で国際派と目されている知識人の多くは日本国内向けの国際派にしか過ぎず、外国と知的応酬を展開する人はきわめて稀である。新渡戸稲造のような人は少ないのだ。もっとも新渡戸のように「外国人より侮りを受けたくない」(川西実三)[7]という気張りが勝った英語の応酬の仕方にはこれもまた問題はあるだろう。だがそれにしても敗戦後の日本には世界の中の日本を把握し、きちんと自己主張をする外国語著述が少ない。外国で日本批判の文章が出ると、反論を書く日本人はいる。ただしその反論はおおむね日本人向けの雑誌に日本語で書かれるにとどまっている。たとえばヴォルフレンが日本叩きをした際に評論家がそろって反論したが、それは『諸君!』という日本語の雑誌の上での反駁であった。

外国語を駆使して活動した人は、明治の外交官林董のように、生涯の決算報告として外国語で著書も残してしかるべきはずだが、戦後の日本では外国語で著作を残した人はほとんどいない。私の周辺でも国際会議に出たという話は聞くが、結果が伴わないのである。日本語でもまともな著書が無い人に外国語の著書がありうるはずもないから、そうした人は計算に入れないが、日本人としてきちんと自己主張した人も何人かはいるであろう。しかし英米文学者で日本語の評論多数の中野好夫や福田恆存や佐伯彰一にしても英語著述があるわけではない。英語講演で米国の聴衆をわかせた江藤淳でさえも英文著書を残してはいないのである。

Communism and the Intellectual in Japan

そんな一般的状況であるだけに、ドイツ文学者と呼ばれた竹山の書庫を整理していて英文冊子 *Communism and the Intellectual in Japan* by Michio Takeyama, (Charles E. Tuttle, 1956) を発見した時は意外な感がした。竹山はヨーロッパに実に頻繁に出かけたが、滞在したのは独仏など大陸が主であって、アメリカへは生涯一度も行っていない。そんな人なのに、一九五五（昭和三十）年二月、戦後初めての海外出張であるビルマで文化自由会議 Congress for Cultural Freedom によって招集された会合で行なった英語講演が一冊子になっていた。それが竹山の日本語文章と同様、才智と示唆に富んで、読んですこぶる面白いのである。インド・ヨーロピアン系統の言語の一つに精通する人は同系統の他の言葉もすぐに達者になるからであろうか。もっとも竹山もこの『共産主義と日本の知識人』は第一回目の海外英語講演であったからとくに念入りに文章を練ったのかもしれない。その皮肉なしとせぬ英語文章を読んでみよう。

文化自由会議の集いであるから「なぜ日本の知識人はソ連のプロパガンダを鵜呑みにするのか」と責められる場面を想定して、問答体で答えている。竹山は一見困惑して顔を顰めて日本知識人のために弁明しようとするかのようなポーズをとるが、左翼知識人の多くがプロパガンダを鵜呑みにしている事実はなんとも否定し難い。「まあ、鵜呑みにしているのはおそらく事実でしょう。しかしそうはいわれても、完全な情報が手元にあり、強力な顧問団の助言があったにもかかわらず、ルーズベルト大統領でさえ（ヤルタ会談で）スターリンにしてやられたではありませんか。日本人に何を期待しろとおっしゃるのです？」ここでは竹山の英語発言の実態を検証するために英語のまま引用させていただく。

Japanese intellectuals, they would say, are suckers for foreign propaganda. Mopping my brows in embarrassment and apology for my fellow citizens, I was yet unable to deny it. "Yes, perhaps that's true. But after all, even President Roosevelt, with complete information at his fingertips and a high-powered brain trust to advise him, was taken in by Stalin. What do you expect of naive Japanese?(8)"

「ドイツの状況をどう考えるか。日本が東ドイツのようになればよいとでも思っているのか」といわれて「日本人にとって東ヨーロッパの話は月の裏側ぐらい遠い話で」と答える。しかし「民衆一般はともかくとして教授たちは別だろう」と責められて、竹山はこう答える。いま拙訳を掲げるが、あのころの日本の大学教授会の雰囲気が思い出されてならない。センチメンタルとはここでは国際政治の現実を直視していない人の謂いである。

　でも考えても御覧なさい。五十人教授がいるとします。その中の五パーセントはセンチメンタルで、五パーセントはものを書き意見を発表します。しかし重要な点はその両方の五パーセントは同じなのです。だから教授たちは百パーセントがセンチメンタルだという印象になってしまうのです。実際の事実はもちろん違います。しかし他の九十五パーセントは黙っています。」「しかし黙っているのは、市民としての義務をきちんと果さないばかりか、卑怯ではないですか。」「まあ、そうでしょう。しかしナチスの時代のドイツのインテリもそんなものでした。アメリカでもマッカーシー旋風が荒れ狂った時は知識人は後難《こうなん》をおそれて黙っていたというではありませんか。となるとなぜ日本のインテリだけを非難なさるのです？　いまや日本には言論の自由がありますから、反米主義は吹きまくっています。アンチ・アメリカニズムを唱えることはまったく安全なのですよ。なんとかいってもアメリカは罰しはしないから。それに権威に反抗することはすこぶる恰好がいい。ヒロイズムにはもってこいですね。しかし共産主義反対を唱えるのはリスクがあります。共産主義者が天下をとれば処刑されるかもしれませんから。それに反共を唱えれば反動のレッテルが貼られます。これはインテリにとっては是非とも避けたい言葉です。というわけで反米主義は完全に自由ですが、反共主義はそうはいかない。それだから人々が「ヒロイック」な時流に迎合するコースに乗るとしても別に驚くにはあたりません。これは絶対安全なのですから。そしてそれが正しい道だと本人も信じこむようになるのですから。(9)

ここでアメリカ人は"That's hard for us to understand."と答える会話になっているが、私たち日本人には竹山が言及した日本知識人の心理状態はたやすく了解される。竹山は、万一の場合、全体主義に反対する一方の旗頭と目されている自分に待ち構えている運命がなにであるかを承知している。それを承知しながらも、それでも文筆活動を続けたのは、『ビルマの竪琴』を書いて教え子の霊を弔った者としての、知識人の責務を自覚していたからだろう。

代理宗教としての共産主義

そうした状況下で多くの人は、大審問官も洞察したごとく、自由に堪えることはできない。ある種の人は自由を獲得しようとして戦うが、ある種の人は無制限の自由に耐えられず、自由から逃亡しようとする。ここではアメリカ人に向けて、ドストエフスキーではなくよりわかりやすいエーリッヒ・フロムの名を引用することで、竹山は相手の理解を求める。共産主義はある種の人にとっては代理宗教となっているというのである。

共産主義者には彼らなりの宗教、道徳、理想があるから、彼らは競合する他の宗教は受け付けない。共産主義者は自分たちの信仰のために殉教する心構えもできている。彼らの世界観は混迷の度合いをます世界にあって彼らに行先を指し示し導いてくれる。彼らの信仰は彼らの世界イメージに確固たる構造を賦与する。(10)

「人間は世界を幻のように見る」とは最晩年の昭和五十七（一九八二）年十月に竹山が『正論』に発表した文の題だが、人間集団の共同幻影という問題は竹山にとっては生涯を通じての関心事だった。一九三七（昭和十二）年にナチス現象を解く鍵としてシュプランガー教授に教えられてユクスキュル Üxküll, *Streifzüge durch die Umwelten von Tieren und Menschen* を「こんなに面白い本もあるかと思っ[11]」て読んだ。それ以来、竹山はその種の書物を実に多く読んだ。竹山は左翼知識人たちのこんな傾向的集合表象の例を引く。平明な英語だから本文の中にそのまま引かせていただく。

The communists, for example, shout that Japan must be "liberated," since it is now a "colony." Let us examine this proposition in the light of the facts. In their terms, West Germany is a colony under bourgeois dictatorship, and East Germany a liberated "people's democracy." It therefore follows that the workers of Western Germany are suffering and hoping for their liberation, while the workers of East Germany are happy and content in their liberation. This is a logical consequence of their system of interpretation. Since the theory says it must be so, then it *is* so; and if not, then it is the facts that must be wrong. Or else the facts have been maliciously falsified.

How then, can we explain the fact that so many East German workers are escaping to West Germany? On the basis of the communist view, it should be exactly the opposite. Communists are therefore compelled either to deny the facts outright, to minimize them, to belittle the escapees, to charge the escapees with being "anti-social" elements, or finally to mumble that they are being "misled."[12]

これは竹山の東独問題についての見方を示して適確である。念のために拙訳も添える。

共産主義者は日本はいまや（アメリカの）「植民地」だから「解放」されねばならないと叫んでいます。これを事実の光にあてて検証してみましょう。共産主義者の言辞に従うと、西ドイツはブルジョワの独裁支配下の植民地です。東ドイツは解放された「人民民主主義国」です。それだから西ドイツの労働者は苦しみ解放されることを待ち望んでいる。それに反して解放された東ドイツの労働者は幸福で満足している。これが共産主義者の解釈体系の論理的帰結です。理論がそうだといっているのだから、それならそうに違いない。もしそうでないとしたら、それは事実の方が誤っている。さもなければそうした事実は故意に捏造されたものである。

材木座の家の縁側で、晩年の竹山道雄

　では一体どのようにして東ドイツからかくも多数の労働者が西ドイツへ脱出するという事実を説明できますか？　共産主義者の見地に立てば、そのちょうど逆様になるはずです。そこで共産主義者はそうした事実を頭から否定するか、認めるにしても極力数を少ないことにして、脱出者を蔑《さげす》み、脱出者を「反社会的」エレメントと非難し、しまいには彼らは誤った方向に誘導されたと呟くより仕方がないのです。

そしてなぜ現実から遊離してしまったマルクス主義をなおも信奉する人々がいるかについて、竹山は次のような私観を述べる。

一体なぜこのようなことになったのでしょうか？　私の答えは多少変っていると思われるかもしれませんが、世界観とは救いを求める現状に不満の人によって創りだされた精神の補償のための神話なのです。世界観とは彼らの内面的な必要や欲求の外部的な投影で彼ら自身が置かれた状況への彼らなりの批判なのです。(13)

『焼跡の審問官』をすでに読んだ私たちには、竹山のこの答え方は合点がいくだろう。この英文小冊子の文体上の手直しには英語を母語とする人の手もはいっているに相違ないが、しかしこのような見方は竹山でなければ言えないものであろう。

竹山の書庫には「この会議の後でもなお文通してくれる日本人はただ一人あなただけです」というビルマ代表の歎き節の手紙も残されていた。当時の日本代表の多くにとっては会議出席は単なる口実で、とにもかくにも招待されて海外へ出たかったのであろう。外貨持出制限という実質的な鎖国下で日本人の国外脱出願望は異常に嵩《こう》じたからである。昭和三十年代前半の私はジュネーヴで会議の通訳をしては生活費を稼いでいたが、会議出席が外国渡航のための名目に過ぎない日本代表が過半であった。戦前に長い海外生活を送った竹山は外国人とつきあうことも比較的に気楽であったろうが、初めて外国へ出る日本人にとっては、あらかじめ準備しておいた外国語原稿を会議の席で読むことはまだしも、その場で外国語で質疑に応ずる、などという面倒はしかねたに相違ない。先方との社交も英語礼状も竹山一人にまかされたのではあるまいか。はたがそんなであっただけに、竹山は日本を代表する自由主義知識人として内外から尊敬もされ、いかにも代表たるにふさわしい人として遇され、それでその後も毎年のように招かれて文化自由会議への出席を続けたのであろう。そして知識に餓えた日本の読者層に向けて竹山のヨーロッパ紀行は新鮮な視野を開いてくれたである。パリ留学中の私たちにとってもその紀行文はあざやかであった。こちらは懐中不如意で旅行できなかったからだけではない。私たちは竹山氏のように相手の話の中にたくみに入り込むだけの才覚にも欠けていたからである。竹山の日本語の随筆は秀逸だが、それはそのまま外国語に移しても秀逸なのである。それが竹山を他の評論家と区別するなにかとなっていた。

註

（1）本間長世『歌舞伎とプレスリー』NTT出版、二〇〇九、四一頁。

（2）長男の渡辺格が『ももんが』二〇〇二（平成十四）年十二月号に書いた『父の政治観』によると「ハンガリーの動乱の頃まで、父は完全な共産主義信奉者であり、日本にもそのうち、革命が起きる、とよく語っていた」とある。

（3）竹山はドイツ文学者として知られるが、フランス語の書物も二百数十冊所有していた。Sartre は翻訳以外原書は所持していない。Raymond Aron, *L'Opium des Intellectuels* (Calmann-Lévy, 1955) は読んだ痕跡が多少ある。

（4）『三谷先生の追憶』は『竹山道雄著作集』4、一六〇―一七二頁。

（5）『焼跡の審問官』は竹山道雄『主役としての近代』講談社学術文庫、一九八四、八九―一二七頁、ほかに『憑かれた人々』『樅の木と薔薇』『時流に反して』所収。

（6）竹山にかぎらず「大審問官」に深遠な意味を見出す日本のドストエフスキー論者はほとんど全員、「大審問官」を借りて自己を語ったのだ、といえなくもない。いいかえると作者ドストエフスキーが思っていた以上の解釈を付した、という見方も可能である。ヨーロッパをも超えるロシア、その中心にあって「新しい宗教的メッセージ」を語る作家ドストエフスキーという神話が、二十世紀の欧州でも日本でも広くわかちもたれたからであろうか。なお作者ドストエフスキーや、作中の作者イヴァン・カラマゾフという「くちばしの黄色い小僧」が、自作の『大審問官』をどう思っていたかは別というべきであろう。

（7）川西実三『新渡戸先生に関する追憶』前田多門・高木八尺編『新渡戸博士追憶集』。

（8）Michio Takeyama, *Communism and the Intellectual in Japan*, Charles E. Tuttle, 1956, p 83.

(9) "Well, look. Suppose we have 50 professors. Perhaps 5 percent of them are sentimental. There are also 5 percent who write and publish their ideas. But the important point is that it is the very same 5 percent in both cases. So that the impression is created that 100 percent of the professors are sentimental. The facts, of course, are quite otherwise; but the other 95 percent are silent." "But isn't it cowardly—not to speak of poor citizenship—to remain silent?" "Maybe. But the German intellectuals under Nazism were no different. And I have heard that American intellectuals maintained a discreet silence while the McCarthy typhoon raged. So why blame only the Japanese intellectuals? Now that we have freedom of speech in Japan, anti-Americanism is all the rage. It is perfectly safe because after all America will not punish us. And besides, resisting authority is very fashionable and gives one a pleasant air of heroism. But to be anti-communist is to risk hanging if the communists take power. Furthermore, it is condemned as 'reactionary,' a word which sends intellectuals scurrying for shelter. Thus anti-Americanism enjoys full freedom while anti-communism does not. It is therefore not surprising that people take the 'heroic' and conformist course which is of course absolutely safe, and then set out to convince themselves of its correctness." (Michio Takeyama, *Communism and the Intellectual in Japan,* Charles E. Tuttle, 1956, p 83-84).

(10) Since communists have their own religion, morals, and ideals, they are impervious to competitive religions. They are prepared for martyrdom for their faith. Their *Weltanschauung* orients and guides them in confusing world. Their faith gives a firm structure to their image of the world (Michio Takeyama, *Communism and the Intellectual in Japan,* Charles E. Tuttle, 1956, p 86).

(11) 竹山道雄『人間について』新潮社、一九六六、三八七頁。

(12) Michio Takeyama, *Communism and the Intellectual in Japan,* Charles E. Tuttle, 1956, p 87-88.

(13) How is it that things have come to this pass? My answer, I fear, may be somewhat unusual. This world view, it seems to me, is a compensatory mythology created by unsatisfied people who are seeking salvation. It is a projection of their internal needs and their criticism of their own situation (Michio Takeyama, *Communism and the Intellectual in Japan,* Charles E. Tuttle, 1956, p 89).

第十五章　妄想とその犠牲

知られざるひとへの手紙

竹山は女性読者にも愛された著述家で女性雑誌にもしばしば執筆した。『新女苑』には昭和二十四年の八月から十二回にわたり『知られざるひとへの手紙』を連載した。

もうずいぶん前のことになりました。

あの台所から庭に出る煉瓦の閾の上で、あなたが卵を二つお手玉にとっていたことがありましたね。台所の食卓について料理ができるのを待っていた人たちは、それを眺めながら笑っていました。そして卵が落ちて割れはしないかとひやひやして、ときどきおもわず椅子から腰を浮せました。あなたも体中で笑って歌をうたいながら、なお緊張して頬をあからめて、素足にはいた靴をたくみに左に右にふみ交しては、お手玉をつづけていました。卵は抛り上げられて、かわるがわる白い条をひいて空を舞っていました。

あの光景がときどき絵のようにふと私の頭にうかびます。そしてその背景も。

閾の外には、しめった空が銀鼠色にたれこめています。石塀でかこまれた菜園には、キャベツが濡れて光っています。その巻いた葉末にほそい雨足があたって、つぶやくような音をたてています。そして、菜園の奥の小屋の窓には、前の日にあなたのお父さんが木靴をはき青い仕事着をきて屠って剥いだ兎の毛皮がつるさがっています。それを鞣《なめ》して自家用につかうとのことでしたが、そのときにはまだ裏に黄いろい脂の層がのこっていて、ところどころには血までついているのです。このなめらかになまなましく垂れている生きものの皮は、妙に私の目をひき、神経をいらだたせました。日にいくどとなくこの毛皮をながめて、「西洋だなあ――」と思いました。

食卓には、この兎の肉がシチューになっていて、それに葡萄酒の壜とカマンベールのチーズとが並んでいます。そして、塀のむこうの木立では、雨が一しきり過ぎると、木々が身をふるわせ、にわかにいくつもの夜鶯のなき

ごえがおこります。……[1]

竹山は敗戦後四年、こんなみずみずしい光景をちらと思い出していた。「あなたはもう覚えてはいないでしょう」といいながら、しかし、竹山はあの光景を、ときどき――夜眠りに落ちる前などならまだしも、混んだ横須賀線の電車の中に立っているときとか、新聞を読んでいる最中などに思い出していた。これまでの生涯の中からこんなきれいな思い出を、どれほどたくさんもっていることか、と竹山は自問自答した。どんな波乱のない単調な生活をしていた人でも、いやそうした人であればなおさら、こうした小さな体験を大きな意味をもつものとして記憶しているのかもしれない。竹山は自問自答する。


「あの『知られざるひと』はいいむすめさんだったなあ」

「無邪気で、快活で、素朴だった……」

「ああ、よく顫え声で『アルルの女』をうたっていたっけ。卵をお手玉にしながらもうたっていた」

「あかるすぎるくらいだったね」

「しかもよくはたらいていた。毎日曜日には階段をさかさまになって拭いているのにはびっくりした」

「あのひとのお母さんに、――この国の娘さんはみなこんなによくはたらくのですか、ときいたら、お母さんはほこらしげに、――いいえ、と断言した。怠け者の遊び好きが多いのを憤慨しているようでもあった」

「恋なんていうものじゃなかったよ。兄妹だったね――」

「あのひともうもういい年だろうな。子供もあるだろうな」

「戦争でやられやしなかったかしらん」

敗戦後の日本で四十代の半ばを過ぎた竹山は二十年前の自分の楽しかったフランス時代を思い返していた。なんだか夢のような、当時の日本人読者の手に届かない別天地である。あのころの日本人はアメリカの占領下、外国へ行くことは許されていなかった。またそれに必要な外貨を手に入れる手立てもなければ収入もなかった。竹山はそんな時代に過去のリアルな体験を語っていたのである。昭和初年、竹山はパリから二十分ほどはなれたムドンの郊外の中流の下程度の家に寄寓して、そこから市中に通ってフランス語を習っていた。おやじさんは退役した軍楽隊の隊長で、竹山のことをいつも「息子」mon filsと呼んだ。「挨拶するときには両手を大きくひろげてこちらをかかえるようにするのだが、そういうときには、酒のような、チーズのような、そしてどこか獣のような、なんともいえない匂いがした。抱きしめられていてその匂いに噎《む》せたものだった」。

道雄はその家庭で愛されて、生活に溶け込んでいた。こんなこともあった。


——ある朝はやく、まだ夜がすっかり明けきれないくらいのときだった。私が起きていると、あのおやじさんが台所にいて私をよんだ。

「息子！」とおやじさんはまだしずかな家の中に遠慮して、声を低くして、それでも命令するようにいった。

「これからわしは兎の皮を鞣すから、おまえはこのコーヒーを煮て、マダムのところへもっていってくれ」

そういって、彼は木靴を鳴らしながら庭にでていった。[2]

牛乳をたっぷり入れたコーヒーをカフェ・オ・レ café au lait というが、フランスにはそれをもじったカフェ・オ・リ café au lit という言い方がある。寝台で朝飲むコーヒーの謂いで、その家では主人の方がはやく起きてコーヒーをわかして、主人がそれを届けると、夫人はそれを寝床の中で飲んで、やがて頭の中がはっきりと醒めると起きて一日たえまなく快活にはたらくのであった。竹山青年はいいつけられたとおりにして、あのひとの母親の寝室にコーヒーをはこんだ。

私はノックして寝室に入った。わざとふざけて、ホテルの給仕のように左の腕にナプキンをかけ、指をひろげてその上にコーヒーのセットをおいた盆をのせ、作法ただしく歩いて寝ている夫人のそばに行った。そしてそれを机の上においいて、

「はい、奥様」といった。

“Voilà, madame.”「ヴワラ、マダム」といったのであろう。夫人はつむっていた目をひらき、竹山であることにきがついてちょっとおどろいたようだったが、やがて微笑してコーヒーをすすって、「ありがとう」といった。

マルグリット・ソリニャック夫人

竹山は西洋に馴れ親しんだ人だった。戦前すでにそうだったから戦後もそうなのである。昔からパリの下宿はそこと決めていたから、こんなエピソードもある。戦後二十数年ぶりに訪ねたら、かつての家族がいて竹山を懐かしがった。「昔はミニョンだった」といわれたと一家に再会したばかりの竹山が当時のパリでたった一軒の日本料理屋だったモーツァルト街の牡丹屋に高階、芳賀、私の留学生を招いた席上でてれたようにいった。mignonとは「可愛らしい子」という意味である。

竹山はヨーロッパではいつも中以下の安宿に泊り、食事も外では一日一回、あとは果物などですませることも多かった。菊池榮一は一九五六年、東大からハンブルク大学へ赴き日本学科の講師をつとめた。徳永総領事夫妻の公館で菊池は竹山と再会し、竹山のお伴をしてヨーンズ・アレーのペンションに行き、夜おそくまで、ものさびしいくらいに簡素な小室でよもやま語りをした。

その夜私は、いわば「熱燗」のジンをふるまって頂いた。おどろいたことにパリからアルコール・ランプを携帯されていた。このランプで手さばきもあざやかにジンをあたためるのであった。「熱燗」のジンに角砂糖を入れて飲むのが、パリでおそわってこられた処方であった。

竹山さんはパリで二十代のはじめ止宿しておられた宿のおばさんに再会された。三十年ぶりであった。

「あのころのあなたはあんなにも若やいでいらしたのに、なんといまは疲れて衰えていらっしゃることだろう」

そういってパリのおばさんが恋しがった。元気を回復するのには、毎晩寝るまえ「熱燗」のジンを飲むのがいちばんだとおそわってきたということで、ハンブルクの宿でも、こうして夜に酒をあたためていらっしゃるのであった。(3)

帰国した竹山は文筆活動に讃辞を呈する旧友にこんな自己韜晦《じことうかい》の葉書を書きかけた。

何と申されても小生はただ茫然と余生を送る他なく、かつての颯爽たる俤はなくなりました。昨年ヨーロッパに行き、昔から知っていたフランス人一家に会い Le beau garçon d'autrefois est disparu(往年の美少年は消え失せた)と申しましたら、お前はフランス語をよく覚えているると、ほめられました。かれらもよぼよぼになっていました。

「疲れて衰えて」とかいわれたというが、一九五五(昭和三十)年から一九七五(昭和五十)年にかけて、いいかえると五十一歳から七十二歳にかけて、竹山はほとんど毎年のように、それも最低数カ月は滞在するというヨーロッパの旅を繰返している。当時としてはもっとも頻繁に西欧各地を旅した外国語に堪能《たんのう》な、類まれな日本知識人だった。パリでは十七区ルジャンドル街一七一番地のソリニャック夫人の家を定宿としていたようで、彼女から英語で手紙が留守宅に届いて竹山夫人と贈物を交換したこともある。その英語の手紙の方は決り文句だったが、ソリニャック夫人の道雄あてのフランス語やドイツ語の手紙には Mein Lieber Mythio などと情のこもった手紙が何通も残されている。Michio と綴らずに「神話」Mythos を踏まえた神話風な呼びかけの手紙である。ソリニャック夫人と書いたが、Marguerite Soulignac は戦争で結婚しそびれたマドモワゼルだったのかもしれない。

千九百五十年代の日本人留学生は、パリの大学都市の寮でみな切り詰めた生活をしていた。金欠ということもあり、日本人であることに自信をもてなかったこともあり、パリにいながら土地の人とおよそつきあいがなかった。フランス語の拙ない民法専門の東大助教授などいかにも寂しげでみじめだった。芳賀徹はそんな人たちとの対照裡に竹山のフランス婦人たちとの交際をこう解説している。戦後の紀行文『たそがれのパリ女たち』について芳賀徹はこう論評する。

（竹山氏が）パリでたそがれのマドモアゼルたちとけっこう親しくつきあうようになったのも、誰かの家でたまたま一緒になって口をきいたのが、きっかけだったという。むこうは、適当にフランス語がしゃべれて、ときに映画やベネディクティヌをおごってくれる、この安全で「エキゾチックな小さな動物」を面白がり、それ以後、氏をいいおしゃべりの相手としたのだろう。そして竹山氏のほうも、この婚期を逸してつましく独り暮しする女たちの、当世への不満を語るおしゃべりが面白く、しばし旅さきの無聊をなぐさめるつもりでつきあったのであろう。そこにいささかの好奇心と同情はあったにしても、彼女らに取材して紀行の一篇をものにしようなどというさもしい気持は、少なくともそのときはちっともなかったにちがいない。氏のそのくつろいでとらわれない態度が、またしっかりもので人のいい彼女らにいつのまにか生活の本音《ほんね》を語らせることとなり、それが結局、竹山氏の教養のなかで濾過されて、荷風の『ふらんす物語』以上に渋い味わいをもつあの好エッセーとなったのである。(4)

妄想とその犠牲

竹山はそんな甘美なヨーロッパの旅を続けていた。しかし同時に前々から抱いていたナチス・ドイツの暗黒面に対しても鋭い視線を注いでいた。

戦争中からナチス批判の盛んだった連合国側と違って、ナチス・ドイツによる組織的犯罪としてのユダヤ人虐殺が伝えられることは日本では敗戦後もいたって遅かった。第二次世界大戦の主要交戦国の中でナチス・ドイツの正体を一番知らなかった国は実はドイツの同盟国日本だったのである。それが日本の帝国大学風の外国認識能力の実態だったのである。それもあって昭和二十年代の日本の若者の間でドイツは依然として詩人ゲーテ、音楽家ベートーヴェン、哲学者カント、さらには思想家マルクスの国という立派なイメージが続いていた。文化的大先進国と思っていた。昭和二十三年の一高受験の際、理科を受けたこともあり、父が化学の専門家でドイツに長期滞在したこともあり、平川家では兄も私も第二外国語はドイツ語を選ぶのが当然のことのように思っていた。当時の一高合格者四百名の十分の七以上がドイツ語を希望した。十分の二がフランス語、ロシア語は十分の〇・五、中国語にいたっては第一志望者は一名であった。それなのに文甲に露中合併で一クラスがあったのは、成績下位で入学したドイツ語志望者が「文チャン」というけしからぬ蔑称で呼ばれたその文甲三組へまわされたからである。

私はドイツ語初級読本で「なじかは知らねど心わびて」の近藤朔風の訳で知られる『ローレライ』の原詩 **ich weiss nicht, was soll es bedeuten, dass ich so traurig bin** を習った。そのとき氷上英広先生が「戦争中ドイツではユダヤ人が書いた作品は読ませなかったが、この詩はあまりにも人口に膾炙《かいしゃ》していたので、原作者ハイネの名はいわず、詠みひと知らずということにして詩は教えていたそうです」と説明するのを聞いた。しかしナチスの組織的残虐行為 **organized atrocity** が異常に徹底したものだったことはまだ知らなかった。昭和二十年代の半ばに『アンネの日記』が紹介されるに及んで徐々に知られるようになったが、強制収容所の実態が日本読者に広く伝えられたのは竹山が一九五七（昭和三十二）年十一月号以来『文藝春秋』に『妄想とその犠牲』と題した見聞と考察を次々と発表してから後のことである。竹山は「ドイツ人という大文化国民があのような異常な振舞をしたということは、やはり複雑な原因が重なって生れた、一つの個性的な歴史的事件だったというほかはない」とし、ここでも「ナチスはドイツの歴史的遺制の産物で、ドイツ人は近代人として発育不完全であったのだ」というような主張は斥けた。会田雄次は一九五九（昭和三十四）年八月三日の『京都新聞』で竹山の『続ヨーロッパの旅』を書評し「私がとくに感銘をうけた」考察としてそこに収められた『妄想とその犠牲』をこう紹介した。

焚殺の現場

「案外、日本人には知られていないが、世界を恐怖させたナチスのユダヤ人六百万人の虐殺事件を追及したものである。第二次大戦中ナチスは驚くべき計画をたてた。ヨーロッパのユダヤ人を全部殺してしまおうとの計画を。ユダヤ人はすべて、老若男女を問わず捕えられ、収容所に入れられた。」

竹山はゲルシュタイン技師という戦時中は危険をおかしてひそかにスウェーデンやローマ法王庁など中立国の大公使に訴え、戦後その事実が外国筋からも立証された人の証言をそこに訳した。ゲルシュタインはベルツェックではじめて焚殺《ふんさつ》の現場を目撃する。

レンベルク発の汽車がこの日の最初の汽車だった。四十五台の車に六七〇〇人がのせられていたが、到着したときにはすでにその中の一四五〇人が死んでいた。格子が嵌った通風窓から、青ざめた子供たちが心配気に眺めていた。死の怖れに涙をためていた。それから男たち女たちも眺めていた。汽車は入りこんできた。二百人のウクライナ人が戸をひらいて、人々を皮鞭でうって車からひきだした。大きなラウドスピーカーが指示をあたえた――すっかり脱衣せよ、義手義足も眼鏡も外せ、貴重品は窓口に出せ、受取りはない、靴は左右きちんと結んでおけ。それから女は床屋にやられた。髪は二鋏みか三鋏みですっかり切り落とされて、馬鈴薯の袋の中に消えた。「あれは潜水艦用ですぜ。詰め物か何かにするのでしょう」とここに働いていたSSの下級の隊長がいった。

人の列がうごきだした。美しい少女が先頭に立って、男、女、子供たちが、みな義手や義足まで外した赤裸の姿で並木路を歩いていった。……わきに頑丈なSS隊員が立って、荒い声でいっている。「何も心配なことはない。この部屋の中で深く息をするのだ。胸がひろがる。疫病があるからこの吸入をしなくちゃならん」。これから自分たちはどうなるのですと、問われると、「男はもちろん働かなくてはならん。家や道路をつくるのだ。女は働かなくてもいい。好きなときに、家事か台所の手助けをすればいいよ」。――これを聞いて、憐れな人々の中の幾人かはかすかな希望の光を感じて、いわれるままに足をふみだす。しかし、多くの者は何があるかを知っている。匂いが運命を告げている！　かれらは小さな階段を登って、一切を見る。

胸に子供を抱いた母親たち、小さな裸かの子供たち、大人、男、女。みな裸かで。――かれらは躊躇する。しかし、後の者に押され、SSの皮鞭に追われて、死の部屋に入ってゆく。大抵の者は一語も発しない。四十歳くらいのユダヤ女が、燃えるような眼で、ここに流される血の故に殺人者に呪いあれ、とさけぶ。彼女はヴィルト大尉から顔を鞭で五つか六つなぐられ、やはり部屋の中に消えてゆく。

部屋は一杯になる。うんとつめろ、とヴィルト大尉は命令する。人々はお互いに足を踏みあっている。二十五平方メートルに、四十五立方メートルに、七百ないし八百人である！　SSはこれ以上は、つまらないまでに押しこんだ。

戸がしまる。そのあいだ、他の者たちは戸外に裸かで待っている。冬でもこの通りだ。という。それでは死んでしまうだろう、と私はたずねる。「奴らはそのために来ているのでさあね」と、一人のSSが方言で答える。……二十五分たった。もうたくさん死んだ。それが小さな覗き穴から見えるようになっていて、電燈が内を照らしている。二十八分たつと生きている者はすくない。ついに三十二分たつとみな死んでいる！

別の側で、特別隊の男たちが木の扉をひらく。[5]

このあとに、押しあって立って死んでいる屍を処理する話がでてきて地獄絵図はまだ長くつづくのだが、その訳は略した。

会田雄次の評

会田はこうした竹山が紹介する事実を踏まえてこう結ぶ。

こうして数年の間に殺された人は約六百万。全ユダヤ人の約半分に及んだのである。どうしてこのような、恐らく人類の歴史でかつてない事件がおこったのだろうか。ドイツ人やナチスの残虐性と片づけ非難することは簡単だが、このユダヤ人虐殺とは比較にならないまでも、我々の経験した類似の事件は、何かの条件が与えられたら、人間というものはこのようなおそろしいことをしでかす可能性を持つことを教えているのである。竹山氏は、実に克明にあらゆる角度から、その原因を追及した。そしてナチのとったユダヤ人に対する憎悪心の強調政策が、敗戦の恐怖という異常な条件を与えられて、このような事件をひきおこす過程をわれわれの前にえぐり出して見せたのである。憎しみの妄想というものは何と恐ろしいものであることか。……ヒューマニズムは弱いものであるが冷静にそして最後まで守りきらねばならないものであることを、これほど強く深く教えてくれる本はないであろう。

会田雄次は竹山より十三歳年下で、一九四〇（昭和十五）年京都大学を卒業、召集され二十代の後半を歩兵一兵卒としてビルマで戦い、部隊がほぼ全滅した状況下で敗戦を迎え、英軍の捕虜収容所で強制労働に服した。ビルマ戦線の二年間、会田は日本の飛行機、戦車を見たことがなかった。味方の砲の掩護も経験した覚えもなかった。「おれたちはみんなビルマくんだりまで屠殺されるためにやってきたのだなあ」というのが病死した一戦友のつぶやきであった。西洋史を専攻した会田は開戦当時、欧米と日本は工業力が問題にならぬほどの差があることぐらいは判っていた。それだけにそのことを知っているはずの我国の指導者が一致して宣戦に踏み切ったことが狂気の沙汰としか思えない。しかも驚いたことに、一九四七（昭和二十二）年夏帰国してみると、日本の学界も評論界も「進歩派」の圧倒する世界となっており、身近な周辺でもマルキストでない者は人に非ずという雰囲気となっていた。そしてその指導者たちの多くは会田が出征する前は実は大政翼賛会の信奉者だったのである。そんな戦後日本の論壇指導者に会田は嫌悪を感じたが、しかし自分は五年に近い空白をともかくも埋めねばならない。学業に追われた。『ビルマの竪琴』は読んだだが、ビルマ戦線で実際に戦った会田にとってこれはきれいごとに過ぎて共感できなかった。ただ、世間の進歩主義の大合唱の中で竹山のような人がいるということに安堵は感じていた。それがユダヤ人虐殺問題を扱う竹山の文章を読むに及んで深く共感した。会田はビルマでの捕虜体験でおぼえた痛切な違和感から、自分が日本で抱いた西洋キリスト教文明のイメージは光のあたる明るいポジティヴな面でしかなかったことを痛感していたからである。暗い面も語らねばならない。そのような気持が抑えがたくなった会田は、昭和三十年代の後半に入るや彼なりの西洋観というかアングロ・サクソン観を『アーロン収容所』（中公新書、一九六二）にまとめた。そのとき会田は自分の思考に竹山「学説」が入っている、とその学恩を認めたのである。(6)

「心は灰のごとく」

竹山は第十三章の末尾で説明した文化自由会議に出席する前後に、こまめに西ヨーロッパのみならずユーゴスラヴィアなど東欧圏でありながらソ連に楯突いた国にも旅をした。ドイツ国内でも一九六〇年夏はダハウの強制収容所跡（中央拘禁所）を訪ねた。西ドイツ政府は内外の情勢に迫られて、いままで人々の触れようとしなかったナチス・ドイツの旧悪を暴露して過去の清算をし、ドイツの道徳的未来のたてなおしの資に供しようとして、戦争中の強制収容所のところどころを復元したところだったからである。ダハウはミュンヘンから汽車で二十分ほどである。竹山は宿の女が土地の人と知ると戦時中の様子を聞いた。町はずれの森のむこうで何かおそろしいことがおこっているということがひそひそと話された。ときどきその囚人が外で労働するために、隊をつくって町にもはいってきたから、それを見たことはあったが、もの凄い様子だった。人間がこういう風にもなるのかと思った。ある娘が可愛想に思って一人の囚人にパンをやったら、その娘はその場で撃ち殺された。竹山はガス室や死体置場を見てまわり、「裏庭に出てベンチに腰をおろし、頭を垂れたまま、それをもたげる気もしなかった。心は灰のごとくだった」。

そしてガス室を見て、ナチスの歴史を読むと、ああいうことは少数の権力者だけではとうていできることではない、多数の者の暗黙の承認があったこととしか思われなくなった。竹山はそのころからこのユダヤ人虐殺の歴史的背景を次第に巨視的に考えるようになったのである。竹山の戦後の大きな研究課題の一つはナチスの犯罪だが、このおそるべき大規模な蛮行の淵源を究明してゆくうちに、竹山はキリスト教の教義そのものにつき当った。これは普通の人には手の出しかねる重苦しくまた厖大な課題である。信者はもとより信者でない世間の人の反撥もまねく。だが竹山は果敢にこれに挑んだ。それについては次の「剣と十字架」の章でふれる。

私たちはもっぱら稀に見る知欧派の人として竹山のヨーロッパ物を尊重していた。それは私たち自身がヨーロッパにいたときに読んでも面白いヨーロッパの旅であった。パリで「竹山先生」からドイツやイタリアやユーゴスラヴィアの話を聞かされても、貧乏留学生の私たちはそんな遠くまで行く金銭的ゆとりはまったくなかった。しかし竹山はスイス滞在中に美術史家のタイレから一九四〇年に発見されたラスコー洞窟の壁画のことを聞きおよぶや、真冬にボルドー、ベルジュラックと汽車を乗換えてモンチニャック村に洞窟を訪ね、パリへ戻って来るとその興奮を私たちに話してくれた。その面白さに聞き惚れたが、しかし自分で見に行こうとは思わなかった。当時のフランスの国鉄は日本の国鉄と比べて、今とは逆で、同じ距離がなにしろ七倍も高かったのである。芳賀徹もいろいろ話を聞いた一人だが、竹山のイタリアを語る声音に魅せられてのことだろう。日本人観光客に自分はまだ見ぬヴェネツィアやシエーナの魅力を吹き込んでガイドとしてイタリアの地に同行することに成功した。しかしそんな遠出はしているけれども、二年間のフランス留学中にパリからほど遠からぬフォンテンブローにも行かずロワールの城館めぐりもせずに芳賀は帰国したのである。シャンボールのルネサンス風の城や泉が旅人の私にひときわ美しく見えたのは、遠出する機会がきわめてまれであったからこそ一層すばらしく映じたのであろう。

そんな私たちであったから、ナチスがユダヤ人を虐殺した強制収容所跡を見に行こうなどとはまったく考えなかった。しかし考えてみると、これはただ単に懐具合の問題だけではない。後にミュンヘンに旅した時はダハウという地名が表示板に出ていた。問題の場所が近いことは承知していた。だがわざわざ見に行こうとはしなかった。人間あまりに不快で恐ろしいことは自分の意識から追い払おうとするものである。そしてそれと同じように異常に恐ろしいことは問題にとりあげることも回避するものなのである。

まぼろしと真実

パリで会ったときの竹山は、フランス人の生活にも、アルジェリア事変にも、ナチスによるユダヤ人の焚殺《ふんさつ》にも、東独から西独への亡命者にも関心を寄せていた。林健太郎によると竹山のナチスの大量殺戮《さつりく》の克明な調査は日本で進歩的文化人に歓迎されたが、それに続いて東独から西に逃亡する人間の多いことを指摘すると、これは日本で左翼に不評だったとのことである。(7) 一九五九(昭和三十四)年当時の竹山が新聞コラム「風神」に寄稿した『東独の小学校の書取』にこんなのがある。書取の中のドイツ民主主義共和国とはいわゆる東独のことである。

東ドイツでは少年祭ということが行われる。少年少女に共産主義の唯物論を教え、現政権への忠誠を誓わせる一種の儀式で、これがすまなければ宗教的な堅信礼をうけることができない。この制度に対して、去年来日したディベリウス牧師等ははげしく反抗した。小学生の書取があるが、これを読むと、東ドイツの教育のさまをうかがうことができる。

書取　　七年生

ライプチヒ　一九五五年一月十五日

少年祭

われわれはドイツ民主主義共和国でますます社会主義を実現します。少年祭はその前進の一歩です。ソ連はわれわれに自然を支配することを教えました。われわれはいかに立派な成人になるかを、やはりソ連から学びたいと思います。古いブルジョア的伝統とはすっかり縁を切らなくてはなりません。こういうものはもはやわれわれには用はないのです。

われわれは、政治や自然や技術、また社会問題などの、あらゆる領域においての教えを待っています。われわれの労働者農民の政府だけが、こういう知識をさずけてくれることができます。さまざまのファシストやその他の者が、少年祭をサボタージュしようと試みています。こういう裏切り者たちに、われわれは正しい答をあたえてやりましょう。少年祭は、若い社会主義的ドイツ人の一生の中のもっとも大切な一歩です。おわり。

東ベルリンに入るとロシア名の町がたくさんあり、小学校の教材もロシアの民話が多く、すべてについてロシア化がすすめられている。独立どころではなく、ドイツ固有のものはブルジョア的とされる。

別のコラム『大建設』に竹山はこんなことも書いている。竹山の時論は古びない。文章に柔軟さと剛直さのタッチをかね備えているからであろう。なお中華人民共和国の鳴放時代とは一九五六年の百花争鳴百花斉放の自由化政策と見せかけて自由な発言をした知識人を結果的に徹底的に弾圧した「反右派闘争」をさしている。

かつてナチスは大建設をした。それは、真にめざましかった。

強力な指導の下に勤勉有能な国民が一致団結して、ドイツの勢いは隆々たるものだった。さかんな祭典が催されて、鼓舞し誇示した。ベルリンのオリンピックはその華だった。大きな建築や土木工事が行われた。いまは、だれでもヒトラーの悪口をいうけれども、ヒトラーがつくったアウトバーンはみなほめる。社会施設もあまねく、……一般のドイツ人は心服し礼讃していた。外交はつぎつぎと世の意表に出る成功をおさめ、軍事ではあっというまにフランスまで倒して、いまにもヨーロッパの制覇なるかと思われた。

そのあいだにもときどき、ナチスの暗い面を示すような事件はあった。しかし、一切は赫々たる光栄におおわれて、よくは見えず、人もそれを見ようとはせず、ひたすら心酔した。ナチスを批判することなどは大逆罪であるかのような空気となり、報道も客観的でなくなり、どこまでもナチスと心中する気になり、大島駐独大使などはどちらの国の大使だか分らないようになった。どうも人間は、つねに何かを絶対化して崇拝しなければ納らないものらしい。

近ごろの中共も大躍進をしている。伝えられることはすばらしいし、また非常に大きな積極面もあるにちがいない。しかし、別の半面を暗示するような事もある。鳴放時代にはおそるべき深淵が口をひらいたが、それもすぐに封じこまれてしまった。家族生活を解体するようなことを、あの中国人がよろこんで甘受するとは思われないが、それも民衆の自発的意思であるというふうに説明されている。中共のことをきくと、かつてのナチス時代を思いだすことが多い。つねにただ一辺倒の崇拝ではなくて、肯定面も否定面ももっと客観的に検討されるようにならないものだろうか。

その竹山は安倍能成に随って一九五八（昭和三十三）年には台湾へ行き『台湾から見た中共』という面も観察して『心』に連載している。また一九六〇（昭和三十五）年『産経新聞』夕刊コラム「思うこと」に「西独の社会民主党がきめたあたらしい綱条は、はっきりと全体主義反対をうたっている。こうなったについては、さまざまの原因があろうが、そのもっとも大きなものは東ドイツから西ドイツへの逃亡者が今でもつづいているという事実である。自発的な逃亡者のうちの約七割は収容所に出頭して助けを求めるが、その数は詳細にわかっている」として『日本に知られていないこと』を寄稿し、一九五三年の三三万一三九〇人から一九五八年の二〇万四〇九二人までの数字を掲げた。そして竹山は結論する。

西独に行くと、いくらでも難民に会って身の上をきくことができる。一口に逃げるというが、すべてをすてて身一つで他郷に行くのだから、生やさしいことではない。しかも、働いている人民は自分の直接の生活の経験から、こういう選択をしている。あの様子を見て、日本で行なわれている議論をきくと、ばかばかしく感ぜられる。それは、先入観を言葉だけの理屈で演繹して、ついに達した幻覚にすぎない。

『谷川さんへの返事』

竹山はまたコラム「思うこと」欄の『使い分け』の中で、ソ連のフルシチョフ首相が一九六〇年三月五日モスクワでレーニンの民族主義政策を述べ、プシトウ民族の自由意志による民族自決を支持したが、それならそれで東ドイツ人にも自由選挙を認めたらどうだ、と書いた。その件で受取った投書に対しては次の『谷川さんへの返事』を同じ欄に書いた。

「一日モ早ク死ンデクレ。皆ソレヲ待ッテイル。フルシチョフハチャント説明シタノダガ日本ノ新聞ガ書カナカッタノダ。　谷川徹三」

こういうハガキが来た。これは哲学者の谷川さんが書いたのではないにきまっている。同名異人でもあるまい。

だれかがちょっと名前を拝借したのだろう。が、これに返事を書こうと思うと、宛名はやはり谷川さんとするよりほかはない。住所も分らないから、新聞に書けば、どこかでこの谷川さんのお目にとまるかもしれない。——私が先々週に本欄に書いたことをお読みになったのだと思いますが、その日本の新聞が書かなかったというフルシチョフの説明を、ぜひ教えてくださいませんか。それこそ私がききたくてたまらないものなのです。

私は東ドイツの人々がいかに苦しんで逃げて出るかを、自分で見ました。その数はすでに三百万人です。あれほどまでにも人民の意思が踏みにじられているのに、どうして人民の意思を主張する人々がそれを肯定しているのか、前から不可解でした。二つのドイツの問題でも、二つの中国の問題でも、なぜそこに生活している人民の気持が考慮されないのでしょう。……

谷川さんのところにも、投書がまいりますか。私のところには前にも文部省専門学務局長という差出名で「オ前ハ女ガ好キデ婦人雑誌ニ書クカラ首ニスル」というのがきました。どういう訳か、無名の投書はいつも下劣な調子で、カタカナです。

お陰で今週のこの欄に書く種がみつかって、助かりました。またお願いいたします。

私は竹山の問題関心の中に社会主義圏にまつわる「まぼろしと真実」があることも知っていたので、東独から逃れてきてソルボンヌで知りあったハルトムート・ホフマンをパリで紹介したこともある。竹山はホフマンをカルチエ・ラタンの中華料理店に招いていろいろ話を聞いていた。私はヨーロッパで暮していたせいか、こうした難民から聞いた事実をありのままに紹介した竹山が日本の論壇でなぜ不評なのかわからなかった。東独難民の若者やハルプシュタルケと呼ばれるドイツの与太者やネオ・ナチについての『ル・モンド』紙の記事を切抜いて帰国した竹山のもとへ送ったりもした。

切られた指は痛みだした

当時の日本の独文学界ではブレヒト（一八九八―一九五六）が進歩的なドイツ作家としてもてはやされていた。ナチス政権が樹立されるやソ連を経てアメリカへ亡命し、戦後はオーストリアの市民権を取得して国外旅行の自由を確保しつつ東ドイツに定住した劇作家である。東ドイツから逃げてきたホフマンが別れ際に私にくれた本もブレヒトの『詩集』であった。ブレヒトは一九五五年にはスターリン平和賞を受賞した。日本では岩淵達治が左翼演劇人の立場から持ち上げた。ブレヒトはハンガリア事変が起こる前に死んだが、しかし死ぬ直前にポーランド詩人アダム・ワジックの詩のドイツ語訳をてがけていたことが私の興味を惹いた。その訳詩は当時公刊されていた『ブレヒト詩集』にははいっていないが、その中には次のような詩もまじっていたのである。

かれらはやって来た、駈けながら、叫びながら、
「社会主義の旗の下へ
切られた指はもはや痛みはしない！」

かれらは指を切った、
するとそれはひどく痛んだ、
そしてみな疑いはじめた。

一九五八年七月二十九日の『マンチェスター・ガーディアン』紙に「ブレヒトは結局、異端者か？」という社説が出、この詩が話題とされた。ブレヒトのそんな面にも関心を寄せた私は、ナイーヴに社会主義体制を賛美する日本の人

1960年ベルリン、文化自由会議にて

たちの気が知れなかった。それにしても上杉重二郎『ベルリン東と西』(三一書房、一九六二)とか宮川寅雄『東ヨーロッパとの対話』(校倉書房、一九六三)とかいう左翼名士の東独礼讃論は、なんという奇妙なまぼろしであったろう。昭和三十八年当時の宮川寅雄は「いつの日か、かれ(竹山)はだれの目にもうそつきになるだろう。難民伝説も終わりをつげるだろう。社会主義は、資本主義にまさることは、天日のようにあきらかになるだろう」と居丈高に言いつのっていたのである。(8)

私が駒場で同級だった竹村英輔は、大学院にはいりそびれ、共産党に入党し、七千円の月給で働いていたが、後に合化労連書記、さらには初の総評海外特派員として東ドイツに八カ月滞在した。一九六一年八月の東独から西独への逃亡を防ぐためにベルリンに壁が築かれるさまを見た。あけすけに私が話したときは竹村も東独の暗黒面を認めたが、『総評ベルリン特派員』(弘文堂、一九六三)はどちらかといえば綺麗事が書いてある。ただ居丈高なところのない感じのいい人で、後年はもはや共産国の讃歌は歌わず、年賀状には唐詩などを添えて韜晦していた。竹村は四年修了で一高文丙にはいった英才で、昭和二十六年一月の雪の日、パスカルの演習に遅れて教室へはいってきたが、髪に白い雪がつもっていた様がいかにも美少年であった。ベルリンの壁が一九八九年に崩壊する前に亡くなった。

モスコーの地図

一九六〇（昭和三十五）年の九月であった。前田陽一教授のお宅での定例の面会日、先生から「竹山先生がモスコーにはいったそうだ」と聞いたとき、「えっ！」とその場に居合わせた数人は声をあげた。それまでにソ連邦に入った日本人は三種類あった。第一は招待客。そんな友好使節団の人々は、大内兵衛先生など、帰朝してソ連を薔薇色に描いて報告するのを常とした。しかし前田先生周辺の教養学科卒業生には西洋体験者が次第にふえ、そんな社会主義体制賛美の報告は眉唾物と思う人が大半となっていた。第二は長く滞在する人で二種類に分かれる。一方は岡田嘉子のようにモスクワ放送で対日宣伝に従事しソ連に肯定的となった人、もう一方は戦犯として長く抑留された人などもちろんソ連に対して否定的な人。第三はフルシチョフ政権になってスターリン批判が行なわれた後の「雪どけ」で入国制限がゆるみ、見本市開催などに際して個人的に旅行する人。竹山はいわばその第三カテゴリーの一人として、友人武内駐独大使の配慮もあって、はなはだ贅沢旅行で懐は大いにいたんだものの、ドイツのボンでソ連の国立旅行会社《インツーリスト》に金を支払い、モスコーとレニングラードをまわったのである。ソ連の外貨獲得政策に乗って「見て・感じて・考える」を実践したのだが、かねてソ連に批判的な人が私人でソ連入りしたとは驚きだった。

外遊客専用の三十三階建てのウクライナ・ホテルはあまりに豪華で竹山は気が引けた。そのホテルの一階には英語やドイツ語の達者なインテリ女性が大勢働いている。ドイツのナーゲル社が出しているガイド・ブック付録の地図(9)にホテルの位置を記入してもらおうとしたが、次々に「わからない」「あちらに行っておききなさい」と埒があかない。木で鼻をくくったような人たちで、黙って頭をふるだけである。竹山は「ははあこれは面白い」と気がついて、試験のつもりで一人一人とつぎつぎにたずねた。十四五人にあたってみたが、彼女らは地図を眺めても見当がつかない。竹山の紀行文『モスコーの地図』には共産圏に入国した人の違和感、フランス語でいうところのデペイズマン dépaysement がそうしたやりとりに如実に出ている。[10]

全体主義国家だからといって首都の地図が売店になく、ナーゲル社版の地図が簡単な略図だったからとはいえ、日本大使館の受付の老人以外は地図上のホテルの所在を教えることができなかった、というエピソードは、一部の人には竹山の反ソ宣伝のように受取られ、いろいろ取り沙汰された。小林秀雄がなにを思ったか新聞紙上に竹山の悪口を書いた。社会主義経済論の分野で名をなした野々村一雄は『ソヴェト旅行記』で「何の目的でこういうたぐいのトライアルをしつこくくりかえされたのか、僕には何ともなっとくが行かない。高い外貨をつかって、こういうトライアルをして、それを日本に帰ってから一流文芸雑誌に書くということは、ずいぶんむだな、むだなだけでなく有害なやり方だと思う」と竹山を非難した。[11] しかしこれがソ連の実情だと知らせることは大切なことである。また地図は見慣れない人には見てもわからないものである。それに地図を公開しないことはソ連以外でもありうることである。現に私は戦況が次第に不利になりだした昭和十九年、中学の朝礼の時間に「陸地測量部の五万分の一の地図を自宅に所有する者は必ず提出するように」という回収のお達しに接した。（もっとも山岳部に関係した兄は、勤労動員で登山などは論外となっていたけれども、提出はしなかった）。地図は軍事機密である、という発想は戦中の日本だけでなく戦後のソ連にはまだあったのである。ちなみにキューバ危機はその二年後の一九六二（昭和三十七）年秋に突発した。

基地と平和

その軍事バランスの問題だが、日本に米軍基地が存在することに反対する日本人はいまもいるが、半世紀前の一九六〇年二月十四日夕刊「思うこと」欄に竹山は『基地と平和』について、世間がいわない常識的な考察を、こう書いている。

日本にいる米軍がよそに出動したら、その基地が報復をうけ、これによって日本が戦争に巻きこまれるようになるというのが、いまの心配である。米軍がいると戦争が近づく、いなければ遠のく――、多くの人がこう考えている。しかしあべこべに、米軍がいると戦争が遠のくがいなければ近づく、と考えるのはどうだろう。

歴史の事実は後の考えの方が根拠があることを示している。……（一九五〇年の）朝鮮のように、米軍が手薄になるとたちまちに事がおこって、真空理論を実証したところもある。基地があれば、外からうっかり手は出さない。はじめにさぐりを入れて、抵抗がないという自信がつけば軍事侵略をするが、これはいけないとわかれば金門・馬祖のように立ち消える。全面戦争はあきらかに避けているのだから、米軍基地を攻撃すれば全面的抗争になるし、米軍の基地があることは、ヨーロッパとおなじく極東にとっても、戦争抑制の保障である。これに反して、裸だったら犯される。ひとりぼっちになったら、いいがかりの口実はすぐつくられる。もし万一にも全面戦争にでもなったら、基地があろうとなかろうと巻きこまれることはおなじである。こういう事情が根本から変わったと考えうる根拠は、まだない。……われわれは何とかして戦争を避けたく、できるだけその可能性がすくなくなるようにしたい。

竹山はコラムの名手であった。実に多くの新聞に寄稿した。そのコラムについては『竹山道雄著作集』８に私が付した年譜（三三四頁）や主要発表一覧にも、福岡女学院大学大学院人文科学研究科紀要比較文化創刊号二〇〇四年三月に掲げた『竹山道雄の年譜と著作年表の補遺』にも洩れたものが多い。竹山の文章の息の長さ、古びない時論は佐伯彰一が『竹山道雄著作集』への礼状に感嘆して述べている。これはコラムについてもいえることで、有志がいつか一本に編むに値する内容ではあるまいか。

竹山道雄は昭和三十七年一月、その海外紀行文に対し読売文学賞を授けられた。選評を書いた室生犀星は、舌足らずのような詩人の語り口で、世間がいわない竹山の資質を的確に衝いた。

海外紀行もソ連、西ドイツ物に及ぶとがぜんただ者でない文体を印象させた。私はこの人は詩を持っていながら物識りや学問に邪魔をされて、詩は文体の内面にふかく閉じこめられてしまったのだという解釈をこころみていた。

ソ連の町を一枚の地図にたよって見ようとするこの人は、冷情のため蒼ざめた顔の女事務員の冷たい非情をもいつの間にか描いている。ガサガサの町、かわいた商店、往来の人、ソ連人の心がまえ、そこに旅人としての竹山道雄という学問半分、作家半分、詩人半分の変な帽子が夕日にかすめられている。

竹山道雄氏の紀行文一般は見事なできであった。現代作家の何人かが持つどうさつの細かい鋭さ等は、あっという間に大切な物象をこともなげに描き進んで、それには拘泥しないで幾らでも書けるあふれる物を見せていた。

註

（1）『竹山道雄著作集』4、三七―三八頁。
（2）『竹山道雄著作集』4、四八―四九頁。
（3）菊池榮一『駒場の竹山道雄さん』『竹山道雄著作集2月報』。この証言から察すると竹山は戦前から知り合っていた郊外のムドンの一家の娘が戦後はパリ市中 171 rue Legendre へ移った。それでそこに今度は下宿したことになる。しかしその住所以外に Marguerite Soulignac, Congrès pour la Liberté de la Culture, 104 Boulevard Haussmann 気付で出された竹山宛の郵便物があるので、マルグリット・ソリニャックは昔の下宿の女性とは別人で文化自由会議に勤めていた獨英語にも堪能な女性なのかも知れない。ここでは竹山家の呼び方に従って片仮名で(スリニャックでなく)ソリニャックと書いたが、しかしこの ac で終わる姓は南フランス系の名前なので、そこは戦前の下宿先の家庭と一致する。

（4）芳賀徹『解説』『竹山道雄著作集』2、三二一―三二三頁。

（5）竹山道雄『続ヨーロッパの旅』新潮社、一九五九、三一一―三三三頁。

（6）会田雄次『竹山先生と私』『竹山道雄著作集5月報』。

（7）林健太郎『昭和史と私』文藝春秋、一九九二、二八二頁。朝日新聞社の森恭三ヨーロッパ総局長は一九五四年当時東ドイツを礼讃して、ニューヨークの最高級住宅でも、裏側はコンクリートやレンガむき出しだが、東ベルリンのスターリン大通りでは裏側まで化粧レンガが張ってあって、これは「ここで遊ぶ子供たちが、うわべだけを飾る人間にならないように、という心遣い」からであるとも書いた。だが東ベルリンの安普請は森朝日新聞特派員以外の人には周知のことであったろう。なおその後も、ソ連圏を批判する竹山を批判する「共産主義を恐れる人々に共通する一種のコンプレックス（無知ゆえの恐迫感）が、共産主義者をはびこらせる、現にはびこらせている」などという不思議な主張の、乱暴な鉛筆走書きの秦正流の手紙（朝日新聞本社、昭和四十年四月十三日）も竹山のもとに残されていた。

（8）「共産圏の人権弾圧を身を挺して告発しつづけた竹山氏に対し、その事実を無視した左翼分子が批判しているが、笑止千万である」と城島了は前出の馬場公彦や上杉重二郎や宮川寅雄の著書を『自由』二〇〇五年四月号で批判している。社会主義幻想は一九八九年のベルリンの壁崩壊とともに崩れ去ったはずだが、それなのにその迷妄を壁構築当時に竹山に指摘された岩波系知識人のある者は、左翼幻想を破られた怨念からだろうか依然として竹山批判にこだわっている。そんな「進歩主義者」が二十一世紀になってなお出版界にいることはグロテスクではあるまいか。

（9）なお竹山の遺品の中にそのモスコー地図は見当たらなかったが、イントゥーリスト刊行の十六頁のレニングラードのフランス語案内パンフレットは残されていた。表紙の裏の略図にはネヴァ川やネフスキー大通りなど九つの通りの名が記入されている。

（10）一九六三（昭和三十八）年には日本からヨーロッパへ行く安価な旅程としてナホトカまでは船、それからシベリア鉄道や飛行機でモスコー、レニングラード、プラハなどに寄り、多少観光しながらウィーンへ出る旅路も開かれた。ＪＡＬパックは昭和三十九年外貨持出制限が弛められるとともに始まり、南廻りやアラスカ経由のほかに、モスコー経由でヨーロッパへ往く航路も開かれた。モスコー空港ではおおむね外へ出られず、そこの待合室のトイレットには英独仏語で印刷された社会主義礼讃のパンフレットが山積みにされていた。しかし空港のトイレットの水洗が機能しない。そんな様にソビエト社会の実態を旅行者は感じたに相違ない。日本人一般が左翼知識人のソ連礼讃を信用しなくなったのは、そのような身のまわりの体験も関係したのではあるまいか。なお昭和末年には日本人観光客もモスコー空港でレンタカーもできるようになり、ロシア語スピーチ・コンテストで一番だった東大生がモスコー市中でスピード違犯でいの一番に警官に捕まった。なおデペイズマン dépaysement の語について「生活環境の変化からくる快感」をあげる仏和辞書もあるが、ここでは「異郷生活の居心地の悪さ」の方の意味である。

(11) ちなみにソ連で地図が入手困難であったことは野々村も認めており、野々村自身が『ソヴェト旅行記』中央公論社、一九六一、一五五頁に「この地図がないということは、ソ連政府の今日までの、余りにも強い秘密主義と対外警戒心を示すものと考えてもいいと思う」と書いており、そのことを逆に竹山に指摘されている(竹山道雄『まぼろしと真実』新潮社、一九六二、一二二頁)。

第十六章　剣と十字架

ロゲンドルフ神父

竹山道雄は日本で第一級のドイツ研究者いわゆるゲルマニストであり、在日のドイツ人とは戦前からよくつきあい、敬意をもって遇されていた。戦後も多くの外国人と招きつ招かれつの関係にあった。上智大学教授たちのドイツ人神父たちとも当然長い交際がある。戦争中にホイヴェルス神父を駒場に招いて一高生にドイツ語を教えるように手配したのは竹山だが、いつ応召され死地へ赴かねばならぬかもしれぬ若者の悩みに答えてくれることをひそかに希望しての人事でもあった。ホイヴェルス神父は戦後も一九五〇年秋、東大に教養学科ができるとそのドイツ分科で三・四年生に教え、中心となった大賀小四郎とともにその教育にあたった。

竹山は一九五一年春駒場の常勤の教授の職を去ったが、その後も非常勤で三つの大学で教えている。講師を引受けたのは、駒場の東大教養学科は一高の後身のエリート・コースとして愛着があり、目白の学習院大学は安倍能成院長の懇請もだしがたく、四谷の上智大学はドイツ人神父との親密な縁ゆえであったろう。上智のロゲンドルフ神父は竹山と親しく、一九五八年に日本ペンクラブがパステルナーク問題について曖昧な申し合わせを出したとき竹山がそれに抗議するロゲンドルフ神父やサイデンステッカーを強力に支持したことはすでに述べた。

ヨゼフ・ロゲンドルフは一九〇八年に生まれ、イエズス会に入り、フランスやイギリスで学んだ後、一九三五年に初めて来日、一旦帰欧してロンドンで大学院を終えると、四〇年、東京に戻って以後一九八二年に亡くなるまで上智大学で教えた。竹山の文章は新聞に載るものも月刊誌に載るものも実によく眼を通していた。このロゲンドルフは独英開戦後もロンドンにとどまった人で、ドイツと日本の全体主義の相違を身に沁みて知っていた。それだから東京裁判について「(積極的に戦争への道を選び組織的にユダヤ人虐殺を行なったナチスの指導者と同様)日本の指導者を、戦争を計画し故意に残虐行為をおこなったとして裁判にかけたのは、実にばかげたことだった。連合軍は自分たちで作り上げた反日プロパガンダを自分たちまでも信じ込むようになったのである」to put on trial

Japanese leaders for a planned war and wilful atrocities was folly. The Allies had become victims of their own propaganda[1]と述べている。連合国側は日本の実態についてよく知らぬまま、ナチス・ドイツとの類推で同じような罪をなすりつけ日本帝国を裁こうとしたのは誤りであった、と指摘したのである。

そのような認識の持主であるロゲンドルフは竹山とは話がよく通じあう間柄であった。竹山の長女依子が一九六〇年上智大学外国語学部フランス語学科に入学したとき、依子に対しても親切でいつもにこにこと話しかけた。Roggendorfのロゲンを蘆原と音で移した上で訓読みしてアシハラと名乗ったりした。日本語も英語もフランス語も達者だったが、一度依子のフランス語の力を試そうとしたのだろう、フランス語で話しかけた。依子はうまく答えられなかったそうである。それが一九六二年の初めころから竹山に対してはもとより依子に対しても態度が変わった。それは竹山道雄がキリスト教について語り始め、それに対して神父は違和感をおぼえたからで、竹山の文章を読むうちに竹山の行く道と自分が行く道とは違う、という痛切な自覚がロゲンドルフに生じたのであろう。

キリスト教会内でおぼえる当惑

そのころの竹山は『文藝春秋』に後に『剣《つるぎ》と十字架』に収められる一連のドイツ紀行文を連載してキリスト教のさまざまな側面にふれていた。たとえば一九六一年六月号にはゴスラールの教会で見た彫刻についてこう書いている。

ヤコビ寺院には、有名なピエタ——聖母マリアがキリストの骸を抱いて悲しんでいる彫刻——がある。中世後期の傑作として知られたものだが、非常な迫力があった。すっかりドイツ風で、マリアは純粋なドイツ女で、激情的な身ぶりをして、死の苦痛に痙攣したキリストの屍を抱いている。キリストの足が反りかえっているのが、じつによい表現だった。

そして私たち日本人も感じてはいるが必ずしも口に出さないことを竹山ははっきりと述べた。その適確な印象表現が多くの読者の共感を呼んだのだろう。

われわれ日本人は、ヨーロッパの古い寺院に入ると、しばしば当惑と怪訝にとらえられてたたずむ。私はたくさんの人がこういうのを聞いたことがある――「どうしてあのように残酷な血まみれなものを拝むのでしょう？」

時代が遡るほどそれがはなはだしい(2)が、キリストの像は裸の全身が傷でおおわれて血をふいている。頭には棘の冠をいただき白い眼をむきだしている。皮膚は土いろに青ぶくれて、腐りかけた死骸の気味悪さができるだけ実感的に再現されている。モルグ（死体置場）にでも行ったようである。すべて、髪をさかだてて血を逆流させ、胸を凍らせるようにつくってある。肉体の苦悩というものをもっとも痛切に感じさせるために、あらゆる努力をはらってある。

そして竹山の批評はキリスト教美術からキリスト教そのものにも向って行く。たとえば日本人が日本で抱いているキリスト教のイメージと西洋における実態のギャップについて。

われわれは漠然と、キリスト教はただ愛の教えだと思っている。清浄な天国の園で、百合と鳩と天使があそんでいるものだと思っている。世界と人間をつつむ平和な光明だと思っている。仏教の類推から、宗教とはそういうものだと思いこんでいるし、またそういうものとして紹介された。

ところが、本家のヨーロッパのキリスト教会にはそういうものはあまりない。あるのは、むしろあべこべのものである。戦いと征服である。創造と審判である。実在するきびしい超絶者と、それに対する人間の不安と法悦と畏怖である。対立する二元の闘争――神と悪魔である。調和とか慈悲とかをあらわそうとするマリア像は、ともするとセンチメンタルな美人画になってしまって、すぐれた仏像のような高い表現はもっていない。

竹山の紀行文は『文藝春秋』の多くの日本人読者の目を開き、共感を呼んだ。それというのは日本人の美術史教授はあたかも自分自身が西洋人になったかのごとき態度で西洋美術を説明する。そんな西洋の美術史学者の引き写しを述べて、それが学問の正道だと思っている。それだものだから、このような根源的な違和感についてはほとんど言及しない。だがここにこそ西洋と日本の重要な本質的な論点となる相違点はひそんでいるのだ。竹山は救いについてのキリスト教的な考え方や感じ方――それが日本人にとっていかばかり異質なものであるか――にふれつつ自己本位の論を進める。

キリスト教の救済と仏教の解脱とは、まるでちがったものである。われわれはそれをよく知らないから、しずかに瞑想し微笑する彼岸の調和の代りに、嘗て歴史に実在したおそるべき悲劇が一寸刻み五分刻みの実感をもって再現してあるのに接して、おどろいて当惑する。

神の子はかくも苦しんだ。かくも残酷な呵責をうけた。それはすべてわれわれ人間の罪のせいだった。ここにわれわれの救済がある。――あの青ざめた血まみれの嗜虐的な磔刑像はこういおうとしているのだろう。

こうした竹山の語り方は、日本人読者の多数にはきわめて自然で共感を呼ぶが、しかし日本人でもクリスチャンの中には反撥する人もあるいはいるだろう。「嗜虐的な磔刑像」などといわれてはロゲンドルフ神父も心中すでに穏やかでなかったに相違ない。しかし竹山の連載は非常な好評で年を越して続き、一九六二年一月には読売文学賞を受賞した。その竹山はキリスト教と寛容の関係について常々関心を抱いていた。『文藝春秋』昭和三十七（一九六二)年三月号には、一九六〇年ミュンヘンでカトリックの世界大会が開かれたお祭り騒ぎの際にホテルがふさがって竹山も部屋を見つけるのに難儀したことを語った後、ある朝、ふと目にとまった「真の寛容」と題された新聞記事を紹介している。森鷗外はドイツの新聞雑誌から記事を拾って巧みに『椋鳥通信』を連載したが、竹山も独仏英の新聞雑誌から面白い記事を拾って自己の紀行文にいろどりを添えることを心得ていた。[3] 竹山はいう、

「ミュンヘン、八月五日。バイエルンのプロテスタントの監督ヘルマン・ディッフェルビンガー氏は、特筆すべき寛容の範を示した。彼はカトリック世界大会の期間中、バーデンボルンのカトリック大司教イエガー氏を客として泊らせ、このカトリックの聖職者にプロテスタント教会顧問の家の一室とサロンを提供した。なおこのほかに、イエガー司教の従者たち、すなわち秘書と助祭と運転手を自宅に泊らせた。——」

この記事にはおどろかされた。謎のようにも思った。プロテスタントの牧師がカトリックの神父を家に泊めたからとて、それがめずらしいニュースとして新聞記事になっている。これこそ真の寛容であるというのである。カトリックとプロテスタントとは昔ははげしい宗教戦争をつづけたけれども、右の新聞記事から察すると、いまでも互いに不寛容であるらしい。

ここでは、救いへのただ一つの道があるのみであり、自分が行く道のほかは、すべて悪とされていたらしい。

ロゲンドルフ神父からの手紙

この記事の引用と、それに添えられた竹山のコメントの言葉にロゲンドルフは抑えかねるものがあったらしい。竹山宛に神父はすでに分厚い手紙を何度か寄越していたが、上智大学一九六二年三月二十一日付けの一通はそれとは異なる口調となった。いま訳して紹介すると次のようになる。[4]

親愛なる竹山さん、

数週間前から私はあなたに向けて長い手紙を書いてきました。誤解のいくつかを解きたく思ったからで、その誤解があなたのキリスト教に対する非難の根底に明らかにあるからです。その手紙をお送りしませんでした。あなたは最近のいくつかの文章でキリスト教の不合理性、尊大な思い上がり、偽善、ヒステリーをしばしば質問形式で非難していますが、私にはあなたが本当に答えを望んでいるのかどうかはっきりしなかったからです。こうした非難攻撃の中には――イエズス会士にまつわる歴史上の虚偽などのような、友好的な対話の中で十分取扱えるものもいくつかあります。

私は過去二十年来あなたを日本の知性のもっとも高貴な代表者の一人として尊敬してきました。そうです、それだからこそあなたのもとへ数多くの崇拝者をお連れしたのです。だが今あなたが、信じ求める人々を惑わし、私を含めて、そのもっとも深い感情を傷つける側にまわってしまったとなると、あなたの道とわたしの道はことによると別れざるを得ないでしょう。このような思いで胸がいっぱいになるとはなんたる悲哀であることか、言葉では言い尽くせないほどです。

悲劇的なアイロニーは次の点にあると私は感じます。あなたにとって寛容という原理は常に尊ぶべきものでありました。あなたはキリスト教がその原理を無視したことに対してキリスト教を非難された。あなたが寛容を高く評価されたことが以前から私をあなたへ引きつけました。そして私はこの点についてはあなたからお習いしたのだとさえ思っておりました。あなたはおそらく今でもなお寛容を理論的原理とする立場を取っておいででしょう。あなたは不寛容のあらゆるケースに対して鋭い目を光らせている。その不寛容に対してはまともな信仰心をもつキリスト教徒も迷信的な信仰心をもつキリスト教徒も歴史的な経過の中で責任がありました。

このような堂々たる立論で手紙は始まる。そうであるからには竹山がキリスト教の不寛容についてなにか深刻な理論的な疑義を呈したのにちがいない、それでロゲンドルフは竹山の立場を容認できず、絶交するにいたったのだろうと当初私は推定した。そうしたらロゲンドルフは竹山が「真の寛容」と題された右の記事を引いたその引用の仕方に傷ついたのであった。ロゲンドルフ神父との関係について私は竹山自身からなにも聞いたことはない。しかし依子にとってはロゲンドルフ神父の態度の急変は非常な驚きであったらしく、よく聞かされた。それで半信半疑で竹山のもとに残されたロゲンドルフ神父の手紙をこのたび読んだのである。「真に寛容な人はドイツにおけるこのような宗派間の対立の記述に際してあなたがなさるような、誇張はしないでしょう」とロゲンドルフはいう。竹山のように「プロテスタントの牧師がカトリックの神父を家に泊めたからとて、それがめずらしいニュースとして新聞記事になる」などと大袈裟に驚いてはならない、ということらしい。そして、その次が問題だと私は思うが、ロゲンドルフは飛躍して次のようにいう、

真に寛容な人は表面的な行き過ぎを歴史的、具体的に理解しようとするはずです。あなたによってキリスト教は理性、倫理、いや審美のあらゆる尺度によって拒絶されてしまいました。そして日本的なるもののみが歴史においても現在においてもまさに模範として示されています。あなたのこのような黒白《こくびゃく》に分けた描き方は不寛容であってあなたのお人柄にふさわしくないと思います。このような態度は東洋と西洋との継続的な対話を不可能にしてしまいます。これでは人工的に対立が造られてしまい、そうした対立が膨らまされた結果、雰囲気は悪化するでしょう。

私はこの手紙を読んで、竹山の文章がこれほど激越な反応をひきおこしたことに驚いた。それというのも当時の日本の『文藝春秋』の読者で竹山の紀行文がこのような反応をひきおこすと予想した人は、編集部はもとより、まずいなかったろうと思うからである。そもそもゴスラール教会訪問記を読んで、竹山の記事の中で「日本的なるも

ののみが歴史においても現在においてもまさに模範として示されている」などとは普通の読者は思わないのではあるまいか。ロゲンドルフ先生もまた過剰な反応を呈したものだな、というのが私の感想であり、かつ大方の読者諸氏の感想ではあるまいか。私は竹山のような旅先の印象を正確に述べる人がいてこそ、はじめて比較文化や比較宗教の研究は出発するものと思っている。

ただし付言せねばならぬことはロゲンドルフの竹山道雄あての手紙の結びにはこうしたことも記されていたことである。

> 長年にわたる友情（あるご交誼）の後にあなたとお別れしなければならないようですが、そうしたことがあるにもかかわらず、私は個人としては将来においても日本理解につとめるでしょう。日本理解の本質的に大切な諸点を私はあなたとの会話とあなたの書物から習いました。――私はあなたがお書きになった書物はすべて読んだものなのです。

こうしてロゲンドルフ神父は竹山と別れた。依子にもそっぽを向くようになったというが、しかし神父は私にはその後もにこやかで『和魂・洋魂』などの著書を贈ってくれた。平川が『和魂洋才の系譜』の著者だったからか、あるいはイエズス会士の東洋伝道の師表であるマッテオ・リッチの伝記を連載していたからだろうか[5]。

儒教の天とキリスト教の天

私は鎌倉材木座へよく遊びに行ったが、それでも千九百六十年代の竹山が何に特別に関心をもっているのか見当がつかなかった。竹山の学問世界は奥深かったし、著作が出るたびに頂戴したわけでなく、すぐに一々読んでいたわけでもなかったからである。

自分自身の仕事に追われていた私は、当時東大史料編纂所助手だった金井円と——当時はまだそんな言葉はなかったが——「学際的」に協力して英国の外交官で日本史家であったサンソム『西欧世界と日本』を訳していた。サンソムは西洋と日本の関係だけでなく西洋と中国の関係も巨視的に眺め三点測量を試みており、その際マッテオ・リッチ（Matteo Ricci, 一五五二—一六一〇）を話題にしていた。利瑪竇《りまとう》の漢名で知られるこのイエズス会宣教師の名前は日本でも大学入試によく出題される。だが東洋史研究者はもっぱら漢文資料に依拠して利瑪竇を論じてきた。そこで私は自分のイタリア語知識を活用して西洋側文献も調べて『マッテオ・リッチ伝』を『国際文化』に連載し始めたのである。福澤諭吉の西洋体験を論じた芳賀徹『大君の使節』の連載が終わった直後のことで、竹山は西洋から聖人の教えを学びに来たと称して中国入国に成功した「泰西の儒士」リッチが明末の北京を目指す記録を毎月読んでくれたが、「福澤は日本人の知的関心の内だが、リッチはそうでないから調べるのは大変だが芳賀君の本のように評判にはなるまい」といった。その予想はあたったが、それはどうでもいい。西洋人で初めて漢籍を読み、漢文で書物を著したリッチが偉物であることに変わりはない。明治の漢文教科書には利瑪竇の『交友論』が載ったこともある。私は日仏学院でS・カンドウ神父からフランス語を習い感化を受けた者で（ロゲンドルフ神父もカンドウ神父を非常にたたえている）、異郷に生きて他国の文化を学ぶとともに自国の文化を外国に伝えた人に敬意を抱いている。ヴァリニャーノの適応政策に従ったリッチは、キリスト教の天主の天と儒教の天は同じであると主張することで士大夫を改宗することに成功した。『天主実義』には「天主ト八何ゾ、上帝ナリ」と出ている。しかし彼のイタリア語報告書や臨終記録を読むとその「天」解釈は宣教のための方便だったことがわかる。万物の創造主である天主が、創造者ではない儒教の上帝と同じであるはずはない。明の皇帝をとにかく一旦キリスト教に改宗させ、後は上から中華全土のキリスト教化を図ろうとしたのはいかにもジェズイティックな（Jesuitic には「狡くて策略的な」と英和辞書にも出ている）東アジア戦略だった。なにもそれまでして宣教しなくてもよかろうと私などは思う(6)が、なにであれキリスト教宣教は正しいと考える人もいるだろう。

しかし友人で元共産党員だった男は「平川は利瑪竇と中国士人の交友に感心しているが、あれはリッチが容教士人の善意につけこんだまでだ」といった。「容教士人」というシニカルな新語は奉教士人をさすが、彼が党員時代その善意につけこんで利用した「容共知識人」のもじりである。こうもいった、「平川は外地にいて孤独に耐え学力を養い外柔内剛の人として振舞ったリッチに感心しているが、外地にいても天涯孤独ではなかった。組織に属していたから財政的援助はあったたし、なんといってもローマにつながっていた。その帰属感と使命感があれば人間難局に耐えることは難事ではない。自分もモスクワにつながっている、という自己の使命と正義を確信できた間は、自己の宣教目的貫徹のためには殉教してもよいと思っていた。ゾルゲはコミュニズムに殉じた聖人なのだ」。

私がこんな話を伝えたら竹山は頷いた。すると誰かが脇からそのようなイズムへの献身をリビドーで説明した。私にはフロイト流の解釈の真偽ほどはわからなかったが一説ではあると思った。

バテレンに対する日本側の反駁

サンソムによると、明治初年西洋人宣教師にとって一番恐ろしい論敵は『弁妄』の著者安井息軒（一七九九—一八七六）であったという。私は竹山がそれに興味があるかと思って『弁妄』を鷗外文庫から借りて渡したことがある。すると晩年竹山が『『弁妄』を読んだのが一つのきっかけになった」といった。調べてみると一九六七年三月の『自由』に載せた『バテレンに対する日本側の反駁』の中になるほどサンソムも息軒も引用している。

長年にわたってヨーロッパの法律家たちは、キリスト教徒である国王の最高の義務が異教徒を改宗することに向けられており、この目的のためならば、武力行使は必要かつ正当であると論じてきた。もし外国の中で、すすんでキリスト教を受け入れようとしないと思われるものがある場合、その国に戦争をしかけて、その領土を奪うのは正当であるとされた。こうすれば、その国民は洗礼を受けて偶像崇拝から免れることができ、また自発的改宗者といえども、キリスト教政府の統治下にいる方が、堕落への誘惑に対して一層安全な場所にいられるからである。

G・B・サンソム『西欧世界と日本』第一部第五章「ヨーロッパとアジアの対決」のこの結語部分を引用して竹山は、

キリスト教を広めるとともに、利潤の多い貿易に従事し、植民地を獲得するのが自分の使命であるという信念が、この後数世紀にわたってヨーロッパ人の世界進出の原動力となった。インドや中国やフィリピンは侵略され、日本は遠かったから軍事力としては来なかったが、それでも長崎はカトリック領となった。この頃には、宗教的プロパガンダと軍事力とは結びついていた。宗教家は住民を改宗させ、国王はその土地を領有した。他国を天地を創造したゴッドのものにするのだから、良心の疚しさはなかった。これは現代の規準からはかれば不当なことではあるけれども、遠い歴史のなかでおこったことについては、善とか悪とかいうことはない。ただ事実があるだけである。

と書いている。常識と良識にそった記述である。——ちなみにロゲンドルフもサンソムをたいへん高く評価しており上智大学でもそれを用いて講義している。竹山は『バテレンに対する日本側の反駁』には『日本西教史』『日本巡察記』などの西洋側からする邪教観を紹介し、ついで日本側の仏僧や儒者たちのバテレンの教理に対する反駁を列挙し、最後に『弁妄』にいたっている。

それはおどろくほど合理的で論理的なものである。この反論の体系ができあがっていて、それがほぼ変わらない形で明治のはじめの安井息軒までつづいた。そして、キリスト教の方で創造や奇蹟や審判などをあまり表に出さなくなり、むしろすべての根源であるところのゴッドの愛という面を強調するようになってから、それは陳腐になって萎縮した儒教道徳に代るものとして、新しい内的生命をえて、熱心なプロテスタントを生むようになった。

キリスト教にも禍根があったのではないか

一九六三年法王（教皇）ヨハネス二十三世が亡くなったときイタリアの庶民が涙を流す様を私はペルージャで親しく目撃した。ヨハネスでなくジョヴァンニとイタリア語のお名前で呼びたい真に親しみをおぼえた法王さまである。この法王はキリスト教の現代化を試みたから、その公会議の模様は西洋の雑誌新聞に次々と詳しく報じられた。竹山はそれを丹念に読んで、バテレンに対する日本人側の反駁には、過去のことでありながら現代的な意味がある、と強く感じたらしい。「キリスト教西洋と日本との対決」が竹山の関心事として次第に表面化してきた。フロイス『日本史』、ハビアン『破提宇子』、白石『西洋紀聞』、沢野忠庵『顕偽録』などを次々と読んだが、姉崎正治『切支丹宗門の迫害と潜伏』に印刷された井上筑後守の文書に竹山は特別な興味を示し、一九七五年に刊行する小説『みじかい命』でも女で聖職者を転ばせる話を利用している。私はそれは少し執拗に過ぎて趣味が悪いと感じている。当時は遠藤周作の『沈黙』（一九六六）が話題となったが、遠藤は竹山の書評に謝意を表した。それは現実の社会でもカトリックの聖職者たちが次々と還俗《げんぞく》して日本女性と結婚したころでもあり、S・カンドウ神父の甥もまた同名のカンドウ神父だったが、宣教の志を捨てて俗人にかえった一人であった。一九七二年から七四年にかけて『新潮』に連載した『みじかい命』は一つの思想小説で、高橋英夫は一九七五年二月の『新潮』に『孤独の結晶』と題して書評の欄にこう書いている。

……戦後の竹山氏の思想的探究の歩みには、かつてなかったものが附け加わったように思える。ナチスによるユダヤ人大虐殺の実証的研究から全体主義の体制的悪という問題に達するまでの筋道は、仮に思想的立場を異にしてもそれとして理解できないものではない。しかし竹山氏はそこで止らなかった。全体主義の悪の歴史的淵源を求め、「ゴッド」の神聖な命令をいただいて異教徒に思想的攻撃と政治的侵略を行ってきたキリスト教（特にカトリック）にそれらの禍根があったのではないかという疑問に突き進んでいったのである。

ここで高橋がいう「キリスト教にも禍根があったのではないか」というアクチュアルできわめて問題性に富む論題に踏み込んだ竹山にふれたい。

神の代理人

竹山は一九六三年七月から『自由』に『聖書とガス室』を四回にわたり連載し、戦争中の法王（教皇）の責任を論じた。竹山論文の抄訳は上智大学が出している独文誌 *Kagami* にも掲載され、反響を呼んだ。カトリック側からは多津木慎が三回にわたり『自由』に反論を書いている。西ベルリンでホホフート作の戯曲『代理人』*Der Stellvertreter* が上演されてセンセーションをおこした機会に竹山は「神の代理人」法王ピウス十二世の出所進退を論じ、さらに――これが大切な論点だが――歩を進めて『聖書』の言葉にアンチセミティズムの遠因はあるのではないか、と問うたのである。竹山は「代理者」の章で西洋人キリスト教徒が認めたくない、そして言いたくないことをはっきりとこう書いた。

キリスト教徒はしきりにナチスを自分に背いたものにしたがる。その一面もたしかだが、しかしユダヤ人憎悪はキリスト教の遺産であることは疑いない。そして、キリスト教は異端を亡ぼすために剣を投ずる征服の宗教でもあったのであり、ヨーロッパ人が外の世界を侵略することをやめたのは、最近のことでしかないのである。
戦争の敵でもない者が、ただユダヤ人であるという類概念に属する故に六百万人殺された。支配地域における絶滅作業の途中に戦争がやんだから、これだけですんだ。……自分のみがつねに正しいという気質が、人類学の範囲にまで拡張された。……キリスト教徒ももちろん中世のままではなかったから、ナチスの暴挙に対して反抗した義人もたくさんいた。収容所には神父や牧師が多く、その或る人々は死んでイエスの愛の教に殉じた。

ホホフートの告発は、ただユダヤ人焚殺問題というよりも、むしろ主題は、法王が無辜の数百万人が殺されつつあるのを知りながら、それに対してなすべき責務を果さなかったといっているのである。

ピウス十二世は何が行なわれつつあるかを、正確に報告されていた。しかも抽象的な言葉で回勅をだし、あたりさわりのない範囲で抗言しただけで、みずから行動はしなかった。

法王の不作為にたいしてはさまざまな非難が発せられたが、竹山はそれにとどまらず、法王にはそれ以上の責任があるとして次のように述べた。

もし普通の人間ならば、まったくの犬死をして殉教しなくてはならぬ義務はないと思うが、法王の場合には神聖不可謬の権威を要求して、みずから人類の良心をもって任じているのである。……法王はその権威によって具体的事実を全世界に訴え、もしそれでも効果がなかったら、劇中の若いリカルド神父のように、みずからも胸に黄色いユダヤの印をつけて、アウシュヴィッツに行って死ぬべきだった。

そして一九六五年五月にはさらに『キリスト教とユダヤ人問題』を書いた。竹山は問題は主として二つあるとする。その一は、ローマ法王の沈黙は是認されるかということである。竹山は指摘する。

デンマークは一夜にしてドイツ軍に占領された。デンマーク王クリスチアンは、ナチスの制限の下におかれた。

やがてナチスはヨーロッパ各地のユダヤ人を駆り出して絶滅しようとした。このときに、デンマーク王は自分の胸に黄いろいダビデの印をつけ、「自分の臣下がころされるならば、まず自分が死ぬ」とて、デンマーク在住のユダヤ人を殺人工場に供出することを拒絶した。ためにナチスは移住を強行せず、ユダヤ人たちは中立のスエーデンに逃げたりアメリカに移住したりすることができ、この国からは犠牲者は出なかった。

その二は、キリスト教の反ユダヤ主義とナチスの迫害との関係である。両者は無関係であるといって済まされる問題であろうか。

ルターの反ユダヤ主義

キリスト教の伝統にひそむアンチセミティズム（反ユダヤ主義）とユダヤ人迫害の間に関係があることは疑いない。一目瞭然の例を掲げる。

カトリック教会を批判することで宗教改革の端を開いたルターは、若い頃はユダヤ人がキリスト教に改宗するのを望んでいた由だが、晩年には激しい反ユダヤ感情を吐露する人となった。一五四三年のルターの『ユダヤ人と彼らの偽りについて』の主張はこうである。竹山はその時はまだこれを読んでいないと書いているので、ここに紹介する。タルムードとはユダヤ教でモーセの律法に対して口伝された習慣律をラビたちが集大成したものである。

第一に、彼らユダヤ人の会堂や学校に火をつけよ、……第二に、彼らの家々も同じく打ち倒し打ち壊せ、……第三に、すべての彼らの書物やタルムードを取り上げよ……第四に、彼らのラビたちが教え続けることを身体と魂にかけて禁じ、……公に神に讃美を捧げ、祈り、教えることを死罪をもって禁じよ……。さらに、彼らが、神の御名をわれわれの耳もとで口にすることを禁じよ……。第五に、ユダヤ人を守ることなどせず、決して街にも入れるな……。第六に、ユダヤ人には利息を禁じ、彼らの現金・宝石・金銀をすべて取り上げよ、……第七に、若い頑健なユダヤ人の男女の手に、からざお、斧、鋤を持たせよ、そして額に汗して自分のパンを手に入れさせよ。……[7]

これが本当にルターの言葉か、これはナチスの言葉ではないか、と目を疑われる。だが『新約聖書』「ヨハネ伝」第八章四十四節にはユダヤ人について「汝《なんぢ》らは己《おの》が父、悪魔より出でて己が父の慾を行はんことを望む。彼は最初《はじめ》より人殺《ひとごろ》しなり」と出ている。ルターはこの『新約聖書』の言葉を字義通りに真実と信じてドイツ語に訳したのであろう。ルターが「彼らの会堂や学校に火をつけよ」と書いたのは実はルターが聖書の言葉に忠実だったからなのではないだろうか。このような疑問を呈してはいけないのだろうか。

ルターがこの主張をした一五四三年はポルトガル人がはじめて種子島に渡来した年である。日本でもキリスト教宣教が始まろうとしていた。しかし当時の西洋の熱烈な宗教改革者の間ではこのような発言が平然となされていたのである。そのことを知る人は日本には存外少ない。昔も少ないが今も少ない。ドイツ史学の影響下に編集された日本の西洋史教科書はトレント公会議をトリエントとドイツ語読みにしてきたことからもわかるように、ドイツ・プロテスタント寄りの歴史解釈である。日本人はルターを偉人として習ってきた。そんな私たちであるだけにドイツの宗教指導者のこの発言に絶句する思いである。しかし「あなたがたは自分の父、すなわち、悪魔から出てきた者であって」とユダヤ人を非難する言葉は『聖書』の言葉なのである。プロテスタントのドイツ人は何代にもわたってルターがドイツ語に訳したこの言葉を唱えてきた。Ihr seid von dem Vater, dem Teufel, ……Der ist ein Mörder von Anfang. ナチス・ドイツを支えた人々の間にはこの種の考え方は意識下にしみこんでいたのだろう。現にナチスの機関紙『突撃者《シュトルマー》』の編集者ユリウス・シュトライヒャーは一九四六年、ニュルンベルク法廷でルターのこの文献を引き合いに出して自己弁明としている。ヨーロッパにおける反ユダヤ主義は歴史的にずっと底流してきたものであり、その集団的記憶の蓄積が世にも恐ろしいホロコーストを惹き起こしたのであって、なにもヒトラーの時代に突然あのような狂気が突然変異的に発生したわけではなかったのである。

ヨハネス二十三世の『悔悛の祈り』

竹山が参照して読んだユダヤ人虐殺関係の西洋文献は多い。早く買い求めたものには Gerald Reitlinger の *The Final Solution—The Attempt to Exterminate the Jews of Europe* の独訳 *Die Endlösung*, 1956 がある。Friedrich Heer, *Gottes Erste Liebe, —2000 Jahre Judentum und Christentum, Genesis des Österreichischen Katholiken Adolf Hitler*, Bechtle Verlag, 1967 は全巻に縦横に線が引かれている。私はこの章を書くためにフリードリヒ・ヘーアの『ゴッドの最初の愛』を読み出して、竹山がアンダーラインを一度ならず二度も引いたときの気持をすこしばかり追体験した。竹山としては自分が『自由』誌上で昭和三十八年に問題とし始めたことが、四年後に公刊されたこの大著によって裏書されたという思いであったに違いない。竹山が三度筋を引いた言葉にヨハネス二十三世が一九六三年に亡くなる直前の次の悔悛の祈り **Bußgebet** がある。法王はキリスト教のユダヤ人に対する罪を認めたのである。

いまや私共は認めます。多くの世紀のあいだ、盲目がわれらの目を覆っていたことを、このためにわれわれは、あなたの選ばれた民族の美しさを見ず、その顔に、われわれの最初に生れた同胞の俤を認めることができませんでした。また、われわれは認めます。われらの額にカインの印がしるされていることを。われわれがあなたの愛を忘れたために、数世紀にわたってアベルは血と涙の中に横たわっていました。われわれがユダヤ人の名に対して発していた、不正な呪いをおゆるしください。かれらを呪うことによって、われらがあなたを二度までも磔したことを、おゆるしください。われらは自分が何をなしつつあるかを知らなかったのです。……

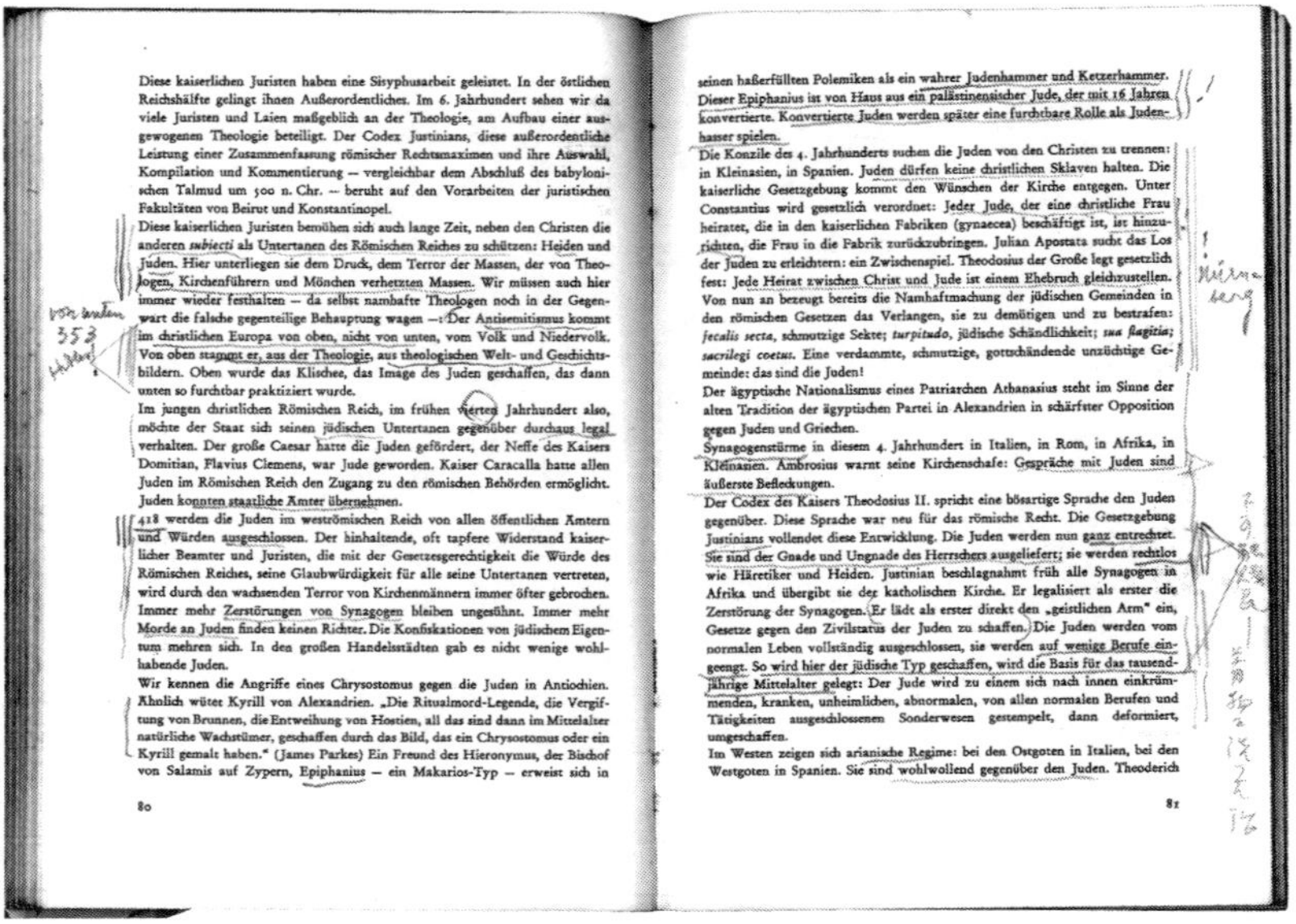

Diese kaiserlichen Juristen haben eine Sisyphusarbeit geleistet. In der östlichen Reichshälfte gelingt ihnen Außerordentliches. Im 6. Jahrhundert sehen wir da viele Juristen und Laien maßgeblich an der Theologie, am Aufbau einer ausgewogenen Theologie beteiligt. Der Codex Justinians, diese außerordentliche Leistung einer Zusammenfassung römischer Rechtsmaximen und ihre Auswahl, Kompilation und Kommentierung – vergleichbar dem Abschluß des babylonischen Talmud um 500 n. Chr. – beruht auf den Vorarbeiten der juristischen Fakultäten von Beirut und Konstantinopel.
Diese kaiserlichen Juristen bemühen sich auch lange Zeit, neben den Christen die anderen *subiecti* als Untertanen des Römischen Reiches zu schützen: Heiden und Juden. Hier unterliegen sie dem Druck, dem Terror der Massen, der von Theologen, Kirchenführern und Mönchen verhetzten Massen. Wir müssen auch hier immer wieder festhalten – da selbst namhafte Theologen noch in der Gegenwart die falsche gegenteilige Behauptung wagen –: Der Antisemitismus kommt im christlichen Europa von oben, nicht von unten, vom Volk und Niedervolk. Von oben stammt er, aus der Theologie, aus theologischen Welt- und Geschichtsbildern. Oben wurde das Klischee, das Image des Juden geschaffen, das dann unten so furchtbar praktiziert wurde.
Im jungen christlichen Römischen Reich, im frühen vierten Jahrhundert also, möchte der Staat sich seinen jüdischen Untertanen gegenüber durchaus legal verhalten. Der große Caesar hatte die Juden gefördert, der Neffe des Kaisers Domitian, Flavius Clemens, war Jude geworden. Kaiser Caracalla hatte allen Juden im Römischen Reich den Zugang zu den römischen Behörden ermöglicht. Juden konnten staatliche Ämter übernehmen.
418 werden die Juden im weströmischen Reich von allen öffentlichen Ämtern und Würden ausgeschlossen. Der hinhaltende, oft tapfere Widerstand kaiserlicher Beamter und Juristen, die mit der Gesetzesgerechtigkeit die Würde des Römischen Reiches, seine Glaubwürdigkeit für alle seine Untertanen vertreten, wird durch den wachsenden Terror von Kirchenmännern immer öfter gebrochen. Immer mehr Zerstörungen von Synagogen bleiben ungesühnt. Immer mehr Morde an Juden finden keinen Richter. Die Konfiskationen von jüdischem Eigentum mehren sich. In den großen Handelsstädten gab es nicht wenige wohlhabende Juden.
Wir kennen die Angriffe eines Chrysostomus gegen die Juden in Antiochien. Ähnlich wütet Kyrill von Alexandrien. „Die Ritualmord-Legende, die Vergiftung von Brunnen, die Entweihung von Hostien, all das sind dann im Mittelalter natürliche Wachstümer, geschaffen durch das Bild, das ein Chrysostomus oder ein Kyrill gemalt haben." (James Parkes) Ein Freund des Hieronymus, der Bischof von Salamis auf Zypern, Epiphanius – ein Makarios-Typ – erweist sich in

80

seinen haßerfüllten Polemiken als ein wahrer Judenhammer und Ketzerhammer. Dieser Epiphanius ist von Haus aus ein palästinensischer Jude, der mit 16 Jahren konvertierte. Konvertierte Juden werden später eine furchtbare Rolle als Judenhasser spielen.
Die Konzile des 4. Jahrhunderts suchen die Juden von den Christen zu trennen: in Kleinasien, in Spanien. Juden dürfen keine christlichen Sklaven halten. Die kaiserliche Gesetzgebung kommt den Wünschen der Kirche entgegen. Unter Constantius wird gesetzlich verordnet: Jeder Jude, der eine christliche Frau heiratet, die in den kaiserlichen Fabriken (gynaecea) beschäftigt ist, ist hinzurichten, die Frau in die Fabrik zurückzubringen. Julian Apostata sucht das Los der Juden zu erleichtern: ein Zwischenspiel. Theodosius der Große legt gesetzlich fest: Jede Heirat zwischen Christ und Jude ist einem Ehebruch gleichzustellen. Von nun an bezeugt bereits die Namhaftmachung der jüdischen Gemeinden in den römischen Gesetzen das Verlangen, sie zu demütigen und zu bestrafen: *fecalis secta*, schmutzige Sekte; *turpitudo*, jüdische Schändlichkeit; *sua flagitia*; *sacrilegi coetus*. Eine verdammte, schmutzige, gottschändende unzüchtige Gemeinde: das sind die Juden!
Der ägyptische Nationalismus eines Patriarchen Athanasius steht im Sinne der alten Tradition der ägyptischen Partei in Alexandrien in schärfster Opposition gegen Juden und Griechen.
Synagogenstürme in diesem 4. Jahrhundert in Italien, in Rom, in Afrika, in Kleinasien. Ambrosius warnt seine Kirchenschafe: Gespräche mit Juden sind äußerste Befleckungen.
Der Codex des Kaisers Theodosius II. spricht eine bösartige Sprache den Juden gegenüber. Diese Sprache war neu für das römische Recht. Die Gesetzgebung Justinians vollendet diese Entwicklung. Die Juden werden nun ganz entrechtet. Sie sind der Gnade und Ungnade des Herrschers ausgeliefert; sie werden rechtlos wie Häretiker und Heiden. Justinian beschlagnahmt früh alle Synagogen in Afrika und übergibt sie der katholischen Kirche. Er legalisiert als erster die Zerstörung der Synagogen. Er lädt als erster direkt den „geistlichen Arm" ein, Gesetze gegen den Zivilstatus der Juden zu schaffen. Die Juden werden vom normalen Leben vollständig ausgeschlossen, sie werden auf wenige Berufe eingeengt. So wird hier der jüdische Typ geschaffen, wird die Basis für das tausendjährige Mittelalter gelegt: Der Jude wird zu einem sich nach innen einkrümmenden, kranken, unheimlichen, abnormalen, von allen normalen Berufen und Tätigkeiten ausgeschlossenen Sonderwesen gestempelt, dann deformiert, umgeschaffen.
Im Westen zeigen sich arianische Regime: bei den Ostgoten in Italien, bei den Westgoten in Spanien. Sie sind wohlwollend gegenüber den Juden. Theoderich

81

Friedrich Heer, *Gottes Erste Liebe* 全冊にこのような精読のあとが見られる。

ヨハネス二十三世がキリスト教会のアンチセミティズムに対する自己批判をこのように行なったからこそ、堰を切ったように論争は始まったのである。聖書と反ユダヤ主義の問題も表面化し、竹山もそれを読む機会を次々に得た。かねて抱いていたホロコーストについての「キリスト教にも禍根があったのではないか」という疑念は次第に確信へと変った。竹山は『聖書とガス室』を一九六三年に書いた。そしてそのようなヨハネス二十三世を筆頭とするキリスト教会側の自己批判の強まる中で、ドイツ・オーストリアにおいてもタブーは破れ、ヘーアもまた彼の『ゴッドの最初の愛』を公刊した。いま引用したヨハネス二十三世の『悔悛の祈り』はその大著の巻頭に掲げられている。「ユダヤ教とキリスト教の二千年、オーストリアのカトリック教徒アドルフ・ヒトラーが世に出た由来」という副題のついたこの七百四十一頁の思想史は一九六七年に出たが、竹山と問題意識を共有する。このオーストリアの歴史哲学者の博引傍証は多くの点で竹山の発言を裏付けた。そうした事情もあって竹山自身が『ゴッドの最初の愛』と題する一連の文章を一九六九年に『自由』

に連載[8]して、竹山はヘーアの大冊を紹介した。ちなみに「ゴッドの最初の愛」とは、パウロの言葉で、ユダヤ人をさすのだそうである。[9]

消えた嫉妬する神、消えたイエスス

日本には安井息軒のように「みずから嫉む神と称し、他神を拝しおのれを信じないものを罰するとは、いかに」という疑問を抱いた人は多かった。実はいまの日本でクリスチャンといわれるごく普通の人の中にも「神様が嫉妬するのはおかしい」という人が結構いる。そのような発言はキリスト教のゴッドを日本人の神道的な感覚の神と同じにとらえるから生ずる誤解である。キリスト教はイデオロギーを立てて、それに従えばよし、従わなければそれは悪魔の眷属《けんぞく》であるとした。ダンテはキリスト教最高の詩人と呼ばれるが『神曲』地獄篇にはそのことが露骨に出ている。「神様が嫉妬するのはおかしい」とナイーヴな信者にいわれても牧師や神父は困惑する。『旧約聖書』「出エジプト記」第三十四章十四節には「汝《なんぢ》は他《ほか》の神《かみ》を拝《をが》むべからず、其《そ》はヱホバはその名を嫉妬《ねたみ》と言《いひ》て嫉妬神《ねたむかみ》なればなり」と出ているからである。この戦前の日本聖書協会の訳は戦後の口語訳では「ヱホバ」は「主」となり「あなたは他《た》の神《かみ》を拝《おが》んではならない。主はその名を『ねたみ』と言《い》って、ねたむ神だからである。」と改められた。この言葉があるからこそ日本のクリスチャンの家庭には神棚や仏壇があってはいけないのだし、祖先の位牌も祀ってはならないのである。欽定訳聖書では For thou shalt worship no other god: for the Lord, whose name is Jealous, is a jealous god. と出ている。

ところが不思議なことが起こった。一九八七年の新共同訳ではその文言を「主はその名を熱情といい、熱情の神である」に変えたのである。竹山没後のことだが、このような変改を知ったならば、竹山は不審な表情をしたろうと思う。たしかに「ねたみ」という感情は神様にはふさわしくない、上品ではない日本語かもしれない。しかし他の神を拝んではならない、という一神教としての排他的性格がエホバにある以上、その特性は嫉妬する神の語によって明確に示された、と考えてはいけないのだろうか。「キリスト教のゴッドは、妬《ねた》む神である」というのでは日本人の心情に従ってキリスト教を信ずる善良な人々のあいだでは評判が悪く、反撥が強い。それに対する配慮から「熱情の神である」という新訳へ改訳が行なわれたのだろうか。それともなにか神学的な別の裏付けがあるのだろうか。もし民衆感情への配慮からする変改であるとするならば、その表面上の糊塗は偽善的ではないだろうか。マッテオ・リッチの「天主即上帝」も問題のある解釈で禍根を残したが、今度の改変も只事《こと》ではすまないような気がする。センター試験の英文和訳問題に a jealous God を出題して「妬む神」と「熱情の神」といずれが英語として正解か受験生に印をつけさせてみたいものである。

聖書の改訳はまことに奇妙なものである。イエス・キリストの呼び方も一度は改められた。フランスでカトリックは Jésus-Christ をジェジュ・クリと発音する。しかし同じフランス人でも新教徒はジェジュ・クリストと発音する。日本でもカトリックはイエズスといい、プロテスタントはイエスといい、東方正教会はイイススといい、その区別に各宗派のこだわりと誇りがこめられている。ところが千九百六十年代はじめ法王ヨハネス二十三世は世界的な教会一致運動を主導し、日本にもその余波が及んでわが国でもカトリックとプロテスタントの双方で共同訳聖書が試みられた。それで新約聖書の新訳ではイエズスでもイエスでもないイエススが一九七八年に採用されたのである。しかしそれではいやだという反動が生じ、十年後の新共同訳ではイエスにされ、イエススは消えたのであった。

それにしても日本の新聞雑誌でこの種の論題が正面からとりあげられることが少ない。そのことが私には不思議でならない。さわらぬ神に祟りなし、というのが良識になっているのかもしれない。しかし創価学会に対するときでもそうだが、一部の宗教関係者の機嫌を損ねて読者の数を減らしたくない、という販売上の顧慮ばかりがジャーナリズムの世界で優先されているのだとするなら、それもまた問題であるに相違ない。

竹山の論に対しては『自由』誌上で『ローマ法王に責任はなかった――『神の代理人』とヴァチカン』という法王を弁護するカトリック側の反論が出た。それを書いた多津木慎はペン・ネームであるらしく、正体ははっきりしない。はじめに結論ありきの弁明的護教論では発言に迫力が欠ける。

一神教だけが高級宗教ではない

竹山は亡くなる一九八四（昭和五十九）年、一月二十三日の『サンケイ新聞』夕刊の『生と死』をはじめ、宗教にまつわる巻頭随筆を『文藝春秋』の六月号以下に書いているが、七月号には『白隠その他』、八月号には『浦上とゴッドの怒り』、『正論』八月号には『神道の意味について』を発表している。『文藝春秋』六月号の巻頭には『一神教だけが高級宗教ではない』と題してこう書いた[10]。

> ヨーロッパ文明が最高の文明であり、その心棒になっているのがキリスト教である、かくて近代の強国が奉《ほう》ずるキリスト教が最高の宗教であると思われていた。ヨーロッパ人はそれを信じて布教したし、われわれもそのように教わってきた。ひさしくヨーロッパ的なものが価値判断の規準となっていた。
>
> だが、何となく違和感もあった。キリスト教のゴッドは、妬《ねた》み、憎み、呪い、亡ぼす。一神教徒はおれがおれがと我をたてて、絶え間なく戦乱をつづけた。レバノンは宗教の博物館なのだそうであるが、あのあたりの一神教徒たちはいつまでも愚《おろ》かしい悲惨《ひさん》をくりかえしている。自分が、自分だけが、絶対の神の真理を体しているのだが、他教徒はそれに背《そむ》くから、異教徒は悪である。
>
> 自称隣人の愛の宗教は片頬《かたほほ》をうたれれば別の頬をさしだせと命じているが、それを実行している者はいない。心貧しき謙抑《けんよく》を教えて、それを体している人ももちろんいるが、キリスト教国にしては全世界を植民地化し搾取《さくしゅ》し奴隷《どれい》化した。それが神意《しんい》を奉ずる当然の結果であった。救済するとはすなわち改宗させることなのであるから、改宗しない頑迷《がんめい》な者は人間ではなく亡ぼさるべきものだった。聖書にはじつに激しいことが書いてある。
>
> われわれは宗教とは柔和なものであるという先入見をもっているが、一神教はそうではなく、あべこべに猛烈

なのである。

このような一神教の要約に対しては異議を申し立てる向きも必ずやいるだろう。身近な体験を述べると、ダンテの『神曲』にはキリスト教の骨格がはっきり示されていると思い、ミッション系女子大学で私は毎年教えた。すると「ダンテはキリスト教的でない」という異議を申し立てる学生が必ずいた。それがしばしばクリスチャン・ホームで育った信心深い学生たちなのである。日本の牧師さんから習った話とあまりに違って、ダンテのキリスト教は猛烈で、異教徒は悪で、救済するとはすなわち改宗させることと『神曲』に出ているからである。[11] わが国におけるキリスト教理解は、「妬む神」を「熱情の神」と変えてしまうように、日本的に清潔で衛生的ではあろうが、やはり偏りがあって特殊なのではあるまいか。

ここで恐縮だがさらに私見を述べさせていただく。『神曲』はあくまでお話だ、フィクションだとして私は教えてきた。フィレンツェのサン・ジョヴァンニ洗礼堂の丸天井にコッポ・ディ・マルコヴァルドが、ダンテがまだ少年の頃に、こしらえたモザイクがある。以前と違って近年は照明が改良されたのでたいへんよく見える。そこではイスカリオテのユダがもっとも重い刑に処せられている。「頭は悪魔大王の口の中に、足は外に出している。ほかの二人は頭の方を外に出している」という図である。西洋のダンテ学者はキリスト教徒として悪魔大王を真面目に受け止めているせいか、このモザイクの図を必ずしも滑稽とはいわない。またダンテ『神曲』の悪魔大王についてもコミカルと評する向きは多くない。モザイク作者も詩人もいずれも真面目に制作したのであろう。T・S・エリオットは地獄篇のこの最終歌の出来映えについて“I can only say that Dante made the best of a bad job.”といって弁護している。だが私は作者の主観的意図は何であれ、出来上がった結果は単純にすこぶる漫画的だと感じている。三つの頭のあるケルベウスという犬もコミカルだったが、同様に三つの頭のある悪魔大王も滑稽ではないだろうか。『神曲』に対しても、さらには『神曲』が依拠した聖典に対しても、読む側は一言一句字義通りに忠実であったりしてはならない。そんな言葉が真理だなどと強弁するから無理も生じ、悲劇も生まれたのだと感じている。

註

（1）Joseph Roggendorf, *Between Different Cultures, a memoir*, Global Oriental, 2004, p 62. ヨゼフ・ロゲンドルフ『異文化のはざまで』文藝春秋、一九八三、九〇頁。なお日本訳には平川が修正をほどこした箇所がある。

（2）これは平川の私見だが、残酷さの度合いは時代が遡るほどはなはだしいとは限らない。十字架の磔刑の像はゴシック様式に移行すると眼をつむってしまうが、時代の古いロマネスク様式ではキリストの像は眼を開いているから、その方が明るい感じを与えるのである。

（3）これは『文藝春秋』昭和三十七年三月号掲載時には「聖き葡萄の国」と題されていたが、単行本『剣と十字架』では「カトリック地方」と改題された章で、その第五章の末にこの「真の寛容」の記事は引用されている。

（4）この手紙を書くに際してロゲンドルフ神父の念頭にあった竹山の文章はいま引用した一連の『文藝春秋』連載記事だが、とくに三月号の記事（二月末に発売）が問題になったのだと私は推定する。しかしそれ以外の竹山の文章も目にとまっていたのかもしれない。竹山自身が達意なドイツ語で疑問点を神父に書き送ったこともあったであろうからである。なおロゲンドルフ神父のドイツ語手紙原文は成城大学グローカル研究会の二〇一二年度紀要に発表する予定である。

（5）『マッテオ・リッチ伝』の中で、十八世紀ヴォルテールらの主張によって西ヨーロッパにひろまった「寛容」tolerance（英）, Toleranz（独）という観念は必ずしもキリスト教教義の中から生まれたものではない、ということ、西洋における宗教戦争の悲惨に対する反省として生まれた観念である、ということ、それはキリスト教に内在する不寛容性に対する西洋知識人の自己批判でもある、ということ、また tolérance というフランス語が日本語の「寛容」という語がもつニュアンスと違って、「しょうことなしに認める」という意味を持つ語であることは、フランスでは一九四六年までは法律で容認されていた女郎屋が maison de tolérance と呼ばれていたことでもわかる、などと私は述べた。しかし『マッテオ・リッチ伝』は一九六四年に書き始めたものの平凡社東洋文庫から全三巻が出揃うまで三十三年かかってしまった。「共存的宗教と排他的宗教」についての章などは生前のロゲンドルフ神父の目にふれることはなかったに相違なく、また目にふれたとしても別にどうということはなかったに相違ない。

（6）幕末に昌平黌の筆頭教授であった漢学者の中村正直（一八三二—九一）は徳川幕府の第一回留学生として渡英し、

帰国後洋学者に転じ、さらにはキリスト教の洗礼を受け、明治天皇にも洗礼を受けることをすすめ「洋魂洋才」路線を主張した。中村は渡英する前に宣教師が書いた漢文著述を通して「天主ハ何ゾ、上帝ナリ」の解釈に接し、自分は儒者のままで天主教徒になれると思い「敬天愛人」の教えを奉じたのである。その「天」は儒教の天でありかつキリスト教の天であった。しかし中村は、そのような解釈が宣教の方便であって西洋では認められていないことを知ったからであろうか、晩年は神道で葬式を行なうよう遺言し、そのように葬儀は執り行なわれた。

(7) ヨアヒム・カール『キリスト教の悲惨』高尾利数訳、法政大学出版局、一九七九、五七頁。

(8) 後に竹山道雄『乱世の中から』(読売新聞社、一九七四) に収めた。

(9) 林健太郎は竹山を深く尊敬した人だが、キリスト教的西洋を理想化する傾きがあり、ロゲンドルフ神父を追悼する文などで、晩年の竹山がドイツにおけるアンチセミティズムの一淵源としてのキリスト教という見方をした点にふれ、とんでもない見方であると全否定している。その林に同調する人も多いだろうが、私自身は日本を代表するドイツ史学者の林の西洋知識や認識がこの程度かと逆に淋しく感じたことを言わずにいられない。林はヘーアなどの著書や情報に接することがなかったのであろうか。

(10) これらは次の『死ぬ前の支度』も含め、講談社学術文庫の竹山道雄『主役としての近代』に収められている。

(11) 平川『ダンテ『神曲』講義』(河出書房新社、二〇一〇、三六六頁以下) で私はダンテの「ユダヤ人に対する態度」には問題があるとしたが、しかしヘーアはダンテの地獄には法王や国王は堕とされているが、ユダヤ人が見あたらないということを特筆している。またボッカッチョが、『デカメロン』執筆のきっかけとなった一三五〇年前後のペストの大流行をユダヤ人狩の口実としていないことも特筆している。ペストのような災厄が生じるとその責めをユダヤ人に押しつけ、迫害が生じるのは全ヨーロッパ的な現象であったという (いずれも Friedrich Heer, *Gottes Erste Liebe*, Bechtle Verlag, 1967, p 117)。私はダンテに比べて——ヘーアは見落としているが『神曲』にはアンチセミティズムはかなり見られる——ボッカッチョの良識に富める寛容の精神をきわめて高く評価する者で、それについては平川訳『デカメロン』(河出書房新社、二〇一二) の「解説」を参照。

第十七章　古都遍歴

美を記述する力

日本を代表する美術史家として海外に知られた矢代幸雄は美術史科ではなく英文科の卒業だが『日本美術総説』のあとがきで、美術に関する所論は随筆という形が一番自然だと思うと述べた。美術史科の出身者たちが仲間内の論文のみを尊重するのはおそらくまちがいないのであろう。それでは竹山の美術にまつわる文章の特色は何だろうか。身近な日常の工芸品を記述しても、竹山は細部を正確に描き、同時に歴史の深みも見通している。『知られざるひとへの手紙』にムドンの家族の両親の大きな寝台が登場するが、竹山が具象的に記述すると、家具に命が息吹く。そしてフランス人の中産階級の生活がにわかに血の通ったものとなる。

母親が羽毛布団の中で目をつぶってうとうとしている寝台も、もう幾世紀もへたものと思われた。頭の方にはみがきこんだ樫の木にむかしの稚拙な手法で彫刻がしてあって、翼をひろげた聖者と人頭の鳥とがむかいあっている。四隅にほそい柱がたっていて、上には天蓋風に布の覆いがはってあり、それにこまかい刺繍がしてある。図柄は若い男女が野原で魚を釣っているところだが、それももう色は褪せて、白い絹が乳色になってはいるが、破れたところはすこしもなくて、ていねいに繕ってある。たれ下がったレースは、洗えば洗うほどうつくしくなるという古いものらしく、ほとんど硝子の繊維のような色をしている。そして、一本の柱の上の方には、小さなキューピッドが弓に矢をつがえている彫刻がとりつけてあって、その矢はこの堅固な舟のような寝台の中をねらっている。……(1)

寝室はフランスの一家の歴史と記憶を収めた、この家のいちばん奥まった聖い殿堂で、この家の代々の人がここで生まれ、ここで結婚し、ここで死んだ。生活の実感が細部の正確な描写から湧いてくる。――だがそれにしても、西洋を離れてはや二昔の一九四九（昭和二十四）年、どうしてこんなにまざまざと目に浮ぶように書けるのだろうか。やはり「眼の人」Augenmensch 竹山の異能と呼ぶべきではないだろうか。一家の寝台に西洋の文化を記述する眼力と筆力は瞠目すべきものがある。

トンネルの先

こんなパリ郊外の生活を愛着をこめて随筆に語る竹山は当然西欧派で——そしてそれはその通りなのだが——、西欧礼讃者にきまっていると私たち学生は思っていた。ところが竹山は敗戦後でも日本人であることや日本の文化について、敗戦ショックを受けた私たちと違って、およそ自己卑下していなかったらしい。そこはいかにも異色である。昭和十九年、鎌倉に疎開して初めて歴史的な空気を吸った由(2)だが、まだ米軍占領下にあった昭和二十六年、こう書いている。ヨーロッパでシンプロン・トンネルを通ってイタリアへ入ると外の様子が一変する。それとは規模が比べものにならないが、それでも、

　鎌倉の小袋坂のトンネルを出ると、やはりほっとする。近ごろは、トンネルの岩の高いところの叢《くさむら》の中に白い山百合が咲いている。線路のすぐそばに断崖をくりぬいて、粗末《そまつ》な阿仏尼《あぶつに》の墓がある。閑寂《かんじやく》な英勝寺の庭が見える。太田道灌の屋敷跡の大きな老松は枯れたし、寿福寺も荒れて、いくつかの廃園がつづいている。このような史蹟のあいだを通って、駅につく。それから家路をたどりながら、甘い空気を吸う。新鮮で、柔かで、爽やかで、神経がほそい繊維まで洗われる。(3)

鎌倉がよほど気にいっていた。昭和五十年代の夏、子供たちや孫たちは信濃境の別荘に行くようになっても、竹山はずっと材木座でものを書いていた。「東京から帰ってきて、小袋坂を出ますと、ほっかりと暖かい空気が顔に

あたる……。夏はひんやりと冷たい感じがします……。温度は東京とそれほど変わらないのに、どうしてでしょうか」などと『週刊読売』記者が読売文学賞の受賞を祝してインタヴューした際にも述べている。

昭和二十年代の半ば過ぎ、元文乙の友人たちと私は鎌倉へ出向いた。鎌倉見物でなく西欧知識に富める竹山の話をうかがいに行ったのだが、竹山が敗戦後も西洋との対比で鎌倉をこれほど礼讃しているとはつゆ知らなかった。竹山は昭和の初年「三年ほどベルリンに生活していて、つくづく、いわゆる近代化や合理化はそれだけでは人間を救うものではない」と感じたそうである。だとすると教室でもそれに類した発言はしていたに相違ない。だが西洋かぶれの若者はその種の発言に聞く耳をもたなかった。敗戦直後に学生生活を送った私たちは、西欧志向の知識人の卵として、我々日本人は遅れていると思い込んで——そして遅れていることは間違いない事実なのだが——卑下の念は甚だしく強かった。なにしろ文化的にも経済的にも日本は西洋に永久に追いつけないと思っていたのである。またそんなであったからこそパリへ留学したかったのである。いまだ西洋を見ず、書物によってその文明を遠望し、その美に憧れていたのだ。洋行したいと思った最大の動機は、西洋の文物に自ら接しその精神において得るところがあろうと願望したからである。当時、横須賀線は東海道線と同じ線路を走っていた。鎌倉からの帰り、電車が切通しを抜けて品川へさしかかると鉄橋と立体交叉する。すると清水徹が「ムドンからパリへ向うとき線路が立体交叉する。それがここそっくりだ、と竹山さんがいっていたよ」といった。そんな片言隻句を聞くだけで私たちはパリへの憧れをつのらせた。当の竹山はトンネルを出て鎌倉へ着くとほっとするといっていたのに、私たち青年の感受性はその方向へはまったく作用せず、それとは逆の方向、すなわち鉄橋をくぐってパリへ着くことばかりを夢みていたのである。

竹山がムドンの名を口にしたのは、昭和の初年ドイツからパリへ行くたびにそこに下宿していたからで、ムドンで竹山が朝まだ寝ている母親の枕もとへコーヒーを運んだ話は第十五章で述べた。そこはかつてロダンがアトリエを構えた土地でもあった。「拵えた作品が気に入らず、ロダンが窓から投げ棄てた小物でも落ちていないかと、その窓の下を散歩しました」などと本当か嘘かわからない話もして竹山は笑った。しかし白樺派のあまりに事大主義的なロダン讃仰《さんぎょう》に対しては私などはついていけない。後年、京都の国立博物館の庭先に『考える人』の像が据えられているのはどうも大仰《おおぎょう》で場所柄しっくりしないといったら、竹山も同意見だった。

疚しさを伴う道楽仕事か

教職を離れ自由となった昭和二十六年から二十八年にかけて竹山は関西へ古寺巡礼に出かけると『藝術新潮』に印象記を連載した。法隆寺を詳しく論じた後、ふとこんな私観を洩らしている。竹山は昔ヨーロッパにいたときは熱心に古い文化を見て歩いたが、日本ではそれを怠った。戦争で前後十数年ほどは旅行どころではなかったこともあるが、「ヨーロッパの印象があまりに強烈だったので、日本が平板で退屈に思われたということもあった」。そしてその気持を整理してこう自己分析した。

しかし、もっとも大きな原因はつぎのようなものだった。私は日本の古い文化に魅力は感じてはいたが、何となく自分に縁どおい異質のもののように思っていた。それを愛することはある疚しさをもった道楽仕事であり、未来への創造に対してはむしろマイナスになるもののような気がしていた。あるいは、そういう気がしなくてはならないような気がしていた。これは、今のすべてのインテリの気持である。古い日本文化は人間性の陰に咲いた花で、われわれの存在とは橋がかからないもののように思っていた。しかも私は、日本文化をよく知らないままに愛していた。意識の下の方で、どうしてもそれをたち切ることのできないものがあった。ヨーロッパ的人間性をのみ本道と思いこむ性癖と、このひそやかな郷愁とは、奇妙な相剋をしていた。(4)

これは西洋志向の日本知識人の正直な告白だろう。主観的に遥かなノートル・ダムへ憧れる男女は多い。パリの先進文化に傾倒することは結構だが、外国文化の実体が、それに憧れる現在の自分とどのような関係にあるのか。もし彼我《ひが》の文化を測量する眼力《がんりき》がないとすると、そんな主情的な傾倒は、理知的な裏付がないだけに、容易に逆転する。外国一辺倒の人がいつひっくり返って大日本をやみくもに主張し始めるか、いつ転向が起こるかわかったものではない。日本人は英語を国語として採用せよと主張した明治初年の欧化主義者森有礼は、フランス一辺倒の森有正(5)の祖父だが、後年は国家主義に転じ、文部大臣になるや学生に軍事教練を課した。そんな先例も思い出されてならないのである。

また転向を起こさない人の中には、自己の劣等感を外国文化を学ぶことによって克服しようとつとめる人もいる。知の技法を手に入れて自己回復を試みるその努力はまことに殊勝だが、ではそれで安定した二本足の人になれるかというと、そうした人は外国に頼って力をつけるものだから、ますます外国礼讃に傾く。それだからいよいよもってバランスの回復はとれない。そうした人が口にする日本批判は、多分に本人の日本人としての自信不足に由来する。知の技法が痴の技法と茶化される所以である。

竹山が西洋からの帰途、ハーンの『ある保守主義者』を読んで主人公の日本回帰に共感したことはすでにふれたが、世間にはそんな外国帰りの保守主義者とちがって、最初から外国が嫌いで自分の国だけを良しとする愛国主義者もいる。そんな日本主義者には善良な人もいる。外国語も習わず、外国世界がよく見えてもいないのに、世界の中の日本の絶対的優秀性をやみくもに強調したりする。そしてそうした保守的右翼にかつがれてお山の大将になる人もいる。

しかし私の観るところ、やはり客観的に世界の中の日本を把握することが大切なのである。そんな右の大日本主義者も困り者だが、さればといって、先進文明を偉大と思うあまりに日本の卑小を言い立てる左翼の精神的自虐主義者もこれまた困り者である。「否定をいたく好むこと、生れし国を恥づること」(佐藤春夫)が特技で、日本を悪くいうことが知識人の誇りだと思っているのだから、こうした文化的マゾヒストにつける薬はない。本人はソフィステイケートしたつもりだろうが、ひねくれているのだ。明治以来の近代化についても、先人の国造りの努力を貶め、否定的評価を下すことが良心の証しと心得ている。なぜそうした発想になるのか。ひょっとしてそこには本人の日本人であることへの自己嫌悪がにじみ出るのではあるまいか。(6) 世界の中の日本の力量がどの程度であるかを自覚し、夜郎自大におちいることなく、ゆったりとした自信をもって外国に相対したいものだ。外国人の間に自信のある日本人を見かけると気持がいい。

竹山道雄の日本紀行

竹山は空間的にも時間的にも日本内外へ広く視線を延ばした人である。ヨーロッパやアジアも旅したが、日本を旅することも好きだった。私は竹山の日本紀行文の中では五島列島の福江港からさらに数時間をかけてたずねた嵯峨島（「西の果ての島」）やジェーン颱風の後にたずねた高野山の印象など好きである。『高野山にて』はこう始まる。

七月十日

山を登ってゆくと、梅雨時の雲がむらむらしていた。古い形容のとおり、薄墨を流したようだった。霧がシャツの中にまで浸みこむ。すくえば掌にたまるようである。あたりの空間はすっかり埋って、こちらの目が白く濁ったかのよう。……

空がついに持ちきれなくなって、雨が滝のように降ってきた。まるで水の底を行くようである。バスの車掌が「女人堂」とか「波切不動」とか、きいたことのある名を呼ぶけれども、それも見えない。ただときどき大きな杉の幹が窓の外にあらわれては消えてゆく。墨絵のようだった。

町並が終わったところに、小さな谷があり、橋がかかっている。これから先は、蜿蜒として半里ほどつづく墓地である。竹山は「じつに壮大な森厳なものである。これほどの墓地は世界にまたとあるまい」と書き続ける。

杉の巨木が群がって、天を摩している。梢に霧がかかって、その中に日光が透けている。幹も苔も土も水で洗ったようにきよらかである。みなふかいしずかな呼吸をして、あたりを浄化している。いかなる大理石の円柱の群も、ここの杉ほど死者の国をかざることはできない。

このような記述を読むと、若い日の私は漂泊の思いやまず、関西に旅立ちたいと願った。しかし期待があまりに大きかったために、実際に高野山に登ったときは、なにかはぐらかされたような気がした。竹山が訪ねた頃に比べてもさらに樹の数が少なくなり、俗化したためだろうか、杉林からそれほどの森厳な印象を私は受けない。大雨の日にバスで登らなかったのがいけなかったのだろうか、とそんな気さえした。私はときどき竹山の筆力の魔法にかけられた自分を感じることがある。ある種の光景は、竹山の文章で読む方が実景よりも詩的で幻想的である。そうしたこともあって、竹山の文章を読むことを楽しみにして、夢が破られることのないよう、実際の嵯峨島へは行かずにいる。

その竹山の文章には時に笑いもまじる。

ここの見事な杉の巨木は……　三、四十年前には暗くて空も見えないほどだったそうである。

ここにきてから、私は「慈円大夫」という名をたびたび聞いた。よほど乱暴な荒っぽい行者のような人で、さかんな破壊をしたらしい。

「あそこのお堂も慈円大夫が屋根を剥いだ。ここの杉も慈円大夫が仆した……」

どうもおかしいと思って、たずねてみたら、これはジェーン颱風のことだった。

比較文化史的な視野

竹山は西洋から日本へ回帰したが、西洋に背をそむけはしない。七十を過ぎるまで独英仏の言葉で西洋の男女の友人と文通していた人である。竹山のもとを訪ねに来る外国人も多かった。彼らを鎌倉見物に連れ立った折の写真が幾枚も残されている。当然、竹山の著述には東西の文化史的知識もおのずとまじり――先ほども墓地をとりまく杉の巨木の群と大理石の円柱の群の比較が出た――竹山の口からふと洩れる一見脱線風の考察も作品に魅力を添えている。たとえばいま引いた紀行『高野山にて』では日本の中世の大寺院や西洋中世の寺院がともに教権をふりかざして俗権と争う様が一つの並行例としてまぎれこんでいる。

こういう寺院は宗教の権威をふりかざしたが、むかしはそれが通用して現実の力となり、これによって俗権と争って、しばしばそれを屈服させた。

「春日は藤原氏の氏神であるので、神木の入洛と聞くや、藤原氏の一族は皆謹慎して朝廷に出仕しない。之によって総ての政治機関が停止する。為に大抵の無理も通るのである。……〈放氏〉というのは、氏より追放するので、興福寺の大衆が春日の神すなわち藤原氏の祖神に告げて勘当するのである。放氏せられた藤原氏の公卿は恐縮畏懼して、朝廷に出仕は無論できない。家に謹慎閉門して、奈良の僧侶から赦されるのを待つのである」（辻善之助『日本文化史』より）

これは日本の宗教時代に、個々の寺院が宗教的権威をふりかざした例であるが、ヨーロッパでは大本山の首長がそれをしたから、その結果はもっと大きかった。

「破門とは法王の命に背く者、教会の禁令を犯す者に対して、法王が課した宗教的刑罰である。破門された者はその部下との関係を断たれる。従って臣民は破門された君主に服従する義務はない。又破門された人は他人から衣食や宿泊を求めることはできない。……中世における破門はもっとも恐ろしい罰であった。或る都市全体に破門が課せられれば、その都市の寺院は全部閉鎖され、市民は宗教的儀式を行なうことができず、結婚も不可能となる、葬式もできない。かくて市民の生活は非常な困難に陥る」（大類伸『西洋史新講』より）[7]

こんな共通項の例が指摘されるから、竹山の随筆は平板な美術書と良かれ悪しかれ違う。読者は文化史的次元でも知的刺戟を受ける。この本が出た当時、私は『神曲』の訳者として仏教の地獄とキリスト教のインフェルノの比較が念頭にあったせいか、巨視的な視野が開けてきて愉快だった。

空也上人

いま東西の破門の方から話を始めたが、仏教による救いとキリスト教による救いの方は、美術的に、さらには文学的にどう表現されるのか。

一九八三（昭和五十八）年『竹山道雄著作集』が完結した年の秋、竹山夫妻と私たち夫妻と四人で京都へ行った。竹山としては見納めのつもりであったろう。東寺《とうじ》からはじめて三十三間堂、養源院、清水寺、鳥辺野、六波羅蜜寺《ろくはらみつじ》などを丁寧に見てまわった。あれから三十年近く経ったいま妻に「あの時どこがいちばん印象に残った？」とたずねたら「六波羅蜜寺」と依子は答えた。私もそうだと思ったが、よくきいてみると依子は鬘掛《かずらかけ》地蔵から、私は空《くう》也上人《やしょうにん》像から感銘を受けたのだった。人間は同じ六波羅蜜寺へ行き、同じ彫像を眺め、同じ人の説明を聞いても、自己の主観にしたがって、このように別箇の印象を記憶に留める。いや同じ鬘掛地蔵を見ても、新潮社版『京都の一級品』の正面から写した写真と『竹山道雄著作集』第八巻の地蔵の左斜め前から写した写真――それだと左手に握りしめた鬘がなまなましく浮び出て見える――とでは印象が著しく異なる。[8]竹山は六波羅蜜寺の清盛像、運慶像、湛慶像にふれた後「さらにここに驚くべき彫刻がある。それは空也上人の肖像である」と次のように記述している。

粗末な短い衣を着、撞木《しゅもく》をもって鉦《かね》をたたきながら、庶民のあいだに信心をひろめる、草鞋ばきの行脚僧の姿が躍如としている。手にしている鹿の角の杖は、自分が愛していた鹿が猟師に殺されたので、その角をもらって一生放さなかったのだそうである。顎をつき出した顔にはほとんどファナティックな法悦がうかんで、ひたむきに仏に呼びかけて、全身が動いている。素朴で飄逸であるが、胸をうつパセティックなものがあり、思わず襟を正さしめる。

ついで空也について世間に流布した伝を紹介するが、鎌倉時代の彫刻師康勝にしても耳にしたのは俗伝だったろう。しかしここでは世間の人々が信じた上人の姿が肝要なのである。

空也上人（九〇三―九七二年）は醍醐天皇の第二皇子ともいい、仁明天皇の子常康親王の息ともつたえられる。ふかく仏教哲学を学んだが、ただ哲理や豪奢な伽藍造立などによっては人間の宗教的要求は満足されえないという、当時の底流になっていたものを、みずから痛感したのだろう。世を捨てて、諸国をめぐり名山をたずね、森羅万象に生命を感じ、今日あることをよろこび、ひたすら阿弥陀にすがる浄土思想を広めた。ただナモーダ、ナモーダと唱えて歓喜踊躍しつつ念仏をとなえる、踊る宗教のようなものをはじめた。……

宗教的天才であったのだろう、まだ出家しない前から、人馬の労をなげいて、道路や橋をつくり、井戸をうがち、囚人の世話をし、捨ててある死骸に会うとかならず火葬してあつく葬った。苦行をし、遠い奥羽地方まで伝道してあるいた。上下の人々の尊信をうけて、市聖とよばれ、その化はひろくおよんだ。ただ盗賊や殺生する猟夫を教化したばかりではなく、園城寺の千観のような高僧も、宮中から帰るところで空也に会って道をたずね、「唯身を捨てて後之を修すべし」と教えられ、千観はただちに箕面山に退いて、馬夫となって往来の人を恵むようになった。

ビルマで頭を剃った水島上等兵はこんな宗教的天才ではない。それでもなにがしか通じる宗教心の持主だったといえよう。竹山はそこで日本人の人生観にふれる。

空也作といわれる長い和讃があり、今でもその初めと終りがうたわれるが、その起句は次のようである。「長夜の睡は独り覚め、五更の夢にぞ驚きて、静かに浮世を観ずれば、僅刹那のほどぞかし」。――このように人生ははかない。それだからこそ、生きているうちに仏に参じ、仏にみたされて、善をなせ。ふしぎな機縁によって人間に生れてきたということは、それをするための千載一遇のチャンスである。人生が夢幻のごとくであることを痛感することこそ、積極的な活動のもとであるという考え方は、さまざまなヴァリエーションをなしながら日本人の精神の一つの基調になっていたように思われる。

そして彫像それ自体についてはこう論じる。

この像は垢じみた衣を着て辻で踊って民衆に法を説いた、一心不乱な姿を、じつにいきいきとあらわしている。こういう肖像だから、全体の形の中に幾何学的法則を内包しているのではなく、むしろその生きて動いている姿があたえる印象が移入されて、われわれの感情を揺りうごかす。法悦という点では、三十三間堂の婆藪《ばす》仙人と一脈通じている。しかし、あちらは救いを与えられた人で静かであり、こちらは救いをひろめる人で、顔の表情、足つき、変化のある全身の姿勢、杖や鉦などが、純一な感情が渦巻いていることを物語っている。口から出て空にならんで浮いている六つの小さな仏は、西洋の中世の絵にもこれに似たものがあったと思うが、いかにもナイーヴにしかも効果的に念仏という行を示している。

　この精神の写実をかくまでも的確になしとげた康勝は運慶の四男だが、ただこの一作のみでも不朽の作者だと思う。

阿弥陀信仰とマリヤ信仰

三十三間堂の婆藪《ばす》仙人はダ・ヴィンチの『聖ヒエロニムス』を思わせるとは竹山の感想[9]だが、私はドナテルロを連想した。フィレンツェのサン・ジョヴァンニ洗礼堂にある木彫のことである。今度この『竹山伝』執筆のためにふたたび婆藪仙人をたずねたら、背丈の高いドナテルロの『マグダラのマリヤ』像の方が力があるように感じられた。しかしそれはドラマチックな力で信仰の力はまた別の次元のことかもしれない。ダ・ヴィンチの『聖ヒエロニムス』にしても右腕の張り出し方など、そうしたポーズをとらせる画家レオナルドの演出に芝居気が感じられないわけではない。

　空也上人は胸に金鼓《きんこ》、右手に撞木《しゆもく》を持ち、一心不乱に誓願を称えている。すると口の中から小さな仏が次々に並んで出て空に浮かぶ。あの信仰とあの構図は、シモーネ・マルティーニの『受胎告知』で、天使の口からAVE MARIA「幸あれマリヤ、恵みに満てる」の金文字が燦然と出てくる構図に似通っているように思えた。

空也には宗教的信念がそのまま三十一《みそひと》文字《もじ》と化した歌がある。


　ひとたびも南無阿弥陀仏《なむあみだぶ》といふ人の蓮《はちす》の上にのぼらぬはなし

十二世紀の『梁塵秘抄』もそれを受けて、

阿弥陀仏の誓願ぞ、返す返すも頼もしき、
ひとたび御名を称ふれば、仏に成るとぞ説いたまふ

と出ている。謡曲『敦盛』の中でも敦盛が、いまは蓮生と名乗る出家した熊谷直実との対話の中で「ひと声だにも足りぬべきに」というが、空也上人の阿弥陀信仰を受けている。このひとたび南無阿弥陀仏を唱えれば救われる、という考え方はひとたびマリヤの御名を唱えれば救われる、というマリヤ信仰を連想させずにおかない。『神曲』煉獄篇第五歌九七行以下にはブオンコンテ・ダ・モンテフェルトロの臨終が次のように記される。

喉を刺された私は、徒歩で逃げ、
野を血に染めて、
その川がもはやアルキアーノとは呼べぬあたりへ辿りついた。
そこで目も見えず口も利けなくなり、
マリヤの御名を唱えて死んだ。その場に私は倒れ、
私の肉体だけが残った。
真実を話すから、君から現世の人々へまた話してくれ。
神の御使いが私をつかむと、地獄の使いがどなった、
『おい、天から来たお方、なぜ俺から横取りをする？
ちょいと涙をこぼしたというだけで
こいつの不朽の物を俺から取って行く気らしいが、
それならば残りは俺さまが勝手に処分するぞ』

ブオンコンテが臨終の際《いまわ》《きわ》に「マリヤの御名を唱え」た。それで神の御使いである天使がブオンコンテの「不朽のもの」すなわち霊魂を地獄落ちから救ってくれた。「マリヤ」の一声で足りたのである。地獄の使いの黒天使はブオンコンテごとき悪者は当然自分の獲物と思いこんでいたから、それで怒り狂って、それならブオンコンテの肉体は「俺さまが勝手に処分するぞ」と喚いた。そして嵐を呼び、ブオンコンテの遺骸をアルノ川に押し流し、砂礫《されき》の中に埋めてしまった。謡曲『生田敦盛』でも「なに閻魔宮《えんまぐう》よりのおん使とや」と敦盛が狼狽する。閻魔王が怒って喚くと「黒雲《こくうん》俄かに立ち来り、猛火《みようくわ》を放し剣《つるぎ》を降らして、その数知らざる修羅の敵《かたき》、天地を響かし満ち満ちたり」という場面に化す。煉獄篇第三歌の終わり近くに出てくるマンフレーディ王も「致命的な傷を二箇所に受けて、この身が砕かれた時、涙して私は進んで許し給う方のみもとへ行った」。その臨終の際の祈りで、法王から破門されていたにもかかわらず、霊魂は地獄落ちを免れるのである。竹山の引用に日本の宗教時代には個々の寺院が宗教的権威をふりかざし、西洋では大本山の首長の法王が破門した、とあったが、『神曲』が興味深いのは、破門された側のマンフレーディ王が煉獄前地と呼ばれる斜面で煉獄入りを待っており、破門した側のローマ法王が地獄に落とされていることであろう。(10)

美学美術史家の条件

西欧学派の第一人者として戦後日本で頭角をあらわした竹山が、五十歳近くに日本美術をも論ずる人となったとは、どういうことか。どうして物象に迫ることができたのか。そもそも美学美術史家がもつべき能力とは何々か。昔、ペルージャで教授がふと美術史家として不可欠な能力とは何かを口にしたことがある。第一は作品の真贋を見抜く力で、ベレンソンはその点抜群だった。(ちなみにその教授の美術史の試験は絵葉書で次々に美術作品を見せて作者名を学生にいわせる眼識の採点から始まった)。しかし真贋の鑑定にかけては、それに生活がかかり、長年取引してきた目利きの美術商には、美術史の学生も教師もおおむね及ばない。かといって眼識だけで美術史家が勤まるはずもない。美を語る言葉をもたなければならない。それも作家や作品について知的な分析を施し解説するだけでは足りない。美を感じて記述し、その感触や感動を言葉で伝える才がなければならない。

竹山は美を観察して記述し、人を感動させる能力にたけていた。単なる美文の書き手ではなく、嘱目《しょくもく》の紀行文の作者とも違った。東大ではじめ美学科に進んだ竹山には若いころから美への憧れがあったのだろう。また自分の眼識にもなにがしかの自信はあったのだろう。だが本郷のドイツ風観念美学には辟易《へきえき》し、早々に独文科へ転科した。「故大西克禮先生は高潔な人だったが、日本芸術をヨーロッパの方法や概念で解こうと試みられたために、その晩年の業績の多くは不毛になったと思う。先生はじつに博学の人だったが、学問がありすぎた。」この一九七〇(昭和四十五)年の『日本人と美』の「あとがき」の言葉は竹山の自身が転科して進んだことへのジャスティフィケーションでもあったに相違ない。

竹山はドイツ観念美学だけでなく、ドイツ文化そのものにもなにかと批判的だった。最晩年の竹山はなんと高校生になったばかりの孫の節子にもそんな感想を洩らしたという。それでもその教養はやはりドイツ風で、形而下の存在であるギリシャの牧童の記述が形而上学的な思念と結ばれている例は第五章に引いたが、あの散文は思想抒情詩 Gedankenlyrik の一節のようである。

ドイツ美学風分析の例をさらにあげれば、東海道線から見る富士山について、ヴォリンガーの古代から人間があがめた威厳ある記念碑的な彫刻の条件である次の三つの条件を援用したのが、まさにそうだろう。こんな操作は日本育ちの美術史家のすることではない。

a、形体を、左右相称そのほかの幾何学的図式の中にととのえること。

b、立体的なものを平面的に見せること。すなわち、一種の浮彫りにすること。緊密感は平面によってのみ獲得される。「彫刻が立体としてあらわれるあいだは、まだ造形の初歩である。これが立体でありながら平面として作用するにいたって、それは芸術的な形体となる」

c、平面によってのみ獲得される緊密感を、他の方法によって、立体の中にもちこむこと、すなわち、彫刻をなるべく枝葉のすくない固塊にして、宙に浮きだした部分をなくし、手や足などを胴にはりつけるようにする。

立体物でありながら、この三つの条件を具現しているのがピラミッドだという。竹山は「これは緊密明確な固塊であり、きびしい幾何学的法則により、平面的な印象をあたえる。ピラミッドこそは、立体として人間に生得の抽象衝動をみたしたものである。そして、ここに人間は空間の不安定な相対性からのがれ、ゆるぎなくたよりある領域に救われることができる。」そして竹山はつけ加える、「富士山もまたこれらの条件をみなみたしている。われわれはそのゆるぎない量感のある形を仰ぎ見て、魂に安定を感じる」。ただし同じ構成といっても、富士山とピラミッドとは形は似ているが、感触は別である。そのちがいこそが日本の構成芸術の性格なのだ。すなわち、より柔和に、より自然に、より人工をすくなからしむべく人工をこらして、自己顕示をしないでむしろわれわれの心をその中に吸い込む。[11] この説明の前半は理知的で斬新だが、読者を捉えるのは、後半の富士山の記述だろう。

しかし富士山は、ピラミッドのようにゴツゴツとした稜線にかこまれて変らぬ光の中に立っているのではない。左右こころもち不均衡に、その裾は勢いをこめて長く走っている。そして、空に浮いた銀の象嵌のごとく、頂上の雪は下るにしたがってたくさんの線になってクラゲの足のようにもつれあっている。雲はつねに行きかい、裾野は柔かい靄につつまれ、ときには銀灰色にときには薄紫にと千変万化する。夕日をうけているときなどには、全山が燃えるように赤くかがやく。[12]

文章記述における真実とは何か

ここで文章記述における真とは何か、美とは何かの問題にふれたい。

竹山の富士記述も見事だが、さらに鮮やかなのは先に第六章の冒頭でふれたハーンの『ある保守主義者』の最終節の富士記述である。一旦は日本に背を向けた明治の知識人が長年の西洋滞在の後、船に乗って横浜を目指して戻って来る。かつて竹山自身が船上で読んで深く感銘を受けた一節だが、ここでは文章記述とは何かを論ずるよすがに拙訳を引用したい。

それは一点の雲もない四月のある朝、日の出のすこし前であった。暁闇《ぎょうあん》の透明な大気を通して青年はふたたび故国の山々を見た。――彼方《かなた》遠くの高く尖《とが》った山脈《やまなみ》は、インク色をした海のひろがりの中から、黒く菫《すみれ》色をして聳《そび》え立っていた。流浪《るろう》の旅からいま母国へ彼を送り届けようとする汽船の背後では、水平線はゆっくり薔薇《ばら》色の焔で満たされつつあった。甲板には外人船客が出て、こよなく美しいといわれる太平洋から望む富士山の第一景を眺めようと心待ちにしていた。朝明けに見る富士山の第一景は今生でも、また来世でも、忘れることのできぬ光景であるという。皆は長く続く山脈をじっと見つめていた。そして深い夜の中から峨々《がが》たる山岳の輪郭がおぼろげに見える上のあたりをじっと見まもっていた。そのあたりでは星がまだかすかに燃えていた。しかしそれでも富士山はまだ見えなかった。

「ああ」

と皆に訊《き》かれた高級船員が微笑して答えた、

「皆さんは下の方ばかり見過ぎますよ。もっと上を、もっとずっと上を御覧なさい」。

そこで皆は上を、ずっと、ずっと上の、天の中心の方を見あげた。すると力強い山頂が、いま明けなんとする日の光の赤らみの中で、まるで不可思議な夢幻《ゆめまぼろし》の蓮《はす》の花の蕾《つぼみ》のように、紅《くれない》に染まっているのが見えた。その光景を見た時、皆は心打たれてひとしくおし黙った。たちまち永遠の雪は黄色《きいろ》から黄金《こがね》へ《へん》とすばやく色を変じ、太陽の光線がその山頂に達するやさらに白色《はくしょく》に変じた。日の光は地球の曲線の上を横切り、影深い山脈の上を横切り、また星々の上をも横切って来たかのようであった。というのも巨大な富士の裾野《すその》は依然として見えないままであったからである。そして夜はすっかり逃げ去った。おだやかな青い光が天空《てんくう》をことごとく浸《ひた》すと、さまざまな色彩りも眠りから目覚めた。凝《ぎょう》視《し》する船客の眼前に光に満ちた横浜湾が開けた。聖なる富士の高嶺《たかね》は、限りない日の光の穹《きゅう》窿《りゅう》の中天にかかって、その裾野は依然として目に見えぬまま、まるで白雪の霊のごとくであった。(13)

美しい印象主義的描写である。しかしこのような描写をしたハーンに対し、ハーンと一旦は親交を結びながら後に絶交した眼科医グールドは『ハーンについて』*Concerning Lafcadio Hearn* の中で、ハーン没後四年の一九〇八年、批判を発した。

「ハーンの唯一の長所、唯一の独創性は、彼は事実や谺《こだま》やらに色を着けたこと――これは視覚が不具なために生じたところの奇妙な特質である。ハーンはなに一つ創造できないし発明もしない。……彼の取柄は、それが唯一のメリットだが、彼の独特な芸はその谺に天上の虹やこの世のものとも思われぬ日没の色どりでもって着色するという不思議な能力である。実際は海の上にも浜の上にもかつて存在したことのない夢まぼろしの光でもってその光景を包むのだ。ハーンは彼自身が……色彩のある声、多色に塗られた谺に化してしまったのである。」

「ハーンは日本を美化している」。これは今日も止まない内外の凡俗のハーン叩きの原型である。だがハーンに視力に欠陥があったからあのように富士山を美しく描くことを得たのだ、あの描写は本物の光景ではない、という類の否定的評価(14)はいかがなものか。そのようなハーン批判は、印象派の絵画を見て「実物とは違うから贋物である」というに等しい言辞ではなかろうか。ハーンは美を伝えようとした。それだけでない、グールドは決定的に重要な点を見落とした。それはハーンは朝明けの富士山を描くことで精神史的洞察に成功した――日本人の祖国への回帰の心理をその感動裡に把握したという点である。

それでは竹山道雄の文筆による日本の神道建築の記述はいかなるものか。それは精神史的洞察の高みにまで達しているのか。

神道の美学

学術上の真の記述と芸術上の美の記述とは異種であり別である。美術史家の論文は事物の真を正確に記述せねばならない。しかし正確なだけでは足りない。情報を提供するだけの美術史教授では第一級とはいえない。事物の美を描き、さらにその精神文化史的意味をも伝えることが望ましい。竹山の論が貴重なのは美術にあらわれた宗教文明の論としても示唆に富むからである。美術が育つためには背後に精神共同体が存在する以上、その宗教的精神的共同体が共有する感受性にも言及しなければならないのは当然ではないだろうか。

――昭和五十八年秋に私たちは京都へ最後の旅をしたが、その帰る日の午後、鷹峰の芸術村を通り、円通寺の近くから比叡山を眺め、その借景の向うの山をかぎりなく美しいと思った。美しいがこれが竹山にとり最後だという予感があった。そして糺《ただす》の森を抜け下賀茂神社へ寄り参拝をすませて「やはり神社の境内はいいですね。気持がやすらぎますね」とほっとして私がいったら、竹山も「あなたもそう感じますか」といった。多くの仏閣を見、そこで足掛け三日の旅程をおえ、安らぎを覚えたからかもしれない。しかしそれだけでなかった気がする。第三章でも述べたように、竹山は母が天竜鹿島の椎脇神社宮司の田代家の出で、それだけ神道に理解もあり親近感も覚えていたからこそ神道の審美学も語ったのであろう。「あちこち歩くうちに、神社にあるものが日本人の造形感の根本のものをあらわしているように思われてならなくなった。つぎつぎと外国からの影響があって新しい形態が入ってきても、結局ついには神道的な形に同化されてしまう。日本独特な感触のヴェールにつつまれてしまう(15)」。

昭和三十八年、竹山は毎月一回、新幹線開通以前の東海道線で鎌倉から京都へ通い、東山を遍歴し『藝術新潮』に十九回にわたり『京都の一級品』を連載した。私は前年からイタリアで勉学していたが、竹山から「毎月の京都泊の仕事が楽しくて結構だと思っています」という趣旨の手紙をもらった。そんな二十年も前からすでに神道にふれてこんな見方を述べていた。

神道は言挙げせず、教理としては貧弱だけれども、宗教感情の対世界態度をあらわすものはただ言葉には限らない。(神社という)形もそれに劣らず雄弁である。[16]

そして敗戦後、非難されることのなにかと多かった神道について、こうも述べた。

ところが、われわれは神道についてはほとんど何も知らない。教わったこともない。神道が国体を顕揚し戦意を強化したなどというけれども、われわれは神道からなんの強制をうけたおぼえはなく、その教義すらはっきりと聞いたことはない。ただ森の中の空屋のような祠に、さまざまの名の神が祭ってあり、しかもその神はそこにはいず、代りにその神を偲ばせる御霊代が御神体になっている。ぼんやりと曇った鏡などが懸っていて、正体は不明である。ふしぎな謎のようなものだが、それについても別に気にしないで無関心でいる。[17]

神魂《かもす》神社

竹山は神道についてはその造形表現である神社を語り、その形によって触発された自分の意識のうごきを分析した。著作集に一点だけ入れた神道関係の文章は出雲の神魂《かもす》神社である。その建築は大きくないが、純粋性という点から「比類のないもの」と竹山はいった。

神魂神社の入口への階段は、左右に迫った杉の森のあいだに、大きな石塊を重ねて、それが三十二段ある。石は赤味をおびて豪快だが、段は高いし、凸凹しているし、小雨にぬれているから、昇り降りは楽ではない。立派な自然石の手洗鉢があって、苔むして、清水が迸りでては流れ落ちている。その音がうつくしい。この石段のあたりには、太古の巨石崇拝のあとが残っているように思われた。

入口の最後の段を、太い杉が左右から挟んでいる。ここから内は聖なる地域であることを示していて、まことに象徴的な入口である。深い自然感がただよっている。鳥居と同じ役目をしている。……

神魂神社はすぐ後ろに清浄な山を負っている。そこの小さな平地に、明るい錆につつまれた木造建築が、一分の隙もない比例をなして組み合って、格調きわめて高く聳えている。「自分の美しさを世間に知ってもらおうとは思いません」といいたげである。幸いにも、ここはまだ観光地ではないから、周囲の調和を乱すものは何もない。昔のままである。この土地の人々すら、通称大庭《おおば》大宮といっていて、神魂神社といっては通じにくい。大庭とは昔の政庁の意味で、かつてここはこの地方の政治の中心地だった。

神魂《かもす》神社

この神社の美しさは、直接に目で見て感じる他はないだろう。……いまこの神社からは、潜勢する精気のようなものが発散しているのだが、写真はそれを捉えることはできないだろう。……文章もこの直接の感じを再現することはできない。

この比例のうつくしい建物は、さらに一面に銀鼠の錆につつまれている。はじめは何か塗料がぬってあるのかと思ったほどだった。本殿の屋根はきれいに掃いたようだが、拝殿の屋根の上には杉の葉がたくさん落ちている。錆――パチナとは、物と空間とを結びつける媒介物だが、屋根には青を主とし、木材には白を主としたむらむらが、えもいわれない。「神錆び」という言葉があったような気がするが、もしなければ、そういう新語をつくって、ここにあてはめたい。
静かで、清らかで、素朴で、自然で、しかもいかなる無駄もなく一分の隙もなくひきしまって鋭く、霊気をこめて、神魂神社は日本人の美しさの最高のものの一つだと思う。言葉の醇乎たる意味において古典的である。……カモスというのは神イマスあるいは神ムスビがなまったものだろう。……現存の大社造の神社では神魂がいちばん古い。そしていちばん美しい。……神魂はおそらくもっとも始原のものに近いだろう。(18)

竹山の文章に誘われて出雲へ行った人もいるだろう。行ってはぐらかされたような気持になった人もまたいるだろう。だが神魂神社から八重垣神社のあたりは連れ立って歩くといかにも気持がいい。伊邪那岐《いざなぎ》・伊邪那美命《いざなみのみこと》が男女の道を学ばれたのは鶺鴒《せきれい》からだという伝説があるが、大庭《おおば》で鶺鴒の番《つがい》が私たちの目の前の小道をよぎるのを見たときは、神話世界にはいりこむような気がして私たちは思わず顔を見あわせた。

註

（1）『竹山道雄著作集』4、五一頁。
（2）竹山道雄『日本人と美』新潮社、一九七〇、二九九頁。
（3）『鎌倉礼讃』竹山道雄『尼僧の手紙』（講談社学術文庫、一九八五）に再録。
（4）『竹山道雄著作集』8、一五二―一五三頁。
（5）私は森有正に数年遅れてパリへ留学した者だが、森が「近く家内をパリへ呼びます」とか「デカルトについて博士論文を書いている」とか見え透いた嘘を連発するのでいやな気がした。ところが帰国してみると日本では森の著作は若者の間で大評判である。そんな中で森への批判的な言辞を述べた私に対して同感の意を評した数少ない一人が竹山で、「以前の痩せていたころの森さんはいかにも良心的な感じのする人だったが」といわれたのを記憶している。一九七六年に森が死んだら、デカルトについての論文などなにも書いてなかったと世間は驚いたが、私にはそんな事にいまさらのように驚く人たちはかまとともいいところだと思った。
（6）第二次世界大戦後の「日本の近代をどう見るか」について鳥海靖はこう述べる。「第二次世界大戦の敗戦からほぼ二〇年、日本近代史の分野では、マルクス主義歴史学、ないしそれに近い立場からの歴史研究が圧倒的に主流を形成した。そこでは歴史は、おおむね国家権力の圧政・人民への抑圧とそれに対する人民の闘争として図式化される。そして、……日本の国内体制の「専制的」「圧政的」性格が強調され、日本の近代については、西洋先進諸国の近代との比較において、もっぱらその「遅れ」「ゆがみ」「不十分さ」「半封建的性格」などが力説された。いわば日本近代史（戦前）をほとんど全面的に否定的にとらえる傾向が濃厚だったのである。」鳥海はそのような否定的評価が支配的になった理由として、日本が諸外国に比べ敗戦慣れしていなかったこと、もともと西欧コンプレクスを強く持っていた日本の知識人の間に、自国の歴史・文化・伝統などについての全面否定の傾向があったことを理由にあげている。鳥海靖『日本の近代』放送大学教育振興会、一九九六、一四―二四頁参照。

（7）『竹山道雄著作集』2、二六二―二六三頁。

（8）日本美術関係の随筆を集めた『竹山道雄著作集』8に『京都の一級品――東山遍歴』からの随筆が少ないのは、仏像等の社寺所蔵作品の写真の掲載料が非常に高価となったため福武書店が躊躇したことも関係している。『六波羅蜜寺』は採録されている。

（9）竹山道雄『京都の一級品――東山遍歴』新潮社、一九六五、四〇頁。

（10）ここに簡略に述べた空也に発する文芸比較については平川祐弘『謡曲の詩　西洋の詩』（朝日選書、一九七五）、三一―三八頁。なお私は第十六章の最初に引いた竹山の「キリスト教の救済と仏教の解脱《げだつ》とは、まるでちがったものである」とする観察と違って、現世への執着を断ち、魂の解脱を願う点では両者は共通している、と考える。解脱という言葉自体が仏教的ニュアンスを帯びているというのなら、**soul's wish to cast off its bonds and to be free to depart** の願望において両宗教は共通している、と考える。

（11）この両者の感触の相違については『竹山道雄著作集』8、三〇六頁。

（12）竹山道雄『京都の一級品――東山遍歴』新潮社、一九六五、一三頁。

（13）『ある保守主義者』小泉八雲『日本の心』講談社学術文庫、一九九〇、一八〇―一八一頁。

（14）George M. Gould, *Concerning Lafcadio Hearn*, 1908, p 6-7. ほかにもハーンの友人でニューオーリーンズ時代のかかりつけのマタス医師も一九四一年「ハーンは自分の鼻から六インチ先は見えなかった」と証言した（Rudolph Matas in *Lafcadio Hearn in New Orleans*, Japan Institute of New York, p 14）。小泉八雲記念館にも極度の近眼のハーンのための特別拵えの丈の高い机が保存されている。しかしハーンが遠くを眺めた望遠鏡も保存されていることも忘れてはならない。そしてハーンは日本人の精神を見通す心の眼鏡もまたもっていたのである。

(15) 竹山道雄『京都の一級品——東山遍歴』新潮社、一九六五、二七一頁。

(16) 竹山道雄『京都の一級品——東山遍歴』新潮社、一九六五、二八三頁。ラフカディオ・ハーンも教理でなく神社建築から日本人の宗教感情に近づくべきことを『家庭の祭屋』やとくに『生神様』の第一章で説いている。

(17) 竹山道雄『京都の一級品——東山遍歴』新潮社、一九六五、二八四—二八五頁。

(18)『神魂神社』『竹山道雄著作集』8、二九八—三一〇頁。

第十八章　東大駒場学派の人びと

竹山道雄と私

ここでいかにもパーソナルな話題で恐縮だが、竹山道雄と私の関係にふれさせていただく。この章は私の没後に発表するよう取り計ろうかと考えたが、その時になって本書が増補再刊される保証もない。それに同窓会の写真を見ても私一人だけが髪が黒い。先が長いような気がする。それで自己顕示の非難も出るのではないかと懸念されるが、やはりこの章も今回世に出すこととした。一緒に述べておかなければ、旧制高校の教養主義的伝統を引き継ごうとした東大教養学部教養学科の発足当時のことなど世に知られずに終わるのではないかと危惧されるからである。

私は昭和二十年代の末から二十代の半ばを海外で過ごした。インド洋を三回船で横切った文字通り洋行世代の最後である。西欧留学は今とは逆でプロペラ機よりはまだしも安い船で行くのが普通であった。フランスはしたたかで給費生に復路の旅費は支払うが往路は自弁させる。安いといってもツーリスト・クラス二十五万円は当時の年配のサラリーマンの給料の半年分を越す金額である。フランス郵船が寄港したマニラなど湾内に日本の艦船が数十隻も沈没座礁した姿をとどめており、日本人は上陸できなかった。そんな敗戦後ということもあって、外国にいても肩身が狭く、私は日本国家には必ずしも誇りを持てなかった。しかしそれでいて日本の母校には誇りを持っていた。それは駒場の地で学んだ授業はその後他国で学んだ時に比べひけを取らぬと感じていたからである。官庁や会社で人に使われる人間でなく、自由に自分の頭で考える人間として一生を過ごしたい、——私にはそういう贅沢な思いが並はずれて強かった。それだから貧乏生活にも耐えアカデミック・ジョブを目指したのである。トロカデロの広場を横切った時、大学の同期で外務省にはいった友人と商事会社の友人がカフェ・テラスで春の光を浴びて煙草をくゆらしていた。その姿を見て見ぬふりをして貧乏書生はそのまま通り過ぎた。その日の私はフランス総同盟から頼まれて通訳のアルバイトに急いでいたのであった。

一九六四年、三十三歳の年になってようやく昇格する保証のない助手に採用された。私は精励恪勤したが、そこで大学の実体に接するに及んで、非常な違和感をおぼえた。ではなぜ以前はすばらしいと思ったのか。それは幻想でもなければ錯覚でもない。東大に入学した私は、一学期が終わると、内心の衝動を抑え難く、こんな大学生活では駄目だと感じ、期するところあって自分で時間割を組み、大教室の講義はすべて欠席して、原典講読の授業に片端からもぐって出席した。他クラスであろうとも名物教授という評判の授業に次々と教科書を買って出たのである。竹山のケラー『緑のハインリヒ』のクラスでは当てられてしまい「もぐりであります」と釈明したが「まあお読みなさい」と朗読を命じられてしまった。そんな私の名前は出席簿にないから先生の記憶に残るはずはないと思っていたが、竹山は私の顔を覚えていたらしい。私はフランスでもエクスプリカシオンと呼ばれる原典分析の授業にはきちんと出席した。ソルボンヌでニーチェの独文テクストのエクスプリカシオンをフランス語で聴いたとか、フィレンツェで独文伊訳の授業に出たとかいう日本人は珍しいだろう。私を駒場以来、比較研究に導いたのは、ヴァン・ティーゲムとかギュイヤールとかの比較文学の概説書ではない。そうではなくてパリのオービエ Aubier 書店の独仏対訳叢書とか英仏対訳叢書で訓練を重ねたからである。氷上英広先生が、大学四年生の私が手にしていたジュヌヴィエーヴ・ビアンキ Geneviève Bianquis 女史の『ツァラトストラ』独仏対訳叢書を目に留めて「来週まで貸していただけませんか」といわれた。そんな学生生活を送った自分だから、八十歳を過ぎた今も『源氏物語』の原文をウェイリーの英訳と対照しつつ読むという一石二鳥のクラスを続けているのだと感じている。複眼でヨーロッパの中の各国文化も見、世界の中の日本文化も見つづけているのである。しかしこれも島田謹二、竹山道雄以来の駒場学派の学び方でもあったのだ。そういえばリヒアルト・ヴィルヘルムのドイツ語訳で老子を読んだら中国古典がまるで別様に見えた、と竹山が講義の合間にふと洩らしたこともあった。

私は竹山のゲーテ『ミニョン』の授業の成績は「優」だったが、もう一つの講義は悲惨な結果となった。なにしろ生意気な学生で、原語で読む主義なものだから、先生から講義でルネサンスやブゥルクハルトについて聴かされても、教室で受身に聴かされた講義をそのままレポートにまとめて提出するつもりはない。実体が感じられないからだ。「泉の水を飲める者は桶の溜まり水は飲まない」などと嘯《うそぶ》いていた。テクストを読めば、たとい僅かでもあろうと本物にふれることができる。それで竹山の「近代思潮」のレポート二十枚を提出せよといわれても、間接知識を基に書く気はない。当時の私は島田謹二教授のブラウニング『男と女』の講釈をもぐって聴講し、フィレンツェに取材した The Statue and the Bust を読んでこれこそルネサンスの世界だと感じていた。それでそれを訳すことでレポートに替え竹山に提出した。英語の decently をフランス語では bourgeoisement とカザミヤンが対訳叢書で仏訳している。そんなことに感心したりしていた。しかし二百十三行の原詩では二十枚には長さが足りない。それで、二行ごとに一行あきの詩に訳した。他方、竹山も毎学期ごとに多数の学生の採点するのは面倒だと思っていたからだろう、二学期分まとめてのレポート提出であった。イギリス科の山縣知彦は後に堅実な銀行マンになったが私のレポートを見て「おい、君、そんなで大丈夫か」と心配そうに私に注意したが、「なに、答えの代わりに『嗚呼玉杯に花うけて』の寮歌を書いて出す答案よりはましだろう」と笑った。しかし四単位分「可」という優良可の三段階の最低の成績だったのには閉口した。十年後に依子と結婚してそのことを白状すると、竹山は「あっ」という顔をして、「生意気な真似をする学生がいる。落第点をつけてやろうかと思ったが、追試験も面倒だ。それで最低点の五十点にしてやった。あれが君でしたか」と笑った。(私は一二年生のころ大教室の講義については試験の日に初めて教授の顔を見たことが何度かあるが、答案の字がきれいだったせいか、ぶっつけ本番の受験のくせに「可」となったことは一度もなく教養学科進学にも差支えがなかった)。そのまた二十年後、一九八二年に私はヴァザーリの『ルネサンス画人伝』を訳してブラウニングの『男と女』からフラ・リッポ・リッピとアンドレーア・デル・サルトにまつわる二詩を訳して解説に入れた。すると竹山が解説を読んで「そんな詩を解説に入れてよいのですか」というから私は昔を思い出して「なに、大丈夫です」と笑った。

竹山は文科系の人間は三十代、四十代に一番優れた仕事をする、という説だった。また最初の仕事がその人のイメージを決定する、ともいった。私は一九七〇年夏、シエーナ大学の夏期講習に参加した際、フォルゴーレ・ダ・サン・

ジミニャーノの詩にまつわる随筆を『季刊藝術』に寄稿し、後に『中世の四季――ダンテとその周辺』（河出書房新社、一九八一）の冒頭に掲げた。実はこれは一九六三年、ペルージャの留学先の一室でトランクを机代わりにして原稿を書いて送ったものの、没になった。それを七年後すっかり書き改めた文章である。没の理由も聞かされたが、あのとき活字にならなくてよかった。果実を摘むにも時があるのと同様、文章にもそれを書くにふさわしい年齢がある、とあらためて感じた。

私はダンテ『神曲』の翻訳を出したと同じ一九六六年の十一月から『自由』に『和魂洋才の系譜』の中心部分である「西洋文明との出会いの心理」を四回連載したが、竹山の『リスボンの城と寺院』という随筆がたまたま同じ号に載った。竹山ははにかんだような表情で「私のは旅先の安宿の暗いランプの下で書いたのだから」といった。

私の書いたものに対して竹山が述べた最後のコメントは、『新潮』一九八四年二月号に『進歩がまだ希望であった頃――フランクリンと福澤諭吉』を掲載したときで、東海散士が「費府《ヒラデルヒヤ》ノ独立閣ニ登リ、仰デ自由ノ破鐘ヲ観《み》、俯《ふし》テ独立ノ遺文ヲ読ミ」、「自由ノ棲ム処是レ我郷、千古ノ格言俗塵ヲ払フ」の漢詩を詠んだことにふれて私が、政治が一般の希望でもあり憧憬でもあった当時の明治の青年にとっては「費府」という漢字は「巴里」という漢字が後代の青年子女にとってえもいわれぬ魅力を漂わせたことに似たなにかであった、と書いた。それに対して「そこまでいえますか」という疑義であった。

『ルネサンスの詩』

竹山の婿となった直接の事情はこうである。一九五四年に大学院を休学して渡欧したが、五九年に一旦帰国すると、すでに休学許容期間も過ぎていると難癖をつけられて、修士課程を一年余計に繰返す破目となった。時間の余裕のできた私は長い修士論文を書き、その一部を『ルネサンスの詩』と題して菊池榮一先生の推薦で内田老鶴圃から出版した。父平川善藏の霊に捧げ、巻頭に父から祐弘宛の最後の手紙の一節を掲げた。

イタリアに関する智識は父においては至極薄く、単に数回の短き滞在によるものと、また直感による、やせこけた貧乏な国で、わづかに音楽と大理石彫刻による美術がある位、また化学面ではファウザーの逸出せる位かに思はれ、さ程の魅力を感じなかったものでした。君の便りにより如何にも愉快に旅行して居る様子で父も愉快です。

この書物には竹山が述べたイタリアの青春「ギョヴィネッツァ」に言及した節があったので、拙著をお送りした。するとイタリア再留学が迫った翌一九六二年夏、思いもかけず縁談があり、仲に立った芳賀徹が「竹山先生が『ルネサンスの詩』の巻頭の手紙を読んで「平川君はいい家庭の人なのだなあ」といっていたよ」といった。ブリヂストン美術館で見合いした帰り道のことである。そう言われて、父の霊に護られているかのように私は有難く感じた。話は決った。

昨今と違って敗戦直後の学生には親に大学出は少なかった。父は京都の応用化学科一九一八（大正七）年卒だが、当時は京大全部で卒業生は三百五十人という時代である。親に洋行体験があるなどという人はさらに寥々たるものだった。しかし実際に竹山に向って硫酸アンモニア製造の権威とかいわれた父がドイツ体験の自慢話をしたりしたら、頓珍漢なことになったろう。父のドイツ滞在はよほど忙しく充実していたと見えて戦前なのにミュンヘンとミラーノ間をプロペラ機で往復している。父はノヴァーラへ空中窒素固定法の発見者イタリア人ファウザー博士に会いに行ったのだが、ファウザー夫人を留学時代の竹山は知っていたというのだから、世界は存外狭い。それだけでない、「独逸・新しき中世?」の第六章でふれた、竹山が最晩年まで親しく文通したユダヤ系ドイツ人で美術史家のアルベルト・タイレと、私がパリ時代の親友のゴドラの父親カール・ブッフホルツは親友であったという発見も驚きであった。(1)

平川善蔵

ドイツと関係した日本人という点で技術重役の父にも竹山と共通項はなくはなかった。

平川善蔵は一九三九年春、ドイツに到着するやいきなりドイツ語で電話を掛けて同行日本人を驚かせた。そこは北京へ到着するやタクシー運転手にむかって中国語で「今天星期幾《チンティエン・シンチー・チー》？」（今日は何曜日ですか）と声をかけて同行日本人を驚かせたりした私に似ているが、父は日本でも以前から西洋人技師と付き合いが非常に多く、ドイツ語会話も英語会話も存外達者だったのである。一九四二（昭和十七）年の夏休み避暑に赴いた箱根の芦ノ湖で遊覧船の中で父は知合いのドイツ人技師とばったり会い、湖尻から元箱根までずっと会話していた。別れ際の「ヴィーダーゼーエン」しか小学五年生にはわからなかったが、父がひどく偉い人に見えた。ただ父は忙しくて本を読まない。日本語でも漱石は理窟っぽくてきらいだという。書籍本位の書斎の学者で外国人ともつきあいのない親戚の英語教授をやりこめるのが好きであった。そんな父はまだ小学校低学年の私をつかまえて「工学部がいい。文学部はあかん」といった。やりこめられた英文学者の叔父は叔父で、各国のホテルのラベルがところ狭しと貼られている父の大きなトランクをさして従兄が「あれは何ですか」ときくと、「虚栄心のあらわれです」と答えた。その滑稽を子供心にもおぼえている。父が「文学部へ行くな」といったのは、工学部卒なら技術将校となるので兵卒としてとられることはない、という判断もあったのだろう。しかし父は英文学教授よりも外人馴れしていた。私が渡仏以前からつきあっていた在京のフランスのお嬢さんが、私の留守宅に遊びに来ると、父はすき焼きを馳走したばかりか、「銭湯《せんとう》には恥ずかしくて行けない」という彼女のために家で風呂にまで入れてやった。父がそんなサービスをした話を私は帰国後聞かされて、おそれいった。浴室つきのアパートが普及した今日、こんな話はなんのことかわからないかもしれない。父のドイツ滞在中の一九三九年はドイツ人女性は黄色人種と接してはいけないはずだったが、そんなナチスの建前は必ずしも守られていなかったのではあるまいか。なお父がつきあったドイツ人技師たちが洩らしたナチス党幹部に対する不満は「大学も出ていない無教養の男が威張りおって」という類の悪口だった由である。工場の見学は秘密主義のドイツの方が難しく米国の方がよほど自由だった、といった。九月に第二次世界大戦が勃発すると父はドイツからノルウェーへ避難し、ベルゲン経由で米国へ渡った。米国でも忙しく見てまわった。父が亡くなったのち写真帳を見たらロングビーチの油田を写した一枚の裏に「林ノ如クヤグラ立チ居リ壮観ヲ極ム。吾等石炭ヨリ液化セント努力スルモ此ヤグラ一基カ二基ノ能力ヨリナシ。此石油産出状況ヲ見テ米ト戦ハン等、疾《はや》ル人ノ夢タルノミ。在外武官ハ何ヲ視察シ調査、研究、報告シタルヤ。（十月十九日）」と書いてあった。日米開戦二年前のことである。

戦争末期、父のもとにドイツから潜水艦で運ばれてきたロケット兵器の設計図らしきものが届けられた。だが空襲が始まった日本にはそれを応用して開発する能力ももはや限られていたのであろう。敗戦後もしばらくの間、その設計図はわが家の天井裏に隠してあったが、いつか処分してしまった。それでも戦争中一度こんなことがあった。会社から帰ってきた父が神棚にお燈明をあげて手を合せたのである。なんでも飛騨の高山に軍需工場を作れといわれて、無理だと思い「軍部の奴らは無茶をいいおって」とつい言ってしまった。それを聞きつけた相手の軍人が激怒し刀の束《つか》に手をかけて「軍部の奴らとは何だ」と叫んだ。その時は「斬られる」と思ったそうである。しかし敗戦後、がらりと変った社会の論調に染まった十代半ばの私が他人事のように軍国日本の悪口を言ったとき「先輩が営々と苦心して築き上げた明治以来の日本をこんな風にしてしまったのは自分たちの世代の責任だ」と父がしんみりした調子で言った。その口調に青二才の私ははっとした。

父は工場長だった和歌山の工場が占領軍により賠償工場に指定され、日産系の会社も去らざるを得なくなり、帰京するとなんと西原のわが家は米軍に接収されることとなっていた。そのときは気丈の父も倒れて病に臥したが、それでも秋田の船川に嫁いでいた姉の良子を東京に呼んでお産をさせた。アメリカ軍は妊婦がいる間は接収を延期してくれると判断したからである。一九四八年春、兄の浩正が東大物理学科に、私が一高に入学するとたいそう喜んだ。そして「平川家のような戦災にもあわず恵まれた家庭の子どもは奨学金の申請はしないがよろしい」と申し渡した。だからといって小遣いを渡してくれたわけでもない。その父は高等教育を受けさせてもらったのは一家で自分だけだからといって郷里の平野の遺産は受取らなかった。母が心配して「いいのですか」というと「おまえに生活の面で苦労をかけたことがあるか」と一喝した。その母は父が世間的には不遇になった晩年のころが、家にいる時間もふえ「優しくて、わたしはしあわせだった」といった。――その父は私が依子と結婚する前に亡くなった。

パリでの師弟再会

――大学生のころの私は、世界の中の日本ということを考えて、西洋の既存の学問分類にも日本の既存の学問分類にも収まりきれない自分の内面から湧いてくる知的関心をどのような作品に表現すればよいかわからずにいた。当時のフランス流の西洋中心主義的な比較文学の枠内で専門化することをいさぎよしとせず、世界の中の日本近代を解明できるような学問に打ち込みたいと、later specialization もいいところだが、実に長い教養課程を送った。自分は自分の天与《てんよ》の全能力を生かしたい、特定の矮小《わいしょう》な専門に縛られたくないという気持が強くて、決定をいわば先延ばししていたのである。私の二十代の仏独英伊での勉強も、基礎的な実力を身につけることにあった。「人格のピラミッドを築け」と駒場時代にいわれたが、あの幾何学的立体には美的に違和感がある。私の気持としては角《かど》のない、なだらかな富士山の方が理想としては美しく思われた。そんな志向を抱いたのも教養学科へ進み、西洋語の習得は西洋の一国文学の研究者になるためではなくより大きな学者になるための手段であると達観していたからであろう。そんな私は学者としてのアイデンティティーを確立するのに手まどった。――だがそれも考えてみれば竹山に文芸復興期のウオーモ・ウニヴェルサーレのことなど聞かされて、二十世紀の中葉の「普遍的人間」とは何か、二本足の学者はいかなる仕事をすればよいか、と教養学科の第一回生としてロール・モデルのないままに考えていたからに相違ない。

そんな留学生の私は読書ばかりしていたかというとそうではない。私はフランス生活に馴れることを心掛けていた。「生活に溶け込む」s’adapter それが留学生活で一番大切なことである。戦争末期に中学生だが疎開して餓えに耐えた。一高の寮でもマルクスを奉ずる先輩たちの間で河合栄治郎を読んでいた。そんな体験が私を粘り強くしていたのかもしれない。貧乏学生だったけれども私には若さという特権があった。そのせいかどうか諸外国の友人に恵まれ、彼らから多くを学んだという気がする。私も臆することなく声をかけたが、先方も声をかけてきた。社交ダンスが華やかなりしころで、お嬢さんたちはダンス・パーティーで壁の花にはなりたくない。それだから、一緒に行かないかと日本青年にも声をかけてくれたのだろう。あのころのパリの外国人学生受入れ窓口にはキャバレーの無料招待券も用意されていた。ただその券を使うには条件があって、異性の同伴者とともにキャバレーが開く夜十時に出頭し、ほかのお客さんがはいりやすいように踊って雰囲気をつくることが要求されたのである。客引きのアルバイトのようなもので、ショーも真夜中近くのストリップ・ティーズを観るのも自由、シャンパン一杯は無料サービスであった。私はまた父が洋行時に持参したタキシードを着用してフォーマルな舞踏会に赴いて、誤って連れのロング・ドレスを踏んでしまったこともある。フォリー・ベルジェールへ行く途中、川口篤先生にばったりお会いして、Amusez-vous bien!「お楽しみ！」と声をかけられたこともある。そんな私が一度だけ約束した時間にフランスのお嬢さんをすっぽ抜かした。それはモンマルトルで川口先生にお会いした直後、当時はパリでただ一軒の日本料理屋であった牡丹屋へ竹山・川口両先生に招かれて高階と芳賀と私が御馳走になった時のことで、竹山先生がスイスで見知らぬスウェーデンの若い女性に音楽会に誘われた座談などに聞き惚れて、私は日本語を教えに行くのをすっかり忘れてしまったのであった。

芳賀徹と私がパリで先生に再会したことを報じたからだろう。竹山道雄『白磁の杯』を芳賀の心のフィアンセの稲垣知子さんがパリの私宛に贈ってくれたことがある。Cher Sukehiro / Tomoko と署名してあった。知子さんは私たちの青春の仲間でいちばん姉さん格で、芳賀徹は帰国すると知子さんと結婚した。私はパリから遠くへ通訳に出掛ける夜行列車の車中で『白磁の杯』を読んだ。宋代の物語となっているけれども、この人間論やイデオロギー論が多い小説は昭和の動乱や大学紛争を観察した人の寓話なのだ、とこそばゆい感じがしたことを覚えている。

『ル・モンド』紙の受賞記事

竹山道雄は日本人のドイツ研究者としてもきわめて優れた人である。地域研究者としてもその時代の日本でもっとも実質に富む仕事をしたゲルマニストである。それはゲーテ、ニーチェ、マンなどを訳したからだけではない。それは余人にもできる。竹山が日本の西洋研究者としてなしとげた最大の功績は、ナチスの正体を説き明かし、共産党支配の東独の実状を伝え、さらにはアンチセミティズムの由来などの大問題に迫ったからである。ドイツ国文学の枠内でゲルマニスティークの学者として論文を書く、という自己限定を、よかれ悪しかれ、竹山は昭和初年の留学の時にしなかったが、戦後はより本質的な問題に直行し『文藝春秋』や『新潮』などに発表した。——そんな竹山だから私たち留学生のパリでの暮しぶりを見て「論文も書かずに」などとはいわず、私たちが外国人の仲間と楽しく暮らしているのを結構だと思っていたのであろう。留学生は教室と図書館に閉じこもって論文制作に終始して視野《しや》狭窄《きょうさく》に陥ってはならない、自分の目で見て、感じて、考えよ、というのが竹山のスタンスだった。そんな竹山はカルチエ・ラタンの街角でアメリカ人の女子学生と談笑しながら信号待ちをしていた芳賀徹を見つけて、その肩をポンと叩いた。竹山は自分も昔ベルリンでドイツの女子学生と親しく語りあった日々を思い返していたのだろう。

しかし千九百五十年代当時の日本は貧しかった。西洋と日本との経済格差からして——敗戦後十数年は外人教師と日本人教師の給料の間には明治時代よりも大きな差があったのだということを想起してもらいたい。私が一九五三年に大学院生として非常勤で一時間フランス語を高校生に教えて百二十円、それに対して東京日仏学院で現地採用のフランス人は千二百円、これが学位や教授資格があり常勤のフランス人であればさらに桁違いの高給であった

――、帰国して貧乏覚悟でアカデミック・ジョブを選ぶつもりの自分には国際結婚することなど絶対あり得ないと頭から決めていた。日本が経済大国になろうなどとはゆめにも予想していなかった。しかも私は家計は夫が収入を稼ぐものと信じて疑わなかった。まだそんな時代だったのである。それなのに「祐弘は青い眼の娘を連れて帰ってくるかもしれん。スペイン旅行の写真にもギリシャ旅行の写真にも同じ人が写っている」と父がいわくありげにいって母をあわてさせたことがあった。そんなことはつゆ知らずそのアニーは私が「国際結婚」の話をすると「人種間結婚はねえ」と笑ったことがあった。日本語でこの二語はひどく異質に響くがフランス語で **mariage international** を **mariage interracial** といい直されたときはなるほどと聞こえた。その後アニーはドイツ人と国際結婚して四十四年連れ添い、夫君を亡くすと、七十歳を過ぎてから東京に遊びに来た。周囲は「ヒラの家に泊ってヒラとは大丈夫だろうけれどヒラには奥さんがいるのだぞ」と引き留めた由だが、「大丈夫、ヒラが選んだ奥さんなら感じがいいにきまっている」とアニーはいって出てきた。事実、初めて会った依子ともうまがあって平川家に一月以上泊っていった。

なぜ彼女の話をするかというと、アニーは『ビルマの竪琴』の仏訳を読んで音楽による和解はテーマとしては美しいが交戦中にはあり得ないといった。戦時中には集団の敵意が個人の善意を殺す。アニーの郷里では戦争中ドイツ軍将校と親しくなったために、清らかな交際であったにもかかわらず、解放《リベラシオン》の後、町の若者たちに吊し上げられ髪を剃られてしまったフランス娘がいた。遠縁にあたる。そんなリンチまがいの事件もあったが、独文科を卒業したアニーは北ドイツのリューベックの高校でフランス語を教えるうちに、同僚のドイツ人高校教師と恋仲になり結婚することとなった。戦後すでに十数年が経っていたから、フランスと西ドイツとの和解は進んでいたのである。(2)しかし両親は日陰者の人生を送ることを余儀なくされた遠縁の娘の悲劇をアニー以上に知っている。旧敵国人と一人娘のアニーが結婚することにあくまで反対で結婚式に出ないという。ヴォルフガングは（というのはアニーの相手だが）新婦を気遣って新郎側の両親に出席を控えるよう説得した。するとぎりぎりになってアニーの両親が折

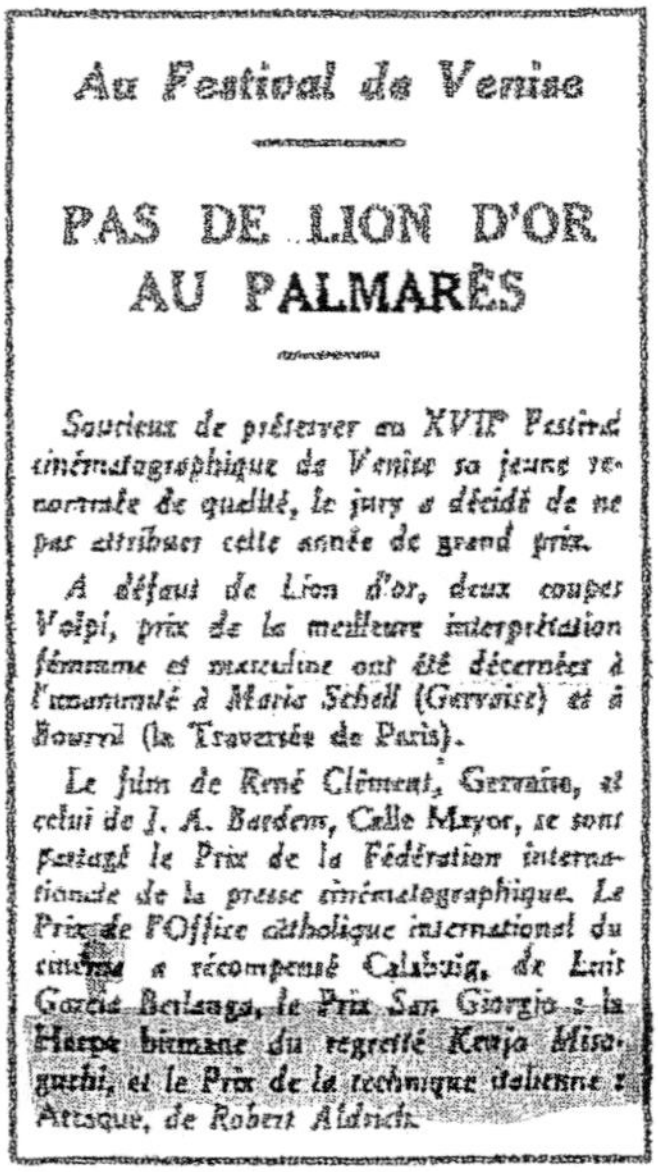

Au Festival de Venise

PAS DE LION D'OR AU PALMARÈS

Soucieux de préserver au XVIIe Festival cinématographique de Venise sa jeune renommée de qualité, le jury a décidé de ne pas attribuer cette année de grand prix.

A défaut de Lion d'or, deux coupes Volpi, prix de la meilleure interprétation féminine et masculine ont été décernées à l'unanimité à Maria Schell (Gervaise) et à Bourvil (la Traversée de Paris).

Le film de René Clément, Gervaise, et celui de J. A. Bardem, Calle Mayor, se sont partagé le Prix de la Fédération internationale de la presse cinématographique. Le Prix de l'Office catholique international du cinéma a récompensé Calabuig, de Luis Garcia Berlanga, le Prix San Giorgio : la Harpe birmane du regretté Kenjo Misoguchi, et le Prix de la technique italienne : Attaque, de Robert Aldrich.

『ル・モンド』紙1956年9月11日演芸欄が小さく報じた日本映画『ビルマの竪琴』のヴェネツィア映画祭におけるサン・ジョルジョ賞受賞記事。『ビルマの竪琴』の監督が市川崑ではなく間違って故溝口健二と報じられている。今回この記事は『産経新聞』山口昌子特派員がビブリオテーク・ナショナルで見つけてくださった。

れてリューベックでの娘の結婚式に出るといいだす。今度はヴォルフガングが頼んでも新郎側の両親がお冠である。――そんな昔を思い出していまは笑うアニーだったが、留学生だった私にすすめた本はヴェルコール『海の沈黙』で、これは独軍占領下のフランスで敵軍将校と心を通わせるフランス女性を扱っている。ただし「抵抗の文学」などと安直に礼讃する気はアニーにはない。「レジスタンスには迷惑した」というのがかなり多くのフランス人の本音であるらしかった。髪を剃られた親戚の娘の件は一族の汚点だが、日本に来て気も弛んで秘密も打明けたのだろう。戦後も復員したドイツ人将校からその娘あてに何通も手紙が来たが親がとりあげてしまい本人に渡さなかった、などと打明けた。もう六十年以上も経ったのにそんな不幸な女性の身の上を語りながらアニーは声をひそめた[3]。独仏が和解したとはいえ、夫は戦争中Uボートに勤務した人である。死に臨んでかつてのドイツ海軍の戦死した戦友たちが眠る海に遺体を水葬に付することを望み、アニーはその遺志を尊んで北海でその儀式に立会った。同じく独仏の男女の間柄といいながら、十年の差で親戚の女性とアニーとでは運命はかくも違ったのである。

パリ留学最初の四年間は私は学生寮メゾン・デュ・ジャポンで暮らして『ル・モンド』紙をサロンで丹念に読んでいた。すると一九五六年九月十一日に『ビルマの竪琴』にヴェネツィアの映画祭でサン・ジョルジョ賞を授けられたと小さな記事が出た。その数日後、竹山がたまたまメゾンに現れた。受賞のことをまだ御存知ない。それで、守衛の机の大きな抽斗に溜めてあった『ル・モンド』紙からその記事を探し出して渡した。私はそんな点では気の利いた学生だったのかもしれない。その後でエトワールの近くの映画館へ友達を誘って『ビルマの竪琴』を見に行った。そのときこんなことも頭の隅で思った。わずか数年の差で先輩たちは異郷に屍をさらした。それなのに自分は異国でいま青春を満喫している。同窓会名簿を見ると数年上の大正末年生まれの学年にかぎって生存者がくびれたように少なくなっている。わずか五、六年の差で人間の運命はかくも違ったのである。

The Happy Few

ここで一高が廃校となった後、私が同じ駒場の地で学んだ東大教養学部の後期課程である教養学科と旧制一高のつながりについてふれたい。教養学部という名称は旧制高等学校の教養主義とは切っても切れない観念である。敗戦時の東大法学部長で後に総長となった南原繁は占領軍に反対することは得策でないと判断し、旧制高校を潰す方向で教育改革に賛成した。そのような南原であったものだから安倍能成、天野貞祐ら歴代の一高校長とは犬猿の仲となった。そのことは第十四章の「一高教授」の節にも記した。竹山は文筆で生活できるという見通しが立ったからでもあろうが、考えるところがあり一高が廃校になる昭和二十五年三月を期に教職を退く覚悟をした。その間の事情は第十二章の「退職」の節にも記した。教授には教育、学内行政、執筆の三分野での仕事がある。竹山は自分はより執筆に専念すべき人間であって、一高が新制東大に移行する際に学内行政の責任者として時間を取られたくない、と思ったに相違ない。しかし天下の英才を教えることは好きだった。

一高の廃校を惜しみ、その良い面を引き継ごうと意図して創られた大学三四年生のための駒場の教養学科は表立って口にこそ出さねアンチ本郷で出来た学科で、大衆化する高等教育の中にあってエリート主義の伝統を維持しようとした試みである。少人数の選ばれた学生に外国語を中心にインテンシヴな教育を施す、というのであった。旧制高校には英語中心の文甲、ドイツ語中心の文乙、フランス語中心の文丙があったが、それを地域研究と読み替えてアメリカ分科、イギリス分科、ドイツ分科、フランス分科、それに国際関係論、科学史科学哲学を加えて六分科とし、学生定員は六十名、どの分科を選ぶかについては志望者の希望を優先するから分科の学生数は分科の人気によって変動した。教養学科創設の中心人物の前田陽一が学生たちに向い「キリストと十二人の弟子の数の比率には意味があるのだな」といったのは、各分科の学生数があまりに多くてもいけないが少なすぎても学生が萎縮して教育効果が上らなかったからであろう。東大で進学振分け時に優秀な学生が教養学科に集まった。ここを措いて他にすぐれた外人教師から直接外国語を学ぶ機会の少なかった当時の日本だから駒場の東大教養学科はたいへんな人気で、そのために割を食ったのは文学部である。二年前期までの平均点の高い学生は本郷文学部よりも駒場の教養学科へ進むことを望んだからだ。東大駒場キャンパスは当初は日本人教師をローテーションで教えさせる平等主義はとらず、同じ学部内でも優秀な少数の教師を選んで後期課程や大学院を担当させた。それが良かったのである。選ばれた学生と選ばれた教師の取合せであってこそエリート教育は可能なのだ。

竹山は非常勤講師としてその新設の駒場の後期課程の授業を二コマ引受けた。一高で若者と二十年親しく接したせいか、学生たちの特徴や校風をすぐに見抜いた。一高でも東大でも学生の二大別は東京出身と地方出身である。一高は全寮制でそれが混じりあったところがよかった。府立一中（日比谷高校）の出身者はとかく他人を凌ごうとするから官僚向きだ、といった。教養学科の初期の学生についてはドイツ分科よりフランス分科の方が出来がよいようだ、と洩らしたこともある。ドイツ分科出身では国際関係論の大学院へ進み、西ドイツの東方政策の研究を行なった佐瀬昌盛を認めていた。佐瀬は昭和三十一年、フランツ・シュナーベル『十九世紀ドイツ史』を習った。私は昭和三十九年に駒場に助手として着任し、最年長の助手として五年余つとめたが、その間に知りあった助手仲間で「この人が駒場に残れないのはおかしい」と思ったのは一人は文化人類学の川田順造で、いま一人は佐瀬である。佐瀬は共産圏に批判的な、いってみれば竹山と同じようなスタンスの学者であったから、それで左翼シンパの多いドイツ語教室できらわれたのであった。防衛大学校教授となるや東大では非常勤講師として教えることすらできなくなった。そのことは「立原道造と若い世代」の第五章の註にも記した。

東大駒場学派の人びと

あのころの東大には軍事アレルギーがあった。大江健三郎が女子学生に向って「自衛官のところへ嫁に行くな」と説いて人気を博した頃である。滑稽だったのは、昭和三十五年、安保騒動の際、学生に対して国会へデモに行くよう激励した東大教授連のその後である。昭和四十三年、医学部問題に端を発し、東大紛争が勃発した。全共闘の学生は今度は鉾先を東大当局そのものに向け、過激派学生は法学部政治学研究室をも荒らすにいたった。一九六〇年、清水幾太郎以下の左翼知識人は「今こそ国会へ」と学生を煽動したが、一九六八年にはほかならぬその学生たちによって今度は大学が包囲され占拠されてしまったのである。安保闘争も、大学闘争も、全面講和論に始まる一連の擬似平和主義の運動の延長線上に起きた事件であり、活動家学生の実質が「憑かれた人々」であることにおいては一九五〇年の大学の「門を入らない人々」も、一九六〇年の国会の「門を破る人々」も、一九六八年の大学の「門を封鎖する人々」も変わりはない。彼らのメンタルな内容に大差はない。ところがそんな同類の学生に研究室を荒らされるに及んで丸山眞男はにわかに活動家学生をファシスト呼ばわりした。戦後の東大で外国体験の一番深い人々がリードした駒場の比較文学比較文化の関係者の目にはそんな本郷の一部容共知識人の困惑ぶりは自業自得としか思えなかった。他方、東大紛争で男をあげたのは学生たちに軟禁されて百七十三時間、一歩も譲らなかった林健太郎文学部長である。その翌々年林は予想を裏切って東大総長に選出された。大新聞は小さな扱いしかしなかったが、戦後日本の思想史上の転換点はあの林総長の選出にあったと思う。それ以後思想的に左翼は沈滞した。そして世代的に帝大世代が後退するに従い、会議好きな戦後民主主義世代の利口者が大学運営に次第に発言権を持つようになった。(4)

他のキャンパスと違って東大駒場は毎月一回、『教養学部報』を発行している。これは学部の方針を学生向けに伝えるのも狙いのうちだから、一部の学生やそれに追随する教師から「一方的に学部側の方針を押し付けるもの」と文句が出たこともある。それに気おされたからだろうか、学部当局は東大紛争が泥沼化し一般学生たちが一番情報に餓えた時期に、号外は別として、発行は停止してしまった。そして一年後、授業再開の時に『教養学部報』もまた発行され、その復刊第一号に私は「反大勢の読書」という一文を書いた。東大教養学部が大世帯だったにもかかわらず内部で学際的な交流があり、一体感が保たれたについてはこの『教養学部報』も与って力があった。それに紛争の最中や直後は、学部長室での待機とか、宿直とか、頻繁な会議のせいで、他学科の教師と顔見知りになる機会もふえたのである。社会科学科では紛争中から教師集団がまとまって大学改革の提案などを検討していたが、その延長線上であろう、内田忠夫・衞藤瀋吉教授が座長となって現代研究会を組織し月例研究会を開いた。そこに比較文学比較文化の若手も参加した。毎回、発表者の主著があらかじめ参加者全員に配布される。すると相手の学問もおのずとわかるから親しみもましたのである。

敗戦後の日本の歴史学会を支配した唯物史観的な風潮に対しては異議申立てが方々から出てきた。東大紛争の前から文藝春秋社は「大世界史」全二十六巻を企画し、駒場の衞藤瀋吉が『眠れる獅子』、芳賀徹が『明治百年の序幕』、鳥海靖が『祖父と父の日本』を執筆していたが、紛争後に企画された講談社の「人類文化史」全七巻には駒場の人文地理学の西川治、文化人類学の寺田和夫、科学史の伊東俊太郎、西洋史の木村尚三郎、そして比較文化史の私も招かれた。これは駒場の助教授クラスの揃い踏みのような恰好で、学際的な企画が新しいパースペクティヴを開いた好例である。そんな面々が論壇の前面に出てきたので、竹山は「東大駒場学派」というのがあるのかな、などといった。私はそのころ駒場の英語教室に属しながらスペイン語も教え中南米についての知見を述べる増田昭三助教授の『純粋文化の条件――日本文化は衝撃にどうたえたか』（講談社新書）を面白く読んだ。これは日本人が世界史と衝突したときどう反応したかを説いていたからである。駒場に新設された文化人類学分科の石田英一郎と竹山とは府立四中以来の友人で、たがいに尊敬していたが、そうした関係は別にしても、竹山は人類学とか宗教学に深い関心があり、内外の人の著作も実によく読んでいた。生涯を通じての読書は竹山の方が私たちの世代というか私などよりはるかに量も多く読みも深いと思う。ちなみに私が「尊王攘夷と開国和親」の章で津下四郎左衛門を取り上げたのも、鷗外の『津下四郎左衛門』には明治維新の舞台裏についての観察が面白いと竹山が教えてくれたからである。竹山は題名も主人公の名前も失念していたが、それが津下四郎左衛門であることは聞いてすぐわかった。

竹山護夫

依子の弟、すなわち私の義弟の竹山護夫は昭和十八年の早生まれ、京大の史学科を出て東大の日本史大学院に進んだ。そのころ鎌倉で竹山父子、それに私も加わると、食事のあとで歴史論や時事論に花が咲いた。道雄と護夫が応酬する様は本書第一章の冒頭に依子が身内の思い出を述べている。護夫は後に私が *Cambridge History of Japan* の **Japan's turn to the West** の章を書くときも惜しみなく助けてくれたが、父のあとを追うように一九八七年十一月三十日、山梨大学に勤務中、四十四歳の若さで妻の暁子さんと桜子、桃子、花子、桜桃子、太郎の五人の子供を遺して亡くなった。父の道雄は『昭和の精神史』を書いたが、息子の護夫は父が関心を抱いていた「昭和陸軍の将校運動と政治抗争」、「北一輝」、「戦時内閣と軍部」、など昭和の歴史を綿密に実証的に調べて書いた。父と張りあっていたが、父の生き方や『昭和の精神史』の観察を肯《うべな》い、補完する仕事をしたといえよう。名著刊行会の菊池克美が護夫の仕事の価値を認めて、『竹山護夫著作集』全五巻と補巻一巻を出した。私も **Japan's turn to the West** の日本語版の題を『古代中国から近代西洋へ——明治日本における文明モデルの変換』とし、それを平川祐弘・竹山護夫共著としてその補巻に加えたのは、その書の五分の一は護夫が手伝ってくれたからである。『竹山護夫著作集』は二〇〇九年に完結した。史学者としての護夫は伊藤隆、秦郁彦、鳥海靖など実証や資料を重んずる学者の立場に近いが、歴史学に心理学的洞察を持ち込もうとした点は父道雄に似ている。

私は『古代中国から近代西洋へ』の最終節「『五箇条の御誓文』から『教育勅語』へ」で、明治元年から明治二

竹山護夫一家と平川家の娘、信濃境の駅前で、昭和六十年夏

十三年にいたる国是の重点の推移を論じた。明治前半の変化を「開国から愛国へ」という動きとして捉えたのである。一八六八年の『五箇条の御誓文』と一八九〇年の『教育勅語』の最大の相違点は何か。それは外国に対する態度の変化にある。新しい国際主義を宣言した『五箇条の御誓文』の第四条と第五条には「旧来ノ陋習ヲ破リ、天地ノ公道ニ基クベシ」「智識ヲ世界ニ求メ、大ニ皇基ヲ振起スベシ」とあった。これは、倒幕に成功した尊皇派の政権が、統一国家としての新日本の広く世界に向って開かれた文化的、政治的、政策方針を宣言したものである。明治政府は「天地ノ公道」という言い方をすることで、国際社会のルールに日本も従うという努力目標を掲げた。その際の国際社会とは西洋主導の世界であり、それに順応しようということは、それ以前の鎖国主義や攘夷主義の否定であり、さらには徳川時代の日本が暗黙裡に従ってきた中国中心の華夷秩序からの脱却も意味していた。言い換えると中国本位から西洋本位のルールに従う、日本もそんな地球社会の一員へ移行する、それがJapan's turn to the Westである。その方向転換を、ある人々は「脱亜入欧」と非難した。福澤諭吉は「脱亜入欧」の張本人として非難された。しかし日本が旧態然たるアジアの旧秩序の中にとどまっていればよかったと思う人は少ないだろう。やはり日本は開国して西洋と和親し、アジアで独立を保つ唯一の国として近代国家をつくった。それが世界史の中の明治日本であった。「脱亜入欧」を非難する人も

その間に日本人の第一外国語が漢文から英語へ代ったという「脱漢入英」の事実は認めるに違いない。

十九世紀の末年は西洋列強による中国の瓜分《かぶん》が進んだ帝国主義の時代であった。『教育勅語』に「一旦緩急アレバ義勇公ニ奉ジ」の句が挿入され、それが日本人の心魂《しんこん》に訴えたのはそんな時代だったからである。その愛国主義は大切である。ただしだからといって国際関係を軍事的対決という面でしか捉えないような偏狭な愛国心であってはならない。私は『五箇条の御誓文』の国際主義を是とする。これは日本のマグナ・カルタである。私は傘寿を迎えた今も「知識ヲ世界ニ求メ」日本を振い起こしたいものと願っている老措大《ろうそだい》の一人だ。

竹山護夫の協力を得て私が一九八〇年パリで書いた『古代中国から近代西洋へ——明治日本における文明モデルの変換』はジャンセン編 *Cambridge History of Japan* 第五巻「十九世紀」の一章で、竹山道雄存命中に書き上げたのだが、見せることはできなかった。全六巻の『ケンブリッジ日本史』の英文出版は手間取って、父の道雄も息子の護夫もそれが世に出る前に亡くなってしまったからである。西洋は契約社会とかいうが、それも一種の神話で、西洋人執筆者は皆が皆私ほどきちんと時間を守る人ではなかったからである。

西洋化と近代化

ここで千九百六十年代に起こった歴史観の変化にふれる。これはまた竹山父子と私とが材木座の縁側でよく議論した話題でもあった。

敗戦後二十年ほどの間は「日本は前近代的」としきりといわれた。知識人も学生もこの遅れている日本は近代化せねばならぬと痛感していた。発展段階説のどのあたりに日本はいま位置するかが真顔で論ぜられた。そして矢内原忠雄のような無教会キリスト教信者や大塚久雄のような経済史学者はもとより、小泉信三のような自由主義者も、近代化とは西洋化であると考えていた。しかも西洋側にもそれを当然視する考え方は著しく強かったのである。十九世紀以来、西洋には自分たちの世界大の発展を肯定し、植民地化・キリスト教化・文明開化を等式で結びつける発想が強かった。信仰のない人でもキリスト教的西洋文明の優越を信じて疑わない。その派の人々は、西洋人宣教師にかぎらず日本知識人であろうとも、「和魂洋才」のような折衷主義的な近代化路線は取るべきでなく日本人も「洋魂洋才」であらねばならぬとした。しかしそんな一部インテリが主張するキリスト教文明至上主義に日本人はついていかない。ついていけるはずもない。それはないものねだりにも似た主張としか私には思えなかった。戦後は日本人の自己卑下が昂じた。だがだからといって、日本の植民地支配は悪であるが西洋の植民地支配は善であるとするような一面的な見方に与《くみ》することはできない。「白人の重荷」という発想を肯定するわけにはいかない。そんな問題意識もあって「西洋と非西洋」の関係を千九百七十年代前半に私たち若手はしばしば話題としたのである。

　一九七六年後期の東大教養学部の一・二年生向けの綜合コースはその問題意識のヴァリエーションで「近代以前の西洋と東洋」がテーマであった。この大きな題は私が提案し、事務も採点も引受けた。比較研究者の私は自分が教育分類上属するフランス語教室以外の他の外国語教室も、他学科の教授も、学問研究の性質上、顔見知りが多い。教授会は私にとってその連絡場所でもあった。外国語、人文、社会、科学史の十数名の教授がこのチームに参加した。大学紛争の余燼《よじん》がくすぶっていたから当時は教師側に緊張があって、その種の努力を惜しまない有志がいたのである。学部長室のサポートもあり綜合コースへは非常勤講師一人を招くこともできた。第一回の開催日は担当教師の顔見世である。全員が大教室の教壇に勢ぞろいして、自己紹介をかねて「近代以前の西洋と東洋」の総題目の中で各自が自分の演習で行なう内容を説明する。受講生はそこで目星をつけた教師の演習を選ぶ。東京工大助教授に就任直後の江藤淳を一度非常勤講師に招いた。私が「エガシラアツオ」とわざと本名で紹介すると大教室がどっとどよめいた。すると氏は「エトウジュン」は文士で渡世するための世をしのぶ仮の名で、と聴衆を笑わせながら巧みな語り口で話し始めた。このチームの教師は一学期に一人一回ずつ大教室で参加全学生に向けて順番に講義する。その講義と演習の双方を履修すると四単位になる。学期末の講義試験問題は「西洋化と近代化とが必ずしも同じでない事が自覚されるにつれ西洋文化の翻訳輸入に専心していた一部の日本人学者の存在価値は薄れ出したといわれる。君たちがこれからの世界を生きてゆく上で、近代以前の伝統はどの様な意味をもつと思うか。君自身の問題として、具体例に即して論ぜよ」という問題を出した。

学問的社交

あのころは学問的社交があって『教養学部報』も面白かった。私は独文学、英文学、ロシア文学、漢文学、国文学など人文系はもとより国際関係論の教授の還暦記念論文集にも進んで寄稿した。東大以外も、外国教授の論文集にも、日本語でも英語でも、寄稿した。ある美術史教授の還暦記念論文集にも執筆したが、論文が集まらず、十年先延ばしするといわれ、待ちきれずに活字にしたこともある。それは鷗外の『花子』を論じたものだったが、その時の共同作業がきっかけでオリガスも鷗外研究にのめりこんだと彼の『物と眼』に出ている。教育組織としてはフランス語教室に属していた私だがよその領分にも次々と学際的にはいりこんだ。愉快な時代であった。芳賀徹や私が日本史の分野で平気で仕事をしたのは国史科の卒業生といえども自分の専門特化した領域以外についての知識は私たちと大差ない。そのことがサンソムを共訳するうちにわかっていたからである。

芳賀徹は平賀源内や高橋由一や久米邦武の『米欧回覧実記』などを綜合コースの演習で取り上げて評判だった。芳賀は後に『絵画の領分』を朝日新聞社から刊行したが、その第一章で扱った高橋由一について、この明治写実主義画家の存在とその重要性を示唆してくれたのは実は「旧制高校以来の恩師竹山道雄先生であった」と「あとがき」に書いている。

あれは昭和三十六年の夏、鎌倉瑞泉寺で、先生を囲む小研究会を催していたときだったろう。本間長世や高階秀爾もいた席で、私が「プロシャにおける岩倉使節団」について報告したのであったと思う。すると竹山先生は、そのあとの閑談のなかで、金刀比羅宮で見て来られて間もなかったらしい高橋由一について、「あれは面白いものですな」といったことをなにか二言三言いわれたのである（念のため、いま古い手帖を探しだしてきて調べてみると、はたしてそれは同年八月二十六日の土曜日。その日、平川祐弘と私は信州蓼科の旅先から鎌倉の寺に半時間遅れで駆けつけたのであった。「瑞泉寺ノ夕景絶佳。満月雲ナキ空ニ昇ル。料理ヨシ。……竹山氏、高橋由一論他、明治問題ニツキ教示多シ」）。

高橋由一のことは竹山の紀行『四国にて』に出てくる。

その一九七七年の後私は外国に出かけ、綜合コースに関係していない。するとやがて立ち消えになった。一つには積極的に綜合コースの音頭をとる教師が出なかったためだが、二つには一学期で講義は二単位、演習は一単位のはずが綜合コースの場合、講義と演習で四単位になるのはおかしい、綜合コースに多数学生が集まるのは平均点を上げて進学振分けの際有利にするためでないか、と苦情をいう教師が出たためである。授業改革の成功例といわれた綜合コースもこうして廃止されてしまった。――なお私は受身で聴く講義が二単位で積極的に訓練に参加する演習が一単位というのはおかしい、逆にすべきではないかと感じている。

西義之氏など

ここで、竹山道雄の周辺にいた、当時はまだ若かった人々にもふれる。

一九七七年から米国へ長期滞在した時も、八〇年パリで教えた時も、八一年からカナダで暮らした時も、平川家は学問的社交につとめた。三人の娘たちが大きくなり、依子が料理でもてなすゆとりができたからである。帰国後も西原の拙宅へ内外の学生や客人をつとめて招いた。竹山も顔見知りの衞藤瀋吉氏と同席した一夜は、戦時下の一高を語って懐かしげであった。北京から来た厳安生氏や台北から来た林連祥氏もその会話にまじって活潑に発言した。それで往時を思い出したのだろう、竹山は『旧制一高の外国人学生たち』という一文を書いた。寮生活にふれ

「赤貧洗うがごときなかに、ある緊張があり、また人間関係はまことに闊達だった」。戦後十三年経って台北を訪れたとき、大陸から台湾へ逃れた戦前の元留学生と満州服をまとった満州人の奥さんが貧しい家に旧師を招いて、乏しいながらに心をこめたご馳走をしてくれた由である。

拙宅に来た人々はおおむね和気藹々の紳士や夫人だが、なにせ論壇の雄たちである。江藤淳は物まねが上手で大平首相の訥弁《とつべん》を演じて相客の頤《おとがい》を解いたが、しかし誌上では粕谷一希をユダ呼ばわりするなど気性が激しかった。竹山はそれを読んで「ユダ呼ばわりはよくない」といった。そんなことを言ってしまえば勇み足で江藤の負けである。

西尾幹二は、こちらがこういえばああいう式の男で、悪気はないが本人大真面目で極端な論をいう。つい先年までは比較研究は双方の相違点を強調しすぎていけないと難じたが、近年は日本の特質と外国との相違を認めないのは間違いだと主張する。拙宅で食事が始まり西尾が竹山に向い口角泡を飛ばす。この西尾の主観性の強烈な論は思想遊戯のようなものと思って私が聞き流していると、相客の西義之氏が「失礼」とそっと座を立った。竹山も当の西尾もその理由に気づかなかったが、玄関まで送って行くと、西さんは西尾とは同席したくないのであった。私は西尾幹二は彼が本郷の独文科の大学院生のころから知っている。彼らの同人誌『*Neue Stimme*』も読んだし、ヴーテノー講師のホーフマンスタールの授業や試験も一緒に受けた間柄だ。西尾が何を言おうが気にしない。年長者の西氏がむしろ大人気《おとなげ》ないと思った。

だがそんな西さんの一本気も好きだった。以前『産経新聞』の正論欄に氏が寄せた文章は、平成二十年代の今もときおり同紙に再掲されるが、孤立をおそれず言うべきことを言い、いま読んでも鮮やかである。その西さんより九歳年下の私は、共通のドイツ人の友人がいたこともあり東大教養学部ではよく口をきく間柄だったが、一度こんなこともあった。学部長室は警官隊を導入して建物を占拠している学生を排除することに決めた。導入せざるを得ない事情を前もって教授会で説明し了承を得ねばならない。だがそんな議題が予定されるや教授会は活動家学生によって妨害されて開けなくなる。それで虚をつくため午前七時半に開催すると電話網で連絡があった。しかし教授

竹山夫妻、材木座の家の庭で娘の依子と平川家の孫たちと

会構成員にはそれを活動学生側に通報する「良心的な」教授もいる。警察導入絶対反対の少数派の誰かであろう。早朝、私が教授会に急ぐと駒場東大前駅西口の坂は学生がはやばやと封鎖している。やむを得ず、（第十二章で名前の由来を説明した）矢内原門へ廻ろうとすると、ヘルメットをかぶった学生がばらばらと飛び出してきて私は井の頭線のガード下で捕まり、彼らが組んだスクラムの隊列の中へ引きずり込まれた。一緒だった西さんは難を逃れ、別の門から構内に入り、教授会に「平川が捕虜になった」と報告したが、「平川ならほっといても大丈夫だ」と誰も助けに来ない。私はピケット・ラインの中に小一時間ほど拘束されたのち釈放された。まわり道をして教授会室に着いたときは胃が苦《にが》くなっていた。

ベルリンの壁が築かれた一九六一年に西さんはベルリンにいた。東ドイツからの難民、ナチズムやコミュニズムのこと、またユダヤ人問題などでは竹山と一番近い見方をしたのは西さんだろう。戦前の日本軍部の非を認める点でも竹山と同じである。世間がもてはやす新渡戸稲造の『武士道』についても外国にさらされた日本人の過度の強がりを指摘する。そんな西さんは平川家に神棚があるとなにか異常なことのように驚く人でもあった。東大定年退職後、子供のいない西夫妻は愛犬を連れてドイツにしばらく住みついて実地観察を続けた。一九八九年、ベルリンの壁が崩壊した時「この様を竹山先生に見せたかった」と葉書をよこした。竹山没後五年のことであった。

その西義之氏は駒場キャンパスで一時は親しかった年下の小堀桂一郎にたいしても、西尾にたいすると同様、手きびしかった。小堀が「女子供を家に残して西洋へ行けますか」などと釈明しても信用せず「なぜ小堀は行かないのだ。最初のドイツ留学の時よほど不愉快な目にあったのか」といった。竹山道雄は「見て・感じて・考える」の順を実践した人である。それだけに外国へも出て行こうとしない一国者《いっこくもの》の小堀が竹山の思想的系譜を継ぐと称することに違和感を覚えたのであろう。実は私も小堀の釈明を信用しなかった。

グロバリゼーションとクレオリゼーション

第一高等学校の徽章は柏《かしわ》である。一九四八年一高入学生はその一年限りで駒場を追い出された（新制東大をあらためて受験しなおした）最後の学年で、同窓会は柏尾会と称する。四百名の入学者の中で駒場の同窓会館（リニューアルしてファカルティー・ハウスといっている）に年に一度五十人ほどが集まる。夫人同伴の人もいる。

その学年で粕谷一希は顔が広い。一九八二年春にヴァンクーヴァーから私が帰国すると、彼の斡旋で『竹山道雄著作集』の話がまとまり、全八巻が福武書店から出た。竹山はその校正で疲れたといったが、以前の文章を読み返すうちに釣られて新しい発想も浮かぶらしい。ふたたび盛んに執筆しはじめて、六月十五日に亡くなる一九八四年には『文藝春秋』の巻頭随筆も書いていた。遺稿は八月号まで掲載された。

粕谷は『中央公論』など種々の雑誌の編集をしたから職業柄多くの人と面識がある。露骨に好き嫌いは言ってはならない立場のはずだが、評論家としても一家をなし、自己の見識に自信があるから、人物の月旦をよくした。内輪での話だからここでは名を伏せるが、私の同僚の一人を目して「蓑田胸喜のような男だ」と粕谷がいう。「何を言うか」とそのときは反撥したが、その十数年後、西尾幹二が「蓑田胸喜のような男だ」とやはりその同じ私の旧同僚を目していった。そっくりそのままの言葉なので、偶然の一致とはいえ、その符合に驚いた。先年まで同気相求める仲だったではないか、と思ったりもしたが、こうなるとこれは粕谷と西尾の言い分が正しいのかとも思った。もっとも二人が蓑田胸喜という名前で具体的にどのような性格をイメージしていたかは定かではないが(5)。

そんなさまざまの人が論壇を騒がせる。騒がせては消えていく人もいれば、お山の大将になる人もいる。――だがいずれにせよ、私は日本を愛するという名のもとに反西洋を唱える現代版の尊皇攘夷主義だけは御免蒙りたいと願っている。しかしグロバリゼーションが進行するにつれ、さらなる開国を余儀なくされ、日本人は伝統的なアイデンティティーを次第に脅《おびや》かされるであろう。それだから自分自身を鍛える覚悟のない日本人は傷つきやすくなる。するとこれから先も劣等感の裏返しとしての強がりをいう言論人はこの国でふえるに相違ない。前著『日本語は生きのびるか――米中日の文化史的三角関係』(河出ブックス、二〇一〇)でも述べたが、文明混淆《こんこう》の勢いが増加する日本は、今後とも思想問題で揺さぶられる、語の広義の意味でのクレオール化(6)が進む島国となるのではあるまいか。私は過去の日本について「漢文明によって汚染された」と非難する気はない。それと同様、今日の日本について「西洋文明を排除せよ」と主張する気もない。私は歴史上の過去に理想の時代を描いて復古を夢みる人ではない。外来の文明の影響を受けて変容した日本を良しとしている。その変容する動きの中で何がプラスの要因となり得るか。それを見定める眼識《がんしき》こそが大切なのである。

忘れてもなお残るもの

そうした上は皇室を尊崇するオールド・リベラリストの安倍能成から左は共産党を脱党した活動家いいだももにいたる幅広い交際の範囲《スペクトラム》の中で、一見竹山に直接連なるかに見える後輩筋の人びとも、性格的・思想的・政治的には実にさまざまであった。婿である私も「都雅で、重厚の人(7)」と呼ばれた竹山とはほど遠い人間類型だということを自覚している。この章でも書くべきではないかもしれぬ人間関係にまで踏み込んで書いたのかもしれない。しかしここに書き留めておかなければ、ある種の人間関係は後世に伝わらないであろう。しかしたとい私がそう考えたとしても、平川は率直というよりは軽率に書いている——、そうお感じの方もいるであろう。なにとぞ私の言うことは眉に唾つけて聞いていただきたい。自分の声を「天声人語」とか称する者と同様、自分の論を「正論」などという者はあやしい者である。ところがかねてそう言っていた本人がここ数年来『産経新聞』「正論」欄にぬけぬけと書いている。となれば平川著の本書であるとか前著であるとかに述べたような見解に異論を呈する向きは、旧左翼にはもとより、新右翼にも必ずやいるであろう(8)。

竹山道雄と一番親しかった人々は、手元に残された手紙類を整理してみると、旧制一高の最後の生徒で新制東大の駒場に新設された後期課程へ進んだ面々である。一高で一年を過ごし、その伝統的な教養主義を奉じる気概ある若者が、授業内容は一高よりもはるかに上質である教養学部教養学科で鍛えられたということは稀なことであったのだ。維新の前後をあわせ知る世代は「一身二生」の生涯を送ったというが、私たちの世代は旧制と新制と、戦中と戦後とを体験した世代として、それなりに「一身二生」の生涯を送った、といえるかもしれない。そしてその間に日本の軍部、ヒトラーのドイツ、共産主義のロシア、毛沢東の中国を批判してぶれない竹山道雄を身近で見てきたのである。それでいながら私たちは「時流に反して」意見を述べるその人が日本言論史の中で占めるべき位置をきちんと世間に説き明かさずに今日にいたってしまった。遅きに失したかとあやぶまれるが、しかし書かねばならない。そこには世間が一旦は忘れてもなお後世に残るなにかがあるとひそかに信じている。

『自由』から『諸君!』へ

昭和後期の社会主義勢力礼讃の左翼知識人はもともと失敗に加担した人たちだから、いまさら論ずるに及ばないだろう。だがそれ以外の多くの知識人たちもまた失敗を犯してきた。それというのは、一九八九年のベルリンの壁の崩壊で自由主義陣営は勝利したと思い、一安心してしまったからである。緊張感を欠いたから、日本が戦後体制のまま惰性的に進行することを許してしまったのだろう。ただし戦後体制に対してただ反対を繰返す、そんなお題目を唱えるだけでは駄目である。三点測量を行なうことで未来に向けて新しい提言をせねばならない。とくに注意したいのは、占領軍によって押しつけられた戦後体制を否定するからといって、戦前の日本を全面的に肯定するかのごとき愚《ぐ》はゆめ「正論」と言うべきではないということである。(9)

いまここでふれてきた大正・昭和生まれの言論人たちの多くは雑誌『自由』や、後には『諸君!』で活躍した。竹山が一九五九年の創刊以来一九七六年まで『自由』の編集に関係した経緯は第十三章の「日本文化フォーラムと『自由』」の節に述べた。『今週の日本』などというミニ・コミもあった。しかし『諸君!』が新しい執筆者に次々と執筆の場を与え『文化会議』などが活躍するようになると、『自由』はもう使命を果したといっていいだろう」ということで、竹山や林は昭和五十一年編集から去った。その後も『自由』という雑誌は出続けたが、それはかつての『自由』とは別のものである。

それからさらに三十数年が経った。後を継いだかに思われた『諸君!』も、出版元の文藝春秋社の体質が変ったせいか、それとも月刊誌がマンネリズムに陥ったせいか、二〇〇九年六月号をもって停刊となった。それは内田博人編集長との間で『竹山道雄と昭和の時代』を『諸君!』に連載することが決まった直後の停刊であっただけに、私は非常に残念であった。その『諸君!』最終号には私も乞われて「日本への遺書」を書いた。そして気がついてみると私も竹山が亡くなった八十歳の年になっていた。

註

（1）一九三九年一月タイレがノルウェーへ行ったときは、私のパリ、サン・ジャック街時代以来の友人のゴドラ・ブッフホルツの父親でベルリンの画廊書店経営者であったカール・ブッフホルツと一緒だった。二人はドイツ政府の外貨獲得のためにという口実で、ナチスが「頽廃芸術」と目した作品を海外へ運び出し、焼却処分されることから救ったのだが、そのときはまだノルウェーでスキーを楽しむ余裕があった由である。タイレが戦後に編集した雑誌 *Humboldt* のスペイン語版を出したのもドイツ敗戦を見越してボゴタに支店を開いておいたブッフホルツによってであった。その表紙にはゴドラの夫君の Klaus Liebig が描いたものもある。ゴドラも二〇〇五年に来日したおり材木座の竹山家で半日を過したが、そのときはこんな関係によってもつながる自分たちだとは互いに知らず、タイレ氏も泊って腰掛けたと同じ縁側にそれとは知らずに座り、彼女と私と一緒に写真を撮ったのであった。

（2）フランスとドイツが共通の歴史教科書を使っているといわれるが、それはフランスと西ドイツだからできた話であって、東ドイツをはじめ東欧圏は別の歴史観に立ち、別の歴史を教えていた。フランスと東独の間に共通の歴史教科書などありうるはずもなかった。中国でもいつの日か一党独裁体制が崩壊し、言論思想の自由が大陸にもひろまれば、そのときは東アジアにも共通の歴史認識の幅は多少はひろまるであろう。大陸でも半島でも日本人と親しい女性は、いつ親日派叩きが始まるか、といまも心の隅では危惧しているに相違ない。文化大革命当時は親日派と目されて髪を剃られた女性は夥しくいたのである。日本人と結婚する中国人は日本のパスポートの所持を望むが、中国人と結婚する日本人はたとい中国に居住しようとも日本国籍はそのままにして日本のパスポートを持っている。そんな女性が多いことを非難はできない。第二の文化大革命や反日マス・ヒステリーが発生した際、いちはやく日本へ避難しなければ生命の危険があるからである。

（3）そんな話をするうちに気づいたが『ビルマの竪琴』のエレーヌ・モリタ訳、Michio Takeyama, *La Harpe de Birmanie*, tr. Hélène Morita（Le Sepent à Plumes, 2002）の解説に「水島は実話に基く」とあるのも間違いで音楽による和解の話と同様、実在しなかったことである。

（4）比較文学比較文化と国際関係論の二つの大学院を擁し、教養学科という三四年の後期課程を有した東大駒場の教養学部は全国諸大学の教養学部・教養部の中で例外的な成功例であった。それだから東大駒場学派などの呼び名も生まれたのであろう。他の教養部が必ずしもよく機能しなかったことは私どもも仄聞している。しかし教養学部・教養部の本質をすっかり変えてしまった一九九一年の大学設置基準の大綱化が成功した改革であったとはどうしても思われない。東大教養学部の教官を全員大学院担当としたのはいいが、博士号も持たぬ人が博士課程を担当し、博士論文の審査を担当する図は異常に思われる。新制世代の中には露骨に旧制高校出身者への反感を示す者もまじっていて教養主義を排撃したが、これは旧制教育や新制教育の二つの実体を良く知って比較した上での批判ではなくて、自己中心的な性格の人が自己肯定のために他者を否定的に評価する、いってみれば目の上のたんこぶ的な存在の悪口を言うに類する批判も多かったのではあるまいか。戦後民主主義世代が「教養学科も大学院もローテーションで教えさせろ」と声高に主張するに及んで、平等主義的平準化が始まった。二十世紀の末年以降、文科省の後押しもあって駒場キャンパスではいまや教師全員が前期課程・後期課程・大学院を担当する体制になった。その結果かどうかは定かでないが、皆忙しくなり、各研究室にはスピーカーがとりつけられ「会議が開催されるから誰某は身分証明書を持って集れ」などの放送が流れ、学内の静謐を平気で破っている。これは大学紛争時の学外者のスピーカーによる騒音よりもさらに悪質なものである。

(5) 井上智重が近代熊本の人物群像を描いた『異風者伝《いひゅうもんでん》』（熊本日日新聞社、二〇一二）はエピソードを拾って巧みだが、ここでは著者井上の人柄のせいか、蓑田胸喜は根はやさしい人として描かれている。「（蓑田は）梅田雲浜の「妻は病床に伏し児は飢えに泣く……」という詩を引いて、自分も国事のために妻子を顧みず挺身するのだから、いつもその覚悟をしているように、と言い聞かせていた。ときに、「それなら何のために家庭を持たれたのですか。妻子をもたねばよかったのに」と妻のみづほに逆襲され、黙ってしまうこともあったという。」女たちに大事に育てられてマチョの性格となった男は、一見男らしいが、外界が自分の思い通りにならないと義憤を発する。それは本当は性格の弱さなのではあるまいか。なお戦前右翼の思想検察官のような男の本名はミノダキョウキではなくミノダムネキと発音するのが正しい由である。その思想史的体質を継承する人はこれから先も「皇室にもの申しては罷りならぬ」式の叱責を発するであろう。

(6) 広義のクレオリゼーション creolization とは大文化の影響や圧迫のために小文化が変容を余儀なくされ、時には母語を喪失して支配者の言語を崩れた形で話すようになることを指す。詳しくは近く刊行予定の平川祐弘『西洋人の神道観——日本人のアイデンティティーを求めて』（河出書房新社）の第九話「グロバリゼーションと表裏をなすクレオリゼーション」を参照。

(7) 富士川英郎『都雅で、重厚の人』『文化会議』一九八五年一月号。

(8) 私は渡部昇一氏の活躍には敬意を表した者で、『天ハ自ラ助クルモノハ助ク——中村正直と『西国立志編』』であるとか『アーサー・ウェイリー『源氏物語』の翻訳者』などの拙著を読んでいただければ私が氏と共通の学問的関心を抱く者であることは明らかだろう。私も英文や仏文の著書で日本のために誤解を解こうとしている。だが渡部氏は教養と修養を対立させ「近代の教養主義は、修養という言葉を嫌がる傾きがある」として特に平川祐弘の名をあげ「早い時期に人生の出世街道に乗ったような人は修養で苦しむことがなかったからではないか」と勝手な忖度《そんたく》をしている（渡部昇一『幸田露伴の語録に学ぶ自己修養法』致知出版社、二〇〇二）。なるほど東大「教養」学部「教養」学科出身の「教養」学士と名乗れば「その教養とは何だ」とからみたくもなるだろう。私は修養という言葉を嫌がった覚えはないが、そのように曲解する向きが出るのも無理はない。戦後フランス政府が最初に日本に派遣したノルマリヤンの英才、イヴォン・ブレス教授も東大駒場に一九五一年に着任して culture の語が二度も出てくる東大教養学部教養学科の名称に驚き、「教養とは習ったことはすべて忘れてもなお残るなにかである」というエドゥアール・エリオの句をやや皮肉まじりに口にした。そんなことも思い出す。

（9）たとえば、「支那を征服せんと欲せば、まず満蒙を征せざるべからず。世界を征服せんと欲せば、必ずまず支那を征服せざるべからず。これ乃ち明治大帝の遺策にして」という中国人が偽作した『田中メモランダム』の実在を言い張って日本帝国には世界支配の意図があったかのごとき陰謀説をなす左翼人士は、為にする外国人であれ、付和雷同する日本人であれ、怪しからぬ者と私は思う。反論せねばならない。だがだからといってそれと対をなすような、張作霖の爆死もコミンテルンの工作であって、日本は嵌められたなどとする被害者意識先行のもろもろの陰謀史観を唱える日本側人士もこれまた困り者だと私は思う。そうした日本弁護は贔屓の引き倒しに類する論である。唱えるからにはきちんと諸外国の人をも説得し得る根拠を提示してもらいたい。日本国内で俗耳にいりやすい説を述べるだけの人は言論界のつまらぬお山の大将に過ぎない。

第十九章　死ぬ前の支度

瑞泉寺

竹山の新聞コラム「思うこと」に『瑞泉寺』がある。芳賀徹はこれを読んで「あのときパウル・クレーと似ている、といったのは自分だ」といった。


梅の瑞泉寺（鎌倉）はうつくしかった。

白梅や紅梅が塵もけがれもなく、玉を磨いたようである。種類もさまざまで、枝垂梅というのもある。緑の草の中に水仙が咲いている。こういうところに夕日があたると、あたりが金いろにかがやいて、まるでむかしの屏風のようだった。

梅の林の中に、小さな堂宇があって、夢窓国師の像が生けるがごとくに座っている。

裏山の洞窟は遠い富士山の方にむかっていて、国師が座禅をした獅子頭の岩がある。大きな竹やぶでは椎茸を栽培している。崖、羊歯の叢、五輪塔、幽暗、静けさ……と、おのずから頭が休まる。

お寺でいただく精進料理は、新鮮でおいしい。西洋人をお客によぶときには、ここがいちばんいい。

ちかごろは西洋人にも墨絵を好きな人が多い。それも雪舟風の破墨とか古い狩野派といったようなところにひかれるらしい。わかる人には、たんなる異国趣味とか理解の不足とかいうことはまったくない。写実的なるものよりも、抽象的なものの方がよろこばれる。瑞泉寺で亀田鵬斎の山水を見て、「ああ、パウル・クレーと似ている」といった。

「キリスト教は人格神による創造を前提としていて、人々はその創造世界の法則をきわめようとしたから、これによって大きな合理主義が生まれた。しかし、その合理主義の現代になると、はじめの人格神の創造ということが非合理に思われてきた。これに反して、もともと非合理な仏教はひたすら内面的な完成を重んずるから、いまではかえって合理的であるということになった」

瑞泉寺で精進料理を食べながらこういう話をするのは、楽しい。

あたりのおだやかな環境を指して、「五十年くらい前までは、日本人はどこでもこんな風に生きていたのです」といったら、相手はいった。「ただこれでは、外でおこる悪いことを防ぐことはできないね」。

これを読んだときは懐かしかった。私もそこへ招かれた一人だったからである。

私と前後して米国に留学して帰国した本間長世が竹山に会った。「竹山先生が平川君はどうしていると聞いていたよ」ということを本間が知らせてくれた。それで竹山が担任だった昭和二十三年一高文乙入学の粕谷一希、本間長世、清水徹、芳賀徹、高階秀爾などが遊びに行くとき、理甲の生徒だった私も加えてもらった。その会場が瑞泉寺だったのである。『中央公論』の副編集長の粕谷が寺に向う坂道で竹山をしきりと揶揄《やゆ》するのを聞いて「粕谷は出世して偉いものだ」と就職口のない私は一行の後ろの方で思っていた。後年その話をしたところ、「仲間はみんな大学院へ進み留学して次々と帰国して立派になり」粕谷は一人淋しく感じていたとのことだった。

その次は横浜の中華街で私が幹事をつとめたことがある。桜木町の改札口で十二時半に待合わせたが、芳賀徹にだけは十二時二十分といっておいた。芳賀には遅刻癖があったからである。なにしろ彼は前回も幹事でありながら予約を忘れ、ぎりぎりになって竹山に頼んで瑞泉寺に席をもうけてもらったのであった。

内外の交際

若くして留学した竹山は、帰国後も外国人との交際は戦前も戦後もすこぶる密接で、在日のドイツ人からもなにかとたよりにされていた。フランス贔屓の東大講師ヴーテノーなどドイツ語の挨拶の手紙に交えてフランス語で書いた葉書も竹山に寄越している。鎌倉に住んでいたので小町通の喫茶店岩田屋で落合って話をうかがいたいという趣旨のもあった。あんまり何度も竹山家を訪ねては悪いと思ったのだろう。しかし竹山は内外の来客に対していつもゆったりと長く談笑していた。

竹山が関心を寄せた話題は、東西ドイツにせよ、ユダヤ人問題にせよ、ヨーロッパ紀行にせよ、ラスコー洞窟にせよ、現地で取材すべき事柄が多くあった。それだから日本を留守にしたのだが、しかし留守にしても文壇論壇ですこぶる珍重され、日本における執筆活動を続けることができた。実によく寄稿しており、当時の竹山が総合雑誌や大新聞の編集者からたよりにされていたことが知られる。『新潮』の菅原道隆さんとか『文藝春秋』の樫原《かしわばら》敏春さんとかは、原稿を取りに来たのだろうが、竹山家の子供たちともしたしくなった。

論壇からやや退いたかに思われたのは昭和五十一年、七十三歳のとき脚を折り三カ月近く入院した後であろう。もはや外国へ旅立つこともなかった。しかし昭和五十七年から五十八年にかけて『竹山道雄著作集』が刊行される前後から、また活発に執筆活動を行なった。それまでは西欧でも日本でも、外国人男女とずいぶん筆まめに交際してきた。なお昭和五十一年、竹山が脚を折って入院していた関東労災病院から出した手紙にソリニャック夫人の友人から病院宛に返事が来て、マルグリットはもはや筆もとれないとあった。

そのように親しく交際したさまざまの人の中で竹山がもっとも敬愛した人は安倍能成[1]である。安倍が竹山に寄せた手紙や葉書も数十通に及んでいる。その安倍が学習院長として竹山にドイツ語を教えるよう懇請したから、鎌倉から目白へも通ったのである。安倍が一九五二年暮に渡米した時、竹山は『心』一月号に『在米の安倍先生に』という一文を書いて安倍を激励した。国家の危機に際して安倍が示した態度を率直に回想し、今後の日本の行手を展望したのである。米国内の旅行からニューヨークのグレーヴストン・ホテルに戻った安倍はそこで『心』を手にし「はからずあなたの私に下さった文章を拝見して感激しました。講演は一度やったばかりで一向強ひられません」――米国では安倍の英語の力では講演は無理であり先方も期待していなかったであろう。シュプランガーが日本に来てドイツ語で講演すると大学生が集まる、といった雰囲気は期待するべくもなかったのである。

安倍と竹山の文通は実に頻繁だった。一九六三年二月六日朝、安倍能成は『剣と十字架』を贈られて「大抵は皆一度拝読したものと存じますが、くり返してよみたくなるものばかりです」と礼を書き、そこにこんな感想を添えた。「あなたの生きかたに比べると小生の生活の甚だ無神経、無意義なことを感ぜさせられます」。そして二月二十二日朝「過日陛下に御目にかゝつた時あなたの本のことを申し御一読あるやうに申しておきました。小生もダハウのところまで拝見、異常な感銘を覚えました」。

天皇制について

竹山は昭和天皇に直接お話申しあげるというような立場の人ではなかった。その前の一九六二年、依子と結婚することに決まった私は当時銀座にあった文藝春秋の社屋の近くで竹山と落ち合った。用事がすんだとき「天皇制についてどう思います?」と聞かれて自分の意見を述べた。私の考えは後に『クローデルの天皇観』(平川『西欧の衝撃と日本』所収)にまとめたような見方である。竹山は翌昭和三十八年四月の『新潮』に『天皇制について』というよく考え抜かれた論を出した。(2)竹山は天皇制の性格を論じ、多くの側面に目配りして書いている。

「天皇の名において戦争が行われ、多くの若い人が命を落し、全国民がみじめな悲惨を忍ばねばならなかった。このために、ひと頃は天皇制が一切の悪の因として怨嗟の的となった。しかし、近頃はそういうことはあまり言われなくなった。天皇制という問題は、憲法論としては論議されているが、しかしわれわれの心の問題としては、未解決のまま、事実の積み上げの中に埋没してゆきつつあるようだ」

竹山は『昭和の精神史』でもすでに指摘していたが、一九二八年とか一九三二年とかのモスクワで決定されたコミンテルンのテーゼに従った「天皇制は独占的ブルジョワと封建的地主の上に立って、労働者農民を苦しめ、人民を搾取し戦争に駆りたてた」式の主張は斥けた。そうした先験的な歴史観は他国で昭和の動乱が起きる前にできた見方だから、という理由だけでなく、そもそも昭和史の実状にあわないから竹山は取らないのである。五・一五事件から二・二六事件にいたる日本では天皇制の代表者は、つぎつぎと殺されまたは殺されようとした。天皇の「股《こ》肱《こう》の臣」が殺されて天皇制が弱められたからこそ日本は戦争へと進んだのである。日清・日露のころのような、統帥・政治・外交を一元的にまとめた天皇プラス元老の一団が中心となる主体が昔のように確立していなかったから、あの大陸での戦線拡大という乱脈になった。下克上《げこくじょう》がひろがって国に中心がなくなり一元的な意思がなくなったところに日本の問題はあった。

――なるほど外から見れば天皇を中心として日本は挙国一致して戦っていた。日本の内部には「穏健派」と「強硬派」がいるのだとするグルー大使のような意見は、日本側に欺かれた愚か者の見方だ、として当時の米国では冷やかに扱われた。いや今でも米国の日本史学界では、講座派の図式的な史観を尊重する反ベトナム戦争世代の者が一時期排他的に学権を握ったこともあって、グルーは米国の学問世界で冷淡な扱いを受けた。だが昭和十五（一九四〇）年内閣総理大臣として日独伊三国同盟に反対した米内光政海軍大将は、昭和十九（一九四四）年七月小磯国昭内閣、ついで鈴木貫太郎内閣の海軍大臣となり、結局は日本に平和を回復した人である。その同じ一九四四年初頭にアメリカで五万部出版されたグルー『滞日十年』Joseph Grew, *Ten Years in Japan* には Yonai can be trusted と記されていた。「米内は信頼できる男だ」。これはグルー大使が一九三九年四月十九日、当時も海相だった米内へ下した評価だが、グルーの眼に狂いはなかった。重光葵が外相として留任し、米内が海相として小磯内閣へ入閣したことは、グルーに日本側に和平の意図ありという感触を抱かせたに相違ない。さらに鈴木貫太郎が昭和二十（一九四五）年四月首相となった時は日本の「穏健派」の意図についてさらに確信を強めたろう。

しかし日本国民の方は見当がつかないでいた。東條内閣が崩壊し、小磯陸軍・米内海軍の両大将に組閣の大命が下ったとき、「大和一致」というスローガンが新聞に大きく印刷された。中学一年生の私は、それを「やまといっち」と読んで「日本民族が一丸となって戦え」という激励の意味にとった。すると大人が「だいわいっち」と読んで「陸海軍が仲が悪いから仲良く一致して戦え」という意味だと説明してくれた。こんな非常時にそんな内輪もめをしていていいのか、と子供心に驚いたが、今から振り返ると、「大和一致」の真の含意は、単なる陸海軍の一致にとどまらず、戦争を継続するにせよ、平和の回復を探るにせよ、一元的な国家意思の形成に留意せよ、ということにあったのだろう。

そんな非常時には国民は精神の集結点を求めずにはいられない。そんな期待もあって、ひところ天皇は過度に神格化された。しかしこのことについては、戦争中にはどの国民でも「皇帝のために！」「総統のために！」「星条旗のために！」「神はそれをのぞみたもう！」と叫ぶものだとして、「天皇陛下の御ために！」と叫んだ日本の場合だけを別格視することを竹山は戒めている。人間は自分がその犠牲となるための全体性の象徴を求めるものである。

しかし神懸り的天皇観については日本固有の土着的背景があることを認め、文明開化以来潜伏していた神道的ナショナリズムの感情が、外地の戦争によって刺戟され、表面化した結果だと竹山は考えた。かつては自明のこととして行なわれた天皇機関説に迫害が加えられたのは、社会の心理的バランスが崩れかかったからだと判断している。戦争が始まり戦死の可能性が生じると、青年将校は何のために死ぬのか、という問題をつきつめて考える。建軍《けんぐん》の建前《たてまえ》は天皇のために死ぬのである。その天皇とは国家の永遠の生命の象徴たる現人神《あらひとがみ》であらねばならない。それだから天皇が擬似絶対者としてあつかわれた。そんな時流に押されて天皇機関説は否定されたのだ。竹山は天皇機関説の憲法学者伯父一木喜徳郎が迫害され始めたころから自分は象牙の塔の外の問題を考えるようになったと最晩年の感想文『二・二六事件に思う[3]』の中で回想している。

一神教だけが高級宗教ではない

竹山道雄が亡くなったのは一九八四年、昭和五十九年六月十五日だが、その六月号の『文藝春秋』の巻頭随筆「一神教だけが高級宗教ではない」の後半で竹山はこう書いている。これはルース・ベネディクトが『菊と刀』で展開した「罪の文化が内面的な罪の自覚にもとづいて善行を行なうのに対して、恥の文化は外面的強制力にもとづいて、善行を行なう」[4]などの理窟に対する反論と読んでもよいであろう。

キリスト教徒にとっては個人がゴッドに直結しているから、それでつよい倫理が生れている。「われらの唯一の生の形式は、ゴッドの前に責任をもつ、自立した誠実な良心である」と、ある名あるドイツ人が書いていたが、こういう人々はいかなる過去の罪をも荷《にな》ってはいない。自分はつねに正しく、都合のわるいことは存在しなかった事である。

もとより私はキリスト教世界の栄光と偉大を心から感嘆《かんたん》するが、これまではそれがあまりにも美化され空想化されてただ一つの規準となっていた。諸宗教の一つではなくて、至高《しこう》の宗教そのものということになっていた。日本人は一神教を奉じないからダメ人間であるかのようにいわれた。

しかし、もし宗教をもって人間の世界表象の窮極《きゆうきよく》のあり方と解するなら、およそ宗教なくして成立する民族共同体は存在しない。日本には一神教ならざる宗教感情があって、それが共同統一体をささえている。一神教でないからとて何の宗教感情ももっていないというのは、あやまりである。この日本人の宗教感情がどのようなものであるかということは、十分に明らめられなくてはならない。

竹山が最晩年に宗教論に傾斜したのは、死期が近づいていたことを予覚していたからかもしれないが、神道について所感を記したのは、戦後のタブーがようやくとけて、いろいろな人が神道の意味について語り始めたこととも無縁ではなかったろう。竹山の『神道の意味について』[5]は没後の昭和五十九年八月号の『正論』に掲載された遺稿だが、立山の神道家の出身である評論家の佐伯彰一がそのころからしきりと「神道のこころ」を論じ始めたのが刺戟となっていたようである。

神道は一神教ではない。最後の命令を発する権威《けんい》がない。絶対の根拠になるものがいないから曖昧《あいまい》なあやふやで祭天の古俗にすぎないとて、これが何か疚《やま》しい劣性のあらわれであるかに漠然とながら思われている。一神教――キリスト教側――からの圧迫がつよいのである。

およそ客観世界には絶対不変のものは存在しない。絶対とは砂漠の民が信じはじめたものらしいが、その砂漠の中ですら砂丘もオアシスも生物も……変化してゆくし、何より嬰児《えいじ》が青年になり、ついに老い衰えて死ぬ。朝《あした》の紅顔《こうがん》夕べの白骨の歎きは、同じことであろう。ただその外界の変化のテンポがのろく、くりかえしが目立つので、恒常《こうじよう》の感覚が生れやすく、人間のそれへの欲求が満足されやすい。恒常不変はただ人間の思念の中にのみある。絶対の唯一神とは、人間がおのれの欲求にしたがって想像力で描きだしたものである。

絶対の唯一神には肩を並べて競争相手になる者があるはずがない。それにもかかわらず、「われは妬《ねた》む神なり。わが面前において他の神を崇《あが》むるのを許さない」というのは、他にも自分と比較されうる同水準の存在がいるが、それよりも自分を選べというので、すなわち自分は相対者であると自己紹介をしているのである。絶対者が嫉妬《しつと》するとはおかしい。

そしてその次に本間長世が「竹山先生でなければ書けない文章だと思う」と解説するミケランジェロの『旧訳聖書』の『創世記』に描かれた神の姿についての率直な感想が続く。竹山の意見は絶対無限なものは、それを輪廓をもって示すことはできない。輪廓をつければかならず有限な相対的なものになる。

神は絶対無限で形がない筈だから、人間を神に似せて作ることはできない。むしろ有形の人間に似せて神の像がつくられた。このことを図解しているのが、バチカンの天井のミケランジェロの大壁画である。これが空前絶後の巨人の作品であることはよく分る。ただすべて人間的なむしろ動物的な力のあらわれである。絶対者が筋肉隆々《りゅうりゅう》、眼光炯々《けいけい》、白髪をとり乱した大金満家みたいで、チャンチャンコを着て雲の間にただよって、天地を創造している。……この大芸術からは、霊肉のくるしみは感ぜられるが、霊の救いは感じられない。

有を強調すればするほど霊性は稀薄になる、という美学論的アプローチを述べたので、私は竹山のこの見方はそれなりに正しいと思っている。ミケランジェロがゴッドを絵筆でもって表象しようとしたところに問題がある、と観察するべきなのではあるまいか。本間長世が解説するように「聖書の「ゴッド」を徹底的に茶化して」「聖書の神に自分の方から引導を渡してしまった竹山先生」といえるか、どうか。私は茶化したのではないと思う。宗教に縁があるのは芸術であると考えていた竹山は世間の美術史家が踏み込まない領域にまで立入ったのである。

神道的な畏敬の念

竹山は、ミケランジェロのような西洋の人に対して私たち神道的感情の持主の多くは、

最後の絶対者の正体は知りがたいものであると感じている。形のない輪廓のない超絶者を定義することはできない。しかし、われわれはこのはかない生の中にいて、無限絶対な永遠なものへのあこがれと希求をもっている。

それで、

なにごとのおはしますかは知らねども
忝《かたじけ》なさに涙こぼるる

ということになる。これが絶対者に対するもっとも正しい態度であろう。

と述べ、さらに神道そのものについては「超越する一神はないけれども、畏敬《いけい》の念はあるのだから、何かきわだって人心にショックをあたえるものは、みな崇拝の的になった」と乃木神社などを例にあげ、

こういうことは古代ギリシアにもあって、エウヘメリズムといったそうである。ギリシア神話では花から怪物まで神化されたが、日本でも山川草木が生を通じあった。遊女が桜の精であったり、狐が忠信であったりした。ピグマリオンも左甚五郎も自作の人形が生きて恋人となるが、この一致は偶然か。

といい、何かの機能を促進する守護神のごときものも祀られた例として「人間の幸福に寄与するためであろう。宇治のほとりには離縁をつかさどる神社があり、そこに願《がん》をかけると夫婦別れがらくにできるのだそうである。」——こういう例を引くところが竹山のたくまざるユーモアであり面白さであろう。神道とは何かを長年気にかけていたからこそいろいろ知っているので、話題がひょいひょいと気軽に飛び出すのである。

戦争中に天皇を現人神《あらひとがみ》として奉ったファナティスムにたいして私が批判的な口吻をもらした際にも、出雲大社や諏訪神社の世襲の宮司は現人神と呼ばれていたことをいい、「それをアメリカ占領軍のようにエホバの生れかわりに相当するものか、などと思い違えをしてはいけませんよ」といった。連合国側は戦争中、天皇をGod-Emperorと英語に訳したから、多くの西洋人は日本人は天皇を崇拝することキリスト教徒がゴッドを崇拝するがごときもの、と勘違いしたのだが、日本人はゴッドとカミサマの区別がうまく説明できないでいる、そこが問題なのだといった。

竹山は神道の簡明、清浄、むだのなさ、といった宗教的感覚と結びついた造型感覚にも言及し、それとの対比で多くの（キリスト教の側から見れば）異教徒である日本人に同感をあたえないものとしてキリスト教のシンボルであるキリスト磔《たっけい》刑像に言及した。

十字架はキリスト教徒にとって強烈な情動を生むものであることは分るが、あのホテルの寝室にもかかっている蒼《あお》ざめた血まみれの自虐的なキリスト磔刑《たっけい》像は気味がわるい。あれとそっくりなものを焚殺《ふんさつ》映画で無数に見た。

竹山は余計な遠慮をせずに感じたままを正直にいうから、ロゲンドルフ神父もたまらなくなったのだろう。しかし西洋人のキリスト教信者にも神道の理解者はいるのである。ポール・クローデルは日光で人生に対する日本的な態度を理解したと述べたが、芭蕉の

あらたふと青葉若葉の日の光

という句に示されるような、理知には到達し得ない優越者に対する畏敬の念こそが神道的感情なのであろう。自分たちをとりまく神秘の前で自分たち一個人の存在を小さくおしちぢめてしまうこと、自分たちのまわりになにかが臨在していて、それが儀礼と慎重な心づかいを求めていることを感ずること——それが多くの日本人の信仰心なのである。

そうした気持の竹山は、ハーンがはじめて出雲で目醒《めざ》めた朝に、米をつく臼《うす》のひびきや橋をゆく下駄《げた》の音を聞いて、これが世界のリズムだと感動した記述に共感した。自然の懐に浸ったような気持がしたからであろう。

死ぬ前の支度

竹山は昭和五十九（一九八四）年の初めであったか私たちも同行して鎌倉からハイヤーで検査を受けに上京した際、学期が始まる以前の冬の静かな駒場のキャンパスを車でまわり弥生道を抜けた。「銀杏の樹がすっかり大きく

なった」と竹山はいった。竹山は駒場の地に深い愛着があった。終戦前後の竹山は第一高等学校の運営にも知恵者としてよくつとめた人で、同僚だった菊池榮一教授は弔辞でこんな秘話を明らかにしている。戦争が終わって多数の一高生が戦場から戻って来た。彼らの多くは仮卒業したために一高生の学籍を失っていた。しかし三年間はきちんと駒場で暮らしたい。寄宿寮は彼らを迎え入れた。竹山はこうした生徒たちのために聴講生という制度をつくった。授業料は払わなくともよい、好きな授業は聴講してもよい、という自由無碍《じゆうむげ》な構想で、竹山はそんな思い切った施策でもって戦後の混乱に対処したのであった。竹山道雄は韜晦《とうかい》して無能を装っていたけれども、祖父の岡田良一郎、また伯父の岡田良平などと同じく行政の手腕も内に秘めていた智恵者だったのだろう。

その昭和五十九年三月末に一度飯田橋の厚生年金病院に入院し四月半ばに退院した。イヤフォーンで音楽が聞けるようテープカセットを持参して見舞いに行ったら、エルマンのヴァイオリンで『モスコーの回想』が聴きたい、といった。新潮社の坂本忠雄さんがたまたま見舞いにみえた。『歴史的意識』が新潮社から単行本で出ず、講談社からいきなり学術文庫という形で出たことは残念だといった。

その前に四十七士の一人の小野寺十内とその妻の話を竹山の口から聞いたことがある。夫が切腹すると、妻は家の後始末をし、夫や親戚の義士たちの菩提をとむらい、そののち断食をして死んだ。そのことにふれ「昔の人は死期をさとると食を断って死んだそうですね」などといった。

当時の私は東大教養学部の学生委員長で、政治化した自治会の上級生が新入生の洗脳を意図して組織した新入生オリエンテーション行事の最中に山中湖で溺死者が出た件で、後始末に追われていた。私は学部当局が入学生から自治会費の徴収を代行し、新入生に自治会の行事があたかも大学の行事であるかのごとき印象を与えつつ、裏ではこのような無責任な活動を容認するのはよくないことだ、と心中遺憾の念を禁じ得なかった。学生自治会側が学部は自治活動に干渉できないと言い張るのなら、この事件の後始末も自治会が引受けるべきなのである。

それやこれやで忙殺されたが、四月末の連休に材木座の家を訪ねるゆとりができ、半日を過ごした。そのときの玄関の別れの和服の竹山の面影をいまも記憶している。先に引いた『神道の意味について』はその前後に書かれたものであろう。五月二十六日の『毎日新聞』文化面に竹山は高野正雄記者に頼まれてこんな記事を寄せた。

毎日新聞に私のインタビュー記事が載った(三月七日付家庭面)。それに写真が入っていた。いろいろな人が「あの写真には君の感じがよくでている」というから、私はT記者にお願いをした。

「自分の葬式用の写真を用意しておきたいので、あなたの撮った写真のネガをしばらくお貸しいただけないでしょうか」

竹山道雄の遺影

言葉足らずの手紙を読んで、Tさんは私が自殺でもする気かと驚かれたらしい。そんな不吉なことを――とご心配になったが、やがて誤解がとけて、ネガを送って下さった。そして、その代わりに私の生死観を書けとのおいいつけ――。

私も前から人並みに、人生如何という問題にはただ困惑していた。ことに戦中戦後には、条理のたったものは何一つなく、負担過重でその日の疲れを翌日にもちこして生きていた。

ある晩、混んだ電車の中に立っていた。身動きもできなかった。ふと電車が停まったので瞑《つむ》っていた目をあけると、ホームの紙の字がすぐ前にあった。それが何と

我はついに彼にあらず

また他に何時をか待たん

というので、近くの禅寺が貼《は》りだしていたものだった。

私は禅のことなどは何も知らない。この謎のような言葉が何を意味しているのか、見当もつかなかった。だのに、これを読んで、全身に電気が走るように感じた。

前からそういう気はしていたのだったが、考えれば考えるほど、永遠の生命とか死後の生命とかは、願望から生まれた幻想である。この生が枯れ衰えて、やがて死ぬのはあたりまえで、自分だけがその唯一の例外で不老不死であるということは絶対にありえない。それに対する覚悟はできていた。考えた上での覚悟だから、いよいよというときにあわてふためくということはないだろう——とそう思っていた。

死ぬ前には一度断末魔の苦しみをしなくてはならないものらしいが、これはやむをえない。ただ臨終の枕頭に、人々がまわりに立って最後を見下ろしているさまを見たし、自分でもそれをやったことがあるが、あれは非常によくない。自分が死ぬときには、病院の処置室でただ医師と看護婦にみとられて、全身がきれいに拭われた後に、これより以上に簡浄にはできないという葬式をして、神火によって日本の空と土にかえりたい。五輪の塔によって象徴されるように、大きな元素にかえって宇宙に四散したい。……

かつて実存主義がはやった頃に、「東洋人はこの世界の非条理を知ると、それから逃避する。しかしわれわれ西洋人は英雄的意思をもって断乎と闘う。シシフォスの神話をやる」と書いていた。

シシフォスの苦役をくりかえすのもよいが、むしろ世界を正視してその中に従容として自己の自由を守ること

の方が、私にはより好ましい。戦国時代なら「心頭を滅却すれば火もまたおのずから涼し」である。
近頃南禅寺の和尚さんが自殺した。鬱病は身体的な病気で、精神修養とは別の領域のことだから、坐禅によって鬱病をなおすことはできない。新住職はいった。「前後断絶と申して、いつまでもこだわりません」。こだわらなさすぎて野狐《やこ》禅になってはいけないが、自殺した坊さんはあまりにも日頃の支度をしなさすぎたので、人に迷惑をかけた。「我はついに彼ではなく、他に待つべき時はない」のだから、自分でできる時にすこしずつ支度をしておきたい(6)。

この記事が出た五月の末ころ、十二歳の孫の恵子が遊びに行って豆腐川ぞいの家から光明寺まで一緒に散歩した。お祖父ちゃまの足取りはいつになく遅かった。それから竹山はあまりものを食べなくなった。六月十五日、予定されていたもう一度の検査のために竹山は鎌倉からハイヤーで上京した。車中では話をしていた。病院に着いて、道雄は歩行不自由というほどでもなかったが、保子夫人が先に降りて車椅子を探しに出た間に、声がしなくなった。運転手が振向くとそのままの姿勢で人事不省におちいって、そのまま亡くなった。

竹山道雄大人之命之霊

市原豊太は大正九年に一高の文丙に入学し、文乙クラスとは合併授業が多かったから竹山の名前と顔は知っていた。一高のフランス語教師として終戦前後、同僚として十年近くを過した。『竹山君と神道(7)』には市原が竹山家にお悔やみに行ったときの模様がこう出ている。

> お座敷の床の間は、故人の遺影を中心に、榊の枝数本を上に立て、白の胡蝶蘭と鉄砲百合の花が供へられた、清潔で簡素な祭壇になつてゐた。右手には手頃な大きさの白紙に、竹山道雄大人之命之霊と記されてある。私は

咄嗟に意外の感と、次の瞬間には賛同の念を覚えた。といふのは、漠然たる予感として、何々院何々居士になつたものと思つてゐたからである。……

東京で行はれるべき葬儀にはまだかなりの日数があり、他にお客も無かつたので、夫人からゆつくり竹山君のことを伺ふことが出来た。祭壇が神式であることに触れると、竹山君は殊の外神道の習慣を愛してゐたことが判つた。神道の儀式がまことに清潔で淡白で簡素で快いことを、よく口にし、筆にもしたといふ。御両親の葬儀も八幡宮にお願ひした。竹山家が浜松の出で、……母君は天竜川沿ひの或る古い神社の宮司の後裔で、国文学と書道を嗜まれたことなども語られた。

我々が一人前の人間となるために、どのやうな影響を父祖から受けるのか。……竹山君は母君から大きな影響を与へられたのではなかつたらうか、……実は私自身、備前一宮の古い神社の宮司の家に生れた母から、多分に影響を受けてゐるのである。

この母からの大きな影響という指摘には私も肯《うべな》う点が多々ある。そしてそれとともに父方の血筋ということも私は感じている。

現代のソクラテス

一九八四（昭和五十九）年六月三十日土曜日、東京信濃町千日谷会堂で竹山道雄の葬儀は神道により執り行なわれた。その際に捧げられた弔辞の中から林健太郎の言葉を抄して引かせていただく。林は戦争中、若くて一高の教授となり、親しく竹山の謦咳《けいがい》に接した。

……あの重苦しい時代に、先生のお話を伺うことは何と心の支えとなったことでありましょう。そして私が召集されて武山の海兵団に居りました間、外出日には鎌倉のお宅にお邪魔して先生御夫妻に大へんお世話になりましたことも、ついこの間のことのように思い出されます。私共は繊細な感受性と深い人間性への洞察を持った文学者としての先生をよく存じ上げておりましたが、それでも戦後先生が次々に美しいそして心に染みる文章を発表され一躍世の視聴を集められましたことは、やはり一つの驚異であり、我々はそれを何か身内の者の誇りのような気持で見守ったもので御座います。

幾多の著書によって文学者、思想家としての先生の地位は既に揺ぎないものとなりましたが、それは他面先生を時代の潮流のはげしい渦巻の中におくこととなりました。時代の潮流というものは時に甚しく浅薄であり且つ蒙昧なものでありますが、戦後一時期の日本はまさにそうでありました。

しかしその中にあって、先生はまた実に強靭な理性の持主であることを明らかにされました。論敵の主張を逐一検討してその論拠の矛盾を明らかにされる先生の態度を、私は曽て現代のソクラテスと評したことがありました。先生はそれに対し、「過ぎたるは及ばざるが如しだ」とおっしゃいましたが、私はこれは決して誇張ではないと信じております。

文学者、芸術家としての先生を語るには私よりももっと適当な人がおりましょう。私は歴史を学ぶ人間として先生が『昭和の精神史』や『妄想とその犠牲』などで示された現代史の鋭い分析、そして『古都遍歴』その他で語られる伝統文化への深い理解こそは、歴史を認識するための最も重要な要件をお教えになっているといつも考えているもので御座います。……

人は誰でも好きな文章はくり返し読むことと思いますが、私は先生の文章ほど何度も読むものはありません。それは今後ともそうでありましょう。それによって私はいつも先生のお声を聴くことができます。その意味で先生は今後も長く我々の中に生きておられます。

芳賀徹の弔辞

林健太郎はこのように昭和の時代を生き抜いた竹山道雄を位置づけた。
最後に芳賀徹が次の弔辞を捧げた。

竹山道雄先生。

先生に最後におめにかかったのは、ちょうどふた月前の四月三十日、鎌倉の先生のお宅にうかがったときでした。先生は病院から退院されてまもなくでしたが、私どもの案じ上げていたよりはお元気そうに見え、いつものように縁側の椅子に掛けられて、最近の私どもの研究のことや駒場の東大教養学部の動向などについて、相変らず好奇心旺盛な質問を次々に発せられたのでした。私はその数日前に出たばかりの自分の著書を先生に献上するために、その日うかがったのでしたが、実はその本もいまから二十三年前、同じようにして鎌倉で先生のお話をうかがっていたとき、先生がふと与えられたヒントから出発して、長い間右往左往してようやくできあがった研究でした。

先生はもちろん大いによろこんで下さいました。先生に自分の仕事をよろこんでいただけるのが、私ども旧生徒にとってはなによりも嬉しく、またなによりもはげみとなることでした。それは私一人だけのことではなく、今日この悲しみの席に共に列なる仲間誰しもにとって同様だったと思いますが、先生は私どもから本や論文などをお送りすると、やがてきっとお手紙を下さって、あの筆圧の強い、意外に昔風の書体で、批評やらはげましやらを書いて下さったのです。論文の抜き刷りなどをお送りしてなかったような場合でも、どこかでいつのまにかちゃんとお読みになっていて、思いがけないときにぴしりと批評をさしはさまれることもありました。

あの日、二時間ほどお話しして、四月初めの桜のころに一度計画しながら先生の御入院のためにだめになった、先生をかこむ会を、近いうちにぜひ実現しましょうとお約束してお別れしたのが、最後となりました。平川家の人たちと一緒に帰ろうとすると、玄関までお見送り下さった先生が、少し帯のあたりがゆるんだ和服姿で、雨もよいの夕方の薄暗い玄関の間に立って、こちらを見つめておられたお顔を、いまはっきりと思い出します。竹山先生、先生についての思い出は、いまこうして先生の御逝去に接して、かぞえようとしてみますと、大小数限りもなくつぎつぎに溢れ出てまいります。敗戦後まもない昭和二十三年の春、私どもが十六歳とか十七歳とかの齢で、駒場の旧制一高に入ったときから今年の今日にいたるまで、数えてみると実に三十六年間、ほとんど途切れることもなく先生のお話に耳を傾け、先生の御著書を読み、先生とおしゃべりしながらパリや鎌倉を散歩し、その上にまたしばしば先生に御馳走になってきたのですから——。

……一高が東大教養学部に変ってからも、先生にはゲーテの『ミニョン』やケラーの『緑のハインリヒ』などをお習いしましたし、その教養学部に後期課程として教養学科が創設され、私どもがそこに進学しますと、ここでも先生にお習いすることとなりました。先生は当時、もう一高教授も東大教授もおやめになって、非常勤講師でいらっしゃったのですが、教養学科にはなくてはならぬ重鎮として最初期の学生に実に深い印象と影響を与えられました。基礎科目の一つである「近代思潮」、あるいは「ドイツ社会誌」の講義で、小人数の学生を相手に先生が眼鏡をはずしては拭きながら、あの深くから押し出すような声でゆっくりと、第一次大戦後のドイツ社会の混乱から新即物主義の思想、そしてナチの擡頭までを、先生の過去の留学の体験譚も混えながら語ってゆかれた教室——そこに射していた秋の午後の日射しまでが思い出されてきます。

いま考えますと、一高から教養学科にかけて、私たちが直接についてお習いしたのは、竹山先生をはじめ、前田陽一先生、島田謹二先生、菊池榮一先生、堀大司先生、麻生磯次先生、木村健康先生、玉蟲文一先生、市原豊太先生と、なんと幅の広い、立派な、知識も見識もゆたかな先生方であったことかと、われながら呆れ、驚くような気がいたします。当時私などは、自分たちがそんな、おそらく一九五〇年代初めの世界で考えうるもっともぜいたくな教育環境の中にいるなどとはろくに自覚さえせず、ただ面白がって自分の好きなことに耽っていたように思います。しかもその先生方は阿吽《あうん》の呼吸で力を合わせながら、私たちを懸命に引きあげ、古きよきものを私たちに伝えて新しい世界に送り出そうと、ほんとうに精魂を傾けて教育と研究に当っておられました。……

　昭和二十八年春、教養学科の第一回生が卒業する年、竹山先生はある週刊誌の年頭の「今年のホープ」というアンケートに答えて「教養学科卒業生六十名」と書いて、私たちの心細さに支え棒を入れて下さったのでした。ずっとあとになって、そのことを思い出して先生に申しあげると、先生は「目測を誤りましたな」などと、例によって皮肉っぽく愉快そうに笑っておられました。

　このように思い出を繰ってゆくと、まことにきりがありません。……仲間たちと先生の鎌倉のお宅にお邪魔し、さんざんおしゃべりしては奥様の御馳走にあずかって夜遅く帰る、というようなことをするようになったのは……もう記憶がさだかではありませんが、それは大学院時代にもつづき、皆が一とおり留学を終えて帰国してからはまた繰り返されました。時代がどのように動いていっても、先生を囲んでお話ししていると、問題がはっきりと見えてきて、そこを行くべき道さえ見とおされてくるような気がするのでした。その間には、パリのカルチエ・ラタンで、思いもかけずにポンと先生に肩を叩かれたり、先生と私とがしめしあわせて、東京のブリヂストン美術館の、セザンヌの絵の前のあたりで、平川祐弘君と、先生の御長女依子さんとをばったりお見合いさせたりした、などというなつかしい楽しい思い出も沢山あります。その打ち合わせのために、先生がひょっこりと私の曙町の家にまでお見えになったことさえあったのでした。

　昨年、粕谷君のイニシャテイヴと女婿平川君の計画とによって、『竹山道雄著作集』全八巻が刊行され、完結し、それによって先生が菊池寛賞を受賞なさったのは、私ども旧生徒にとってはなによりのよろこびであり、私たちまでが勇気づけられるような嬉しさでした。これによって先生の美しく高貴な、深く切実な文章の数々にあらためて触れ、先生のあの魅力的な談論風発の席に列なる機会がまた多くなり、それをなによりの幸福と考えておりましたのに、先生は私どもをおいてにわかに逝っておしまいになりました。……
時流を恐れるな、時流から隠遁するな、時流を見つめよ、しかし時流に惑わされるな、時流をこえて人間と世界を思え、そのために歴史を学べ、古典に触れよ、コレルリの音楽にも海北友松《かいほう》の絵にも神魂《かもす》神社の建築にもおののく深い広い心をもて——先生は御著書を通じてこれからも日本人に、世界の人々に、そう説きつづけてゆかれることでしょう。……

戦前、戦中から今日まで、日本のために、多くの日本人に代ってものを見、考え、感じ、苦しんでこられた先生も、ついに、ようやく永遠の憩いを得られました。先生のこれまでのお心の歴史を思うと、私はむしろほっとするような気さえします。先生、さぞお疲れでいらっしゃいましたでしょう。先生が教えて下さったゲーテの詩「旅人の夜の歌」に——

　待てよかし　やがて
汝も憩はん

という、その「憩ひ」に、先生、どうかゆっくりとお休み下さい。
先生、長い間のお教えまことにありがとうございました。竹山先生、さようなら。

竹山道雄の墓は鎌倉霊園の一角、鳥居のある神社墓地の中にある。

註

（1）安倍能成（一八八三—一九六六）は『岩波茂雄伝』（岩波書店、一九五七）は充実しているが、その次の『我が生ひ立ち——自叙伝』（岩波書店、一九六六）は筆力も衰え生彩がない。竹山はじめ多くの人が語る戦時中の一高校長時代を語る章に見るべき記述がないのが惜しまれてならない。
（2）『竹山道雄著作集』6、三一九—三四六頁。

(3)『二・二六事件に思う』は竹山道雄『歴史的意識について』講談社学術文庫、一九八三、一六二―一七〇頁。
(4) ルース・ベネディクト『菊と刀』長谷川松治訳、社会思想社、一九六七、二五八頁。
(5)『神道の意味について』は竹山道雄『主役としての近代』講談社学術文庫、一九八四、三二〇―三二七頁。
(6) 本多秋五はすぐこんな感想をよこした。「前略　この葉書、実は昨日書くつもりでしたが、今夜になってしまいました。二十六日の『毎日』夕刊の随筆、透徹した文章で気持よく拝見しました。私も死ぬことは毎日かんがえています。それが私の唯一の気つけ薬です。私はこれまで人に世話を焼かせすぎたので、死ぬときはなるべく人に世話をかけないように死にたいと思っています。「火もまた涼し」というほどの精神力はないので、それ位のところが私の覚悟です。南禅寺の和尚のことは私も心に残りました。御入院なさったとのこと、少しも知らずにいましたが、勿論もうお元気のことと思います。『文春』の巻頭も感服しています。どうかくれぐれもお大事に。怱々」。
(7) 市原豊太『言霊の幸はふ国』神社新報社、一九八五、四六―五二頁。

あとがき

『竹山道雄と昭和の時代』は当初『諸君!』に連載を予定していた。その『諸君!』が突然停刊となった直後、私は藤原書店で雑誌『環』二〇〇九年秋の三九号のために粕谷一希と対談した。そのとき「いや、困った、『竹山道雄と昭和の時代』の発表の場を失ってしまった」と話した。すると対談に同席した初対面の藤原良雄社長から「それなら『環』に連載してください」とその場で申し入れがあり、それで本書の第一章から第九章までは『環』二〇一〇年冬の四〇号から二〇一二年冬の四八号まで連載し、同社から単行本として世に出るはこびとなったのである。藤原書店にお礼申し上げる。ただ年に四回の季刊誌『環』では書き了えるまでに数年かかることが予想されたので、第十章から第十三章までは『正論』二〇一〇年十二月号から二〇一一年三月号に掲載し、第十四章から第十九章までは単行本とする際に書き下ろした。その段階で全章にわたり手を入れた。『環』連載中は西泰志氏、『正論』連載中は永井優子氏の配慮にあずかった。単行本の出版に際しては刈屋琢氏の手を煩わした。また原稿の段階で大島陽一真木夫妻と娘の足立節子には全章の、芳賀徹氏には戦後の章の閲覧を乞い正確を期した。御礼申し上げる。また何人かの方は竹山道雄の思い出を私に寄せられたが、そのすべてを伝えることができず失礼した。心苦しいがお許し願いたい。御好意にはこの場を借りてお礼申し上げる。

文章を書くとは選ぶことである。選ぶからこそめりはりもつく。人生も選ぶことである。「(東京の)有名な府立中学といえば一中、三中、四中、五中、六中などであった」と私が第二章に書いたら、慎重な人から「そんな書き方をすれば府立二中の関係者の反感を買いますよ」と注意された。その種の気配りを良しとお感じの方も多いであろう。しかしそのような風潮に気兼ねするかぎり、戦前の日本のエリート校であった旧制第一高等学校の教授であった人を語ることは難しくなってしまうではないか。世の一部の人の反感を過度におそれるならば、当り障りのないことしか書けなくなってしまう。それでは自縄自縛である。私は『竹山道雄と昭和の時代』を率直にありしがままに書きたいと思っていただけに、そのような注意を受けたことに逆に驚き、不安を覚えたのであった。

嫉妬に根ざすアンチ・エリティズムは健全とはいえないだろう。角《つの》を矯《た》めて牛を殺してはならない。エリート教育を受けたからといって、十中八九人は大した人物とはならない。しかし十人に一人でも偉才を生めばそれで良いのである。私はそう信じている。しかし戦後の過度の平等主義の下で、わが国は真のエリート形成に向けて細かい努力を払わなかった。右であれ左であれ棟梁の材は必要なのだ。リーダーは育てなければならない。それはイデオロギー的対立以前の問題であり、そのことは米国や中国、フランス・イギリスやロシア、そうした国々のエリート教育の実態を一瞥すればわかることである。それなのに日本はその育成をおろそかにしてきた。日本がいかに横並びを強制する嫉妬大国であるかは、世界の国の中で日本のみが飛び級を認めていないという一事によってもわかるであろう。そのつけがついにまわってきた——そう心ある人々が感じ始めた昨今なのではないだろうか。二十一世紀になって政治の世界でも文化の世界でも日本はどこか具合が悪くなりだした。その不具合の一因はひょっとして旧制高校体験者が社会から退いたことと関係があるのではあるまいか。一九九一年、旧制高校出身者が東京大学をはじめとする国立大学からほぼいなくなったが、その年に行なわれた大学設置基準の大綱化によって、全国の教養部とか教養学部は消えてしまった。教養課程の授業が形骸化していたのも事実だろうが、しかしあれでもって教養主義の命脈は絶たれた、という不幸な印象を私は受ける。そしてそのような微妙な変化は直接的には大学社会に見られたが、間接的には官僚たちの世界にも見られたのではあるまいか。もっともさすがにこれではいけない、と思ったらしく、東京大学駒場キャンパスでは一旦は廃止した「教養学科」の名称を二十年近く経ってまた復活した由である。

本書は竹山道雄という個人の伝記が中心であるが、そこに描かれている巨視的な時代的背景は昭和の日本が直面した世界であり、微視的な背景は一高以来の駒場の地の教養主義の伝統であるといえるかと思う。「中で分裂した国家は駄目になる。同じように各学問に分化した精神は混乱し弱体化する」。処世術の心得に乏しい私はそんな勝手気侭なことを言って生きてきた。平川の主張はわかり易くて爽快だが、こんなに本当のことをはっきり書いて大丈夫かと按じてくれる読者もいたほどである。そんな婿の手になる評伝に竹山道雄はいささか辟易してはにかんでいるかもしれない。若き日の竹山がてすさびに描いた自画像を書庫で見つけて巻頭に掲げたについても故人はどこかで照れているかもしれない。戦前・戦中・戦後も自由主義陣営の側に立つことを是《ぜ》としてぶれなかった竹山道雄は、一面では「豪傑」（本多秋五）であり、例外的な能力と識見に恵まれた言論界の雄であったが、他面では含羞《がんしゅう》の人であった。私は連載の途中で家内の依子に何度か「筆がすべる」とたしなめられた。竹山道雄伝に平川祐弘が何度も顔を覗かせるからである。しかし「竹山道雄と昭和の時代」を語るとなると、どうしても私自身を語らざるを得ない場面もあった。そして私が自分の時代を語ることにも、多少とはいえ、またそれなりに意味があるかと信じている。漱石について小宮豊隆の師を顕彰する風の伝を良しとする読者もいるだろうが、私は儒教的尊敬史観に束縛された hagiography の匂のあるものは良しとしない。「先生と私」の思い出を語った森田草平の文章をむしろ好んだ。そして江藤淳の『漱石とその時代』の着眼点にも感心した。この種の史伝というか評伝には竹山本人の世代ももちろんであるが、それとともにそれに引き続く世代にもやはりふれるべきであろう。私の執筆者としての立場はそのように説明すれば、あるいは御理解いただけるかと思う。

竹山道雄伝を雑誌に連載しはじめて二通の印象的な感想をいただいた。一通は国際派の弁護士でありながら企業小説の作家で、かつて私の学生だった方である。日本に軍部にも、ナチス・ドイツにも、共産主義にも、人民民主主義にも反対し、戦前も戦後も一貫して反専制主義の立場を変えなかった人がいたと知って日本人として誇りに感じる、というのであった。そしてもう一通は中国の方からの言葉で、名前は伏せるが、日本には軍部にも、ヒトラーにも、スターリンにも、そして毛沢東にも批判的であった人がいたと知って敬意を表する、というのであった。私はそれに対して、日本には戦時下といえども第一高等学校には外部の者の干渉を許さぬ自由主義の伝統が生きており、それだけの批判の余地があったからだ、そのお蔭なのだ、竹山は一高の教職を追われる心配はなかったのだ、と遠慮がちに答えたが、しかしそうした外部の人の声を聞いたとき、竹山がやはり真に珍しい人であり、この『竹山道雄と昭和の時代』は是非とも書きあげねばならぬとあらためて励まされたのであった。私自身、人生の夕暮が近づきつつある今、この一冊を書き了えて、ささやかながら一つの務めを果したかに感じている。

竹山道雄の周辺にいた旧知の人々は次々と消えていく。竹山の母逸が亡くなったとき、白い花が盛りあがるように咲いていた鎌倉材木座の古い梅も昨年末に枯れてしまった。竹山夫人保子は二〇〇八年、材木座から渋谷区西原の私どもの家に移り老を養っている。新聞を見て「祐弘さんの文章はわかりやすくていい」などと依子にいっている。また「テレビはつまらなくなったが、国会中継だけは第二次安倍内閣になって品が良くなった」などともいっている。本書がつつがなく刊行され満九十七歳の竹山夫人の手に無事に届けばよいがと著者は祈っている。竹山は『ビルマの竪琴』の「あとがき」で屍《かばね》を異国にさらし、絶海に沈めた若い人々の名をあげた。従弟の田代兄弟も何の形見もかえってこなかった。その硫黄島で田代棟とともに戦死した市丸利之助司令官の歌をここに引かせていただく。

頂上は残照するにいちはやく富士の裾野へ寄する夕靄

二〇一三年二月二十四日　　平川祐弘

竹山道雄　年譜

一九〇三（明治三十六）年
七月十七日、第一銀行大阪支店勤務の竹山純平の次男として生まれる。祖父岡田良一郎は静岡県倉真《くらみ》の庄屋で明治二十二年帝国議会開設当時に二期代議士を勤めた。良一郎の妻えいは浜松銀行創立者竹山謙三の姉である。良一郎の長男が岡田良平、次男が一木喜徳郎、三男純平が叔父にあたる竹山謙三の養子となった。純平は明治三十一年に東京帝国大学政治学科を卒業、第一銀行に勤め、田代逸《いつ》と結婚し五男二女の父となった。逸の里田代家は椎脇神社のある天竜鹿島の庄屋である（家系図は八頁参照）。

一九〇七（明治四十）年　四歳（誕生日に満四歳という数え方をする。以下同じ）
父が第一銀行の京城支店副支配人ついで支配人となった赴任先京城（ソウル）へ家族も同伴し朝日町、ついで大和町に住んだ。

一九一〇（明治四十三）年　七歳
京城日の出小学校に入学した。

一九一三（大正二）年　十歳
前年一家は内地に引揚げ、純平が家督相続をし、道雄は浜松市外天王村で一年間与進小学校四年へ通った。

一九一四（大正三）年　十一歳
竹山家は東京牛込区南町五番地に家を建て純平一家はそこに昭和十一年まで住んだ。道雄は麹町の富士見小学校へ五年六年と通った。

一九一六（大正五）年　十三歳
府立四中（現戸山高校）に入学。友人に神西《じんざい》清、大野俊一などがいた。道雄は英会話の時間を好んだ。英会話担当のアメリカ婦人（北島リリアン）が優しかったからである。

一九二〇（大正九）年　十七歳
前年度から飛び級が認められるようになり、中学四年修了で第一高等学校文科乙類に入学した。

一九二三（大正十二）年　二十歳
東京大学文学部に入学、はじめ美学科に在籍、二カ月後に独文科へ移った。

一九二六（大正十五）年　二十三歳
東京大学卒業。第一高等学校に職を得た。

一九二七（昭和二）年　二十四歳
箱崎丸で渡欧。
一九三〇（昭和五）年　二十七歳
ギリシャに寄りフランス郵船で帰国した。第一高等学校教授に昇格。
一九三一（昭和六）年　二十八歳
夏休み一高の同僚長沢規矩也と舟山列島、寧波、杭州、蘇州、青島、北京へ旅した。
一九三五（昭和十）年　三十二歳
第一高等学校が本郷から駒場へ移転した。そのころ竹山は親元を出て牛込から渋谷区代々木大山町へ移った。
一九三六（昭和十一）年　三十三歳
二・二六事件が起り、現場を見に行った。ドイツから文化使節としてシュプランガー教授が来日し、約一年各地で講演を行なった。ゲーテの詩を改造社『ゲーテ全集』のために訳し始めた。
一九三七（昭和十二）年　三十四歳
岩波の『思想』に『将軍たちと「理性の詭計」』を寄稿しゲラは出たが没になった。
一九三八（昭和十三）年　三十五歳
夏休み北京へ旅した。雲崗《うんこう》の石仏を訪ねた。ヒトラー・ユーゲントが来日して一高を訪ねた。
一九三九（昭和十四）年　三十六歳
南保子と結婚した。シュヴァイツァー『わが生活と思想より』（白水社）を訳出した。
一九四〇（昭和十五）年　三十七歳
『独逸・新しき中世？』を『思想』四月号に発表した。一高校長橋田邦彦が文部大臣に就任し、後任に京城大学から安倍能成が着任した。
一九四一（昭和十六）年　三十八歳
五月長女依子が生まれた。
一九四三（昭和十八）年　四十歳
二月長男護夫が生まれた。ニーチェ『ツアラトウストラ斯く語りき』（弘文堂）を訳出した。
一九四四（昭和十九）年　四十一歳
鎌倉市扇谷八二番地へ移った。八月から一高幹事として駒場寮中寮に住んだ。
一九四五（昭和二十）年　四十二歳
春、家族を秩父に疎開させた。
一九四六（昭和二十一）年　四十三歳
『失はれた青春』を『新潮』三月号に発表した。同名の単行本は昭和二十二年白日書院から出たが、これが本格的な文筆活動の始まりとなった。
一九四七（昭和二十二）年　四十四歳
この前後、弟竹山謙三郎千代宅の音楽会でオランダから来日した極東国際軍事法廷のレーリング判事に会い、後に鎌倉の海岸で再会するに及んで親しく話を交わすようになった。『ビルマの竪琴』を『赤とんぼ』三月号から連載を始めようとして進駐軍の検閲に引っかかったが、全文昭和二十三年三月中央公論社からともだち文庫の一冊として猪熊弦一郎の挿絵で出版された。

一九四八（昭和二十三）年　四十五歳

『北方の心情――ドイツ文化への省察』（養徳社）を出した。

一九四九（昭和二十四）年　四十六歳

鎌倉扇谷から材木座に引越した。『心』三月号に小説『きずあと』を掲載した。『希臘にて』（早川書房）、『憑かれた人々』（新潮社）を出した。『知られざるひとへの手紙』を『新女苑』八月号から九回掲載した。日本戦没学生の遺書『きけわだつみのこえ』の読後感『生き残った人々に希う』を『日本読書新聞』昭和二十四年十月十二日に寄せた。長女の依子が大きくなったときに読むことを薦めた本の一冊である。

一九五〇（昭和二十五）年　四十七歳

第一高等学校が学制改革で廃止となった。東大教養学部の矢内原忠雄学部長が辞職を許さず、東大教授としてなお一年勤めた。十月、東大教養学部でレッド・パージ反対の学生ストライキが起った。『手帖』（新潮社）を出した。

一九五一（昭和二十六）年　四十八歳

『樅の木と薔薇』（新潮社）を出した。『若きウェルテルの悩み』（岩波文庫）を訳出した。

一九五二（昭和二十七）年　四十九歳

昭和二十年代半ばから三十年に渡欧するまで『藝術新潮』『新潮』『新女苑』『婦人公論』『心』などに寄稿した。

一九五三（昭和二十八）年　五十歳

『見て・感じて・考える』（創文社）を出した。

一九五四（昭和二十九）年　五十一歳

『古都遍歴――奈良』（新潮社）を出した。

一九五五（昭和三十）年　五十二歳

ペンクラブとアジア知識人会議出席のため二月、ビルマ、東パキスタンへ行き、インドにも寄った。戦後最初の外国行きであった。そのときラングーンでCommunism and the intellectual in Japanという話をした。九月、ヨーロッパへ出発した。

一九五六（昭和三十一）年　五十三歳

パリでは四半世紀前に泊った下宿を再訪した。マルグリット・ソリニャック夫人とはその後文通がずっと続きパリへ行くたびに会っていた。高階秀爾、芳賀徹、平川祐弘とパリで会った。最後の一高生で最初の東大教養学科卒業生である。市川崑監督の手で映画化された『ビルマの竪琴』が一九五六年九月ヴェネツィア映画祭でサンジョルジョ賞を授けられた。十月帰国した。滞欧中に『白磁の杯』（実業之日本社）、『精神のあとをたずねて』（実業之日本社）、『昭和の精神史』（新潮社）が出た。いずれも著者渡欧以前に雑誌に発表されたものである。ヨーロッパではフランス、ドイツ、イタリア、スイス、オランダなどに滞在した。共産圏では入国可能なユーゴスラビアを訪れた。

一九五七（昭和三十二）年　五十四歳

母逸が亡くなった。レーリング判事を訪ねた『オランダの訪問』を含む『ヨーロッパの旅』（新潮社）を出した。『文藝春秋』二月号以後『東ドイツの難民たち』など全体主義社会の様相を具体的に報じた。そのころから論壇左翼の側から攻撃されることが多くなった。

一九五八（昭和三十三）年　五十五歳

安倍能成に随って台湾へ行き『台湾から見た中共』を『心』に四回連載した。

一九五九（昭和三十四）年　五十六歳

昭和二十六年に東大教授を辞してからも日本にいる間は非常勤講師として教養学部の前期と後期課程の学生を教えていたが、この年の給料の月額は七千三百四十円であった。『妄想とその犠牲』『ラスコー洞窟の壁画』を含む『続ヨーロッパの旅』（新潮社）を出した。なお一般に竹山の単行本と後に文庫に収められた同名の書物には内容に異動がある場合がある。『新潮』六月号に『ペンクラブの問題』、七月号に『竹山道雄の非論理』を書いて論戦した。十二月『自由』を創刊し、平林たい子、木村健康、林健太郎、関嘉彦らの諸氏とともに編集委員として昭和五十一年まで関係した。創刊号の『暗示芸術』はじめ数多く寄稿しまた多くの若手評論家を論壇へ登場させた。

一九六〇（昭和三十五）年　五十七歳

六月ヨーロッパの旅に出て、九月モスコーに短期滞在した。翌年一月帰国した。

一九六一（昭和三十六）年　五十八歳

この年「海外紀行文一般」で読売文学賞を受けた。

一九六二（昭和三十七）年　五十九歳

『まぼろしと真実――私のソビエト見聞記』（新潮社）を出した。十月長女依子が平川祐弘と結婚した。

一九六三（昭和三十八）年　六十歳

『剣と十字架』（文藝春秋）を出した。『自由』七月号から四回にわたり『聖書とガス室』を連載、ローマ法王の責任を論じた。その抄訳は上智大学が出している独文誌*Kagami*にも掲載された。それに対し多津木慎との間に論争が『自由』や『心』誌上に昭和四十年まで続いた。『藝術新潮』三月号から『京都の一級品』の連載を二十一回にわたって行ない毎月一回の東山遍歴を楽しんだ。

一九六四（昭和三十九）年　六十一歳

この年もまたヨーロッパを訪ねた。

一九六五（昭和四十）年　六十二歳

山田宗睦に「危険な思想家」の一人として攻撃され、『朝日新聞』紙上で四月五日以降「明治百年と戦後二十年」をめぐる論争があった。韓国にわたり『ソウルを訪ねて』を『自由』十一月号に発表した。

一九六六（昭和四十一）年　六十三歳

文化自由会議主催の会議出席のためにマレーシアへ行き、フィリピン、香港へも旅した。またポルトガル、スペインに旅し『リスボンの城と寺院』を『自由』十二月号に書いた。安倍能成が亡くなり『心』八月号に『安倍先生随聞記』を書いた。『人間について――私の見聞と反省』（新潮社）を出した。

一九六八（昭和四十三）年　六十五歳

米国の航空母艦エンタープライズの佐世保寄港をめぐって『朝日新聞』紙上で騒ぎが起った。すなわち電話のアンケートで寄港賛成を述べた竹山に対し、一月二十三日同紙「声」欄に『ビルマの竪琴』の著者の「変心」を詰る投書が載り、竹山も二月四日「感情論では解決できぬ」の投書を寄せた。「声」欄の「今週の声から」という総括記事の記者は覆面のまま竹山を非難したが、竹山が寄せた再反論はついに掲載されなかった。竹山はその経緯の一端を『自由』四月号に『ビルマのたわごと』（後『昼間のたわごと』に改題）と題して発表した。『藝術新潮』に一月号以降『日本人と美』を連載した。文藝春秋の「人と思想」シリーズで竹山道雄一冊選集の形で『時流に反して』が出版された。

一九六九（昭和四十四）年　六十六歳

またヨーロッパに旅しトルコまで足をのばした。『自由』十一月号から四回にわたり『エーゲ海のほとり』を連載した。

一九七一（昭和四十六）年　六十八歳

長男の護夫が黒澤暁子と結婚した。

一九七二（昭和四十七）年　六十九歳

ピレネーの壁画洞窟やヴァンス、グラス、ニースなどへまた遊んだ。『ジェット・シラベル』誌九月号から四回にわたり『南仏紀行』を連載した。『新潮』新年号から『みじかい命』の連載をはじめ昭和四十九年十月号まで二十八回に及んだ。

一九七四（昭和四十九）年　七十一歳

『乱世の中から』が読売新聞社から出版された。

一九七五（昭和五十）年　七十二歳

ヨーロッパへ長い旅に出たが、それが最後の国外旅行となった。

一九七六（昭和五十一）年　七十三歳

脚を折り三カ月近く入院した。南仏でソリニャック夫人が死んだ。一九五七年以来関係し、高柳賢三の後をついで代表も勤めた日本文化フォーラムも解散した。

一九八三（昭和五十八）年　八十歳

『竹山道雄著作集』全八巻が福武書店から刊行された。秋、夫人保子、娘依子と婿平川と一緒に京都へ二泊三日の旅をした。日本芸術院会員に選ばれた。菊池寛賞を受賞した。

一九八四（昭和五十九）年

三月七日『毎日新聞』に高野記者のインタービュー記事『お元気ですね』が出た。同月末肝硬変で東京厚生年金病院に入院し、四月半ば退院した。五月二十六日の『毎日新聞』夕刊に『死ぬ前の支度』を書いた。六月十五日、定期検診のため鎌倉から車で病院に赴き、到着直後保子夫人が車椅子を探しに行っている間に意識を失い、夜七時五十二分に亡くなった。肝臓癌なども生じていた。六月三十日、葬儀は神道により信濃町千日会堂で行なわれた。墓は鎌倉霊園三区一〇側にある。

竹山道雄　主要著作・関連文献一覧

竹山道雄　主要著作

竹山道雄の基礎的な文献は福武書店から一九八三（昭和五十八）年三月から十一月にかけて刊行された『竹山道雄著作集』全八巻に選ばれて収められている。収録作品の選定には竹山自身の意向が働いているが、第八巻の美術関係は京都の社寺仏像などの写真の版権の関係で収録作品が若干制約された節もある。なお初出の題は違っている場合もある。

『竹山道雄著作集』１『昭和の精神史』収録作品

昭和の精神史　昭和三十年八月―十二月『心』

妄想とその犠牲　昭和三十二年十一月―三十三年四月『文藝春秋』

ドイツ・新しき中世？　昭和十五年四月『思想』

若い世代　昭和二十年七月二十二日第一高等学校全寮晩餐会講演、『失はれた青春』昭和二十二年に印刷される

ハイド氏の裁判　昭和二十一年十月稿、占領軍の検閲で没、二十六年『樅の木と薔薇』に初めて発表される

〈解説〉林健太郎

『竹山道雄著作集』2『スペインの贋金』収録作品

スペインの贋金　昭和二十五年七月『新潮』
イタリアめぐり　昭和三十一年一月二月四月『新潮』
南仏紀行　昭和四十七年九月十月十二月『ジェット・トラベル』
スイスにて　昭和三十二年一月『新潮』
中世のおもかげ　昭和三十七年二月『文藝春秋』
たそがれのパリ女たち　昭和三十二年二月『婦人公論』
オランダの訪問　昭和三十二年二月『心』
ベナレスのあたり　昭和三十年五月『婦人公論』
西の果ての島　昭和三十五年四月『自由』
高野山にて　昭和三十四年九月『新潮』
四国にて　昭和三十四年十一月『新潮』
私の文化遍歴　昭和二十四年八月『文藝往来』
囍と飛　昭和五十四年十一月『韓国文化』
〈解説〉芳賀徹

『竹山道雄著作集』3『失われた青春』収録作品

失われた青春　昭和二十一年三月『新潮』
幻影　昭和二十一年六月稿（発表場所不詳）
国籍　昭和二十四年五月『改造文藝』

智識人の裏切り？　昭和二十二年十一月『世代』
憑かれた人々　昭和二十三年四月から十月『婦人朝日』
空地　昭和十九年六月十六日稿『向陵時報』
昭和十九年の一高　昭和二十二年二月一日『向陵時報』
終戦の頃のこと　昭和二十八年九月『新潮』
旧制一高の外国人学生たち　昭和五十六年三月『プレジデント』
学生事件の見聞と感想　昭和二十五年十二月『中央公論』
門を入らない人々　昭和二十六年六月『新潮』
〈解説〉粕谷一希

『竹山道雄著作集』４『樅の木と薔薇』収録作品

樅の木と薔薇　昭和二十二年四月『新潮』
知られざるひとへの手紙　昭和二十四年八月から『新女苑』
思い出　昭和二十八年一月三月『新女苑』
あしおと　昭和二十九年九月『新女苑』
蓮池のほとりにて　昭和二十一年十一月『アララギ』
磯　昭和二十六年七月『文学界』
川西瑞夫君の追憶　昭和二十年『聖翼の蔭に』
二十歳のエチュード　昭和二十九年四月五月『新女苑』
三谷先生の追憶　昭和二十三年三月『三谷隆正――人・思想・信仰』
麻生先生のこと　昭和三十二年二月二十一日『（東大）教養学部報』

岩元禎先生　昭和三十七年七月十六日『読売新聞』夕刊
鶴林寺をたずねて　昭和三十八年十一月『心』
矢内原さんの私が接した面　昭和三十九年十二月『矢内原忠雄全集月報二十二』
木村健康さん　昭和四十九年三月『心』
安倍能成先生のこと　昭和五十六年十二月『ももんが』
一つの秘話　昭和五十五年二月十八日『(東大) 教養学部報』
最後の儒者　昭和二十八年十一月『心』
亡き神西清君のこと　昭和三十二年五月『新潮』
堀辰雄君と私　昭和三十三年七月『堀辰雄全集月報』
片山敏彦さんの死　昭和三十六年十二月『新潮』
死について　昭和三十六年十二月から『自由』
ペンクラブの問題　昭和三十四年六月『新潮』
〈解説〉高橋英夫

『竹山道雄著作集』5『剣と十字架』収録作品

ベルリンにて　昭和三十二年三月四月『文藝春秋』
剣と十字架（抄）　昭和三十六年四月五月九月十月、三十七年四月『文藝春秋』
聖書とガス室　昭和三十八年七月から十月『自由』
消えてゆく炎　昭和三十六年五月『新潮』
〈解説〉西義之

『竹山道雄著作集』6『北方の心情』収録作品

独逸的人間　昭和十年五月『独逸文学』
ゲーテに於ける自然と倫理　昭和十四年十二月『ゲーテ年鑑』
『ファウスト』の夜の場とニーチェ　昭和十七年一月『独逸文学』
老いたるロッテの悩み　昭和十六年九月『新潮』
ベッチーネ・フォン・アルニムのこと　昭和十七年十一月『新潮』
ワグナーの弟子　昭和十七年三月『知性』
イプセンの願望　昭和十七年五月『演劇』
希臘にて　昭和十一年十一月から十六年五月『世代』
不滅の風景画　昭和十六年七月『新潮』
デダルスの翼　昭和二十一年六月二日執筆『真善美』第六号
将軍達と「理性の詭計」　昭和十二年七月（『思想』に印刷されず）
シュプランガーのこと　昭和十二年十二月二十日『帝国大学新聞』
神韻縹渺　昭和十一年五月十一日『帝国大学新聞』
バテレンに対する日本側の反駁　昭和四十二年三月『自由』
天皇制について　昭和三十八年四月『新潮』
〈解説〉小堀桂一郎

『竹山道雄著作集』7『ビルマの竪琴』収録作品

ビルマの竪琴*　昭和二十二年三月―五月、九月―二十三年二月『赤とんぼ』
白磁の杯　昭和二十九年十月―十一月、三十年一月―六月『新女苑』

〈解説〉清水徹

＊『ビルマの竪琴』扶桑社の昭和六十年版には平川「諸版の異同について」と市川崑・竹山保子「対談」が載っている。また『ビルマの竪琴』新潮文庫、昭和六十三年の七十五刷改版以後は平川「『ビルマの竪琴』余聞」と牛村圭注解と作品に出てくる歌の歌詞と楽譜が載せてある。

『竹山道雄著作集』8『古都遍歴』収録作品

古都遍歴――奈良　昭和二十八年一月から十一月『藝術新潮』連載、それに昭和二十八年二月『新潮』

作庭の歴史的系統の概略　昭和四十三年十月文／竹山道雄、写真／岩宮武二『カラー京都の庭』

竜安寺石庭　昭和四十三年十月『藝術新潮』

詩仙堂　昭和三十九年五月『藝術新潮』

六波羅蜜寺　昭和三十八年九月『藝術新潮』

海北友松　昭和三十八年十月『藝術新潮』

古都は警戒する　昭和二十七年三月『藝術新潮』

日本の肖像芸術　昭和三十三年七月『藝術新潮』

神魂神社　昭和四十四年二月『藝術新潮』

年譜

著作年表

〈解説〉吉川逸治

この八巻本著作集から洩れた文章で大切なもの、また世間の目にふれることの少なかったものを講談社学術文庫から四冊出すことができた。著者の生前に『歴史的意識について』は一九八三（昭和五十八）年十二月、『主役としての近代』（編者平川祐弘まえがき、本間長世解説）は一九八四（昭和五十九）年十一月、『尼僧の手紙』（平川祐弘解説）は一九八五（昭和六十）年一月、『昭和の精神史』（『手帖』も含む、仙北谷晃一解説）は一九八五（昭和六十）年七月に出た。以下講談社学術文庫本四冊の収録作品を掲げる。

『歴史的意識について』収録作品

まえがき
昭和史と東京裁判　昭和五十七年十二月『正論』
人間は世界を幻のように見る——傾向的集合表象　昭和五十七年十月『正論』
ユダヤ人焚殺とキリスト教　昭和五十四年二月『言論人』
追記　キリスト教は自己批判をするか？
感想文五つ
その一　アナール派について——ある歴史学派　昭和五十八年十月『文藝春秋』
その二　国体とは　昭和五十八年二月二十五日号『世界日報』
その三　二・二六事件に思う　昭和五十八年七月七日号『世界日報』
その四　エスカレーションという法則　昭和五十八年一月五日十五日『言論人』
その五　昔からの持ち味　昭和五十七年六月『ももんが』五十八年六月『正論』
人間性の普遍的基準

『主役としての近代』収録作品

新ソフィスト時代	昭和十二年九月『思想』
春望	昭和二十二年十月二十六日『向陵時報』
一つの証言	昭和二十一年六月二日『週刊朝日』
主役としての近代	昭和二十二年十一月『近代文学』
高校生気質	昭和二十二年十一月（不詳）
焼跡の審問官	昭和二十三年五月『新潮』
在米の安倍先生に	昭和二十八年一月『心』
万葉集とゲーテは似ている？	
詩の翻訳について	昭和三十二年七月『図書』
万葉集とゲーテは似ている？	昭和三十二年七月『図書』
初期の蘭学	昭和二十九年六月『新潮』
私の読みたい本	昭和二十六年六月『図書』
新聞のコラムから	昭和二十八年『毎日新聞』夕刊・昭和二十九年『山形新聞』・昭和四十年『サンケイ新聞』夕刊
「声」欄について	
みせびらかし	昭和二十九年五月二十三日
異国にはふしぎなことがおこる	昭和三十七年十二月二十三日
「声」欄について	昭和四十三年六月一日『国民協会新聞』
安倍先生随聞記	昭和四十一年八月『心』
外国人の日本文化批判	昭和五十八年八月『正論』

信仰と戦争

カーター大統領のキス	昭和五十九年四月『文藝春秋』
ベルリンの第二の壁についての推理	昭和五十九年五月『文藝春秋』
一神教だけが高級宗教ではない	昭和五十九年六月『文藝春秋』
白隠その他	昭和五十九年七月『文藝春秋』
浦上とゴッドの怒り	昭和五十九年八月『文藝春秋』
神道の意味について	昭和五十九年八月『正論』
生と死	昭和五十九年一月二十三日『サンケイ新聞』夕刊
死ぬ前の支度	昭和五十九年五月二十六日『毎日新聞』夕刊

『尼僧の手紙』収録作品

寄寓	昭和二年六月『虹』
馬鈴薯の花	昭和二年五月『虹』
出船	昭和二年九月『虹』
日月潭	大正十四年十二月『箒』
大野俊一君の出征	昭和十二年秋『一高城北会誌』
塘沽にて——支那の風土と美	昭和十三年十一月二十八日『帝国大学新聞』
北京日記	昭和十四年二月『世代』
尼僧の手紙	昭和十七年六月七日『向陵時報』
鎌倉礼賛	昭和二十六年九月『藝術新潮』
ラスコー洞窟の壁画	昭和三十三年十二月—三十四年三月『新潮』

童画――絵について　昭和二十八年十二月『洋書の栞』（旺文社）
高砂族――台湾旅行から帰って　昭和三十三年一月二十六日『週刊読売』
台湾から見た中共　昭和三十三年三・六・八・十二月『心』
モスコーの地図　昭和三十六年四月『新潮』
ソウルを訪れて　昭和四十年十一月『自由』

『昭和の精神史』収録作品

昭和の精神史　昭和三十年八月―十二月『心』
手帖　昭和二十三年十月から断続的に九回『新潮』
　陸に上って
小市民よ、どこへ行く？
暁への挨拶
今
日記
汚れた手
ローリング判事への手紙
「国が変った」
日記
柔術・彩ある反映
はじめのおわり
和辻哲郎氏の『手帖』への序　昭和二十五年刊『手帖』（新潮社）

竹山道雄　訳書一覧

カロッサ『従軍日記』（片山敏彦共訳）　山本書店　昭和十一年
『ゲーテ全集』一（共訳）　改造社　昭和十一年
『ゲーテ全集』二（共訳）　改造社　昭和十三年
イプセン『野鴨』　岩波文庫　昭和十三年
シュヴァイツァー『わが生活と思想より』　白水社　昭和十四年
トマス・マン『混乱と若き悩み』　新潮社　昭和十六年
〈ゲオルゲ、リルケ〉『独逸近代詩集』　ぐろりあ・そさえて　昭和十六年
『現代独逸短編集』（共訳）〈ホフマンスタール「美しき日の回想」〉　中央公論社　昭和十六年
ニーチェ『ツアラトウストラ斯く語りき』　弘文堂世界文庫　昭和十八年
ゲーテ『羅馬哀歌』　角川書店　昭和二十四年
イプセン『民衆の敵』　岩波文庫　昭和二十五年
イプセン『人形の家』　岩波文庫　昭和二十五年
『ニーチェ全集』七『ツァラトストラかく語りき』　新潮社　昭和二十五年
『ニーチェ全集』十一『力への意思1』　新潮社　昭和二十六年
『ゲーテ詩集』　角川書店　昭和二十六年
ゲーテ『若きウェルテルの悩み』　岩波文庫　昭和二十六年
『ニーチェ全集』八『善悪の彼岸』　新潮社　昭和二十七年

スピリ『ハイジ』上下　岩波少年文庫　昭和二十七年
マン『マリオと魔術師』他一篇　角川文庫　昭和三十年
『ゲーテ詩集』（片山敏彦共訳）　岩波文庫　昭和三十一年
ニーチェ『偶像の黄昏』　新潮文庫　昭和三十三年
イプセン『人形の家』（改訳）　岩波文庫　昭和三十四年

竹山道雄作の外国語著述

（日本国内で発表されたドイツ文学関係の諸論文は略する）

Communism and the intellectual in Japan, published for the Congress for Cultural Freedom by Charles E. Tuttle Company, of Rutland, Vermont & Tokyo, offprint of *Cultural Freedom in Asia*, edited by Herbert Passin and published in 1956.

竹山道雄作品の外国語訳

『ビルマの竪琴』について

英訳は二種類ある。
The Harp of Burma 石川欣一英訳、中央公論社、1949
Harp of Burma tr. by Howard Hibbett, Charles E. Tuttle Co., 1966 ユネスコ叢書にはいったヒベット英訳
中国語訳は『緬甸的豎琴』劉華亭訳、台北、星光出版社、1986
スペイン語訳は *El Arpa de Birmania* tr. Fernando Rodriguez-Izquierdo Gavala, Editorial Universidad de Sevilla, 1989
バスク語訳は *Birmaniako harpa*, Bruño Argitaletxea, 1990

タイ語訳は明子ルノアピラック訳、ブラッグルン校訂、199x

フランス語訳は *La Harpe de Birmanie*, tr. Hélène Morita, Le Serpent à Plumes, 2002

トルコ語訳の契約は Bu Yayinevi Narlibahce Sokak, Nimet Apartimani, No: 9/2, Cagaloglu-Fatih, Istanbul との間に October 22, 2012 結ばれている。

ドイツ語には映画『ビルマの竪琴』脚本の訳 *Birmaharfe*, deutsche Drehbuchübersetzung von Michael Hager, in: *Kleine Reihe*, Heft 13, Berlin Mori-Ôgai-Gedankstätte, 2000)

『昭和史と東京裁判』(『正論』昭和五十七年十二月号) には *Cahier du Japon* Numéro Spécial 1984 に仏訳がある。

『昭和十九年の一高』『終戦の頃のこと』『樅の木と薔薇』『きずあと』『独逸・新しい中世?』『若い世代』『ハイド氏の裁判』『ローリング判事への手紙』『学生事件の見聞と感想』『門を入らない人々』の英訳は *The Scars of War, Tokyo during World War II, Writings of Takeyama Michio*, edited and translated by Richard Minear, Rowman & Littlefield Publishers, Lanham, Boulder, New York, Toronto, Plymouth, UK, 2007 に収められている。なお訳者マイニアは竹山が『昭和の精神史』で批判した側の史観のイデオロギー的信奉者で、一九五〇年十月のレッド・パージ反対の東大ストライキ事件以来竹山は右傾化したという見方にこだわっている。マイニアは反ベトナム戦争世代の日本史家の一人で、講座派史観を良しとしているらしく、この訳書のイントロダクションで小泉信三、安倍能成、竹山道雄らに露骨な反感を示している。

『国籍』には *Staatsangehörigkeit*, übersetzt von Detlev Schauwecker, in: *Japonica Humboldtiana*, Vol. 13, 2009-10, Harrassowitz Verlag, Wiesbaden の独訳がある。

『聖書とガス室』にはそれが一九六三年『自由』に連載された後にドイツ語抄訳が上智大学が出ている独文誌 *Kagami* に掲

載された。

『竹山道雄著作集月報』1巻から8巻までの執筆者

1 **佐伯彰一** 操守一貫の人／**勝田竜夫** 誰一人として戦争を欲しなかった？／**鳥海靖** 「紙の実弾」・「鉄の実弾」
2 **市原豊太** 竹山君／**菊池榮一** 駒場の竹山道雄さん／**山室静** 感謝と希望
3 **河盛好蔵** 思い出すこと／**松下康雄** 四十年来の師／**本間長世** 竹山先生に学ぶ
4 **江藤淳** 掲載禁止になった「ハイド氏の裁き」／**本多秋五** 政論と美術論／**いいだもも** 竹山先生
5 **会田雄次** 竹山道雄先生と私／**佐瀬昌盛** 昭和三十年代初期の駒場における竹山道雄先生／**松本道介** 見て感じて考える
6 **森本哲郎** ミネルヴァの梟／**西尾幹二** 竹山先生からの手紙／アルバムから
7 **富士川英郎** あれこれ／**鈴木重信** 二・二六事件をめぐって／**小山いと子** 祖母から孫まで
8 **石原萠記** 竹山道雄先生のこと／**竹山道雄** あとがきにかえて

竹山道雄についての諸家の記事

『サン写真新聞』一高特集　昭和二十三年三月二三日
関英雄　竹山道雄著『ビルマの竪琴』人間愛の調べ　少年少女たちへの好読物『読書新聞』？『図書新聞』？　昭和二十三年
田中隆尚『茂吉随聞』下巻、筑摩書房、昭和五十年刊、斎藤茂吉が昭和二十四年、五年ころ竹山にしきりと感心していることが出ている。
いいだもも　一つの青春——竹山道雄先生への手紙（不詳）昭和二十四年ごろ
渡辺一夫と竹山道雄が『憑かれた人々』を『展望』昭和二十四年六月号に載せている。後に『架空会見記など』昭和二十四年改造社に収められた。
匿名座談会――続現代人物　『人間』昭和二十五年五月
和辻哲郎　序文　『手帖』（新潮社）昭和二十五年
市原豊太　竹山道雄「手帖」『人間』昭和二十五年十一月
執筆者不明　「人間新地図　竹山道雄」『朝日新聞』夕刊、昭和二十六年一月三十一日
日高六郎　竹山道雄氏への手紙――大晦日の午後のこと　『近代文学』昭和二十六年八月
中島健蔵　俗論家竹山道雄　『文藝』昭和二十六年十月
中島健蔵　運命論者竹山道雄　『文藝』昭和二十六年十二月
竹内好　『ビルマの竪琴』について　『文学』昭和二十九年十二月
石川吉右衛門　解説　『現代随想全集』十九（東京創元社）昭和二十九年
安倍能成　竹山君の「ヨーロッパの旅」を読んで　『心』昭和三十二年十月
原田義人　ベルリンにて　『現代教養全集2世界への目　月報』（筑摩書房）昭和三十三年
臼井吉見　解説　『現代教養全集2世界への目』（筑摩書房）昭和三十三年
ロゲンドルフ　文学部研究室――上智大比較文学研究室　『新潮』昭和三十三年十二月
中村光夫　解説　『ビルマの竪琴』（新潮文庫）昭和三十四年
林健太郎　解説　現代のソクラテス　『新選現代日本文学全集』三十四（筑摩書房）昭和三十四年
高見順　竹山道雄氏について　『新選現代日本文学全集』三十四『渡辺一夫　桑原武夫　竹山道雄　加藤周一集』（筑摩書房）
昭和三十四年
河盛好蔵　解説　同右
荒正人　竹山道雄の非論理　『図書新聞』昭和三十四年五月十六日
安倍能成　「続ヨーロッパの旅」と「流転の王妃」『心』昭和三十四年十一月

本多秋五　肩越しに時代をみる　『物語戦後文学史』（新潮社）昭和三十五年
なかのしげはる　一めぐりか二めぐりか　『新潮』昭和三十六年三月
室生犀星　交錯する詩情と非情　『読売新聞』夕刊　昭和三十七年一月二十九日
宮島尚史　竹山道雄に反論する　『現代の眼』昭和三十七年三月
本多秋五　解説　『昭和文学全集十』（角川書店）昭和三十八年
平林たい子　竹山さん　『昭和文学全集十　月報』（角川書店）昭和三十八年
藤田圭雄　『ビルマの竪琴』と検閲　『昭和文学全集十　月報』（角川書店）昭和三十八年
荒正人　竹山道雄の人と作品について　『少年少女日本文学全集』十四（講談社）昭和三十八年
山田宗睦　『危険な思想家』（光文社）昭和四十年三月一日
藤田圭雄　名著の履歴書　編集者による記録『ビルマの竪琴』『図書新聞』昭和四十一年八月六日および八月十三日
執筆者不明　高まる「ビルマの竪琴」論争――エンタープライズ寄港をめぐって『朝日新聞』昭和四十三年二月六日
仙北谷晃一　『ビルマの竪琴』論争に考える――竹山氏擁護の立場から　『自由』昭和四十三年四月
関嘉彦　竹山さんのこと　『少年少女日本の文学二十三　月報』〈あかね書房〉昭和四十三年
高橋英夫　理性のスケープゴート　『中央公論』昭和四十五年五月
村松剛　解説　『随想全集』七〈小学館、尚学図書〉昭和四十五年
高橋英夫　孤独の結晶　『新潮』昭和五十年二月
粕谷一希　「不機嫌」の意味　『戦後思潮』（日本経済新聞社）昭和五十六年
粕谷一希　「知人一言」あの人はいま　『静岡新聞』昭和五十六年六月二十九日
松本道介　竹山道雄著作集に寄せて　東大『教養学部報』昭和五十八年七月号
西尾幹二　竹山道雄　『日本近代文学大事典』（講談社）の項目
高橋英夫　複眼の獲得　『新潮』昭和五十八年七月

（ほかに一高同窓会雑誌『向陵』や『ももんが』にも竹山道雄の名前は出てくる。以下には竹山道雄が一九八四（昭和五十九）年六月十五日に死去した後に出た記事や参考になる文献から選択して掲げる。）

本多秋五　思い出断片　『新潮』昭和五十九年八月
高橋英夫　認識と遍歴　『新潮』昭和五十九年八月
加藤幸子　『ビルマの竪琴』と私　『新潮』昭和五十九年八月
小堀桂一郎　感謝と追憶　『新潮』昭和五十九年八月
平川祐弘　竹山先生のこと　『新潮』昭和五十九年八月
清水徹　竹山先生のこと　『文学界』昭和五十九年八月
高橋英夫　追想竹山道雄先生　『新潮45』昭和五十九年八月
山室静　竹山道雄さんのこと　『海燕』昭和五十九年八月
芳賀徹　竹山先生、さようなら　『海燕』昭和五十九年八月
小堀桂一郎　『読売新聞』昭和五十九年六月十九日
西尾幹二　『東京新聞』昭和五十九年六月十九日
芳賀徹　『神奈川新聞』（共同通信）　昭和五十九年六月二十四日
野沢豊吉　『世界と日本』昭和五十九年七月十六日
高野正雄　竹山道雄さんの「死ぬ前の支度」　『毎日新聞』昭和五十九年六月二十九日
菊池榮一　さようなら竹山道雄先生　弔辞　『諸君！』昭和五十九年九月
林健太郎　さようなら竹山道雄先生　弔辞　『諸君！』昭和五十九年九月
上林吾郎　さようなら竹山道雄先生　弔辞　『諸君！』昭和五十九年九月

芳賀徹　さようなら竹山道雄先生　弔辞　『諸君！』昭和五十九年九月
市原豊太『神社新報』昭和五十九年七月三十一日
平川祐弘『ビルマの竪琴』余聞　『新潮』昭和六十年一月
富士川英郎　都雅で、重厚の人　『文化会議』昭和六十年一月
仙北谷晃一　美しい魂　『文化会議』昭和六十年一月
徳岡孝夫『ビルマの竪琴』と朝日新聞の戦争観　『諸君！』昭和六十年九月
上野晴夫『ビルマの竪琴』論争　朝日からの反論　『諸君！』昭和六十年十月
平川祐弘　竹山家から朝日「声」欄へ　『諸君！』昭和六十年十一月
辻村明　朝日新聞「声」欄・公平の仮面　『諸君！』昭和六十年十二月
『昭和史の家』竹山道雄　高潔な思想家の静かなる住居　撮影垂見健吾　文芸春秋、昭和六十一年九月
仙北谷晃一　竹山道雄の文化遍歴　『諸君！』昭和六十一年十二月
牛村圭　竹山道雄の東京裁判　『中央公論』平成二年一月
西義之　二十八年前の『朝日』の壁　『新潮45』平成三年一月
正木恒夫『植民地幻想』みすず書房、平成七年
平川祐弘　竹山道雄　美しき日本人50の肖像　『文藝春秋』平成七年八月
坪内祐三　戦後論壇の巨人たち　『諸君！』平成九年四月　グラビア写真と解説
河野徹　in *The World Reacts to the Holocaust* 1997
保坂正康『昭和の精神史』歴史を見る眼の原点　『産経新聞』平成十年一月十日
エドワード・サイデンステッカー　バランス感覚　『アステイオン』平成十年冬
高橋英夫『ドイツを読む愉しみ』講談社、平成十年　その中に「認識と遍歴　竹山道雄の思考系」の章がある
関川夏央　本よみの虫干し　『朝日新聞』平成十一年五月三十日

Sukehiro Hirakawa, "Prisoners in Burma" *Japan Echo*, December 1999

ムルハーン千栄子　外からみる故郷　『西日本新聞』平成十二年一月三十一日

Sukehiro Hirakawa, "The Image of the Former British Enemies in Takeyama Michio's *Harp of Burma* (1948)", in Meng Hua and Sukehiro Hirakawa ed., *Images of Westerners in Chinese and Japanese Literature*, Amsterdam and Atlanta GA, Editions Rodopi, 2000.

牛村圭　『「文明の裁き」をこえて』中央公論社、平成十二年　中に「竹山道雄と東京裁判」の章がある。この書物は英訳された。

高田里惠子　『文学部をめぐる病い』松籟社、平成十三年

竹山千代　『埋火の記』五、忘れ得ぬ音楽会　平成十三年九月二十日刊私家版

平川依子　父の封筒――竹山道雄の思い出　『文藝春秋』平成十四年四月臨時増刊「家族の絆」

Ushimura Kei, *Beyond 'the Judgment of Civilization'* Tokyo, International House, 2003

サイデンステッカー自伝『流れゆく日々』時事通信社出版局、平成十六年

馬場公彦　『『ビルマの竪琴』をめぐる戦後史』法政大学出版局、平成十六年

高橋英夫　『果樹園の蜜蜂　わが青春のドイツ文学』岩波書店、平成十七年　中に『図書』平成十五年八月・九月・十月号で竹山に言及した文章を再録している。

里縞政彦　日本人よ、志に生きよ　『自由』平成十六年四月

Sukehiro Hirakawa, *Japan's Love-Hate Relationship with the West*, Global Oriental, 2005 中に前掲の The Image of the Former British Enemies in Takeyama Michio's *Harp of Burma* (1948) の論文が再録されている。

芳賀徹　昭和日本への反時代的証言　竹山道雄『昭和の精神史』中公クラシックス、中央公論新社、平成二十三年、解説

〈付記〉より詳しい『年譜』と『著作年表』は『竹山道雄著作集』8（福武書店、一九八三）の三二一―三三六頁と三三七―三九四頁を見られたい。また『竹山道雄の年譜と著作年表の補遺』は『比較文化　福岡女学院大学大学院人文科学研究科紀要』創刊号（二〇〇四年三月）の四一―六七頁を見られたい。いずれも平川祐弘が製作した。この『竹山道雄の年譜

と著作年表の補遺』にもなお合いきれなかった竹山道雄の興味深い文章は新聞コラムであろう。林和人氏の協力を乞い、それらを拾って近く藤原書店から竹山道雄の落穂集を一冊編んで刊行する予定である。なお竹山道雄『時流に反して』（文藝春秋、一九六八）の後ろにも十頁にわたる『著訳書一覧』『主要発表一覧』がついている。

ヤ 行

ラ・ワ 行

マ　行

ナ　行

ハ　行

タ 行

サ 行

カ　行

人名索引

本文から実在の人名を拾い、註からも主要な人名を加えた。
姓→名の五十音順で配列した。

ア 行

著者紹介

平川祐弘（ひらかわ・すけひろ）
1931年東京生。比較文学比較文化。東京大学名誉教授。竹山道雄は義父にあたる。著書に『和魂洋才の系譜』『西欧の衝撃と日本』『マッテオ・リッチ伝』『小泉八雲』（サントリー学芸賞）『ラフカディオ・ハーン――植民地化・キリスト教化・文明開化』（和辻哲郎文化賞）『天ハ自ラ助クルモノヲ助ク　中村正直と〈西国立志編〉』『アーサー・ウェイリー『源氏物語』の翻訳者』（エッセイスト・クラブ賞）『ダンテ『神曲』講義』『内と外からの夏目漱石』など、訳書にダンテ『神曲』、ボッカッチョ『デカメロン』、マンゾーニ『いいなづけ』（読売文学賞）他多数。

竹山道雄《たけやまみちお》と昭和《しょうわ》の時代《じだい》

2013年 3 月30日　初版第1刷発行©

著　者　平　川　祐　弘
発行者　藤　原　良　雄
発行所　株式会社　藤　原　書　店

〒162-0041　東京都新宿区早稲田鶴巻町 523
電　話　03（5272）0301
ＦＡＸ　03（5272）0450
振　替　00160 - 4 - 17013
info@fujiwara-shoten.co.jp

印刷・製本　中央精版印刷

落丁本・乱丁本はお取替えいたします
定価はカバーに表示してあります
Printed in Japan
ISBN978-4-89434-906-3

2 **1947年** **解説・富岡幸一郎**

「占領下の日本文学のアンソロジーは、狭義の『戦後派』の文学をこえて、文学のエネルギイの再発見をもたらすだろう。」（富岡幸一郎氏）

中野重治「五勺の酒」／**丹羽文雄**「厭がらせの年齢」／**壺井榮**「浜辺の四季」／**野間宏**「第三十六号」／**島尾敏雄**「石像歩き出す」／**浅見淵**「夏日抄」／**梅崎春生**「日の果て」／**田中英光**「少女」

296頁 **2500円** ◇978-4-89434-573-7（2007年6月刊）

3 **1948年** **解説・川崎賢子**

「本書にとりあげた1948年の作品群は、戦争とＧＨＱ占領の意味を問いつつも、いずれもどこかに時代に押し流されずに自立したところがある。」（川崎賢子氏）

尾崎一雄「美しい墓地からの眺め」／**網野菊**「ひとり」／**武田泰淳**「非革命者」／**佐多稲子**「虚 偽」／**太宰治**「家庭の幸福」／**中山義秀**「テニヤンの末日」／**内田百閒**「サラサーテの盤」／**林芙美子**「晩菊」／**石坂洋次郎**「石中先生行状記——人民裁判の巻」

312頁 **2500円** ◇978-4-89434-587-4（2007年8月刊）

4 **1949年** **解説・黒井千次**

「1949年とは、人々の意識のうちに『戦争』と『平和』の共存した年であった。」（黒井千次氏）

原民喜「壊滅の序曲」／**藤枝静男**「イペリット眼」／**太田良博**「黒ダイヤ」／**中村真一郎**「雪」／**上林暁**「禁酒宣言」／**中里恒子**「蝶蝶」／**竹之内静雄**「ロッダム号の船長」／**三島由紀夫**「親切な機械」

296頁 **2500円** ◇978-4-89434-574-4（2007年6月刊）

5 **1950年** **解説・辻井喬**

「わが国の文学状況はすぐには活力を示せないほど長い間抑圧されていた。この集の短篇は復活の最初の徴候を揃えたという点で貴重な作品集になっている。」（辻井喬氏）

吉行淳之介「薔薇販売人」／**大岡昇平**「八月十日」／**金達寿**「矢の津峠」／**今日出海**「天皇の帽子」／**埴谷雄高**「虚空」／**椎名麟三**「小市民」／**庄野潤三**「メリイ・ゴオ・ラウンド」／**久坂葉子**「落ちてゆく世界」

296頁 **2500円** ◇978-4-89434-579-9（2007年7月刊）

6 **1951年** **解説・井口時男**

「1951年は、重く苦しい戦後、そして、重さ苦しさと取り組んできた戦後文学の歩みにおいて、軽さというものがにわかにきらめきはじめた最初の年ではなかったか。」（井口時男氏）

吉屋信子「鬼火」／**由起しげ子**「告別」／**長谷川四郎**「馬の微笑」／**高見順**「インテリゲンチア」／**安岡章太郎**「ガラスの靴」／**円地文子**「光明皇后の絵」／**安部公房**「闖入者」／**柴田錬三郎**「イエスの裔」

320頁 **2500円** ◇978-4-89434-596-6（2007年10月刊）

7 **1952年** **解説・髙村薫**

「戦争や飢餓や国家の崩壊といった劇的な経験に満ちた時代は、それだけで強力な磁場をもつ。そうした磁場は作家を駆り立て、意思を越えた力が作家に何事かを書かせるということが起こる。そのとき、奇跡のように表現や行間から滲みだして登場人物や物語の空間を浸すものがあり、それをわたくしたちは小説の空間と呼び、力と呼ぶ。」（髙村薫氏）

富士正晴「童貞」／**田宮虎彦**「銀心中」／**堀田善衛**「断層」／**井上光晴**「一九四五年三月」／**西野辰吉**「米系日人」／**小島信夫**「燕京大学部隊」

304頁 **2500円** ◇978-4-89434-602-4（2007年11月刊）

「戦後文学」を問い直す、画期的シリーズ！

戦後占領期
短篇小説コレクション

（全7巻）

〈編集委員〉**紅野謙介／川崎賢子／寺田博**

四六変判上製

各巻 2500 円　セット計 17500 円

各巻 288 〜 320 頁

〔各巻付録〕 解説／解題（**紅野謙介**）／年表

米統治下の７年弱、日本の作家たちは何を書き、
何を発表したのか。そして何を発表しなかったのか。
占領期日本で発表された短篇小説、
戦後社会と生活を彷彿させる珠玉の作品群。

【本コレクションの特徴】

▶1945 年から 1952 年までの戦後占領期を一年ごとに区切り、編年的に構成した。但し、1945 年は実質 5ヶ月ほどであるため、1946 年と合わせて一冊とした。

▶編集にあたっては短篇小説に限定し、一人の作家について一つの作品を選択した。

▶収録した小説の底本は、作家ごとの全集がある場合は出来うる限り全集版に拠り、全集未収録の場合は初出紙誌等に拠った。

▶収録した小説の本文が旧漢字・旧仮名遣いである場合も、新漢字・新仮名遣いに統一した。

▶各巻の巻末には、解説・解題とともに、その年の主要な文学作品、文学的・社会的事象の表を掲げた。

1　**1945-46 年**　　解説・小沢信男

「1945 年 8 月 15 日は晴天でした。…敗戦は、だれしも『あっと驚く』ことだったが、平林たい子の驚きは、荷風とも風太郎ともちがう。躍りあがる歓喜なのに『すぐに解放の感覚は起こらぬなり。』それほどに緊縛がつよかった。」（小沢信男氏）

平林たい子「終戦日記（昭和二十年）」／**石川淳**「明月珠」／**織田作之助**「競馬」／**永井龍男**「竹藪の前」／**川端康成**「生命の樹」／**井伏鱒二**「追剥の話」／**田村泰次郎**「肉体の悪魔」／**豊島与志雄**「白蛾——近代説話」／**坂口安吾**「戦争と一人の女」／**八木義徳**「母子鎮魂」

320頁　**2500円**　◇978-4-89434-591-1（2007年9月刊）